BRENDA JOYCE

JENSEITS DER UNSCHULD

Roman

Aus dem Amerikanischen
von Traudi Perlinger

WILHELM HEYNE VERLAG
MÜNCHEN

HEYNE ROMANE FÜR »SIE«
Nr. 04/280

Titel der Originalausgabe:
AFTER INNOCENCE

Erschien 1994 bei Avon Books,
New York

Deutsche Erstausgabe 10/1999
Copyright © 1994 by Brenda Joyce Senior
Copyright © der deutschsprachigen Ausgabe 1999 by
Wilhelm Heyne Verlag GmbH & Co. KG, München
Printed in France 1999
Umschlagillustration: Pino Daeni/Agentur Schlück
Umschlaggestaltung: Atelier Ingrid Schütz, München
Satz: Pinkuin Satz und Datentechnik, Berlin
Druck und Bindung: Brodard & Taupin

ISBN 3-453-15696-X

http://www.heyne.de

Dieses Buch widme ich meiner Redakteurin und Freundin
Marjorie Braman.
Ihre Begeisterungsfähigkeit, Energie, Loyalität und ihr
Rückhalt sind bewundernswert.
Sie weiß, daß ich die Herausforderung brauche,
und sie ermutigt mich, Risiken zu wagen,
spornt mich an, mein Bestes zu geben.
Und sie ist eine wunderbare Redakteurin!
Für all das danke ich dir, Marjorie.

Prolog

New York City, 1890

»Sofie, wo bist du?«

Das kleine Mädchen duckte sich, schob trotzig die Unterlippe vor, verkroch sich in die Ecke hinter dem Bett im Kinderzimmer und machte keinen Mucks.

Schritte näherten sich. »Sofie?« Die Stimme der Mutter klang ungehalten. »Sofie! Wo bist du?«

Sofie schnappte erschrocken nach Luft, Tränen stiegen ihr in die Augen. Die Tür wurde aufgestoßen, und Suzanne stand auf der Schwelle. *Wenn nur mein Papa hier wäre. Wenn er nur nicht fortgegangen wäre. Wenn er nur bald heim käme.*

»Sofie! Wenn ich dich rufe, hast du zu kommen!« sagte Suzanne im Befehlston. »Was machst du da hinten? Ich habe dir etwas Wichtiges mitzuteilen!«

Sofie sah bang zur Mutter auf, deren verärgerter Blick auf das Blatt Papier zu Füßen des Kindes fiel.

»Was ist das?« Suzanne bückte sich und riß der Kleinen das mit Buntstiften bemalte Blatt aus der Hand. Ihre Frage war überflüssig, denn auf der Kinderzeichnung war deutlich ein Mann zu sehen, groß und stark in heldenhaften Ausmaßen, und ein kleines Kind mit blonden Haaren. Beide Gestalten rannten. Das Kind lief hinter dem großen Mann her.

»Sieh dich nur wieder an – du kleiner Schmierfink!« schalt Suzanne und zerriß die Kinderzeichnung. »Hör auf, ständig deinen Vater zu malen – hast du verstanden? Hör auf damit!«

Sofie schwieg starrköpfig, kroch nur noch tiefer zwischen Bett und Wand. Sie wollte zu ihrem Papa. Ihr Papa sollte wieder da sein. Sie sehnte sich nach ihm.

Ihr großer, schöner Papa, der immer lachte, sie küßte und streichelte und ihr sagte, wie lieb er sie hatte und wie brav und klug und hübsch sie war.

Bitte komm heim, Papa, flehte Sofie stumm.

Suzanne streckte versöhnlich die Hand aus. »Komm her, Liebes«, sagte sie nun weich.

Sofie zögerte nicht; sie nahm die Hand der Mutter und ließ sich von ihr auf die Füße ziehen. »Sofie …«, begann Suzanne seufzend und stockte. »Es muß sein. Du mußt es wissen. Ich habe eine schlechte Nachricht für dich. Dein Vater kommt nicht mehr heim.«

Sofie riß sich von der Mutter los. »Nein! Du lügst! Er hat es versprochen. Er hat es mir versprochen!«

Suzannes schöner Mund wurde schmal. Ihre Augen funkelten kalt. »Er kommt nicht zurück. Er kann nicht zurückkommen. Sofie … dein Vater ist tot.«

Sofie starrte ihre Mutter fassungslos an. Sie wußte, was das Wort Tod bedeutete. Vor ein paar Monaten war ihr Kätzchen gestorben. Sofie hatte es gefunden, steif und kalt, mit offenen, glasigen Augen, die nichts mehr sahen. Aber ihr Papa durfte nicht tot sein!

»Er kommt nicht zurück«, wiederholte Suzanne mit fester Stimme. »Er ist tot.« Sie zog die Mundwinkel verächtlich nach unten. »Und er hat es nicht anders verdient«, murmelte sie.

»Nein!« schrie Sofie schrill. »Nein, ich glaube dir nicht! Du lügst!«

»Sofie!«

Doch Sofie war bereits aus dem Zimmer gestürmt, rannte den Korridor des großen, angsteinflößenden Hauses entlang, das ihr Vater für seine Familie hatte bauen lassen. Ein Heim, in das sie erst wenige Monate vor seiner Abreise eingezogen waren. Nein, er konnte nicht tot sein! Er hatte versprochen, bald wieder heimzukommen!

»Sofie, bleib stehen!« schrie Suzanne.

Sofia achtete nicht auf die Rufe ihrer Mutter. Sie rannte blindlings auf die Marmortreppe zu und die Stufen hinunter. Erst als sie ausrutschte, wußte sie, daß sie nicht so schnell hätte laufen dürfen. Mit einem gellenden Schrei stürzte sie und purzelte wie eine Stoffpuppe die Stufen hinunter, überschlug sich mit fliegenden Armen, Beinen und

Haaren, bis sie endlich mit einem dumpfen Aufschlag unten ankam.

Dort blieb sie liegen und rührte sich nicht.

Sofie war wie betäubt. Ob von dem schweren Sturz oder von der Schreckensnachricht vom Tod ihres Vaters hätte sie nicht zu sagen gewußt. Allmählich wurde ihr Gesichtsfeld wieder klar, die Halle hörte auf, sich zu drehen. Aber Sofie bewegte sich nicht. *Papa ist tot. Oh, Papa!* schluchzte sie verzweifelt.

Dann fühlte sie einen stechenden Schmerz, der ihr durch den Knöchel fuhr. Als sie sich aufsetzte, wurde der Schmerz so stark, daß ihr ein grelles, weißes Licht durch den Kopf zuckte und sie blendete. Sie stöhnte auf, das gleißende Licht verschwand, aber der Schmerz blieb. Sie hielt nicht ihren Knöchel fest, sie krallte beide Hände um ihr Herz, rollte sich zusammen und weinte bitterlich.

»Sofie, Sofie, hast du dir weh getan?« rief die herbeieilende Haushälterin besorgt.

Sofie schaute die Stufen hinauf zu ihrer Mutter, die stumm und aufrecht auf dem obersten Treppenabsatz stand, mit bleichem Gesicht und großen Augen.

Sofie senkte den Blick. »Mir fehlt nichts, Mrs. Murdock«, log sie. Ihre Mama liebte sie nicht, und Papa war tot – wie sollte sie weiterleben?

»Du bist verletzt«, jammerte Mrs. Murdock und bückte sich, um dem Kind auf die Beine zu helfen.

»Sie trägt selbst Schuld, wenn sie sich weh getan hat«, rief Suzanne kalt von oben, bedachte Sofie mit einem strafenden Blick und machte kehrt.

Sofia sah ihrer Mutter nach und fing wieder an zu weinen.

Ich hab' mir weh getan, Mama. Bitte komm zurück! Aber kein Wort kam über ihre Lippen.

Mrs. Murdock hob Sofie auf die Beine, die auf dem rechten Fuß nicht stehen konnte und sich auf die Haushälterin stützte. Dabei biß sie sich auf die Lippen, um vor Schmerz nicht laut zu schreien.

»Ich bring' dich zu Bett und lass' den Arzt kommen«, sagte Mrs. Murdock.

»Nein!« wehrte Sofie ängstlich ab. Die Tränen liefen ihr nun in Strömen übers Gesicht. Mama würde wütend sein, wenn sie sich wirklich verletzt hatte. Wenn sie sich ausruhte, würde der Schmerz bald vergehen. Und wenn sie brav war, wenn sie ganz, ganz brav war und wenn sie aufhörte zu zeichnen und immer folgsam war, dann würde ihre Mami sie auch wieder lieb haben. »Nein, nein, mir fehlt nichts. Ich hab' mir nicht weh getan.«

Aber es stimmte nicht. Sie hatte sich weh getan. Sie würde nie wieder richtig gesund sein.

Teil Eins
Die verlorene Tochter

Kapitel 1

Newport Beach, 1901

Es war ein herrlicher Tag. Sofie bereute es nicht, aus der Stadt gekommen zu sein, um an dem Gartenfest ihrer Mutter teilzunehmen.

Ein großes Skizzenbuch unterm Arm, die Spanschachtel mit Kohlestiften in der Hand, blieb Sofie oben auf einer Sanddüne stehen und genoß den Blick über das Meer. Der Atlantik glitzerte im hellen Sonnenlicht, die Gischt der Brandung leckte plätschernd den hellen Sandstrand, am strahlendblauen Himmel kreischten Möwen. Sofie hob ihr Gesicht unter dem Strohhut der Sonne entgegen. Ein beseligendes Glücksgefühl durchrieselte sie; es gab also doch ein Leben außerhalb der vier Wände ihres Ateliers.

Der pochende Schmerz in ihrem Knöchel holte sie in die Wirklichkeit zurück. Sie durfte nicht länger trödeln. Es war unbedacht gewesen, einen so ausgedehnten Strandspaziergang zu unternehmen. Aber es hatte sich auch gelohnt; sie brachte ein paar gute Skizzen vom Küstenstreifen mit nach Hause, die sie in Öl umsetzen wollte, sobald sie wieder in der Stadt war. Doch zunächst lag ein langer Abend vor ihr, der nicht angenehmer zu werden versprach, wenn sie stärker als sonst hinkte. Ihre Mutter hatte das Haus voller Wochenendgäste, und Sofie hätte sich lieber auf ihr Zimmer zurückgezogen und den Abend an der Staffelei verbracht. Aber sie hatte Suzanne versprochen, sich heute abend von ihrer geselligen Seite zu zeigen, und sie wollte ihre Mutter nicht enttäuschen.

Seufzend machte Sofie sich an den Abstieg von der hohen Düne. Hoffentlich waren ein paar bekannte Gesichter unter Mutters Gästen. Sofie, die völlig in der Welt der Malerei aufging, pflegte nur selten gesellschaftliche Kontakte. Ihr fiel es schwer, mit Fremden oder flüchtigen Bekannten zu plaudern, was anderen so mühelos gelang. Ihre jüngere Schwester Lisa hatte ihr den Rat gegeben, sie solle über ein beliebiges Thema, das ihr in den Sinn kam, oder irgendeinen Gegenstand plaudern, und wenn es eine hübsche Vase wäre. Das klang leichter, als es tatsächlich war. Sofie wollte nicht länger über den bevorstehenden Abend grübeln. Niemand erwartete schließlich von ihr, Ballkönigin zu sein.

Etwas unbeholfen stieg Sofie die mit Gestrüpp und Schilf bewachsene Düne hinab und blieb nach wenigen Metern stehen, um ihren Knöchel zu entlasten. Ein wenig atemlos ließ sie den Blick schweifen und sah einen weißen Fleck durch das Grün schimmern. Bei genauerem Hinsehen entdeckte sie einen Mann, der einen Seitenweg durch die Dünen etwas weiter unten entlang spazierte, ohne sie zu bemerken.

Der Anblick des Fremden faszinierte Sofie. Er trug keinen Hut, sein dichtes, schwarzes Haar bildete einen starken Kontrast zum Weiß des offenen Leinenjacketts, dessen Rockschöße im Wind flatterten. Die Hände hatte er tief in die Taschen seiner cremefarbenen Hose geschoben.

Ein kraftvoller Mann, hochgewachsen und breitschultrig, der sich mit der Eleganz und Geschmeidigkeit eines Tänzers bewegte oder jenes Panthers, den Sofie einmal im Zoo bewundert hatte. Aus der Entfernung konnte sie seine gebräunten Gesichtszüge nur undeutlich erkennen, die jedoch außergewöhnlich schön zu sein schienen. Sie mußte den Mann malen. Spontan setzte sie sich, schlug das Skizzenbuch auf und begann zu zeichnen. Ihr Herz schlug aufgeregt.

»Edward! Warte!«

Sofies Hand verharrte. Eine Frau lief auf dem Weg hinter dem Fremden her, in der Sofie eine Nachbarin ihrer Mutter erkannte, Mrs. Hilary Stewart. Was in aller Welt bewog Hilary, diesem Mann nachzulaufen, noch dazu mit gerafften Röcken, geradezu schamlos ihre weißbestrumpften Beine entblößt? Und dann ahnte Sofie ihren Beweggrund und erbleichte.

Sofie ermahnte sich streng, das ginge sie nichts an und sie habe sich schleunigst zu entfernen. Hastig fügte sie der

Skizze noch ein paar flüchtige Striche hinzu. Dann verharrte ihre Hand erneut beim Klang seiner Stimme – männlich, tief, ein seidiger Bariton. Sofie hob den Kopf, hilflos gefangen von der männlichen Stimme. Unwillkürlich spitzte sie die Ohren.

Hilary umklammerte die Schultern des Fremden. Sie schwankte ein wenig wie von einem Windstoß ... oder in banger Erwartung seines Kusses.

Sofies Herzschlag beschleunigte sich. Es war genau, wie sie befürchtet hatte. Sie grub die Finger in den warmen Sand, ihre Zeichnung war vergessen. Sie wußte, daß sie sich zurückziehen mußte, ehe sie etwas zu sehen bekam, wozu sie kein Recht hatte. Doch sie war unfähig, sich zu bewegen, war wie gelähmt.

Hilary lachte gurrend. Sofie bekam große Augen. Hilary knöpfte langsam ihr gestreiftes Jackett auf.

Er fragte sich, ob er vorzeitig alt wurde – für solche Scherze fühlte er sich jedenfalls zu alt. Die Zeit in Afrika war nicht der alleinige Grund, daß derlei Vergnügungen ihren Reiz für ihn verloren hatten. Doch mit Sicherheit hatte er in Afrika die angenehmen Seiten des Lebens zu schätzen gelernt. Daher hatte er nicht die Absicht, es hier im Sand mit ihr zu treiben, wenn er es eine halbe Stunde später in kühlen, frischen Bettlaken tun konnte.

Er lächelte gequält. Er hatte Hilary vor wenigen Wochen kurz nach seiner Rückkehr in die Stadt auf einer Abendgesellschaft kennengelernt und erfahren, daß sie mit einem sehr viel älteren Mann verheiratet und seit kurzem verwitwet war. Edward hatte ein Faible für Witwen, da sie die Wonnen des Fleisches zu genießen wußten, ohne hinterher Schuldgefühle zu haben oder Ansprüche zu stellen. Die Anziehung beruhte auf Gegenseitigkeit, und seither hatte er eine Affäre mit ihr.

Nun waren sie beide Gäste im Sommerhaus der Ralstons. Zweifellos war Hilary dafür verantwortlich, daß auch er eingeladen wurde, und Edward hatte nichts dagegen einzuwenden. Er sah sie im Abendkleid ebenso gern wie nackt im Bett. Im übrigen war die Stadt im Sommer heiß wie ein Brutofen. Die Gastgeberin Suzanne Ralston hatte den beiden zwei angrenzende Zimmer zugewiesen, und letzte Nacht hatte Hilary ihn von Mitternacht bis zur Morgendämmerung nicht zur Ruhe kommen lassen. Hilary schien einen unersättlichen Appetit zu haben.

Edward fragte sich, wann sein einst unstillbarer Hunger auf hübsche, willige Frauen angefangen hatte nachzulassen.

Sein Blick flog von ihren braunen, glutvollen Schlafzimmeraugen zu den bleichen, schmalen Fingern, die an den Knöpfen ihres Jacketts nestelten. Hilary war hinreißend in ihrer Lüsternheit. Und trotz all seinen guten Vorsätzen begann es sich in seinen Lenden zu regen.

»Liebling, wir erregen Ärgernis«, meinte Edward gedehnt.

Hilarys Antwort bestand aus einem koketten Lächeln. Sie öffnete ungeniert ihre Jacke, unter der sie nichts trug, nicht einmal eine Korsage. Ihre Brüste waren groß und milchig weiß, die Knospen rotbraun.

Edward verzog den Mund und seufzte. Doch dann legte er eine Hand um ihre Mitte und wölbte die andere um ihre pralle Brust. »Wir sehen uns doch heute abend«, erklärte er mit tiefer, rauchiger Stimme.

Sie stöhnte und reckte ihm ihre Brüste entgegen. Sein Daumen strich über ihre Knospe, methodisch und erfahren. Sie stöhnte wieder. »Edward, ich bin verrückt nach dir, ich kann nicht warten.«

Er streichelte ihre seidige Haut, zu sehr Connaisseur, um das Vergnügen nicht zu schätzen. Seine Hose fühlte sich schmerzhaft eng an. Einen Augenblick war er versucht, ihrer Verlockung nachzugeben. Doch dann lächelte er, und seine Grübchen vertieften sich. »Wir sind beide alt genug, um die Vorfreude zu genießen«, sagte er und hauchte einen flüchtigen Kuß auf eine ihrer Brustknospen, ehe er ihr das Jackett zuzog und rasch die schwarzen Kugelknöpfe schloß.

Hilary hielt seine Handgelenke fest. »Edward ... bitte. Ich bin nicht sicher, ob ich warten kann.«

»Aber natürlich kannst du warten«, murmelte er. »Du

weißt genau, daß es um so schöner ist, wenn du ein wenig Geduld hast.«

Ihre Hand glitt zwischen seine Beine und griff nach seiner harten Erektion. »Wie kannst du nur warten?« gurrte sie.

»Schatz, sich im Sand zu wälzen pikst *unangenehm*.«

Sie seufzte enttäuscht. »Ich fürchte dich zu verlieren, wenn du zurück nach Südafrika gehst.«

Lachend schob er ihre Hände weg. »Nicht um alles in der Welt«, versicherte er ihr, legte einen Arm um ihre Schultern und zog sie zu einem freundschaftlichen Kuß an sich. Und in dieser Sekunde nahm er eine Bewegung im Gestrüpp wahr.

Sein Blick flog über die bewachsene Düne ein paar Meter hinter Hilarys Kopf. Seine Augen weiteten sich. In den Dünen über ihnen kauerte ein Voyeur!

Er schluckte sein Erstaunen hinunter und wandte rasch den Kopf. Doch der Anblick zweier großer, hungriger Augen in einem hübschen, ovalen Gesicht blieb in ihm haften. Der Voyeur war eine junge Dame im blaubebänderten Strohhut, die das Schauspiel, das ihr geboten wurde, offenbar fasziniert verfolgte.

Edwards Hand lag immer noch um Hilarys Mitte; seine Erektion hatte anscheinend plötzlich die Größe eines Kanonenrohrs.

Eine heiße Woge durchströmte ihn. Er zog Hilary an sich und fragte sich, wieviel die heimliche Zuschauerin bereits gesehen hatte und ob sie verschwinden würde, wenn er Hilary küßte. Der Gedanke, von einer jungen Dame beim Liebesspiel beobachtet zu werden, erregte ihn. Und plötzlich hatte die Vorstellung, sich mit Hilary im Sand zu wälzen, nichts Erschreckendes mehr.

Während er Hilary küßte, war er sich deutlich bewußt, beobachtet zu werden. Er küßte sie heftig, mit offenem Mund, liebkoste ihre Zunge mit seiner, preßte ihren Leib gegen sein steifes Glied, bis sie sich stöhnend an ihn klammerte und er sie halten mußte, weil ihr die Knie wegsackten. Als er sich von ihr löste, sah er, daß die heimliche Zuschauerin noch immer wie hypnotisiert herüberstarrte. Sie hatte sich nicht aus ihrer Kauerstellung hinter dem Gestrüpp gerührt, nur ihr Hut war fortgeflogen, und das goldblonde Haar wehte ihr ins Gesicht. Selbst über die Entfernung spürte er *ihre* Erregung. Und sie ahnte nicht, daß er sie längst entdeckt hatte.

Seine Hand flog hastig an die Knopfleiste seiner Hose, sein Atem ging flach und stoßweise. Sein Verstand mißbilligte sein Tun, während seine Männlichkeit sich riesig vorreckte. Er hörte ein Japsen und wußte genau, daß der Laut nicht von Hilary kam, die die Augen geschlossen hielt.

»Komm, Süße«, raunte er und knabberte an ihrem Hals, obgleich sein Gewissen ihn für sein abscheuliches Tun tadelte. Er spürte, wie die heimliche Beobachterin die Szene mit gierigen Augen verschlang. Edward legte Hilarys Hand an sich, hauchte Küsse an ihre Kehle, ihr Schlüsselbein und tiefer, während er mit flinken Fingern die Schlaufen ihrer Knöpfe löste. Dann nahm er eine große, rote Brustknospe in den Mund. Hilary sackte vollends in die Knie und Edward legte sie behutsam in den Sand.

Er ließ sich auf die Knie zwischen ihren gespreizten Beinen nieder, hob die Röcke an und glitt mit einem tiefen, geübten Stoß in ihre Öffnung. Er bewegte sich in ihr, rang um Beherrschung, was ihm nach den Exzessen der letzten Nacht nicht hätte schwerfallen dürfen. Doch das Blut kochte in seinen Adern, ihm war, als lägen zwei Frauen unter ihm. Er wollte wissen, wer die Fremde war. Und dann konnte er nicht länger an sich halten. Während er in Hilary zerbarst, hob er den Blick in das ovale, von goldblondem Haar gerahmte Gesicht mit den großen Augen. Als er wenig später noch einmal hochblickte, war die Voyeurin verschwunden.

Edward schloß die Augen. Was war nur in ihn gefahren? Plötzlich schämte er sich – schlimmer noch, er bekam es mit der Angst zu tun. Wahrscheinlich war sein schlechter Ruf doch nicht so übertrieben, wie er sich gerne einredete.

Sofie stolperte mehrmals in ihrer Hast, das Haus zu erreichen. Auf dem hinteren Rasen wurde Kricket gespielt, doch sie wollte niemandem begegnen, durfte nicht gesehen werden. Nicht jetzt, nicht in diesem Zustand, nicht nach dem, was sie gesehen hatte. Ihr Gesicht war erhitzt und gerötet, ihr Atem ging keuchend, und jeder – allen voran ihre Mutter – würde sofort wissen, daß etwas mit ihr nicht stimmte und nach dem Grund fragen.

Sofie nahm den längeren Weg zum Haus, an den Dünen entlang und am Tennisplatz vorbei, der gottlob nicht bespielt wurde. Der Schmerz in ihrem rechten Knöchel war unerträglich geworden und verschlimmerte sich mit jedem Schritt. Mit einem kleinen Aufschrei sank sie in den Sand hinter dem Platz und barg das Gesicht in den Händen.

Wie konnte sie so etwas getan haben? Als ihr klar wurde, daß sie ein Liebespaar überraschte – noch dazu, als sie in der Frau eine langjährige Nachbarin erkannte –, hätte sie umkehren und fliehen müssen. Das hatte sie nicht getan. Sie hatte jede Kontrolle über ihren Körper und ihren Willen verloren. Sie war geblieben. Sie war bis zum Ende geblieben.

Sofie zitterte haltlos und griff nach ihrem kaputten Fuß. *Was ist das für ein Gefühl, so geküßt zu werden? In den Armen eines solchen Mannes zu liegen?*

Sofie verdrängte ihre verräterischen Gedanken und tastete den Knöchel ab. Daß sie geblieben war und zugesehen hatte war schlimm genug, aber solchen Gedanken nachzuhängen war wesentlich schlimmer. Sie hatte sich nie törichten Träumereien hingegeben – und würde jetzt nicht damit anfangen. Sie würde nie wissen, wie sich so etwas anfühlte. Schluß damit.

Sofie umfaßte stöhnend ihren Knöchel. Tränen stiegen ihr in die Augen, ob allerdings vor Schmerz oder Seelenpein wollte sie erst gar nicht wissen.

Heftig blinzelte sie ihre Tränen zurück. Das Liebespaar hatte sie nicht bemerkt, ihr Geheimnis blieb also gewahrt. Nur einen kurzen Augenblick hatte sie gedacht, der Mann habe zu ihr hergeschaut, am Ende, doch sie wußte, daß sie sich getäuscht haben mußte, denn andernfalls hätte er vor Schreck von seinem sündigen Tun abgelassen.

Sofie massierte den schmerzenden Knöchel. Sie durfte

nicht daran denken, was er getan hatte oder wie er dabei ausgesehen hatte. Aber sie konnte den prachtvollen Anblick des Fremden nicht vergessen. Nun begriff Sofie, wieso den Studentinnen die Teilnahme an Aktkursen in der Kunstakademie verwehrt war, wenn nackte Männer Modell saßen.

Sie verzog das Gesicht und kam mühsam auf die Füße. Der Schmerz, der ihr durchs Bein bis in die Hüfte schoß, brachte sie auf andere Gedanken. Sie biß sich auf die Unterlippe. Ihre Mutter würde nur wieder sagen, sie sei selbst schuld, wenn sie – noch dazu alleine – zum Strand ging.

Doch manchmal war Sofie es leid, ständig eingesperrt zu sein, Dinge nicht tun zu können, die für andere junge Mädchen eine Selbstverständlichkeit waren. Wenn sie arbeitete, duldete sie keine Gesellschaft, es sei denn, das Modell oder den Zeichenlehrer. Nachdem Sofie die letzten zweieinhalb Monate in der Stadt verbracht hatte, genoß sie den Sommertag am Strand um so mehr und hatte ihre sonstige Vorsicht und Vernunft völlig vergessen. Sie hatte so selten Gelegenheit, *en plein air* zu arbeiten und noch seltener am Meer. Sie hatte angenommen, dieser Ausflug könne ihr nicht schaden – sie hatte sich geirrt.

Sofie schüttelte den Sand aus den Rüschenmanschetten ihrer weißen Bluse. Sie atmete wieder normal, und ihre Hände zitterten nicht mehr so heftig. Wer mochte der Fremde am Strand gewesen sein? Sein Vorname war Edward, ein Name, der ihr nichts sagte. Sofie schloß die Augen. »Du Närrin«, schalt sie sich laut. Ein Mann wie er würde keinen Blick verschwenden an eine Frau, die nicht nur ein Krüppel, sondern auch noch exzentrisch war.

»Mrs. Ralston?«

Suzanne setzte ein verbindliches Lächeln auf und drehte sich in der offenen Glastür zur Veranda um, hinter der sich eine weitläufige Rasenfläche erstreckte, wo einige Gäste sich beim Kricketspiel vergnügten. Der Salon, in den sie sich zurückgezogen hatte, war kühl und dämmrig. Sofies Mutter blickte dem pausbäckigen jungen Mann entgegen und versuchte, sich an seinen Vornamen zu erinnern.

Sie wußte lediglich, daß er ein entfernter, verarmter Cousin von Annette Marten war, der vor kurzem sein Jurastudium in Harvard beendet hatte und im Begriff war, sich in New York als Anwalt niederzulassen. Vor ihrer Europareise hatte Annette Marten Suzanne ans Herz gelegt, ihren Cousin zu einer ihrer Wochenendgesellschaften einzuladen, damit er einige einflußreiche Leute kennenlernte. Nun, Junggesellen waren Suzanne stets willkommen, besonders wenn sie blaublütig waren. Auf mittellose Junggesellen legte sie allerdings weniger Wert. »Hallo, Mr. Marten. Amüsieren Sie sich?«

Er hatte ein gewinnendes Lächeln, und wenn er ein paar Pfund abnahm, könnte er ganz attraktiv aussehen, dachte Suzanne. »Bestens, Mrs. Ralston«, erwiderte der junge Mann strahlend. »Ich weiß gar nicht, wie ich Ihnen für die Einladung danken soll. Ihr Haus ist ein wahrer Palast«, sprudelte er ehrfürchtig hervor.

Suzanne zuckte innerlich zusammen – er war absolut *gauche*. »Nun, im Vergleich zu den Anwesen meiner Nachbarn ist mein Haus geradezu bescheiden, Henry.« Sein Name war ihr doch noch eingefallen. »Trotzdem, danke für das Kompliment.« Die verschleierte Warnung an den jungen Mann, weniger Begeisterung und etwas mehr Weltläufigkeit an den Tag zu legen, glaubte sie Annette schuldig zu sein.

»Mrs. Ralston, ich glaube, ich habe Ihre Tochter unten am Strand gesehen«, fuhr Henry errötend fort.

Suzanne war nicht erstaunt, daß er sich für Lisa interessierte. Die Siebzehnjährige hatte bereits eine Menge Verehrer, die Schlange standen, um ihr im nächsten Jahr nach ihrem Debüt ernsthaft den Hof zu machen. Zu ihrer dunklen Schönheit gesellte sich ein beträchtliches Vermögen. »Lisa am Strand? Ich denke, sie spielt Tennis?«. Wie sollte sie dem jungen Mann begreiflich machen, daß er nach den Sternen griff? Entweder er war ein Dummkopf oder krankhaft ehrgeizig.

Doch Henry verblüffte sie. »Nein, Mrs. Ralston, ich habe Ihre Tochter Sofie gesehen, nicht Ihre Stieftochter.«

Suzanne zog eine Braue hoch.

»Ich meine«, stammelte er, »ich denke wenigstens, Sofie gesehen zu haben. Wir sind uns ja noch nicht offiziell vorgestellt worden. Sie hat blondes Haar, ist schlank und mittelgroß.« Er machte ein ängstliches Gesicht. »Ich hoffe, daß ich sie kennenlernen werde.«

Suzanne musterte den jungen Mann forschend und wußte, daß ihre Freundin Annette sie reingelegt hatte. Dieser Henry Marten mußte einflußreiche Leute kennenlernen, wenn er als Anwalt Erfolg haben wollte, aber er war gekommen, um ihrer Tochter nachzustellen. Sofie war nicht nur im heiratsfähigen Alter, da sie im Mai zwanzig geworden war; es war auch allgemein bekannt, daß ihr Vater ihr ein stattliches Vermögen hinterlassen hatte, das Suzanne treuhänderisch für sie verwaltete. Als die Höhe von Jake O'Neils Vermögen nach seinem Tod bekannt wurde, war jedermann verblüfft, nicht zuletzt seine Witwe Suzanne.

Sie konnte sich bis heute nicht vorstellen, wie ein einfacher irischer Arbeiter, der es zum Bauunternehmer gebracht hatte, in nur sechs Jahren Vermögenswerte von mehr als einer Million Dollar angehäuft hatte.

»Mrs. Ralston?«

Suzanne faßte sich und verdrängte ihren Unmut, wobei sie nicht wußte, ob sie verärgert reagierte, weil bei jedem Gedanken an Jake Groll in ihr hochstieg, besonders wenn es um sein Vermögen ging, oder weil dieser Emporkömmling hier auftauchte, um ihrer Tochter den Hof zu machen. Suzanne setzte ihr verbindliches Lächeln wieder auf. »Sie müssen sich irren. Sofie geht nicht an den Strand.«

Henry gaffte verständnislos. »A... aber ich bin mir sicher, daß sie es war.«

»Hat sie gehinkt?«

Henry erschrak. »Wie bitte?«

»Sie wissen doch, daß sie schrecklich hinkt.«

»Man sagte mir, daß sie einen leicht unsicheren Gang hat seit jenem tragischen Unfall in ihrer Kindheit.«

Suzanne wußte genau, wieso Annette mit ihrem Cousin so wohlwollend über Sofie gesprochen hatte, obgleich sie Sofie selbst nie freundlich behandelte. »Ja, ihr Hinken ist die

Folge eines furchtbaren Unfalls in ihrer Kindheit«, erwiderte Suzanne und lächelte gewinnend. »Sie ist mit neun Jahren die Treppe hinuntergestürzt. Dabei brach sie sich den Knöchel, der nie richtig zusammengewachsen ist. Ihr Bein ist völlig verdreht. Hat Annette Ihnen nicht gesagt, daß meine Tochter ein Krüppel ist?«

Während Suzannes Rede war Henry sichtlich erbleicht. »Nein.«

Nun war Suzannes Lächeln echt. »Natürlich stelle ich Ihnen meine Tochter gerne vor. Sie hatte noch nie einen Verehrer, obwohl sie schon zwanzig ist.«

»Ich ... ich verstehe.«

»Kommen Sie, wir wollen sie suchen.« Suzanne berührte ihn leicht am Ärmel.

Als Sofie den Kücheneingang des Hauses erreichte, war sie nicht nur erschöpft von den starken Schmerzen, sie war völlig verstört. Sie hatte ihr Skizzenbuch am Strand liegengelassen.

Sofies Arbeit war ihr das Wichtigste im Leben, ihre *raison d' être*. Noch nie hatte sie ihr Skizzenbuch irgendwo liegengelassen. Daß ihr das jetzt passieren mußte, war nur ein weiteres Anzeichen dafür, wie sehr die Liebeszene am Strand sie aufgewühlt hatte.

Sie blieb im schmalen Flur des Küchentrakts stehen, froh um die Kühle im Haus. Ein Dienstmädchen kam ihr entgegen, fragte sie nach ihrem Befinden und teilte ihr mit, daß ihre Mutter sie suche.

Sofie wußte, daß sie schrecklich aussehen mußte, sie wußte auch, daß ihre Mutter ihr zerzaustes Äußeres und ihren inneren Aufruhr bemerken würde, wobei Suzanne natürlich nicht den Grund ihrer Verstörtheit erraten würde.

Stark hinkend ging Sofie den Flur zur Eingangshalle entlang und sah ihre Mutter mit einem jungen Mann im Grünen Salon stehen.

»Sofie! Da bist du ja! Wir haben überall nach dir gesucht. Henry sagt, du seist am Strand gewesen. Stimmt das?« Mit hochgezogenen Brauen musterte Suzanne ihre Tochter.

Sofie blieb stehen, als ihre Mutter auf sie zutrat, den jungen Mann im Schlepptau. Suzanne war eine elegante, schöne Frau mit gertenschlanker Figur. Sie hatte dunkles Haar und einen elfenbeinhellen Teint. Sie war erst sechsunddreißig. Sofies Mutter war als Sechzehnjährige schwanger geworden. Oft hatte Sofie sich ausgemalt, wie hingerissen ihre schöne Mutter von ihrem gutaussehenden, charmanten Vater Jake O'Neil gewesen sein mußte, und sie fragte sich immer wieder, wie ihr Leben verlaufen wäre, wenn ihr Vater nicht vor vierzehn Jahren gezwungen gewesen wäre, New York fluchtartig zu verlassen. Mein Gott, er fehlte ihr so sehr! Sie liebte ihn und hatte ihn nicht vergessen.

Sofie hoffte, ihr Lächeln wirke einigermaßen natürlich. »Tut mir leid, Mutter. Ich war am Strand und habe gezeichnet.«

Suzanne blinzelte. »Allein?«

Sofie nickte.

Suzanne wandte sich dem jungen Mann zu, der einen nervösen Eindruck machte. »Habe ich Ihnen schon erzählt, daß meine Tochter Künstlerin ist? Sie studiert an der Akademie und verbringt oft ganze Nächte in ihrem Atelier. Sie will eine berühmte Malerin werden.«

Sofie wunderte sich sehr. Ihre Mutter sprach nie über ihre künstlerischen Neigungen, schon gar nicht in der Öffentlichkeit. Etwa ein Viertel der Kunststudenten an der Akademie waren junge Frauen, alle ebenso engagiert und begeistert wie Sofie. Im allgemeinen galt es jedoch als höchst sonderbar, wenn eine Frau sich für Kunst interessierte statt dafür, sich einen Ehemann zu angeln. Sofie warf dem jungen Mann einen Blick zu, der verwirrt den Kopf schüttelte. Sie wußte genau, was ihm einen solchen Schrecken eingejagt hatte.

»Sofie ist sehr talentiert«, fuhr Suzanne lächelnd fort. »Liebes, zeig uns, was du heute gezeichnet hast.«

Sofie dachte an ihr Skizzenbuch, das sie am Strand hatte liegenlassen, und an den Grund, warum sie es vergessen hatte. »Mein Skizzenbuch ist in meinem Zimmer«, murmelte sie. »Ich zeige es ein anderes Mal.« Dabei hielt sie den Blick auf ihre Mutter geheftet und fragte sich, was sie im

Schilde führte. Suzanne hatte keinerlei Verständnis für ihre Malerei und hatte noch nie den Vorschlag gemacht, ihren Gästen eine Arbeit von Sofie zu zeigen.

»Ich möchte dir Henry Marten vorstellen, Liebes«, sagte Suzanne und schob den jungen Mann nach vorn. »Ein Cousin von Annette. Er hat sein Jurastudium beendet und wird bald eine Anwaltskanzlei eröffnen.«

Sofie mußte sich zwingen, dem jungen Mann ins Gesicht zu sehen, der verlegen und unbeholfen wirkte. Lächelnd streckte sie ihm die Hand hin und glaubte den Grund seiner Verlegenheit zu erraten. Vermutlich hatte er den Eindruck, Suzanne spiele die Rolle der Heiratsvermittlerin, was völlig absurd war. Sofie hatte nicht einmal ihr Debüt gehabt, wie sollte sie auch. Sie konnte ja nicht einmal tanzen.

Nicht, daß sie darunter gelitten hätte. Sofies Traum war seit jeher gewesen, Künstlerin zu sein. Sie war auch nicht so naiv anzunehmen, daß ein Mann einen Krüppel zur Frau haben wollte, die noch dazu eine begeisterte Malerin war. Mutter und Tochter waren sich längst darin einig, daß Suzanne sie nicht auf dem Heiratsmarkt anpreisen und keinen Ehemann für sie suchen würde. Es wäre zu demütigend und aussichtslos gewesen. Sofie stand es frei, sich ihrer wahren Bestimmung zu widmen.

Und das war auch gut so. Mit einundzwanzig beabsichtigte Sofie, nach Paris zu gehen, um ihr Kunststudium fortzusetzen. Vielleicht gelang es ihr sogar, bei einem der großen Meister wie Paul Cézanne oder Mary Cassatt Unterricht zu nehmen, zwei Künstler, die sie tief bewunderte und verehrte.

Sofie musterte Henry Marten, der nicht ahnen konnte, daß sie kein Interesse an einer Heirat hatte, und der sie bleich und ratlos anstarrte. Sofie wünschte, in ihrem Zimmer zu sein und zu malen. Doch sie setzte ein verkrampftes Lächeln auf: »Freut mich, Sie kennenzulernen, Mr. Marten. Meinen Glückwunsch zu Ihrem Examen. An welcher Universität haben Sie studiert?«

Henry gab ihr die Hand und ließ sie hastig wieder los. »Ganz meinerseits, Miß O'Neil. Ich ... ehm ... Harvard.«

Suzanne zog sich mit einer Entschuldigung zurück, und

Henry Marten wurde noch verlegener, als die beiden allein waren. Sofie spürte, wie ihr die Röte in die Wangen stieg. Sie wünschte, ihre Mutter hätte sie nicht in diese Situation gebracht. »Das ist eine große Leistung.«

Er starrte sie an und befeuchtete sich die Lippen. »Ja, vielen Dank.«

Sofie zwang sich zu einem Lächeln. »Es ist gar nicht einfach, in Harvard aufgenommen zu werden, nicht wahr?«

Er starrte sie immer noch an. »Nein.«

»Sie können stolz auf sich sein.« Sie verlagerte das Gewicht, um ihren schmerzenden Knöchel zu entlasten. Sie schlug nicht vor, sich zu setzen, da sie nur fort wollte, um Lisa zu suchen. Ihr Skizzenbuch lag irgendwo am Strand. Sie *mußte* die Studie des blendend aussehenden, dunklen Fremden namens Edward wiederhaben.

»Wollen wir ... ehm ... einen Spaziergang machen, Miß O'Neil?«

Sofie lächelte tapfer. »Oh, normalerweise gern, aber ich fürchte, ich muß mich ein wenig ausruhen, wenn ich den heutigen Abend durchstehen will.«

Er war sichtlich erleichtert. »Aber selbstverständlich, Miß O'Neil.«

Sofie war ebenfalls erleichtert. Und dann trennten die beiden sich, und jeder floh in eine andere Richtung.

»Sofie ... es ist nicht da!« rief Lisa und schlug die Tür hinter sich zu.

Sofie saß im Schlafrock in ihrem Zimmer und nahm gerade ein Fußbad, um die Schmerzen in ihrem Knöchel zu lindern. »Aber es muß dort sein! Du hast nicht an der richtigen Stelle gesucht!«

»Hab' ich doch!« brauste die zierliche, hübsche Lisa auf. »Ich bin den Weg am Tennisplatz entlanggelaufen bis zu der Stelle, wo man von der letzten Düne den schönen Blick aufs Meer hat. Genau wie du gesagt hast. Da war nichts. Nur deinen Hut hab' ich gefunden.«

»O Gott«, jammerte Sofie verzweifelt. »Jemand hat meine Skizzen genommen. Aber wer? Und wieso?«

»Ich habe wirklich alles abgesucht«, meinte Lisa.
Sofie hörte ihr kaum zu. »Wie soll ich ihn jetzt malen?«
Lisa berührte Sofies Hand. »Ihn malen? Wen denn?«
Sofie sah ihre jüngere Halbschwester verlegen an.
Lisa machte ein fragendes Gesicht.
Sofie holte tief Luft. »Ich habe einen Mann gesehen, der den unteren Weg entlangspazierte, während ich oben auf der Düne saß und Skizzen machte. Ich habe ihn in einer flüchtigen Studie festgehalten. Natürlich hat er mich nicht bemerkt.« Hitze stieg ihr ins Gesicht. Die Geschichte verstümmelt zu erzählen ähnelte beinahe einer Lüge. Aber sie mußte ihrer kleinen Schwester verschweigen, was sie wirklich gesehen hatte.

Die Szene, die sie am Strand beobachtet hatte, geisterte immer noch in ihrem Kopf herum. Ständig mußte sie an den Fremden denken und daran, was er mit der hübschen Hilary gemacht hatte. Auch jetzt sah sie seinen entrückten Gesichtsausdruck vor sich, ehe sie geflohen war. Ihre Gedanken waren sündig ... Sofie schämte sich, an nichts anderes denken zu können als an diesen verwirrend schönen Mann. Den ganzen Nachmittag, seit sie sich in ihr Zimmer zurückgezogen hatte, hatte sie sich vorgestellt, wie die Komposition und Farbgebung des Ölbildes aussehen sollte, das sie von ihm malen wollte.

»Wer war er?« fragte Lisa nun mit wachem Interesse.
»Ich weiß nicht. Sie nannte ihn Edward.«
»Sie? War er nicht allein?«
Sofie wünschte, ihre Bemerkung zurücknehmen zu können. »Nein.« Sie mied Lisas Blick. Wie konnte sie nur so unbedacht sein!
Lisa ließ sich auf Sofies Bett fallen. »Du sprichst von Edward Delanza«, meinte sie atemlos.
Entsetzen und Neugier kämpften in Sofie. »Wer ist Edward Delanza?«
»Ich habe ihn gestern vor dem Abendessen kennengelernt. Wenn du nur schon dagewesen wärst! Dieser Mann ist göttlich.«
Sofie hatte inständig gehofft, der Fremde, den sie am

Nachmittag in eindeutiger Situation beobachtet hatte, möge kein Hausgast ihrer Mutter sein. Sie durfte ihm nie begegnen. Wie sollte sie ihm ins Gesicht sehen?

Ihr Magen krampfte sich zusammen. »Hat er schwarze Locken und sieht gut aus?«

Lisa sah ihre Schwester mit großen Augen an. »Er sieht nicht nur gut aus. Er ist umwerfend! Einfach hinreißend!« Sie beugte sich vor und raunte: »*Und er ist gefährlich.*«

Sofie wurde aschfahl. Nein – Lisa meinte einen anderen, nicht den Fremden. Nein, er war nicht Hausgast ihrer Mutter. Nie und nimmer!

»Er hat sämtliche Damen in hellen Aufruhr versetzt«, plapperte Lisa munter drauflos. »Alle fanden ihn gestern abend entzückend – selbst die Hausmädchen. Sogar Mama schenkte ihm ein Lächeln.«

Sofie klammerte sich an den Armlehnen des Stuhls fest. Und wenn das Entsetzliche zutraf? Wenn er hier im Haus war?

»Sein Ruf ist schwärzer als die Nacht, Sofie«, flüsterte Lisa verschwörerisch. »Er soll ständig eine Pistole bei sich tragen und Diamantenschmuggler sein ... er handelt mit gestohlenen Juwelen ... und er ist ein *Frauenheld.*«

Sofie japste auf, ihr Herz pochte wild. Sie schloß die Augen und erinnerte sich an jede Einzelheit der Szene am Strand. Er war der Inbegriff lässiger, männlicher Eleganz, und sie konnte sich ihn sehr wohl als Diamantenschmuggler vorstellen ... und als Verführer junger, unschuldiger Mädchen. Sie nahm das aufgeschlagene Buch zur Hand, das neben ihr lag, und fächelte sich damit Kühlung zu. »Das sind mit Sicherheit wieder völlig alberne Gerüchte. Mutter würde einen so abscheulichen Kerl niemals einladen.«

Lisa lächelte. »Er ist gar nicht abscheulich, Sofie, auch wenn er in dunkle Geschäfte verwickelt ist. Er ist in Afrika verwundet worden, und das umgibt ihn mit einer heldenhaften Aura! Einige Damen scheinen es auf ihn abgesehen zu haben. Er soll nämlich auch reich sein wie ein Krösus. Du mußt ihn unbedingt kennenlernen, Sofie! Von diesem Mann wirst selbst du hingerissen sein!«

»Du jedenfalls klingst, als seist du hingerissen«, entgegnete Sofie und wunderte sich über ihre gefaßte Stimme.

»Ja, ich bin hingerissen, aber für mich kommt er natürlich nicht in Frage. Papa würde niemals seine Zustimmung geben, daß mir ein Mann mit seinem Ruf den Hof macht – das weißt du genau.« Doch Lisas dunkle Augen glühten. »Gestern abend, nachdem die Gäste sich zurückgezogen hatten, stand er mit einer Dame draußen auf der Terrasse. Ich habe die beiden heimlich beobachtet. Es war schockierend, wie er sie umarmte. Er hat sie geküßt, Sofie!«

Sofie gefror das Blut in den Adern. »Wer?« hauchte sie tonlos. »Wer war die Dame?«

»Du wirst es nicht glauben – ich wollte es selbst kaum glauben. Hilary Stewart.« Lisa beugte sich noch weiter vor. »Ich habe gehört, daß sie ihn heiraten will!«

Sofie brachte kein Wort mehr heraus. Nun hatte sie Gewißheit, daß der Fremde, den sie heimlich am Strand beobachtet hatte, tatsächlich dieser Edward Delanza war. Und in wenigen Stunden mußte sie ihm von Angesicht zu Angesicht gegenübertreten. Gütiger Himmel, wie konnte sie dem Mann ins Gesicht sehen, nach allem, was sie beobachtet hatte?

Kapitel 2

Edward Delanza stand auf dem Balkon seines Zimmers, zündete sich eine Zigarette an und inhalierte tief den Rauch. Dann lehnte er sich an die verschnörkelte Brüstung und ließ den Blick schweifen.

Zu seiner Linken lag ein kunstvoll angelegter Garten in voller Blüte; rechts im Hintergrund konnte er einen Teil des Tennisplatzes erkennen. Direkt vor ihm erstreckte sich der gepflegte Rasen bis zu den grün bewachsenen Sanddünen hin, und dahinter rollten träge die stahlblauen Wogen des Ozeans und spülten weiße Gischtkronen an den hellen Strand. Im Westen, hinter dem Haus, für Edward nicht sichtbar, ging die Sonne unter und färbte den Himmel rosig.

Edward genoß den Blick auf die stille, friedliche Landschaft. Sein Leben war im letzten Jahr so gefährlich und stürmisch verlaufen, daß er sich auch an stillen Momenten erfreuen konnte. Allerdings nicht lange. Solche Augenblicke währten nur kurz. In ein paar Tagen, ein paar Wochen, ein paar Monaten würde ihn die unstillbare Unrast erneut überkommen, eine Unruhe, die ihre Wurzeln in ferner Vergangenheit und tief in seiner Seele hatte. Manchmal verglich er diese Rastlosigkeit mit einem Riesenkraken, dessen Fangarme ihn nicht losließen, der ihn weitertreiben würde.

Doch im Augenblick war er restlos zufrieden, an einem lauen, beschaulichen Sommerabend eine Zigarette zu rauchen. Er hob das Gesicht in die schwülfeuchte Abendluft, nicht zu vergleichen mit der sengenden Hitze eines Sommerabends im südlichen Afrika.

Als wäre es gestern gewesen, erinnerte er sich an seine letzte Nacht in Afrika, als er in Hopeville hinter einem Stapel Kisten kauerte, nicht weit vom Bahnhof entfernt, der lichterloh brannte. Gewehrkugeln und Querschläger pfiffen ihm um die Ohren, dumpfe Explosionen krachten in nächster Nähe. Briten und Buren lieferten sich die ganze Nacht lang Gefechte, und er war mittendrin. Die Schießereien wollten kein Ende nehmen. Edward erinnerte sich lebhaft daran, wie sehr er nach einer Zigarette gelechzt hatte und in sämtlichen Taschen danach kramte, aber nur zwei Hände voll Diamanten hervorholte.

In diesem Moment hätte er sämtliche Steine für eine einzige Zigarette getauscht.

Der Zug aus Kimberley hatte zweieinhalb Stunden Verspätung. Edward hatte sich beim Überklettern des Stacheldrahtzauns blutig geschrammt, und als er neben dem Zug hergelaufen war, hatte er zu allem Überfluß noch einen Schuß in die Schulter abgekriegt. Aber er hatte es geschafft. Er war auf den letzten Wagen gesprungen, und als er in der blutroten Morgenröte in Kapstadt ankam, hatte er das Handelsschiff in letzter Sekunde erreicht, das im Begriff war, abzulegen. Blutverschmiert, verdreckt und völlig erschöpft, aber er hatte es geschafft. Mit den Taschen voller Diamanten.

Er würde *nie wieder* zurückkehren.

Er rauchte die Zigarette zu Ende. Erst als die Kippe ihm die Finger verbrannte, zwang er seine Gedanken in die Gegenwart zurück. Seine Schultern waren verspannt, und er schwitzte; Symptome, die sich jedesmal bei diesen unangenehmen Erinnerungen einstellten. Das südliche Afrika war ein hoffnungsloser Fall, das war ihm vor etlichen Monaten klargeworden. Der Haß auf beiden Seiten war zu tief verwurzelt, die Lage zu verworren, um eine baldige Lösung zu finden. Er wollte schleunigst aus dem Geschäft aussteigen. Was nützte ihm sein Reichtum, wenn er tot war?

Sein Blick glitt über die beschauliche Szene auf dem Rasen unter dem Balkon. Vereinzelte Gäste schlenderten durch den Garten mit Gläsern in den Händen. Die Herren im Smoking, die Damen in Abendkleidern und funkelnden Juwelen. Nicht zum erstenmal wanderte Edwards Blick zurück zu dem weißen Korbstuhl neben der Glastür zu seinem Zimmer, auf dem ein offenes Skizzenbuch lag, in dessen Blättern der Abendwind fächelte.

Edward war sich ziemlich sicher, daß das Skizzenbuch der Voyeurin gehörte. Als er und Hilary sich trennten, um auf verschiedenen Wegen zum Haus zurückzugehen, hatte Edward es im Sand gefunden, genau an der Stelle, wo die heimliche Zuschauerin gekauert und die Szene beobachtet hatte. Und zu seiner großen Überraschung hatte er eine flüchtige Zeichnung von sich entdeckt und sich sogar ein wenig geschmeichelt gefühlt. Es gab noch andere Skizzen von der Küste vor Newport. Die kleine Voyeurin hatte Talent, daran gab es keinen Zweifel.

Edward zündete sich noch eine Zigarette an. Seit dem Vorfall am Strand mußte er ständig an sie denken. *Der Vorfall.* Er war immer noch entsetzt über sein abscheuliches Verhalten. Zugegeben, er hatte sie nicht gezwungen zuzusehen. Aber sie hatte dort gesessen, um zu zeichnen, das war ihm jetzt bewußt.

Andererseits hätte jede andere junge Dame augenblicklich die Flucht ergriffen. *Sie nicht.* Sie war geblieben und hatte zugesehen – bis zum Ende. Allein bei dem Gedanken regten sich seine Lenden. Edward erkannte mit Schrecken, daß er durch seine Eskapaden – und die Momente, in denen er dem Tod sehr nahe war – zügelloser und kaltblütiger geworden war, als er befürchtet hatte. Dieser Vorfall war der Beweis. Wie sonst sollte er sein Verhalten erklären? Aber wie war ihr Verhalten zu erklären? Er war ihr noch nicht begegnet, und seine Neugier war geweckt.

Er vermutete sie unter den Gästen der Ralstons, und er sah ihrer Begegnung mit einer Mischung aus Freude und Erregung entgegen. Gütiger Himmel, er hatte richtig Herzklopfen. Edward konnte sich nicht erinnern, wann er das letztemal Herzklopfen beim bloßen Gedanken an eine Frau gehabt hatte.

Edward ging in sein Zimmer zurück, schlüpfte in das weiße Abendjackett, zupfte die Fliege zurecht und ging nach unten.

In der Halle verlangsamte er seine Schritte und blieb an der Schwelle des weitläufigen Salons stehen. Gäste standen in Grüppchen plaudernd zusammen und nippten an Champagnergläsern, die von Dienern und Hausmädchen in weißen Schürzen und Häubchen auf Silbertabletts gereicht wurden. Es waren mindestens zwei Dutzend Gäste anwesend; offenbar waren auch Nachbarn zum Dinner geladen. Er ließ den Blick über die Gäste schweifen und verharrte jäh. Die Voyeurin stand allein vor der hohen Verandatür am anderen Ende des Raums.

Und sein erster Gedanke war: Nein, unmöglich!

An der Glastür stand eine unscheinbare, nichtssagende Person, ein junges Mädchen, an das er normalerweise keinen Blick verschwendet hätte. Doch irgend etwas an ihr faszinierte ihn. Er konnte den Blick nicht wenden.

Sie war gräßlich angezogen, trug das Haar streng nach hinten gekämmt und zu einem Knoten gebunden; keinen Schmuck, nicht einmal Ohrringe. Und das graue Kleid war von unnachahmlicher Häßlichkeit. In seiner Fantasie zog Edward sie aus, stellte sich verführerische Rundungen vor und offenes wallendes Haar. Er sah sie nackt vor sich, nur an ihrem Hals glitzerte ein kostbares Kollier aus seinen Diamanten, während er sie liebte.

Zögernd betrat Edward den Raum. Gewiß hatte der erste Eindruck ihn getäuscht. Im hellen Licht der Kronleuchter konnte er sich ein genaueres Bild von ihr machen – doch auch dies war eine Enttäuschung. Sie hatte keinen Geschmack, ohne allerdings hausbacken zu wirken, eher wie ein Blaustrumpf. Nein, sie war nicht sein Typ – er liebte schöne Luxusgeschöpfe, keine Frauen, die sich hinter häßlichen Kleidern und noch häßlicheren Frisuren versteckten. Und dennoch faszinierte sie ihn.

Sie sah zu ihm herüber. Edward fragte sich, was sie empfunden hatte, als sie ihn mit Hilary beobachtet hatte, und was sie jetzt empfand. Sie war tief errötet. Sein Herz schlug hart und schnell. Sie sahen einander unverwandt an. Eine Ewigkeit schien zu vergehen, ehe er den Blick wenden konnte. Sie war so jung. Viel zu jung für ihn. Nicht älter als achtzehn; vermutlich erst in dieser Saison in die Gesellschaft eingeführt. Eine sehr wohlerzogene, sehr junge Dame aus sehr gutem Haus und unschuldig – und diese Unschuld hatte er heute zerstört. Gütiger Himmel!

Edward blieb wie gebannt stehen, Schuldbewußtsein

trieb ihm die Schamröte ins Gesicht, als er das ganze Ausmaß seines schändlichen Tuns begriff. Er hatte sich vor den Augen einer jungen Dame – beinahe noch ein Schulmädchen – im Liebesakt mit seiner Gespielin im Sand gewälzt. Und er verzehrte sich danach, sich mit eben dieser jungen Dame im Liebesspiel zu wälzen – ihr die Wonnen der Fleischeslust zu zeigen, sie in die köstlichen Verzückungen, die Genüsse, den Taumel, den süßen Rausch der körperlichen Liebe einzuweihen. Danach sehnte er sich, nicht nur mit seinem Körper, auch mit seiner Seele.

Edward zwang sich, den Blick von ihr zu wenden. Er war schockiert über sich, über sein Tun und über seine schamlosen Gedanken. Sein Pulsschlag dröhnte ihm in den Ohren. Was war los mit ihm? Sie war nicht nur der Frauentyp, dem er nichts abzugewinnen vermochte, sein plötzliches Interesse ließ zudem auf völlig abartige Aspekte in seinem Charakter schließen.

Sein Blick stahl sich zu ihr zurück. Sie starrte ihn immer noch an, die Röte stieg vom hochgeschlossenen Kragen des häßlichen Kleides ihren Hals hinauf und ergoß sich über ihr Gesicht. Erst als ihre Blicke sich wieder begegneten, wandte sie sich brüsk ab. Er war mehr als nur fasziniert. Er hatte das beängstigende Gefühl, den Verstand zu verlieren.

Aber warum? Dieses unscheinbare Persönchen würde bald einen braven Mann heiraten und in ein paar Jahren unscheinbare Kinder in einem unscheinbaren Heim großziehen.

Sein Interesse war völlig widersinnig. Er war ein eingefleischter Junggeselle und wußte aus eigener Erfahrung, welche Folter ein Eheleben bedeuten konnte. Lust vermochte keine Ehe zusammenzuhalten, und an die Liebe glaubte er ohnehin nicht. Seine geschiedenen Eltern waren der lebende Beweis für seine Theorie. Nicht anders als die zahllosen verheirateten Frauen, die zu ihm ins Bett krochen.

Hilary gesellte sich mit einer anderen Dame an Edwards Seite. »Hallo, Mr. Delanza«, grüßte sie ihn höflich, als sei er ein flüchtiger Bekannter.

Edward zwang sich zu einem Lächeln, verneigte sich und hob ihre Hand zum Kuß. Er sprach mechanisch, vermochte das Bild der unscheinbaren jungen Person am anderen Ende des Salons nicht aus seinen Gedanken zu verbannen. »Mrs. Stewart. Haben Sie den Tag in der Sonne genossen?«

Hilarys lange Wimpern senkten sich. »O ja, sehr sogar. Und Sie?«

»Mmm, ich auch.«

»Kennen Sie Miß Vanderbilt?«

»Verzeihen Sie meine Unaufmerksamkeit.« Edward verneigte sich und führte die Hand der Vorgestellten an die Lippen.

Carmine Vanderbilt lachte nervös und zögerte, seine Hand freizugeben.

Hilary plauderte, und Edward antwortete, wenn er meinte, eine Antwort zu schulden. Dabei glitten seine Blicke immer wieder zu der jungen Frau an der Verandatür hinüber. Nach wenigen Minuten wurde ihm klar, daß etwas nicht stimmte.

Sie stand allein, völlig allein, wie eine Ausgestoßene.

»Wer ist die junge Dame dort drüben?« fragte er unvermittelt.

Hilary und Carmine folgten seinem Blick, und als sie begriffen, nach wem er sich erkundigte, bekamen beide staunende Augen. »Das ist Sofie O'Neil«, erklärte Hilary leichthin. »Suzanne Ralstons Tochter aus erster Ehe. Wieso fragen Sie?«

»Weil sie ganz allein ist und sich offenbar nicht wohl fühlt.« Edward setzte sein Grübchenlächeln auf. »Ich denke, ich sollte mich ein wenig um sie kümmern.« Mit diesen Worten verneigte er sich und ließ die beiden verdutzten Damen stehen.

Edward durchquerte den Salon.

Er nickte den Gästen zu, an denen er vorbeikam, ohne sich aufhalten zu lassen. Er redete sich ein, ehrenhaft zu handeln, und glaubte es beinahe. Er begriff nicht, wieso niemand sich mit Miß O'Neil unterhielt. War er der einzige Gentleman im Raum? Die Gleichgültigkeit und Unhöflichkeit der Gäste erzürnte ihn. Und er versuchte, die Schwellung zwischen seinen Schenkeln zu ignorieren.

Während er sich dem Objekt seines Interesses näherte, registrierte er einige Details. Sie war mittelgroß und hatte eine hübsche Figur. Er erspähte goldene Strähnchen in ihrem brünetten Haar und erinnerte sich, wie es golden im Sonnenlicht geleuchtet hatte. Ihr Teint hatte einen rosigen Aprikosenschimmer. Er fragte sich, wer ihr eingeredet hatte, das Haar so altjüngferlich zu tragen und wer ihr dieses gräßliche Kleid aufgeschwatzt hatte. Wenn sie sich weiterhin kleidete wie eine graue Maus, würde sie nie einen Ehemann bekommen.

Sie hatte ihn bemerkt und machte große Augen. Er steuerte unbeirrt auf sie zu. Wie sehr bedauerte er seine abscheuliche Darbietung von heute nachmittag. Aber für Reue war es zu spät. Sie wußte, wer er war – sie hatte ihm lange genug zugesehen. Aber sie mußte nie erfahren, daß er wußte, daß sie ihn beobachtet hatte. Sie durfte es nie erfahren. Und sobald die ersten verkrampften Sekunden des Kennenlernens überstanden waren, würden sie miteinander plaudern, als sei nie etwas geschehen. Vielleicht würde sie den Vorfall eines Tages vergessen.

Sie ließ ihn nicht aus den Augen. Ihr Mund formte sich zu einem O. Ihre Wangen glühten. Sie rang verzweifelt nach Atem. Aber sie ergriff nicht die Flucht.

Edward blieb vor ihr stehen, nahm ihre verkrampft dargebotene Hand und lächelte im Bewußtsein, daß er auf Frauen unwiderstehlich wirkte. Ihre Augen wurden noch größer. »Miß O'Neil. Ich bin entzückt, Ihre Bekanntschaft zu machen. Wie ich höre, sind Sie die Tochter unserer Gastgeberin. Edward Delanza, mit Verlaub.«

Sie starrte ihn ungläubig an.

Edward führte ihre Hand an die Lippen und küßte sie. Trotz ihrer altjüngferlichen Verkleidung war sie hübsch. Sie hatte eine kleine gerade Nase, hohe Wangenknochen, ihre Mandelaugen waren von langen, dichten Wimpern umrahmt. Ihr Gesicht war oval und ihre Augen leuchteten bernsteinfarben, golden wie alter, spanischer Sherry. Er blickte ihr tief in die Augen, und sie erwiderte seinen Blick, gebannt und standhaft. Es kostete ihn Mühe, sich von ihren Augen zu lösen.

Sie könnte eine Schönheit sein, wenn sie sich ein wenig darum bemühte. Eine goldblonde Schönheit, keine auffallende Märchenschönheit, aber dennoch von besonderem Zauber, eine Frau, nach der die Männer sich umdrehen würden. »Mr. D ... Delanza«, stammelte sie.

Edward gab sich innerlich einen Ruck und räusperte sich. »Sind Sie heute erst in Newport angekommen?« Er hatte sie gestern abend nicht gesehen.

Sie nickte, sah ihn jedoch noch unverwandt an.

»Man ist froh, der Stadt zu entfliehen, nicht wahr? Die Hitze ist momentan unerträglich.«

»Ja«, flüsterte sie. Ihr Busen wogte, und sie hob das Kinn ein wenig.

Edward wußte nicht, ob sie nur schüchtern war oder immer noch unter Schock stand. Er schenkte ihr erneut ein strahlendes Lächeln. »Werden Sie den ganzen Sommer bleiben?«

»Wie bitte?« Sie fuhr sich mit der Zunge über die Lippen.

Edward wiederholte seine Frage und bemühte sich, keine unschicklichen Gedanken zu haben.

Sie schluckte. »Vermutlich nicht.«

Er war erstaunt. »Wieso nicht?«

»Ich habe Unterricht. An der Kunstakademie.« Sie hob das Kinn ein wenig höher. »Ich studiere Malerei.«

Er dachte an die Skizzen, die ihr Talent bewiesen. »Interessant. Lieben Sie die Malerei?«

»Ja, sehr.«

Er zog eine Braue hoch. »Wie ungewöhnlich. Besuchen viele junge Damen die Kunstkademie?«

»Etwa ein Viertel sind Studentinnen«, erklärte sie lächelnd. »Wir alle lieben die Malerei.«

Edward sah sie unverwandt an und widerrief seinen ersten Eindruck. Sofie O'Neil war schön. Wenn sie lächelte, hellten ihre Gesichtszüge sich auf, als strahle sie von innen. Etwas in ihm regte sich, und es waren nicht nur seine Lenden. Plötzlich wünschte er jünger zu sein, seine Ideale nicht verloren zu haben und sich für eine Ehefrau erwärmen zu können. Ein völlig absurder Gedanke.

»Das ist bewundernswert, Miß O'Neil«, sagte er aufrichtig. Und dann sah er wieder das häßliche, graue Kleid. Er hatte noch keine Frau kennengelernt, die nicht Gefallen an hübschen Kleidern, kostbarem Schmuck und gutaussehenden Männern gehabt hätte. Sofie O'Neil sollte weiße Seidenkleider, Perlen und Diamanten tragen und von einem Schwarm junger Männer angehimmelt werden. Wieso war er der einzige Mann, der ihre Nähe suchte? Er lächelte. »Ich nehme an, daß bald ein junger Mann einen Teil ihrer Leidenschaft für sich beanspruchen wird.«

Sie versteifte sich.

»Habe ich etwas Falsches gesagt?«

»Ja«, murmelte sie und wandte den Blick.

Er konnte sich nicht denken, wieso. Bald würde ein junger Mann hinter der gouvernantenhaften Frisur und ihrer mausgrauen Aufmachung ihre wahre Schönheit erkennen und ihr Herz im Sturm erobern. Wie könnte es anders sein?

Miß O'Neil erinnerte ihn an einen der ungeschliffenen Diamanten, die er aus Afrika mitgebracht hatte, stumpfe, glanzlose Steine, die erst nachdem sie geschliffen und poliert waren ihre Pracht zum Glitzern brachten.

Sofie wandte sich ihm wieder zu. »Ich beabsichtige, den Beruf einer Kunstmalerin zu ergreifen«, sagte sie.

»Den Beruf einer Kunstmalerin?«

»Ja.« Sie blickte ihn unverwandt an. »Ich habe die Absicht, meinen Lebensunterhalt als Malerin zu verdienen.«

Er war verblüfft. Wohlerzogene junge Damen übten keinen Beruf aus.

Sie fuhr sich wieder mit der Zunge über die Lippen. »Habe ich Sie schockiert?«

»Ich weiß nicht recht«, antwortete er aufrichtig. »Ich bin ziemlich liberal eingestellt. Ihr zukünftiger Gatte wird vermutlich anderer Ansicht sein.«

Sie nestelte an den Falten ihres Rocks. »Würde ich heiraten, dann würde mein Ehemann mir zweifellos untersagen, irgendeinen Beruf auszuüben, erst recht den Beruf einer Künstlerin.«

Edward traute seinen Ohren nicht. »Wollen Sie damit

etwa zum Ausdruck bringen, daß Sie nicht heiraten werden?«

Sofie nickte.

Edward war nun völlig entgeistert. Diese junge Dame hatte sich nicht gescheut, ihn und Hilary beim Liebesakt zu beobachten, und ihre Skizzen ließen auf eine ungewöhnliche Begabung schließen. Einer solchen Frau war Edward noch nie begegnet. Die gouvernantenhafte, graue Maus schien keinerlei Bedenken zu haben, Konventionen zu sprengen.

»Sie ...« Sofie schluckte. »Sie starren mich an, als hätte ich zwei Köpfe, Sir.«

Edward atmete tief ein. »Vermutlich sind Sie daran gewöhnt, Gesprächspartner mit Ihrem Vorsatz zu verblüffen, sich ihren Lebensunterhalt mit der Malkunst zu verdienen, statt ein Leben an der Seite eines Ehemannes zu verbringen.«

»Nein, bin ich nicht.« Sie senkte den Kopf. »Ich bewege mich nicht häufig in der Gesellschaft. Und ich rede nicht über meine beruflichen Pläne.«

Edward war versucht, ihre Hand zu ergreifen. Da sie weiterhin den Kopf gesenkt hielt, richtete er seine nächsten Worte an ihren schnurgeraden Scheitel. »Ich fühle mich durch Ihr Vertrauen geschmeichelt.«

Sofie hob ruckartig den Kopf.

Edward lächelte sanft. »Ist das der Grund, warum Sie sich so schlicht kleiden? Wollen Sie Ihre Schönheit absichtlich verbergen, um unerwünschte Bewunderer abzuschrecken?«

Ihre Lippen wurden schmal. »Halten Sie mich für eine Närrin?« Sie war bleich geworden.

»Miß O'Neil ...«

Sie hob abwehrend die Hand. »Warum sagen Sie so etwas? Wir beide wissen, daß ich keine Schönheit zu verbergen habe.«

Sie hatte keine Ahnung von ihrem unverfälschten Charme. Und plötzlich faßte Edward den Entschluß, dieses junge Mädchen aufzurütteln, bis sie sich im richtigen Licht sah. »Ich mußte es sagen, weil es die Wahrheit ist.«

Sie verschränkte die Arme. »Sie machen sich lustig über mich«, murmelte sie verlegen.

»Keineswegs. Es ist nicht meine Art, mit den Gefühlen anderer Menschen zu spielen.«

Sie sah ihn an, als schwanke sie zwischen Hoffnung und Argwohn hin und her.

»Akzeptieren Sie die Wahrheit, Miß O'Neil. Denn bald werden Ihnen andere Verehrer ähnliche Worte sagen, ungeachtet Ihrer künstlerischen Ambitionen.«

Sofie entfuhr ein verächtlicher Laut. »Wohl kaum.«

»Nein?«

»Es gibt keine Verehrer.« Sie wollte sich abwenden, doch Edward hielt sie am Arm zurück.

»Meine Mutter gibt Zeichen, sich zu Tisch zu begeben«, fuhr sie hastig fort.

»Sie haben Angst vor mir.« Er blickte ihr tief in die Augen. »Das ist unnötig.«

»Nein.« Sie schüttelte seine Hand ab und sah ihn unverwandt an. »Es besteht kein Grund, warum ausgerechnet ich Angst vor Ihnen haben sollte, oder?«

Edward errötete. Ihre Blicke hefteten sich ineinander. »Miß O'Neil, glauben Sie nicht alles, was Sie hören.«

Sie biß sich auf die Unterlippe. »Ich ziehe keine voreiligen Schlüsse aus übler Nachrede und Klatsch, Mr. Delanza.«

»Freut mich zu hören.« Er lächelte wieder. »Verurteilen Sie mich auch aus anderen Gründen nicht?«

Ihr Blick wurde unstet, ihre Haltung versteifte sich wie die eines Rehs Sekunden vor der Flucht.

Er hoffte, sich nicht verraten zu haben. Sie würde nie wieder ein Wort mit ihm sprechen, wenn sie wüßte, daß er sich ihrer Gegenwart in den Dünen bewußt war, und er könnte es ihr nicht einmal übelnehmen. Sie durfte es nie erfahren. »Ich bin kein unverbesserlicher Schurke«, scherzte er.

Nach einer langen Pause erwiderte sie: »Dafür halte ich Sie auch nicht.«

Wieder versetzte sie ihn in Erstaunen. »Zu gütig«, murmelte er und bot ihr den Arm. »Darf ich Sie zu Tisch begleiten?«

»Nein! Ich denke nicht!« Ihr Blick irrte suchend durch den Salon, der sich fast geleert hatte. Suzanne Ralston stand an der Tür am anderen Ende des Raums und blickte wachsam zu den beiden herüber. Vermutlich machte sie sich Sorgen wegen seines Interesses an ihrer Tochter, ohne zu wissen, daß sie nichts zu befürchten hatte. Edward seufzte. »Bis später«, murmelte er mit einer leichten Verneigung.

Sie sah ihn stumm an.

Eine behandschuhte Frauenhand legte sich auf seinen Ärmel. »Edward?«

»Mrs. Stewart.« Mit einer höflichen Verneigung wandte er sich Hilary zu, die ihn anlächelte.

Ihre Augen waren dunkler als sonst, dunkel und forschend. »Wollen Sie mich zu Tisch begleiten?« meinte sie leichthin.

»Mit dem größten Vergnügen.« Als er sich in der Tür zum Speisesaal noch einmal umwandte, war Sofie O'Neil verschwunden.

Die nächsten zwei Stunden verbrachte Sofie damit, Edward Delanzas stahlblauen Augen auszuweichen.

Hilary saß zu seiner Linken. Die beiden waren am entgegengesetzten Ende der Tafel plaziert, deren Vorsitz Benjamin Ralston übernahm. Sofie war froh, neben ihrer Mutter am unteren Ende zu sitzen und so eine möglichst große Distanz zwischen sich und ihm zu bringen.

Sie, die sich rühmte, stets kühlen Kopf zu bewahren, war völlig aufgewühlt. Wie hätte sie im Gespräch mit einem Mann sachlich bleiben können, den sie wenige Stunden zuvor beim Liebesakt beobachtet hatte? Sofie durchströmte jedesmal eine Hitzewelle, wenn sein forschender Blick in ihre Richtung flog – was wiederholte Male geschah.

Wieso hatte er sich mit ihr unterhalten? Edward Delanza, der elegante, verwegene Frauenheld und Diamantenschmuggler. Bereits beim Betreten des Salons war sein Blick auf sie gefallen.

Sofie fand keine Erklärung für sein Benehmen. Allein die Vorstellung, er könne sie interessant oder attraktiv finden, war vollkommen abwegig. *Wieso* hatte er ihr seine Aufmerksamkeit geschenkt?

Ihr Blick wanderte diagonal zum anderen Ende der Tafel. Edward hielt den Kopf seitlich Hilary zugeneigt, und sein schwarzes Haar schimmerte im Licht der kristallenen Kronleuchter. Seine kühne Nase war eine Spur zu groß im kantig geschnittenen Gesicht. Seine Mundwinkel umspielte ein leises Lächeln, während er seiner Tischdame zuhörte.

Dann erstarb das Lächeln, er richtete sich auf, hob den Blick und bemerkte Sofie, die ihn anstarrte. Ihre Blicke begegneten einander. Sofie senkte rasch die Lider – wohl zum hundertstenmal an diesem Abend – und errötete. Doch nun starrte er sie an. Das spürte sie genau.

Verstohlen wagte sie wieder einen Blick zu ihm hinüber, wie unter Zwang. Edward Delanza war weit mehr als ein gutaussehender Mann, genau wie Lisa gesagt hatte; er hatte eine unwiderstehliche Ausstrahlung. Er und Hilary waren ein wunderschönes Paar. Und obgleich Hilary sich sehr damenhaft und sittsam verhielt, hätte Sofie schwören können, daß sie unter dem Tisch ihren Schenkel an den seinen preßte, ihn vielleicht sogar streichelte. Jedesmal, wenn Hilary Edward anlächelte, dachte Sofie an das, was sie zusammen getan hatten, was sie zweifellos heute nacht wieder tun würden, und ein Stich ging ihr durchs Herz.

War sie eifersüchtig? Sie hatte ihre Kunst, in der sie völlig aufging. Sie hatte sich gegen die Ehe entschieden und war glücklich mit ihrer Entscheidung. Und wenn sie gelegentlich Zweifel befielen, mußte sie nur an Mary Cassatt denken, die berühmte Malerin, die auf Heirat und Kinder verzichtet hatte, um sich ganz ihrem künstlerischen Schaffen zu widmen.

Edward fing ihren Blick erneut auf, und diesmal hielt sie ihm stand.

Sofie zerschmolz innerlich.

»Sofie, du starrst die Gäste an, das ist unhöflich«, flüsterte Suzanne neben ihr.

Sofie zuckte zusammen. Ihre Wangen glühten. Sie glaubte, in Edward Delanzas blauen Augen eine Botschaft gelesen zu haben. Nein, mit Sicherheit hatte sie sich geirrt und bildete sich nur ein, eine beängstigende Dringlichkeit und ein raubtierhaftes Interesse gelesen zu haben.

Suzanne wandte sich mit einer charmanten Bemerkung ihren Gästen zu und erntete ein dankbares Lachen.

Sofie hatte genug von dem Theater. Wie sollte sie noch eine Nacht und einen ganzen Tag überstehen, ehe dieses Wochenende vorüber war und sie wieder nach New York zurückkehren konnte? Sie spielte mit dem Gedanken, eine Unpäßlichkeit vorzuschützen und den morgigen Tag auf ihrem Zimmer zu verbringen.

Sein Flirt mit ihr vor dem Dinner war ihr vollkommen rätselhaft. Er war der erste Mann, der sich für sie zu interessieren schien, der erste, der mit ihr flirtete, der ihr schmeichelte. Hätte er ihren plumpen Gang bemerkt, wäre ihm sein Charme schnell vergangen, und er hätte sie nicht beachtet, genau wie alle anderen.

Suzanne hob die Tafel auf und bat die Gäste ins angrenzende Kaminzimmer. Sofie war tief in Gedanken versunken, und erst als sie Stühlerücken hörte, bemerkte sie, wie die Gäste sich erhoben. Wenn Mr. Delanza sah, wie sie aus dem Speisesaal hinkte, würde sein Interesse rasch erlöschen. Sollte er tatsächlich etwas Reizvolles an ihr gefunden haben, würde er beim Anblick ihres plumpen hinkenden Ganges schleunigst seine Meinung ändern.

Sofie blieb sitzen und wich seinem fragenden Blick aus. Schließlich verließ auch er den Saal, um sich mit den anderen Herren in den Rauchsalon zu Cognac und Zigarren zurückzuziehen. Erst jetzt stand auch Sofie auf und folgte den Damen.

Einerseits wollte sie in ihr Zimmer flüchten. Dann würde er nicht bemerken, daß sie ein Krüppel war, und sie könnte ungestört ihrem Wunsch nachgehen und zeichnen. *Ihn zeichnen*.

Andererseits wollte sie bleiben.

Im Flur gesellte sich Lisa zu ihr. »Ist er es?«

Sofie lächelte matt. »Ja.«

Lisa entfuhr ein spitzer Schrei. »O Gott, du könntest ihn malen, Sofie! Es wäre ein überwältigendes Bild.«

Sofie schwieg. Was sollte sie darauf sagen? Sie hatte sich längst vorgenommen, ihn zu malen. Und es würde ein gutes Bild werden, daran hatte sie keinen Zweifel.

»Wie findest du ihn?« Lisa blieb vor dem Kaminzimmer stehen.

»Er ist so, wie du ihn beschrieben hast, Lisa. Umwerfend, überwältigend... gefährlich.«

»Du bist also auch von ihm hingerissen!«

Sofie schluckte heftig. »Unsinn, natürlich nicht.«

Lisa platzte beinahe vor Neugier. »Worüber habt ihr beide euch vor dem Dinner unterhalten? Ist er nicht wahnsinnig charmant? Denkst du ... er hat eine Affäre mit Hilary?«

»Lisa!« Sofie war schockiert. Wenn jemand sie belauschte!

»Na und? Sie ist schön und verwitwet, und er ist ein Herzensbrecher. Und außerdem hab' ich sie zusammen gesehen«, flüsterte Lisa.

»Was ... was, um Himmels willen, weißt du von Herzensbrechern und ... Affären?« stammelte Sofie.

Lisa lächelte verschmitzt. »Ich verkrieche mich nicht in der Akademie oder in meinem Zimmer und verbringe meine Zeit mit Malen wie du, Sofie. Ich habe Freundinnen, ich gehe aus. Alle Welt redet über derlei Dinge. Witwen haben *Erfahrung* und sind weit weniger gefährlich als verheiratete Frauen.«

Sofie blinzelte entgeistert.

»Newport war noch nie so aufregend, das steht jedenfalls fest.« Lachend eilte Lisa ins Kaminzimmer, wo Konfekt und Portwein gereicht wurden.

Sofie stand an der Treppe und hielt sich an der Balustrade fest, erleichtert, daß Lisa keine weiteren aufdringlichen Fragen stellte. Bang überlegte sie, was sie tun sollte. In spätestens einer halben Stunde gesellten die Herren sich wieder zu den Damen. Sie mußte nicht lange warten – wenn sie den Mut dazu aufbrachte.

Wenn sie sitzen blieb, würde er ihren hinkenden Gang

nicht bemerken. Sofie wußte, daß sie unvernünftig handelte, doch ihr gesunder Menschenverstand hatte sie nach den Ereignissen des heutigen Tages gründlich im Stich gelassen und war dem sündigen Verlangen gewichen, nur noch ein einziges Mal in Edward Delanzas Nähe zu sein und sich von seinem unwiderstehlichen Charme gefangennehmen zu lassen.

»Wo willst du hin?« Suzanne kam auf sie zu.

»Ich wollte eigentlich zu Bett gehen.«

»Du darfst dich nicht so früh zurückziehen, Sofie.«

Sofie blickte in das angespannte Gesicht ihrer Mutter. »Ich wollte nicht unhöflich sein.«

»Es wäre aber unhöflich, dich so früh zu verabschieden. Ebenso unhöflich wie dein Ausflug zum Strand heute nachmittag, ohne die Gäste zu begrüßen.«

»Tut mir leid, Mutter.«

»Ich weiß, daß es dir leid tut und daß du nicht unhöflich sein wolltest. Aber Sofie ...« Suzanne ergriff die Hand ihrer Tochter. »Erst kürzlich hat eine meiner Bekannten von dir gesprochen und dich eine Einsiedlerin genannt! Reicht es denn nicht, daß man dich für exzentrisch hält?«

Sofie fühlte sich gekränkt, bemühte sich aber, sich nichts anmerken zu lassen. »Mutter, was verlangst du von mir? Wie soll ich ernsthaft malen *und* Gesellschaften, Pferderennen und Damentees besuchen? Wenn deine Freundinnen mich für exzentrisch halten, haben sie vermutlich recht. Für sie bin ich eben ein komischer Kauz.«

»Du kannst so exzentrisch sein, wie du willst, Liebes, solange du gewisse Regeln befolgst. Du hast zwei Monate völlig allein in New York verbracht, um dich deinem Studium zu widmen. Ich will nur, daß du dich dieses Wochenende meinen Gästen widmest. Ist das zuviel verlangt, Sofie?«

Sofie schüttelte beschämt den Kopf. »Nein, du hast recht, es ist nicht zuviel verlangt.«

»Vielleicht hätte ich meine Einwilligung nicht geben dürfen, daß du mutterseelenallein in der Stadt lebst, vielleicht hätte ich darauf bestehen sollen, daß du wenigstens den Sommer in Newport bei der Familie verbringst.«

Sofie erschrak. »Das würde mein Interesse für die Malerei nicht schmälern.«

Suzanne verzog die Mundwinkel. »Leider, das ist mir längst klar.« Sie zögerte und sah ihrer Tochter forschend in die Augen. »Ich habe dich vorhin mit Edward Delanza gesehen, Sofie. Und seltsamerweise habe ich nicht den Eindruck, daß du ihm heute abend zum erstenmal begegnet bist.«

Sofie errötete bis unter die Haarwurzeln. Nein, es war nicht ihre erste Begegnung. Aber niemals würde sie ihrer Mutter gestehen, daß sie ihn heimlich beim Liebesakt mit ihrer Nachbarin beobachtet hatte.

»Es stimmt also!« rief Suzanne entsetzt.

»Nicht wirklich«, wiegelte Sofie ab. »Nein. Ich habe ihn heute nachmittag gesehen, das ist alles. Aber ich habe nicht mit ihm gesprochen.«

Suzanne hob tadelnd den Finger. »Ich wünsche, daß du dich von ihm fernhältst – hast du mich verstanden? Wenn er dir aus unerfindlichen Gründen nachstellt, halte dich von ihm fern!«

Sofie hielt den Atem an. »Es ist meine feste Absicht, mich von ihm fernzuhalten. Ich bin keine Närrin.«

»Ein Mann wie er ist imstande, einem jungen Mädchen den Kopf zu verdrehen.«

»Mir nicht. Ich bin kein Kind mehr. Mit zwanzig bin ich beinahe schon eine alte Junger.« Sofie sah ihre Mutter fragend an. »Ist er wirklich Diamantenschmuggler?«

»Ja, das ist er. Und wenn das nicht reicht, dich vor ihm zu warnen, er ist außerdem ein unverbesserlicher Frauenheld und ein Lebemann.«

Sofie war im Gegensatz zu ihrer Mutter nicht bereit, Edward Delanza als zutiefst schlechten Menschen zu verdammen, trotz allem, was sie gesehen hatte. Sie dachte an seine Worte, als er ihr nahegelegt hatte, nicht alles zu glauben, was sie über ihn gehört hatte. »Wenn er so gräßlich ist, warum hast du ihn dann eingeladen?«

Suzanne seufzte. »Er gibt der Abendgesellschaft Farbe. Ein gutaussehender Junggeselle ist immer eine Attraktion.

Und Mr. Delanza genießt eben wegen seines zweifelhaften Rufes eine gewisse Popularität – ganz zu schweigen von seinem blendenden Aussehen und seinem Charme. Worüber unterhalten die Damen im Kaminzimmer sich wohl im Augenblick? Er hat meine Einladung bereits zu einem großen Erfolg gemacht.« Suzanne beugte sich vor und senkte die Stimme. »Du bist weit über das Alter hinaus, ein Unschuldslamm zu sein, Sofie, also hör mir gut zu. Wenn Hilary oder eine andere Dame sich in seinem Charme sonnt – und seine Vorliebe für reiche, schöne und erfahrene Frauen ist bekannt –, ist das deren Angelegenheit. Diese Frauen wissen, was sie tun. Du aber nicht. Du bist weder reich noch schön, und trotz deines Alters bist du völlig unerfahren. Es war töricht von dir, dich so lange mit ihm zu unterhalten, ihm schöne Augen zu machen und ihn auch noch zu ermuntern. Ich sage dir noch einmal, halte dich von ihm fern, es ist nur zu deinem Besten.«

Sofie war verletzt. Aber sie wußte auch, daß sie ein häßliches, verkrüppeltes Geschöpf war und niemand je auf die Idee käme, irgend etwas an ihr hübsch oder anziehend zu finden, das hatte sie immer gewußt. Dennoch dauerte es einen Moment, ehe sie antworten konnte. »Ich bin nicht so töricht, wie du denkst, Mutter. Ich habe ihm keine schönen Augen gemacht und ihn zu nichts ermuntert und werde es auch nicht tun.«

Suzanne lächelte erleichtert und umarmte ihre Tochter. »Ich will nicht, daß man dich verletzt, Sofie, Liebes. Ich weiß besser als jede andere Frau, was es bedeutet, sich in einen solchen Mann zu verlieben. Ich versuche nur, dir Kummer zu ersparen und dich zu beschützen.«

»Ich weiß, Mutter«, antwortete Sofie mit ruhiger Stimme. Suzannes bittere Bemerkung zielte auf ihren Vater ab, das wußte Sofie, aber sie war nicht bereit, heute abend darauf einzugehen. »Du weißt, daß ich mich nicht für Männer interessiere.«

Suzanne sah ihr in die Augen. »Es gibt kein Frau, die sich nicht für einen Mann wie Edward Delanza interessieren würde, Sofie. Und du bist keine Ausnahme.«

Kapitel 3

Alle Stühle im Kaminzimmer waren besetzt. Bei Sofies Eintreten stand nur Hilary Stewart mit einem freundlichen Lächeln auf und bot ihren Platz an, keine der anderen Damen machte Anstalten dazu. Sofie hatte die warmherzige Hilary ins Herz geschlossen. Die meisten Freundinnen ihrer Mutter bedauerten sie und ließen sie dies deutlich spüren. Sofie gab vor, ihre gönnerhafte Art nicht zu bemerken. Hilary war die einzige, die sie nicht bemitleidete oder von oben herab behandelte; sie veränderte ihr erfrischendes, heiteres Wesen auch in Sofies Gegenwart nicht. Heute aber mußte Sofie ständig daran denken, daß sie die schöne Hilary als lüsterne Verführerin ertappt hatte, was ihre Gefühle für sie merklich abkühlte und sie zugleich wehmütig stimmte.

Sofie spürte die Blicke der Damen, die sie immer wieder heimlich streiften. Ihr Unbehagen wuchs, und die Worte ihrer Mutter gingen ihr nicht aus dem Sinn. Glaubten die Damen etwa auch, sie habe Edward Delanza ermuntert, sich Freiheiten herauszunehmen?

Vermutlich war keiner der Matronen entgangen, wie er mit ihr geflirtet hatte, und sie platzten beinahe vor Neugier, etwas darüber zu erfahren. Und diesmal bezog ihre Neugier sich nicht auf Sofies Behinderung. Selbst Hilary schien sie forschend anzusehen.

Plötzlich stieg Ärger in Sofie hoch. Nichts an diesem Tag war in gewohnter Weise verlaufen. Sie war übermüdet und unglücklich. Sie hatte Dinge gesehen, die sie nicht hätte sehen dürfen. Gefühle waren in ihr geweckt worden, die sie nicht haben dürfte, sie zog Dinge in Erwägung, die völlig absurd und abwegig für sie waren. Edward Delanza hatte ihre sorgfältig geordnete Welt durcheinandergebracht, ohne auch nur eine Ahnung davon zu haben.

Und nun saß sie da und wartete hoffnungsvoll darauf, daß er das Zimmer betreten würde und wieder mit ihr flirtete. Dabei sollte sie in ihrem Zimmer sein und zeichnen. Es war ungerecht. Dieser Edward Delanza hätte nicht unvermittelt in ihr Leben treten dürfen. Seine Männlichkeit war ihr bewußt wie nie zuvor. Nein, es war absolut ungerecht.

»Sofie, Schatz, woran denkst du?«

Sofie hatte soeben beschlossen, die Abendgesellschaft zu verlassen, ehe Edward Delanza zurückkam, ehe sie sich vor allen Gästen bloßstellte, schlimmer noch, ehe ihre Gefühle explodierten und Dinge ins Rollen kämen, die einen nicht wiedergutzumachenden Schaden in ihrem Leben anrichteten. Carmines Worte rissen sie aus ihren Grübeleien.

Carmine Vanderbilt war mager und reizlos – was Sofie mit ihrem Künstlerblick sehr wohl zu beurteilen wußte. Doch das fiel eigentlich niemandem auf, weil sie die elegantesten Kreationen Pariser Modeschöpfer trug, sich mit kostbarem Schmuck behängte und ihr Friseur wahre Wunderwerke zauberte. Ihr schweres, tintenschwarzes Haar war denn auch ihr einziger Vorzug. Der bedeutendste Vorzug an ihr war indes, daß sie die reichste Erbin New Yorks, wenn nicht des ganzen Landes war. In Bälde würde sie einen verarmten britischen Aristokraten heiraten, wie es in den letzten Jahren unter reichen amerikanischen Erbinnen Mode geworden war. Carmines Auserkorener war ein um etliche Jahre älterer Herzog.

Carmine lächelte, ihre schwarzen Augen funkelten böse.

»Ich fürchte, ich habe deine Frage nicht gehört«, entschuldigte Sofie sich beklommen. Normalerweise ging sie Carmine aus dem Weg, deren spitze Zunge gefürchtet war.

»Was hältst du von Mr. Delanza? Du hast vor dem Essen so angeregt mit ihm geplaudert. Sicherlich hast du dir eine Meinung über ihn gebildet.«

Es war still geworden im Zimmer, und ein Dutzend herausgeputzte, mit funkelnden Juwelen behängte Damen wandten Sofie ihre Gesichter zu, der die glühende Hitze in die Wangen stieg. »Wir ... wir haben kaum miteinander geredet«, stammelte sie, plötzlich heiser geworden. »Er ... er scheint ... ganz nett zu sein.«

Carmine lachte hellauf. Die anderen Damen kicherten.

Carmine wandte sich an Hilary. »Ich habe das Gefühl, Mr. Delanza hat eine neue Eroberung gemacht.«

Sofie straffte die Schultern und wollte schon eine passende Antwort geben, als ihr klar wurde, daß Eifersucht aus Carmine sprach.

Carmine wäre selbst gern der Mittelpunkt von Edward Delanzas Aufmerksamkeiten gewesen. Ohne ihre Modellkleider, ohne ihren Schmuck und ohne ihr Geld wäre Carmine nur ein mageres, boshaftes, mißgünstiges Mädchen. Und plötzlich begriff Sofie, daß Carmine nicht zu beneiden war. Es war nicht sonderlich angenehm, darauf zu warten, ob der Herzog ihr einen Heiratsantrag machte, und dabei zu wissen, daß der einzige Grund für diesen Antrag das riesige Vermögen ihres Vaters war.

Hätte Sofie den Wunsch gehabt zu heiraten, hätte ihr ein ähnliches Schicksal geblüht. Ihr Stiefvater wäre gezwungen, eine Stange Geld lockerzumachen, um einen Ehemann für sie an Land zu ziehen.

»Wir sind doch alle begeistert von Mr. Delanza«, hörte sie Hilary zu ihrer Verteidigung sagen.

Sofie setzte zum Sprechen an, sehr wohl in der Lage, sich selbst zu verteidigen. Doch dann sagte Carmine kichernd: »Aber wir sind keine Krüppel, Hilary. Mr. Delanza mag jede von uns reizvoll finden, aber doch nicht die arme Sofie, findest du nicht?«

»Also, das geht entschieden zu weit, Carmine«, entgegnete Hilary schneidend, trat zu Sofie und legte ihr beschwichtigend die Hand auf die Schulter.

»Sofie kennt ihre Grenzen, liebe Carmine«, bemerkte Suzanne kühl und durchquerte den Raum. »Habe ich recht, Liebes?«

»Ja, Mutter«, bestätigte Sofie, die nach außen Ruhe bewahrte. »Ich kenne meine Grenzen sehr wohl. Mr. Delanza interessiert mich nicht, ebensowenig wie irgendein anderer Mann. Oder hast du vergessen, daß ich mich weigerte, mein Debüt zu geben?«

»Ach ja, du studierst ja Kunst«, entgegnete Carmine. »Wie praktisch für dich.«

Sofie straffte die Schultern, ihre Augen blitzten. Mühsam versuchte sie, den in ihr aufwallenden Zorn zu bezähmen, was ihr nur halbwegs gelang. »Mein Interesse für Kunst ist nicht weniger praktisch für mich als dein englischer Herzog für dich.«

Carmine schnappte hörbar nach Luft ob der Beleidigung, doch ehe eine der Damen etwas darauf erwidern konnte, erschienen die Herren, und alle Aufmerksamkeit wandte sich ihnen zu. Sofie saß stocksteif da; sie konnte es kaum fassen, daß sie es gewagt hatte, Carmine so scharf zurechtzuweisen, obwohl sie es verdient hatte. Und dann sah sie ihn, und Carmine Vanderbilt war vergessen.

Er betrat lässig den Salon, einen Cognacschwenker in der Hand. Bei seinem Lächeln vertieften sich seine Grübchen, die weißen Zähne blitzten im gebräunten Gesicht. Er ließ den Blick unbekümmert schweifen und begegnete Sofies Augen. Sofies Herz machte einen Sprung. Ihr war heiß und kalt zugleich.

Sogleich war Lisa an Edwards Seite und zog ihn in ein Gespräch. Die Unterhaltungen der anderen Gäste setzten wieder ein, lebhafter und lauter als zuvor. Sofie vermochte den Blick nicht von ihrer Schwester und Edward zu wenden.

Lisa hatte sich bei ihm untergehakt und schlenderte mit ihm durch den Salon, plaudernd, lächelnd, grazil und anmutig.

Sofie liebte ihre Stiefschwester. Sie hatte sie vom ersten Augenblick an ins Herz geschlossen, als sie sich kennenlernten, bald nach Jakes Verschwinden, als Suzanne Benjamin Ralstons Bekanntschaft machte. Kurz nach Jakes Tod, der ihn bei einem Fluchtversuch aus einem Londoner Gefängnis ereilte, hatte Suzanne Lisas Vater geheiratet. Die Freundschaft zwischen Sofie und der drei Jahre jüngeren Lisa hatte sich rasch zu einer innigen geschwisterlichen Liebe entwickelt. Lisa war überschäumend, großzügig, warmherzig; und sie war schön. Sofie hatte sie häufig gebeten, ihr Modell zu sitzen.

Als Sofie sie nun beobachtete, mußte sie eine grausame

und häßliche Wahrheit erkennen. Sie war nicht nur neidisch auf Hilary, sie beneidete auch ihre eigene Schwester.

Noch nie zuvor hatte Sofie ihr Gefühle des Neids entgegengebracht. Nun sah sie, mit welcher Leichtigkeit Lisa mit Edward Delanza flirtete, der zweifellos von ihrem Charme und ihrer Schönheit beeindruckt war.

Ach, könnte sie sich nur auch so graziös bewegen wie Lisa. Sofie sehnte sich danach, am Arm eines gutaussehenden Mannes durch den Salon zu schlendern. Sie sehnte sich danach, reizvoll und anmutig zu sein, das Leben unbeschwert zu genießen. Sie sehnte sich danach, leichtfüßig auf Edward Delanza zuzugehen, ohne unbeholfen zu hinken, ohne sich linkisch, absonderlich, mitleiderregend zu fühlen.

Sie ertrug es nicht länger. Der ganze Tag war nervenaufreibend gewesen, und nun reichte es ihr. Ihre Eifersucht auf Lisa war unerträglich, ihre Tagträume waren gefährlich. Mit einem Ruck stand Sofie auf. Dabei durchzuckte sie ein jäher Schmerz; sie konnte den Schrei nicht unterdrücken.

Die nahe stehenden Gäste drehten erschrocken die Köpfe, um hastig und verlegen wieder wegzuschauen. Bis auf Edward Delanza, der bei Sofies Aufschrei gleichfalls herumgefahren war. Er stand in der entfernten Ecke des Raumes und eilte mit besorgtem Gesicht auf sie zu.

Sofie floh. Ihr Humpeln war schlimmer denn je, als sie aus dem Zimmer stürmte.

Auf der Veranda ließ sie sich in den großen Rattansessel unter der Königspalme fallen und kämpfte mit den Tränen. Er hatte es gesehen. Nun hatte Edward Delanza endlich ihr schreckliches Hinken bemerkt.

Sofie schloß die Augen und schluckte heftig gegen die aufsteigenden Tränen an. Sie war weit mehr als nur gekränkt und unglücklich. Sie war im Begriff, sich in einen Fremden zu verlieben, und das war nicht nur absurd und lächerlich, es war unendlich gefährlich.

Sofie beugte sich vor, um ihren Fuß zu massieren, kämpfte verbissen darum, nicht völlig die Fassung zu verlieren. Was dachte Edward Delanza nun von ihr, jetzt, da er die Wahrheit kannte?

Wenn dieser Tag nur anders verlaufen wäre! Es gab Tage, an denen ihr Hinken kaum zu sehen war, aber sie hatte ihren Fuß völlig überanstrengt, und das war die Quittung dafür. Sie war zu jäh aufgesprungen, zu unbedacht. In ein paar Tagen würde ihr Knöchel wieder in Ordnung sein, wenn sie sich genügend Ruhe gönnte. Sofie seufzte. Sie mußte möglichst rasch wieder auf die Beine kommen, um in die Stadt zurückzukehren und an der Staffelei stehen zu können. Ihre Arbeit duldete keinen Aufschub. Edward Delanzas elegante, männliche Erscheinung beherrschte ihre Gedanken. Sie hatte die Komposition bereits vor Augen und wollte sich auch ohne die verlorengegangene, flüchtige Studie so rasch wie möglich ans Werk machen.

»Geht es Ihnen gut, Miß O'Neil?«

Sofie erschrak, als Edward Delanza aus der Dunkelheit auftauchte und vor ihrem Stuhl in die Knie ging.

»Kann ich Ihnen helfen?« fragte er mit ernstem, besorgtem Gesicht. Sie erschrak noch mehr, als sie spürte, daß er ihre Hände hielt.

Er hatte nichts bemerkt. Er hatte immer noch nichts bemerkt. In seinem unverwandten Blick las sie weder Mitleid noch Abscheu. Und wie er vor ihr kniete, fühlte sie sich eine Sekunde lang wie eine begehrenswerte, schöne Märchenprinzessin, zu deren Rettung der Ritter in einer silbernen Rüstung herbeigeeilt war.

Sofie gab sich innerlich einen Ruck. »Ich ... fürchte nein.« Sie drehte ihr Gesicht zur Seite, biß die Zähne aufeinander, um ihn nicht anzuschreien, er solle gehen. Seine Güte war ihr unerträglich, zumal sie wußte, daß sie sich in Kürze in häßliches Mitleid und noch häßlicheren Widerwillen verwandeln würde.

»Sie haben sich weh getan«, sagte er mit dunkler, besorgter Stimme. »Haben Sie sich den Knöchel verstaucht? Wie wollen Sie die Treppe in Ihr Zimmer hochkommen? Ich helfe Ihnen gern.«

Sofie holte bebend Atem. Offenbar hatte ihm niemand die Wahrheit gesagt. Wieso eigentlich nicht? Nun mußte sie es eben selbst tun. Ob sie den Mut dazu aufbrachte? »Nein, nein, mir fehlt nichts.«

Er ließ ihre Hand los – nur eine –, um ihr Kinn zu umfassen und ihr Gesicht sanft zu sich zu drehen. »Sie haben sich verletzt. Sie haben vor Schmerz geschrien. Und ich habe gesehen, daß Sie hinken.«

»Das verstehen Sie nicht«, preßte sie zwischen den Zähnen hervor. Er sah sie unverwandt an. Kein Mann hatte sie je mit solcher Zuneigung angesehen – nur ihr Vater, der vor elf Jahren gestorben war.

Wenn der Schein nur nicht trügen würde.

»Tatsächlich? Dann erklären Sie es mir, damit ich es verstehe«, beharrte er. Seine Finger umschlossen ihre Hand.

»Ich ... ich habe mir nicht den Knöchel verstaucht, Mr. Delanza.« Sofie versuchte, ihm ihre Finger zu entwinden, was ihr jedoch nicht gelang. Seine Hände waren groß, kraftvoll, warm. Sie raffte all ihren Mut zusammen. »Sie ... Sie müssen verstehen ... ich bin ein Krüppel.«

Er verstand nichts. Er starrte sie nur an. Und dann wurden seine Augen schmal, als er schließlich begriff.

Mit übermenschlicher Anstrengung entriß sie ihm ihre Hand, ihr Blick wich ihm unstet aus, ihr Gesicht war glühend heiß. »Normalerweise bin ich nicht so linkisch.« Ihre Stimme klang gepreßt, so sehr unterdrückte sie die Tränen. »Ich rede zuviel und zu freimütig mit Ihnen. Verzeihen Sie.«

Sie dachte an sein Erstaunen, als sie ihm völlig grundlos von ihren beruflichen Plänen erzählt hatte. Es war ihr unerklärlich, wieso sie sich einem völlig Fremden anvertraut hatte. Und dann schoß ihr das Bild durch den Kopf, wie sie ihn zusammen mit Hilary gesehen hatte. Sofie zitterte. Ihr Knöchel schmerzte immer noch stark. Eine Träne lief ihr über die Wange. »Aber der ganze Tag war so sonderbar.« Und dann brachte sie ein verkrampftes Lächeln zustande. »Nein, Sie können wirklich nichts für mich tun. Wenn Sie mich nun bitte entschuldigen wollen.« Endlich wich sie seinem Blick nicht mehr aus.

Sofie hielt den Atem an, sie las immer noch keine Spur von Mitleid, Bedauern oder Abscheu in seinen Augen. Sein

Blick war forschend, als wolle er ihren Schutzpanzer durchdringen und in die Tiefen ihrer Seele eintauchen.

Leise fragte er: »Was ist geschehen?«

Sofie war wie gelähmt.

»Wieso sagen Sie, daß Sie ein Krüppel sind?« fragte er weiter.

»Weil es die Wahrheit ist«, stieß sie gepreßt hervor.

Er lächelte seltsam. »Wirklich? Ich finde Ihre Erklärung interessant, Miß O'Neil, da ich der Ansicht bin, der äußere Schein trügt. Die Wahrheit verbirgt sich hinter Dingen, wo man sie am wenigsten sucht. Was ist geschehen?«

Sofie blieb keine Zeit, über seine Worte nachzudenken. »Es ... es war ein Unfall.«

»Was für ein Unfall?« Er wirkte so ruhig, so unerträglich verständnisvoll. Und er hielt wieder ihre Hände, doch diesmal strichen seine Daumen zart über ihre Handflächen. Sofies Puls hämmerte wild.

»Ich ... ich möchte nicht darüber sprechen«, brachte sie mühsam hervor.

»Ich bin Ihr Freund«, murmelte er.

Plötzlich durchflutete Sofie eine seltsame Wärme. »Mein Vater war lange verreist. Ich habe ihn sehr geliebt. Und als ich erfuhr, daß er tot war ... Damals war ich noch ein kleines Kind, war ich völlig außer mir. Ich bin die Treppe hinuntergefallen und hab' mir den Fuß gebrochen.« Sein Blick bannte sie.

»Ein gebrochener Fuß heilt wieder.«

Sofie errötete. »Mein Fuß heilte nicht richtig zusammen. Außerdem war es meine eigene Schuld. Ich wollte meine Mutter nicht verärgern. Sie war ohnehin wütend auf meinen Vater ... und auf mich. Ich sagte ihr nicht, daß ich mich verletzt hatte. Ich war ein sehr dummes und störrisches Kind.«

Edward sah sie lange an. »Oder ein sehr tapferes Kind«, sagte er schließlich.

Sofie erschrak.

»Warum weinen Sie?« fragte er sanft.

Sofie bemerkte erst jetzt, wie ihr die Tränen über die

Wangen liefen und schämte sich. Sie konnte sie nicht einmal wegwischen, weil er ihre Hände festhielt. Sie schüttelte heftig den Kopf, unfähig zu sprechen, sie hatte auch gar nicht die Absicht, ihm den wahren Grund ihres Kummers zu erklären. Sie begriff ihn selbst nicht.

»Ist der Schmerz in Ihrem Bein so schlimm? Oder ist es etwas anderes?«

»Sie gehen zu weit!« entfuhr es ihr in aufsteigender Panik. »Würden Sie mich jetzt bitte ...«

Sie sprang auf die Füße. Ein Fehler. Mit einem Wimmern sank sie in Edwards starke Arme.

Er hatte sich gleichzeitig mit ihr aufgerichtet. Einen flüchtigen Moment lag sie in seinen Armen, ihr Körper schmiegte sich an seinen, ihre Wange lag an seiner Brust, ihre Schenkel preßten sich an seine. Er hielt sie nur einen Herzschlag lang, und in diesem Herzschlag wußte Sofie, daß sie nie wieder so sein würde wie bisher.

So fühlt es sich also an, in den Armen eines Mannes zu liegen!

Wie wunderbar – wie kraftvoll – wie geborgen!

Sofie löste sich von ihm, und Edward half ihr, sich wieder zu setzen. Seine Augen suchten die ihren, und sie konnte den Blick nicht wenden; ein Kribbeln durchlief sie, nachdem sie seine Körperwärme gespürt hatte und die Kraft, die er ausstrahlte. Ihr Herz geriet in einen Taumel. »Wie unvorsichtig von mir«, hauchte sie benommen.

»Ja, das war es wohl«, stimmte er ihr zu und kniete vor ihr nieder; seine Hände fanden ihren rechten Fuß.

Sofie entfuhr ein Schrei des Entsetzens. »Was erlauben Sie sich?«

Seine Stimme war wie gesponnene Seide. »Als ich auf die Veranda kam, massierten Sie Ihren Fuß. Ich habe kraftvollere Hände als Sie.« Im Nu hatte er die Schnürsenkel ihres orthopädischen Schuhs – häßlich wie die Sünde – gelöst, ihn abgestreift und neben sich gestellt.

Sofie war entgeistert. »Das dürfen Sie nicht tun«, protestierte sie schwach. Beklommen war sie sich seiner Hände bewußt, die ihren schmalen, bestrumpften Fuß umfingen.

Er sah zu ihr auf. »Warum nicht?« Ein jungenhaftes, spitzbübisches Lächeln flog über sein Gesicht.

Sofie war wie versteinert. Er hielt ihren Fuß, und seine Daumen begannen, behutsam den Innenknöchel zu kneten. In ihrer Panik spürte sie die wohltuende Massage kaum. Um keinen Preis durfte er den verdrehten Knöchel sehen, dessen Anblick ihn abstoßen würde. Und plötzlich wußte Sofie, daß sie Edward Delanza nicht abstoßen durfte. Um keinen Preis durfte sie ihn abstoßen.

»Entspannen Sie sich, Miß O'Neil«, raunte er. Im gleichen Tonfall hatte er mit Hilary beim Liebesakt gesprochen. Sofie wimmerte leise, doch diesmal mischte sich ein unendliches Glücksgefühl in ihre Verzweiflung. »Bitte«, hauchte sie. In ihren Augen brannten erneut heiße Tränen. »Bitte hören Sie auf!«

Er hielt inne. »Wovor haben Sie Angst?«

»Es ... es ist unschicklich.«

Er gab einen verächtlichen Laut von sich. »Wovor haben Sie wirklich Angst?«

Die Kehle war ihr wie zugeschnürt, sie konnte nicht antworten, selbst wenn sie die Antwort gewußt hätte.

Er blickte ihr in die Augen, doch plötzlich vertieften sich seine Grübchen, und er zwinkerte. »Also gut«, sagte er und setzte seine Massage wieder fort, die Sofie wohltuend und zugleich quälend empfand. »Ich gestehe, selbst auf die Gefahr hin, Sie zu schockieren, Miß O'Neil, ich habe mehr als nur einige weibliche Füße in meinem Leben gesehen. Ich habe sie sogar in der Hand gehalten. Was sagen Sie nun?«

Trotz ihrer Beklemmung fand sie ihn lustig, ohne lachen zu können. Sie preßte die Lippen aufeinander, um ihre widersprüchlichen Gefühle in die Gewalt zu bekommen.

»Ihr Fuß fühlt sich an wie jeder andere«, fuhr er fort und sah sie unter ungewöhnlich langen Wimpern eindringlich an. »Er fühlt sich sogar langweilig normal an.«

Sofie stöhnte. Er wußte genau, daß ihr Fuß verkrüppelt war. »Warum tun Sie das?« flüsterte sie verzweifelt.

Er hielt inne. »Ich will Ihre Dämonen verscheuchen.«

»Ich weiß nicht, wovon Sie sprechen!« schluchzte sie beinahe.

»Belügen Sie mich nicht, Sofie.«

Sie versuchte, ihm ihren Fuß zu entziehen, doch er hielt ihn fest und schloß nun beide Hände um ihren Knöchel. Sofie war starr vor Entsetzen. Wie konnte er es wagen? Wieso quälte er sie? Warum nur?

»Ihr Knöchel ist geschwollen«, sagte er ernsthaft.

»Bitte, tun Sie das nicht.«

Seine Wangenpartie verhärtete sich. Sein Blick zwang sie, ihm in die Augen zu sehen. Schließlich sagte er grimmig: »Ihr Knöchel ist wie jeder andere, bis auf die Tatsache, daß er geschwollen ist.«

Er irrte, er irrte sich furchtbar.

Und dann lächelte er wieder, und seine Fußmassage wurde ein zärtliches Streicheln. »Also, ich gestehe die ganze Wahrheit, auch auf die Gefahr hin, Ihnen einen schrecklichen Schock zu versetzen. Ich habe gelogen. Ich bin der gräßliche Schurke, für den jeder mich hält. Sie haben nichts unter Ihren Röcken, das ich nicht schon bei anderen Frauen gesehen hätte.«

Sofie schnappte entrüstet nach Luft.

Edward feixte, ohne die Spur von Reue.

»Ich kann es nicht leugnen. Ich habe mehr als genug Knöchel gesehen. Dicke und schlanke, junge und alte, weiße und – ja, fassen Sie sich – auch braune und schwarze.«

Sofie wußte nicht, ob sie lachen oder weinen sollte und hörte sich sagen: »Auch schwarze.«

Er blinzelte. »In Afrika gibt es jede Menge schwarze Füße. Aber das ist noch gar nichts. Ich habe auch rote, gelbe und blaue gesehen – im Karneval.«

Ein glucksender Laut entfuhr ihr. Edward massierte wieder ihren Fuß.

Sofie wischte sich die Tränen weg. »Warum tun Sie das?«

»Weil ich Sie einmal zum Lachen bringen will.«

Wieder entfuhr ihr ein gepreßter Ton, etwas zwischen Schluchzen und Lachen.

Edward lächelte mit solcher Wärme, daß ihr ein Pfeil mitten durchs Herz fuhr. Er stellte ihren Fuß auf seinen harten Schenkel und umschloß ihn mit der Hand. »Na endlich, es geht ja.«

Sofie hatte aufgehört zu weinen. Sie blickte von seinen zärtlichen blauen Augen, von seinem schönen lächelnden Gesicht zu seinem Schenkel, auf dem ihr Fuß ruhte, sehr nahe an seinen Lenden. Auch er senkte den Blick. In diesem Augenblick veränderte sich alles. Er lächelte nicht mehr. Seine Augen funkelten, sein Gesichtsausdruck war angespannt. Sein Daumen verharrte an ihrem Rist. Und das spürte sie bis in ihre Leibesmitte.

Und alles, was er sagte, war ein heiseres: »Miß O'Neil ...«

Sofie wußte nicht, wie ihr geschah. Er hielt ihren Fuß, den er eben noch gestreichelt hatte, und plötzlich verdichtete sich die Atmosphäre zu einer knisternden Spannung. In Sofie breitete sich eine sengende Hitze aus, sie glaubte zu explodieren.

»Sofie, findest du nicht, daß du heute abend für genügend Aufregung gesorgt hast?« platzte Suzannes Stimme in die Spannung.

Sofie gewahrte ihre Mutter, die hinter Edward aufgetaucht war, und zog blitzschnell den Fuß zurück. Sie saß kerzengerade und krallte die Finger in die breiten Armlehnen des Korbstuhls. Die Miene ihrer Mutter war undurchdringlich. Edward erhob sich langsam und geschmeidig wie ein Panther. Ehe er sich seiner Gastgeberin zuwandte, schenkte er Sofie ein ermutigendes Lächeln. Sofies Herzschlag verdoppelte sich.

Sie schloß die Augen, schickte ein Stoßgebet zum Himmel, flehte um Beistand, ehe es zu spät war, ehe sie sich in die tiefen, unergründlichen Strudel der Liebe stürzte.

»Sofie, zieh deinen Schuh an«, befahl Suzanne.

Sofie war zu keiner Bewegung fähig.

Edward bückte sich, nahm den klobigen Schuh zur Hand und streifte ihn über Sofies Fuß. Sie wagte einen heimlichen Blick. Sein Gesicht wirkte verärgert und verschlossen. Als er die Schuhbänder zuschnürte, hob sie den Blick zu ihrer Mutter, die nicht minder verschlossen und verärgert aussah.

»Mr. Delanza, wenn Sie uns bitte entschuldigen wollen«, fuhr Suzanne kühl fort.

Edward stellte sich zwischen Mutter und Tochter. »Mrs. Ralston, Ihre Tochter hat Schmerzen. Ich würde ihr gerne nach oben helfen, mit Ihrer gütigen Erlaubnis selbstverständlich.« Sein Ton war sachlich und kühl.

»Das ist nicht nötig, Sir«, entgegnete Suzanne mit überzuckerter Höflichkeit. »Eines der Mädchen wird ihr helfen. Aber ich würde Sie morgen gerne sprechen – sagen wir nach dem Frühstück?« Sie lächelte säuerlich.

Edward verneigte sich. »Gerne. Gute Nacht, Madam.« Er kehrte ihr den Rücken und sah Sofie mit einem Blick voller Zuneigung an; in seinen Augen blitzte etwas auf, das ihr wie eine Verschwörung schien. Sofies Puls raste. »Gute Nacht, Miß O'Neil.«

Sie brachte ein dünnes Lächeln zustande. Edward ging. Suzanne sah ihm nach, bis er verschwunden war. Dann erst wandte sie sich ihrer Tochter zu. Ihre Hand flog hoch. Sofie schrie vor Schreck und Schmerz, als ihre Mutter sie mitten ins Gesicht schlug. Sie prallte mit dem Rücken gegen die Stuhllehne, hielt sich die brennende Wange.

»Ich habe dir gesagt, du sollst dich von ihm fernhalten!« schnaubte Suzanne. »Begreifst du denn nicht? Er ist genau wie dein Vater, dein gottverdammter, elender Vater, dieser irische Schuft – und er wird dich benutzen, genau wie dein Vater mich benutzt hat!«

Sofie schlief nicht. Sie wagte auch nicht zu denken, nicht an das, was ihre Mutter gesagt hatte, und nicht an das, was geschehen war. Sie würde die Ereignisse des vergangenen Tages nie begreifen.

Sie zeichnete. Sofie arbeitete lieber mit Farben, am liebsten mit Ölfarben. Doch ihre Mutter hätte ihr nie gestattet, die Farben nach Newport mitzubringen. Außerdem lohnte es nicht, ihren Malkasten übers Wochenende ins Sommerhaus zu schleppen. Im übrigen war sie mit dem festen Vorsatz nach Newport gekommen, sich den Gästen ihrer Mutter zu widmen und nicht in ihrem Zimmer zu malen. Aber nach all den Aufregungen konnte sie dem Drang nicht mehr widerstehen, der ihr den ganzen Tag in den Fingern gekribbelt hatte. Schlaf war das letzte, wonach ihr der Sinn stand.

Sie zeichnete mit größter Konzentration. Ihr Strich war sicher und kühn. Sie legte eine Skizze nach der anderen beiseite. Das Thema veränderte sich nicht, Porträtskizzen eines Mannes; nur die Posen waren verschieden. Skizzen von Edward Delanza.

Sie zeichnete Edward kniend, stehend, sitzend, schlendernd, sie zeichnete ihn mit ihrem häßlichen Schuh in der Hand. Sie zeichnete ihn bekleidet, in Hemdsärmeln, um seine kraftvollen Muskeln anzudeuten, die sie in seiner Umarmung gespürt hatte. Sie wünschte, ihn unbekleidet gesehen zu haben – dann hätte sie ihn nackt gezeichnet.

Sie skizzierte seinen Körper in sparsamen, kräftigen, einfachen Strichen. Nur sein Gesicht arbeitete sie in allen Studien sorgfältig aus. Und in allen Porträts war der Gesichtsausdruck unverändert. So, wie sie ihn beim Abschied gesehen hatte, zärtlich, besorgt und dennoch mit einer sündigen Verheißung im Blick.

Kapitel 4

Suzanne ging rastlos auf und ab. Sie hatte eine schlaflose Nacht hinter sich, und als Benjamin sie gefragt hatte, was sie bekümmere, konnte sie ihm keine Erklärung geben.

Sie blieb vor dem venezianischen Spiegel über dem geschwungenen Louis-quatorze-Tisch stehen. Ihr dunkles, schulterlanges Haar unterstrich ihren makellosen Elfenbeinteint und ihre klassisch geschnittenen Gesichtszüge. Das schlichte Morgenkleid aus pfirsichfarbener, in sich gemusterter Seide war tief dekolletiert und hatte ein schmal geschnittenes Oberteil, entgegen der diesjährigen Mode, die hochgeschlossene, weit fallende Formen bevorzugte. Suzanne war stolz auf ihre schlanke Figur und brachte sie gern zur Geltung. Nun strich sie den bis zu den Hüften enganliegenden Rock glatt, der in eine weite Trompetenform ausschwang. Sie sah jung und strahlend schön aus. Nur die winzigen Fältchen um die Augen störten ein wenig.

Suzanne bedauerte ihr Verhalten von gestern abend zutiefst. Doch sie hatte Sofie ermahnt, sich von Edward Delanza fernzuhalten, doch Sofie hatte nicht auf sie gehört. Wenn ihr nur die Hand nicht ausgerutscht wäre! Aber vielleicht hatte das störrische Kind endlich begriffen.

Der Kerl erinnerte sie fatal und verwirrend an Jake.

Suzanne holte tief Luft. Jake war vor elf Jahren gestorben, und sie empfand immer noch eine gräßliche Leere, wenn sie an ihn dachte – was nur allzuoft geschah. Ja, sie sehnte sich nach dem elenden Bastard. Sie würde ihn nie vergessen – und sie haßte ihn. Er hätte sie beinahe zugrunde gerichtet.

Suzanne konnte Jake nicht verzeihen. Nicht, daß sie durch ihn aus der Gesellschaft ausgeschlossen worden war, nicht, daß er sie um Besitz und Vermögen gebracht hatte – sie verzieh ihm die Frauen nicht, und sie verzieh ihm den Entschluß nicht, getrennt von ihr zu leben, nachdem sie ihm die Scheidung verweigert hatte. Und als Jake gezwungen war, das Land zu verlassen, war sie als Ehefrau eines Mörders, eines Verräters gebrandmarkt worden. Hätte Benjamin Ralston sie nach Jakes Tod nicht geheiratet und ihr auf diese Weise ihren guten Ruf und ihren Platz in der Gesellschaft wiedergegeben, würde sie bis heute Jakes Brandmale tragen.

Am wenigsten konnte sie Jake verzeihen, daß er sein gesamtes Vermögen – eine Million Dollar in Grundstücken und Bargeld – seiner Tochter vererbt hatte. Das war der härteste Schlag für sie. Das Vermögen sollte Sofie bei ihrer Verheiratung ausgehändigt werden. Falls sie nicht heiratete, erhielt sie ab ihrem einundzwanzigsten Geburtstag vierteljährliche Ratenzahlungen, das restliche Vermögen war an ihrem fünfundzwanzigsten Geburtstag fällig. Nach allem, was Suzanne gelitten hatte und aufgeben mußte, hatte der Schuft ihr keinen roten Heller hinterlassen.

Das war Jakes Rache, die er ihr angedroht hatte, als sie sich das letztemal gesehen hatten. Damals hatte er bereits hinter Gittern gesessen. Niemand hatte damit gerechnet, daß er zwei Jahre später bereits tot sein würde. Im übrigen hatte Suzanne die Drohung nicht ernst genommen, was hätte er schon aus dem Gefängnis gegen sie unternehmen können? Aber er hatte keine leeren Drohungen ausgestoßen. Jake hatte sie wahr gemacht – und bis zum heutigen Tag schien er den erbitterten Kampf von Liebe und Haß gegen sie über das Grab hinaus weiterzuführen.

Mittlerweile saß Suzanne freilich am längeren Hebel. Vor drei Jahren war Jakes Vermögensverwalter gestorben, und Suzanne war zur Treuhänderin von Sofies Vermögen ernannt worden. Jake würde sich im Grabe umdrehen, denn Suzanne war es gelungen, das Vermögen so anzulegen, daß nicht nur ihre Tochter davon profitierte, sondern auch sie selbst.

Und nun erwartete sie Edward Delanza zu einer Unterredung, und sie war bereit, um ihre Tochter zu kämpfen. Seufzend sank sie in die weichen Samtpolster des Sofas zurück. Es war einfach nicht fair. Nicht Jakes Tod, nicht die

Tatsache, daß sie, als alles begann, viel zu jung und verwöhnt war, um zu begreifen, welches Glück Jake und sie verband und was sie daraus hätten machen können, wenn beide sich nur Mühe gegeben hätten.

Suzanne schloß die Augen, ihr Groll wandelte sich in Sehnsucht. Sie erinnerte sich lebhaft daran, wie vernarrt sie als Fünfzehnjährige in Jake O'Neil war. Lächelnd träumte sie sich in die Vergangenheit zurück.

New York City, 1880

Suzanne eilte aus dem Haus, der weite Rock ihres schwarzen Reitkostüms blähte sich, ein keckes Hütchen mit einem Halbschleier saß schräg auf ihrem hübschen Kopf. Ihr kastanienbraunes Jagdpferd wartete bereits. Suzanne ließ sich vom Stallknecht in den Sattel helfen. Ihr Inneres kribbelte in kaum bezähmbarer Erregung. Der Knecht schwang sich ebenfalls in den Sattel und folgte ihr in diskretem Abstand.

Sie drückte der Stute die Absätze in die Flanken und jagte im Galopp davon. Sie hatte nicht die Absicht, in den Central Park zu reiten, auch nicht, ihre Freunde zu treffen, wie sie ihren Eltern weisgemacht hatte. Das Herz schlug ihr bis zum Hals. Hitzewellen durchflogen sie. Sie war sich deutlich des harten Sattelleders zwischen ihren Schenkeln bewußt.

Wird er da sein? Wird er auch heute kommen, wie gestern und am Tag zuvor – wie jeden Tag, seit sie ihn zum erstenmal gesehen hatte?

Vor einer Woche beim Ausreiten mit Freunden, jungen Damen und Herren der besten New Yorker Gesellschaft, hatte man über das neu erschlossene Wohngebiet an der West Side geplaudert, über das in den Zeitungen so viel Aufhebens gemacht wurde, eine Folge der Hochbahnstrecke, die vor einem Jahr bis zur 9. Avenue ausgebaut worden war. Suzanne und ihre Freunde waren nie über die Westseite des Central Parks hinausgekommen, und die Gruppe beschloß begeistert, den neu eröffneten Riverside Park zu erkunden.

Auf dem Weg durch die Stadt hatte man sich lustig gemacht über die absurde Vorstellung, die West Side könne als Wohngegend in Frage kommen – schon gar nicht für die Bewohner der East Side. Sie ritten auf lehmigen, schmutzigen Wegen, vorbei an kleinen Farmen mit kümmerlichen Wiesen, auf denen magere Kühe weideten, vorbei an schäbigen Hütten. Es gab nur vereinzelte Straßenlaternen; ein ödes, trostloses Gebiet.

An der Riverside Avenue zügelte die Gruppe die Pferde vor einem weitläufigen Rohbau, an dem etwa fünfzig Arbeiter beschäftigt waren. Maurer mischten Zement und zogen Ziegelmauern hoch, Tischler schleppten Balken und hämmerten an Dachverstrebungen. Die Freunde gestanden einstimmig und neidlos zu, daß man von diesem Punkt eine fabelhafte Aussicht über den Hudson River genoß, der unter dem felsigen Steilufer mächtig dahinrauschte.

Suzanne hörte den Gesprächen nicht zu. Sie hatte ihre Stute abseits der Gruppe nahe an die Bautätigkeiten herangeführt und beobachtete einen Arbeiter. Er trug kein Hemd, sein Oberkörper war von der Sonne braun gebrannt, goldbraunes Haar hing ihm in wirren Locken in die Stirn. Sie sah, wie er sich bückte, seine enge Köperhose spannte sich um pralle Gesäßbacken; sie beobachtete das Spiel seiner Muskeln auf dem breiten Rücken. Als er sich umdrehte, ohne sie wahrzunehmen, sah sie ihn immer noch an. Er war prachtvoll gebaut, sehnig und kräftig mit ausgeprägten Muskeln. Und als sie sein Gesicht sah, stockte ihr der Atem. Er war schön wie ein griechischer Gott.

Suzanne flirtete seit ihrem vierzehnten Lebensjahr mit gleichaltrigen Knaben und gelegentlich schon mal mit jungen Männern, die sie weit mehr interessierten. Nachts warf sie sich schlaflos im Bett herum und träumte von einem schönen, gesichtslosen Mann. Sie sehnte sich danach, ihren Körper zu erforschen, ihre hitzige Leidenschaft zu stillen.

Und als sie vom Sattel ihrer Stute diesen jungen Mann sah, setzte ein Pochen zwischen ihren Schenkeln ein, sie beobachtete den schönen Fremden, der nun nicht länger ohne Gesicht war.

Der Arbeiter hob den Kopf. Sein Blick wanderte suchend umher, und dann entdeckte er sie. Er sah ihr unverwandt in die Augen, so wie sie ihm unverwandt in die Augen sah.

Es knisterte, als zucke ein Blitz zwischen ihnen, ein Blitz triebhafter animalischer Begierden. Er verzog die Mundwinkel, nicht zu einem Lächeln, sondern zu einem stummen Einvernehmen.

In dieser Nacht machte Suzanne kein Auge zu. Ihr fiebernder Körper stand in Flammen. Seit jenem Tag ritt sie nicht mehr mit den Freunden aus. Sie nahm den alten Stallknecht als Begleitung mit und wies ihn an, weit hinter ihr zu bleiben. Jeden Tag ritt sie durch die Stadt bis in die Riverside Avenue. Jeden Tag war er dort, jeden Tag beobachtete sie ihn. Jeden Tag beobachtete er sie.

Heute drückte Suzanne dem Knecht ein paar Münzen in die Hand. Sie sei durstig, sagte sie und wies ihn an, einen Becher Limonade an dem Obststand zu holen, den sie ein paar Straßen zuvor entdeckt hatte. Der Knecht bestieg sein Pferd und ritt los. Suzanne drehte sich um und begegnete dem Blick des Arbeiters. Sie leckte sich die Lippen.

Er ließ den Hammer fallen und kam auf sie zu. Auch heute trug er kein Hemd. Auf seiner goldbraunen Haut lag ein schimmernder Glanz. Er bewegte sich mit raubtierhafter Geschmeidigkeit. Neben dem Kopf ihrer Stute blieb er stehen. Suzanne erschrak. Er war kaum älter als sie.

»Ich hab' mich schon gefragt, wann Sie ihn endlich loswerden«, sagte er, und seine Augen durchbohrten sie. Sein Blick war unverschämt, sein Ton rauh.

»Ich ... ich fühle mich unpäßlich«, stammelte Suzanne verwirrt, und ihre Stimme klang fremd in ihren Ohren. Sie starrte ihn unverwandt an. Er mochte nur ein oder zwei Jahre älter sein als sie, aber er war kein Knabe mehr. Eine gefährlich männliche Vitalität ging von ihm aus, etwas unerklärlich Machtvolles.

»Kann ich Ihnen helfen?« Seine Augen glühten.

Suzanne glitt vom Pferd und wankte. Er hielt sie. Suzannes Blick fiel auf die Ausbuchtung zwischen seinen Schenkeln. »Wenn Sie einen Schluck Wasser haben.« Sie hob das Kinn, fand ihre Fassung wieder. Er war schließlich nur ein Arbeiter, noch dazu ein irischer, wie sie seinem Akzent entnahm.

»Wasser?« Er verschränkte belustigt die Arme. »Ist das alles, was Sie von mir wünschen, Miß ... ehm ...?«

»Miß Vanderkemp«, sagte sie leise.

»Von den Vanderkemps aus der Fifth Avenue?«

Sie nickte stolz.

Er lachte. »Jake O'Neil, Miß Vanderkemp. Von den O'Neils aus Ballymena.« Seine langen, dunklen Wimpern senkten sich über seine glühenden Augen. »Wollen wir uns treffen, Miß Vanderkemp?«

Suzanne mußte keine Sekunde nachdenken. Seit einer Woche hatte sie an nichts anderes gedacht. Bald würde sie irgendeinen farblosen, jungen Langweiler der New Yorker Gesellschaft heiraten oder einen alten, reichen Geldsack. Sie konnte sich zwar vorstellen, mit Peter Kerenson oder mit Richard Astor das Bett zu teilen – keine abstoßende Vorstellung, aber auch nicht erregend. Diesen Jake O'Neil aber wollte sie mehr als alles, was sie je zuvor gewollt hatte. Und sie würde ihn bekommen. Suzanne nickte.

Er zog den Atem heftig ein, seine überlegene Heiterkeit war verflogen, die Ausbuchtung an seinen Schenkeln schwoll. »Dann wollen wir mal.«

»Jetzt?« Suzanne bekam große Augen.

»Jetzt«, flüsterte er rauh. »Auf der Stelle. Sie foppen mich seit einer Woche, Miß Vanderkemp – jetzt bin ich dran.«

Suzanne zierte sich nicht und schwang sich mit seiner Hilfe in den Sattel, die Wärme seiner Hände um ihre Mitte drang ihr bis auf die Haut. Sie scherte sich nicht darum, ob der Knecht einen Schrecken bekam, wenn er sie bei seiner Rückkehr nicht mehr vorfand. Jake drückte ihr einen Schlüssel in die Hand und beschrieb ihr den Weg. Suzanne galoppierte los.

Sie achtete nicht auf die ärmliche Hütte, in der er zwei Straßen nördlich der 9. Avenue wohnte. Rastlos ging sie in der Kammer auf und ab, warf immer wieder ängstliche Blicke auf das ungemachte Bett. Das Herz schlug ihr bis zum

Hals, das Blut rauschte ihr in den Ohren. Wenn er nicht bald käme, würde sie schreien vor Zorn und sich die Kleider vom Leib reißen.

»Tut mir leid, Miß, daß es später geworden ist«, hörte sie seine Stimme von der Tür her.

Suzanne wirbelte herum. »Ich habe Sie nicht gehört!«

Er verneigte sich spöttisch. »Als Taschendieb in Dublin habe ich gelernt, mich lautlos anzuschleichen.«

Suzanne wußte nicht, ob sie ihm glauben sollte oder nicht. Es war ihr gleichgültig. Er sah sie unverwandt an, während er sein Baumwollhemd aufknöpfte, aufreizend langsam. Zentimeter um Zentimeter entblößte er seine kraftvolle, gebräunte Brust, seinen flachen, harten Bauch. Suzanne war sich bewußt, wie prahlerisch er sich benahm, und war dennoch hypnotisiert von seiner Vorführung. In ihrem Leib krampften sich die Muskeln zu Knoten zusammen.

Er streifte das Hemd ab und warf es zu Boden. »Bekomme ich Geld dafür?«

»Wie bitte?«

»Ich bin nicht billig.«

»Ich ... ich begreife nicht ...« Suzanne blieben die Worte im Hals stecken.

Er hatte die Schuhe abgestreift. Nun knöpfte er die Hosen auf. Er hatte es nicht eilig, schien es zu genießen, wie seine Finger über die Ausbuchtung streichelten, und hatte Gefallen an ihren großen Augen, die jede seiner Bewegungen gebannt verfolgten.

Dann verzog sich sein schöner Mund zu einem breiten Grinsen. Eine Sekunde später hatte er die Hose über die schmalen Hüften gestreift und sein erigiertes Glied befreit.

Suzanne wimmerte.

»Gefällt es dir, Schatz?« fragte er träge.

Suzanne hätte sich nicht einmal im Traum vorgestellt, daß ein Mann so aussah. Sie zwang sich, den Blick zu seinen bernsteinfarbenen Augen zu heben. Jake kam auf sie zu.

»Freust du dich darauf?« flüsterte er und blieb vor ihr

stehen. Die pralle Rundung seines Phallus strich über ihre Röcke. Suzanne wimmerte wieder.

Er lachte, zog sie in die Arme und nahm ihren Mund gefangen.

Suzanne empfing ihn wie eine Verhungernde, klammerte sich an ihn, stieß ihm die Zunge tief in den Mund, umschlang die seine in einem zuckenden Tanz. Es war ein Kuß wilder, entfesselter Leidenschaft. Jake begann seine Hüften an ihr zu kreisen.

Er umfing ihre Gesäßbacken, drückte sie an sich und löste seinen Mund atemlos von ihr. »Gütiger Himmel«, keuchte er.

»Hör nicht auf«, flehte Suzanne und krallte ihre behandschuhten Finger in seinen Rücken.

»Das sind Worte, die ich gerne höre«, murmelte Jake, hob sie hoch, legte sich mit ihr aufs Bett und küßte sie wieder. Dabei schob er ihr die Röcke hoch und legte seine Hand auf ihren Venushügel. Suzanne stöhnte, bog ihre Hüften seiner Hand entgegen, die sie durch den dünnen Batist ihrer weißen Hemdhose streichelte.

»Mein Gott!« schrie Suzanne. »Mein Gott, oh, o Gott!« Sie zerbarst in Millionen glitzernder Funken. Ihre unartikulierten Schreie erfüllten die Hütte.

Jake legte sich auf sie, riß ihr die Unterwäsche in Fetzen vom Leib; er zitterte am ganzen Körper. Er stieß an ihre Öffnung, ohne einzudringen, stieß erneut zu. Dann hielt er keuchend inne.

»Entspann dich, Schatz«, raunte er an ihrem Ohr. »Es wird dir gefallen, so wie es dir noch nie gefallen hat. Das versprech ich dir, Schatz.«

Suzanne zitterte vor Erregung, gemischt mit echter Angst. Ihre behandschuhten Finger krallten sich in seine Schultern, sie rieb ihr nasses, pochendes Fleisch an ihm und stöhnte in entfesselter Lust. Als er in sie dringen wollte, versteifte sie sich wieder. »Ich k... kann mich nicht ent... entspannen«, stammelte sie.

»Psst«, beruhigte er sie und nagte an ihrem Ohr.

»J... Jake«, bat sie heiser, »bitte sei sanft mit mir, bitte.«

»Du willst es gar nicht sanft, Schatz. Ich weiß, was du willst ... was du brauchst.« Er leckte ihr Ohr, und Suzanne wimmerte. Doch als er wieder in sie eindringen wollte, versteifte sie sich wie ein Brett.

»Ich glaub', du paßt da nicht rein«, stammelte Suzanne verzweifelt, Tränen brannten ihr in den Augen.

Jake erstarrte. »Schatz, du bist doch hoffentlich keine Jungfrau?«

Suzanne krallte ihre Finger tiefer in seine Muskelpakete und stöhnte verzweifelt. Sein riesiger Penis, der sich an ihrem weiblichen Fleisch rieb, erregte sie so sehr, daß sie glaubte, gleich wieder zu explodieren. »Sicher bin ich das«, japste sie atemlos.

Er fluchte, rollte von ihr herunter und warf sich auf den Rücken. Er verfluchte sich, verfluchte sie, verfluchte New York und Irland und dann wieder sie. Endlich schwieg er keuchend und legte den Arm über die Augen.

»Was ist los?« fragte sie bang, stützte sich auf die Ellbogen und sah ihn an.

Er blickte wütend zu ihr auf. »Verdammt noch mal, Miß Vanderkemp, ich schlafe mit keiner Jungfrau!«

Sie wimmerte. »Aber ich will es doch. Gütiger Himmel, Jake, ich will dich!«

Sein Gesicht verhärtete sich. Er sah sie forschend an. »Wie alt bist du?«

Sie zögerte. »Sechzehn.« Bei seinem kalten Blick fügte sie kleinlaut hinzu: »Beinahe.«

Jake kniff stöhnend die Augen zu. »Geh weg!«

Suzanne setzte sich auf und nahm endlich ihr verrutschtes Hütchen ab. Sie betrachtete seinen herrlichen, bebenden Körper. Sie blickte an sich hinunter, ihre nackten Beine, die unter den gebauschten Röcken entblößt lagen, ihre Unterwäsche zerfetzt auf dem zerwühlten Laken. Sie verzehrte sich nach ihm. Und dann streckte sie die Hand aus. Sie hatte vergessen, ihre weichen Ziegenlederhandschuhe abzulegen und kümmerte sich nicht darum. Als ihre Hand sich auf seinen flachen Bauch legte, zog er die Luft zischend ein, sein Phallus zuckte.

Ihre Blicke trafen sich. »Bitte«, flehte Suzanne sehr leise.

Jakes Hand legte sich auf die ihre. Er richtete sich auf. »Nein.« Seine Stimme klang fest, endgültig, unumstößlich.

Suzanne wimmerte. Sie blickte ihm unverwandt in die Augen, ihre Hand glitt tiefer und dann schlossen sich ihre Finger um seine Männlichkeit.

Jake stöhnte. Seine Augen waren groß, dunkel und gefährlich. Mit einem Ruck zog er sie an sich. »Die Antwort ist immer noch nein«, keuchte er dicht an ihrem Mund.

Suzanne begann verzweifelt zu weinen.

Jake küßte sie, heiß, mit offenem Mund, schlang seine Zunge um die ihre, stieß tief in ihre Kehle. Und während er sie küßte, glitt seine Hand über die hochgebauschten Samtbahnen ihrer Röcke, über ihren zarten nackten Bauch; seine Finger wühlten sich in das feuchte Nest ihrer krausen Locken und fanden ihre nassen, erhitzten Schamlippen. »Aber du mußt noch nicht gehen, jedenfalls noch nicht gleich«, raunte er.

Kapitel 5

»Sie wollten mich sprechen?«

Suzanne fuhr hoch, so entrückt in Erinnerungen, daß sie nicht Edward Delanza in der offenen Tür zum Musikzimmer stehen sah, sondern Jake, hochgewachsen, schön wie ein Gott, verführerisch und hochmütig, mit goldblonden Haaren und bernsteinfarbenen Augen. Allmählich verblich das Bild einer schmerzlichen Vergangenheit und machte der Gegenwart Platz.

Suzanne erhob sich langsam. Es fiel ihr schwer zu lächeln. Von diesem Mann ging eine ähnlich lässige Kraft aus, wie sie so typisch für Jake war. Und wie Jake strahlte auch er eine unwiderstehliche Sinnlichkeit aus. Aber er war nicht Jake. Er war nur ein schwarzgelockter, blauäugiger Halunke, gegen dessen Charme und blendendes Aussehen Suzanne gefeit war, im Gegensatz zu ihren weiblichen Wochenendgästen, die ihn alle anhimmelten. »Bitte treten Sie näher, Mr. Delanza.«

Sein Lächeln war ebenso verkrampft wie das ihre. Suzanne schloß die schwere Mahagonitür hinter ihm und lehnte sich an die Füllung. Sie musterte ihn argwöhnisch und fragte sich, welchen Reiz ihre unscheinbare, exzentrische Tochter auf ihn ausübte – falls überhaupt. Sollte er Sofie tatsächlich reizvoll finden, war Suzanne entschlossener denn je, ihn von ihr fernzuhalten – um Sofie vor ähnlichem Leid zu bewahren, von dem Suzanne noch immer nicht geheilt war. »Guten Morgen. Ich hoffe, Sie haben gut geschlafen.«

Edwards Erwiderung war nicht minder höflich. »Danke der Nachfrage. Wie geht es Ihrer Tochter? Fühlt sie sich besser?«

Suzannes Herz sackte wie ein Stein in ihre Magengrube.

»Sofie ist wohlauf.« Sie zwang sich wieder zu einem Lächeln, trat auf ihn zu und berührte sanft seinen Arm; eine Geste, die sie gern bei Männern anwandte. »Sie müssen sich wirklich keine Sorgen um meine Tochter machen, Mr. Delanza. Sofie hat sich gestern etwas zuviel zugemutet, das ist alles. Ich bin sicher, heute ist alles wieder in Ordnung.

Sein Lächeln war wie angeklebt. »Demnach haben Sie Ihre Tochter heute noch gar nicht gesehen?«

Suzanne zuckte mit den Schultern. »Sie ist noch nicht heruntergekommen.«

Edwards Augen verdunkelten sich. »Vielleicht fühlt sie sich heute morgen nicht besser. Vielleicht sollten Sie nach ihr sehen, Mrs. Ralston.«

Sie lachte leise. »Ich kenne meine Tochter, Sir. Sofie ist wohlauf. Aber wenn es Sie beruhigt, in ein paar Minuten sehe ich nach ihr.«

»Es würde mich sehr beruhigen«, entgegnete er, und in seiner Wange zuckte ein Muskel.

»Mr. Delanza, Sie scheinen über die Maßen um meine Tochter besorgt zu sein«, wunderte sich Suzanne.

»Ihre Tochter war gestern abend sehr aufgewühlt. Muß ich Sie daran erinnern?«

Suzanne straffte die Schultern. »Darf ich aufrichtig sein, Mr. Delanza?«

»Ich bitte darum.«

»Ihre Sorge um Sofie erstaunt mich ... Sie interessieren sich doch gar nicht für meine Tochter, geben Sie es zu.«

Sein kühler, stahlblauer Blick ließ sie frösteln. Dieser Mann war weit mehr als ein Gauner – er war gefährlich, wenn man ihn reizte. Auch das hatte er mit Jake gemeinsam. »Sie irren sich. Ich interessiere mich sehr für Ihre Tochter, Mrs. Ralston, aber nicht in der Weise, wie Sie befürchten.«

Suzanne war keineswegs erleichtert. »In welcher Weise denn?«

»Ich bringe ihr das Interesse entgegen, das jeder ehrenwerte Gentleman einer jungen Dame entgegenbringen sollte.«

Suzanne fand seine Worte wenig überzeugend.

»Entgegen aller lächerlichen Gerüchte habe ich es nicht auf achtzehnjährige Debütantinnen abgesehen«, fuhr er sachlich fort. »Kann ich Sie damit beruhigen?«

Nein, das konnte er nicht, nicht im geringsten. Es fiel ihm offenbar schwer, seinen Unmut zu verbergen. Suzanne hatte nicht die Absicht, ihn wegen seines Irrtums über Sofies Alter aufzuklären. Wenn er sie für so jung hielt, würde sie das möglicherweise vor ihm schützen. »Ich bin keineswegs beunruhigt«, log sie.

Er zog eine Braue hoch.

Edward löste den Blick von ihr, schlenderte durchs Zimmer, betrachtete Bilder und Zierat auf einer Kommode und wandte sich seiner Gastgeberin schließlich wieder mit einem gewinnenden Lächeln zu. »Nun möchte ich aufrichtig sein, Mrs. Ralston.«

Suzanne spannte sich an.

»Ich begreife nicht, wieso keiner Ihrer feinen Gäste gestern abend sich die Mühe machte, Ihrer Tochter zu helfen, als sie vor Schmerz aufschrie.«

Suzanne hob das Kinn. »Wie bitte?«

»Wieso war ich der einzige, der Sofie zu Hilfe kam?«

Suzanne straffte die Schultern. »Ich fürchte, Sie haben die Situation falsch eingeschätzt, Mr. Delanza. Alle in unserem Bekanntenkreis wissen, daß Sofie ein Krüppel ist, deshalb war niemand überrascht von ihrer Ungeschicklichkeit – abgesehen von Ihnen. Sie haben gedankenlos gehandelt, während alle anderen es vorzogen, Sofie *nicht* zu demütigen. Meine Freunde *ignorieren* nämlich, daß sie ein Krüppel ist.«

Er verzog die Lippen zu einem verächtlichen Lächeln. »Was für ein häßliches Wort – *Krüppel*. Können Sie keine freundlichere Bezeichnung finden?«

»Aber sie *ist* ein Krüppel, Mr. Delanza.«

Seine Augen sprühten Funken. »In drei Sätzen haben Sie Sofie dreimal als Krüppel herabgesetzt. Warum tun Sie das?« Er schüttelte verständnislos den Kopf.

»Ich setze meine Tochter nicht herab, Sir«, entgegnete Suzanne schneidend, die es leid war, die Form zu wahren.

»Dann sollten Sie Sofie nicht als Krüppel bezeichnen.«

Suzanne hatte Mühe, die Beherrschung nicht zu verlieren. Dieser Mann war nicht Jake, er war Gast in ihrem Haus,

und bisher war noch kein Unglück geschehen. *Noch nicht.*
»Sie hat einen mißgebildeten Fuß, Mr. Delanza.«

Edward zog die Brauen in die Stirnmitte. »Tatsächlich? Ich habe ihren Fuß gestern abend massiert und keine Mißbildung festgesellt. Es sei denn, Sie nennen ein kleines Überbein eine Mißbildung.«

Suzanne war im Begriff, endgültig die Geduld zu verlieren. »Sie scherzen! Treiben Sie ein Spiel mit meiner Tochter, Mr. Delanza? Oder mit mir? Amüsieren Sie sich auf unsere Kosten?«

Edwards Augen wurden schmal. »Nein. Aber ich rede anscheinend gegen eine Mauer.«

»Wie bitte?«

Er ging nicht auf ihre überflüssige Zwischenfrage ein. »Sofie erzählte mir in knappen Worten, was passiert ist. Wie kommt es, daß ein kleines Mädchen ihrer Mutter verschweigt, daß es sich den Fuß gebrochen hat?«

Suzanne erbleichte. »Das geht Sie nichts an!«

Seine Stimme wurde tief und gefährlich. »Seit gestern geht es mich etwas an – nachdem sich in diesem Haus jeder so verhält, als ging es ihn nichts an.«

Suzanne wußte, wen sie vor sich hatte: einen zweiten Jake O'Neil. Vielleicht war dies der Grund, wieso sie plötzlich Herzklopfen bekam als Reaktion auf seine leisen, drohenden Worte. Mehr noch, eine verräterische Hitze durchströmte sie, pochte in ihrem Innern. Sie stand reglos und wies ihre verräterischen Empfindungen mit eisernem Willen von sich. Er war nur ein attraktiver Mann, wesentlich jünger als sie, und er war nicht Jake. Er würde es nie sein. Ihr Blut beruhigte sich, sie fand ihre kühle Gelassenheit wieder.

Und sie fand ihre Stimme wieder. »Was geht hier eigentlich vor?«

»Diese Frage würde ich gerne an Sie richten, Mrs. Ralston«, entgegnete Edward unerbittlich.

»Es ist mein gutes Recht, über Ihre Absichten unterrichtet zu werden, Sir.«

»Und mein gutes Recht ist es, einem anderen Menschen Mitgefühl entgegenzubringen.«

Suzanne verzichtete nun vollends auf höfliche Floskeln. »Pah!« schnaubte sie. Ihr Blick streifte seine Lenden. »Ich weiß genau, welche Art Mitgefühl Sie meiner Tochter entgegenbringen wollen, Mr. Delanza! Dieses Mitgefühl haben Sie gestern abend sehr deutlich zum Ausdruck gebracht!«

Er blieb ruhig, nur eine leichte Röte in seinen Wangen verriet ihn.

»Sie wollen mir doch nicht ernsthaft weismachen, daß Ihre Absichten von Menschenfreundlichkeit getragen sind. Sie wollen meine Tochter verführen, geben Sie es zu!« Suzanne hörte den schrillen, hysterischen Anflug in ihrer Stimme.

Edward atmete hörbar. »Nein. Ihre Unterstellung ist eine Beleidigung. Gütiger Himmel! Ich würde doch keine Unschuld verführen.«

»Nein?« Suzanne lachte spitz.

»Nein.« Seine Züge waren hart. »Ich zerstöre keine Unschuld, Mrs. Ralston. Selbst wenn Sie etwas anderes gehört haben sollten.«

Suzanne schoß ein Bild durch den Kopf. Sie sah Sofie in den Armen dieses Mannes. Es war wie eine böse Vorahnung, ein Vorbote drohenden Unheils. »Aha. Dann wollen Sie ihr also den Hof machen und demnächst um ihre Hand anhalten, wie?« höhnte sie.

Seine Augen wurden schreckensweit. »Nein.«

»Das habe ich mir gedacht!« fauchte sie.

»Sie reagieren grundlos überreizt«, stellte er kühl fest.

»Nein! Keineswegs! Welche Anmaßung!« Suzanne war außer sich, hatte die Beherrschung vollends verloren. Etwas, das ihr nur bei Jake passiert war. »Ich durchschaue Sie, Mr. Delanza. Sie sind genau wie mein erster Ehemann, der nichts war als ein Schürzenjäger, ein Abenteurer und Emporkömmling. Versprühen Sie ihren billigen Charme anderswo. Stillen Sie Ihre Lust bei anderen Frauen. Ich warne Sie!«

»Ihre kämpferischen und mütterlichen Gefühle in allen Ehren, Mrs. Ralston. Doch irgendwie zweifle ich an Ihrer mütterlichen Besorgnis.«

»Sie *ist* eine Unschuld, Mr. Delanza. Und ich wünsche nicht, daß ihr ein Leid geschieht.« Suzanne zitterte in Gedanken an Jake. »Ein Mann wie Sie kann ihr nur weh tun.«

»Ich werde Ihrer Tochter nicht weh tun, Mrs. Ralston. Das ist ein Versprechen.«

Suzanne lachte höhnisch. »Männer wie Sie geben Versprechen und vergessen sie in der nächsten Sekunde. Hören Sie mir gut zu, Mr. Delanza. Sofie hat bisher keinen Gedanken an Männer verschwendet, und Sie sind im Begriff, in ihr Sehnsüchte zu wecken, die besser nicht geweckt werden sollten. Ich verbiete es Ihnen!«

»Wovor haben Sie so furchtbare Angst?« fragte er scharf. Seine Augen funkelten hart wie die Diamanten, auf denen sein Ruf sich gründete. »Wenn Sofie sich bislang nicht für Männer interessiert hat, so sollte sie schleunigst damit beginnen. Vielleicht würde sie dann ihre fixe Idee aufgeben, unverheiratet zu bleiben. Ihnen als Mutter müßte doch daran gelegen sein, daß sie heiratet. Wenn Sofie sich nicht für Männer interessiert, wie wollen Sie einen Mann für sie finden und sie davon überzeugen, ihn zu heiraten?«

»Das geht Sie nichts an.« Suzanne kochte vor Zorn, und ihre Angst vor seinem Interesse an Sofie geriet zur Panik. Knapp fügte sie hinzu: »Im übrigen unterstütze ich Sofies Entschluß, unverheiratet zu bleiben.«

»Wie bitte?« entfuhr es ihm entsetzt.

»Sofie kennt nur eine Leidenschaft, und das ist ihre Kunst. Sie hat nicht den Wunsch, sich zu verheiraten. Gottlob, denn das ist die beste Lösung für sie.«

Edward konnte es nicht fassen. »Das ist unendlich fürsorglich und mütterlich von Ihnen, Mrs. Ralston!«

Suzanne hatte genug von dem Theater und ging endgültig zum Angriff über. »Ich beschütze meine Tochter vor Schurken wie Ihnen und bewahre sie vor dem Schlimmsten, davor nämlich, daß sie erkennt, daß kein Mann bereit ist, einen Krüppel zu heiraten. Lassen Sie meine Tochter in Frieden, Mr. Delanza, bevor Sie ihr unnötig Flausen in den Kopf setzen.« Und spöttisch setzte sie hinzu: »Es sei denn, Sie wollen Sofie heiraten.«

Edward starrte sie an, als habe er ein Ungeheuer vor sich.

»Ich halte es für das beste, wenn Sie abreisen«, fuhr Suzanne kalt fort. »Sie mischen sich in unverantwortlicher Weise in Sofies Leben ein, und das ist entschieden gegen meinen Willen. Es tut mir leid, Mr. Delanza – ich wünsche, daß Sie mein Haus verlassen.«

Es folgte eine lange Pause. Die beiden standen einander wie Kampfhähne gegenüber, Suzanne hart und entschlossen, Edward ohne jeden Ausdruck. Schließlich sagte er: »Wenn Ihnen wirklich daran liegen sollte, Sofie nicht zu verletzen, hören Sie auf, sie einen Krüppel zu nennen – und hören Sie auf, sie als solchen zu behandeln.«

Suzanne rang nach Luft.

Edward lächelte kalt und verneigte sich höflich. »Um Sie nicht weiter zu beunruhigen, Mrs. Ralston, werde ich umgehend abreisen.« Damit machte er auf dem Absatz kehrt und verließ das Zimmer.

Edward wartete, bis die Kutsche vorfuhr, um ihn zum Bahnhof zu bringen. Er lehnte die Schulter gegen eine weiße Holzsäule der Veranda und rauchte. Die weiße Auffahrt aus zerstoßenem Muschelkies führte am Kutschenhaus, den Stallungen und den Unterkünften der Dienstboten vorbei bis zum hohen, schmiedeeisernen Tor, dessen Flügel offenstanden. Auf der Hauptstraße dahinter sah Edward mehrere Radfahrer vorbeifahren, ein halbes Dutzend Pferdekutschen und sogar ein schwarz glänzendes Automobil mit einem lachenden jungen Mann am Lenkrad in Staubmantel, Ledermütze und großer Schutzbrille. Auf der Rückbank saßen drei ebenso vermummte junge Damen, die teils vor Angst, teils vor Vergnügen kreischten.

Edward lächelte, der Anblick des ratternden Automobils lenkte ihn kurzfristig von seinen Schuldgefühlen ab. Er hatte sich nicht, wie erhofft, von Sofie verabschieden können. Sie war nicht zum Frühstück erschienen und hatte sich auch nicht an den Zerstreuungen der Gäste am Vormittag beteiligt. Gestern hatte sie stark gehinkt, ihr Knöchel war geschwollen, deshalb war sie wohl nicht heruntergekommen.

Er beruhigte sich mit dem Gedanken, daß es kein Malheur sei, wenn er ohne Abschied abreiste, da er beabsichtigte, sie in der Stadt aufzusuchen.

Edward hatte den Entschluß gefaßt, sich ihrer anzunehmen. Sofie brauchte einen Fürsprecher, einen Beschützer.

Beim Gedanken an Suzanne Ralston krampfte sich sein Inneres zusammen. Es war nichts Ungewöhnliches an ihrem Wunsch, ihre Tochter vor Schaden zu bewahren. Edward wäre befremdet gewesen, wenn sie nicht eingegriffen hätte, als sie sein Interesse an Sofie bemerkte. Doch Suzanne Ralston zeigte in ihrer Entrüstung weit mehr als nur beschützenden Mutterinstinkt. Edward wußte nicht, ob ihr das Ausmaß ihrer Grausamkeit bewußt war, hoffte aber, daß hinter ihrer Strenge keine böse Absicht steckte. Aber wie konnte sie Sofie als Krüppel bezeichnen? War sie tatsächlich davon überzeugt? Steckte möglicherweise Eigennutz hinter ihrer Gefühlskälte? Wie konnte sie Sofies Entschluß gutheißen, unverheiratet zu bleiben? Wie absurd! Jede Mutter hatte den Wunsch, ihre Tochter mit einem guten, anständigen Mann zu verheiraten und versorgt zu wissen.

Edward atmete tief durch. Unvermutet sah er sich ins südliche Afrika zurückversetzt. Vor ihm erstreckte sich die endlose Ebene, über der die Luft vor der sengenden Hitze flimmerte. Ein scharfer Gestank stieg ihm in die Nase – der Gestank nach verbranntem Fleisch von Tier und Mensch, verkohltem Holz und schwelendem Getreide.

Die Briten hatten die Strategie der verbrannten Erde als erste angewandt, die von den Buren bedenkenlos übernommen worden war. Opfer dieser Unmenschlichkeit war die unschuldige Bevölkerung. Edward hatte zahllose verkohlte Leichen von Männern, Frauen und Kindern gesehen. In den Kriegswirren zählten Menschenleben nicht.

Und er hatte Krüppel gesehen. Wirkliche Krüppel. Auf dem Schlachtfeld erblindete Soldaten; Männern, denen Arme oder Beine fehlten. Er hatte einen bedauernswerten Mann gesehen, dem Arme und Beine fehlten. Diesen grauenvollen Anblick würde Edward nie im Leben vergessen.

Sofie war kein Krüppel. Edward dachte daran, wie sie

sich in seinen Armen angefühlt hatte, in diesem flüchtigen Augenblick. Warm, weiblich, wunderbar. Er dachte an ihren hinkenden Gang. Sie war nicht perfekt, aber wer war schon vollkommen? Sie war jung, hübsch, sehr talentiert, scheu. Sie mußte erst zum Leben erweckt werden.

Sie lebte für ihre Kunst, und Edward spürte, daß es ihr sehr ernst damit war. Aber er ahnte auch, daß sie damit einen Weg gefunden zu haben glaubte, um das zu vermeiden, wovor sie Angst hatte, nämlich die Art der Ablehnung, deren entsetzter Zeuge er gestern abend im Salon geworden war. Wie oberflächlich und gedankenlos diese Menschen doch waren!

Edward trug sich mit der Überlegung, Sofie von ihren Hemmungen zu befreien. War es nicht höchste Zeit für ihn, ein wenig Buße für seine eigenen Sünden zu tun? Sein ganzes Leben hatte er seinem Egoismus gelebt. Er war ein Genießer durch und durch. War es nicht an der Zeit, daß er sich eines anderen Menschen annahm? War es nicht an der Zeit, zur Abwechslung etwas Gutes zu tun? Nur um sich selbst zu beweisen, daß sein schlechter Ruf nicht völlig zu Recht bestand? Vielleicht könnte er auf diese Weise einige Fehltritte in seinem Leben wiedergutmachen.

Behutsam wollte er Sofie von ihren Hemmungen befreien, wollte ihr helfen, ein falsches Bild von sich selbst zu korrigieren, das von ihrer Mutter geduldet, ja vielleicht sogar für deren selbstsüchtige Zwecke gefördert und befürwortet wurde. Und wenn Sofie eines Tages erkannte, wie schön, wie unbeschwert sie war, dann könnte er zufrieden seiner Wege gehen.

Er hatte letzte Nacht kaum geschlafen. Es gab so viele Fragen, die er Sofie stellen wollte. Und jede einzelne war zu vertraulich, als daß er sie als Fremder stellen durfte.

Edward erinnerte sich mit Unbehagen daran, wie hitzig er Hilary letzte Nacht genommen hatte. Während er mit seiner Geliebten schlief, waren ihm Bilder von Sofie durch den Kopf geschossen, ausnahmslos erotische und wollüstige Bilder.

Entschlossen drängte Edward seine sündigen Gedanken

beiseite. Sofie brauchte einen Freund, einen älteren Bruder, und der wollte er ihr sein. Er wollte sich zu ihrem Fürsprecher und Beschützer machen und jeden anderen Gedanken von sich weisen. Selbstbeherrschung war schließlich eine Eigenschaft, die den Menschen vom Tier unterschied. Wenn er sich nicht beherrschen konnte, so war er nicht besser als sein schlechter Ruf.

Zwei Reiter bogen von der Straße in die Auffahrt ein und trabten auf das Haus zu. Edward war erleichtert, als er Hilary erkannte, auch wenn sie ihn nicht von düsteren Grübeleien ablenkte. Er hatte ihr nur eine kurze Nachricht hinterlassen, da er es vorzog, seinen hastigen Rückzug selbst zu erklären.

Hilary glitt vom Pferd und bedachte ihn mit einem fragenden Lächeln. Der dickliche junge Anwalt war ihr Begleiter.

»Mr. Delanza!« Hilary übergab die Zügel dem herbeigeeilten Stallburschen und kam in schwungvollen Schritten auf Edward zu. »Sie wollen uns verlassen?«

»Bedauerlicherweise ja«, sagte er. »Guten Morgen, Mrs. Stewart, Mr. Marten.«

»Wie schade«, murmelte Hilary, deren Lächeln erstarb. Sie sah ihm forschend in die Augen. »Gibt es Anlaß zur Sorge?«

»Keineswegs. Ich muß nur eine geschäftliche Angelegenheit regeln.«

»Vielleicht sehen wir uns am Ende der Sommersaison«, meinte sie forschend. »Sie dauert nur noch zwei Wochen.«

»Ich rechne fest damit«, antwortete Edward und ließ sie damit wissen, daß dies nicht das Ende ihrer Affäre bedeutete.

Hilary strahlte; sie hatte begriffen. »Vielleicht schon etwas früher«, lächelte sie und ließ die beiden Herren nach ein paar weiteren Höflichkeitsfloskeln allein.

Henry Marten hatte bislang geschwiegen, nun sah er ihr versonnen nach. »Sie ist sehr schön.«

»Ja, sie ist schön.«

Henry wandte sich nun errötend und mit offener Neugier an Edward. »Sie hat Sie gern.«

Edward zuckte mit den Schultern.

»Ich habe gehört ... ehm ... sie soll nicht besonders ... ehm ...« Henry war nun tiefrot geworden. »Haben Sie etwas mit ihr?« platzte er heraus.

Edward stöhnte. »Ein Gentleman genießt und schweigt«, antwortete er leichthin. »Diesen Rat sollten auch Sie beherzigen.« Edward holte ein Silberetui aus der Brusttasche seines Leinenjacketts und bot Henry einen Zigarillo an, der dankend ablehnte. »Ein weises Wort, Mr. Marten«, setzte er hinzu und dachte nicht daran, den Schnösel aufzuklären. Dann sah er die Kutsche um die Ecke biegen, und sein Herz zog sich zusammen. Der Abschied fiel ihm nicht leicht. Und dabei dachte er nicht an Hilary Stewart.

»Ich nehme an, Ihnen ist es nicht so wichtig, ob Sie ihr gefallen.«

Edward zog eine Augenbraue hoch.

»Ich meine ... Ihnen laufen so viele Frauen nach, stimmt's?« Henry räusperte sich. »Man erzählt sich sagenhafte Geschichten über Sie ... Diamanten, Frauen, Abenteuer. Sie sind ein verwegener Bursche! Das sagen alle.«

Henry war so voller Bewunderung, daß Edward ihm nicht böse sein konnte. Die Gerüchte über ihn waren mit Sicherheit alle übertrieben. Andererseits hatte Edward nichts dagegen einzuwenden, von Männern beneidet und von Frauen angehimmelt zu werden.

Henry seufzte. »Meine Cousine rät mir, Miß O'Neil zu heiraten.«

Edward fuhr herum.

Bedrückt fuhr Henry fort: »Ich bin nicht wie Sie, wenn Sie wissen, was ich meine. Mir läuft keine Frau nach. Für mich wäre es ein großes Glück, wenn ich mir eine Erbin angeln könnte, selbst eine mit einem kleinen Vermögen wie Miß O'Neil.«

Edward packte die Wut. »Sie wollen Sie wegen ihres Geldes heiraten?«

»Heiratet im Grunde nicht jeder wegen des Geldes? Aber ich weiß nicht recht«, meinte Henry ratlos und betrachtete sinnend seine brandneuen Reitstiefel. »Ich kann mich noch nicht entschließen.«

»Wieso nicht?«

Henry hob den Blick. »Dieser hinkende Gang ... und sonderbar ist sie obendrein.«

Edward verzog verächtlich die Mundwinkel. »Sie finden sie also sonderbar, wie? Und trotzdem würden Sie sie heiraten?«

Henry zögerte. Edwards frostiger Blick sagte ihm, daß er etwas Falsches gesagt hatte. Was aber mochte das sein?

»Sie aber würden sie heiraten, obwohl Sie Miß O'Neil sonderbar und abstoßend finden?« formulierte Edward seine Frage neu mit einem gefährlichen Unterton.

Henry erbleichte. »Habe ich Sie gekränkt, Sir?« quiekte er.

»Beantworten Sie meine Frage.«

»Ich weiß nicht. Ich habe nicht unbedingt den Wunsch, einen Krüppel zu heiraten. Man hat mir gesagt, sie habe ein kleines Problem, keine ernsthafte Mißbildung. Na ja ... eigentlich ist sie ganz nett. Sie ist sogar hübsch, finden Sie nicht? Andererseits ist sie ein Sonderling und exzentrisch. Wußten Sie das? Aber vermutlich finde ich keine andere Frau mit Geld. Herrgott, ist das alles kompliziert!«

Edward biß die Zähne aufeinander. »Ich verabscheue das Wort ›Krüppel‹, Mr. Marten. Im übrigen ist sie kein Krüppel.«

»Wie bitte?!«

»Sie haben gehört, was ich sagte.« Edward funkelte den jungen Anwalt an. »Ein Knöchelbruch in der Kindheit, der schlecht verheilt ist – weiter nichts. Sie ist talentiert und hübsch und in jeder Hinsicht so normal wie Sie und ich und wesentlich wertvoller, wie mir scheint.«

»Sie ... Sie mögen sie?« Henrys Augen quollen ihm aus den Höhlen.

»Sehr sogar«, sagte Edward mit Bestimmtheit. Und leise fügte er hinzu: »Sie wird einmal eine faszinierende Frau, daran habe ich keinen Zweifel.«

Henry Marten klappte der Unterkiefer herunter. Erst als Edward seinen Koffer aufgenommen hatte, erholte er sich wieder. »Es tut mir leid! Ich wollte Ihnen nicht zu nahe treten. Ich würde gerne Ihr Freund sein.«

»Entschuldigen Sie sich nicht bei mir«, entgegnete Edward auf dem Weg zum Wagen; er nickte dem Kutscher zu und warf den Koffer auf die Rückbank. »Sie schulden Miß O'Neil eine Entschuldigung, Mr. Marten. Und ich hoffe, Sie sind Manns genug, es auch zu tun.«

Er bestieg den offenen Wagen. »Und um Himmels willen, heiraten Sie sie nicht. Sie braucht Ihr Mitleid nicht – davon hat sie mehr als genug. Sie braucht etwas ganz anderes.«

Henry schaute der Kutsche und Edward Delanzas Rücken im weißen Leinenjackett lange nach. Ihm war schwindlig geworden. War es möglich? War es wirklich möglich? Edward Delanza, der Herzensbrecher par excellence, der zwielichtige Diamantenschmuggler, ein moderner Pirat und eine lebende Legende, wenn man dem Klatsch glauben wollte, interessierte sich für Sofie O'Neil?

Henry hätte schwören können, daß es so war.

Kapitel 6

Sofie fühlte sich nach dem Erwachen besser. Die Schwellung an ihrem Knöchel war abgeklungen, sie hinkte jetzt weniger auffällig. Trotz der Aufregungen des vergangenen Tages hatte sie schließlich doch tief und erholsam geschlafen. Statt der üblichen Hemdbluse und eines schlichten dunkelblauen Rocks wählte sie heute ein weißes, duftiges Batistkleid mit Spitzenbesatz an Ausschnitt und Saum des weiten Rockes. Als sie die Schuhe anzog, spitzte sie die Ohren, ob sie Edward aus dem Stimmengewirr heraushören konnte, das vom Rasen durch die offene Balkontür zu ihr heraufdrang. Sie würde seinen leicht rauhen Bariton mit Sicherheit erkennen.

Sie trat an die Balkontür, ohne sich hinauszuwagen. Auf dem Rasen wurde Kricket gespielt. Die Damen sahen hübsch aus in ihren pastellfarbenen Sommerkleidern, die Herren in hellen Leinenjacken, langen Hosen oder Breeches. Sofies Lächeln schwand. Edward befand sich nicht unter den Spielern.

Sofie ließ sich auf den nächsten Stuhl fallen. Was war nur los mit ihr?! Sie benahm sich wie eine dumme, liebeskranke Gans!

Sie spürte, wie ihr die Hitze in die Wangen stieg. Sie war nicht liebeskrank. Sie war zu vernunftbetont und ernsthaft, um liebeskrank zu sein. Morgen vormittag würde sie wieder in New York sein bei ihren täglichen Unterrichtsstunden an der Kunstakademie und ihrer nächtlichen einsamen Arbeit im Atelier. Nach diesem Tag würde sie Edward Delanza nie wiedersehen.

Wenn sie an die verrückten Ereignisse des Vortags dachte, wunderte sie sich, wie all das geschehen konnte. Lieber Himmel, er hatte nicht nur ihren verkrüppelten Fuß berührt und massiert, er hatte völlig selbstverständlich darüber geredet, als sei es das Normalste von der Welt. Und sie hatte mit ihm über ihre Lebenspläne gesprochen, hätte ihm beinahe ihre geheimsten Ängste anvertraut – einem völlig Fremden.

Sofie rief sich zur Ordnung. Der gestrige Abend war für ihn ein flüchtiger Flirt, einer von Hunderten, ja, Tausenden. Nur sie maß der Begegnung eine tiefere Bedeutung bei; kein Wunder, war es doch ihre erste diesbezügliche Erfahrung. Dennoch konnte sie seine Freundlichkeit, seine Fürsorge nicht vergessen, ebensowenig seinen unwiderstehlichen Charme. Dabei war er ihr nicht als Schmeichler erschienen. Im Gegenteil. Er wirkte aufrichtig und nicht verstellt.

Sofie wagte keine weiteren Spekulationen anzustellen. Es war beinahe Mittag; die Gäste versammelten sich bereits im Haus zum Mittagessen. Als sie das Zimmer durchquerte, vermied sie wie gewohnt den Blick in den Spiegel. Doch dann zögerte sie. Edward Delanza hatte sie gefragt, ob sie ihre Schönheit zu verbergen suche, um unerwünschte Verehrer abzuschrecken.

Zaudernd wandte Sofie sich dem Spiegel zu. Sie wußte genau, daß sie nicht schön war und seine Worte nur als nette Schmeichelei gedacht waren. Sofie betrachtete sich im Spiegel und suchte nach einer Spur Schönheit in ihrer Erscheinung.

Ein duftiges Sommerkleid konnte leider nichts daran ändern, daß sie altbacken und reizlos aussah. Ihr Gesicht war nichtssagend und langweilig. Sie würde nie zur strahlenden Schönheit erblühen wie Hilary oder Lisa. Daran änderte auch eine noch so wohlgemeinte Schmeichelei nichts.

Sie eilte aus dem Zimmer und die Treppe hinab, in ihrer Hast stolperte sie beinahe. Im Salon blieb sie stehen. Die Gäste kamen paarweise und in Gruppen aus dem Garten und strebten lachend und plaudernd dem Speisesaal zu. Edward war nicht zu sehen. Wenn nur ihr Herz nicht so rasen würde!

»Guten Tag, Miß O'Neil.«

Sofie fuhr herum. Henry Marten stand errötend hinter ihr. Sofie lächelte dünn. »Guten Morgen, Mr. Marten. Hat Ihnen der Ausritt Spaß gemacht?«

»Ja, sehr. Darf ich Sie zu Tisch begleiten, Miß O'Neil?«

Sofie hob eine Braue. Gestern abend hatte Henry kein Wort an sie gerichtet, weder vor dem Dinner noch danach. Sein Sinneswandel verwunderte sie. »Gerne«, erwiderte sie und lächelte höflich.

Im Speisesaal scharten sich die Gäste um das reichhaltige, kunstvoll angerichtete Büfett, für das Suzanne weithin berühmt war. Sofies Blicke schweiften in die Runde.

»Seltsam«, meinte sie enttäuscht, »ich kann Mr. Delanza gar nicht sehen.«

Henry sah sie erstaunt an. »Er ist abgereist. Wußten Sie das nicht? Hat er sich nicht von Ihnen verabschiedet?«

Sofie glaubte, sich verhört zu haben. »Pardon?«

»Er ist zurück in die Stadt gefahren ... Miß O'Neil, fühlen Sie sich nicht wohl?«

Sie konnte nicht sprechen.

»Miß O'Neil?«

Sofie atmete stockend. Ihre Enttäuschung war grenzenlos. So sehr sie versucht hatte, klaren Kopf zu bewahren, sich nicht in Träumereien zu verlieren, sich keinen falschen Hoffnungen hinzugeben, so hatte sie sich dennoch auf die heutige Begegnung mit Edward Delanza gefreut. Sie hatte sich vorgenommen, damenhafter und weniger exzentrisch zu sein.

Und im stillen hatte sie gehofft, Edward möge sie ein bißchen interessant, eine Spur reizvoll finden.

»Miß O'Neil?« Henry hielt sie am Ellbogen. Seine Stimme klang aufrichtig besorgt.

Sofie erkannte beschämt, was für eine dumme Gans sie war. Hatte sie nicht von Anfang an gewußt, daß sie Edward nichts bedeutete? Daß diese Begegnung für ihn nichts anderes war als ein flüchtiger Flirt? Sofie hatte große Mühe, die Fassung zu bewahren. Die Kehle war ihr wie zugeschnürt, ihre Augen brannten. Wie albern! Sie zwang sich zu einem Lächeln und hoffte flehentlich, daß Henry ihr die Enttäuschung nicht allzu deutlich ansah. »Wollen wir, Mr. Marten?« fragte sie mit gekünstelter Heiterkeit.

Das Mittagessen zog sich endlos in die Länge.

Sofie saß auf ihrem Bett, die Hände im Schoß verschlungen, und starrte vor sich hin.

Sie hatte in früher Kindheit gelernt, Gefühle zu verbergen, für sich zu behalten, sie nicht nach außen zu tragen. Kurz nachdem ihr Vater sie verlassen hatte, hatte Sofie zu malen begonnen. Ihre Kinderbilder waren bunte Farborgien, Vulkanausbrüche in Form und Farbe. Sie hatte ihren Vater so sehr geliebt und nicht begriffen, daß er sie verlassen hatte. Heute wußte Sofie, daß die Anfänge ihrer Malleidenschaft zu Papier gebrachte Wutausbrüche waren.

Sofie lächelte matt. Als sie mit dreizehn anfing, ernsthaft Malen zu lernen, wurde sie gezwungen, sich den festgefügten Gesetzen der Zeichenkunst zu beugen und sich ihre Techniken anzueignen. Zunächst mußte sie das Handwerk, das Rückgrat der Malerei beherrschen, die Voraussetzung für den Künstler, um sich in seinem späteren Schaffen frei entfalten zu können. Sofie war nicht entgangen, daß sie vor kurzem wieder begonnen hatte, in die freie Gestaltung ihrer Kinderjahre zurückzufinden. Ihre Kunst war in Form- und Farbgebung explosiv, wobei allerdings das naive Element des Kindhaften nicht mehr vorhanden war.

Sofie nahm das neu begonnene Zeichenbuch zur Hand, in dem sie letzte Nacht gearbeitet hatte, schlug es auf und betrachtete Edward Delanzas Porträtskizze. Sie hatte seinen Kopf in kühnen Strichen angedeutet, seine Züge wirkten wie aus Holz geschnitzt, und dennoch war die Ähnlichkeit und Lebendigkeit der Darstellung verblüffend. Gedankenverloren betrachtete sie seine Augen, seinen Blick, in dem so viele Andeutungen lagen. Doch sie brachte nicht den Mut auf, diesen Blick zu entschlüsseln.

Sofie mußte sich damit abfinden. Er war fort; ihre Begegnung hatte ihm nichts bedeutet.

Lisa stürmte unerwartet ins Zimmer.

»Was ist los mit dir, Sofie? Du warst weiß wie die Wand beim Lunch!« Lisa eilte zu ihrer Schwester, setzte sich neben sie aufs Bett und legte ihr den Arm um die Schultern.

»Mir geht's ausgezeichnet.«

»Du hast keinen Bissen gegessen. Bist du krank?«

Sofie seufzte. »Nein, natürlich nicht.« Selbst wenn sie Worte gefunden hätte, um Lisa ihre Verwirrung und Enttäuschung zu schildern, hätte sie es nicht getan. Sonst war Lisa diejenige, die an *ihrer* Schulter weinte – nicht umgekehrt.

»Bist du sicher?«

»Ja, ganz sicher.« Es war gut, daß es so gekommen war, redete Sofie sich ein. Beinahe wäre sie der Illusion erlegen, sie könnte doch noch Zugang zu einer Welt finden, die ihr verschlossen war. Es war zu ihrem Besten, daß Edward abgereist war, ehe sie ihr Herz an ihn verloren und sich lächerlich gemacht hätte. Im übrigen war seine überstürzte Abreise der schlüssige Beweis, wie unaufrichtig sein Charme und seine Nettigkeit waren.

»Komm nach unten und mach mit uns einen kleinen Spaziergang«, bat Lisa. »Dieser Rechtsanwalt scheint sich für dich zu interessieren.«

Sofie winkte ab. »Mr. Marten versucht nur, höflich zu sein.«

Lisa seufzte. »Ach, Sofie, mußt du dich denn immer absondern?«

Sofie dachte an die Predigt ihrer Mutter. »Wirke ich denn wie ein Außenseiter?«

»Nein, nicht wie ein Außenseiter, aber sonderbar, Sofie. Du solltest öfter ausgehen. Gesellschaften und Tanzveranstaltungen machen doch Spaß. Ich hoffe, daß du wenigstens zu meinem Debütantinnenball kommst.«

»Natürlich komme ich«, antwortete Sofie. Vielleicht hatte Lisa recht, sie sollte öfter unter die Leute gehen. Aber wie sollte sie ein Gesellschaftsleben führen, ohne ihr Malstudium zu vernachlässigen? Im übrigen hatten ihr ›Gesellschaften‹ noch nie viel bedeutet. War es ein Fehler, sich so sehr auf die Malerei zu konzentrieren und dabei alles andere hintanzustellen?

Lisa stand auf. »Zeichnest du wieder?« Sie warf einen Blick auf das Skizzenbuch.

»Heute nicht«, antwortete Sofie und legte die Zeichnung achtlos beiseite.

»Vorsicht, Sofie! Du zerknitterst das Blatt.« Lisa, die wußte, wie wichtig ihrer Schwester die Malerei war, glättete das Papier. Und dann verharrte ihre Hand. »Sofie, du hast *ihn* gezeichnet!«

Sofie schwieg.

»Du bist in ihn verliebt!« rief sie erstaunt.

»Nein!« brauste Sofie auf.

Lisa betrachtete das Porträt mit großen Augen. »Aber ich sehe es doch, Sofie. Hier in dieser Zeichnung.«

Sofie saß stockstoif da. »Ich kenne Mr. Delanza kaum, Lisa. Wie kannst du behaupten, ich sei in ihn verliebt? Das ist doch lächerlich.«

»Lächerlich? Pah! Es gibt kaum eine Frau in ganz New York, die nicht in Edward Delanza verliebt ist!« Lisa umarmte sie. »Oh, mein armer Liebling. Ich konnte doch nicht ahnen, daß du dich in ihn verliebst, als ich sagte, du wirst von ihm hingerissen sein. Ich meinte damit doch nur, daß du ihn ebenso aufregend finden wirst wie wir alle.«

»Ich bin *nicht* in ihn verliebt«, wehrte Sofie schroff ab, doch ihr Herz flatterte wie ein verängstigter Vogel. »Er ist nur ... so wahnsinnig attraktiv.« Sie sah ihn in der Umarmung mit Hilary, erinnerte sich an seine prachtvolle Männlichkeit.

»Ja, er ist wahnsinnig attraktiv, aber völlig unakzeptabel – und sehr gefährlich.« Lisa umarmte sie nochmals. »Bei einem Mann wie ihm muß man auf alles gefaßt sein. Vielleicht will er dich verführen, Sofie«, warnte sie.

Sofia schnappte nach Luft. Ihre Wangen glühten. »Jetzt redest du aber wirklich dummes Zeug«, entsetzte sie sich. »Er würde nie auf die Idee verfallen, *mich* zu verführen!«

Lisa sah ihre Schwester lange an. »Manchmal bist du ein echtes Schaf«, meinte sie kopfschüttelnd. »Anscheinend hast du nicht bemerkt, wie er dich gestern abend ansah. Ich habe es sehr wohl bemerkt und bin froh, daß er heute abgereist ist.«

Sofie sah ihre Schwester verwirrt an, während ihr Bilder von Edward durch den Kopf schwirrten, wie er sie in den Armen gehalten hatte.

»Du wolltest mich sprechen, Mutter?« fragte Sofie.

Suzanne sah erst von ihrem zierlichen französischen Sekretär auf, nachdem sie die Gästeliste für das letzte Wochenende in diesem Sommer beendet hatte. Dann studierte sie das traurige Gesicht ihrer Tochter. Ihr war aufgefallen, daß Sofie beim Mittagessen ungewöhnlich bleich und verschlossen war. »Ich finde, du solltest den Rest des Sommers hierbleiben.«

Sofie richtete sich kerzengerade auf. »Ich muß zurück!«

Suzanne legte den Federhalter beiseite. »Ich denke darüber nach, seit du gestern angekommen bist. Du entwickelst dich wirklich zum Sonderling, und einen schlechten Ruf eignet man sich schnell an und wird ihn nur schwer wieder los. Ich mache mir Sorgen um dich.« Sie sprach die Wahrheit.

»Ich hatte vor, nur übers Wochenende zu bleiben«, entgegnete Sofie hilflos. »Ich habe Unterricht.«

Suzanne seufzte. »Die Kunstakademie steht in drei Wochen noch am selben Platz, Sofie. Es ist doch keine Tragödie, wenn du ein paar Wochen fehlst.«

»Mutter, ich muß nach Hause. Ich will den Unterricht nicht versäumen.«

Suzanne erhob sich. Sie dachte an Edward Delanza, der trotz seiner Affäre mit der schönen Hilary mit Sofie geflirtet hatte. Suzanne erinnerte sich genau, wie er sie angesehen hatte. Und sie dachte an den jungen Anwalt, Annette Martens Vetter, der Sofie zunächst keinerlei Beachtung geschenkt hatte und plötzlich Interesse an ihr zu haben schien. Suzanne durfte Sofie nicht allein in die Stadt reisen lassen, allein der Gedanke versetzte sie in Panik. Hier in Newport konnte Suzanne sie im Auge behalten und dafür sorgen, daß nicht noch weitere Überraschungen passierten. »Sofie, Kind, du fehlst mir sehr. Mir liegt dein Wohl am Herzen, das weißt du. Die frische Luft hier würde dir guttun, und ich würde mich freuen, dich bei mir zu haben. Willst du mir den Gefallen nicht tun?«

Sofie zögerte. »Es tut mir leid, Mutter«, sagte sie endlich. »Aber ich bin kein Kind mehr. Ich bin im Mai zwanzig geworden – eine erwachsene Frau. Und außerdem will ich mein Studium nicht vernachlässigen.«

Suzannes Lippen wurden schmal. »Ich erinnere mich an

deine Geburt, als wäre es gestern gewesen, Sofie. Auch mit zwanzig bist du noch längst keine erwachsene Frau. Oder hat Edward Delanza dir das eingeredet, als er dich küßte?«

Sofie errötete erschrocken. »Er hat mich nicht geküßt.«

»Na, da bin ich aber froh!« Suzanne trat an Sofie heran und legte ihr die Hände auf die Schultern. »Es tut dir gut, dich ein paar Wochen in Newport zu erholen. Im übrigen mußt du lernen, ein wenig geselliger zu werden, Sofie.« *Und ich kann auf dich aufpassen und dich beschützen*, dachte sie bei sich und zwang sich zu einem Lächeln. »Wir können deine Malsachen schicken lassen. Wir können sogar eines der Gästezimmer vorübergehend in ein Atelier umgestalten. Ich erwarte ja gar nicht, daß du meinetwegen dein Studium vernachlässigst.«

»Mutter, wenn ich dir nur begreiflich machen könnte, wie wichtig mir die Akademie ist!« rief Sofie verzweifelt.

»Ich verstehe. Ich habe damals schon verstanden, als du ein verschlossenes Kind warst, das sich weigerte, an Geburtstagsfesten und anderen Kinderspielen teilzunehmen; ein Kind, das stundenlang in den Anblick eines Bildes versunken dasitzen konnte und seine Hände ständig in irgendwelchen Farbtöpfen hatte. Ich verstehe sehr gut, Sofie.«

»Wenn du wirklich verstehen würdest«, entgegnete Sofie schroff, »wäre dieses Gespräch unnötig.«

Suzanne zuckte zusammen. Sie wechselte das Thema und kam zu einem Punkt, der ihr ebenso am Herzen lag. »Du hast beim Lunch sehr blaß ausgesehen. Ist etwas nicht in Ordnung?«

Sofie sah ihre Mutter an und zögerte.

Suzannes Herz zog sich zusammen. »Es ist wegen ihm, hab' ich recht? Du weißt, daß du dich mir anvertrauen kannst, Liebes.«

Sofie zitterte. »Ich finde ihn sehr attraktiv, Mutter«, sagte sie schließlich leise.

»Alle Frauen finden Männer wie ihn attraktiv, Liebes«, entgegnete Suzanne gedehnt. »Du bist eine unter Hunderten, glaub mir.«

»Das weiß ich. Es ist nur ...« Sie errötete wieder. »Du

weißt selbst, daß ich gesellschaftlich eine Katastrophe bin. Und der einzige Mann, der je nett zu mir war, ist Edward Delanza. Mehr ist es nicht, er war einfach nett zu mir.«

Suzanne führte ihre Tochter zum Sofa, setzte sich mit ihr und sah sie lange an. »Er hat nur mit dir gespielt, Liebes. Ich kenne diesen Typ. Er ist wie dein Vater, der nur dem Augenblick und seinem Vergnügen lebte, ohne jedes Verantwortungsgefühl. Auch dieser Mann schreckt vor nichts zurück, nicht einmal davor, ein unschuldiges Mädchen zu verderben.«

»Mutter!« rief Sofie entsetzt. »Du irrst. Mr. Delanza will nichts von mir. Und du irrst, was meinen Vater betrifft.«

Suzannes Gesichtszüge verhärteten sich. »Ich will ganz offen mit dir sein. Jake O'Neil war ein Frauenheld und Schürzenjäger, genau wie dieser Edward Delanza.«

Sofie straffte die Schultern. »Mutter, bitte! Das ist ungerecht. Mein Vater ist tot. Er kann sich nicht verteidigen.«

Suzanne lächelte bitter. »Selbst wenn er noch am Leben wäre, hätte er nichts weiter zu seiner Verteidigung vorzubringen.«

Sofie zögerte, dann rückte sie ein Stück näher an ihre Mutter und legte den Arm um sie. »Er hat dich geliebt, Mutter. Ich weiß es.«

Suzanne entzog sich der Umarmung und stand auf. »Es interessiert mich nicht, ob Jake O'Neil mich liebte oder nicht.« Noch bevor sie den Satz ausgesprochen hatte, wußte sie, daß sie sich selbst belog.

»Manchmal verletzen Menschen einander, ohne es zu beabsichtigen«, sagte Sofie bedächtig.

»Er wollte mich absichtlich verletzen«, widersprach Suzanne heftig und funkelte ihre Tochter an. »Aus diesem Grund hat er sein ganzes Vermögen dir vererbt und mir keinen roten Heller gegönnt.«

»Nein«, sagte Sofie. »Das war gewiß ein Mißverständnis.« Sie lächelte zuversichtlich. »Im übrigen ist es einerlei. Ich brauche nicht soviel Geld. Es reicht für uns beide.«

Suzannes Gewissen regte sich. »Darum geht es nicht, Sofie. Es geht ums Prinzip.«

Sofie schwieg mitfühlend. Schließlich sagte sie weich: »Es tut mir leid, daß Vater dir weh getan hat.«

»Es ist ihm nicht gelungen, mir wirklich weh zu tun.« Suzanne war nun wieder kühl und überlegen. Der äußere Schein bedeutete alles – das hatte sie in sehr jungen Jahren schmerzhaft am eigenen Leib erfahren müssen, damals, als sie sich unverletzlich und über gesellschaftliche Kritik erhaben wähnte. Inzwischen hatte sie begriffen, daß niemand gegen die kalte, gnadenlose Verachtung der Gesellschaft gefeit war. Mit fünfundzwanzig war sie endlich erwachsen geworden und hatte Benjamin geheiratet, nicht aus Liebe, sondern um von der Gesellschaft wieder in Gnaden aufgenommen zu werden, einer Gesellschaft, die sie hervorgebracht und verstoßen hatte.

Suzanne wanderte unruhig auf und ab; sie wünschte, ihre Erinnerungen endgültig vergessen zu können. »Genug von deinem abscheulichen Vater. Was hat Edward Delanza gesagt, Sofie, als ihr beide euch auf der Veranda unterhalten habt?«

»Er war nur freundlich zu mir«, antwortete Sofie verlegen. »Ich erklärte ihm, warum ich hinke – und er war sehr verständnisvoll.«

»Sein Verständnis war nur Maskerade für seine Absicht, dich zu verführen und deinen Ruf zu ruinieren«, entgegnete Suzanne bitter.

»Nein«, widersprach Sofie standhaft. »Nein, du irrst dich, Mutter. Er will mich nicht verführen. Er war nur höflich. Er hat sich wie ein echter Gentleman benommen.«

Suzanne sah ihre Tochter fragend an. »Sofie ... du klingst so seltsam! Ich hoffe bei Gott, du hast recht und dir bleibt großes Leid erspart, das solche Männer Frauen zufügen. Von wegen Gentleman! Ein Mann, der Diamanten schmuggelt und ein Verhältnis mit Hilary Stewart hat, ohne sie zu heiraten, ist kaum als Gentleman zu bezeichnen. Ja, er hat eine Affäre mit ihr, das weiß ich genau.«

Sofie war aufgestanden und hob abwehrend die Hände. »Ich habe selbst bemerkt, daß er Hilary gern hat.«

Suzanne begann zu begreifen. Ihre Tochter war in Delanza verliebt und unglücklich über seine Beziehung zu ihrer Nachbarin. Suzanne packte das Entsetzen. Jake hatte beinahe sie vernichtet, und nun drohte ihrer Tochter Gefahr, von Edward Delanza vernichtet zu werden. »Hilary war nicht in ihrem Zimmer letzte Nacht.«

Sofie erbleichte. »Woher willst du das wissen?«

»Ihr Bett war unberührt. Als ich heute morgen zum Frühstück nach unten ging, habe ich einen Blick in ihr Zimmer geworfen. Und so frühzeitig räumen die Mädchen die Gästezimmer nicht auf, Sofie.« Bei Sofies entsetztem Gesicht fügte sie beschwichtigend hinzu: »Es ist meine Pflicht zu wissen, was unter meinem Dach vorgeht, Sofie.«

»Ich will nichts davon hören.«

»Tut mir leid, daß du unschöne Dinge hören mußt«, sagte Suzanne. »Aber es ist nur zu deinem Besten. Solltest du ihm noch einmal begegnen, halte dich von ihm fern!«

Sofie nickte steif. »Ich habe begriffen, Mutter. Der kleine Flirt mit ihm hat mir gefallen, mehr nicht. Mach dir keine Sorgen.« Sie atmete tief durch. »Wenn ich nicht in die Stadt zurückfahren darf, kann ich Miß Ames' Porträt nicht rechtzeitig zu ihrem Geburtstag fertigstellen. Hast du das vergessen, obwohl du darauf bestanden hast, daß ich sie male?«

Suzanne studierte das Gesicht ihrer Tochter, doch sie hörte nur mit halbem Ohr hin. Wenn Sofie in Edward Delanza verliebt war, mußte sie umgehend ihre Taktik ändern. Hilarys Sommerhaus lag in unmittelbarer Nachbarschaft der Villa der Ralstons. Vermutlich würde Delanza die nächste Zeit in Newport Beach verbringen und Hilarys Bett wärmen. Wenn er nicht mit Hilary beschäftigt war, könnte er Sofie nachstellen. »Ich habe es mir anders überlegt«, sagte Suzanne seufzend. Allein der Gedanke, daß Delanza ihrer Tochter so nah war, ließ ihr Herz schneller schlagen vor Angst. »Du kannst wie geplant morgen abreisen.«

»Danke, Mutter«, rief Sofie erleichtert, umarmte sie und verließ eilig das Zimmer, ehe Suzanne noch einmal ihre Meinung ändern konnte.

Suzanne sah ihr besorgt nach. Sofie hatte sich noch nie für einen Mann interessiert, doch ihre Gefühle für Edward

Delanza schienen weit über bloßes Interesse hinauszugehen, auch wenn sie das Gegenteil beteuerte.

Von der offenen Tür des Arbeitszimmers sah sie ihrer Tochter nach, die etwas unbeholfen die Treppe hinaufstieg. Wieso nur? Dieser Kerl konnte jede Frau haben, die er begehrte. Wieso stellte er Sofie nach? Aus Langeweile oder einem unbegreiflichen Mitgefühl? Wenn Sofie sich nicht mehr in Newport aufhielt, würde er hoffentlich aufhören, sie zu belästigen.

Suzannes Handflächen waren feucht geworden. Sie beschloß, nichts dem Zufall zu überlassen und Mrs. Murdock in ein paar Zeilen anzuweisen, dafür zu sorgen, daß Sofie niemals ohne Begleitung das Haus verließ. Sollte Edward Delanza ihrer Tochter aus einem unerfindlichen Grund in Manhattan weiter nachstellen, würde Suzanne umgehend davon erfahren.

Kapitel 7

New York City

Der Lärm schwoll zu einem ohrenbetäubenden Dröhnen an. Die Erde unter Sofies Füßen erbebte, die Fensterscheiben des Ziegelbaus in ihrem Rücken klirrten. Selbst die Leinwand auf ihrer Staffelei erzitterte leise. Sofie nahm von all dem nichts wahr.

Sie stand auf dem Gehsteig in der 3. Avenue und arbeitete in höchster Konzentration mit sicheren, raschen Pinselstrichen. Endlich war der lange Zug quer über die breite Straße hinweggebraust, und der normale Straßenlärm wurde wieder hörbar. Das Geschrei der Händler, die ihre Waren anpriesen; Passanten, die im gestenreichen Jiddisch der Einwanderer aus Osteuropa palaverten; das Gejohle und Gelächter spielender Kinder, die auf der von Wohnblöcken gesäumten Straße unter der Hochbahn spielten. Hufeklappern, Räder von Kutschen, Karren, Fuhrwerken, die über das Kopfsteinpflaster rumpelten. Ein paar Straßenecken weiter blies ein Polizeiwachtmeister schrill in seine Trillerpfeife, um eine Gruppe Halbwüchsiger zu vertreiben, die mitten auf der Straße Ball spielten. Fuhrleute und Händler beschimpften die Jugendlichen, da sie die Straße blockierten. Auf der anderen Straßenseite gegenüber von Sofies Standpunkt lehnte ein beleibter Lebensmittelhändler in der Tür seines Ladens und beobachtete die Passanten und die Malerin, während er gleichzeitig seine ausgestellten Waren bewachte. Seit Juni kam Sofie regelmäßig hierher, um zu malen. Anfangs war sie von den Leuten neugierig begafft worden, mittlerweile hatte man sich jedoch an die junge Frau mit der Staffelei gewöhnt.

Seufzend hielt Sofie inne. Auf die Leinwand fielen bereits erste Schatten der tieferstehenden Sonne. Sie warf einen flüchtigen Blick auf die Taschenuhr, die mit offenem Deckel auf dem Klapptisch lag, neben Farbtuben, Pinseln, Lappen und sonstigen Malutensilien. Es wurde Zeit aufzubrechen. Miß Ames hatte sich für den späteren Nachmittag angekündigt, um ihr Porträt abzuholen, und Sofie wollte die alte Dame nicht warten lassen.

Dennoch zögerte sie, ihre Sachen zusammenzupacken. Sie betrachtete ihr Werk kritisch. Eigentlich war nichts an dem Bild auszusetzen. Die beiden plumpen Frauengestalten im Vorgarten des Mietshauses waren perfekt getroffen. Müde, verhärmte Frauen in abgetragenen, geflickten Kattunkleidern. Mrs. Guttenberg trug eine rote Schürze, der einzige Farbfleck in dem in düsterem Grau und Braun gehaltenen Bild, auf dem nur die Sonnenflecken auf dem Gehsteig neben der Gestalt in der roten Schürze hell hervorstachen. Aber irgend etwas fehlte dem Bild.

Und Sofie wußte genau, was ihm fehlte. Sie war vom Thema nicht mehr so fasziniert wie zu Beginn. Ein anderes Sujet würde sie weit mehr begeistern, doch daran wagte sie nicht einmal zu denken. Denn dieses Sujet war Edward Delanza.

Nein. Sie würde ihn nicht malen.

Vor mehr als einer Woche war sie in die Stadt zurückgekehrt, hatte das Bild von Miß Ames fertiggestellt und unermüdlich an der Straßenszene gearbeitet, ohne diesen Mann aus ihren Gedanken verbannen zu können. Dabei hatte sie alles in allem nicht länger als eine Viertelstunde mit ihm geredet. Und dennoch spukte er ihr unentwegt im Kopf herum.

Edward Delanza war ein Prachtexemplar von einem Mann und wie geschaffen für ein Modell. Sofie legte den Pinsel aus der Hand. Wie sollte sie der Versuchung widerstehen, ihn zu malen? Wie nur?

Sofie zwang ihre Gedanken wieder auf ihr Genrebild zurück, das sie vor Ende des Sommers fertig haben wollte. Noch nie zuvor hatte sie eine Straßenszene gemalt und würde vermutlich in nächster Zeit keine weitere Gelegenheit dazu finden. Suzanne hätte niemals ihre Einwilligung gegeben, daß Sofie sich in diesem Viertel auf die Straße stellte, um eine Alltagsszene von Arbeitern und einfachen Emigranten festzuhalten.

Sofie malte das Bild heimlich und ohne Erlaubnis. Nicht von ungefähr hatte sie für ihr Vorhaben die Sommermonate gewählt, in denen Suzanne sich in Newport aufhielt und die Gefahr gering war, daß sie davon erfuhr.

Sofie schwänzte den Unterricht in der Akademie. Die Kunst und Technik des Kupferstechens, das in diesem Sommer auf dem Vorlesungsplan stand, interessierte sie nicht sonderlich, deshalb hatte sie sich sechs Wochen freigenommen.

Der Kutscher wartete in einiger Entfernung. Sofie hatte Billings weisgemacht, das Bild sei eine Arbeit für die Akademie. Wahrscheinlich glaubte er ihr kein Wort, dennoch hatte er sich bereit erklärt, sie zu begleiten, da er fürchtete, sie würde auch ohne seine Einwilligung und Begleitung hierher gekommen sein, um zu malen. Die Bediensteten im Hause Ralston kannten Sofie, seit sie neun Jahre alt war, und wußten um ihre Leidenschaft für die Malerei.

Ihr Stiefvater Benjamin Ralston war ein leidenschaftlicher Sammler vorwiegend amerikanischer Kunst, der aber auch einige Werke französischer Maler des neunzehnten Jahrhunderts erworben hatte, darunter Landschaften von Millet und Rousseau, ebenso Werke berühmter Salonmaler wie Couture und Cabanel. Die erste Ausstellung moderner französischer Maler, der sogenannten *impressionistes* in New York im Frühjahr 1886, von der Kritik hochgelobt, hatte bei Benjamin Ralston einen tiefen Eindruck hinterlassen. Nach der Ausstellung hatte er einen Pissaro und einen Degas erstanden und in den folgenden Jahren seiner Sammlung einen zweiten Degas und ein Stilleben von Manet hinzugefügt. Sofie war von den Kunstschätzen ihres Stiefvaters hingerissen und besuchte seine Galerie häufig, um die Werke zu bewundern.

Als kleines Kind hatte Sofie wie alle Kinder bunte Bilder mit Wasserfarben gemalt und erhielt neben anderen Fächern auch Zeichen- und Malunterricht. Ihre erste Lehrerin erkannte und förderte ihr Talent. Da Miß Holding der

Zwölfjährigen nichts mehr beibringen konnte, legte die kluge Frau der Mutter ans Herz, Sofies Begabung zu fördern. Suzanne hielt nichts von der Idee und weigerte sich, einen Lehrer für ihre Tochter zu engagieren.

Sofie hatte nicht lockergelassen, hatte gefleht, gedroht, gekämpft. Seit dem Tod ihres Vaters war sie ein sehr stilles Kind, bescheiden, anspruchslos und in sich gekehrt. Nur nicht in diesem Punkt. Suzanne hatte schließlich gedroht, ihr Farben und Pinsel wegzunehmen und ihr zu verbieten, je wieder ein Bild zu malen. Zum Glück war Benjamin Ralston durch den ungewohnten Aufruhr in seinem Haus auf den Streit zwischen Mutter und Tochter aufmerksam geworden und hatte interveniert.

Da Benjamin sich selten in Angelegenheiten einmischte, die die Tochter seiner Frau betrafen – auch nicht in die Angelegenheiten, die seine eigene Tochter betrafen –, konnte Suzanne sich nicht über seine Verfügung hinwegsetzen. Sie fand einen Lehrer für Sofie. Paul Verault lehrte an der Akademie der Schönen Künste und gab Privatunterricht, wenn er einen Studenten für hinreichend begabt hielt.

Verault wußte sofort, daß Sofie seine Zeit und Mühe lohnte. Also begann sie mit dreizehn bei Verault zu studieren und blieb drei Jahre seine Schülerin. Er stellte hohe Ansprüche, war sehr streng, hielt mit seiner Kritik nicht hinter dem Berg und ging mit Lob äußerst sparsam um. Verault bestand darauf, daß Sofie mit den Grundlagen der Malerei begann – mit dem Studium einfacher Gestalt- und Formenlehre. Im ersten Jahr fertigte Sofie ausschließlich Kohlezeichnungen an. Es entstanden etwa fünfhundert Studien aller nur erdenklichen Objekte.

Nach einem Jahr erklärte Verault das Studium der Gestalt- und Formenlehre für beendet. Es sei an der Zeit, sich mit Farben, Licht und Schatten zu befassen. Sofie war überglücklich, da sie Farben über alles liebte. Und Verault staunte, als er erkannte, daß seine Schülerin nicht nur eine durchschnittliche Begabung war; ihr Farbgefühl grenzte an Genialität. Sofie wollte Farben und Lichteffekte in kühner und unkonventioneller Weise einsetzen, was ihr Verault allerdings untersagte. »Eines Tages kannst du originell sein, *ma petite,* aber erst nachdem du das meisterhaft beherrschst, was ich dich lehre.« Ein Satz, den er in den nächsten Jahren häufig wiederholte, wenn Sofie murrte, weil sie einen alten Meister nach dem anderen in den Museen der Stadt kopieren mußte. Sofie wollte Neues erschaffen und nicht ständig Altes kopieren.

Mit sechzehn bestand Sofie die Aufnahmeprüfung an der Kunstakademie, und mit Beginn des Wintersemesters sollte sie bei Verault und einer Reihe anderer berühmter Lehrer studieren. Doch eines Tages kam er mit Tränen in den dunklen Augen bei ihr an. »Ich muß nach Hause, *ma petite*«, sagte er.

Sofie war völlig entgeistert. »Nach Hause? Nach Frankreich?«

»*Oui.* Nach Paris, wo meine Familie lebt. Meine Frau ist nicht gesund.«

Sofie rang die Hände, um nicht in Tränen auszubrechen. Sie hatte gar nicht gewußt, daß dieser verschlossene Mann eine Familie hatte. Sie würde ihren Lehrer, ihren Mentor, ihren Freund furchtbar vermissen. »Dann müssen Sie natürlich zurück«, flüsterte sie. »Hoffentlich wird Madame Verault bald wieder gesund.«

»Mach kein trauriges Gesicht, meine Kleine.« Verault nahm sie bei der Hand. »Du hast alles von mir gelernt, was ich dir beibringen kann, *ma chère*«, sagte er und tätschelte ihr die Hand. »Das habe ich auch meinem Freund André Vollard in meinem letzten Brief geschrieben.«

Vollard war ein Pariser Kunsthändler, den Verault hin und wieder erwähnt hatte. »An der Akademie hast du andere wichtige Lehrer«, fuhr Verault fort, »von denen du lernen wirst, auch von anderen Studenten und nicht zuletzt vom Leben und von dir selbst.« Er lächelte. »Aber du brauchst Geduld, *ma petite.* Viel Geduld. Eines Tages wirst du frei mit Farben arbeiten können, wie du es dir ersehnst. Du bist jung und hast viel Zeit. Arbeite fleißig bei deinen neuen Lehrern. Und wenn du nach Paris kommst, mußt du mich besuchen.«

Nachdem Verault abgereist war, weinte Sofie um den Verlust ihres besten Freundes – ihres einzig wahren Freundes. Eine ganze Woche konnte sie keinen Pinsel in die Hand nehmen, konnte nicht einmal ans Malen denken, so traurig war sie. Er war der einzige Mensch, der sie seit dem Tod ihres Vaters verstanden hatte.

Als sie in ihr Atelier zurückkehrte, setzte sie sich über Veraults letzte Anweisung hinweg. Auf der Staffelei stand eine ländliche Szene mit dem Titel *Central Park*, die sie vor wenigen Wochen begonnen hatte. Auf einem Teich schaukelten kleine Segelbootmodelle, Buben in kurzen Hosen und Männer in Hemdsärmeln beobachteten aufgeregt und lachend die Spielzeugboote. Sofie betrachtete das Ölbild, wütend, daß ihr Lehrer sie verlassen hatte. Sie fühlte sich jung, rebellisch, wild. In einer Woche würde ihr Unterricht an der Akademie beginnen.

Ihr Herz begann schneller zu klopfen, als sie einen großen Pinsel zur Hand nahm und in gelbe Farbe tauchte. Bald leuchtete der stille See blau und grün mit gelben Flecken, und die vorher weißen Segel blähten sich buntschillernd im Wind. Die hübsche Landschaft explodierte in einem Farbenrausch und lebhaften Bewegungen aus Licht und Farbe. Sofie dachte beim Malen an Monet, dessen Werke sie häufig in der exklusiven Galerie Durand-Ruel in der Stadt gesehen hatte.

Sie war stolz auf ihren ersten Ausflug in die Moderne, stolz und unsicher zugleich und brauchte dringend Aufmunterung und Rückhalt. War sie nur grob und vordergründig, wo Monet feinfühlig und genial war? Schüchtern erzählte sie Lisa, was sie getan hatte, und wagte ihrer Hoffnung Ausdruck zu geben, daß ihre Kunst eine neue Richtung eingeschlagen hatte und sie ihren Stil gefunden zu haben glaubte. Lisa war ganz aufgeregt und erzählte ihrer Mutter davon, die das Bild unbedingt sehen wollte. Sofie lud Mutter und Schwester in ihr Atelier ein, um das Bild zu zeigen, und versuchte, ihre Aufregung und Angst zu verbergen. Doch das Bild löste bei Mutter und Schwester einen Schock aus.

»Du bist ja verrückt!« hatte Suzanne ausgerufen. »Alle werden sagen, du bist ein verrückter Krüppel! Du darfst so etwas nicht malen, Sofie. Ich verbiete es dir! Hast du verstanden? Wieso malst du nicht wie bisher hübsche Porträts und idyllische Landschaften? Male doch mal wieder ein Porträt von Lisa.«

Sofie hatte sich zerknirscht gefragt, ob die beiden recht hatten, ob ihr Versuch, dem großen Monet nachzueifern, wirklich so abstoßend, schockierend und häßlich war, wie sie behaupteten. Sie hatte das Gemälde fortgeworfen, doch Lisa hatte es gefunden und heimlich auf den Speicher gebracht. Sofie hatte ihr Studium an der Akademie fortgesetzt und die traditionelle Kunst von Linie und Form, von Licht und Schatten studiert. Nach dem Unterricht hatte sie drei bis vier Stunden täglich im Metropolitan Museum verbracht, um einen alten Meister nach dem anderen zu kopieren.

Aber sie war nicht länger allein. Nach einigen Wochen im ersten Semester freundete Sofie sich mit zwei jungen Mädchen an, die ersten Freundinnen in ihrem Leben. Jane Chandler und Eliza Reed-Wharing, zwei Töchter aus gutem Hause und der Malerei ebenso begeistert zugetan wie Sofie. Die drei Mädchen besuchten gemeinsam Museen und Kunstgalerien. Sie belegten die gleichen Kurse und bereiteten sich gemeinsam auf Prüfungen vor. Die nächsten zwei Jahre waren die glücklichsten und aufregendsten in Sofies bisherigem Leben.

Doch irgendwann war sie es leid, alte Meister zu kopieren. Sie kannte die weibliche Anatomie auswendig. Das Studium der männlichen Anatomie war nicht gestattet. Die Techniken von Kaltnadelradierung und Holzschnitt interessierten sie nicht sonderlich. Sofie wollte etwas Neues ausprobieren, neue Wege gehen. Sie wollte mit Farbe, Licht und Schatten experimentieren.

Sofie teilte den Freundinnen ihre Sehnsüchte mit. Jane, die beabsichtigte, einmal mit ihrem Vater, einem erfolgreichen Kupferstecher, zusammenzuarbeiten, war ganz zufrieden mit dem an der Akademie gelehrten Stil, ebenso Eliza, die Porträtmalerin werden wollte. Beide Mädchen nahmen am Unterricht teil, ohne je Kritik daran zu üben. Vor kurzem hatten beide Mädchen sich mit vielversprechenden jungen Männern aus wohlhabenden Familien verlobt. Die Freundinnen verloren zwar nie ein Wort darüber, Sofie wußte aber, daß sie sich wunderten, warum nicht auch sie sich verlobte. Traurig mußte Sofie erkennen, daß ihre Freundinnen sie nicht wirklich verstanden.

»Wenn du so gern deinen eigenen Weg gehen willst, Sofie«, hatte Eliza ihr eines Tages gesagt, »so tu es doch. Oder hast du Angst davor?«

Sofie hatte Angst. Aber sie hatte auch den Ehrgeiz, ihre Sehnsüchte und Ziele zu verwirklichen. Ihre Suche nach einem geeigneten Sujet hatte sie schließlich bewogen, das Arbeiterviertel aufzusuchen und das Studium an der Akademie zu vernachlässigen.

Sie wollte ein Genrebild malen, aber nicht im Stile von Millet, auch nicht wie Rousseau oder Díaz, sie wollte ein eigenständiges Werk schaffen.

»Miß Sofie.« Die Stimme des Kutschers holte sie aus ihren Grübeleien. »Es ist halb vier.«

Sofie seufzte. »Danke, Billings. Ich packe gleich zusammen.« Es war höchste Zeit, die mürrische Miß Ames zu begrüßen.

An der Türschwelle des Salons blieb Sofie wie angewurzelt stehen.

Edward Delanza stand am anderen Ende des Raums.

Sofie sah ihn gebannt an. Dann erst bemerkte sie die Anwesenheit von Miß Ames, die auf dem Sofa vor dem Marmorkamin saß. Die schwarzen Augen der alten Jungfer flogen flink zwischen Sofie und Mr. Delanza hin und her.

Panik stieg in Sofie auf. *Was macht er hier?*

Edward kam auf sie zu und musterte ihre Erscheinung mit dreister Eindringlichkeit. »Guten Tag, Miß O'Neil. Ich war zufällig in der Gegend und dachte, ich hinterlasse meine Karte. Und als man mir sagte, Sie werden jeden Augenblick zurück sein ...«, er lächelte, und seine blauen Augen senkten sich in die ihren, »... wollte ich warten.«

Sofie hatte sich nicht von der Stelle gerührt. Sein Blick wanderte über ihre Kleidung. Sofie wußte, wie gräßlich sie aussah. An jenem Abend auf der Veranda war sie wenigstens ordentlich frisiert gewesen und hatte ein festliches Kleid getragen. Sie mußte auf ihn weit exzentrischer wirken als bei ihrer ersten Begegnung.

Einzelne Strähnen hatten sich aus ihrem Nackenknoten gelöst, der völlig verrutscht war und sich jede Sekunde aufzulösen drohte. Bluse und Rock waren mit Farbe bekleckst; sie roch nach Terpentin und Leinöl. Sofie kleidete sich nachlässiger, wenn ihre Mutter in Newport war und nicht an ihr herumnörgeln konnte. Sie hatte keinen Besuch erwartet – abgesehen von Miß Ames.

»Hast du deine Zunge verschluckt, Kind?« Miß Ames stand auf. »Willst du dem netten Herrn nicht wenigstens guten Tag sagen?«

Sofie wurde rot. »Mr. Delanza«, krächzte sie. Und dann hallten Suzannes Worte in ihr: *Seine Freundlichkeit ist nur ein Vorwand für seine Absicht, dich zu verführen und deinen Ruf zu ruinieren.*

»Wo ist mein Bild?« Miß Ames' Stock schlug dumpf auf dem Parkett auf.

Sofie fuhr zusammen. Das Herz schlug ihr bis zum Hals. »Miß Ames«, brachte sie mühsam hervor. »Wie geht es Ihnen?«

»Mein Bild, Kindchen!«

Sofie atmete tief ein, um sich zu beruhigen. Sie wagte nicht, Edward anzusehen. *Er hat nur mit dir gespielt.* »Es ist fertig, Miß Ames. Jenson, bringen Sie bitte das Bild.«

Der Butler brachte die große Leinwand und stellte sie ab. Sofie war plötzlich völlig unsicher. Nicht wegen Miß Ames, der es mit Sicherheit gefallen würde, sondern wegen Edward Delanza.

Das Porträt war in handwerklich perfekter Manier ausgeführt, aber kaum aufregend. Durchschnittlich. Sofie hatte sich dazu gezwungen, es zu malen. Sie hob den Blick zu Edward, nicht zu Miß Ames, als erwarte sie *seine* Reaktion. Wie lächerlich! Was kümmerte es sie, was er von ihrer Malerei hielt. Doch dann fragte sie sich, was er wohl von ihrem Genrebild von den zwei Frauen im Arbeiterviertel halten würde.

Was scherte sie seine Meinung? Er hatte kein Recht, in ihrem Haus zu sein. Wieso war er gekommen? Um mit ihr zu spielen? Um sie zu verführen? Hatte er Hilary bereits satt? Hielt er sie für leichte Beute? *Wieso war er gekommen?*

»Sieht mir ähnlich«, brummte Miß Ames, die ihr Konterfei finster musterte. »Ein bißchen zu lebensnah. Hättest mir ruhig ein bißchen schmeicheln können, Kindchen.«

Sofie antwortete nicht. Edward betrachtete das Porträt mit gefurchter Stirn, dann drehte er den Kopf und sah Sofie prüfend an. »Sie sind sehr begabt, Miß O'Neil.«

Sofie biß sich auf die Lippe. »Danke, Mr. Delanza«, entgegnete sie dann steif.

»Sie sagten, daß Sie der Malerei verfallen sind«, fuhr Edward mit leicht verwundertem Unterton fort. Sein Blick wanderte wieder zu dem Porträt zurück. »Sie haben Miß Ames sehr lebensnah getroffen.«

Sofie wußte, daß in diesem Bild keine Leidenschaft steckte. Sah er es auch? War sein Kommentar eine versteckte Kritik? »Die Fotografie kann das mittlerweile viel besser«, bemerkte Sofie ein wenig pikiert.

Edward zog die Brauen hoch.

»Na, na, der Herr hat dir ein Kompliment gemacht, mein Kind«, brummte Miß Ames. »Du hast Talent, daran gibt es keinen Zweifel. Jenson, seien Sie so nett und bringen Sie das Bild in meine Kutsche.« Sie sah Edward an. »Sie fahren wohl auch eines dieser stinkenden, lärmenden Automobile. Gräßlich. Pferd und Wagen waren für meine Eltern gut genug und sind es auch für mich.«

Edward schenkte der alten Dame ein freundliches Lächeln. »Im November habe ich in London einen Automobilsalon besucht. Seitdem bin ich süchtig.«

»Pah«, meinte Miß Ames verächtlich. Dann blinzelte sie ihm zu. »Laden Sie die Kleine zu einer Spazierfahrt ein. Die jungen Dinger scheinen ganz verrückt nach diesen Ungetümen zu sein.«

Sofies Puls raste, als sie Miß Ames zur Tür brachte. Was dachte die alte Dame sich eigentlich dabei? Trotzdem stahl sich ein ungebetenes Bild in ihre Gedanken. Sie saß in einem schwarz lackierten, eleganten Automobil neben Edward mit Ledermütze und Schutzbrille. Sofie war noch nie in einem Automobil gefahren. Die Vorstellung, mit Edward Delanza im Automobil dahinzubrausen, war romantischer Unsinn, den sie schleunigst von sich schob.

Auf dem Weg zum Salon hatte Sofies Puls sich immer noch nicht beruhigt. Edward war auf den Flur getreten und stand vor einem Bild, das sie vor ein paar Jahren gemalt hatte. Er drehte sich zu ihr um. »Das ist auch von Ihnen.«

Es war ein Kinderporträt von Lisa. Sofie hatte es aus dem Gedächtnis und nach einer Fotografie gemalt. »Sind Sie Kunstkenner, Mr. Delanza?«

»Wohl kaum«, lächelte er.

»Zumindest haben Sie ein gutes Auge.« Sofie strich sich über den Rock, als wolle sie die Farbkleckse wegwischen. Dabei wischte sie über einen noch nicht getrockneten roten Farbfleck und verschmierte sich zu allem Überfluß auch noch die Hand. »Ich fürchte, ich sehe schrecklich aus.«

Schelmische Funken tanzten in seinen Augen. »Nicht wirklich, Miß O'Neil.«

Seine Worte weckten Fantasien in ihr, die sie ausgelöscht zu haben glaubte. Sie verschränkte die Arme vor der Brust. »Weshalb sind Sie hier?« fragte sie schroff.

»Warum wohl, Sofie?« entgegnete er leise.

Eine Hitzewelle durchströmte sie. Er war ein Schurke, ein verantwortungsloser Schürzenjäger. Wollte er sie verführen? Warum nur?

Aus welchem anderen Grund nannte er sie beim Vornamen und noch dazu in diesem einschmeichelnden Tonfall? Sofie straffte die Schultern. Sie war schon einmal beinahe auf sein gutes Aussehen und seinen Charme hereingefallen. Diesmal würde sie nicht so töricht sein. Was er auch sagte, sie würde vernünftig bleiben und kühlen Kopf bewahren. »Ich habe nicht die leiseste Ahnung, Mr. Delanza«, hörte sie sich sagen.

»Weil ich Sie besuchen will, ganz einfach.« Seine Grübchen vertieften sich, die Zähne blitzten. Seine blauen Augen senkten sich in ihre.

Ihre Standhaftigkeit geriet ins Wanken. Dieser Mann zog sie unwiderstehlich in seinen Bann. »Mr. Delanza, ich verstehe nicht«, sagte sie steif. »Wieso wollen Sie mich besuchen?«

»Fragen Sie andere Herren auch nach dem Grund ihres Besuches?«

Sie errötete verlegen. »Ich habe Ihnen schon einmal gesagt; es gibt keine Herren, die mich besuchen.«

Sein Lächeln schwand. »Heißt das, Sie empfangen keine Besucher?«

Sofie hob das Kinn. »Jedenfalls keine Herren, nein.«

Er sah sie ungläubig an. Dann erschienen seine Wangengrübchen wieder. »Jetzt schon – mich.«

Sofie zwang sich zur Ruhe und wählte ihre Worte mit Bedacht. »Sie sind ein Mann von Welt ...«, begann sie mit dem Vorsatz, sich über seine Absichten klarzuwerden; sie war entschlossen, dieser Farce ein Ende zu bereiten.

Seine linke Braue zog sich fragend hoch.

»Wie Sie sehen, bin ich eine leidenschaftliche, wenn auch exzentrische Künstlerin und ...« Sie konnte es nicht aussprechen. Sie brachte den wahren Grund, warum er sie nicht interessant finden konnte, nicht über die Lippen.

Seine Augen hatten sich verdunkelt. »Und was?«

»Aus welchem Grund besuchen Sie mich?« platzte sie heraus und geriet in Rage.

Er stand beinahe drohend vor ihr. »Sie sind also exzentrisch, wie? Seltsam, ich finde Sie gar nicht exzentrisch. Originell, talentiert, interessant, ja. Exzentrisch? Nein. Wer behauptet das? Sie oder Ihre Mutter?«

Sofie schnappte hörbar nach Luft.

Er trat näher. Sofie wich zurück. »Haben Sie nicht etwas vergessen?« Sofie fuhr sich mit der Zunge über die Lippen.

Sie stand nun mit dem Rücken an der Wand. Sie zitterte vor Angst. *Was tue ich bloß, wenn er die Situation ausnutzt und mich küßt?* schoß es ihr durch den Kopf.

Edwards Augen funkelten nun zornig. »Mich kümmert es herzlich wenig, daß Sie einen kaputten Knöchel haben, Sofie.«

Sofie glaubte ihm kein Wort. »Dann sind Sie der einzige.«

»In meinen Augen sind alle anderen verdammte Narren.«

Sofie starrte ihn an. Sie war sich deutlich bewußt, daß sie einander sehr nah standen; sie spürte seine Wärme. Und sie spürte eine Hitze in sich aufsteigen, die sie nie zuvor empfunden hatte. »Was wollen Sie damit sagen?«

Er hob die Hand. Eine Sekunde dachte Sofie, er würde sie berühren. Seine Hand verharrte an ihrer Schulter, ehe er die Handfläche an die Wand seitlich neben ihrem Kopf legte. »Ich will damit nur sagen, daß ich Sie besuche wie jeder andere Mann. Wohlanständig und sittsam. Weil ich Sie interessant finde. Sie aber behandeln mich wie einen Aussätzigen.«

»Das lag nicht in meiner Absicht«, verteidigte Sofie sich mit belegter Stimme. Der Ärmel seines Jacketts streifte beinahe ihre Wange.

Edward sah sie unverwandt an. »Warum haben Sie Angst vor mir?«

»Hab' ich gar nicht«, wehrte sie ab. *Was, um Himmels willen, soll ich bloß tun, wenn er mich küßt?*

Er lächelte schief, beinahe ein wenig bitter. »Ich könnte es Ihnen nicht mal übelnehmen. Aber ich verspreche Ihnen, Sofie, ich will Ihnen nichts Böses. Ich will Ihr Freund sein.«

Den letzten Satz sagte er leise, beinahe beschwörend. Sofie konnte nicht atmen, konnte kaum schlucken. Welche Art Freundschaft hatte er im Sinn?

Sie blickte in seine klaren blauen Augen. Und plötzlich stand ein Bild vor ihr. Ein Mann und eine Frau in leidenschaftlicher Umarmung. Der Mann war Edward, die Frau sie selbst. Sicher lag eine tiefere Bedeutung hinter seinen Worten. Suzanne würde das jedenfalls unterstellen. Doch Sofie war sich dessen nicht so sicher. Sie erinnerte sich, wie fürsorglich er an jenem Abend auf der Terrasse in Newport um sie bemüht war. Sie wußte nicht, ob sie erleichtert oder enttäuscht sein sollte über diese Feststellung.

Er zwang sie, ihm in die Augen zu sehen. »Sind wir Freunde, Sofie?«

Sofie zitterte. Sie wußte, daß er es bemerkte. Ihre Wange berührte fast seinen Arm. Und wenn er sich noch ein wenig vorbeugte, würden auch ihre Knie sich berühren.

»Sofie?«

Sie suchte krampfhaft nach einer Antwort, ohne ihren Worten eine Doppelbedeutung zu geben. »Natürlich sind wir Freunde, wenn es das ist, was Sie wünschen.« Sie wußte, daß sie wieder errötete.

Er schien erfreut zu sein. Seine nächsten Worte brachten sie völlig aus der Fassung. »Würden Sie etwas für mich malen?«

»Was?«

»Würden Sie ein Bild für mich malen, Sofie?« wiederholte er.

Sie starrte ihn sprachlos an.

»Malen Sie ein Bild für mich«, fuhr er heiter fort. »Irgendeins. Was immer Sie wollen.«

Sofie stellte sich vor, daß er in diesem Plauderton mit zahllosen Frauen gesprochen hatte, die er in seine Arme und in sein Bett locken wollte.

Sofie stand mit dem Rücken gegen die Wand gedrückt. »Nein. Ich glaube nicht. Nein.«

Sein Lächeln schwand. »Und warum nicht?«

»Das halte ich für keine gute Idee.«

»Wieso?«

Sofie wußte keine Antwort. Ihr Instinkt warnte sie davor, seiner Bitte zu entsprechen. Vielleicht weil sie ihn so unwiderstehlich fand und weil sie seine Anerkennung wünschte. Irgendwie witterte sie Gefahr, wenn sie Edward in ihre Welt der Kunst mit einbezog. Das schien ihr weit gefährlicher, als mit ihm allein zu sein oder einer Freundschaft mit ihm zuzustimmen. »Es ist ein großer Aufwand.«

»Wirklich? Sie haben Miß Ames gemalt.«

»Das ist nicht dasselbe.«

»Wieso nicht?«

Sofie konnte nicht antworten. Sie wollte ihm nicht sagen, daß Miß Ames unter ihrer rauhen Schale eine liebenswerte alte Dame war, während er den Traum jeder Frau verkörperte. Außerdem hatte Suzanne sie gezwungen, Miß Ames zu malen. »Ich bin sehr beschäftigt«, sagte sie schließlich hastig. »Mein Studium an der Akademie läßt mir kaum Zeit für andere Dinge.«

»Ich verstehe.« Er klang verletzt und ließ den Arm sinken. »Ich dachte, da wir nun Freunde sind, würden Sie sich Zeit nehmen – für mich.«

Sofie erstarrte. Und wenn er wirklich nur ihr Freund sein wollte? Wäre es möglich, eine freundschaftliche Beziehung mit ihm einzugehen? Sofies Herz zog sich schmerzlich zusammen. Erschrocken erkannte sie, daß sie ihn nicht aus ihrem Leben gehen lassen wollte. »Warum tun Sie das?« wisperte sie.

»Weil es getan werden muß«, antwortete er beinahe ebenso leise und sah sie unverwandt an. »Sie brauchen mich, Sofie. Sie müssen aufgerüttelt werden.«

Sofie sah ihn fassungslos an.

Plötzlich waren seine beiden Hände an der Wand, seitlich links und rechts, knapp über ihrem Kopf. »Sie müssen wachgerüttelt werden«, wiederholte er, diesmal mit fester Stimme, und plötzlich berührten seine Schenkel die ihren. »Dringend.«

Sofie stand wie gelähmt. Sie spürte die sehnigen Muskeln seiner Beine, verlor sich in den Tiefen seiner Augen. Ihr Herz schlug wild. Sie fürchtete, er würde sie jeden Moment küssen. Sie mußte ihn in seine Schranken verweisen. Verzweifelt suchte sie nach Worten. Ihr Kopf war wie leergefegt.

»Ich werde Sie wachrütteln, Sofie«, murmelte er mit funkelnden Augen und kam noch näher, bis seine Brust ihren Busen berührte.

Ihre Blicke verschmolzen, und etwas knisterte zwischen ihnen, das so stark und machtvoll war, daß Sofie jede Schicklichkeit vergaß und sämtliche Warnungen ihrer Mutter und alle guten Vorsätze in den Wind schlug. Ihr Herz schrie ein sehnsüchtiges *Ja*. Seine Mundwinkel zogen sich nach oben, er beugte den Kopf. Das Warten auf seinen Kuß war der wunderschönste und zugleich schmerzlichste Augenblick ihres Lebens.

Flüssiges Feuer durchströmte ihre Adern, versengte sie, ließ ihre Leibesmitte schwellen in einem unbekannten, befremdlichen Sehnen. Ein leises Stöhnen entrang sich ihr, ehe sein Körper sie berührte. Sofie keuchte, als die Länge seiner harten Männlichkeit sich an ihren Leib preßte.

Sein Mund berührte ihre Lippen. Sofie entfuhr wieder ein Stöhnen. Seine Lippen strichen behutsam über die ihren. Sofie ballte die Fäuste, um sich nicht an seinen breiten Schultern festzukrallen. Ein Kribbeln durchrieselte sie bei der sanften, federleichten Berührung seiner Lippen, dem Druck seiner Lenden. Sie war erfüllt von einem brennenden Verlangen, einem süßen Sehnen, sich in seine Arme zu schmiegen, ihn zu streicheln, überall zu berühren, mit ihm auf den Boden zu sinken, ihr weiches, nacktes Fleisch an seine pulsierende Männlichkeit zu pressen. Sie wollte weinen vor Verlangen, stöhnen und jauchzen zugleich. Sie wollte schreien: *Ja! Nimm mich! Jetzt!* Und sie lechzte nach seinem Kuß, so wie er Hilary geküßt hatte. Mit offenem Mund, als trinke er vom Becher der Sinnlichkeit, ein Vorspiel zu dem, was danach kommen würde, wenn er sie mit seinem herrlichen, männlichen Körper nahm.

Doch nichts dergleichen geschah. Nach der kurzen Berührung seiner Lippen erstarrte er.

Sofies Augen waren geschlossen. Ihr Busen hob und senkte sich. Sie grub ihre Fingernägel in die Handflächen. Ihr Körper bebte vor Spannung.

»Gütiger Himmel«, raunte er heiser.

Sofie wagte es, die Augen zu öffnen und ihm ins Gesicht zu sehen. Sie erschrak über die animalische Lust, die sie darin las.

»Gütiger Himmel!« wiederholte er und wich zurück.

Sofie stand gegen die Wand gelehnt und rang nach Atem. Ihr Herz schlug wild und laut, daß sie glaubte, er müsse es hören. Er hatte sie geküßt. Ein flüchtiger Kuß, der nur wenige Sekunden gedauert hatte. Aber sie hatte es geduldet.

Sie hatte es nicht nur geduldet, sie hatte sich vergessen, sich lüstern danach gesehnt, schockierende Fantasien auszuleben.

Sofie schlug die Hände vor den Mund, Tränen brannten ihr in den Augen.

»Verdammt«, stieß Edward hervor. Er hatte den Raum durchquert, stand mit dem Rücken zu ihr und fuhr sich hastig durch die Haare.

Endlich wandte er sich um. Die Breite des Raums trennte sie voneinander. Er lächelte unsicher. »Ich hätte wahnsinnig gern ein Bild von Ihnen«, versuchte er zu scherzen.

Sofie schluckte, konnte nicht antworten. Es entstand eine lange Pause,

»Sofie? Fühlen Sie sich nicht wohl?« Er lächelte nicht mehr.

Sie straffte die Schultern. Er durfte nicht sehen, wie aufgewühlt, wie außer sich sie war. Sie stand stockssteif, hoffte, er habe ihre feuchten Augen nicht gesehen, hoffte noch inständiger, er habe ihre verzehrende Sehnsucht, ihr Verlangen nicht bemerkt. »Natürlich fühle ich mich wohl«, brachte sie hervor.

»Es tut mir leid«, murmelte er schuldbewußt und zögerte. »Sie sind sehr hübsch, Sofie, und ich ... ich habe mich vergessen. Können Sie mir verzeihen?«

»Es gibt nichts zu verzeihen«, beeilte sie sich zu versichern, spürte, wie ihre Lippen bebten. Fand er sie wirklich hübsch? Aus welchem Grund hätte er sie sonst geküßt? Aber sie war nicht hübsch – und sie war verkrüppelt. »Nichts, Mr. Delanza«, setzte sie gepreßt hinzu.

»Sie sind zu gütig«, murmelte er und sah sie unverwandt an.

Sofie senkte die Lider. Als sie seine Schritte hörte, spannte sich jeder Muskel in ihrem Körper. Sie wagte den Blick zu heben. Edward war stehengeblieben, darauf bedacht, einen Sicherheitsabstand zu wahren. »Habe ich unsere Freundschaft in Gefahr gebracht?«

Sie faßte sich ein Herz. »Ich weiß nicht. Haben Sie das?«

»Wenn ich sie in Gefahr gebracht habe, mache ich es wieder gut«, versprach er hastig. »Ich schwöre es, Sofie O'Neil.«

Er klang so aufrichtig. »Wir sind Freunde«, antwortete sie mit fester Stimme.

Er lächelte erleichtert. »Heißt das, ich bekomme mein Bild?«

Sie achtete nicht auf die warnende Stimme in ihrem Herzen. »Ja.«

»Was werden Sie malen?«

»Ich weiß nicht.«

»Ich weiß, was ich gern möchte«, versetzte er rasch.

»Ach ... wirklich?« fragte sie bang.

»Ich hätte gern ein Porträt von Ihnen.«

Sofie lachte nervös. »Sie bringen mich in Verlegenheit.«

»Ein Selbstbildnis bringt Sie in Verlegenheit?«

»Ich male keine Selbstporträts.«

Er sah ihr unverwandt in die Augen. »Malen Sie eins für mich.«

»Nein.« Sie verschränkte die Arme vor der Brust, wie um sich zu schützen. »Das ist unmöglich.«

»Warum? Warum malen Sie kein Selbstporträt?«

Sofie wußte keine Antwort. »Sie können ein anderes Bild haben – nur kein Selbstporträt.«

Er nickte bedächtig. »Ich gebe mich geschlagen.« Dann trat er auf sie zu und ergriff ihre Hand. »Ich verspäte mich.« Er lächelte. »Ich hoffe, Sie bald wiederzusehen.«

Sofie entzog ihm ihre Hand, versuchte ihre Atemlosigkeit zu verbergen. »Es ist zeitaufwendig, ein Ölbild zu malen, wenn Sie überhaupt ein Ölbild wollen.«

»Sie sind die Künstlerin. Sie wählen die Technik und das Sujet.«

Sofie nickte stumm und brachte ihn zur Tür. Erst als er gegangen war, kam ihr die Idee, sie hätte ihm einen Tausch vorschlagen müssen. Als Gegenleistung für das Bild hätte sie ihn bitten sollen, ihr Modell zu sitzen.

Der Mann stand mit dem Rücken zum Central Park und beobachtete das vierstöckige Herrenhaus auf der anderen Straßenseite. Er hatte die Hände tief in den Taschen seiner beigen Hose vergraben. Ein Strohhut schützte sein wettergegerbtes Gesicht vor der grellen Sommersonne und vor neugierigen Blicken. Es war zwar unwahrscheinlich, daß ihn jemand erkannte, aber er durfte kein Risiko eingehen.

Zögernd wandte er sich ab und schlenderte die Fifth Avenue entlang. Er hatte erreicht, weswegen er gekommen war, auch wenn er den ganzen Tag darauf gewartet hatte.

Er hatte den ganzen Tag darauf gewartet, einen Blick auf sie zu erhaschen. Einen kurzen Blick auf seine geliebte Tochter. Sie zu sehen war Balsam für seine wunde Seele.

Kapitel 8

Edward lenkte den glänzenden schwarzen Packard langsam in die Auffahrt des Savoy Hotels an der Fifth Avenue. Vor ihm stiegen Fahrgäste aus einem Zweispänner. Der Motorlärm des Packard machte die Pferde unruhig, sie tänzelten nervös und versuchten zu steigen. Edward schaltete in den Leerlauf und wartete, bis die Reihe an ihm war, an der Treppe des Hotels vorzufahren. Die beiden Pferde vor der offenen Equipage beruhigten sich wieder.

Edwards Hände umfaßten das geflochtene Leder des Lenkrades, sein Blick war ins Leere gerichtet. Er war immer noch erschüttert von seinem Verhalten und konnte nicht fassen, wozu er sich beinahe hätte hinreißen lassen.

Einen Augenblick lang hatte er jeden Sinn für Sitte und Anstand außer acht gelassen, hatte all seine Vorsätze vergessen. Er hatte vergessen, daß Sofie zu jung und zu unschuldig für ihn war. Der Wunsch, sie zu küssen, war übermächtig gewesen. Und er hatte es getan, wenn auch nur flüchtig. Wie konnte ihm das passieren?

Zugegeben, Sofie hatte bezaubernd ausgesehen mit ihrer zerzausten Frisur, in ihrem bekleckerten Kleid. Sie wirkte auf jeden Mann reizvoll, daran gab es keinen Zweifel. Aber doch nicht auf ihn, den es zu schönen, extravaganten Frauen hinzog. Sein einziges Interesse an Frauen beruhte auf gegenseitiger Fleischeslust.

Und dennoch fand er das Mädchen ungemein anziehend. Wieso eigentlich? Eine Frau wie sie war ihm noch nie begegnet. Sie war erfrischend unkonventionell und einzigartig. Zweifellos hochbegabt und von ihrer Malerei erfüllt. Allein ihr Talent reichte aus, um das Interesse eines Mannes zu wecken. Andererseits verwunderte ihn ihr Malstil. Sie hatte ihm erzählt, mit welcher Leidenschaft sie ihr Studium betrieb, doch in den Porträts von Miß Ames und Lisa hatte er keine Leidenschaft entdecken können. Eine Frau, deren erklärtes Ziel darin bestand, die Malerei zu ihrem Lebensinhalt zu machen, die dafür auf Ehe und Kinder verzichtete, mußte größere Fähigkeiten besitzen, als handwerklich perfekte, in altmeisterlicher Manier ausgeführte Porträts zu malen. Dennoch war Edward beeindruckt von ihrer Originalität, ihrer Unabhängigkeit und der Widersprüchlichkeit ihres Wesens, Züge, die er eigentlich nur in ihr vermutete, ohne sie kennengelernt zu haben. Er spürte, daß sich hinter ihrer besonnenen Art, die sie nach außen präsentierte, eine völlig andere Sofie O'Neil verbarg.

Es stand außer Zweifel, daß Sofie wachgerüttelt werden mußte. Aber durfte er sich als ihr Retter aufspielen? Durfte er ihre behütete Welt auf den Kopf stellen? War er der Richtige, um sie vergessen zu lassen, daß sie sich zur Exzentrikerin und zum Krüppel gestempelt hatte? Durfte er ihr zeigen, was das Leben zu bieten hatte, durfte er ihre Leidenschaften wecken, ihren Wunsch, so zu leben, wie eine Frau leben sollte, ohne sie zu zerstören?

Edwards ursprüngliche Absichten hatten keine wie immer geartete Form von Liebe beinhaltet. Doch plötzlich war in ihm der verwirrende Wunsch aufgestiegen, sie zu küssen. Wenn er sie küssen und anschließend seiner Wege gehen könnte, wäre nichts daran auszusetzen. Ein paar leidenschaftliche Küsse waren genau das, was in Sofie O'Neils Leben fehlte. Genau das würde sie aufrütteln, würde den Wunsch in ihr wecken, das erfüllte Leben einer Frau zu führen.

Durfte er es wagen? Edward war ein Meister in der Kunst der Verführung. Bisher hatte er sich auf diese Spiele allerdings nur eingelassen, wenn sie für beide Beteiligten zu einem befriedigenden Ergebnis führten. Er wußte nicht, ob er das Maß an Selbstbeherrschung aufbringen würde, um die Regeln, die er sich bei Sofie auferlegen mußte, einzuhalten.

Die Equipage vor ihm setzte sich in Bewegung. Edward legte den ersten Gang ein und fuhr am Hotel vor. Der livrierte Portier eilte die Treppe herunter und wies ihm einen Parkplatz zu. Edward stellte den Packard ab, stieg aus und sperrte die Tür ab. Sofie wollte ihm nicht aus dem Sinn; er freute sich auf die nächste Begegnung. Wenn er sich nicht genau kennen würde, könnte er beinahe meinen, er sei ein wenig in sie verliebt. Doch allein der Gedanke erschien ihm absurd.

Edward stieg die mit rotem Teppich belegten Stufen zum Savoy hinauf, und der Portier öffnete grüßend die Glastür. Edward nickte zerstreut. Wenn er dafür sorgen wollte, daß Sofie lernte, Freude am Leben zu haben, gab es eine Reihe von Zerstreuungen, die sie gemeinsam erleben konnten. Mit schnellen Schritten durchmaß er die nobel ausgestattete, marmorgeflieste Hotelhalle. Vielleicht sollte er mit einer Spazierfahrt und einem anschließenden Lunch im *Delmonico* beginnen.

Als er an die Rezeption trat, um seine Post abzuholen, fiel ihm ein hochgewachsener, sonnengebräunter Mann auf, der ihn zu mustern schien. Edward überzeugte sich mit einem prüfenden Blick, daß der Mann ihm unbekannt war. Als er sich zum Gehen wandte und seine Post durchfächerte, wurde er angerempelt. Der Stapel Briefe flatterte zu Boden.

»Tut mir leid«, entschuldigte der Fremde sich mit heiserer, gedehnter Stimme. »Moment, ich helfe Ihnen.«

Edward blickte den hochgewachsenen Mann an, von dem er sich gerade beobachtet gefühlt hatte, der sich nun bückte und seine Briefumschläge einsammelte. Der Fremde, ebenso groß wie Edward und etwa fünfzehn Jahre älter als er, richtete sich wieder auf und händigte Edward die Post aus. Seine Lippen umspielte ein Lächeln, doch seine ungewöhnlich goldfarbenen Augen blieben ernst.

Edward stutzte. Er kannte diese Augen. Unvergeßliche Augen. »Kennen wir uns?«

»Nicht, daß ich wüßte«, entgegnete der Fremde.

Edward war sich sicher, daß er die Augen dieses Mannes schon einmal gesehen hatte, daß er ihn irgendwoher kannte. Und er durchschaute einen Betrug, zumal dann, wenn er das Opfer war. »Vielen Dank, Sir«, sagte er lächelnd und fragte sich, ob der Fremde einen seiner Briefe entwendet hatte. Da er den Stapel nicht vollständig durchgefächert hatte, war er sich nicht sicher. Welches Interesse konnte dieser Mann an einem nicht für ihn bestimmten Brief haben? Edward erwartete ein Schreiben der Bergwerksgesellschaft De-Beers aus Südafrika – alles andere war unwichtig. Vielleicht war der Fremde – wie DeBeers – an seiner Mine interessiert.

»Hoffentlich habe ich nichts durcheinandergebracht«, meinte der Mann gedehnt; sein Blick war kühl, sein Tonfall unverbindlich. Er setzte ein künstliches Lächeln auf, machte kehrt und entfernte sich.

Edward sah ihm nach und fragte sich verwirrt, wer, zum Teufel, er war und was er von ihm wollte – und woher, zum Teufel, er ihn kannte.

Jake O'Neil schlenderte von einem Raum in den nächsten und wieder in den nächsten. Er durchwanderte das gesamte prachtvoll eingerichtete neue Herrenhaus. Seine Schritte hallten auf den Marmorböden und von den Wänden der hohen Eingangshalle wider. Nachdem er das Erdgeschoß besichtigt hatte, erkundete er das erste Stockwerk, das zweite und schließlich das dritte. Oben in den Unterkünften der Dienstboten blickte er aus einem Fenster. Weit unter ihm wand der Hudson River sich wie eine glänzende, schwarze Schlange in der hellen Vollmondnacht.

Der einzige Raum, den er nicht betrat, war das Kinderzimmer.

Während seiner Inspektionsrunde registrierte er jedes einzelne Möbelstück, jeden Teppich, jedes Gemälde an den Wänden. Er prägte sich die Farben und Muster der Tapeten ein, die Bezugsstoffe der Polstersessel und Sofas, die Bettüberwürfe, die schweren Samtdraperien, Wandlampen und Kronleuchter an den stuckverzierten Decken.

Falls ihm gefiel, was er sah, war es seinem versteinerten Gesicht nicht zu entnehmen, wenn ihn jemand begleitet hätte, doch er war allein.

Jake stieg gemessenen Schrittes die Treppe wieder nach unten. Noch immer zeigte sich keinerlei Regung in dem harten, wettergegerbten Gesicht. Und wieder hallten seine Schritte durch das Foyer. Er betrat die Bibliothek, ein dunkel getäfelter Raum mit bis zur Decke reichenden Bücherschränken an zwei Wänden. Das glänzende Parkett bedeckte ein in warmen Rottönen gehaltener Orientteppich. Die Einfassung des Kamins, in dem kein Feuer brannte, bestand aus grünem Marmor. Das einzige Licht im Raum spendete eine Tischlampe auf dem großen Mahagonischreibtisch, ansonsten lag der Raum im Halbdunkel.

Jake trat an die Anrichte und schenkte sich ein Glas des besten schottischen Whiskys ein, den es für Geld zu kaufen gab, und stürzte ihn in einem Zug hinunter. Er goß nach, begab sich mit dem Glas zu einem grünen Ledersofa und setzte sich. Der Whisky, der ihm warm und samtig die Kehle hinunterlief und sein Inneres erwärmte, vermochte seinen Kummer nicht zu erleichtern, der ihm die Brust zuschnürte.

Er schloß die Augen und streckte die langen, sehnigen Beine von sich; seine Gesichtszüge waren von einem Schmerz verhärtet, der nicht körperlich war.

Jake gab einen gequälten Laut von sich.

Er war allein in seinem riesigen Haus, allein, ohne einen einzigen Dienstboten – aber er wollte es nicht anders. Er war so lange allein gewesen; Einsamkeit war die einzige Daseinsform, an die er sich erinnerte.

Er war zurückgekommen, sein Haus war endlich fertig, und es war ein ganzes Heer von Dienstboten nötig, um den großen Haushalt zu führen. Vielleicht würde er seinen Sekretär morgen damit beauftragen, geeignetes Personal anzustellen.

Bedienstete würden das Haus beleben.

Dann hörte er es. Fröhliches Kinderlachen. Draußen in der Halle.

Jake wagte nicht, die Augen zu öffnen, horchte gespannt auf den Klang der Stimme, die er so liebte – eine Stimme, die er seit vierzehn Jahren nicht gehört hatte, eine Stimme, die er nie wieder hören durfte. Denn es war nur eine Sinnestäuschung in der Stille dieses Mausoleums, das er sein Heim nannte. Er hatte sich das Kinderlachen nur eingebildet in seinem Schmerz. Es war nicht zum erstenmal, daß er horchte und mit ihrem süßen Lachen belohnt wurde, und es würde nicht das letztemal sein. Jake ließ diese Fantasien zu – sie waren alles, was ihm geblieben war.

Einen Moment glaubte er, endgültig dem Wahnsinn zu verfallen.

Auch diese grauenhafte Vorstellung war ihm nicht neu – er kannte sie aus den Jahren, in denen er im Gefängnis gesessen hatte.

Selbst wenn er dem Wahnsinn verfiel, würde er sich nicht von seinen Erinnerungen trennen. Niemals. Denn genau diese Erinnerungen hatten ihn am Leben erhalten während der zwei Jahre seiner Gefangenschaft, ehe ihm die Flucht gelungen war.

Mit geschlossenen Augen horchte er auf das Kinderlachen und hörte es wieder. Er hatte Mühe zu atmen. Er hörte ihre kleinen Schritte, wie sie ins Zimmer stürmte. Ihre blonden Zöpfe flogen, ihre Wangen waren rosig angehaucht. Wie hübsch, wie süß, wie bezaubernd sie war. »Papa, Papa!« jauchzte sie und sprang mit ausgebreiteten Armen auf ihn zu.

Er hätte beinahe gelächelt – hätte er nicht vor langer Zeit verlernt zu lächeln.

Im übrigen gab es keinen Grund zu lächeln, nicht für den achtunddreißigjährigen Mann am Rande des Irrsinns, dessen einzige Glücksmomente sich auf schmerzliche Erinnerungen bezogen.

Wie sehr er seine Sofie vermißte. An Tagen wie diesem konnte er es kaum ertragen. Mittlerweile war er sich nicht mehr so sicher, ob es sinnvoll war, nach New York zurückzukehren, wobei seine Zweifel nichts mit der Angst zu tun hatten, von den Behörden aufgespürt zu werden. Jake O'Neil war tot und begraben, das Opfer einer Schießerei mit der Polizei, in deren Verlauf ein Lagerschuppen in Flammen aufgegangen war. Der Mann, der mit ihm die Flucht gewagt hatte, war erschossen worden, und Jake erinnerte sich nur vage daran, wie er die Blechschilder mit den Namen vertauscht hatte, während die Feuerwand sich bedrohlich näherte. An die Londoner Zeitungsberichte erinnerte er sich hingegen sehr genau. Er war sogar zu seiner eigenen, trostlosen Beerdigung gegangen, an der kein Mensch teilnahm – außer dem Pfarrer. Er hatte dem jungen Mann, der an seiner Stelle sterben mußte, die letzte Ehre erwiesen und sich zugleich grimmig beglückwünscht, am Leben zu sein. Jake O'Neil gab es nicht mehr.

Er war nun Jake Ryan, ein international angesehener Geschäftsmann. Seine erste Million hatte er im Bauwesen in New York City gemacht, seine zweite in Irland, ebenfalls im Bauwesen und bei anderen, gefährlicheren Unternehmungen. Welche Ironie, daß er Irland einen Teil seines geschäftlichen Erfolgs verdankte. Als halbwüchsiger, verwaister und obdachloser Junge war er aus seiner Heimat geflohen, war vor der englischen Polizei und dem Verbrechen davongelaufen, das er in rasender Wut und Rachedurst verübt hatte. Damals hatte er nicht vorgehabt, je wieder einen Fuß auf irischen Boden zu setzen.

Jake war krank vor Heimweh nach der Grünen Insel gewesen. Damals hatte er nicht wissen können, daß er eines Tages zurückkehren würde, trauriger und verbitterter denn je, gezwungen, seine Tochter und seine Ehefrau in Amerika zurückzulassen.

Sofie. Er liebte sein Tochter abgöttisch. Es fiel ihm unendlich schwer, ihr so nah zu sein, sie zu sehen, ohne auf sie zugehen, mit ihr reden, sie in die Arme schließen zu dürfen.

Jakes Wangenmuskeln spannten sich. Er stand auf und trat an den Schreibtisch, auf dem ein leerer Silberrahmen von Tiffany stand. Eines Tages würde er an eine Fotografie von Sofie gelangen; dafür war der Rahmen gedacht.

Jake rieb sich die Stirn, dann hob er den Telefonhörer ab. Die Vermittlung meldete sich, und Jake nannte eine Nummer. Es dauerte nicht lange, und Lou Annes kindliche Stimme hauchte in den Hörer. Beinahe hätte er wieder aufgelegt. Aber er wollte nicht noch eine einsame Nacht verbringen.

Lou Anne freute sich, ihn zu sehen. Jake legte auf und starrte vor sich hin. Wenn er sich nur zu erkennen geben dürfte – nur seiner Tochter.

Ein unerfüllbarer Wunsch. Sofie würde ihren Vater nicht sehen wollen, einen Mann, der wegen Mordes und Landesverrat zu lebenslanger Haftstrafe verurteilt worden war. Würde er sich ihr nähern, würde sie schreiend in die entgegengesetzte Richtung laufen. Vielleicht würde sie sogar einen bleibenden Schaden davontragen, wenn sie erfuhr, daß ihr Vater lebte. Suzanne war ihm gleichgültig, genauso gleichgültig, wie ihm seine eigene Person war. Aber Sofie wollte er um keinen Preis verletzen. Sie hätte es nicht besser treffen können. Sie war wohlhabend und von der Gesellschaft anerkannt. Sie brauchte weiß Gott keinen Ausgestoßenen in ihrem Leben.

Sofie ging Schritt um Schritt zurück, bis sie mit dem Rücken gegen die Wand ihres Ateliers stieß. Quer durch den schwach erhellten Raum blickte Edward ihr entgegen. Ein leises Lächeln umspielte seine Lippen, sein Blick war eindringlich, anzüglich, verführerisch – sündig – von der Leinwand herunter.

Sofie schlang die Arme um sich. Durch die zwei hohen Fenster ihres Studios sah sie, wie der Himmel sich grau färbte; allmählich vertrieb die Morgendämmerung das Dunkel. Sie war die ganze Nacht aufgewesen und hatte wie eine Besessene gemalt. Sie hatte skizziert und gemalt, hatte weder gegessen noch getrunken, noch eine Schlafpause eingelegt. Nun blickte er sie über die Entfernung des Ateliers an, kraftvoll, sprühend, lebendig. Sofie sank zu Boden.

Sie war ausgelaugt, hob die zitternden Hände an den Mund, wußte, daß dieses Bild ihre beste Arbeit war. Edwards hochgewachsene Gestalt schlenderte lässig durch die Sanddünen unter blauem Himmel. Die Hände in den Taschen seiner hellen Hose vergraben, das weiße Leinenjakkett offen, die Krawatte schief, blickte er halb über die Schulter auf die Betrachterin. Im Gegensatz zu dem düster gehaltenen Genrebild der beiden Arbeiterfrauen hatte sie eine helle Farbpalette gewählt, in der Lavendel und blasses Gelb vorherrschten. Auch in diesem Bild hatte sie den Hintergrund unscharf und verwaschen gelassen; um so detailgetreuer war Edwards Gestalt ausgeführt, sein Gesicht verblüffend lebensnah.

Sofie zog die Knie an und betrachtete ihr Werk. Edward strahlte lässige Eleganz, männliches Selbstvertrauen, Unbekümmertheit und Sinnlichkeit aus. Sie hatte ihn perfekt getroffen; und sie wußte es.

In seinem auf die Betrachterin gerichteten Blick lag ein rätselhaftes Versprechen. Wie sehr wünschte sie, dieses Rätsel zu lösen. Nie hatte seine Anziehungskraft stärker, unwiderstehlicher auf sie gewirkt.

Sofie seufzte laut und stoßweise. Sie mußte verrückt sein, sich solchen Gedanken hinzugeben. Alles, was Edward ihr oder jeder anderen Frau versprechen könnte, war der völlige Ruin, nicht mehr und nicht weniger. Doch Sofie erbebte bei der Vorstellung, wie wunderbar erregend ihr Sündenfall mit ihm sein würde.

Sie dachte daran, wie lüstern er Hilary geküßt hatte, heiß und leidenschaftlich mit offenem Mund. Hitze stieg ihr in die Wangen bei dem Gedanken, wie er Hilary genommen hatte, und sie konnte ihre Gedanken genauso wenig von der Liebesszene trennen, wie sie sich daran hindern konnte, sein Bild zu malen. Wenn sie nur vergessen könnte, was sie an jenem Tag am Strand beobachtet hatte.

Wenn sie nur die Berührung seines Mundes auf ihrem vergessen könnte, seine harte Männlichkeit, die sich an sie gepreßt und sie durch den Stoff ihrer Röcke versengt hatte.

Sofie schlang die Arme um die Knie. Obwohl sie völlig erschöpft war von der mit Malen zugebrachten Nacht, hätte sie nicht an Schlaf denken können. Jeder Nerv in ihrem Körper bebte kribbelnd in einer nie gekannten Spannung. Und sie wußte, daß sinnliches Verlangen in ihr aufgekeimt war, ein Verlangen, das nie gestillt werden würde.

Gütiger Himmel! Sofie war den Tränen nahe. Warum war sie in diese entsetzliche Situation geraten? Noch vor kurzem hatte sie keinen Gedanken an einen Mann, an sinnliche Leidenschaft, an eine Welt, die außerhalb ihrer Arbeit existierte, verschwendet. Bis vor kurzem hatte sie nicht gewußt, daß es Edward Delanza gab. Gestern jedoch hatte er sie geküßt. Deshalb war sie die ganze Nacht wach geblieben, um ihn zu malen. Und Sofie wußte, daß dieses Bild nur eines von vielen sein würde.

Sie dachte an seine Bemerkung, daß sie Freunde seien. Sie war nicht so naiv, um nicht zu wissen, daß Männer gelegentlich ihre Geliebten als Freundinnen bezeichneten. Zudem hatte er sie geküßt. Hatte Suzanne recht? Ließ er ihr keine Ruhe, weil er sie verführen, sie zu seiner Geliebten machen wollte?

Sofie schloß die brennenden Augen. Die Frage, die sie die ganze Nacht vermieden hatte, drängte sich ihr nun auf. Sollte er die Absicht haben, sie zu seiner Geliebten zu machen, würde sie es wagen, diesen Schritt zu tun?

Sofie saß mit Mrs. Guttenberg auf dem schmalen Vorplatz des Mietshauses. Der Rücken tat ihr weh, und die Augen brannten; sie war zu müde, um heute noch zu arbeiten. Sie hatte überhaupt nicht geschlafen. Nachdem sie Edwards Bild im Morgengrauen vollendet hatte, war sie so überdreht, daß sie beschloß, in die 3. Avenue zu fahren und an ihrem Genrebild weiterzumalen – sehr zu Billings Mißfallen. Doch es blieb ihr nur noch eine Woche, um das Bild fertigzustellen, bevor ihre Familie aus Newport zurückkam. Die Uhr tickte.

Sofie richtete sich auf. Sie hörte das Knattern des Motors, das Quietschen der Reifen. Und dann sah sie ihn. Um die Kurve brauste ein glänzendes, schwarzes Automobil. Der Mann am Lenkrad hupte anhaltend, und Fußgänger ergriffen die Flucht vor dem verrückten Fahrer. Pferde wichen erschrocken zur Seite. Dann quietschten Bremsen; das Automobil hielt knapp hinter Sofies Kutsche mit den Vorderreifen auf dem Gehsteig.

Sofie rührte sich nicht, als Edward aus dem Wagen sprang, ohne die Tür zu öffnen. Er war nicht zum Autofahren angezogen, trug weder Staubmantel noch Mütze, noch Schutzbrille. Als er Sofie auf dem schmalen Vorplatz sitzen sah, verharrte er kurz, seine Miene war ernst und streng. Dann trat er auf sie zu. »Ich fasse es nicht, daß Sie hierherkommen, um zu malen.«

Sofie hielt den Atem an, nicht so sehr wegen seines offenkundigen Zorns. Er war gekleidet wie an jenem Tag am Strand – wie sie ihn letzte Nacht gemalt hatte – in einem hellen, zerknitterten Leinenjackett und einer etwas dunkleren, ebenso zerknitterten Leinenhose. Seine Krawatte saß schief, sein dichtes, schwarzes Haar war vom Fahrtwind zerzaust. Er sah so männlich aus, daß sie ihn nicht ansehen konnte, ohne ein dunkles, verbotenes Sehnen in sich zu spüren.

Neben sich hörte Sofie Mrs. Guttenberg krächzen: »Wer issn das?«

Edward krümmte den Zeigefinger. »Kommen Sie, Sofie.«

Sein Zorn machte ihn unwiderstehlich aufregend. Sofie stand auf wie eine Marionette und ging mit steifen Beinen auf ihn zu. Ihr Herzschlag dröhnte.

Sie blieb vor ihm stehen. »Was tun Sie denn hier?«

»Sollte nicht ich diese Frage stellen?«

Erst jetzt wurde Sofie bewußt, daß sie ertappt worden war. »Ich male hier«, sagte sie und erwartete das Schlimmste. Edward würde Suzanne von ihrem Ungehorsam erzählen, und Suzanne würde außer sich sein vor Zorn. »Wie haben Sie mich gefunden?«

»Es gibt tausend Plätze in dieser Stadt, wo Sie malen können«, entgegnete Edward, ohne auf ihre Frage einzugehen. Seine blauen Augen funkelten. »Wieso muß es ausgerechnet hier sein?«

Sofie drückte den Rücken durch. »Was gibt es an diesem Ort auszusetzen?« Unterdessen hatte sich eine neugierige Menge um das Automobil geschart. Nachbarn, Händler und Passanten bestaunten das moderne Gefährt. Aufgeregte Buben sperrten Mund und Augen auf und hüpften um den Packard herum.

»Das ist eine Arbeitergegend, Sofie«, sagte Edward streng. »Und das wissen Sie genau.«

»Natürlich weiß ich das. Deshalb bin ich hier.« Sie lächelte spöttisch. »Ich glaube nicht, daß dies Ihre Angelegenheit ist, Mr. Delanza.«

Er wirkte verdutzt. Sofie wunderte sich selbst über ihre

Keckheit. Sie hatte noch nie mit einem Mann gestritten – schon gar nicht mit einem so teuflisch gutaussehenden Mann.

»Ich habe *Sie* zu meiner Angelegenheit gemacht, meine Liebe«, antwortete er.

Sofie konnte den Blick nicht von ihm wenden. Seine Worte, seine dunkle Stimme, seine blauen Augen zogen sie in seinen Bann. Plötzlich wußte sie, daß Suzanne recht hatte. Er wollte sie zu seiner Geliebten machten. Er wollte sie verführen.

Sofie fand keine Worte. Schweigend sah sie ihn an.

Schließlich seufzte Edward resigniert. Sein Blick wanderte zur Leinwand hinüber, die mit der Rückseite zu ihnen auf der Staffelei stand. Er ging darauf zu.

Sofie spannte jeden Muskel, als er die Staffelei umrundete, um das Bild zu betrachten. Sie verschränkte krampfhaft die Hände, das Herz schlug ihr bis in den Hals. Gleichgültig, was sie sich auch einreden mochte, es bedeutete ihr nicht nur viel, was er über sie dachte, sondern was er von ihrer Arbeit hielt. Sofie hatte plötzlich Angst, daß er in Gelächter ausbrechen und ihr sagen würde, sie sei ein verrückter Krüppel.

Er stand vor der Leinwand und hob den Blick zu ihr. »Das unterscheidet sich sehr von Miß Ames' Porträt.«

»Ja.«

Er studierte das Bild eingehend.

Sofie hob die verschränkten Hände an ihr klopfendes Herz. »Ge... gefällt es Ihnen?«

Er hob den Blick. »Ja. Es gefällt mir sehr.« Er schien verblüfft, beinahe verwirrt. Zwei senkrechte Falten hatten sich zwischen seinen Augenbrauen gebildet.

»Was ist?« fragte sie und konnte nicht glauben, daß es ihm wirklich gefiel.

»Ich habe Sie unterschätzt«, sagte er.

Sofie wußte nicht, ob seine Worte als Kompliment oder als Kritik gemeint waren.

Er trat wieder auf sie zu. »Gestern hielt ich Ihre Arbeit für talentiert. Aber es hat mir etwas darin gefehlt.«

Sofie sah ihn gebannt an.

»Jetzt weiß ich genau, was fehlte.« Sein Blick flackerte, er wies mit dem Finger auf die Leinwand. »In diesem Bild ist es.«

»Was denn?« flüsterte Sofie.

»Kraft. Leidenschaft. Dieses Bild ist voller Vitalität, Sofie. Ich sehe die beiden Frauen auf dem Vorplatz sitzen, und mir kommen die Tränen.«

Sofie war sprachlos.

»Sagen Sie bloß nie wieder, Sie seien exzentrisch«, fuhr er beinahe schroff fort. »Das stimmt nicht. Sie sind außergewöhnlich.«

Sofie drohte das Herz zu zerspringen. »Unsinn. Sie übertreiben«, hauchte sie. Ihr war mit einemmal, als gehöre ihr Leben einer anderen Person; als wäre das alles ein wunderschöner Traum.

Er warf ihr einen warnenden Blick zu. »Weiß Ihre Mutter, daß Sie so arbeiten?« fragte er unvermittelt.

Plötzlich war sie wieder ernüchtert. »Nein. Es würde ihr nicht gefallen. Sie würde es nicht verstehen.«

»Ja, da haben Sie recht«, erwiderte er. »Zum Teufel mit ihr.«

Sofie biß sich auf die Unterlippe. Er ging zu weit.

Und dann begriff Edward plötzlich. »Sie sind ohne die Erlaubnis Ihrer Mutter hier, hab' ich recht?«

Sofie zögerte nicht. »Selbstverständlich.« Sie suchte seine Augen. »Werden Sie mich verraten?«

»Nein.«

Sie atmete erleichtert auf. »Das freut mich«, sagte sie leise.

Er hob ruckartig den Kopf. Seine blauen Augen blitzten schalkhaft. »Gut. Und Sie sind mir etwas schuldig.«

Sofie erschrak. Gütiger Himmel, jetzt würde es passieren! Edward trat nahe an sie heran. Er hob ihr Kinn mit zwei Fingern. Sie fürchtete, in Ohnmacht zu sinken. Er würde sie küssen, jetzt, in aller Öffentlichkeit, auf der Straße, mitten am Tage. Würde er sie mit der gleichen Leidenschaft küssen, wie er Hilary geküßt hatte?

Und dann wußte Sofie, daß sie ihn mißverstanden hatte.
Er küßte sie nicht. Er hatte nicht die Absicht, sie zu verführen, nicht jetzt, nicht hier. Er umfaßte nur sanft ihr Kinn und sagte leise, aber bestimmt: »Ich will alle Ihre Bilder sehen, Sofie. Darf ich?«

Kapitel 9

Sofie führte Edward schweigend durchs Haus. Sie hielt die Schultern gerade, den Kopf hoch erhoben. Dennoch spürte er ihre Beklommenheit.

Da er befürchtete, mit beruhigenden Worten das Gegenteil zu bewirken und sie womöglich dazu zu veranlassen, ihre Zustimmung rückgängig zu machen, zog er es vor zu schweigen. Er beschleunigte seine Schritte und ging neben ihr her, um einen flüchtigen Seitenblick in ihr angespanntes Gesicht zu werfen.

Am Ende des langen Korridors blieb sie stehen und öffnete die Tür, ohne hineinzugehen. Sie sah ihn an. Edward lächelte aufmunternd.

»Treten Sie ein«, sagte sie mit finsterer Miene. »Wenn Ihnen der Sinn immer noch danach steht.«

Edward betrat einen großen, hellen Raum. Zwei hohe Fenster beherrschten die Nordseite. In der Mitte führte ein offener Durchgang in einen Nebenraum. An den Wänden lehnten mehrere bemalte Leinwände.

Edward trat näher. Sein Blick wanderte über die Bilder und blieb an einem Porträt von Lisa hängen. Sie trug ein bodenlanges Ballkleid aus elfenbeinfarbenem Tüll. Das Bild war in romantischen, lichtdurchfluteten Pastelltönen gehalten. Der Rock war eine duftige Wolke aus Organdy und Tüll, ähnlich den zarten Gebilden, wie Ballettänzerinnen sie trugen. Die Künstlerin hatte die durchsichtige Fülle so lebensecht wiedergegeben, daß Edward meinte, die Tüllwolke würde sich über die Leinwand bauschen.

Dann blieb er vor einem Stilleben leuchtend roter und purpurfarbener Blumen stehen. Das Blumenbild unterschied sich von Lisas Porträt wie die Nacht vom Tage. Diesmal hatte Sofie eine dramatische, herbe Farbgebung mit dunklem Hintergrund gewählt. Die Pinselführung war wild, ekstatisch, kühn. Edward war beeindruckt. Diesen Arbeiten fehlte die tragische Qualität, die das Gemälde der Arbeiterfrauen auszeichnete. Dennoch waren sie mit Leidenschaft gemalt und strahlten große Kraft aus. All diese Bilder hatten nichts mit gefälliger Salonmalerei zu tun. Ihre Wirkung war von eindringlicher Expressivität, packender als alles, was sie in altmeisterlicher Präzision hätte ausführen können; eine Technik, die sie gleichfalls beherrschte.

Edward hatte von der ersten Sekunde an gespürt, daß sich hinter der verschlossenen Fassade dieses seltsamen Mädchens sehr viel mehr verbarg. Nun war auch der letzte Zweifel an ihrer genialen Begabung gewichen. Sofie war eine brillante, kühne, ungewöhnlich originelle, eigenständige Künstlerin von ungeahnter Energie und Leidenschaft. Sie durfte sich ihrer Kunst und ihrer Person nicht länger schämen und sie vor der Welt verbergen. Edward war sich seines Urteils sicher wie nie zuvor.

Er sah sie nachdenklich an. Welche Geheimnisse schlummerten noch hinter dieser Fassade bürgerlicher Wohlanständigkeit? An dieser Frau, das sah er nun in aller Deutlichkeit, war nichts Mittelmäßiges, nichts Alltägliches. Sein Puls beschleunigte sich bei dem faszinierenden Gedanken, ob sie im Schlafzimmer ähnlich leidenschaftlich und mitreißend war wie in ihrer Malerei.

»Woran denken Sie?« flüsterte Sofie, deren Wangen sich rosig überzogen hatten.

»Sie versetzen mich in Erstaunen, Sofie.« Er konnte den Blick nicht von ihr wenden.

Sie wirkte sehr angespannt. Ihr Blick suchte den seinen. »Meine Arbeiten gefallen Ihnen nicht.« Ihre Stimme klang ein wenig heiser.

Edward begriff, daß sie keine Ahnung von ihrem Talent hatte. Während er nach passenden Worten suchte, glitt sein Blick erneut über die Leinwände. Plötzlich entdeckte er ein kleineres Format, das er bisher nicht beachtet hatte. Das Porträt eines jungen Mannes, in detailgenauer Manier ausgeführt, geradezu fotografisch genau. Der dunkelblonde Mann saß auf einem Stuhl, den Blick direkt auf den Betrachter gerichtet. Edward wurde unruhig. Diesen Mann kannte er. »Sofie – wer ist das?«

»Mein Vater, so wie ich mich an ihn erinnere, bevor er vor vielen Jahren starb.«

Edward trat näher und betrachtete den gutaussehenden Mann mit den goldbraunen Augen aufmerksam. Plötzlich machte sein Herz einen Satz. Gütiger Himmel! Er hätte schwören können, daß dieser Mann derselbe war, der ihn gestern im Savoy angerempelt hatte, als er seine Post abholte – haargenau derselbe Mann, nur etwa zehn Jahre jünger.

Ein absurder Gedanke. »Sofie, wie ist Ihr Vater ums Leben gekommen?«

Sie zuckte zusammen. »Er starb beim Brand eines Lagerhauses.«

»Wurde er identifiziert?«

Sie sah ihn unverwandt an. »Meinen Sie seine Leiche?«

»Tut mir leid«, sagte er sanft. »Ja.«

Sie nickte. »Er war ... bis zur Unkenntlichkeit verbrannt, aber ... er war aus dem Gefängnis ausgebrochen und trug ein Blechschild mit seinem Namen um den Hals. Es ... war noch leserlich.«

»Ich verstehe.« Ein anderer Gedanke schoß Edward durch den Kopf. »Ist er allein in den Flammen umgekommen?«

Sofie schüttelte den Kopf. »Ich vermute, Sie haben die Gerüchte gehört. Schenken Sie ihnen keinen Glauben, Edward. Mein Vater war ein wunderbarer Mensch. Seine Mutter und seine Schwester kamen ums Leben, als die Engländer ihr Dorf in Irland niedergebrannt hatten. Damals war er ein halbwüchsiger Junge und hatte nur Vergeltung im Sinn. Er steckte ein englisches Militärlager in Brand. Dabei starb ein Soldat, und mein Vater mußte aus seiner Heimat fliehen.« Sofies Lippen wurden schmal, ihre Nase rötete sich. »Er floh nach New York, lernte meine Mutter kennen und heiratete sie.« Sofie verstummte und nestelte an den Falten ihres Rockes.

Da sie keine Anstalten machte, die Geschichte zu Ende zu erzählen, hakte Edward behutsam nach. »Was ist dann geschehen?«

»In New York arbeitete er sich vom einfachen Arbeiter zum erfolgreichen Bauunternehmer hoch. Suzanne kam aus einer sehr wohlhabenden Familie. Mein Vater baute ein schönes Haus für sie – für uns – am Riverside Drive. Meine Eltern bewegten sich in den vornehmen Kreisen New Yorks. Und dann kam die Katastrophe. Bei einer Abendgesellschaft lernten sie einen Engländer kennen, einen hohen Offizier im Ruhestand, der an jenem unglückseligen Tag das englische Militärlager in Irland besucht hatte. Dieser Mann erkannte meinen Vater. Lord Carrington erinnerte sich sogar an seinen Namen. Dummerweise hatte mein Vater seinen Namen nicht geändert, da er niemals damit gerechnet hatte, daß seine Vergangenheit ihn in New York einholen würde.«

»Welch ein tragischer Zufall«, sagte Edward mitfühlend. »Ihr Vater hatte doch sicher sein Aussehen verändert, schließlich war er älter geworden.«

»Er war erst vierundzwanzig und ich noch nicht sechs. Als er meine Mutter kennenlernte und kurz darauf heiratete, war er beinahe noch ein Halbwüchsiger.«

»Es tut mir sehr leid, Sofie.« Edward ergriff ihre Hand.

Sie ließ es geschehen, entzog sie ihm erst nach einigen Sekunden. »Ich war zwar noch ein kleines Kind, aber ich werde den Tag nie vergessen, an dem er sich verabschiedete.« Sofie zwang sich zu einem Lächeln. »Ich war völlig verzweifelt. Ich kann mich nicht an seine Worte erinnern, aber ich bin sicher, er hatte mir nicht gesagt, daß es ein endgültiger Abschied war. Irgendwie wußte ich es dennoch. Kinder haben einen sechsten Sinn.«

Edward nickte,

»Nach kaum einem Jahr wurde er inhaftiert und kurz darauf nach Großbritannien ausgeliefert und zu lebenslanger Haft verurteilt. Zwei Jahre später gelang ihm die Flucht mit einem Mithäftling. Kurz darauf kam er in den Flammen um.«

»Es tut mir unendlich leid«, wiederholte Edward. »Was ist aus dem anderen Häftling geworden?«

»Er wurde nie gefunden.«

Und plötzlich wußte Edward Bescheid. Er drehte sich um und starrte Jake O'Neils Porträt an. *Du Hurensohn*, dachte er, hin- und hergerissen zwischen Bewunderung und Zorn. *Du bist am Leben und hältst dich versteckt. Wieso willst du deine Tochter nicht wiedersehen? Wie bringst du es fertig, dich vor ihr zu verstecken? Und wieso bist du mir gestern gefolgt?!*

In Jake O'Neils goldbraunem Blick lag Arroganz und Spott.

»Edward?«

Er drehte sich um. Sofies bernsteinfarbene Augen im bleichen Gesicht waren riesig. »Fühlen Sie sich nicht wohl?« fragte er besorgt. »Ich wollte keine schmerzlichen Erinnerungen wecken.«

»Er wird mir immer fehlen«, sagte sie schlicht.

Edward wußte, daß er sich auf die Suche nach Jake O'Neil machen und den Kerl zwingen würde, sich seiner Tochter zu erkennen zu geben. Und dann schoß ihm ein anderer Gedanke durch den Kopf. Jake O'Neil lebte – und Suzanne war wieder verheiratet. Edward sah, wie Sofie ihn beobachtete. Es würde einen Skandal geben, wenn Jake wieder auftauchte. Er brauchte kein Hellseher zu sein, um zu wissen, daß ein paar Menschen unter seiner Auferstehung von den Toten leiden würden. War dies der Grund, warum Jake O'Neil es vorzog, als tot und begraben zu gelten? Vielleicht scherte er sich einen Dreck um seine Frau und seine Tochter. Möglicherweise lag ihm aber auch zuviel an ihnen. Wie dem auch sein mochte, Edward nahm sich vor, die Wahrheit herauszufinden.

»Edward?« Sofies Stimme war leise und zögernd. »Was ... was halten Sie wirklich von meiner Arbeit?«

Edward nahm sie beim Arm und trat mit ihr vor das Blumenbild. »Das gefällt mir am besten. Ich wüßte keinen Künstler, der aus ein paar einfachen Blumen eine so aufregende Komposition zaubern könnte.«

»Suzanne hat es im Mai gesehen«, sagte Sofie zögernd, und in ihre Wangen kam wieder Farbe. »Sie sagte, das Geschmiere habe nicht die entfernteste Ähnlichkeit mit Blumen. Jedes fünfjährige Kind könnte so etwas hinklecksen.«

Edward schüttelte den Kopf. »Nicht zu fassen, daß sie so etwas sagt.«

Sofie sah ihn eindringlich an. »Sind Sie etwa nicht dieser Meinung?«

»Zum Teufel, nein! Das Bild ist ein Meisterwerk.«

»Gefällt Ihnen meine Arbeit?«

Er wandte sich ihr zu. Sehr leise sagte er: »Sehr sogar. Sie sind eine große Begabung, Sofie.«

Sie senkte den Kopf. Er begriff, daß sie kaum je ein Lob für ihre Bilder von der Familie erhalten hatte. Aufgewühlt wandte Edward sich ab, wanderte durchs Atelier und blickte aus den hohen Fenstern in den Garten. Als er sich dem offenen Durchgang näherte, um auch einen Blick in den Nebenraum zu werfen, riß Sofie den Kopf hoch. »Edward!« rief sie warnend.

Er blieb stehen. Sie war aschfahl geworden. »Ist mir der Zutritt zu diesem Raum verboten?« scherzte er.

Sofie schien die Stimme verloren zu haben.

Edwards Interesse war geweckt. Sofie suchte schon wieder etwas vor ihm zu verbergen. »Was ist in dem Nebenraum, Sofie?«

Sie öffnete den Mund, ohne ein Wort hervorzubringen. Schließlich krächzte sie: »Das ... das habe ich erst vor kurzem gemalt.«

Edward konnte nicht widerstehen und ging entschlossen weiter. Er hörte, wie sie nach Luft schnappte. An der Schwelle zum Nebenraum blieb er stehen, wie von einem Faustschlag getroffen.

Er blickte in ihren eigentlichen Arbeitsraum, klein und sehr hell. Die gesamte Nordfront bestand aus Fenstern, die vom Boden bis zur Decke reichten. Der Raum war leer bis auf ein Porträt auf einer Staffelei sowie Hocker und Tisch, auf denen Farbtuben, Paletten und Pinsel in allen Größen und Ausführungen lagen. Es roch nach Ölfarbe, Terpentin und Leinöl.

»Gütiger Himmel«, entfuhr es ihm. *Sie hat mich gemalt.*

Und wie sie ihn gemalt hatte. Die Leinwand pulsierte geradezu vor Spannung und Farbe. Edward glaubte beinahe, seine Gestalt würde aus der Leinwand treten. »Sehe ich wirklich so aus?« hörte er sich fragen.

Sofie blieb ihm die Antwort schuldig.

Er trat näher. Dieses Gemälde strahlte noch mehr Kraft und Leidenschaft aus als alle bisherigen. Edward war wie benommen. Innerlich jauchzte er jedoch. Er wandte sich zu ihr um, doch sie mied seinen Blick. Sie war bis unter die Haarwurzeln errötet.

Edward studierte das Porträt. Sofie schien das Bild in wilder Besessenheit gemalt zu haben; ihr Strich war kürzer, kräftiger, drängender, die Farben leuchtend, lebendig, kühn nebeneinandergesetzt, der Hintergrund impressionistisch verschwommen, eine Komposition aus sanften Regenbogentönen mit weichen purpurfarbenen Schatten; das helle Gelb der Figur dominierte. Das Bild strahlte Heiterkeit, Unbekümmertheit und Lebenskraft aus. Es war fröhlich und hoffnungsvoll. Sofie hatte ihn als Held porträtiert, nicht als der zwiespältige, fehlerhafte Mann, als den er sich sah.

»Sagen Sie etwas«, hörte er Sofies bange Stimme.

Edward drehte sich um, aber er fand keine Worte. »Ich bin kein gottverdammter Held«, sagte er schließlich.

Sie hob den Blick. »Ich habe Sie porträtiert, wie ich Sie in Erinnerung hatte.«

Er wandte sich wieder der Leinwand zu, studierte das Bild eingehend und fragte sich, ob in seinen Augen tatsächlich dieses verwegene, amüsierte und wissende Funkeln lag. Nein, er sah nicht so gut aus, war nicht so lässig elegant, wie sie ihn dargestellt hatte.

Und schließlich dämmerte ihm etwas. Um ihn so zu porträtieren, wie sie es getan hatte, müßte sie eigentlich in ihn verliebt sein.

Langsam drehte er sich um und sah sie an, sein Blut geriet gefährlich in Wallung. Durfte er ihre Verliebtheit zulassen, ohne befürchten zu müssen, daß aus einer harmlosen Jungmädchenschwärmerei eine tiefere Empfindung erwuchs?

»Sie starren mich an«, stellte sie fest. »Sind Sie schockiert?«

Edward konnte zunächst nicht sprechen. Er war entsetzt über seine abwegigen Gedanken. Ja, er war schockiert, aber nicht über sie, sondern über sich selbst. »Ja.«

Sofie wandte sich ab. »Das dachte ich mir.«

Er berührte ihren Arm. »Sofie ... ich bin schockiert, aber nicht so, wie Sie denken.« Ihre Blicke hefteten sich ineinander. Er spürte ihren Arm unter seiner Hand, ihre Nähe, sah ihre leicht geöffneten Lippen. Und er war sich des heftigen Pulsierens zwischen seinen Schenkeln bewußt. »Ich fühle mich geschmeichelt, Sofie«, sagte er mit dunkler Stimme.

Sofie sah ihn unverwandt an.

Edward suchte nach passenden Worten. »Ich bin schockiert, besser gesagt erschrocken, weil ich nicht erwartet habe, mein Porträt hier zu sehen. Und ich bin fasziniert, weil es so verdammt gut ist. Das sehe ich, auch wenn ich kein Kunstkenner bin.«

Sofies Busen hob und senkte sich, sie hielt seinem Blick immer noch stand.

Edward spürte die knisternde Hitze zwischen ihnen. »Sie haben das Bild gerade erst fertiggestellt?«

»Ja, heute morgen.«

»Sie haben dieses Porträt letzte Nacht gemalt?«

»Ja.« Ihre Stimme klang gepreßt, beinahe atemlos. »Normalerweise brauche ich mehrere Tage, manchmal auch ein paar Wochen, um ein Ölbild zu malen, doch mit Ihrem Porträt fing ich gestern abend an ... und war im Morgengrauen damit fertig.«

Edward legte ihr die Hände auf die Schultern. Sofie erschauerte, ohne den Versuch zu machen, ihn abzuschütteln.

»Sofie«, flüsterte er heiser. »Ich fühle mich mehr als geschmeichelt.«

Ihre Lippen öffneten sich, als er sie langsam in seine Arme zog. »Edward«, hauchte sie.

Er lächelte sie an, sein Puls raste, er ließ die Hände über ihren schmalen Rücken gleiten. Sie keuchte, als sie seine harte Männlichkeit spürte. Seine Hände glitten tiefer, umfingen ihre Hüften knapp über der Rundung ihres Gesäßes. »Entspannen Sie sich«, flüsterte er und neigte den Kopf. »Ich werde Sie küssen, Sofie, und ich möchte, daß Sie sich entspannen und es genießen.«

Ein gepeinigter Laut entfuhr ihr. In ihren Augen las er

Verlangen und Angst zugleich. »Ich bin mir nicht sicher«, stieß sie hervor. »Ich habe mich noch nicht wirklich dazu entschlossen.«

Edward wußte nicht, was sie damit sagen wollte, und es kümmerte ihn nicht, nicht jetzt. Nicht in diesem Augenblick, da Sofie sich an ihn schmiegte, ihre Hände das Revers seines Jacketts umklammerten. Er spürte ihren weichen Busen an seiner Brust, sein Phallus wurde noch steifer und reckte sich begehrlich an ihren weichen, warmen Leib. Die Hitze zwischen ihnen war fiebernd heiß.

»Für dich, Sofie, nur für dich«, murmelte er, und sein Mund strich über ihre Wange. Dann berührte er ihre Lippen, weich und sanft, und plötzlich steigerte sich die Zärtlichkeit in wilde Lust.

Die Leidenschaft explodierte so mächtig in ihm, daß Edward sich nicht mehr beherrschen konnte. Sein Mund nahm sie. Ihr hilfloser Schrei wurde von seiner Zunge erstickt, die sich in ihre Mundhöhle drängte. Ein Gefühl durchströmte ihn, als sei er endlich im Paradies angelangt. Er küßte sie wild und tief, stillte eine Sehnsucht, die seit Tagen an ihm zehrte.

Der Kuß währte lange, ihre Zungen verschlangen sich ineinander; seine mächtigen, harten Lenden pochten heiß an ihren. Edward erkundete die süße, nasse Weichheit ihres Mundes, wollte ihr mit der Zunge zeigen, welche Wonnen er ihr mit seiner Männlichkeit bereiten könnte. Sofies Zunge umflatterte zart die seine. Edward stöhnte tief, seine Hände umfingen ihre Gesäßbacken, hoben sie hoch und drückten sie an seine Erektion. Er fürchtete, sie könne über seine kühne Attacke erschrecken und ihn zurückweisen. Doch Sofie ließ ihn gewähren und öffnete den Mund noch weiter für seine Zunge. Wimmernde Laute entrangen sich ihr.

Edward begann die Hüften an ihr zu kreisen, er war gefährlich nah daran, die Beherrschung zu verlieren. Seine Hände tasteten über ihr Gesäß weiter nach unten.

Er schloß die Augen, genoß die verbotenen Wonnen des wilden Zungenkusses, gab sich der süßen Pein hin, die ihn durchflutete, sie in den Armen zu halten, während sein

Phallus an ihrem Fleisch pulste. Sofie keuchte. Ihre Hingabe steigerte seine Erregung; er sehnte sich danach, ihr verzücktes Stöhnen in der Ekstase zu hören. Doch er durfte nicht wagen, die Zärtlichkeiten noch länger hinzuziehen, er durfte sich keinen Schritt weiter wagen, sonst gäbe es kein Zurück.

Er könnte sich nie verzeihen, die unschuldige Sofie zu verführen.

Stöhnend löste Edward seinen Mund von ihrem, zwang sich, die Augen zu öffnen. Ihre Schenkel preßten sich immer noch an ihn. Es kostete ihn große Mühe, seinen Körper von ihr zu lösen und Abstand zwischen ihren erhitzten, fiebernden Leibern zu halten. Verwirrt schlug auch Sofie die Augen auf, und er sah ihre verschwommenen, riesigen Pupillen.

Noch nie in seinem Leben hatte Edward sich dem sinnlichen Drängen seiner Lust enthalten. Aber er hatte sich auch noch nie auf ein solches Spiel eingelassen. Er schluckte schwer, dann löste er sich endgültig von ihr, lehnte die Stirn gegen die kühle Wand, achtete nicht auf Sofies kleinen verzweifelten Aufschrei.

Es dauerte lange, ehe er sich bewegen konnte. Unterdessen hatte Sofie sich einen weiteren Schritt von ihm entfernt. Edward richtete sich auf. Sofie stand mit dem Rücken zu ihm, die Arme über der Brust verschränkt.

»Sofie?«

Sie straffte die Schultern, dann drehte sie sich langsam um.

Er hatte befürchtet, sie wütend zu sehen, doch in ihrem Gesicht las er keine Spur von Zorn. Sie wirkte bemerkenswert gefaßt. Er kannte sie gut genug, um zu wissen, daß sie ihre Würde wie einen schützenden Umhang trug – um ihr wahres Selbst dahinter zu verbergen.

Er lächelte schuldbewußt. »Wenn Sie mir sagen, daß ich ein Schurke bin, Sofie, mache ich Ihnen keinen Vorwurf daraus.«

Sie suchte seinen Blick. Ihre Lippen waren geschwollen. »Sind Sie ein Schurke, Edward?«

Sein Lächeln schwand. »Weil ich Ihnen einen Kuß geraubt habe? Ja, zweifellos.«

Sie befeuchtete ihre Lippen, und nun erkannte er, daß sie ebenso verwirrt und aufgewühlt war wie er. »Es ... es macht mir nichts aus.«

»Heißt das, ich dürfte mir eine solche Freiheit ein zweites Mal herausnehmen?« fragte er verdutzt.

Sie zögerte, immer noch die Arme vor der Brust verschränkt. »Ja.«

»Sofie.« Er trat einen Schritt vor und blieb erschrocken stehen. »Sofie ... Sie dürfen niemals *irgendeinem* Mann gestatten, Sie auf diese Weise zu küssen! Nicht einmal mir!«

Sie schwieg, sah ihn nur unverwandt an.

Er versuchte sich zu beruhigen. »Ich wollte nicht so weit gehen«, sagte er schuldbewußt.

»Was wollten Sie dann?«

»Nur einen Kuß, einen kleinen, süßen Kuß.«

Ihr Busen wogte.

»Sofie?«

»Edward, ich glaube, ich muß Ihnen eine Frage stellen.« Ihr Gesicht wurde abwechselnd blaß und rot. »Was sind Ihre Absichten?«

Er durfte ihr die Wahrheit nicht gestehen! Er würde sie damit erzürnen, sie würde ihn abweisen und aus dem Haus werfen. Also lächelte er tapfer. »Meine Absicht ist, Ihnen ein guter Freund zu sein, Sofie. Ein aufrichtiger Freund – ein Freund, den Sie nicht vergessen werden.«

Kapitel 10

Eine Dame trank nicht, abgesehen von einem gelegentlichen Glas Wein zum Dinner und hinterher vielleicht einem Schlückchen Port. Keinesfalls trank sie bereits zum Lunch köstlichen französischen Wein. Sofie beobachtete den Kellner, der im Begriff war, Chablis in ihr Weinglas einzuschenken. »Für mich bitte nicht.«

Edward lächelte ihr über den runden Tisch hinweg zu. »Sie dürfen nicht ablehnen«, sagte er bestimmt und zärtlich zugleich. »Nicht heute.«

Sofie kam sich vor wie in einem Traum. Sie saß im vornehmsten Restaurant der Stadt, umgeben von schönen, elegant gekleideten Damen in Begleitung weltgewandter, attraktiver Herren in dunklen Anzügen oder lässig eleganten Leinenjacketts. Und keiner der Herren sah so blendend aus wie ihr Begleiter.

Es erschien Sofie wie ein Märchen, im berühmten *Delmonico's* mit dem schönsten Mann New Yorks zu sitzen. Und doch war es so. Ebenso märchenhaft erschienen ihr die Ereignisse dieses Tages. Edward hatte darauf bestanden, ihre Bilder zu sehen, und sie hatten ihm nicht nur gefallen, er hielt sie sogar für begabt – das hatte er jedenfalls behauptet.

Später hatte er sie geküßt, so wie er Hilary geküßt hatte, in wilder, entfesselter Leidenschaft. Er hatte sie mit offenem Mund geküßt, so wie sie es sich heimlich erträumt hatte, und der Kuß hatte ihr Wonnen bereitet, die sie nicht einmal im Traum für möglich gehalten hätte.

Er war ein Herzensbrecher, daran gab es keinen Zweifel. Er wollte sie verführen. Und Sofie hatte beschlossen, sein williges Opfer zu sein.

Sofie nickte stumm und beobachtete, wie der Ober ihr Glas mit goldgelbem Chablis füllte.

Edward lächelte, seine Grübchen vertieften sich. »So ist es gut, Sofie.«

Ein Schauder durchrieselte sie, eine Mischung aus Angst, Erregung und Leidenschaft – aber sie durfte sich nicht in ihn verlieben. Niemals. Sofie war keine Närrin. Eine Affäre mit ihm versprach himmlisch zu werden, das hoffte sie zumindest, obgleich sie keinerlei Erfahrung hatte und sich nicht mit anderen Frauen, die er besessen hatte, messen konnte. Dennoch würde ihre Affäre wunderbar sein. Sie, die häßliche, hinkende, exzentrische Sofie O'Neil, würde erleben, was Leidenschaft bedeutete. Nie hätte sie gedacht, daß sich ihr diese Chance bieten würde – noch dazu mit Edward Delanza! Ihre Beziehung würde unweigerlich enden, vermutlich früher, als ihr lieb war. Das mußte sie sich vor Augen halten, mußte darauf gefaßt sein, noch ehe ihre Beziehung begann. Sie durfte nicht zulassen, daß sie sich in ihn verliebte, was immer auch geschehen mochte.

Hastig nippte Sofie am Weinglas. Der kühle, sonnengereifte Wein breitete sich wie flüssige Seide in ihrem Mund aus.

»Gut?« fragte Edward, der sie beobachtete.

»Köstlich«, antwortete sie lächelnd.

Während Edward ein mehrgängiges Menü bestellte, ließ Sofie ihre Blicke schweifen. Sie saß mit Edward Delanza an einem Fenstertisch im ersten Stock des Luxusrestaurants und genoß freie Sicht auf die Fifth Avenue und den Park am Madison Square. Paare spazierten unter Bäumen die Kieswege entlang, die Damen schützten ihre vornehme Blässe mit zierlichen, spitzenverzierten Sonnenschirmen, die Herren trugen kecke Kreissägen oder konservative Filzhüte. Im azurblauen Himmel schwebten weiße Wolken wie aus Watte.

Die Damen im Restaurant trugen kostbare farbenfrohe Kleider, die gewagten Dekolletés juwelengeschmückt, die Herren vorwiegend Grau. Die Tische waren mit weißem Damast bedeckt, Kristallgläser funkelten mit den Silberplatten und Schalen um die Wette. Die Mitte der Tische zierten frische Sommerblumen in Kristallvasen.

»Wer soll das denn bitte essen?« fragte Sofie, nachdem der Ober sich mit der Bestellung entfernt hatte.

»Wir müssen nicht alles aufessen«, meinte Edward lächelnd und senkte die Stimme. »Heute soll alles perfekt sein für Sie, Sofie.«

Sie spielte nervös mit der Silbergabel, dann hob sie den Blick. »Es ist alles perfekt, Edward«, flüsterte sie und nippte erneut an ihrem Glas. Ihr Puls hämmerte. Edward setzte seine im Atelier begonnene Verführung eindeutig fort. Sofie wußte, daß sie keinen Grund hatte, nervös zu sein. Edward war gewiß ein sanfter, erfahrener Liebhaber. Wohin würde er sie nach dem Lunch bringen? In ein verstecktes Liebesnest? In Sofies Kopf schienen Funken zu sprühen bei dem sündigen Gedanken, das Blut rauschte in ihren Schläfen.

»Warum sind Sie gegen die Ehe eingestellt?« fragte Edward unvermittelt.

Sofie ließ beinahe die Serviette fallen. »Wie bitte?«

Er wiederholte seine Frage.

Sofie sah ihn entgeistert an. »Eine höchst seltsame Frage, die Sie mir ausgerechnet in diesem Augenblick stellen.«

»Wieso? Als wir uns kennenlernten, erklärten Sie, nicht die Absicht zu haben, sich je zu verheiraten.« Edwards Augen leuchteten belustigt. »Das fand ich höchst seltsam.«

Sofie blickte in seine funkelnden Augen. Sie hatte ihm gleich zu Beginn ihrer Bekanntschaft erklärt, daß sie nicht zu heiraten beabsichtige, daran erinnerte sie sich genau. Und bei Gott, sie hatte keine Erklärung dafür, was sie dazu getrieben hatte, einem völlig Fremden dieses Geständnis zu machen. Sofie ahnte, wieso er ausgerechnet jetzt davon anfing. Er war kein ehrloser Schurke. Er wollte sich vergewissern, daß sie ihm ihre kostbare Jungfräulichkeit nicht opferte, falls sie für einen künftigen Ehemann bewahrt werden sollte. Sofie brachte ein Lächeln zustande. »Edward, muß ich Sie daran erinnern, daß ich keine Verehrer habe, die ständig an meine Tür klopfen?«

Edward beugte sich vor. »Sie wollen also unverheiratet bleiben, nur weil Sie glauben, Sie könnten keinen Verehrer haben?«

Sofie errötete, und ihre Augen blitzten. »Das ist nicht der einzige Grund.«

»Ach wirklich?«

»Ja. Ich gehe völlig in meiner Arbeit auf. Kein Mann würde Gefallen daran finden, wenn seine Frau den ganzen Tag, gelegentlich auch die ganz Nacht im Atelier an der Staffelei verbringt. Das wissen Sie genau. Ehefrauen haben die Aufgabe, einen Haushalt zu führen und Kinder großzuziehen, Edward.«

»Mögen Sie keine Kinder?«

Sofie hob das Kinn. »Ich werde keine Kinder haben, weil ich nicht heiraten werde. So einfach ist das.«

»Und Sie haben keinen Zweifel, daß dies die richtige Entscheidung für Sie ist?«

Niemals würde sie ihm gestehen, daß sie gelegentlich Zweifel plagten. Es gab Momente, in denen Sie sich danach sehnte, was für andere Frauen eine naturgegebene Selbstverständlichkeit schien – nach Heim und Familie. Sie weigerte sich, darüber nachzudenken. »Nein, keinen.«

Sein skeptischer Blick sagte ihr, daß er ihr nicht glaubte, und das machte sie verlegen. Sie konnte ihm nicht anvertrauen, daß sie ihre Pläne über Bord werfen würde, wenn sie einem Mann begegnen würde, der sie liebte und den sie liebte. Sofie wußte genau, daß kein Mann sie attraktiv fand, weil sie hinkte, ganz zu schweigen von der Tatsache, daß sie Künstlerin war. Das waren nüchterne Fakten, an denen es nichts zu rütteln gab.

»Vielleicht werden Sie eines Tages Ihre Meinung ändern«, meinte Edward gedehnt, ohne den Blick von ihr zu wenden. »Wenn Sie den richtigen Mann kennenlernen.«

Sofie zwang sich, ihm kühl in die Augen zu sehen. In ihrem Kopf hallte eine laute, ungebetene Stimme: *Ich habe den richtigen Mann getroffen.* Sofie war entsetzt über ihre törichten Gedanken, sie fürchtete, sich in ihn verliebt zu haben. Nein, das durfte nicht geschehen. Niemals.

»Wieso haben Sie Tränen in den Augen?« fragte Edward leise und legte seine Hand auf die ihre.

Sofie entzog sie ihm hastig. »Unsinn. Ein Stäubchen, weiter nichts. Edward, dieses Gespräch ist absurd. Ich habe keine Verehrer und werde nie welche haben. Mich will kein

Mann heiraten, und wir beide kennen den Grund. Lassen Sie uns das Thema wechseln.«

»Nein, Sofie«, widersprach Edward. »Vielleicht glauben Sie den Grund zu kennen. Mich können Sie allerdings nicht davon überzeugen.«

Nun beugte sie sich vor. »Wollen Sie mich etwa ermuntern, mich auf den Heiratsmarkt zu begeben?« fragte sie spitz.

Er sah ihr in die Augen. »Ich denke, das sollten Sie eines Tages tun – wenn Sie dazu bereit sind.«

Sofie legte den Kopf zur Seite und lächelte. »Ich ziehe in Erwägung zu heiraten, wenn Sie es tun, Edward.«

Edward räusperte sich.

Eine Welle des Triumphs durchströmte sie. »Tja, Sie haben sich in meine privaten Angelegenheiten gemischt – sagen Sie mir also bitte nicht, ich sei zu weit gegangen.«

Seine Mundwinkel zogen sich zu einem dünnen Lächeln hoch. »Touché.«

Sofie setzte eine gespielt sachliche Miene auf. »Edward, seien Sie doch ehrlich. Wir beide wissen, daß Sie sich in der Rolle des Herzensbrechers gefallen. Aber eines Tages werden Sie sich gewiß mit Heiratsabsichten tragen. Jeder Mann sehnt sich nach einer hübschen Frau, die ihm ein gemütliches Heim bereitet und nette Kinder großzieht.

Edwards Lächeln schwand. »Ich bin eine Ausnahme.«

»Ist das Ihr Ernst?« fragte Sofie ehrlich erstaunt.

Er nickte.

»Wieso?«

Seine langen, eleganten Finger drehten am Stiel des Weinglases. »Ich habe viel erlebt, Sofie. Das Leben ist kein Rosengarten, eher ein Dornenpfad.«

»Das klingt sehr zynisch.«

Sein Blick war düster geworden. »Sie wären entsetzt, wenn Sie wüßten, wie viele verheiratete Frauen mit mir flirten und versuchen, mich in ihr Bett zu locken.«

»Gewiß gibt es verheiratete Frauen ohne Moral. Aber es gibt auch treulose Ehemänner.«

»Ja. Ich habe festgestellt, daß Treue ein Begriff ist, der in Wahrheit gar nicht existiert.«

Sofie stockte der Atem. »Edward, Sie scherzen. Wollen Sie damit sagen, Sie heiraten nicht, weil Sie es nicht ertragen würden, wenn Ihre Frau Ihnen untreu wäre?«

Sein Lächeln war wie ein dunkler Schatten. »Ich scherze nicht ... leider. Ich glaube nicht an die Liebe, denn ich habe nur Lust kennengelernt. Im übrigen könnte ich es tatsächlich nicht ertragen, wenn meine Frau mich betrügen würde. Ich fürchte, tief in mir schlummern altmodische Moralbegriffe. Hinzu kommt, daß ich meine eigene Treulosigkeit ebenso verwerflich finde, gegen die ich als verheirateter Mann keineswegs gefeit wäre.«

Sofie schwieg. Entweder war Edward ein sehr romantischer oder ein tief enttäuschter, desillusionierter Mann. Möglicherweise eine Mischung aus beidem.

Sie saßen bei einer Tasse Mokka. Das Lokal hatte sich beinahe geleert ... Nur das Paar am Fenstertisch machte keine Anstalten zu gehen.

»Es war wunderbar, Edward«, sagte Sofie verträumt. Sie hatte mehr Wein getrunken, als sie hätte trinken dürfen. Ihre Nervosität zu Beginn des Lunchs hatte sich gelegt und war einer süßen, prickelnden Erwartung gewichen.

»Das freut mich.« Er sah sie zärtlich an. »Sofie, haben Sie je versucht, Ihre Bilder in einer Galerie auszustellen und zu verkaufen?«

Sie bekam große Augen. »Nein.«

»Warum nicht?« fragte er leichthin. »Haben Sie nie mit dem Gedanken gespielt?«

»Selbstverständlich denke ich daran. Es ist mein Ziel, den Beruf einer Malerin zu ergreifen. Aber ... ich bin noch nicht soweit.«

»Ich finde, Sie sind längst dazu in der Lage.«

Sofie blickte in seine strahlend blauen Augen und hielt die Hände im Schoß verschränkt. Sie schwieg.

»Soll ich mich umhören ... bei Galerien und Kunsthändlern nachfragen? Vielleicht einen Termin zur Besichtigung vereinbaren?«

Sofie zitterte. Sie war noch nicht soweit, das wußte sie.

»Ich kenne alle guten Galerien der Stadt«, hörte sie sich sagen.

»Sie haben Angst.«

»Ja.«

»Das ist unnötig. Mit Sicherheit werden Sie irgendwann auf Ablehnung stoßen. Das gehört zum Leben. Viele große Künstler stoßen zu Beginn ihrer Karriere auf Unverständnis und Ablehnung.«

Edward hatte recht. Sofie hatte trotzdem Angst. Andererseits erschien es ihr wunderbar, sich Edwards Führung anzuvertrauen. »Ich weiß nicht.«

»Lassen Sie mich mit einem Galeristen sprechen«, drängte er.

In ihre Angst mischte sich wachsende Spannung und Erwartung. »Ich weiß nicht«, wiederholte sie.

»Sie sollten sich nicht länger verstecken, Sofie«, fuhr Edward fort. »Malen Sie, wonach Ihnen der Sinn steht. Zeigen Sie Ihre Bilder der Öffentlichkeit. Stellen Sie aus. Riskieren Sie Zurückweisung. Tragen Sie schöne Kleider, verändern Sie Ihre Frisur. Gehen Sie auf Bälle und zu Pferderennen. Zeigen Sie sich den Männern, wie Sie wirklich sind.«

Sofie blieb der Mund offenstehen.

Er lächelte.

»Was hat meine Kleidung, was haben Männer mit meiner Malerei zu tun?« fragte sie bebend vor Entrüstung.

»Eine Menge, denke ich«, antwortete er sinnend.

»Nein«, entgegnete sie trotzig. Dennoch lag in seinen Worten ein gewisser Reiz. Wenn sie ehrlich war, fühlte sie sich nicht mehr so häßlich, verkrüppelt und exzentrisch wie sonst. Heute hatte es Momente gegeben, in denen sie sich unbeschwert, hübsch und begehrenswert vorgekommen war. Ja, sie hätte gern ein elegantes Kleid und eine kunstvoll hochgesteckte Frisur getragen. Sie konnte sich sogar vorstellen, einen Ball zu besuchen, umgeben von Verehrern – an Edwards Seite.

Sofie schob den absurden Gedanken beiseite. »Ich verstecke mich nicht.«

»Tatsächlich?« fragte er spöttisch.

Sofie zwang sich, ihn anzusehen. »Wenn ich mich tatsächlich verstecken würde, dann säße ich wohl kaum mit Ihnen hier.«

Edward nahm die Herausforderung an und beugte sich über den Tisch. Seine Augen waren dunkel. »Vor mir können Sie sich nicht verstecken, Sofie. Egal, was Sie auch anstellen.«

»Sie ... drohen mir?«

»Nein. Ich bin Ihr Beschützer, Sofie. Vergessen Sie das nicht.«

Ein Prickeln durchrieselte sie.

»Wenn Sie kein Risiko eingehen, werden Sie auch nicht Erfolg haben«, fügte Edward kategorisch hinzu.

Sofie dachte an das Risiko, das sie einzugehen bereit war, wenn sie seine Geliebte wurde. Damit würde sie zur Frau werden.

Er berührte ihre Hand. »Sie haben sich bereits Risiken ausgesetzt, großen Risiken – und wissen gar nichts davon. Im Grunde sind Sie eine Abenteuerin, Sofie. Dies wird nur ein weiteres Abenteuer in Ihrem Leben sein. Nie zuvor war ich mir einer Sache so sicher.«

Tränen stiegen ihr in die Augen. So hatte noch kein Mensch mit ihr gesprochen. »Einverstanden.«

Edward lehnte sich zurück, zufrieden lächelnd und entspannt.

So wollte sie ihn malen, schoß es Sofie durch den Kopf, entspannt im Stuhl zurückgelehnt im berühmten *Delmonico's*. Ihr Herz hämmerte, sie vergaß ihre Ängste. »Edward«, platzte sie heraus. »Tun Sie mir einen großen Gefallen?«

Er sah sie aufmerksam an. »Aber gern. Welchen denn?«

Ihr Herz hämmerte noch schneller. »Wollen Sie mir Modell sitzen?«

Kapitel 11

Newport Beach

Suzanne wanderte rastlos in ihrem Schlafzimmer auf und ab, blieb am hohen Fenster stehen und blickte über die Terrasse auf den mondhellen Ozean. Der Ausblick war ihr vertraut, doch sie sah die silbrigen Schaumkronen auf den schwarzen Wogen nicht, die träge an den Strand rollten. So versunken in Gedanken war sie, daß sie das Klopfen nicht hörte. Als Benjamin leise ihren Namen von der Tür her rief, erschrak sie.

Er trug einen seidenen Hausmantel über dem Pyjama. »Suzanne?«

Sie wußte, warum er gekommen war. Sie hatte Benjamin nicht aus Liebe geheiratet und hatte nie eine leidenschaftliche Beziehung erwartet. In den zehn Jahren ihrer Ehe hatte er ihr selten Anlaß zu Klagen gegeben, und es störte sie nicht, wenn er gelegentlich zu ihr ins Bett schlüpfte. Sie würde ihn niemals abweisen oder ihn ihre Gleichgültigkeit spüren lassen. Sie lächelte. »Komm herein, Benjamin.«

Er schloß die Tür hinter sich. »Du machst dir Sorgen, meine Liebe. Aus welchem Grund?«

Suzanne ließ sich seufzend auf das Fußende des Baldachinbettes nieder, dessen Überwurf in Gold und Gelb mit roten Farbtupfern schimmerte. »Ich weiß nicht recht, ob Sofie allein in der Stadt sein sollte.«

Benjamin setzte sich neben sie, sein Knie streifte ihren Schenkel. »Aber wieso denn nicht? Sofie ist erwachsen und vernünftig. Ist etwas geschehen, wovon ich nichts weiß?«

Suzanne lächelte. Benjamin war kein Mann, der lodernde Leidenschaft in einer Frau zu wecken vermochte, aber er war ein liebenswerter, herzensguter Mensch. Man mußte ihn kennen, um seine standhafte Treue zu schätzen. »Nein«, sagte Suzanne und dachte an Edward Delanza. Gestern hatte sie Hilary gesehen, die einen gereizten, nervösen Eindruck machte. Suzanne hatte bald den Grund erfahren. Edward war nicht bei ihr im Sommerhaus, sondern hielt sich in der Stadt auf. Der Gedanke machte Suzanne angst. »Ich finde, Sofie sollte in diesem Sommer noch einmal nach Newport kommen. Sie braucht Erholung.«

»Aber Liebling. Sofie ist erwachsen, intelligent und vernünftig. Außerdem ist sie besessen von ihrer Malerei. Laß sie zufrieden. In ein paar Wochen sind auch wir wieder in New York.«

Suzanne seufzte. »Ja, wahrscheinlich hast du recht«, räumte sie ein, ohne beruhigt zu sein. Sie hatte einen sechsten Sinn, und was der ihr sagte, gefiel ihr nicht. Sie hatte nichts von Mrs. Murdock gehört, der sie vor Wochen strikte Anweisung erteilt hatte, ihr umgehend Bescheid zu geben, falls Edward Delanza ihrer Tochter seine Aufwartung machen sollte. Das hätte genügen müssen, um Suzannes Unruhe zu beschwichtigen, aber das war nicht der Fall.

Benjamin tätschelte ihre Hand, stand auf und löschte die Lichter. Suzanne streifte ihr türkisfarbenes Negligé ab und schlüpfte im hauchdünnen Nachthemd unter die Decke. Benjamin zog sie an sich. Suzanne schloß die Augen, als seine Hand sich über ihre Brust tastete, sein Daumen ihre Brustknospe umkreiste, bis sie sich aufrichtete.

Suzanne ließ ihn gewähren. Wie immer, wenn Benjamin sich ihr zärtlich näherte, begann sie an Jake zu denken und sah ihn so lebhaft vor sich, als stünde er tatsächlich im Zimmer: groß, breitschultrig, mit schmalen Hüften, goldbraun und unendlich sinnlich. Zur Hölle mit ihm! Wenn er nur nicht so dumm gewesen wäre zu fliehen, wäre er wenigstens noch am Leben; im Gefängnis, aber am Leben. Suzanne malte sich aus, wie sie ihn im Gefängnis besuchte. Sie sah sich im schlichten grauen Kostüm, von Wärtern begleitet, endlos lange, schwach erleuchtete Flure entlanggehen, vorbei an Gefängniszellen, aus denen Männer sie mit hungrigen Blicken verschlangen und ihr Obszönitäten nachriefen.

Und Jake würde warten, für sie bereit. Jake war immer bereit, wenn es um die Liebe ging.

Suzanne stöhnte, nun war sie erregt. Sie sah Jake hinter Eisenstäben in Sträflingskleidung und wußte, daß er bereits erregt war in Erwartung des bevorstehenden Liebesaktes.

Benjamin legte sich auf sie, und Suzanne schlang die Arme um ihn, spreizte die Beine. Sie fieberte, war naß und offen.

Die Zellentür war unverriegelt. Der Wärter grinste lüstern und wissend. Aus den anderen Zellen johlten die Männer und schrien Zoten. Suzanne betrat die Zelle, gefangen von Jakes glühendem, goldenem Blick. Hinter ihr fiel die Tür zu, der Riegel wurde vorgeschoben. Jake stieß sich von der Wand ab, seine Erektion drängte sich deutlich sichtbar an den dünnen Baumwollstoff seiner Hose. Er zog die Mundwinkel hoch und krümmte den Mittelfinger. Suzanne eilte auf ihn zu. Er drückte sie gegen die Wand, riß ihr die Röcke hoch und pfählte sie, heiß und hart, beinahe schmerzlich.

Suzanne schrie auf. Benjamin bewegte sich in ihr, und sie kam in einem gleißenden Licht und loderndem Feuer.

Kurze Zeit später schlug sie die Augen auf und starrte an die Zimmerdecke. Benjamin küßte sie auf die Wange. »Danke, Liebes«, murmelte er und rollte sich auf seine Seite des Bettes, den Rücken ihr zugewandt. In den Nächten, in denen er zu ihr kam, blieb er stets bis zum Morgen, was Suzanne nicht weiter störte, denn er schlief tief und rührte sie nicht wieder an.

Suzanne verzehrte sich vor Verlangen. Ihre Vagina pochte immer noch, doch es war mehr als das. Tränen brannten ihr in den Augen, das Herz war ihr schwer. Sie haßte Jake, sie vermißte ihn, sie brauchte ihn. Es verging keine einzige Nacht, in der sie sich nicht nach ihm verzehrte, doch die Nächte, in denen Benjamin zu ihr kam, waren die schlimmsten.

Zwangsläufig verglich sie Benjamin mit dem Mann, dem sie einst gehörte. Obschon die Vernunft ihr einhämmerte, wie unglücklich sie damals gewesen und wie zufrieden sie heute war, so erwies sich Vernunft als kalter Bettgenosse und Zufriedenheit nicht minder. Wenn Benjamin neben ihr lag, packte sie eine Sehnsucht, die ebenso hoffnungslos wie heftig war.

Suzanne rollte sich zur anderen Seite und drückte das Kopfkissen an sich. Es war nicht das erstemal, daß sie sich ausgemalt hatte, mit Jake zusammenzusein, während ihr Ehemann sich in ihr erleichterte. Seit jeher war Jake der dritte in ihrem Ehebett. Doch ihre Fantasie hatte nichts mit der Wirklichkeit zu tun. Das letztemal, als sie Jake gesehen hatte, war er im Gefängnis, und die Begegnung war völlig anders verlaufen als in ihrer Fantasie. Er hatte sie zurückgewiesen, hatte nichts mit ihr zu tun haben wollen. Suzanne liefen Tränen über die Wangen.

New York City, 1888

»Folgen Sie mir, Ma'am«, sagte der Wärter.

Suzanne trug ein schwarzes Kostüm, passend zu ihrer düsteren Stimmung; dazu einen schwarzen Hut mit Halbschleier und schwarze Handschuhe. Sie hielt sich ein weißes Spitzentüchlein unter die Nase gegen die üblen Gerüche nach Männerschweiß, Urin und Gefängniskost. Sie folgte dem Wärter hocherhobenen Hauptes und mit arroganter Miene, während sie innerlich kochte. Ihre hohen Hacken klickten laut auf den Steinfliesen. Der Wärter öffnete eine Tür zu einem kleinen Raum mit einem verschrammten Tisch und zwei Stühlen. Jake saß auf einem der Stühle, wirkte abgespannt und übernächtigt. Hinter ihm stand ein zweiter Wärter.

Der erste Wärter ließ Suzanne eintreten. Beide Aufseher trugen schwere, blauschwarz schimmernde Pistolen in Halftern, an ihren Gürteln hingen Schlagstöcke an Ketten befestigt.

Jake empfing Suzanne mit ausdruckslosem Gesicht. Suzanne starrte ihn finster an, dann drehte sie sich zu dem Wärter um, der sie zu ihrem Ehemann gebracht hatte. »Soll das heißen, wir können keine fünf Minuten alleine sein?« fuhr sie ihn an.

Die beiden Aufseher verließen wortlos den Raum. Suzanne wartete, bis die Tür hinter ihnen versperrt war, wußte aber, daß sie durch ein Guckloch in der Wand beobachtet wurden. Sie fuhr zu Jake herum. »Morgen liefern sie dich an England aus. Was soll ich nur tun?« jammerte sie verzweifelt.

Er sah sie gleichmütig an. »Wo ist Sofie?«

Suzanne erbleichte, dann ging sie mit geballten Fäusten auf ihn los. »Sofie! Sofie ist zu Hause, wo ein kleines Mädchen hingehört. Du elender Schurke!«

Er erhob sich und baute sich drohend vor ihr auf. »Ich wollte Sofie sehen, Suzanne, um mich von ihr zu verabschieden. Wieso hast du sie nicht mitgebracht?«

»Und was ist mit mir?!« schrie sie und begann auf ihn einzuschlagen. »Was ist mit mir, du Dreckskerl? Du sitzt im Gefängnis! Aber glaub bloß nicht, daß es für mich leicht ist, frei zu sein. Es ist schlimmer denn je! Die Leute weichen mir auf der Straße aus, kein Mensch grüßt mich!«

Jake machte keine Anstalten, ihren Schlägen auszuweichen, die ihn im Gesicht, an Schultern und Brust trafen, bis sie endlich keuchend von ihm abließ. »Man bringt dich nach England, und ich bin allein! Fahr zur Hölle, Jake!« schluchzte Suzanne.

Sein Mund wurde schmal, seine Augen verdunkelten sich, doch er sagte nichts.

Suzanne hatte plötzlich aufgehört zu weinen und sah ihm ins Gesicht. »Kümmert es dich eigentlich, was aus mir wird?«

Ein Muskelstrang in seinen Wangen bewegte sich. Er schwieg immer noch.

»Es war schlimm genug zu Beginn unserer Ehe. Mit deinem geschäftlichen Erfolg wurde das Leben endlich etwas besser. Nicht alle Türen öffneten sich, aber doch einige. Und jetzt sind alle wieder zugeworfen – alle!« Nun flossen ihre Tränen erneut.

»Du wirst es überleben, Suzanne«, sagte er schließlich kühl. »Und zwar nicht schlecht. Darauf verstehst du dich.«

Wieder versiegten ihre Tränen. »So wie ich die ersten erbärmlichen Jahre unserer Ehe in dieser Bruchbude überlebt habe, die du mir als Heim anzubieten gewagt hast?« stieß sie wutentbrannt hervor.

»Ja, so wie damals.« Seine Augen funkelten.

Sie dachte daran, wie sie schwanger und allein ihre Tage in der armseligen Hütte zugebracht hatte, während Jake tagein, tagaus arbeitete, als würde sie gar nicht existieren. Und sie dachte an die wenigen Stunden, die sie jeden Tag gemeinsam verbrachten, in blinder, entfesselter, animalischer Leidenschaft. Sie dachte an ihre erste Affäre, ihre zweite, ihre dritte. »Das war alles nur deine Schuld. Wage nur nicht, mir Vorwürfe zu machen.«

»Das hab' ich schon mal gehört.« Jakes Mund war ein schmaler Strich geworden. »Vielleicht hast du recht. Es tut mir leid. Es tut mir leid, daß du schwanger wurdest und daß ich dumm genug war, auf unserer Heirat zu bestehen.« Seine Stimme senkte sich. »Und es tut mir leid, daß ich mich weiterhin um dich bemüht habe, als jeder andere Mann es längst aufgegeben hätte.«

Suzanne war verdutzt. Er hatte sich noch nie zuvor entschuldigt. Für nichts. Zum erstenmal gestand er ihr seine Gefühle – Gefühle, die sie erregten und ihr Hoffnung gaben. »Jake.« Sie trat näher. »Ich kann es nicht ertragen.« Sie schlang die Arme um seinen Hals. »Mein Gott, ich kann es nicht ertragen! Vielleicht sperren sie dich dein ganzes Leben lang ein!«

Jake löste ihre Arme von seinen Schultern und schob Suzanne von sich. »Es hat sich nichts geändert«, knurrte er.

Sie sah zu ihm auf. »Aber ich liebe dich! Und ... du liebst mich. Das hast du doch eben gesagt!«

Er lächelte schief. »Wenn du mich liebst, Suzanne, dann hast du eine seltsame Art, es zu zeigen. Sag mir, wer hat dein Bett gestern nacht gewärmt? Und wer wird es heute nacht wärmen – und morgen und übermorgen?«

Suzanne straffte die Schultern. »Niemand«, antwortete sie gekränkt. Gestern nacht hatte sie tatsächlich allein geschlafen, und vermutlich würde sie auch heute nacht alleine bleiben. Wenn der Schuft aber glaubte, daß sie ihren schönen Körper welken ließ, während er im Gefängnis saß, so hatte er sich geirrt.

Jake lachte bitter. »Willst du mir weismachen, du seist

mir jetzt treu, obwohl du mir bisher nie treu warst? Soll ich dir etwa glauben, daß kein Mann deinen fiebernden Körper streichelt, während ich in den nächsten zehn oder fünfzehn Jahren im Gefängnis verrotte, bis ich begnadigt werde – wenn überhaupt?« Er war laut geworden.

»Wie kannst du so etwas von mir verlangen?!« kreischte Suzanne. »Du bist doch an allem schuld, von Anfang an!«

So plötzlich sein Zorn hochgekocht war, so plötzlich flaute er wieder ab. Eine dunkle Trauer huschte über Jakes Gesicht. »Genau. Natürlich. Alles ist meine Schuld. Wie immer.« Seine Miene verhärtete sich wieder. »Bring Sofie zu mir, Suzanne. Und zwar sofort.«

Suzanne spannte sich an. Wenn Jake nicht morgen aufs Schiff gebracht werden würde, hätte sie auf dem Absatz kehrtgemacht und ihn stehengelassen. Wie konnte er in diesem Augenblick Sofie vorziehen! In diesem Augenblick, in dem er nur an sie, seine Ehefrau denken müßte, in dem er *sie* um Vergebung bitten und ihr seine ewige Liebe schwören müßte. Zur Hölle mit ihm! Aber er wurde außer Landes geschafft, man würde ihn für sein Verbrechen verurteilen und in England ins Gefängnis werfen. Suzanne wußte nicht, wie lange es dauern würde, ehe sie ihn besuchen durfte; ob er je begnadigt werden würde; ob er je wieder nach Hause kommen würde. Plötzlich stieg Todesangst in ihr hoch, und ihre Wut flaute ab. Wenn es ein Abschied für immer war?

Der Gedanke jagte ihr Grauen ein.

Wenn sie nur die Vergangenheit verändern könnte.

Suzanne beschloß, ihn mit ihren Verführungskünsten zu beschwichtigen. Das hatte immer geklappt.

»Jake«, gurrte sie. »Ich bringe dir Sofie. Später. Ich verspreche es dir.«

Er sah sie an, reglos, skeptisch.

Ihre Finger streichelten sanft über seine Brust. »Ich liebe dich. Das weißt du. Sonst würde ich nicht all die Dinge mit dir tun, wenn wir im Bett sind.« Ihre Stimme war leise, schwül geworden. »Oder denkst du, ich tue diese Dinge auch mit anderen Männern?«

Jake lachte bitter. »Das weiß ich doch längst.«

Das Herz schlug ihr bis zum Hals. »Das ist nicht fair. Und es ist nicht wahr«, schmollte sie beleidigt. »Im übrigen hätte es nie einen anderen Mann gegeben, wenn du nicht so starrsinnig gewesen wärst.«

»Verschone mich mit diesem Blödsinn, Suzanne«, warnte er sie.

Die Drohung in seiner Stimme ließ sie schwellen und feucht werden. Suzanne lächelte verführerisch und berührte seine Schultern. Er zuckte zurück. Sie preßte ihr pulsierendes Fleisch an seine Lenden, woran die Wärter draußen vor dem Guckfenster vermutlich ihren Spaß hatten.

»Ich liebe dich. Ich habe dich immer geliebt«, flüsterte sie und rieb sich an ihm. Und sie wurde belohnt. Jakes Lenden wurden hart.

Sie triumphierte. »Du begehrst mich immer noch!«

»Ich sitze seit einem Monat im Gefängnis, Suzanne. Welche Reaktion erwartest du?« Er lachte ihr ins Gesicht und schob sie von sich. »Du liebst meinen Schwanz, Suzanne, nicht mich.«

Sie erbleichte.

»Geh!« Seine Augen blitzten zornig. »Und wenn du mir Sofie nicht heute noch bringst, wirst du es büßen müssen. Das schwöre ich dir. Ich finde Mittel und Wege, auch wenn ich im Gefängnis sitze.«

»Immer nur Sofie!« schrie sie gellend. »Ich hasse dich, Jake!« Dann machte sie auf dem Absatz kehrt, Tränen liefen ihr über die Wangen; sie war tief gedemütigt und wütend, und plötzlich war sie froh, daß er nach England gebracht wurde. Ja, richtig froh. Sie trommelte mit den Fäusten gegen die Tür, um hinausgelassen zu werden.

In dieser Nacht blieb sie zu Hause und konnte nicht schlafen. Aber sie war nicht allein.

Suzanne wischte sich die Tränen aus den Augen, sie haßte Jake wieder wie an jenem Tag, als er sie zurückgewiesen hatte. Sie hatte ihm Sofie nicht gebracht, um sich an ihm zu rächen. Suzanne bedauerte längst ihren törichten Stolz und ihren kindischen Wunsch, Jake zu verletzen und ihm einen letzten Besuch seiner Tochter verweigert zu haben. Zwei Jahre später war er aus dem englischen Gefängnis ausgebrochen und in den Flammen umgekommen. Weder sie noch Sofie hatten ihn je wiedergesehen.

Suzanne war reifer und klüger geworden. Heute würde sie vieles anders machen, wenn sie nur könnte. Sie hätte ihm Sofie ins Gefängnis bringen müssen. Ach, wäre sie damals nur erwachsen gewesen, nicht das selbstsüchtige, verhätschelte Kind, dann hätten Jake und sie sich wie Liebende getrennt und nicht im Zorn und voller Haß als Feinde.

Suzanne dachte an das Vermögen, das er Sofie hinterlassen hatte; das war seine Rache für ihr Verhalten an jenem letzten Tag. Und wieder stieg Zorn in ihr hoch, gegen alle Vernunft. Schließlich hatte Jake im Gefängnis sitzen und sterben müssen. Aber er hatte seine Drohung wahr gemacht. Er hatte sich an ihr gerächt, auch noch aus dem Gefängnis.

Suzanne schloß die Augen. Wenn sie an Sofies Vermögen dachte, regte sich ihr Gewissen, da sie gelegentlich nicht geringe Summen für Garderobe und Schmuck abzweigte.

Hinzu kam, daß Suzanne zweihunderttausend Dollar von Sofies Erbe auf ihr eigenes Privatkonto hatte übertragen lassen. Es war noch genügend Geld für Sofie da, und im übrigen brauchte sie nie zu erfahren, daß etwas fehlte. Und wenn das Gewissen Suzanne plagte und sie sich Vorhaltungen machte, ihre eigene Tochter bestohlen zu haben, brachte sie ihr Schuldbewußtsein zum Schweigen, indem sie sich trotzig versicherte, jeder Penny, den sie sich angeeignet hatte, habe ihr mit Fug und Recht zugestanden.

Suzanne seufzte. Wenn sie könnte, würde sie die letzte Begegnung mit Jake im Gefängnis von Randall's Island rückgängig machen. Wenn sie könnte, würde sie alles anders machen. Nach so vielen Jahren fiel es ihr schwer, sich in Erinnerung zu rufen, aus welchen Gründen sie vom ersten Tag ihrer Ehe so wütend auf Jake gewesen war. Dieser Zorn und das Gefühl, von ihm vernachlässigt zu werden, hatten sie zu ehelichen Verfehlungen verleitet, und seine Gleichgültigkeit hatte sie in ihrer Treulosigkeit nur ausschweifender gemacht. Wenn sie damals nur einen Funken Verstand besessen hätte.

Andererseits zweifelte Suzanne daran, ob ihre Beziehung anders verlaufen wäre, wenn sie weniger zügellos und flatterhaft gewesen wäre. Ihre Verbindung war von der ersten Sekunde an stürmisch und unausgeglichen, gelegentlich auch gewalttätig verlaufen. Jake war ebenso hochmütig und stolz wie sie. Doch nach jedem häßlichen, lautstarken Streit hatte es eine wunderbare, süße Versöhnung gegeben.

Suzanne wollte nicht daran erinnert werden, nicht an die guten Zeiten und nicht an die schlechten. Sie lag neben ihrem zweiten Ehemann, starrte ins Leere und weinte um die verlorene Vergangenheit.

Sie wischte sich die Tränen fort. Sie durfte nicht zulassen, daß Sofie ein ähnliches Schicksal drohte. Eine Tochter mußte aus den Fehlern der Mutter Nutzen ziehen. Suzanne war ihr Dasein als Mutter nicht leichtgefallen wie anderen Frauen. Doch als Jake ins Gefängnis kam, hatte sie sich zur fürsorglichen Mutter entwickelt. Im Lauf der Jahre hatte sie erkannt, wie sehr sie ihre Tochter liebte. Sie liebte Sofie mehr als irgend etwas auf der ganzen Welt, abgesehen vielleicht von Jake. Seit Sofies Unfall – seit Jakes Tod – hatte sie das Kind vor den Unbilden des Lebens zu bewahren versucht. Sie durfte ihre Beschützerrolle nicht aufgeben, nicht jetzt, da sie wichtiger geworden war als je zuvor.

Suzanne nahm sich vor, Benjamins Rat ausnahmsweise nicht zu befolgen. Diesmal wollte sie sich persönlich davon überzeugen, ob in New York alles so war, wie es sein sollte.

Kapitel 12

Sofie hatte ihn an die größte Galerie der Stadt verwiesen, die vor wenigen Monaten neue Geschäftsräume an der 36. Straße, Ecke Fifth Avenue bezogen hatte. Edward blieb vor der Galerie von Durand-Ruel stehen, einem der berühmtesten Kunsthändler der Welt mit Niederlassungen in New York, Paris und London, zu dessen Klientel angesehene Kunstsammler zählten.

Edward hatte erfahren, daß Durand-Ruel in den letzten Jahren Impressionisten erworben und verkauft hatte, darunter mehrere Werke von Claude Monet und Degas, allerdings meist auf Anfrage seiner Kunden. Edward war kein Kunstkenner, hatte sich jedoch in den letzten beiden Tagen einiges Wissen angeeignet und mehrere Galerien und Museen besucht. Sein bislang ungeschultes Auge vermochte nach eingehendem Kunstgenuß zu beurteilen, daß Sofies Malstil sich an französische Impressionisten anlehnte, die sie bewunderte, ohne sie zu kopieren. Sie hatte ihren einzigartigen und unverwechselbaren Stil gefunden.

Über dem Säulenportal wehte die französische Trikolore. Edward betrat einen großen, lichten Ausstellungsraum, dessen graublaue Wände dicht mit Bildern behängt waren. In freistehenden Glasvitrinen waren Kunstgegenstände ausgestellt. Auf Sockeln standen Skulpturen und Büsten. Edward blieb bewundernd vor einer Bronzestatuette, die eine nackte Frauenfigur darstellte, stehen. Auf einem kleinen Messingschild war der Name des Künstlers eingraviert: Auguste Rodin.

»Was kann ich für Sie tun, Sir?«

Edward drehte sich zu einem jungen Mann im dunkelgrauen Anzug um. »Mr. Durand-Ruel?«

Der junge Mann lächelte. »Monsieur Durand-Ruel ist verreist. Er bemüht sich gerade, Manets *La Buveuse d'Absinthe* zu ersteigern.« Dabei sah er Edward bedeutungsvoll an, als erwarte er einen Aufschrei des Entzückens, begegnete aber nur seinem verbindlichen Lächeln. »Nun ja, vielleicht kann ich Ihnen helfen, ich bin sein Sohn«, fuhr der Junior ernüchtert fort.

»Ja, vielleicht. Monsieur, ich bin kein Käufer. Ich bin auch kein großer Kunstexperte. Aber ich erkenne eine ungewöhnliche Begabung, wenn ich sie sehe. Und eben diese sollten Sie kennenlernen.«

Das Lächeln des Juniors gefror. »Tatsächlich? Und wer ist der Künstler? Vielleicht kenne ich ihn.«

»Der Künstler ist eine Dame. Ihr Name ist Sofie O'Neil.«

Die Brauen des Galeristen zogen sich hoch. »Eine Frau? Irin?«

»Sie ist Amerikanerin.«

»Das ist kein großer Unterschied. Unsere Kunden bevorzugen französische Maler, was Ihnen bekannt sein dürfte.«

»Bieten Sie keine Bilder amerikanischer Maler an?« fragte Edward erstaunt.

»Thomas Eakins verkauft sich ganz passabel und natürlich auch Mary Cassatt. Von ihr habe ich im Augenblick nichts vorrätig, aber einen Eakins kann ich Ihnen zeigen. *Venez, Monsieur*, wenn ich bitten darf.«

Edward folgte dem nun beflissenen jungen Mann durch den Ausstellungsraum. Seine Enttäuschung wuchs, als er vor einem großformatigen Porträt stand, dessen Stil sich von Sofies Arbeiten nicht drastischer hätte unterscheiden können. Das Bild war penibel realistisch gemalt und in düsteren Farben gehalten. »Wieviel kostet dieses Bild?« fragte er.

»Dafür werden wir wohl tausend Dollar erzielen, da Mr. Eakins einen guten Namen hat.«

»Ist er der einzige amerikanische Künstler, den Sie vertreten?«

»Gelegentlich verkaufen wir auch Werke anderer Künstler, meist amerikanischer Maler, die im Ausland leben, wie die Cassatt. Unser Schwerpunkt ist die französische Malerei des achtzehnten und frühen neunzehnten Jahrhunderts.

Auch das Interesse an holländischen Meistern des siebzehnten Jahrhunderts ist ziemlich groß. Und seit kurzem besteht eine gewisse Nachfrage an Gemälden von Goya.« Auf Edwards fragende Miene erklärte der Galerist geduldig: »Ein spanischer Maler des ausgehenden achtzehnten bis frühen neunzehnten Jahrhunderts. Er wäre vermutlich bis heute unbekannt, wenn unsere größten Kunden Mr. und Mrs. Havemeyer ihn nicht entdeckt und zahlreiche seiner Werke erworben hätten.«

»Kann ein Sammler das Interesse anderer Käufer an einem unbekannten Künstler wecken?« fragte Edward hoffnungsvoll.

»Wenn ein bedeutender Sammler mehrere Werke von einem bestimmten Maler kauft, steigt selbstverständlich der Wert dieser Bilder.«

Wenn Sofie erst einmal von dieser exklusiven Galerie angenommen war, würde sie rasch von einem Sammler entdeckt werden, daran hatte Edward keinen Zweifel. »Sie haben den Namen einer Amerikanerin erwähnt. Wer ist Mary Cassatt?«

»Sie ist eine große Malerin, berühmt für ihre Mutter-Kind-Darstellungen. Sie wird fälschlicherweise den Impressionisten zugeordnet, doch in Wahrheit ist sie eine absolut eigenständige Künstlerin. Eine Amerikanerin, die seit vielen Jahren in Frankreich lebt.«

»Verkauft sie ihre Bilder gut?«

»Ja.« Der junge Mann lächelte nachsichtig. »Aber das war nicht immer so, Monsieur. Noch vor wenigen Jahren nagte sie am Hungertuch. Wie ihr erging es vielen, heute berühmten Künstlern.«

»Werden Sie sich Miß O'Neils Bilder ansehen?«

Der Mann zögerte. »Nun, ich schlage vor, Sie geben mir die Adresse des Ateliers der Künstlerin, und wenn es meine Zeit gestattet – allerdings erst nach der Rückkehr meines Vaters – werde ich bei ihr vorstellig werden.«

Edward wußte, daß der junge Durand-Ruel nicht die Absicht hatte, das zu tun. »Sie ist außergewöhnlich begabt«, sagte er leise.

Der junge Mann, der bereits im Begriff war, sich abzuwenden, drehte sich noch einmal um und begegnete Edwards eindringlichem Blick.

»Es kostet Sie nichts, wenn Sie kommen, außer einer Stunde Ihrer knapp bemessenen Zeit. Aber Sie machen den Gewinn Ihres Lebens«, fügte Edward beschwörend hinzu.

»Na schön. Wir haben Telefon. Ich gebe Ihnen unsere Nummer. Sprechen Sie mit der Künstlerin, und vereinbaren Sie einen Termin. Vormittags wäre mir angenehm.«

Edward lächelte, und die beiden Männer schüttelten einander die Hände. Nachdem Edward die Galerie verlassen hatte, warf er einen Blick auf seine Taschenuhr. In einer Stunde wurde er im Hause Ralston erwartet. Er hatte Sofie versprochen, für sie Modell zu sitzen.

Sofie zitterte vor Aufregung; sie konnte Edwards Ankunft kaum erwarten, um ihr Bild zu beginnen. Seit Stunden war sie mit den Vorbereitungen fertig. Sie hatte einen weiß gedeckten, runden Tisch und einen Stuhl an das Fenster zum Garten gerückt. Eine Vase mit bunten Sommerblumen stand in der Mitte des Tisches, dazu edles weißes Porzellan mit Goldrand, funkelnde Kristallgläser und blitzendes Silberbesteck. Sie hatte vor, das *Delmonico* noch einige Male zu besuchen, um dort Detailstudien zu machen. Wenn das Bild einmal fertig war, sollten Tisch und Hintergrund authentisch wirken.

Sofie erschrak, als es klopfte. Mrs. Murdocks weißhaariger Kopf erschien in der Tür. »Miß Sofie, Sie haben Besuch«, strahlte sie.

Die Haushälterin und der Butler Jenson vermuteten in Edward einen Verehrer Sofies und waren ganz aus dem Häuschen vor Aufregung. Sofie hatte versucht, den Irrtum aufzuklären, doch die beiden beharrten darauf, Mr. Delanza habe ein Auge auf sie geworfen, und Sofie hatte es aufgegeben, ihnen den Unsinn auszureden.

Ihr Herzschlag stockte. Sie erwartete Edward erst in einer Stunde; er war zu früh. War er etwa ähnlich aufgeregt wie sie über die gemeinsame Arbeit? Sofie strich sich eine widerspenstige Locke aus dem Gesicht und strahlte. »Bitten Sie Mr. Delanza herein.«

»Es ist nicht Mr. Delanza. Ein anderer Herr macht Ihnen seine Aufwartung, Sofie.« Mrs. Murdock war offenbar entzückt. »Mr. Henry Marten. Er wartet im Grünen Salon«, fuhr die Haushälterin fort. »Ich hoffe, Sie sind nicht indisponiert«, fügte sie mit leisem Vorwurf hinzu.

Was will Henry Marten von mir? wunderte Sofie sich. »Nein, ich empfange ihn«, beruhigte Sofie Mrs. Murdock und folgte ihr in die vorderen Räume des Hauses. Was immer Henry bewog, sie zu besuchen, er wäre längst wieder fort, ehe Edward zur Sitzung kam, überlegte Sofie.

Henry Marten stand in der Mitte des Salons und wirkte irgendwie verloren. Sein dunkler Anzug saß schlecht, da er ihm ein wenig zu groß war. Bei Sofies Eintreten errötete er. »Hoffentlich komme ich nicht ungelegen«, sagte er.

»Aber nein«, lächelte Sofie. »Guten Tag, Mr. Marten. Wie geht es Ihnen?«

»Ausgezeichnet. Danke der Nachfrage.« Seine Gesichtsröte vertiefte sich. »Sie sehen sehr gut aus, Miß O'Neil.«

Sofie nickte und glaubte ihm kein Wort. Ihr Haar hatte sie wie immer beim Malen zu einem dicken Zopf im Nakken geflochten. Sie trug einen dunkelblauen, schlichten Rock und eine weiße Hemdbluse. Sie bedeutete dem Gast mit einer Handbewegung, sich zu setzen. »Ich habe Jenson gebeten, uns eine Erfrischung zu bringen«, sagte sie.

»Oh, vielen Dank.« Mr. Marten rutschte auf seinem Sessel hin und her. »Ich bin seit einigen Wochen wieder in der Stadt und wollte Ihnen längst meine Aufwartung machen. Aber ich habe ein paar neue Mandanten und stecke buchstäblich bis zum Hals in Arbeit.«

»Wie schön für Sie«, entgegnete Sofie aufrichtig erfreut und wunderte sich über sein Interesse an ihr. Machte er ihr etwa den Hof?

Henry Marten lächelte. »Ja, da haben Sie recht. Andererseits hinderte mich die Arbeit, Sie zu sehen.«

Sofie blinzelte und setzte sich.

Henry war nun krebsrot geworden und hielt den Blick auf seine verschränkten Hände gesenkt.

Sofie war zu verdutzt, um höfliche Konversation machen zu können. Die beiden saßen einander stumm gegenüber, bis Jenson ein Silbertablett mit Kaffee und Gebäck brachte. Sofie stellte die Tassen bereit, goß Kaffee aus der Wedgewoodkanne ein, gab Sahne und Zucker dazu und reichte Henry Marten eine Tasse. »Wo liegt denn Ihr neues Büro?« fragte sie schließlich.

Henry gab beflissen Auskunft. »Nicht weit vom Union Square entfernt. Angenehme, ruhige Gegend.« Er hüstelte. »Ich würde Ihnen die Räume gerne zeigen, wenn Sie einmal Zeit finden.«

Sofie sah ihn verwundert an, faßte sich jedoch schnell. »Aber gerne.«

Henry stellte die Tasse ab, ohne getrunken zu haben. »Eigentlich hoffte ich, Miß O'Neil, ehm ... daß ich Sie zu einer Spazierfahrt im Park einladen darf ... irgendwann einmal.«

Auch Sofie stellte die Tasse ab und sah ihn mit großen Augen an. Henry war ein netter Kerl, zugegeben, aber sie hatte keine Zeit für Spazierfahrten im Park, obgleich die Vorstellung nicht ohne Reiz war. Und dann begriff sie. Er machte ihr tatsächlich den Hof.

Henry nahm ihr Schweigen als die Antwort, auf die er gewartet hatte. »Vielleicht schon heute?«

Sofie fand ihre Stimme wieder. »Mr. Marten, ich würde selbstverständlich gerne mit Ihnen im Park spazieren fahren.« Sie brachte es nicht übers Herz, ihm eine Absage zu erteilen. Gleichzeitig schwebte ihr ein Fantasiebild vor. Sie sah sich durch den Park schlendern, lachend, schön und unbeschwert, am Arm eines Verehrers. Und der Verehrer ihrer Fantasie hatte eine verdächtige Ähnlichkeit mit Edward Delanza.

Sofie schob diesen unsinnigen Gedanken beiseite. »Leider ist es heute unmöglich. Ich erwarte Mr. Delanza.«

Henry erschrak; der Unterkiefer fiel ihm herab, und wieder errötete er bis unter die Haarwurzeln.

Sofie bereute ihre Unbedachtheit. Henry glaubte, Edward

mache ihr den Hof. Sie spürte, wie ihr die Hitze in die Wangen stieg. »Bitte, mißverstehen Sie mich nicht. Mr. Delanza ist kein Verehrer. Er hat lediglich zugestimmt, mir Modell zu sitzen.«

»Er will Ihnen Modell sitzen?«

»Ich bin Malerin, erinnern Sie sich?«

»Ja, natürlich. Das hätte ich ehm ... beinahe vergessen.« Wieder breitete sich ein peinliches Schweigen aus.

Wenige Sekunden später führte der Butler Edward in den Salon. Er kam tatsächlich zu früh. Sofie sprang auf und strahlte. Auch er lächelte, und sein Blick umfaßte liebevoll ihre Gestalt.

»Guten Morgen, Sofie«, grüßte er vertraulich. Sein Blick wanderte zu Henry, dessen Lächeln wie angeklebt war. »Guten Tag, Henry. Störe ich?«

Auch Henry war aufgestanden. »Nein, nein. Allem Anschein nach bin ich es, der stört.«

»Keineswegs, wo denken Sie hin?« wehrte Edward ab, trat auf ihn zu und schlug ihm freundschaftlich auf die Schulter. Sein Blick wanderte zum Tablett mit den unberührten Tassen und dem Gebäck. »Trinken Sie bitte Ihren Kaffee, ehe er kalt wird.«

Henry nahm zögernd wieder Platz. Sofie wandte sich an Edward. »Trinken Sie eine Tasse mit?« fragte sie lächelnd und spürte Henrys Blick auf sich – und ahnte, welche Schlüsse er aus dieser Begegnung zog.

»Ja gern«, antwortete Edward.

Als auch Edward sich gesetzt hatte, trat erneut Schweigen ein. Edward studierte zunächst Henry, der einen Schluck Kaffee trank, dann Sofie, die seine Neugier spürte. Ob er sich fragte, wieso Henry ihr seine Aufwartung machte? Endlich brach Edward das Schweigen. »Was führt Sie in diese Gegend?« fragte er Henry.

»Ich wollte Miß O'Neil schon vor Wochen einen Besuch abstatten, doch meine Kanzlei läßt mir momentan keine freie Minute. Ich dachte, ich könnte sie zu einer Spazierfahrt im Central Park verlocken, doch wie sich herausstellte, erwartete sie Ihren Besuch.«

Edward schwieg zunächst, dann lächelte er, und seine Zähne blitzten unverschämt weiß. »Nun vielleicht hat sie morgen für Sie Zeit, Henry?«

Sofies Rücken versteifte sich.

Henrys Brauen zogen sich zusammen. Er sah Edward skeptisch an, dessen lächelnder Blick nun beinahe väterlich gütig auf ihm ruhte. Dann wandte Henry sich eifrig an Sofie. »Haben Sie morgen Zeit für mich, Miß O'Neil?«

»Ich ... ehm ...« Sofie wußte nicht, was sie antworten sollte. Edwards Einmischung kam ihr keineswegs gelegen. Morgen hatte sie Unterricht, und hinterher wollte sie an Edwards Bild malen. »Ich hatte eigentlich vor, morgen zu arbeiten«, sagte sie schließlich ausweichend.

»Eine Stunde können Sie sich doch für Henry freimachen«, ermunterte Edward sie ungefragt.

Sofie blickte starr in ihre Kaffeetasse. Henry wartete bang auf ihre Antwort. »Vielleicht später ... gegen vier Uhr?« meinte sie schließlich und lächelte.

»Ausgezeichnet«, rief Henry beglückt.

Sofie blickte von Henry zu Edward, um dessen Mundwinkel ein seltsam zufriedener Zug spielte, und sie begann zu begreifen. Ein unmerkliches Zittern durchlief sie.

Er hatte sie soeben einem anderen Mann aufgehalst. Obwohl sie wußte, daß er nie ernste Absichten gehabt hatte, schmerzte diese Erkenntnis sie tief.

»Ich bringe Neuigkeiten, Sofie«, sagte Edward nun leise. Sie streifte ihn mit einem kühlen Blick.

»Jacques Durand-Ruel will sich Ihre Bilder ansehen. Er könnte sich vormittags Zeit zu einer Besichtigung nehmen. Wäre es Ihnen recht, wenn er schon morgen vorbeikäme?«

Angst krallte sich um Sofies Herz und verdrängte den Schmerz ihrer Demütigung. Das Sprechen fiel ihr schwer. Für den Besuch des Galeristen würde sie natürlich den Unterricht ausfallen lassen. »Ja«, hauchte sie.

Edward nickte zufrieden und wandte sich an Henry. »Ein international angesehener Kunsthändler interessiert sich für Sofies Arbeiten. Wenn er ihre Bilder ausstellt, ist das ein großer Sprung in ihrer Karriere.«

»Verstehe«, murmelte Henry, der sichtlich unter Schock stand.

Nun meldete Sofie sich zu Wort, die genau wußte, was sie sagen wollte. »Eines Tages werde ich berühmt sein und vom Verkauf meiner Bilder leben.« Edward schoß finstere Blicke in ihre Richtung, die sie wohlweislich ignorierte. Wenn Henry tatsächlich die Absicht haben sollte, ihr den Hof zu machen, würden ihre exzentrischen Pläne ihn rasch in die Flucht schlagen. »Selbstverständlich werde ich nach Paris gehen und mich ausschließlich in Künstlerkreisen bewegen.«

Henry war sprachlos.

Edward funkelte sie wütend an. Er hatte ihr Spiel durchschaut. »Aber doch nur, wenn Sie nicht vorher ein forscher junger Mann zum Traualter führt, nehme ich an.«

Sofies Wangen glühten, doch ihr Herz blutete. *Und dieser Mann wirst nicht du sein, Edward*, dachte sie. »Ich denke nicht, daß diese Gefahr besteht, Mr. Delanza.«

Edward zog eine Braue hoch, seine Miene war ebenso undurchdringlich wie die ihre. »Ich fürchte, ich muß Ihnen recht geben. Wenn Sie Ihre Verehrer mit derlei fantastischen Flausen vor den Kopf stoßen, besteht diese Gefahr wohl kaum.«

Sofies Wangen brannten noch heißer. Sie fand keine passende Antwort.

Henry war aufgestanden und blickte unstet von einem zum anderen. »Ich fürchte, es ist es Zeit für mich zu gehen.«

Edward stand gleichfalls auf. »Aber wieso die Eile?«

»Wir müssen mit der Sitzung beginnen, Edward«, mahnte Sofie.

Er achtete nicht auf sie. »Vielleicht wollen Sie einen Blick auf Sofies Bilder werfen, ehe Sie gehen?«

Sofie stockte der Atem.

Henry bekam große runde Augen. »Nichts lieber als das. Ja, gern.« Er wandte sich beflissen an Sofie. »Miß O'Neil, wenn Sie nichts dagegen haben, würde ich mir gern Ihre Bilder ansehen.«

Sofie blieb keine andere Wahl. Ihm die Bitte abzuschlagen wäre der Gipfel der Unhöflichkeit gewesen. In ihrem Herzen aber hätte sie Edward am liebsten erwürgt.

Sofie las völlige Hilflosigkeit in Henrys Blick. Er räusperte sich und wandte sich in gebührender Höflichkeit an sie. »Sie sind wirklich sehr begabt, Miß O'Neil«, sagte er.

Sie wußte, daß er log, daß er ihre Kunst nicht verstand, daß ihre Bilder nichts in ihm anrührten, weder seinen Geist noch seine Gefühle. Sofie lächelte höflich. »Vielen Dank, Mr. Marten.«

»Ich bin natürlich kein Kenner«, fuhr er fort und räusperte sich erneut. »Ich habe diesen Malstil schon einmal gesehen. Italienisch, wie?«

»Die impressionistische Malerei kommt aus Frankreich«, sagte Sofie leise.

»Ja, richtig. Sie sind ebenso gut wie diese Franzosen«, versicherte Henry und wurde zusehends nervöser. »Ehm, ich fürchte, nun wird es wirklich Zeit für mich. Bis morgen also, um vier?«

Sofie nickte und öffnete die Tür des Ateliers. »Ich bin gleich wieder zurück«, sagte sie über die Schulter in Edwards Richtung.

Sie brachte Henry hinaus, verabschiedete sich von ihm und marschierte zurück ins Atelier. Dort baute sie sich vor Edward auf, die Hände an die Hüften gestemmt. »Was hatte das zu bedeuten?«

Edward setzte ein unschuldiges Lächeln auf. »Verzeihen Sie, was meinen Sie?«

»Sie haben allen Grund, mich um Verzeihung zu bitten!« Sofie schäumte vor Wut. »Sie beschwatzen Henry, mein Atelier zu besuchen – obwohl er keine Ahnung hat und meine Bilder abscheulich findet. Und mir zwingen Sie eine Spazierfahrt mit ihm auf! Was fällt Ihnen eigentlich ein?«

Edward tippte mit dem Finger an ihre Nasenspitze. »Freuen Sie sich denn nicht auf Ihr Rendezvous?«

»Ganz sicher nicht.«

Sein Finger strich hauchzart über ihre Lippen. »Aber begreifen Sie doch«, meinte er leise, »Sie haben einen Verehrer, Sofie, trotz all Ihrer Bemühungen, ihn zu verscheuchen.«

Sofie sah ihn an, verletzt, wütend und fassungslos. Hoffte Edward tatsächlich auf eine Beziehung zwischen ihr und Henry Marten? Wollte er sie unter die Haube bringen? Hatte er gar nicht die Absicht, sie zu verführen und eine Affäre mit ihr zu haben? »Ich will keinen Verehrer, Edward«, stieß sie gepreßt hervor. »Und Sie sind nicht mein Vater, der Ausschau nach Heiratskandidaten für mich hält!«

»Nein, ich bin nicht Ihr Vater«, antwortete er beinahe bedauernd. »Aber jemand muß Ihnen doch die Augen öffnen.«

»Wie dreist ... und anmaßend Sie sind!« entrüstete Sofie sich.

»Ich erkläre mich in allen Punkten für schuldig, Sofie«, sagte er leise. »Aber jemand muß sich um Sie kümmern.«

»Und Sie haben sich zu meinem Vormund ernannt?«

»Ja, sozusagen.«

Sie schlug ihm die Hand weg, als er ihre Wange berühren wollte. »Wie hochmütig Sie sind, Edward.«

»Ich bin Ihr Freund.«

Sofie kehrte sich von ihm ab. Beklommen spürte sie, wie er ihr von hinten die Hände auf die Schultern legte und sie an seine Brust zog. »Wieso sind Sie so aufgebracht?«

Die Wahrheit durfte sie ihm nicht gestehen, niemals. Also schüttelte sie nur stumm den Kopf.

»Ich entschuldige mich. Vielleicht habe ich einen Fehler gemacht. Henry ist ein netter Kerl, wenn auch etwas engstirnig in seinen Ansichten. Außerdem ist er nicht in Ihre Kunst vernarrt wie ich.«

»Ach, Edward«, seufzte Sofie. »Sie sind unmöglich. Aber irgendwie finden Sie doch immer wieder den richtigen Ton. Man kann Ihnen einfach nicht böse sein.«

»Ständig trete ich in ein Fettnäpfchen, ich weiß.« Sein Atem hauchte an ihre Wange. Sofie spannte sich an, als er seine Hüften an ihr Gesäß drängte; sie glaubte, eine Bewegung zu spüren. Er drehte sie sanft zu sich um. »Sie schmeicheln mir, liebste Sofie, mehr als Sie ahnen.«

»Alle Welt schmeichelt Ihnen.« Seine zärtlichen Worte

riefen eine gefährliche Verzückung in ihr hervor, die sie zu verdrängen suchte. Edward war ein Herzensbrecher, mehr nicht. Liebe war nicht sein Thema, war es nie gewesen – würde es nie sein. Sie wußte es, und deshalb war ihr Gefühlsaufruhr unerklärlich und töricht. Bitterkeit stieg in ihr hoch. »Wollen wir endlich anfangen?«

Edwards Lächeln schwand. »Deshalb bin ich hier.«

Edward befolgte Sofies Anweisungen und nahm an dem für zwei Personen gedeckten Tisch Platz. Er war verspannt und nahm eine unnatürliche Haltung ein. Während er Sofie beobachtete, die ihre Malutensilien ausbreitete, schwand seine Hemmung allmählich. Er beobachtete ihre flinken, anmutigen Bewegungen, wobei ihre kleine Behinderung überhaupt nicht mehr auffiel. Er bewunderte den Schwung ihrer runden Hüften. Schließlich wandte Sofie sich ihm zu. Sogleich nahm er wieder eine unnatürliche Pose ein. Sofie furchte die Stirn.

»Edward, Sie müssen sich entspannen.«
»Das ist leichter gesagt als getan.«
»Wieso denn?«

Da ihm keine passende Antwort einfiel, rutschte er auf dem Stuhl hin und her, um eine bequemere Position zu finden. Sofie beobachtete ihn dabei. Ihm war, als würde sie ihn mit Blicken ausziehen. Edward hatte in seinem Leben unzählige Frauen mit Blicken ausgezogen, aber noch nie war er in der passiven Rolle gewesen. Sein Puls beschleunigte sich. Er spürte ein verräterisches Ziehen in den Lenden. Er hätte lieber ganz andere Dinge getan, jetzt, hier im Atelier, allein mit Sofie.

Streng drängte er seine ungebetenen Gedanken beiseite. Er hatte versprochen, ihr Modell zu sitzen. So sehr er danach lechzte, sie zu küssen, zu streicheln, zu umarmen, so deutlich hatte ihr letzter Kuß vor wenigen Tagen ihm bewiesen, wie gefährlich das zu werden drohte. Es durfte nur freundschaftliche, keusche Küsse zwischen ihnen geben. Gütiger Himmel! Allein der Gedanke war zum Lachen.

Edward holte tief Luft. Er durfte sich keinen Fantasien

hingeben. Nicht, wenn er die Absicht hatte, ihr Modell zu sitzen.

Im übrigen tat sie nichts Verführerisches. Sie wollte ihn nur malen, Herrgott noch mal. Nur er hatte lüsterne, verbotene Gedanken. Als er schließlich eine bequemere Position gefunden hatte, blickte er zu ihr hinüber, ob sie mit ihm zufrieden war.

»Edward, können Sie sich nicht etwas mehr räkeln?«

»Räkeln?« Das Wort beschwor ein Schlafzimmerbild in ihm herauf.

»Ja. Als wir im *Delmonico* saßen, räkelten Sie sich in Ihrem Stuhl, völlig entspannt und selbstbewußt, lässig und zugleich elegant und ... sehr ... männlich. Genau diese Stimmung will ich einfangen, um Sie in dieser Pose zu malen.«

»Gütiger Himmel«, murmelte Edward verwirrt. Das Ziehen in seinen Lenden hatte sichtbare Folgen. Er stieß den Atem aus und fragte sich hilflos, wie er die nächste Stunde überstehen sollte. Ihre bewundernden Worte lösten eine Reaktion in ihm aus, die keine Frau vor ihr mit Händen oder Lippen so blitzartig geschafft hatte. Es war nicht auszudenken, was passieren würde, wenn sie ihn tatsächlich an verbotenen Stellen berühren würde.

Edward fluchte leise und zerrte an seinem Hemdkragen, der ihm zu eng geworden war.

»Edward? Was ist eigentlich los?« Sofie wurde ungeduldig.

Er lächelte hilflos. »Ich fürchte, das werden Sie demnächst herausfinden«, murmelte er, öffnete den Kragenknopf und lockerte die Krawatte.

Sofie lächelte zufrieden, ohne den Grund seiner Unruhe zu ahnen. »Ja, viel besser so! Ich wußte, daß Sie Talent haben, Modell zu sitzen!«

Edward lachte trocken.

Sofie begann ihn zu skizzieren und redete dabei. »Ich möchte den Eindruck vermitteln, der Betrachter des Bildes sei Ihnen ganz nahe. Ihre Figur wird fast die ganze Leinwand füllen. Das wäre nicht möglich, wenn Sie mir nicht Modell sitzen würden.« Ihre Stimme bebte vor Eifer. »Mir schwebt eine ungewöhnliche Komposition vor. Der Betrachter soll beinahe das Gefühl haben, mit im Bild zu sein.« Sie streckte den Kopf seitlich an der Leinwand vorbei. »Ich hoffe sogar, den Eindruck zu vermitteln, der Betrachter sitze Ihnen im *Delmonico* gegenüber!«

Edward empfand ihren Eifer wie eine Liebkosung. »Hm, das stelle ich mir ziemlich schwierig vor«, murmelte er.

Ihr Kopf tauchte in regelmäßigen Abständen neben der Leinwand auf und verschwand wieder, wenn sie ein Detail auf die Leinwand übertrug. »Ja, es ist nicht leicht. Aber ich werde es schaffen.« Ihr Pinsel fuhr in energischen Strichen über die Leinwand. Sie zog die Stirn kraus und kniff die Augen zusammen. »Ihr Porträt ... soll so sein wie Sie ... ungewöhnlich ... umwerfend.«

Edward atmete tief durch. Als ihr Kopf wieder hinter der Leinwand verschwand, nutzte Edward die Gelegenheit, um sein Jackett über die verräterische Ausbuchtung seiner Hose zu ziehen. Sie wollte ihn nur malen, um Himmels willen! Er aber war so erregt, als führe sie nackt einen Bauchtanz vor ihm auf. Edward wußte nicht, ob er weitere fünf Minuten so sitzen konnte, geschweige denn ein paar Stunden. Warum mußte sie ihre Bewunderung so freimütig äußern? Und wieso mußte er so heftig darauf reagieren? Vermutlich legte sie bei allem, was sie tat, eine solche Vitalität und Begeisterung an den Tag. Sicher fand sie nichts Ungewöhnliches dabei, ihn zu malen.

Edwards Bemühungen um eine logische Erklärung änderten nichts an der Tatsache, daß jeder ihrer Pinselstriche sich für ihn anfühlte, als streichle sie seine Haut.

Wieder tauchte ihr Kopf neben der Leinwand auf, ihre Wangen hatten sich vor Eifer gerötet. »Edward – knöpfen Sie sich bitte die Jacke auf!«

Edward erschrak.

Sie strahlte ihn an. »Bei unserem Essen hatten Sie das Jackett nicht zugeknöpft. Es gibt einen unschönen Faltenwurf, der auf dem Bild unnatürlich wirken würde.«

Edward schluckte. Die Sitzung war bald zu Ende. Er eignete sich nicht zum Malermodell. Das mußte Sofie einsehen.

Und sie mußte wissen, was sie mit ihren Worten, mit ihrer Lebhaftigkeit anrichtete, mit ihrer einzigartigen, wunderbaren Persönlichkeit. Er knöpfte die Jacke auf. Noch nie hatte ihn seine Männlichkeit in Verlegenheit gebracht. Doch nun spürte er, wie ihm der Schweiß ausbrach.

Sofie war völlig in ihre Arbeit vertieft. Bevor er wußte, was geschah, stand sie vor ihm und zupfte sein Jackett zurecht. Unabsichtlich streiften ihre Hände seine Schenkel. Er hielt den Atem an, blickte ihr ins Gesicht und erkannte die Sekunde, in der ihr klar wurde, daß seine Gedanken nicht beim Modellsitzen waren. Ihre Hände verharrten mitten in der Bewegung, ihr Gesicht rötete sich. Sie hob den Blick.

Edward sah sie unverwandt an. »Sofie.«

»Ich ... ich hoffe, es stört Sie nicht ...«, stammelte sie, »daß ich ... daß ...« Ihre Stimme verlor sich.

Edward ergriff ihre Hände und hinderte sie daran zu fliehen. »Sie wissen, daß mich nichts stört, was Sie tun«, raunte er heiser.

Sofies Busen hob und senkte sich. »Edward, wir arbeiten.«

»Ich scheine mich nicht besonders gut dafür zu eignen«, murmelte er und mußte sich beherrschen, um sie nicht auf seinen Schoß zu ziehen. »Das sehen Sie ja selbst.«

Ihr Blick flog nach unten, ihr Gesicht glühte. »Ich bin sicher, Sie könnten ein wunderbares Modell sein, wenn Sie nur wollten«, widersprach sie.

Edward durchströmte eine Welle des Verlangens. »Komm zu mir, Sofie«, bat er. Als sie sich nicht rührte, zog er kurz an den Händen und hatte sie dort, wo er sie haben wollte. Auf seinem Schoß.

»Edward«, kam ihr schwacher Protest.

»Ich kann nicht Modell sitzen, jedenfalls nicht so«, murmelte er. Ihre Hüfte drückte sich an seine pochenden Lenden. Sie bewegte sich nicht, sie atmete nicht. Er dachte daran, was sein letzter Kuß angerichtet hatte. Dazu durfte es nicht kommen. Er hatte den Gedanken kaum zu Ende gedacht, als er bereits verworfen war. Das Blut rauschte ihm zu hitzig in den Adern. Er legte seine Handfläche um ihren Nacken. »Gib mir deinen Mund.«

Sofie wimmerte leise, als ihr Gesicht sich seinem Mund näherte.

Seine Zunge strich über den Saum ihrer Lippen. »Öffne die Lippen«, raunte er heiser. »Ich will deinen Mund, Sofie.« Der Gedanke an eine andere Öffnung, zu der er niemals Zugang haben würde, schoß ihm durch den Sinn. Und während er zärtlich an ihren Lippen nagte, sah er sich im Bett mit Sofie liegen.

»Öffne dich«, raunte er wieder, am Rande der Explosion.

Seine Hand glitt zur Hüfte und tiefer, die Außenseite ihres Schenkels entlang.

Sofie wimmerte und gehorchte. Edward stieß seine Zunge tief in ihre Mundhöhle; ihre Zunge kam seiner entgegen, umschlang sie, saugte sich an ihr fest. Sofie hatte die Arme um seinen Hals geschlungen und gab sich dem wilden, hungrigen Kuß hin. Edwards Lenden schwollen, und er wußte, daß sie es spürte, da sie wieder leise stöhnte.

Edward vergaß alles um sich herum, es gab nur noch das Verlangen in seinen Lenden und die bebende Frau in seinen Armen. Reflexartig verlagerte er das Gewicht und hob Sofie hoch, und plötzlich saß sie mit gespreizten Beinen auf seinem Schoß. Mit fliegenden Händen riß er ihre Röcke hoch, bis das heiße, feuchte Dreieck zwischen ihren Schenkeln sich an seinen langen, steifen Penis schmiegte. Der Gedanke, daß nur die dünne Seide ihrer Unterwäsche und das Leinen seiner Hose ihre beiden erhitzten Geschlechter voneinander trennte, steigerte Edwards Erregung ins Unerträgliche.

Sofie rieb sich an ihm, eine Einladung, die er umgehend verstand, die ihr vermutlich gar nicht bewußt war. Sein Mund wanderte zu ihrem Hals, eine Hand tastete zu ihrem Busen und spielte an einer Brustknospe. Die andere schob sich unter ihre Röcke, sein Daumen preßte sich an ihren Venushügel.

Sofie spannte sich an. »Edward?« japste sie. Sofie hielt ihn umklammert und barg ihr Gesicht an seiner Schulter.

In ihrem fragenden Ausruf lag Vertrauen und Verwunderung – aber auch Angst.

Edwards Hand stahl sich zwischen ihre Schenkel, seine

riesige Erektion drängte sich an sie, raubte ihm den letzten Willen, einen klaren Gedanken zu fassen.

»Edward«, seufzte Sofie erneut. »Edward.«

Edward begrüßte sein Zurückfinden zur Vernunft keineswegs. Plötzlich funktionierte sein Verstand wieder mit erschreckender Klarheit. So berauschend erregt er war, so bestürzt war er zugleich von seinem Tun. Das war kein Kuß. Das ging weit darüber hinaus und war unendlich gefährlich.

Auch Sofie schien wieder zur Besinnung zu kommen. Sie barg ihr Gesicht immer noch an seinem Hals, atemlos, zitternd.

Sofie war von seinem Verhalten gewiß ebenso schockiert wie er. Brüsk hob er sie ein wenig hoch, so daß ihre hochgerutschten Röcke sich wieder ordneten, und setzte sie seitlich auf seine Schenkel.

Die unschuldige, vertrauensselige Sofie, eine wohlbehütete junge Dame aus gutem Haus, wollte seine Freundin sein. Wäre er nicht in letzter Sekunde zur Besinnung gekommen, hätte er sie genommen. Und sie hätte ihn gewähren lassen. *Er hätte ihr beinahe die Unschuld geraubt.*

Dabei hatte er nur die Absicht gehabt, den Wunsch in ihr zu wecken, so zu leben, wie jede junge Frau leben sollte. Doch er hatte jede Regel gebrochen, die er selbst aufgestellt hatte. Nun verfluchte er diese Regeln. Er begehrte sie rasend, und der Gedanke war ihm unerträglich, ein anderer, etwa dieser Henry Marten, könnte Sofie eines Tages an seiner Stelle nehmen.

Sofie glitt von seinem Schoß ein paar Schritte zurück, ehe sie sich umdrehte und ans andere Ende des Ateliers floh. »Es ... ist heiß geworden ... finden Sie nicht auch? ... Ich öffne die Fenster.«

Edward blickte ihr starr hinterher. Wenn er nicht in der Lage war, seine eigenen Regeln einzuhalten, mußte er das Spiel abbrechen, ehe Sofie durch ihn zu Schaden kam. Bevor er sich als der unverbesserliche Schurke erwies, der schlimmer war als sein Ruf.

Sofie hatte den Deckenventilator eingeschaltet, der nun

langsam zu rotieren begann und seine Geschwindigkeit allmählich steigerte. Über die Entfernung des Raums suchte sie Edwards Blick, errötend wie ein Schulmädchen.

»Es tut mir leid, Sofie«, sagte Edward mit belegter Stimme im Aufstehen.

»Sie müssen sich nicht entschuldigen«, entgegnete Sofie gepreßt. Ihre nächsten Worte kamen völlig unerwartet, beinahe schockierend für ihn. »Weil es mir nicht leid tut, Edward. Nicht im geringsten.«

Edward stand da wie gelähmt.

Sofie sah ihn an, und Edward las die Sehnsucht in ihren Augen. Und er wußte genau, daß sie ihm auch das nächste Mal nicht widerstehen würde. Aber es durfte kein nächstes Mal geben.

Edward erkannte voller Gewissensbisse, daß er bereits zu weit gegangen war. Sofie war zwar immer noch unschuldig, aber dennoch hatte er sie bereits verführt.

Kapitel 13

Sofie war zu keiner Regung fähig, konnte weder sprechen noch lächeln. Sie verschränkte die Hände so fest ineinander, daß die Knöchel knackten. Jacques Durand-Ruel, ein untersetzter, gewandter Herr Mitte Zwanzig, stand vor Edwards Porträt, das nun den Titel trug: *Junger Mann am Strand*. Der Kunsthändler war pünktlich um zwölf Uhr mittags erschienen. Dies war das erste Bild, das er begutachtete.

Neben Sofie stand Edward, die Hände lässig in den Hosentaschen, und beobachtete den Besucher. Gelegentlich spürte Sofie, wie Edwards Blick auch sie streifte. Sie aber konnte den Blick nicht von dem Franzosen wenden. Wenn sie doch nur so gelassen und kühl erscheinen könnte wie Edward. Andererseits waren es nicht seine Bilder, über die Jacques ein Urteil fällen würde, es war nicht seine Seele, sein Leben, die der Kritik ausgeliefert waren.

Jacques trat ans nächste Bild. Er hatte Edwards Porträt lange Minuten studiert. Dem Genrebild schenkte er kaum Beachtung; das Blumenstilleben streifte er flüchtig und verweilte kurz vor Lisas Porträt. Die restlichen Bilder schienen ihn nicht zu interessieren. Erst vor Jakes Porträt blieb er wieder stehen. Seine Miene war ernst und verschlossen.

Sofie glaubte sterben zu müssen. Sie spürte Edwards Hand am Ellbogen.

›Mademoiselle O'Neil«, sagte Jacques plötzlich in seinem starken französischen Akzent, »Sie sind sehr begabt.«

Sofie fürchtete, in Tränen auszubrechen, wartete bang auf den vernichtenden Zusatz: *Aber* ...

Und dann fuhr er fort: »Ich kann nur die Bilder nehmen, von denen ich weiß, daß ich sie verkaufen werde. Alle Ihre Bilder sind sehr interessant. Für das kleinformatige Männerporträt und das des jungen Mädchens finde ich mit Sicherheit Abnehmer.«

Sofie nickte. Wenigstens gefielen ihm Jakes und Lisas Porträts, die sie mit viel Liebe und Herzblut gemalt hatte. Sie befahl sich streng, nur nicht die Fassung zu verlieren. Sie war stark genug, um Kritik zu ertragen.

»Ist das alles?« fragte Edward ungläubig.

»Die Szene im Arbeiterviertel ist großartig. Wirklich ausgezeichnet. Aber meine Kunden kaufen nicht einmal Genrebilder von Millet, noch weniger Interesse besteht an Genreszenen einer unbekannten Künstlerin. Bedauerlicherweise kann ich es nicht nehmen.«

Sofie schluckte.

»Was ist mit dem Blumenstilleben?« wollte Edward wissen. »Es ist ein Meisterwerk.«

»Ich bin völlig Ihrer Meinung. Aber auch das verkauft sich schlecht.«

Sofies Augen brannten.

»Aber es gefällt Ihnen?« Edward ließ nicht locker.

»Es gefällt mir ausgesprochen gut. Es ist fabelhaft. Kraftvoll. Erinnert mich an Cézanne. Ist Ihnen Cézanne ein Begriff? Aber auch er verkauft sich schlecht bis gar nicht. Stilleben sind ohnehin eine heikle Sache.«

Sofie konnte kaum glauben, was sie da hörte. »Ich habe Arbeiten von Cézanne gesehen. Ich bewundere ihn sehr. Er ist ein großer Künstler.«

»Das sind Sie ebenfalls«, meinte Jacques anerkennend. »Lassen Sie sich nicht entmutigen. Ich möchte auch das Porträt von Monsieur Delanza kaufen.«

Sofie stand reglos da. Dann begann ihr Herz zu hämmern. »Wirklich?«

»Ich weiß zwar nicht, ob ich einen Käufer finde, aber ich werde es einigen Kunden anbieten. Die figürliche Darstellung ist Ihre Stärke, Mademoiselle. Eine sehr schöne Arbeit. Verblüffend. Ja, ich habe mein Herz daran verloren.«

Sofies Hoffnungslosigkeit war in Begeisterung umgeschlagen. »Edward! Er kauft Ihr Porträt!«

»Ich habe es gehört«, antwortete er mit einem verschmitzten Lächeln.

»Wissen Sie«, fuhr Jacques fort, »ich bin Geschäftsmann, und es geschieht höchst selten, daß ich mehrere Bilder von einem völlig unbekannten Künstler kaufe.« Seine braunen Augen leuchteten warm.

»Ist das wahr?« jauchzte Sofie.

»*Oui*«, bestätigte er mit Nachdruck. »*Vraiment*. Wenn ich sage, Sie sind begabt und ich drei Arbeiten von Ihnen kaufe, sollten Sie davon ausgehen, daß es mir ernst damit ist.«

Sofie hatte das Gefühl, als würde sie jeden Moment vom Boden abheben und wie ein Luftballon in die Höhe schweben. Sie hielt krampfhaft Edwards Hand fest. »Ich habe gerade ein neues Bild begonnen, Monsieur.«

»Wenn ich die Bilder, die ich heute mitnehme, absetzen kann, werde ich weitere Arbeiten von Ihnen erwerben«, versicherte Jacques, und Sofie strahlte. »Aber hören Sie auf meinen Rat, wenn Sie Ihre Bilder vermarkten wollen. Lassen Sie die Finger von Genrebildern und Stilleben, die verkaufen sich schlecht. Widmen Sie sich figürlichen Darstellungen, darin sind sie eine Meisterin.«

Sofie nickte eifrig. »Meine neue Arbeit ähnelt der Studie *Junger Mann am Strand*.«

»Gut«, nickte Jacques. »Nun zum geschäftlichen Teil.«

Sofie bekam große Augen, als Jacques die Brieftasche zog und ihr einige Banknoten entnahm. »Ich bin bereit, Ihnen zweihundert Dollar zu bezahlen«, bot er an. »Für die drei Porträts.«

»Zweihundert Dollar!« wiederholte sie tonlos. Das war nicht viel, aber sie hatte nicht ernsthaft daran geglaubt, überhaupt ein Bild zu verkaufen, und war begeistert, die erste finanzielle Transaktion ihres Lebens abzuschließen.

Ehe Jacques ihr die Geldscheine aushändigen konnte, trat Edward dazwischen. »Verzeihen Sie«, meinte er trocken. »Zweihundert Dollar sind absolut unakzeptabel.«

»Edward!« keuchte Sofie.

Jacques legte den Kopf schief. »Sind Sie der Agent von Mademoiselle O'Neil?«

»Wie Sie sehen. Hundert Dollar für jedes der kleinen Porträts und tausend für mein Konterfei.«

Sofie schnappte hörbar nach Luft.

»Fünfzig für jedes der kleinen Porträts, dreihundert für

das Ihre«, konterte Jacques, ohne mit der Wimper zu zukken.

»Fünfundsiebzig für jedes kleine Bild, fünfhundert für meines.«

»Abgemacht.« Beide Männer schmunzelten zufrieden, doch Sofie brachte den Mund nicht mehr zu. Jacques Durand-Ruel händigte ihr sechshundertfünfzig Dollar in bar aus. »Wenn ich Ihre Arbeiten erfolgreich verkaufe, komme ich wieder«, versprach er.

Sofie war immer noch sprachlos.

»Ich lasse die Bilder morgen nachmittag abholen.« Jacques verbeugte sich. »*Au revoir*«, verabschiedete er sich und ging.

»Sofie?« fragte Edward in ihre Benommenheit.

Sofie breitete die Arme aus und drehte sich im Kreis, ihr kaputter Knöchel war völlig vergessen. Sie drehte und drehte sich, bis sie schwindlig taumelte und von Edwards Armen aufgefangen wurde.

»Glücklich?« fragte er sanft.

Sofie hielt sich am Revers seines Jacketts fest. »Überglücklich. Edward, das verdanke ich nur Ihnen! Dies ist der schönste Tag in meinem Leben!«

Seine Hände glitten ihren Rücken nach unten zu ihren Hüften, der Druck seiner Handflächen festigte sich unmerklich. »Sie verdanken mir gar nichts, liebste Sofie«, sagte er. »Das haben Sie ganz allein zuwege gebracht. Sie sind außergewöhnlich begabt.«

Sofie warf den Kopf in den Nacken und lachte beglückt über ihren Erfolg.

Auch Edward lachte, sein melodischer Bariton mischte sich in ihren silberhellen Sopran. Und plötzlich hatte sie keinen Boden mehr unter den Füßen. Edward hatte sie hochgehoben und wirbelte sie im Kreis herum. Sofie jauchzte ausgelassen wie ein Kind. Als er sie schließlich wieder auf den Boden stellte, schlang Sofie ihre Arme um ihn und drückte ihn fest an sich. In diesem kurzen, flüchtigen Moment durchströmte sie eine Woge der Liebe mit einer Macht, die ihr den Atem raubte. Und sie sträubte sich nicht dagegen. Sie kapitulierte vor der Macht ihrer Empfindungen und fand sie herrlich.

»Ich freue mich sehr für Sie, Sofie«, flüsterte er an ihrem Ohr. »Und es macht mich glücklich, Sie zu sehen«, fügte er hinzu.

Sofie hob ihr Gesicht und sah ihm tief in die Augen. Sie mußte es ihn wissen lassen. »Sie haben mich unendlich glücklich gemacht, Edward«, hörte sie sich sagen.

Er sah sie lange und ernsthaft an.

Sofie spürte das Beben, das seinen Körper durchfuhr und die Hitze, die sie durchströmte. »Vielen Dank«, hauchte sie. Ihre Vereinigung war unausweichlich. Das wußte sie in dieser Sekunde ohne jeden Zweifel.

»Nichts zu danken«, sagte er seltsam bedächtig, den Blick in ihre Augen gesenkt.

Sofie hätte ihren triumphierenden Jubel am liebsten hinausgejauchzt; sie fühlte sich unverletzlich und verwegen und wußte, daß er sie in diesem Augenblick ebenso begehrte wie sie ihn. Sie legte ihre flache Hand an seine Wange, ein süßes Sehnen der Liebe schnürte ihr die Brust zu. Edward stand reglos da, den Blick immer noch unverwandt in ihre Augen gesenkt. Sofies Finger berührten seine rauhe Wange, sie sehnte sich danach, ihn überall zu liebkosen und zu streicheln.

Ohne den Blick von ihr zu wenden, ergriff Edward ihre Hand, schob Sofie sanft von sich und trat einen Schritt zurück. Seine Miene war undurchdringlich. Sofie wurde sich bewußt, daß sie sich unschickliche Freiheiten gestattet hatte, und errötete verlegen. Hielt er sie jetzt für lüstern, weil sie sich nach einer verbotenen Affäre mit ihm sehnte? Sie müßte sich entschuldigen, ohne die passenden Worte zu finden. Wie sollte man sich dafür entschuldigen, einen Menschen zu lieben? Welch absurder Gedanke.

Edward hatte sich noch weiter von ihr entfernt und die Arme vor der Brust verschränkt.

»Sofie!«

Unter dem harten Klang der Stimme ihrer Mutter zuckte sie erschrocken zusammen und fuhr zur Tür herum.

Suzanne stand auf der Schwelle, die Augen zornverdunkelt. »Soeben erfahre ich, daß er hier ist!« schrie sie spitz.

Ihre Mutter hatte sie vor Edward gewarnt, und Sofie hatte ihr versprochen, sich von ihm fernzuhalten. »Guten Tag, Mutter.«

Suzanne erbebte, ihr funkelnder Blick richtete sich auf Edward. »Ich hatte also recht.«

Edward stellte sich seitlich vor Sofie, als wolle er sie beschützen. »Guten Tag, Mrs. Ralston.«

»Von einem guten Tag kann kaum die Rede sein«, schnappte Suzanne bissig.

»Mutter«, protestierte Sofie, peinlich berührt von Suzannes Unhöflichkeit. So haßerfüllt hatte sie ihre Mutter noch nie erlebt.

Suzanne schenkte ihr keine Beachtung. »Habe ich mich nicht klar ausgedrückt?« schnarrte sie an Edward gewandt. »Sie sind in unserem Haus nicht willkommen! Ich wünsche nicht, daß meine Tochter mit Ihnen Umgang pflegt, Mr. Delanza, selbst wenn Ihre Absichten ehrenhaft wären – was sie nicht sind, davon bin ich überzeugt.«

Sofie stockte der Atem bei ihren beleidigenden Worten, sie wußte aber auch, daß Suzanne die Wahrheit gesprochen hatte. »Mutter ...« Sofie versuchte verzweifelt, sie zu beschwichtigen und die Situation zu entspannen. »Es ist nicht so, wie du denkst. Edward hat mir nur geholfen, meine Bilder zu verkaufen.«

Jetzt erst sah Suzanne ihre Tochter an. »Wie bitte?«

»Mutter«, fuhr Sofie eifrig fort, trat auf sie zu und ergriff ihre Hand. »Edward hat einen berühmten Kunsthändler dazu veranlaßt, sich meine Bilder anzusehen.« Sie lächelte strahlend. »Und soeben hat er drei Arbeiten für seine Galerie gekauft.«

Suzanne sah ihre Tochter verständnislos an, als habe sie unverständliches Zeug gebrabbelt.

»Mutter?« fragte Sofie bang.

»Du hast Bilder verkauft?«

»Ja.« Sofies Begeisterung kehrte zurück. »An Monsieur Durand-Ruel. Du hast den Namen sicher schon gehört. Benjamin kauft bei ihm.«

Suzannes Zornesröte war plötzlich einer Leichenblässe

gewichen. Ihr wirrer Blick wanderte durchs Atelier und blieb an Edwards Porträt hängen.

Alle drei standen reglos. Keiner sprach. Suzanne starrte das Bild in ungläubigem Entsetzen an. »Was ist das?«

»Edward am Strand von Newport«, erklärte Sofie beflissen.

»Das sehe ich selbst«, fauchte Suzanne und fuhr herum. »Wann hast du das gemalt, Sofie?«

Sofie fuhr sich mit der Zunge über die Lippen. »Vor ein paar Tagen.« Sie zögerte. »Mutter ... gefällt es dir?«

Suzannes Busen wogte auf und ab. »Nein. Nein ... es gefällt mir nicht. Ich hasse es!«

Sofie kam sich vor wie ein kleines Kind, das einen Schlag mitten ins Gesicht bekommen hatte. Heftig blinzelte sie die Tränen zurück, die ihr in den Augen brannten.

Suzanne fuhr zu Edward herum. »Ich nehme an, daß Sie dafür verantwortlich sind! Ich muß Sie bitten zu gehen – verlassen Sie mein Haus! Sofort!«

»Was geht eigentlich in Ihnen vor, Mrs. Ralston?« Ein kaltes Lächeln umspielte Edwards Mundwinkel, seine Augen blitzten kristallklar. »Haben Sie Angst vor dem Erfolg Ihrer Tochter? Angst, sie könnte Sie übertreffen? Haben Sie Angst, Sofie glücklich zu sehen?«

»Reden Sie kein dummes Zeug! Ich will nicht, daß Sofie Umgang mit Ihnen pflegt!« brauste Suzanne auf. Und dann durchbohrte sie ihn mit Blicken. »Wie weit ist es gegangen?«

»Zu weit für Ihren Geschmack«, entgegnete Edward kühl.

Suzanne zuckte zusammen.

Edwards Stimme nahm einen bedrohlichen Tonfall an. »Sofie hält sich nun nicht mehr für völlig abstoßend und wertlos. Sie beginnt Freude am Leben zu haben wie jedes junge Mädchen. Sie beginnt sogar, ihren Traum, den Beruf einer Künstlerin zu verwirklichen. Was ist daran verwerflich, Mrs. Ralston? Was haben Sie dagegen, daß Sofie ihre Bilder verkauft?«

Suzanne rang nach Luft, ehe sie hervorstieß: »Gehen Sie! Auf der Stelle! Oder soll ich Sie hinauswerfen lassen?«

»Mutter!« rief Sofie bestürzt. »Edward hat mir geholfen,

meine Bilder zu verkaufen«, stammelte sie. Nun liefen ihr die Tränen über die Wangen. »Er ist mein Freund.«

»Er ist nicht dein Freund, Sofie«, widersprach Suzanne streng. »Das mußt du mir glauben! Mr. Delanza?«

Edward bedachte Suzanne mit einem finsteren, haßerfüllten Blick, ehe er sich an Sofie wandte. In seine Augen trat ein warmes Leuchten, seine Stimme klang begütigend und liebevoll. »Denken Sie an den Erfolg, den Sie heute hatten, Sofie. Und denken Sie an das, was Sie mir gesagt haben. Ihre Mutter versteht nichts von wahrer Kunst.«

Sofie begriff, was er ihr damit sagen wollte, und hätte am liebsten laut aufgeschluchzt. Edward verstand sie so gut. Er wußte, wie tief die Zurückweisung ihrer Mutter sie verletzte, er wollte sie trösten, ihr wundes Herz besänftigen. Sie brachte ein dünnes, bebendes Lächeln zustande. »Ja, das tue ich.«

Edward schenkte ihr ein letztes Lächeln und verließ das Atelier, ohne Suzanne noch eines Blickes zu würdigen.

Sofie blieb allein mit ihrer Mutter zurück.

Suzanne vermochte nur mit größter Mühe, die Beherrschung zu wahren. Als sie sich Edward Delanzas Porträt zuwandte, loderte ihr Zorn wieder auf. Seit Tagen hatte sie geahnt, daß etwas nicht in Ordnung war. Jetzt zählte nur noch eine einzige Frage: War es zu spät? »Was ist zwischen dir und Delanza vorgefallen?« fragte sie schroff.

»Mutter, ich weiß, daß du Edward ablehnst. Aber ich versichere dir, es ist nichts Unschickliches geschehen.«

Suzanne kniff die Augen zusammen. »Aha. Er ist also bereits ›Edward‹ ... interessant. Belüge mich nicht. Ich sehe dir an, daß du lügst, Sofie. Was hat er dir angetan?«

Sofie war erbleicht und schwieg.

»Bist du noch unberührt?«

Sofie bewegte keinen Muskel. Die Sekunden tickten dahin, ohne daß Sofie antwortete. Ihr Schweigen durchbohrte Suzanne das Herz. Hatte dieser ruchlose Frauenheld ihre Tochter geschändet? Suzanne erinnerte sich nur zu gut daran, wie sie sich als fünfzehnjährige Unschuld Jake hingegeben hatte. Doch Sofie war nicht wie sie, und an diesen Gedanken klammerte sich Suzanne.

Sofies nächste Worte schlugen ein wie eine Bombe, waren wie ein Peitschenhieb in Suzannes Gesicht, machten all ihre Hoffnungen zunichte. »Ich bin kein Kind mehr. Du hast kein Recht, mir solche Fragen zu stellen.«

»Grundgütiger«, stammelte Suzanne fassungslos über den rebellischen Trotz ihrer Tochter. Bedeutete dies, daß sie ihre Jungfräulichkeit verloren hatte? War das wirklich ihre Tochter? »Ich versuche doch nur, dich zu beschützen. Ich wollte dich immer nur beschützen.«

»Vielleicht will ich nicht mehr beschützt werden, Mutter. Vielleicht …« Sofie zitterte an allen Gliedern. »Vielleicht will ich einfach leben und meine eigenen Erfahrungen machen, selbst wenn sie falsch sind.« Mit diesen Worten machte sie kehrt und ging.

»Sofie!« schrie Suzanne und rannte hinter ihr her. »Das meinst du nicht so!«

An der Tür blieb Sofie stehen und warf ihr einen Blick über die Schulter zu. »Doch, genauso meine ich es. Ich habe es nämlich satt, ein verrückter Krüppel zu sein, Mutter.«

Suzanne schnappte nach Luft und sah ihrer Tochter entgeistert nach.

In ihrem Zimmer drückte Sofie das Kissen an die Brust, wiegte sich hin und her und weigerte sich zu weinen. Es war nicht schlimm, daß Suzanne ihre Malerei nicht mochte. Sie verstand sie nicht, das wußte Sofie längst. Das Schlimme an ihrer Auseinandersetzung war, daß Suzanne recht hatte.

Edward war charakterlos. Ihre Mutter, die nahe daran war, tätlich auf ihn loszugehen, hatte nur versucht, ihre Tochter vor Schmach und Schande zu bewahren. Aber auch Sofie war sich ihrer Sache sicher. Sie war es leid, beschützt zu werden, sie wollte endlich leben.

Wollte sie wirklich als lüsterne, schamlose Frau leben? Würde sie als Geliebte eines leichtlebigen Herzensbrechers glücklich sein?

Sofie hob den Kopf, als Lisa das Zimmer mit sorgenvoll traurigen Augen betrat. »Sofie? Fühlst du dich nicht wohl?«

Sofie schüttelte den Kopf.

»Ach, Liebste«, sagte Lisa, setzte sich neben sie und nahm ihr das Kissen weg. »Sofie, was ist eigentlich los?« Sie nahm ihre beiden Hände.

»Ich weiß nicht!« rief Sofie verzweifelt. »Ich bin so verwirrt, Lisa. Ich bin furchtbar durcheinander.«

Lisa studierte das Gesicht ihrer Schwester. »Hast du dich mit Edward Delanza getroffen?«

Sofie drängte ihre Tränen zurück und nickte.

»Ach, Sofie. Du weißt doch genau, daß es ein Fehler ist!«

Sofie drückte Lisas Hände. »Mutter hat recht, das gebe ich zu. Ich weiß, daß Edward mich verführen will, Lisa.«

Lisas Augen weiteten sich. »Ist er dir zu nahe getreten?«

»Nicht wirklich. Noch nicht.«

»Sofie. Du darfst ihn nicht mehr sehen.«

Sofie sah Lisa traurig an. »Du hast leicht reden.«

»Hast du dich etwa in ihn verliebt?« entfuhr es Lisa entgeistert.

»Natürlich hab' ich mich in ihn verliebt«, antwortete Sofie zaghaft. »Wie könnte es anders sein?«

Lisa stand seufzend auf. »Du mußt Mutters Rat befolgen. Du darfst ihn nicht wiedersehen. Wenn du ihm Freiheiten gestattest, wirst du es dein ganzes Leben bereuen.«

»Wahrscheinlich hast du recht«, seufzte Sofie. »Aber ich kann mich nicht von ihm fernhalten.«

»Du mußt!«

»Lisa, er ist nicht nur ein ehrloser Frauenheld, der es darauf abgesehen hat, mich zu verführen. Er ist mein Freund. Ein sehr guter Freund. Ich kann mir ein Leben ohne ihn nicht mehr vorstellen.«

Lisa sah sie fassungslos an. »Sofie, du irrst dich«, sagte sie streng. »Edward Delanza ist nicht dein Freund. Wenn er dein Freund wäre, dann wären auch seine Absichten ehrenhaft.«

Und Sofie zuckte unter der Last der Wahrheit ihrer Worte zusammen.

Kapitel 14

Edward lag angezogen auf dem Bett, nur das Jackett hatte er achtlos über die Stuhllehne geworfen. Die Hände hinter dem Kopf verschränkt, starrte er auf den träge rotierenden Ventilator an der Decke seines Hotelzimmers. Sein Gesicht war angespannt.

So sehr er sich bemühte, er konnte nicht aufhören, an Sofie zu denken. Er sah ihr Entzücken, als Jacques Durand-Ruel erklärte, er beabsichtige, das Strandbild zu kaufen; und er sah ihren betäubten Schmerz, als Suzanne ihr grausam an den Kopf geworfen hatte, sie hasse dieses Bild. Er erinnerte sich an ihren gestrigen Zorn, als er gewagt hatte, sie zu einer Spazierfahrt mit Henry Marten zu drängen, wobei er nur ihr Bestes im Sinn gehabt hatte. Andererseits versetzte ihn allein der Gedanke in Rage, Sofie könne sich mit einem anderen Mann amüsieren. Edward erinnerte sich nur zu deutlich an den Kuß im Atelier, bei dem er sich keineswegs wie ein Gentleman verhalten hatte.

Und wenn er daran dachte, wie sie sein Gesicht berührt hatte, nachdem der Franzose gegangen war, schlug sein Herz Purzelbäume. Seine Kiefer spannten sich, ein Muskelstrang vibrierte. Er war ein erfahrener Mann und wußte, wann eine Frau ihr Herz an ihn verlor. Und als Sofie seine Wange gestreichelt hatte, wußte er, daß sie sich in ihn verliebt hatte. Vielleicht hatte er ihre Gefühle schon früher erkannt und sie nur nicht wahrhaben wollen. Bereits bei seinem zweiten Besuch im Atelier war ihm die Sehnsucht in ihrem Blick aufgefallen, hatte er ihre Bereitwilligkeit gespürt. Wenn er zurückdachte, hatte es zu viele Warnsignale gegeben, die ihn zum Rückzug mahnten.

Selbstverständlich beruhten ihre Gefühle vorwiegend auf Dankbarkeit. Sofie war eine vernunftbetonte junge Frau. Doch der Schaden war bereits angerichtet. Er mußte dem ein Ende machen. Und zwar sofort.

Edward ärgerte sich über seine Unentschlossenheit. Er hatte sich in ihr Leben gedrängt, um ihr die Augen für die Freude an ihrem Dasein zu öffnen, es war nicht seine Absicht gewesen, Liebesgefühle in ihr zu wecken. Er war der falsche Mann für sie. Selbst wenn er den Wunsch hätte, Sofie zu heiraten – was *nicht* der Fall war –, würde er es nicht tun, da er den Gedanken an das Ende nicht ertragen konnte, das vorhersehbar war.

Edward kniff die Augen zusammen, um schmerzliche Erinnerungen zu vertreiben, was ihm jedoch nicht gelang. Die Ehe seiner Eltern war eine Farce gewesen. Seine Mutter hatte seinen Vater auf schamlose Weise betrogen und versucht, ihre Untreue mit Lügen und Ausflüchten zu kaschieren. Diese Ehe war mittlerweile geschieden, doch Edward hatte die Folgen bitter zu spüren bekommen. Er hatte seiner Mutter nie verziehen.

Er schwang die Beine über die Bettkante und setzte sich auf. Als er Sofie erklärt hatte, er habe altmodische Vorstellungen von Moral und Ethik, hatte er die Wahrheit gesagt. Das Ehegelöbnis war ein Schwur, der nicht gebrochen werden durfte. Edward aber wußte aus eigener Erfahrung, daß die meisten Menschen sich nicht an ihre Versprechen hielten.

Sofie schien in ihm so etwas wie einen Helden zu sehen, doch bald würden ihr die Augen geöffnet werden. Er war ein lausiges Vorbild. Er war kein Ritter in einer silbernen Rüstung und würde es nie sein.

Bei Gott, er wünschte, er wäre es – für Sofie. Plötzlich wurde ihm klar, daß er sich wünschte, sie möge das Beste von ihm denken und an ihn glauben. Er fühlte sich geschmeichelt, daß sie in ihm den Märchenprinzen sah, den stolzen Helden, weil kein anderer Mensch ihn je so gesehen hatte. Er hatte es sich zur Aufgabe gemacht, Sofies Lehrer und Beschützer zu sein – auch darin hatte er kläglich versagt und es soweit kommen lassen, daß Sofie sich in ihn verliebte.

Edward haßte die Vorstellung, sie jetzt verlassen zu müssen, hatte ihre Freundschaft doch eben erst begonnen. Er wünschte sich so sehr, daß sie ihre Träume verwirklichte –

alle. Wie gern würde er an ihren Erfolgen und Triumphen teilhaben. Doch das war nicht möglich. Ihm blieb keine Wahl. Er mußte sich zurückziehen, ehe er ihr mehr als Herzeleid zufügte, ehe er den Rest, der von ihrer Unschuld noch übrig war, zerstörte und damit alle Hoffnungen für ihre glückliche Zukunft.

Sofie weigerte sich zu denken. Sie hatte das Haus panikartig verlassen und Suzannes Warnungen und Lisas Ratschläge weit von sich gewiesen. Doch als sie nun die prunkvolle Halle des Savoy durchquerte, glaubte sie, alle Menschen würden sie anstarren, als wisse jeder, was sie beabsichtigte, wohin sie ging und zu wem.

Doch sie ließ sich nicht aufhalten, durch nichts und niemanden. Selbst wenn Edward nicht ihr Freund war, wenn er aus unlauteren Motiven handeln sollte, wie Mutter und Lisa behaupteten, so war Sofie davon überzeugt, daß er ihr Verbündeter war, auf den sie sich verlassen konnte.

Sofies Überlegungen entbehrten jeder Logik, sie entfloh jedem vernünftigen Gedanken und eilte ihrem Schicksal entgegen – selbst wenn dieses Schicksal ihr Verderben bedeuten sollte.

An der Rezeption erkundigte sie sich nach seiner Zimmernummer. Als sie den Aufzug mit dem Messinggitter betrat, spürte sie den argwöhnischen Blick des Portiers im Rücken. Der Lift bewegte sich im Schneckentempo nach oben. Sofie ballte die Fäuste und sandte Stoßgebete zum Himmel. Der Liftboy und die beiden Fahrgäste schienen sie mit Blicken zu durchbohren.

Vor Edwards Tür angekommen, hatte sie schließlich sämtliche Bedenken abgeschüttelt und hielt krampfhaft an ihrem Fantasiebild fest, in seinen Armen und seinem Bett zu liegen. In aller Deutlichkeit malte sie sich aus, wie wunderbar seine Liebkosungen, seine Küsse, seine Liebe sein würden. Sofie war verzweifelt. Sie war noch nie im Leben so verzweifelt gewesen. Sie klopfte.

Er öffnete wenige Sekunden später in Hemdsärmeln. »Sofie?« entfuhr es ihm entgeistert.

Sofie starrte ihn wortlos an, ihr Kopf war völlig leer. Sie brachte kein Wort über die Lippen.

»Was ist passiert?« fragte er besorgt und ergriff ihre Hand.

»Bitte, Edward!« entfuhr es ihr beinahe schluchzend. »Darf ich reinkommen?«

Er antwortete nicht und machte keine Anstalten, sie ins Zimmer zu bitten, spähte statt dessen nach rechts und links den Hotelflur entlang. »Ich ziehe rasch mein Jackett über, dann suchen wir uns ein Plätzchen, wo wir in Ruhe reden können.« Mit diesen Worten schloß er die Tür und ließ sie im Korridor stehen.

Sofie war den Tränen nahe. Sie wollte mit ihm allein sein, in seinen Armen liegen. Wieso verweigerte er ihr den Zutritt?

Einen Augenblick später tauchte Edward wieder auf und führte sie zum Lift. »Es war nicht sehr klug, auf mein Zimmer zu kommen«, sagte er tadelnd. »Hat jemand Sie gesehen?«

Sofie reagierte erzürnt. »Ich wußte gar nicht, daß Sie so sehr um Ihren Ruf besorgt sind.«

Er drückte die Liftklingel. »Sie irren. Ich bin um Ihren Ruf besorgt.«

Sofie atmete auf. »Tut mir leid«, murmelte sie zerknirscht. »Ich bin völlig durcheinander.«

»Das sehe ich«, entgegnete er sanft. »Was halten Sie von einem Ausflug aufs Land?«

Sofie nickte dankbar.

Edward fuhr über die Brooklyn Bridge in Richtung Long Island. Sofie war in Gedanken versunken und hatte keinen Blick für die sanfte Hügellandschaft, die sich vor ihnen ausbreitete. Sie hatte noch kein Wort gesprochen. Edward hätte gerne gewußt, was sie bedrückte, wollte sie jedoch zu nichts zwingen. Bald war sie eingeschlafen. Ihr Kopf sank zur Seite, sie schmiegte sich an seinen Arm.

Was mochte zwischen Sofie und ihrer Mutter vorgefallen sein, nachdem er das Haus verlassen hatte? Wie er Suzanne einschätzte, befürchtete Edward das Schlimmste. Noch nie im Leben hatte er einen Menschen so gehaßt wie diese Frau. Es schien beinahe ein Wunder, daß eine so durch und durch selbstsüchtige, gefühlskalte Person ein so liebenswertes Geschöpf wie Sofie zur Welt bringen konnte.

Sofie begann sich zu regen. Sie hatte beinahe eine Stunde geschlafen. Seufzend wandte sie ihm das Gesicht zu. Er blickte auf sie herunter, und sein Herz zog sich zusammen. Heute war kein guter Tag, um Abschied zu nehmen.

Ihre Lider flatterten, sie schlug die Augen auf, sah ihn und lächelte schläfrig. »Edward?«

»Hallo«, murmelte er. »Geht's besser?«

»Ja.« Sie setzte sich auf, doch ihr Lächeln schwand. »Wo sind wir?«

»Nicht weit von der Oyster Bay«, erklärte er. »Dort kenne ich ein nettes Restaurant. Haben Sie Hunger?«

»Ja«, antwortete Sofie seltsam gepreßt. »Keine schlechte Idee.« Ihre Wangen röteten sich.

Edward wunderte sich darüber. Unbehagen stieg in ihm auf, er bedauerte beinahe, so weit gefahren zu sein. Sobald sie etwas gegessen und getrunken hatten, wollte er sie schleunigst nach Hause bringen.

Er spürte ihren Blick, und als er den Kopf wandte, sah er, daß sie ihm auf den Mund starrte. Sofort senkte sie die Lider. Doch er ahnte, was ihr Blick bedeutete.

Nein, er würde sie nicht küssen. Er durfte es nicht tun.

Die Landschaft um den Long Island Sound war fruchtbar und üppig grün, das türkisfarbene Meer von hellen, fast weißen Sandstränden gesäumt. Darüber wölbte sich ein tiefblauer Himmel. Nur im Osten drohte eine schwarze Wolkenwand. Edward mußte kein Seemann sein, um zu erkennen, daß sich über dem Atlantik ein Sturm zusammenbraute. »Ich fürchte, wir müssen ohnehin Rast machen«, murmelte er beunruhigt. »Sieht nach einem Sturm aus. Aber diese Sommergewitter ziehen schnell wieder ab«, fügte er hoffnungsvoll hinzu.

Edward stellte den Packard vor einem Gasthaus im alten englischen Kolonialstil ab, ein roter Ziegelbau mit hohem Giebel und spitzem Dach, von zwei Schornsteinen gekrönt.

Der liebevoll gepflegte Blumengarten war mit einem weiß gestrichenen Lattenzaun umgeben. Während Edward das Automobil mit einer Ölplane abdeckte, wartete Sofie an den Steinstufen der grün lackierten Eingangstür. Die gemütliche Gaststube war leer, was nicht verwunderte. Nach dem ersten Wochenende im September waren die Sommerfrischler wieder in die Stadt zurückgekehrt. Der Wirt führte sie zum besten Tisch am Fenster mit Ausblick auf die weite Bucht. Edward bestellte ein leichtes Fischgericht, und Sofie ließ sich zu einem Glas Wein überreden. Der Himmel verdunkelte sich bedrohlich, und bald brachte der Wirt eine Kerze, da es fast nachtduster geworden war. Edward beugte sich über den Tisch.

»Was ist geschehen? Warum sind Sie zu mir ins Hotel gekommen?« fragte er. »Sie wirken verstört, Sofie.«

Sie mied seinen Blick. »Ich hoffe, Sie sind mein Freund, Edward.«

Sein Unbehagen wuchs. »Ja, das bin ich.« *Deshalb sollten wir nicht hier sein. Ich will dir nicht weh tun, Sofie. Gütiger Himmel, nur das nicht.*

Sofie lächelte dünn. »Das freut mich.«

»Haben Sie sich mit Ihrer Mutter gezankt, nachdem ich fort war?«

Sofies Mund wurde schmal. »Nicht wirklich.«

»Sofie?«

Ihre Lider flatterten. »Es stimmt nicht. Sie hat nichts dagegen, wenn ich meine Bilder verkaufe.«

Edward schwieg. Sein Herz krampfte sich zusammen. »Was hat sie gesagt, Sofie?«

Sofie senkte den Blick auf das Tischtuch. »Sie will mich nur beschützen«, verteidigte sie ihre Mutter, ohne hochzusehen.

»Sie müssen nicht beschützt werden, Sofie.«

Ihre Lider flogen auf, und ihre bernsteinfarbenen Augen bohrten sich in seine. »Auch nicht vor Ihnen?«

Edward sah sie lange an. Und dann antwortete der gute, der moralische Mensch in ihm, nicht der Dämon, den er mühevoll im Zaum hielt. »Nicht einmal vor mir.«

Sofie senkte wieder den Blick, ihre zitternden Hände spielten mit dem Besteck. Und dann erschreckte sie ihn. Ohne den Blick zu heben, sagte sie leise, aber bestimmt: »Selbst wenn ich vor Ihnen beschützt werden müßte, würde ich es nicht wollen.«

Edward zuckte zusammen. Nach dem, was zwischen ihnen vorgefallen war, gab es keinen Zweifel an der Bedeutung ihrer Worte.

Der Wirt brachte das Essen und enthob Edward einer Entgegnung. Er spürte die Gefahr von ihrer Seite, aber auch von sich selbst. Sobald das Gewitter abgezogen war, wollte er sie schleunigst nach Hause bringen.

Doch der Himmel hatte sich noch mehr verfinstert. Der Sturm zerrte Zweige und Blätter von den Bäumen und wirbelte sie durch die Luft. Der Regen prasselte gegen die Fensterscheiben.

Beide beobachteten schweigend das tosende Gewitter, aßen kaum einen Bissen. Der Sturm peitschte den schwarzen Ozean, hohe Brecher brandeten mit weißen Gischtkronen wuchtig gegen den Strand. Wie auf ein stummes Zeichen trafen sich Edwards und Sofies Blicke und verschmolzen ineinander.

Es war, als hörte die Welt auf zu existieren, als gäbe es nur ihn und sie und die entfesselten Naturgewalten. Beide hatten eine Nische gefunden, nur für sie bestimmt, eine Nische, die ihnen Schutz und Geborgenheit gab. Edward fühlte sich von einer heftigen Sehnsucht gepackt, die an seinem Herzen, seiner Seele zerrte. Eine Sehnsucht, gegen die er mit aller Willenskraft ankämpfen mußte. Er durfte sich keinen Illusionen hingeben. Die Welt bestand nicht aus einem schwarzen, sturmgepeitschten Nichts; sie waren nicht die beiden einzigen Menschen im leeren Raum, Mann und Frau, dazu bestimmt, sich in alle Ewigkeit miteinander zu vereinen.

Sofie warf ihm einen verstohlenen Blick zu. »Es ist sehr romantisch«, hauchte sie.

Edward blickte in ihr Gesicht im flackernden Schein der Kerze und versuchte, seine Gefühle zu verdrängen. »Es ist bald vorbei.«

Ihre Mundwinkel schienen sich wehmütig hochzuziehen, in ihren Augen glitzerten Tränen. »Ich weiß.« Sie blickte wieder hinaus in den Gewittersturm.

Nie zuvor hatte Edward eine Frau so heftig begehrt wie Sofie. Er schob den Teller beiseite und versuchte damit auch seine sündigen Gedanken von sich zu schieben. Der Sturm war noch heftiger geworden, heulte gespenstisch ums Haus. Blitze zuckten grell über den schwarzen Himmel. Donnerschläge ließen die Fensterscheiben klirren. Es sah nicht danach aus, als könnten sie bald die Heimfahrt wegen – und es war bereits später Nachmittag.

Wie aufs Stichwort trat der Wirt an den Tisch. »Meine Herrschaften, ich habe schlechte Nachrichten.«

»Und die wären?« fragte Edward, der die Antwort bereits kannte. Sein Pulsschlag dröhnte ihm in den Ohren, beinahe so laut wie der Sturm draußen.

»Über den Telegraf erreichte uns soeben die Nachricht, daß der Sturm der Ausläufer eines karibischen Hurrikans ist. Es wird noch schlimmer kommen. Sie können heute auf keinen Fall weiterfahren. Aber ich habe Zimmer zu vermieten.« Er strahlte. »Morgen mittag wird sicher die Sonne wieder scheinen.«

Edward nickte düster. Sein Magen hatte sich zusammengezogen, als er sich an Sofie wandte. »Wir müssen hier übernachten. Es tut mir leid, Sofie.«

Sofie sah ihm offen in die Augen. »Mir nicht.«

Sofie stand am Fenster des kleinen, hübsch eingerichteten Zimmers. Die Nacht war hereingebrochen, und der Regen prasselte immer noch unvermindert gegen die Fensterscheiben. Sie blickte in die sturmgepeitschte Finsternis und dachte an Edward.

Seufzend wandte sie sich ab, ihr banger Blick flog über das Bett hinweg zur Tür, die zum Nebenzimmer führte. Er hatte keinen Versuch gemacht, sich ihr zu nähern, sie zu küssen. Sofie war zutiefst verwirrt.

Hatte sie ihn falsch eingeschätzt – wie alle anderen? War er tatsächlich nur ihr Freund, ein ehrenhafter Freund? Sie sollte über diese Erkenntnis froh und erleichtert sein, doch das Herz war ihr schwer, Tränen der Enttäuschung schimmerten ihr in den Augen.

Sie war so weit gegangen, es gab kein Zurück. Sie machte ein paar zaghafte Schritte ins Zimmer und blieb stehen. Es war nicht lange her, daß Edward sie ermuntert hatte, ihre Bilder einem Kunsthändler zu zeigen. Und er hatte ihr gesagt, daß eine Künstlerin sich der Zurückweisung stellen und lernen mußte, damit umzugehen. Sie hatte ihm verschwiegen, daß sie bereits tausendfach Zurückweisung erduldet hatte. Die Zurückweisungen von Freundinnen ihrer Mutter, von Henry Marten, Carmine Vanderbilt oder von irgendeinem Kunstkritiker störten sie nicht, wie sie die Zurückweisung des Mannes verkraften sollte, den sie liebte, das wußte sie allerdings nicht.

Sofie wandte sich dem Spiegel über der Kommode zu. Der Wirt hatte ihr freundlicherweise ein Nachthemd seiner Tochter geborgt. Nun betrachtete sie sich ängstlich und kritisch im Spiegel. Das ärmellose, weiße Batisthemd war ihr zu groß und bedeckte ihre Füße bis zu den Zehenspitzen. Der dünne Stoff ließ die Konturen ihrer Beine und Schenkel erkennen, verbarg jedoch ihren mißgebildeten Fuß. Sie sah nicht häßlich aus, eher lüstern. Mit fliegenden Händen löste sie die Haarnadeln und ließ ihre goldenen Locken über die Schultern fallen und lockerte sie mit den Fingern zu einer wilden Mähne. Dann kniff sie sich in die Wangen. Sie würde es tun. Sie würde zu ihm gehen. Er war nicht der finstere Schurke, für den alle Welt ihn hielt, da er keine Anstalten machte, zu ihr zu kommen. Sie mußte zu ihm gehen, da sie ihn liebte und wenigstens ein einziges Mal von ihm geliebt werden wollte.

Mit energischen Schritten ging Sofie zur Verbindungstür, ehe Vernunft und Angst wieder die Oberhand gewannen. Sie klopfte. Das Herz drohte ihr zu zerspringen.

Die Tür wurde geöffnet. Vor ihr stand Edward mit bloßem Oberkörper und nackten Füßen, nur mit seiner Leinenhose bekleidet. Sein Gesicht war angespannt und ernst – zu ernst. Sofie blickte ihm in die Augen.

Seine Stimme klang heiser und ungehalten. »Was, zum Teufel, tun Sie da, Sofie?«

»Edward«, flüsterte sie tonlos. Ihr Puls raste noch schneller. Sie flehte inständig zu Gott, Edward möge sie nicht zurückweisen, er möge sie umarmen, sie lieben, nur dieses eine Mal, nur diese eine Nacht. »Ich möchte nicht allein sein.«

Er schwieg. Seine Augen verdunkelten sich.

Sofie befeuchtete die Lippen. »Wollen Sie ... wollen Sie nicht ... hereinkommen? Bitte?«

Er sah ihr in die Augen, sah ihr auf den Mund. Dann erfaßte sein Blick ihre blonde Lockenmähne und wanderte über ihren Körper. Sofie spürte, wie sein Blick das dünne Nachthemd durchdrang. Ihre Angst wuchs. Sie hatte zwar gehofft, der feine Stoff ließe verführerische Rundungen erahnen, doch nun fürchtete sie, Edward würde ihren mißgebildeten Fuß sehen. Sie wagte ihm wieder in die Augen zu schauen und las sein Verlangen. Schwindel überkam sie. Edward ergriff ihren Arm, drückte ihn schmerzhaft. »Tu es nicht«, flüsterte er rauh.

Sofie spürte, daß er sie begehrte. Sie sah sein Verlangen, das ihn quälte wie ein ungezähmtes Tier.

Benommen schloß sie die Augen, lehnte sich unmerklich vor, bis ihre Brüste unter dem dünnen Batist seinen Brustkorb berührten. Seine Haut war so heiß, daß sie meinte, ihre Brustspitzen daran zu versengen.

»Edward?« Sie hob den Blick. »*Weise mich nicht zurück.*«

Er stand reglos da, blickte ihr tief in die Augen. Ein Schauder durchlief ihn. »Bitte nicht, Sofie«, flüsterte er und schluckte. »Ich darf es nicht tun. Ich könnte es nicht ertragen«, krächzte er heiser und ließ sie los, dann trat er einen Schritt zurück.

Sofie hob den Arm, berührte ihn. Edward atmete nicht. Beide blickten auf ihre schmale, bleiche Hand an seiner gebräunten Haut. Sein nackter Körper fühlte sich samten und heiß an ... und hart. Sie hätte nie gedacht, daß die Bauchmuskulatur eines Mannes sich so hart anfühlen könnte.

Sofies Blick glitt eine Winzigkeit tiefer. Zwischen seinen

Beinen wölbte sich eine mächtige Ausbuchtung. Unter dem dünnen Leinen zeichnete sich seine erigierte Männlichkeit deutlich ab. Sofie erstarrte. Die Knöpfe seines Hosenbunds waren nicht geschlossen. Ihr Benehmen war mehr als schamlos, das wußte sie. Sie wußte auch, daß sie ihre Hand wegnehmen und ihren Blick abwenden müßte, und dennoch tat sie es nicht, war nicht dazu imstande.

»O Gott«, stöhnte Edward gepreßt. »Gütiger Himmel!« Und seine Arme umfingen sie.

Der Teufel in ihm war losgelassen, seine moralischen Prinzipien vergessen.

Ohne eigentlich zu wissen, was er tat, hob er Sofie hoch und trug sie zum Bett. Edward hatte aufgehört zu denken – er wollte nicht denken, wollte den Moralapostel in ihm nicht wieder wecken, der ihm alles verdorben hätte.

Edward legte Sofie aufs Bett, ihr langes, goldenes Haar streichelte seine Arme und Hände wie Schmetterlingsflügel. Edward kniete vor ihr, bewunderte ihre reine Schönheit und war sich zugleich seiner zum Bersten gespannten Lenden bewußt.

Er hob ihren Oberkörper etwas an. Ihre Blicke trafen einander. »*Sofie.*«

Sofies Lippen teilten sich. Ihre Augen glänzten. »*Edward.*«

Sie lächelte. Sein Herz verkrampfte sich. Ein greller Blitz schien ihn zu durchzucken, gefolgt von einer Hitzewelle wie eine neue Lebenskraft, eine atemberaubende Empfindung, die er nicht deuten wollte. Nicht jetzt.

In der nächsten Sekunde waren sie ineinander verschlungen. Sein Mund suchte den ihren, seine Zunge drang in die nasse Wärme ihrer Mundhöhle ein. Er spreizte ihre Beine, schmiegte seinen Phallus an ihren Venushügel. Er saugte an ihren Lippen, umspielte ihre Zunge, stieß tief in ihre Kehle und preßte seine mächtige Männlichkeit an ihren heißen Leib.

Sofie hieß ihn willkommen. Zunächst berührte ihre Zunge die seine zaghaft und unsicher, doch bald verlor sie ihre Scheu. Sie öffnete ihm den Mund weit, ihre Zungen umschlangen ineinander. Edward durchzuckte das lüsterne Verlangen, ihre Zunge an der prallen Rundung seines Phallus zu spüren.

Die süße, unschuldige Sofie durfte er zu diesem sündigen Tun nicht verleiten. Er barg sein Gesicht in ihrem duftenden Haar, verfluchte den engstirnigen Moralapostel, der sich wieder einzumischen drohte und ihm die Frau verweigern wollte, die er begehrte. Doch sein Phallus, ein Werkzeug des Teufels, ließ sich nicht mehr beirren. Seine Wollust raubte ihm fast die Besinnung; er war kurz vor dem Zerbersten, um so schlimmer, als Sofies zarte Hüften sich ihm entgegenhoben und rhythmisch zu kreisen begannen.

Edward stöhnte gepeinigt, seine Hände glitten unter ihr Nachthemd und umfingen ihre nackten Gesäßbacken, preßten sie noch enger an seine Erektion. Er riß ihr das Nachthemd höher, nun pochte ihr feuchtes weibliches Fleisch an seinem Penis, nur noch durch das dünne Leinen von ihm getrennt.

Sofie wimmerte leise an seinem Ohr, umklammerte seine Schultern, ihre Nägel bohrten sich in sein Fleisch. Edward nahm ihr Gesicht in seine großen Hände und sah ihr tief in die fiebrigen Augen. »Ich kann nicht aufhören«, keuchte er. »Oh, Sofie, ich begehre dich so sehr! Ich brauche dich!«

Sofie hob ihm ihre Lippen entgegen. Sein Mund umfing sie zu einem leidenschaftlichen Kuß. Edward saugte ihre Zunge tief in seine Mundhöhle. Dabei nestelte er an den Bändern ihres Nachthemds und streifte es ihr von den Schultern. Sanft löste er seine Lippen von ihr und bewunderte ihre weißen, hellen Brüste.

Sofie lachte und weinte zugleich.

Edward streichelte sie, wölbte seine Hände um ihre Rundungen und schloß stöhnend die Augen.

Er beugte sich über sie, seine Zunge liebkoste ihre Brustknospen, die sich ihm begehrlich entgegenreckten. Sofie wand sich wimmernd. Ihre Nägel krallten sich in seine Schultern.

Edward verharrte keuchend, konnte nur mit Mühe an sich halten. Schweiß lief ihm über Gesicht und Brust.

»Edward«, stöhnte Sofie.

Ihr fiebernder Blick heftete sich an die harte Ausbuchtung seiner Männlichkeit, die sich gegen seine Hose preßte. Die pralle Rundung seines roten Fleisches hatte sich nach oben gedrängt und war am halb geöffneten Schlitz seiner Hose zu sehen.

Keuchend nahm Edward ihre kleine Hand und legte sie an seine pochende Erektion. Sofie rang nach Luft und wurde ganz still.

Edward hob ihre Hand an den Mund und küßte sie mit nasser Zunge. »Verzeih mir«, preßte er hervor, glitt an ihrem Körper nach unten, seine Hände streichelten ihre weichen Schenkel und spreizten sie weit. Sofie schrie ihre Lust hinaus.

»Mein Gott, bist du schön«, stöhnte Edward und küßte ihren Nabel.

Sofie hob ihre Hüften hoch. Er leckte ihren Bauch, seine Finger gruben sich in ihr honigfarbenes Kraushaar.

Sofie japste wimmernd.

»Sofie, Liebling«, raunte er. Seine Finger tasteten über den geschwollenen Kamm ihrer Schamlippen. »Sofie.«

Sie spannte jeden Muskel, ehe sie sich unter seinen liebkosenden Fingern zu winden begann. »Edward!«

»Ja, Liebling«, krächzte er und teilte ihre zuckenden Lippen. Aufmerksam beobachtete er ihr Gesicht, während sein Zeigefinger nach oben glitt und die harte Perle, die Mitte ihrer Wollust fand. Sofie jammerte in hilfloser Verzückung.

»Ja«, hauchte Edward, küßte die Innenseite ihrer Schenkel und umkreiste ihren bebenden Nervenhügel.

»Edward!« Sofie warf den Kopf hin und her.

Er küßte die kleine, rosige Öffnung, dann glitt seine Zunge über ihre seidigen Lippen. Sofie bäumte sich zuckend auf. Wieder kostete er sie, preßte die Zunge in die nasse Öffnung und wurde mit einem gutturalen Lustschrei belohnt. Er leckte und saugte ihr Fleisch. Sofie vergrub ihre Hände in seinem Haar, und dann durchzuckten sie die Schauer ihrer entfesselten Ekstase.

Edward löste sich von ihr, weidete sich am Anblick ihres

entrückten Gesichts und riß sich die Hose vom Leib. Durch den Nebel seiner Wollust schoß ihm der Gedanke durch den Kopf, daß er es nicht so weit kommen lassen dürfte. Zu spät. Sein Mund saugte sich gierig an ihrem fest, während er in sie stieß.

Sofie schrie.

Edward verharrte an der Öffnung ihres zuckenden Fleisches. Keuchend blickte er in ihr Gesicht. Ihre geweiteten Augen glänzten in lüsterner Verzückung, benommen von den Nachwehen ihres Höhepunkts, voll blinden Vertrauens und voller Liebe. »Edward«, jauchzte sie und umschlang ihn wild. »Oh, Edward – Geliebter!«

Er küßte sie hungrig und vollzog den Akt, indem er ihr Jungfernhäutchen mit einer schnellen Bewegung durchstieß. Sein inniger Kuß erstickte ihren Schmerzensschrei. Edward schob sich tief in sie, sehnte sich danach, ganz in ihr zu versinken, für immer und ewig. Dann verharrte er, zitternd vor Wonne in dem Bewußtsein, den Moment der Erfüllung noch nie in solcher Verzückung genossen zu haben.

Edward jagte seinem Höhepunkt entgegen. Er barg sein Gesicht an ihrem Hals, schlang die Arme um sie, wagte nicht, sich in ihr zu bewegen, sehnte sich danach, gemeinsam mit ihr in die überirdischen Gefilde der Wollust zu entschweben. Zu spät. Er schluchzte und entlud sich.

Lange schwebte er in paradiesischen Höhen. Als er wieder zur Besinnung kam, spürte er, wie sie seine Nackenhaare streichelte. Ihre schweißnassen Körper waren eng aneinandergeschmiegt. Sofie fühlte sich unendlich seidig und warm an. Plötzlich durchbohrte ihn ein stechender Schmerz.

Gütiger Himmel – was hatte er getan?

Er zog sich behutsam aus ihr zurück und rollte auf den Rücken. *Du Dreckskerl*, beschimpfte ihn eine innere Stimme. *Du lausiger, hundsgemeiner Dreckskerl!*

Er spürte, wie Sofie sich auf den Ellbogen stützte und ihn ansah. Sie strich ihm sanft durchs Haar und über die Wange. Edward lag stockzsteif da und kniff die Augen zusammen. Sofies Finger liebkosten seine Schultern, seine Brust, unendlich zart. Er spürte, wie sehr sie ihn liebte.

»Edward?«

Alle Verzückung war von ihm gewichen. Wie konnte er ihr in die Augen schauen? Wie konnte er je wieder in den Spiegel schauen?

Und dennoch wandte er sich ihr zu und öffnete die Augen.

»Ich wußte es nicht«, hauchte sie, ihre riesigen Augen glühten. In ihren lächelnden Zügen spiegelte sich das Glück einer tief befriedigten und staunenden Frau. »Ich hatte keine Ahnung, daß es so schön ist.«

Er brachte ein Lächeln zustande, wußte aber, daß es nicht überzeugend war, denn ihr Blick wurde unsicher.

»Edward?« Sie beugte sich über ihn, ihr Haar liebkoste seine Schulter. Ihre hoch angesetzten, kecken Brüste streiften ihn, auf ihrer alabasterhellen Haut zeichneten sich rote Flecken von seinen unrasierten Wangen ab.

Seine Lenden spannten sich erneut. Ihr Mund war rot und geschwollen von seinen Küssen. Schließlich hob er den Blick zu ihren Augen.

»Edward? Stimmt etwas nicht?« Sie zitterte. Die Frage in ihren großen Augen verwandelte sich in Angst.

Er konnte und durfte ihr nicht weh tun. Nicht jetzt, nicht hier. Niemals. Dieser Gedanke nahm ein wenig von seiner Scham, dem Abscheu vor seinem Tun, die sein Inneres zerfraßen. Edward setzte sich auf und zog sie in die Arme. Das Sprechen fiel ihm schwer; er hatte Mühe, seine Gefühle zu verbergen. »Nein, Sofie. Es ist alles in Ordnung.«

Seine Finger gruben sich in ihr goldglänzendes Haar, und er legte ihre Wange an seine Brust. Edward schloß die Augen, um seine Verzweiflung zu vertreiben. Er hatte ihr Vertrauen verraten, ihren Glauben an ihn mißbraucht. Edward erschrak über das Ausmaß des Schmerzes, der sein Inneres zerriß, hatte er doch noch vor wenigen Minuten in verzückten Wonnen gejauchzt.

Kapitel 15

Sofie spürte, daß etwas nicht stimmte. Sie schmiegte sich an ihn, barg ihr Gesicht an seiner Brust. Beklommenheit schlich sich in ihr Herz. Edward war bedrückt von dem, was geschehen war, nicht wie sie in überirdischer Hochstimmung.

Sanft löste Edward sich aus ihrer Umarmung und stand auf.

Sofies Herz wurde schwer. Er wirkte so ernst, beinahe grimmig. Schamhaft zog sie das Nachthemd über die Schultern hoch und band die Schleife am Ausschnitt. »Edward?«

Sein Lächeln wirkte gezwungen. »Einen Augenblick, Sofie.« Er verschwand in seinem Zimmer und knöpfte sich im Gehen die Hose zu.

Sofie kämpfte gegen Panik und aufsteigende Tränen an. Sie zerrte den Saum des Nachthemds nach unten, um ihre Beine zu bedecken, ihren mißgebildeten Knöchel. Dann verschränkte sie die Hände und wartete.

Wie seltsam, dachte sie düster, daß ein Partner während des Geschlechtsakts Liebe empfinden konnte und der andere nicht. Hastig wischte sie sich eine Träne von der Wange.

Dann stand Edward in der Verbindungstür. Er trug sein Hemd, das er zwar zugeknöpft, aber nicht in die Hose gesteckt hatte. Er sah komisch aus, doch Sofie lächelte nicht, denn seine finstere Miene gab keinen Anlaß zu Scherzen. Sie sah ihm in die Augen. »Edward? Ist ... ist etwas nicht in Ordnung?«

Seine Augen waren so ernst, daß ihr ein kalter Schauer über den Rücken lief.

»Ich muß mich bei dir entschuldigen«, sagte er bedächtig und wählte seine Worte mit Sorgfalt. »Sofie, das hätte nicht passieren dürfen.«

Sofie starrte ihn entgeistert an. Wollte er ihr zu verstehen geben, daß er den Liebesakt mit ihr bereute? Wie war das möglich? War denn die Lust, die sie beide in höchste Gefilde der Ekstase getragen hatte, nicht etwas Außergewöhnliches? Oder war es für ihn alltäglich, ein Ereignis, das er tausendmal erlebt hatte und noch tausendmal erleben würde – mit anderen Frauen?

Er verlagerte das Gewicht. »Eine Entschuldigung klingt belanglos und abgedroschen, wenn man bedenkt, was wir gerade getan haben.« Er errötete bis an die Haarwurzeln. »Was ich getan habe.«

Sofie schüttelte den Kopf. »Nein«, wisperte sie. »Du mußt dich nicht entschuldigen.«

»Sofie, es tut mir leid. Es tut mir furchtbar leid. Das hast du nicht verdient.«

Sofies Augen füllten sich mit Tränen, sie drehte das Gesicht zur Seite, rang um Fassung. Nach einer Weile wandte sie sich ihm wieder zu. »Ich habe es gewollt, Edward. Mach dir bitte keine Vorwürfe. Ich bin eine erwachsene Frau und fähig, eigene Entscheidungen zu treffen.«

»Weine nicht«, befahl er schroff. »Das wäre das letzte, was ich will.« Er eilte ans Bett, setzte sich zu ihr und nahm ihre Hand.

Sofie wollte in seine Arme sinken und sich an ihn klammern, doch sie hielt sich zurück. Sie durfte die Situation nicht schlimmer machen, als sie ohnehin war.

Und dann sagte er sehr ernst und düster: »Willst du mich heiraten, Sofie?«

Ihre Augen weiteten sich in hellem Entsetzen.

Er lächelte, doch seine Augen blieben kühl. »Das klang nicht sehr romantisch, wie?« meinte er leichthin. Er hob ihr Kinn, seine Lippen nagten an ihrem Mund. Sofie war unfähig, sich zu regen, und er begann seinen Kuß zu vertiefen.

Sein Antrag traf sie völlig unerwartet, ihr Herz pochte wild. Und als sein Kuß drängender, leidenschaftlicher wurde, durchrieselte sie ein kribbelndes Verlangen. Er hatte sie gefragt, ob sie ihn heiraten wolle. Sofie konnte nicht denken, weil seine Hände ihren Rücken streichelten, tiefer glitten über ihre Hüften zum Gesäß. Seine Zunge begehrte Einlaß. Sofie öffnete den Mund. Edward legte sie auf den Rücken, stöhnte tief und kehlig. Und dann flammte das bereits entfachte Verlangen heiß und drängend in ihr hoch. Hitze stieg ihr die Schenkel hinauf. Sofie versuchte, sich bewußt zu machen, daß er sie jetzt in der Absicht verführte, um ihr seinen Willen aufzudrängen, doch es zählte nicht mehr. Sie keuchte, als seine steife, pralle Männlichkeit sich an ihr heißes geschwollenes Fleisch schmiegte.

»Sofie«, raunte Edward. Seine Hände waren unter ihr Nachthemd geglitten und streichelten ihre Brüste.

Sofie bäumte sich ihm entgegen. Seine Finger umspielten ihre hochgereckten Brustspitzen. Edward murmelte Liebkosungen an ihrem Mund, beugte sich über ihre Brüste und leckte und saugte daran. Sofie wand sich und weinte vor Lust, ihre Nägel krallten sich in seinen Rücken, während er ihre Brustspitzen mit der Zunge verwöhnte.

Als er sie diesmal nahm, war sie bereit für ihn. Tief und schmerzlos glitt er in sie. Sofie klammerte sich an ihm fest, während er sich rhythmisch in ihr bewegte. »Ich möchte, daß du gleichzeitig mit mir kommst«, raunte Edward heiser, seine Augen funkelten wild. »Ich will, daß wir gemeinsam den Gipfel erreichen.«

Sofie hätte sich nie träumen lassen, daß man so freimütig und bildhaft über den Liebesakt reden durfte. Seine Worte steigerten ihr Verlangen, und sie wurde in schwindelerregende Höhen hochgetragen. Durch den Nebel ihres Sinnenrausches glaubte Sofie zu spüren, wie er neues Leben in sie ergoß.

Sie schluchzte in ungeahntem Entzücken. Sie wollte sein Kind.

Als es vorbei war, hielt Edward sie eng umschlungen, streichelte ihr Haar, ihren Rücken, die Rundung ihrer Hüften. Gelegentlich drückte er einen warmen Kuß an ihre Schläfe, ihre Wange, und ehe Sofie sich wieder an seinen schockierenden Antrag erinnern konnte, war sie eingeschlafen, warm und geborgen in seine Arme geschmiegt. Und als sie sich später in dieser Nacht erneut paarten, in trägem, schlaftrunkenem Taumel, vertraut wie ein glückliches Liebespaar, erinnerte sie sich auch nicht daran.

Im ersten Morgengrauen wurde Sofie aus dem Schlaf gerissen. Der Sturm peitschte den Regen in prasselnden Stößen gegen das Fenster. Etwas Hartes schlug laut gegen die Außenmauer. Sofie war allein. Im ersten Augenblick konnte sie sich nicht orientieren, wußte nicht, wo sie war.

Und dann kam die Erinnerung. Sie war in einem kleinen Gasthaus an der Oyster Bay. Sie hatte Edward verführt – und danach hatte er sie noch zweimal geliebt. Draußen wütete der Ausläufer eines Orkans. Aber wo war Edward?

Das Schlagen gegen die Mauer war lauter geworden. Sofies Herz krampfte sich zusammen. Sie setzte sich auf. Die Balkendecke des Dachstuhls knarzte und zitterte. Das Geheul des Sturms war ohrenbetäubend. Draußen wurde es heller, und Sofie konnte die Umrisse der Bäume erkennen, von der Wucht des Sturms so stark gebogen, daß ihre Wipfel beinahe die Erde berührten. Sofie versuchte, sich einzureden, daß sie nichts zu befürchten habe, das Haus bot genügend Schutz gegen das Unwetter.

Plötzlich wurde die Tür aufgerissen. Sofie schrie vor Angst. Erst dann erkannte sie in der schattenhaften Gestalt Edward, der eine Kerze in der Hand hielt.

»Sofie, steh auf!« befahl er und zog ihr die Bettdecke weg. »Das halbe Dach des Nachbarhauses wurde vom Sturm weggerissen. Hier oben bist du nicht sicher. Komm, beeil dich!«

Dann klirrten zerberstende Fensterscheiben. Edward eilte mit der flackernden Kerze ans Fenster. »Der Strom ist ausgefallen«, knurrte er. »Und quer über die Hauptstraße ist ein Baum gestürzt. Zieh dich an, Sofie.«

Sofie beeilte sich, das Herz schlug ihr bis zum Hals. Das regelmäßige, unheimliche Schlagen draußen hörte nicht auf, war noch lauter geworden. Der Himmel hatte einen bleiernen Grauton angenommen. Mit fliegenden Fingern zog sie die Kleider an, schaffte es jedoch nicht, die Knöpfe ihrer Hemdbluse zuzumachen. Edward mußte ihr dabei helfen. Sie versuchte, ihr Haar zu flechten, als es laut an der Tür klopfte. »Beeilung, Leute!« schrie der Wirt über dem ohrenbetäubenden Getöse des Sturms. »Wir müssen in den Keller!«

»Laß die Haare«, schrie Edward und packte Sofie am Arm und rannte mit ihr zur Tür. Als er aufmachte, schlug der Sturm die Tür so gewaltig gegen die Wand, daß sie aus den Angeln gerissen wurde. Der Wirt lehnte mit einer Petroleumlampe im Flur, aschfahl im Gesicht. »Auf der Ostseite hat der Sturm sämtliche Fenster eingedrückt!« schrie er. Plötzlich tat sich über ihren Köpfen eine Öffnung auf, der bleigraue Himmel war zu sehen, und kalte Regengüsse prasselten wie Pfeilspitzen herab. Sofie schrie auf, als der Sturm sie durch den Flur und auf die Treppe zuwirbelte.

Edward packte sie, ehe sie die Treppe hinabgerissen wurde, schlang die Arme um sie und rief nach dem Wirt. Dann rannten alle drei die Treppe hinunter ins Freie. Durch die sintflutartigen Regengüsse sah sie Edwards Packard unter einem umgestürzten Baum zerschmettert. »Oh, Edward!«

»Vergiß es!« Sie stemmten sich gegen den Sturm und stapften hinter dem Wirt um die Hausecke bis zur Kellertür. Der Wirt stieg als erster die steilen Steinstufen hinab. Edward schob Sofie vor sich her, schloß mühsam die Tür und folgte als letzter.

In einer Ecke des Kellers kauerten Ehefrau und Tochter des Wirts mit einem Stapel Decken und einer zweiten Petroleumlampe. Das Mädchen, ungefähr in Sofies Alter, schluchzte. Der Wirt umarmte seine Familie, die Ehefrau atmete erleichtert auf und reichte Sofie und Edward zwei Decken. Edward breitete eine auf dem Lehmboden aus. Sofie setzte sich neben ihn. In die zweite Decke gewickelt, schmiegten die beiden sich aneinander, und Edward legte den Arm um sie.

Ihre Blicke trafen einander. Edward lächelte, und Sofie lächelte zurück. Plötzlich fingen sie an zu lachen, zittrig, schrill. Und dann begann auch der Wirt leise und brummig zu lachen, Frau und Tochter stimmten mit ein. Alle fünf machten ihrer Erleichterung durch ein befreiendes Lachen Luft, daß sie das Grauen unversehrt überstanden hatten.

Und plötzlich erinnerte Sofie sich. Das Lachen blieb ihr im Halse stecken. Sie hatte Mühe zu atmen. Edward hatte ihr einen Heiratsantrag gemacht, aber aus völlig falschen

Beweggründen. Er wollte seinen Fehltritt wiedergutmachen. Wie konnte sie ihm ihr Jawort geben?

Ein paar Stunden später verließ das Häuflein Geretteter den Keller. Der Himmel spannte sich blitzblau über der weiten Bucht, weiße Schäfchenwolken trieben harmlos dahin. Die Sonne strahlte heiter, als habe es den nächtlichen Sturm nicht gegeben, als sei der Orkan nur ein böser Alptraum gewesen.

Erst als sie vor dem Gasthaus standen und sich umsahen, war das Ausmaß der Verwüstung zu erkennen. Der weiße Gartenzaun war aus der Erde gerissen und zerbrochen. Die Häuser auf der anderen Straßenseite waren alle beschädigt, die meisten Fensterscheiben zerborsten. Ein grünes Haus war halb abgedeckt; der Balkon des Nebenhauses abgebrochen und auf die Veranda gestürzt. Eine Ulme war auf einen Geräteschuppen gefallen und hatte ihn unter sich zermalmt. Die meisten Telegrafenmasten entlang der Straße waren umgeknickt und abgebrochen wie Zahnstocher.

Edward hielt Sofies Hand. »Gütiger Himmel.«

Sie drehten sich zum Gasthaus um. Die Südostecke des Daches war eingestürzt, fast alle Fenster auf dieser Seite waren zerbrochen. Edward hielt immer noch Sofies Hand.

Sofie schickte ein Dankgebet gen Himmel, daß ihnen nichts geschehen war. Erinnerte Edward sich an seinen Antrag?

Sofie blickte bange in sein schönes, kantiges Profil. Es wäre besser, er würde sich nicht erinnern. Wenn er nicht wieder darauf zurückkommen würde, wäre die Sache vergessen, und sie müßte nicht nein sagen.

Aber es schmerzte unsagbar. Ihre Liebe zu ihm war schmerzlich genug, auch ohne seinen Heiratsantrag, den er nur aus Pflichtgefühl und schlechtem Gewissen gemacht hatte, nicht aus Liebe und dem Wunsch, ein Leben lang mit ihr zusammenzusein.

In ihren Zimmern suchten sie unter dem vom Sturm verursachten Chaos ihre Habseligkeiten zusammen. Sofie zog unter der umgestürzten Kommode ihr seidenes Fransentuch hervor und fand auch ihr Retikül. Ihr graute davor, in die

Stadt zurückzufahren – ihr graute vor der Zukunft. Edward wartete im Türrahmen. »Wie kommen wir nach New York?« fragte sie und hoffte, er bemerke ihre zittrige Stimme nicht.

»Wir mieten eine Kutsche. Wegen der umgestürzten Bäume, die auf den Gleisen liegen, fahren keine Züge.«

Sofie nickte.

Edward blickte ihr in die Augen und fügte hinzu: »Wir könnten noch eine Nacht bleiben. Der Wirt sagt, er habe Zimmer im Erdgeschoß, wo der Sturm keinen Schaden angerichtet hat. Aber deine Familie ist mittlerweile gewiß in großer Sorge um dich.«

Sofie sagte nichts, um sich dem gefährlichen Thema nicht zu nähern. Doch Edward ließ nicht locker. »Aber wenn wir deine Familie von unseren Plänen unterrichten, wird sich die Aufregung bald legen.«

Sofie stand wie angewurzelt in der Mitte des Zimmers. Der Schmerz drohte ihr das Herz zu zerreißen. »Welche Pläne, Edward?« Ihre Stimme klang belegt.

»Unsere Heiratspläne«, entgegnete er ungerührt mit ernstem Gesicht.

Sofie fand zu ihrer gewohnten Stimme zurück. »Ich habe deinen Antrag nicht angenommen, Edward.«

Er sah sie verdutzt an.

Sie zog das Seidentuch enger um die Schultern, drückte ihr Retikül an die Brust. »Es war sehr ritterlich von dir, mir diesen Antrag zu machen«, sagte sie und bemühte sich, ruhig, gefaßt und vernünftig zu klingen. »Aber er war nicht nötig.«

Edward starrte sie ungläubig an.

»Ich habe nicht mit dir geschlafen, um dich zur Ehe mit mir zu zwingen.« Sofie hob das Kinn. Wenn sie jetzt zu weinen anfing, würde er ahnen, wie sehr sie ihn liebte und warum sie seinen Antrag ablehnte. Es würde zu einer erbärmlich sentimentalen Szene kommen, die sie um jeden Preis vermeiden mußte. Ihr war nichts geblieben als der Stolz – neben ihren Erinnerungen und ihrer Malerei.

»Sofie.« Edward war unter seiner gebräunten Gesichtsfarbe erbleicht. »Ich habe dir die Unschuld genommen.«

»Dessen bin ich mir bewußt. Das ist noch lange kein Grund zu heiraten.«

Seine blauen Augen bohrten sich in ihre. »Sofie – ich habe dich dreimal geliebt heute nacht.«

Sofie spürte, wie ihr die Hitze in die Wangen schoß in Erinnerung an die Leidenschaft, die sie miteinander geteilt hatten, an die lüsternen Augenblicke der Verzückung und an die Momente der Hingabe, Zärtlichkeit und Liebe, die kaum zu beschreiben waren. »Was hat das eine mit dem anderen zu tun?«

Seine Kiefer mahlten. Die Adern an seinen Schläfen pochten sichtbar. Seine Lippen waren ein harter Strich. »Und wenn du ein Kind bekommst?«

Seine Worte waren wie Salz in ihre blutenden Wunden. »Es ist nicht der Zeitpunkt«, log sie.

Er schien sich zu entspannen. »Sofie, wir sollten trotzdem heiraten. Es ist die richtige Entscheidung.«

Sofie war den Tränen gefährlich nahe. Es war nicht die richtige Entscheidung – nicht so. Eine Heirat aus *Liebe* wäre die richtige Entscheidung gewesen, doch das traf nicht zu. Nicht für sie, nicht mit ihm. Sofie straffte die Schultern. Ihre Stimme klang unnatürlich streng, beinahe schulmeisterlich, als sie erwiderte: »Ich habe nicht den Wunsch zu heiraten, Edward. Hast du das vergessen? Im Mai nächsten Jahres werde ich volljährig und gehe nach Paris, um mein Kunststudium fortzusetzen. Es tut mir leid.« Die Stimme drohte ihr zu versagen. Nur mit Mühe fügte sie hinzu: »Ohne Liebe kann ich nicht heiraten, Edward.«

Er rührte sich nicht. Er sah aus, als habe ihn ein Faustschlag in die Magengrube getroffen. Dann machte er auf dem Absatz kehrt und ging zur Tür. »Ich warte unten.«

Sofie sank auf das vom nächtlichen Liebesspiel zerwühlte Bett und krallte sich im Laken fest. Es war zu Ende, noch bevor es eigentlich begonnen hatte.

Das Haus war in hellem Aufruhr, als sie vorfuhren, was Sofie nicht verwunderte.

Für einen Augenblick drohte ihr Magen sich vor Übelkeit

umzudrehen, als die Haustür aufgerissen wurde und Mrs. Murdocks mit sich überschlagender Stimme ins Haus rief: »Sie ist da! Gottlob, sie ist wieder da! Miß Sofie ist zurück!«

Edward hatte sie nicht angefaßt, seit sie vor sechs Stunden seinen Antrag abgelehnt hatte. Er hatte sie auch kein einziges Mal angesehen. Erst vor wenigen Augenblicken hatte er das Wort an sie gerichtet, um ihr den Vorschlag zu machen, sie sollten beide vorgeben, es sei nichts vorgefallen. Er forderte sie auf zu lügen, da sie ihn nicht heiraten wollte. Edward wirkte erbost und schien zu erwarten, daß sie ihre Meinung änderte, ehe es zu spät war. Doch Sofie hatte seinem Vorschlag kühl zugestimmt.

Um den Schein zu wahren, ließ sie sich von ihm aus der Mietdroschke helfen. Seine Berührung war so unpersönlich, daß sie beinahe in Tränen ausbrach. Ihr Inneres war von Schmerz zerrissen, es gab keinen Platz für Scham und Reue. Alle würden das Schlimmste annehmen – und mit ihrer Vermutung recht haben. Sofie kümmerte das nicht im geringsten.

An Edwards Seite stieg sie die Steinstufen hinauf. Lisa eilte ihr tränenüberströmt entgegen. »Sofie, dem Himmel sei Dank! Ist dir auch nichts geschehen?« Die Schwestern fielen einander in die Arme.

»Nein Lisa, beruhige dich. Mir geht es gut«, versicherte Sofie und hielt dem tränennassen Blick der Schwester stand. Auch ihre Augen wurden feucht.

Lisa bedachte Edward mit einem Blick voller Vorwurf und Abscheu.

Suzanne stand aschfahl in der Haustür. »Ich hätte es wissen müssen«, empfing sie die beiden schneidend. »Sofie, du warst plötzlich verschwunden, und niemand wußte, wohin – gütiger Himmel!« Sie begann zu weinen.

Sofie eilte in die Arme ihrer schluchzenden Mutter. »Es tut mir leid«, brachte sie zitternd hervor. Wie sehr sehnte sie sich danach, ihr das Herz auszuschütten und sich von ihr trösten zu lassen. »Edward hat mich zu einer Ausfahrt eingeladen. Wir gerieten in einen Orkan und mußten Quartier in der Oyster Bay nehmen.«

Suzanne schob Sofie von sich, drängte die Tränen zurück und wandte sich erzürnt an Edward. »Ich hätte mir denken können, daß Sie dahinterstecken.«

»Immer mit der Ruhe, Mrs. Ralston«, entgegnete Edward kühl. »Wir waren gezwungen, auf der Halbinsel zu übernachten. Wenn wir versucht hätten, die Rückfahrt anzutreten, hätten wir in dem gewaltigen Sturm umkommen können. Mein Automobil wurde von einem umstürzenden Baum zerschmettert.«

Suzanne erschrak.

»Es stimmt«, pflichtete Sofie ihm bei, bislang entsprach die Geschichte der Wahrheit.

Suzanne legte den Arm um Sofies Schultern und zog sie an sich. Ihr Gesicht verzerrte sich. »Was haben Sie meiner Tochter angetan?«

Edwards Miene blieb undurchdringlich. »Nichts. Ihre Tochter hat keinen Schaden erlitten.«

»Mutter«, Sofie suchte verzweifelt ihre Aufmerksamkeit. »Mir geht es gut. Wirklich. Mach dir keine Sorgen. Edward war ... ein perfekter Gentleman.« Sie zwang sich zu einem Lächeln, spürte aber, daß Suzanne ihr Zögern nicht entgangen war. Sie haßte es, lügen zu müssen, aber unter den gegebenen Umständen heiraten zu müssen, wäre weitaus schlimmer.

Sofie sah das spöttische Funkeln in Suzannes Augen und wußte, daß sie kein Wort glaubte.

Plötzlich erschien Benjamin in der offenen Haustür und trat neben Suzanne. »Sofie, geht es dir gut?«

»Ja.«

Er wandte sich an Edward. »Tragen Sie die Konsequenzen, Sir? Nachdem Sie Sofie kompromittiert haben?«

Edward versteifte sich.

Suzanne legte beschwichtigend die Hand auf den Ärmel ihres Gatten. »Benjamin, es ist nichts passiert. Ich kenne meine Tochter. Sie würde uns nicht belügen, und sie würde sich nicht kompromittieren lassen.« Sie lächelte zuversichtlich.

Benjamin sah seine Frau zweifelnd an. »Hat Sofie dir das versichert?«

»Ja. Und ich bin gewiß, wir können diesen kleinen Skandal ausbügeln, wenn es überhaupt dazu kommen sollte.« Suzanne schenkte Edward ein gewinnendes Lächeln. »Mr. Delanza, Sie sind gewiß erschöpft. Wollen Sie nicht hereinkommen und eine Erfrischung zu sich nehmen? Sofie, auch du siehst müde aus, Liebes. Willst du nicht auf dein Zimmer gehen und dir von Clara ein Bad einlaufen lassen? Ich lass' dir gleich etwas zu essen hochbringen. Du mußt zum Dinner nicht herunterkommen nach den Strapazen, mein armes Kind.«

Sofie wußte, daß ihre Mutter die Wahrheit ahnte, und fand keine Erklärung, warum sie ihre Lügengeschichte deckte. Aber sie war erleichtert, daß Suzanne die Situation in die Hand nahm und Benjamin die Rolle des erzürnten Vaters ersparte. Sofie wartete Edwards höfliche Ablehnung der Einladung nicht ab. »Ja, ich bin todmüde«, sagte sie. Dann nickte sie Edward zu in dem Wissen, daß sie zum Abschied in die Bühnenfigur eines Shakespeare-Stückes schlüpfen mußte. »Vielen Dank, Edward, daß Sie mich wohlbehalten nach Hause gebracht haben. Es tut mir leid, wenn ich Ihnen Unannehmlichkeiten bereitet habe.«

Er verneigte sich knapp. Seine Worte klangen wie bitterer Hohn. »Es war mir ein Vergnügen.«

Sofie floh.

Sofie lag im Bett, eingehüllt in einen wollenen Hausmantel. Sie fror trotz des lauen Spätsommerabends, die Kälte kroch ihr in alle Knochen, kroch ihr mitten ins Herz. Sie wußte, daß sie Edward nie wiedersehen würde.

Sie redete sich ein, daß sie seinen Verlust überleben würde, ohne es glauben zu können.

Sie drehte sich zur Seite und drückte das Kopfkissen an die Brust. Vielleicht war es falsch gewesen, seinen Antrag abzulehnen. Vielleicht wäre es besser, seine Ehefrau zu sein, auch wenn er sie nicht liebte, als ihn für immer zu verlieren. Sofie vermißte ihn bereits so schmerzlich, daß ihr das Herz blutete.

Hätte sie ihn nicht so schamlos verführt, würde er immer

noch Teil ihres Lebens sein. Er wäre immer noch ihr Freund, ihr Vertrauter. Tränen stiegen ihr in die Augen. Und dennoch bereute sie nicht, diese wunderschöne Nacht mit ihm verbracht zu haben. Die Erinnerung daran würde sie ihr ganzes Leben begleiten – schmerzliche Sehnsucht und Trauer um seinen Verlust würden sie gleichfalls begleiten.

»Sofie?«

Sie setzte sich auf und blickte ihrer Mutter entgegen. Suzanne schloß die Schlafzimmertür und setzte sich zu ihrer Tochter ans Bett. Sofie wartete gespannt auf einen ihrer gefürchteten Wutausbrüche. Doch Suzanne fiel nicht kreischend über sie her. In ungewohnter Sanftheit fragte sie: »Geht es dir gut?«

Sofie wollte nicken, statt dessen schüttelte sie den Kopf, und eine dicke Träne kullerte ihr über die Wange.

Suzanne nahm sie in die Arme. »Ich weiß, daß du nicht die Wahrheit gesagt hast.«

Sofie klammerte sich an ihr fest. »Es tut mir leid, Mutter. Verzeih. Wir hielten es beide für ratsam zu lügen.«

Suzanne streichelte ihr den Rücken, dann löste sie sich von ihr. Ihre Augen waren gerötet. »Ich könnte den Kerl umbringen!«

Sofie wagte ihr ins Gesicht zu sehen. »Es war nicht seine Schuld. Ich habe ihn verführt.«

Suzannes Augen weiteten sich entsetzt.

»Ich liebe ihn«, verteidigte Sofie sich.

Suzanne entfuhr ein gutturaler Laut, doch dann zog sie Sofie in die Arme und drückte sie an sich. »Ich wollte dich vor ihm beschützen! Genau das wollte ich dir ersparen! O Gott, ich weiß, wie dir zumute ist, Sofie!«

Nun flossen Sofies Tränen, sie weinte sich in den Armen ihrer Mutter aus. Nachdem die Tränenflut versiegt war, reichte Suzanne ihr ein Taschentuch. Sofie putzte sich die Nase und sah, daß auch ihre Mutter geweint hatte. »Mutter?«

»Dein Vater hat mir das Herz gebrochen. Unzählige Male.« Suzanne rang mühsam um Fassung. Sie schniefte. »Ich *wußte*, daß Edward genau wie er ist.«

»Er hat mir einen Heiratsantrag gemacht«, sagte Sofie leise.

Suzanne erstarrte.

Wieder füllten Sofies Augen sich mit Tränen. »Ich habe ihn natürlich abgelehnt. Aber ich bin mir nicht sicher, ob es richtig war. Er fehlt mir so. Vielleicht sollte ich ...«

»Nein!«

Sofie erschrak.

Suzanne nahm sie bei den Schultern und rüttelte sie grob, einmal, zweimal, dreimal. »Du hast dich bereits zur Närrin gemacht! Tue es, um Gottes willen, nicht wieder!«

»Ich liebe ihn! Ich weiß, daß er mich nicht liebt, aber ...«

»Sofie, nein! Er wird dein Leben zerstören, wenn du ihn heiratest, genau wie Jake mein Leben zerstört hat!« kreischte Suzanne nun außer sich.

»Vielleicht hast du recht«, murmelte Sofie unsicher.

»Selbstverständlich habe ich recht. Da gibt es kein Vielleicht. Du könntest seine Weibergeschichten nicht ertragen. Oder willst du allein im Bett liegen, Nacht um Nacht, auf das Ticken der Uhr horchen, die Minuten zählen, warten, bis er endlich nach Hause kommt? Willst du ihn endlich im Morgengrauen zur Rede stellen, wenn er nach dem Parfüm einer anderen riecht? Das lasse ich nicht zu, Sofie.«

Sofie hielt den Atem an. Lebhaft erinnerte sie sich an das Mittagessen im *Delmonico*, als Edward unumwunden erklärt hatte, er sei zu ehelicher Treue nicht fähig.

Suzanne ließ das Thema nicht auf sich beruhen. »Du bist naiv, unschuldig und jung«, fuhr sie eifrig fort. »Selbst wenn er anfangs treu sein sollte ... das war Jake auch. Glaubst du im Ernst, du könntest das Verlangen eines solchen Mannes ein ganzes Leben lang wachhalten? Glaubst du, du könntest dich mit Frauen wie Hilary Stewart messen?«

»Nein«, flüsterte Sofie entsetzt über die entsetzliche Vorstellung, die Suzanne ihr vor Augen führte. Und sie hatte recht. Sie war nur Sofie O'Neil, das kleine, unscheinbare, verkrüppelte Mauerblümchen. Irgendwie hatte sie das in letzter Zeit vergessen.

»Denkst du etwa, er würde mit Hilary brechen, wenn du

seinen Antrag annimmst?« fragte Suzanne in kalter Grausamkeit. »Könntest du ihn heiraten in dem Wissen, er hält sich nebenbei eine Geliebte? Wärst du dazu bereit?«

»Ich heirate ihn nicht«, entgegnete Sofie mit bebenden Lippen. In ihrer kurzen, berauschenden Affäre hatte sie vergessen, daß es Hilary nach wie vor in seinem Leben gab, mit der er die Nächte verbrachte. Und plötzlich sah Sofie in aller Deutlichkeit die heiße Liebesszene in den Dünen am Strand von Newport vor sich.

»Es ist das beste, die Sache schleunigst zu beenden«, sagte Suzanne grimmig. »Das allerbeste! Es hätte nie geschehen dürfen. Aber mit der Zeit kommst du darüber hinweg.«

Sofie wußte, daß sie keine einzige Sekunde, die sie mit Edward Delanza verbracht hatte, vergessen würde. Aber sie schwieg. Falls sie in dieser allzu kurzen, wunderschönen Liaison ein Kind von ihm empfangen haben sollte, würde ihr Leben für immer mit ihm verknüpft sein, auch wenn sie Tausende von Meilen voneinander getrennt wären und sie ihn in ihrem ganzen Leben nicht wiedersehen würde. Sofie zog die Beine an und schlang die Arme um die Knie. Plötzlich sehnte sie sich mit aller Macht nach dem, was die Gesellschaft als schlimmste Katastrophe im Leben einer unverheirateten Frau ansah.

»Was ist los, Liebes?« fragte Suzanne schneidend.

Sofie hob den Blick. »Und wenn ich schwanger bin?«

Suzanne erbleichte. »Das ist höchst unwahrscheinlich nach einem einzigen Mal.«

Sofie senkte den Blick und schwieg.

»Es war doch nur ein einziges Mal, oder?«

»Nein.« Sofies Stimme war kaum hörbar. Sie würde Suzanne niemals gestehen, daß Edward sie dreimal in einer einzigen Nacht geliebt hatte. Sie unterdrückte wieder ein Schluchzen, denn es war keine Liebe, nicht für Edward, für ihn war es nur Wollust.

»Wann hattest du deine letzte Periode?« fragte Suzanne angstvoll.

Sofie hielt den Blick gesenkt. »Vor nicht ganz zwei Wochen.«

Suzanne biß die Zähne aufeinander. Ihre Augen verengten sich. Dann nahm sie die Hand ihrer Tochter. »Hab' keine Angst. Ich bin sicher, daß du nicht empfangen hast. Und wenn ...«, sie seufzte tief, »... verläßt du rechtzeitig die Stadt und bringst das Kind irgendwo heimlich zur Welt, und wir geben es zur Adoption frei. Niemand muß je davon erfahren.«

Sofie fuhr hoch. »Mutter, sollte ich das Glück haben und schwanger sein, werde ich mein Kind behalten. Ich würde mich *niemals* von meinem Baby trennen.«

Ihre Blicke hefteten sich ineinander. Sofie funkelte ihre Mutter zornig an, und in Suzannes Augen flackerte Angst. Schließlich tätschelte sie Sofies Hand. »Darüber wollen wir uns Sorgen machen, wenn es soweit ist, Liebes«, sagte sie mit einem zuversichtlichen Lächeln. »Falls es soweit kommen sollte.«

Sofie nickte und wandte den Blick. Ihr Puls raste. Sie flehte zu Gott, er möge ihr Flehen erhören. *Laß mich sein Kind bekommen*, betete sie. *Lieber Gott, laß mich sein Kind haben. Bitte.*

Teil Zwei
La Bohème

Kapitel 16

New York City, Herbst 1901

Der funkelnde Diamant von der Größe eines Daumennagels lag auf der grünen Filzbespannung. Unter der Hängelampe beugten sich die Köpfe der fünf Kartenspieler weit über den Tisch.

»Zum Teufel, sind Sie wahnsinnig, Delanza?« fragte einer der Spieler fassungslos.

Edward lümmelte in seinem Stuhl, eine Zigarette im Mundwinkel. Sein Jackett hatte er vor Stunden abgelegt, ebenso Krawatte und Manschettenknöpfe. Die Hemdsärmel waren hochgekrempelt, der Kragen offen. Sein zerknittertes Hemd hing ihm halb aus der grauen Hose. Seine unrasierten Wangen schimmerten dunkel, die Augen waren von Schlafmangel und der verqualmten Luft gerötet. An seinem rechten Arm hing eine üppige halbnackte Blondine; eine gleichermaßen ausgestattete Rothaarige schmiegte sich an seine linke Seite. In der Stadt gab es an die hundert private Herrenclubs, von denen viele die Elite der New Yorker Gesellschaft zu ihrer Klientel zählten. Dieses Etablissement war keine dieser respektablen Adressen.

La Boîte genoß den zweifelhaften Ruf, von den Randfiguren der Gesellschaft frequentiert zu werden. Den Damen, die hier ihre Dienste anboten, war das breitgefächerte Spektrum nächtlicher Vergnügungen vertraut, und sie scheuten sich nicht, den Herren selbst die abartigsten Wünsche zu erfüllen. Edward hatte das Etablissement vor wenigen Wochen zum erstenmal aufgesucht und war unterdessen ein willkommener Stammgast im *La Boîte* geworden.

Beim Anblick des funkensprühenden Diamanten kreischten die Mädchen. Die Pokerspieler gafften stumm. Nur Edward sah teilnahmslos auf den Edelstein, den er auf die Dollarnoten hatte kullern lassen. »Ich habe kein Bargeld mehr«, brummte er mit leicht undeutlicher Stimme.

»Der Klunker ist fünfmal mehr wert als der ganze Pot!« entfuhr es einem bärtigen Lebemann, in dessen grauem Gesicht jahrelange Ausschweifungen deutliche Spuren hinterlassen hatten.

Edward blickte den Sprecher gelangweilt an und ließ den Blick über die Runde der Spieler wandern. »Spielen wir oder nicht? Wenn nicht, suche ich mir eine andere Runde.«

Die Herren beeilten sich, murmelnd zuzustimmen, und das Spiel wurde fortgesetzt. Edward blieb unbeeindruckt, als ein Spieler einen Flush aufdeckte, der die zuvor gezeigten zwei Paare übertraf. Dann zeigte auch er sein Blatt – ohne mit der Wimper zu zucken. Drei gleiche Karten. Der Gewinner stieß einen Triumphschrei aus und kassierte den Pot. Der Diamant verschwand in der Innentasche seines Jakketts. »Sie sind verrückt«, erklärte er in Edwards Richtung und grinste von einem Ohr zum anderen. »Sie haben gerade ein Vermögen verloren.«

Edward zuckte mit den Schultern. »Ach wirklich? Mir ist das einerlei.« Er kam mühsam auf die Beine. Die beiden Schönen der Nacht standen ebenfalls auf. Er verneigte sich kurz vor den Spielern, legte die Arme um seine Begleiterinnen und verließ schwankend den verrauchten Spielsalon.

Suzanne eilte die Treppe hinunter; sie hatte sich ein wenig verspätet, doch dies war weiter nicht tragisch. Viele Opernbesucher kamen nicht pünktlich zu Beginn der Vorstellung. In der Halle blieb sie vor dem hohen Spiegel stehen und bewunderte ihr schulterfreies, nur von zwei dünnen perlenbesetzten Trägern gehaltenes Abendkleid. Das enganliegende Oberteil aus glänzendem Satin wurde von einem weit ausschwingenden, reich mit Perlen bestickten Rock ergänzt. Die elfenbeinweiße Robe bildete einen starken Kontrast zu dem dunklen Haar ihrer kunstvollen Hochfrisur. Ihre kostbaren Ohrgehänge aus Perlen und Diamanten funkelten bebend. Sie hatte all ihre Überredungskunst aufgewandt und ihren Gemahl zu guter Letzt auch noch verführt, bis er sich endlich bereit erklärte, ihr die Kostbarkeiten zu schenken. Beim passenden Kollier, das sie gleichfalls trug, hatte er allerdings abgewinkt. Das hatte sie sich selbst gekauft ... mit einem Teil von Sofies Geld. Suzanne beschwichtigte ihr Gewissen und versicherte sich, Sofie würde nichts dagegen einwenden, hätte sie davon gewußt.

Suzanne rief in die Halle: »Lisa? Lisa, wo bist du?«

Lisa trat aus dem Salon in einem schlichten Abendkleid aus pfirsichfarbener Seide mit kurzen Puffärmeln. Um ihre Schultern lag eine Atlasstola in einem um eine Nuance helleren Rosaton. Kleine Diamantohrstecker waren der einzige Schmuck, den sie trug. »Ich bin seit einer halben Stunde fertig.«

Suzanne überhörte die Bemerkung und legte ihr Pelzcape um. »Komm, laß uns gehen.«

Lisa rührte sich nicht. »Findest du nicht, wir sollten Sofie fragen, ob sie uns begleiten will?«

Suzannes Lider flatterten. »Sie ist im Atelier und malt.«

»Sie ist immer im Atelier und malt.«

»Sie würde sich weigern, uns zu begleiten.«

»Vielleicht könnte ich sie überreden.« Lisa lächelte gequält. »Sie leidet, Suzanne. Früher war sie mit ihrer Arbeit glücklich. Aber das ist vorbei.«

»Sie kommt darüber hinweg«, entgegnete Suzanne leichthin. »Ich will jetzt nicht darüber diskutieren, Lisa. Ich weiß genau, was für meine Tochter richtig ist.«

Lisas Gesicht wurde ernst. Ihre Stimme bebte. »Suzanne, wir beide wissen genau, was geschehen ist. Mr. Delanza sollte dazu stehen und tun, was richtig und schicklich ist.«

Suzannes Puls beschleunigte sich. »Auch wenn du nicht damit einverstanden bist, wie ich in der leidigen Geschichte zwischen Sofie und diesem Mann gehandelt habe, war es dennoch richtig. Komm bitte nicht auf die Idee, dich einzumischen oder Sofie irgendwelche Flausen in den Kopf zu setzen!« Sie legte die Hände an die Hüften. »Hast du nicht die Gerüchte gehört? Er wird von der guten Gesellschaft nicht mehr empfangen wegen seiner ungebührlichen Lebensweise. Letzte Woche ist er doch tatsächlich auf einer

Wohltätigkeitsgala mit einer *geschminkten* liederlichen Person aufgetaucht. Sie soll noch dazu halbnackt gewesen sein!«

Lisa straffte die Schultern. »Vielleicht ist auch er unglücklich.«

»Unsinn!« entgegnete Suzanne barsch. »Ich rate dir, dich um deine Angelegenheiten zu kümmern, Lisa«, fuhr sie kalt fort. »Sofie ist meine Tochter. Dieser Mann hat nichts in ihrem Leben zu suchen. Ich will ihn nie wieder mit ihr zusammen sehen.«

»Sie ist meine Schwester.«

»Deine Stiefschwester, weiter nichts.«

Lisa schnappte nach Luft. »Ich bleibe lieber hier«, sagte sie, und ihre Lippen bebten. »Ich kann den Opernbesuch nicht genießen, wenn Sofie sich allein zu Hause grämt.« Daraufhin machte sie kehrt, raffte die Röcke und floh die Treppe hinauf.

Suzanne sah ihr erzürnt nach. Sie hatte keine Lust, zu Hause zu bleiben. Sie dachte an Benjamin, der seit Stunden mit einem Rechtsanwalt und zwei Herren der Bank eine Besprechung im Arbeitszimmer hatte. Wenn die drei den geschäftlichen Teil erledigt hatten, würden sie noch ein Glas Cognac trinken und dicke Zigarren rauchen. Möglicherweise würden sie sich auch in Benjamins Club begeben. Ein paar Stunden später würde er zu ihr ins Bett schlüpfen zu einem kurzen, faden Liebesakt, den Suzanne nur ertrug, weil er ihr Gelegenheit bot, von ihrem verstorbenen ersten Ehemann zu fantasieren.

Suzanne betrachtete ihr Spiegelbild und registrierte stolz, wie schön und begehrenswert sie aussah. Nein, sie hatte nicht die Absicht, zu Hause zu bleiben, allein und gelangweilt, um auf Benjamins Aufmerksamkeiten zu warten, Aufmerksamkeiten, an denen ihr nichts lag.

Da es verheirateten Damen gestattet war, ohne Begleitung die Oper zu besuchen, beschloß Suzanne, sich den Abend von Lisa nicht verderben zu lassen. Das Kind wurde in letzter Zeit zu aufrührerisch und trotzig. Suzanne nahm sich vor, mit Benjamin zu sprechen, um eine baldige Verheiratung seiner Tochter ins Auge zu fassen. Hatte sie nicht kürzlich gehört, ein englischer Marquis – verarmt und Junggeselle – sei in der Stadt, um Ausschau nach einer wohlhabenden Braut zu halten?

Suzanne gab Anweisung, die Kutsche vorfahren zu lassen, und dachte an Lisa, während sie wartete. Gedanken an Sofie und ihr Unglück verdrängte sie. Ihr Schmerz würde nach einiger Zeit erträglich werden, das wußte Suzanne aus eigener Erfahrung.

Suzanne amüsierte sich prächtig. Die Opernaufführung interessierte sie nicht sonderlich, aber sie genoß es, im Mittelpunkt der Aufmerksamkeit zu stehen. Die Herren in den umliegenden Logen warfen immer wieder heimliche Blicke zu ihr herüber, manche wagten es sogar, ihr zuzulächeln. Suzannes Ruf war völlig wiederhergestellt, und das bereits seit vielen Jahren. Nach dem Grauen, als lebender Skandal von der Gesellschaft verstoßen und geächtet zu sein, hatte sie nicht den Wunsch, je wieder eine solche Situation heraufzubeschwören. Sie ließ sich von Männern bewundern, aber nur aus der Ferne. Sie war Benjamin all die Jahre ihrer Ehe treu geblieben. Nach ihren Jugendsünden war sie klug genug, um zu wissen, daß Liebe und Lust wertlos waren im Vergleich zu Ansehen und Reichtum.

Dennoch genoß sie die Bewunderung der Herren, sehnte sich geradezu danach, vielleicht, weil Benjamin sie so selten als Frau wahrnahm. Suzanne gab vor, zwei besonders kekke Bewunderer nicht zu bemerken, als ihr Blick auf einen Herrn fiel, der in Begleitung einer blonden Dame eine Loge verließ. Suzannes Herzschlag setzte aus.

Als ihr Herz wieder zu schlagen begann, diesmal rasch und hämmernd, war ihr Mund trocken, und sie atmete flach. Sie starrte auf den Rücken eines hochgewachsenen, breitschultrigen Mannes, dessen dichtes, von der Sonne gebleichtes Haar den Kragen seines Abendanzugs streifte. Suzanne vermochte den Blick nicht von ihm abzuwenden.

Nein. Sie war verrückt! Das war nicht Jake!

Jake war tot. Er starb 1890 in einer schrecklichen Feuersbrunst nach seiner Flucht aus dem Gefängnis. Er war tot und in einem Massengrab auf einem Londoner Friedhof verscharrt worden.

Suzanne versuchte, sich zu beruhigen. Jake war tot. Doch der Anblick eines Mannes, der ihm so ähnlich sah – selbst von der Ferne und nur sein Rücken –, durchbohrte ihr Herz wie eine Pfeilspitze. Würden Trauer und Schmerz nie versiegen?

Suzanne stand jäh auf, wie unter Zwang. Wollte sie tatsächlich einem Fremden nachlaufen, um sein Gesicht zu sehen? Und was dann?

Suzanne beugte sich vor und flüsterte einer Dame ihres Bekanntenkreises ins Ohr, sie sei in wenigen Minuten zurück, dann huschte sie aus der Loge.

Jake beschleunigte seine Schritte. Es war ein Fehler gewesen. Ein großer Fehler.

Aber er war es leid, sich ständig in seiner Villa am Riverside Drive zu verkriechen. Er arbeitete im Haus, schlief dort, nahm seine Mahlzeiten zu sich und ließ seine Geliebte kommen. Lou Anne hatte ihren Unmut laut zum Ausdruck gebracht. Sie wollte ausgehen, sich amüsieren. Und Jake konnte es ihr nicht verdenken. Sie war jung, und das Bett war kein ausreichender Ersatz für andere Vergnügungen.

Auch nicht für ihn.

»Wovor hast du Angst?« hatte sie gefragt.

Lou Anne war nicht schlau genug, um die Wahrheit zu erahnen. Aber mit ihrer unschuldigen Frage hatte sie den Nagel auf den Kopf getroffen. Jake konnte ihr nicht sagen, daß er Angst hatte, jemand könne ihn wie schon einmal durch puren Zufall erkennen.

Er konnte ihr nicht sagen, daß er panische Angst davor hatte, wieder ins Gefängnis gesteckt zu werden.

Er würde lieber sterben.

Also war er ihr die Antwort schuldig geblieben und hatte zugestimmt, sie in die Oper auszuführen.

Und ausgerechnet hier, ausgerechnet heute mußte er seiner Ehefrau begegnen. Zum Glück hatte sie ihn nicht gesehen.

Er war weder auf eine Begegnung mit ihr vorbereitet noch auf den Schock, dem eine Flut widersprüchlicher, mächtiger Empfindungen folgte, nicht zuletzt Wut und Haß.

Suzanne eilte durch das hohe Säulenfoyer, in dem sich viele Opernbesucher versammelt hatten, Champagner tranken und angeregt miteinander plauderten. Ihr Blick flog hastig durch die Menge. Sie erstarrte.

Der Mann, dem sie gefolgt war, stand in einiger Entfernung neben seiner blonden Begleiterin und hielt Suzanne noch immer den Rücken zugewandt. Suzanne hätte schwören können, daß es Jake war – oder sein Geist.

Das Paar schien eine Auseinandersetzung zu haben. Suzanne fixierte gebannt den Rücken des Mannes, der sich nun vorbeugte und seiner Begleiterin etwas ins Ohr flüsterte.

Seine Haltung war ihr so vertraut. Suzanne meinte beinahe, seine heisere, verführerische Stimme zu hören. Eine Hitzewelle durchrieselte sie, schwindelerregender als alles, was sie seit Jahren empfunden hatte. Jede Nervenfaser in ihr war zum Zerreißen gespannt.

Er konnte nicht Jake sein, aber er war ihm so ähnlich. Suzanne begehrte ihn. Nein, sie würde nie wagen, ihren guten Ruf aufs Spiel zu setzen, den sie so viele Jahre eifrig gehütet hatte.

Die Frau entfernte sich und strebte sichtlich verärgert den Logen zu. Als sie an Suzanne vorüberging, stellte diese nicht nur fest, daß sie sehr schön, sondern auch sehr jung war, nicht älter als neunzehn. Suzannes Blick flog zu dem Mann zurück, der sich nun zögernd nach seiner entschwindenden Begleiterin umdrehte. Ihre Blicke trafen sich.

Suzanne entfuhr ein spitzer Schrei vor Schreck und Betroffenheit. Es dauerte einige Sekunden, bis sie begriff, daß der Mann sich abgewandt hatte und durch die hohen Portale ins Freie trat und in der Nacht verschwand.

Nun kam wieder Leben in sie. Das war Jake! Jake lebte! Ohne zu wissen, was sie tat, lief Suzanne ihm nach, drängte sich rücksichtslos durch die Menge, achtete nicht auf die erstaunten Blicke, die ihr folgten.

Suzanne hastete durch das Portal. Auf dem Bürgersteig blieb sie atemlos im Schein einer Straßenlaterne stehen.

Die Luft war mild und lau an diesem Spätsommerabend. Doch Suzanne bemerkte nichts davon. Wo war Jake? Hatte sie ihn abermals verloren? Tränen liefen ihr übers Gesicht.

Dann sah sie ihn an der nächsten Querstraße. Er ging in weitausholenden Schritten in Richtung 6. Avenue, halb verborgen im Schatten der Häuser. »Jake!« schrie Suzanne gellend, raffte die Röcke und rannte hinter ihm her.

Der Mann verlangsamte seine Schritte und blieb schließlich stehen. Zögernd wandte er sich um. Seine Lippen bildeten einen harten, schmalen Strich. Suzanne kam keuchend vor ihm zum Stehen. *Er ist nicht tot. Jake lebt.*

Ohne auf die Passanten zu achten, warf Suzanne sich ihm um den Hals, schlang die Arme um seine Schultern und versuchte ihn zu küssen. Jake wandte das Gesicht zur Seite und stieß sie von sich.

Suzanne taumelte drei Schritte rückwärts. »Du bist am Leben!« Allmählich wich der Schock von ihr. All die Jahre hatte sie um ihn getrauert, sich nach ihm gesehnt, ihn für tot gehalten.

»Tatsächlich? Und ich dachte, ich sei in der Hölle«, meinte Jake gedehnt, anmaßend wie eh und je.

»Ich könnte dich umbringen!« fauchte Suzanne.

»Wenn das ein Mordversuch gewesen sein soll, dann habe ich soeben dazugelernt.« Sein Blick wanderte über ihre Brüste zu ihren Hüften, verweilte an der Stelle, wo ihre Weiblichkeit zwischen ihren Schenkeln pulste. In seinem Blick lag Verachtung.

Erst jetzt begriff sie die Wahrheit in ihrem ganzen Ausmaß. Er war nicht tot. Elf lange Jahre hatte sie furchtbare Qualen ausgestanden, sich Vorwürfe gemacht und ihn für tot gehalten. »Du Mistkerl!« schrie sie und ging mit erhobener Faust auf ihn los.

Jake packte sie am Arm und drehte ihn mit einem Ruck nach hinten. Suzanne besann sich. Sie durfte ihm auf offener Straße keine Szene machen und setzte sich nicht zur Wehr. Einen kurzen Moment war ihr Körper gegen seinen gepreßt, sie spürte seine sehnigen Schenkel, seine Lenden. Das Blut schoß ihr heiß in den Unterleib.

Jake lockerte seinen eisenharten Griff. Suzanne sah zu ihm auf. Sein Gesicht war reifer geworden, um seine Augen lagen Fältchen, doch er war immer noch der schönste Mann, der ihr je begegnet war. Suzanne holte tief Atem, ein Schauer der Lust durchfuhr sie – und der Liebe, die nie gestorben war. »Es hieß, du seist bei einem Brand ums Leben gekommen!«

»Wie du siehst, bin ich es nicht.« Er trat ein paar Schritte zurück und betrachtete sie mit unbewegter Miene.

»Du gemeiner, selbstsüchtiger Kerl! All die Jahre ...« Die Stimme versagte ihr, der alte Schmerz, die neue Wut und das beängstigende Verlangen schnürten ihr die Kehle zu.

»All die Jahre ... was?« spöttelte Jake. »Willst du mir etwa weismachen, du hättest mich vermißt?«

»Ich habe dich vermißt!«

Jacke lachte laut. Dann nahm er sie beim Ellbogen und drehte sie langsam zu sich. Als sie in seinen Armen lag, schob er sein Knie zwischen ihre Schenkel; ihre Weiblichkeit pochte fiebernd an ihm. Jake beugte sich über sie. »Du hast nicht mich vermißt. Nur das hat dir gefehlt!« Damit kreiste er die Hüften – und seine mächtige Erregung – an ihrem Leib.

Ein heißes Prickeln durchlief Suzanne. Seit Jahren war sie nur dank ihrer sexuellen Fantasien zum Höhepunkt gekommen, in denen Jake die Hauptrolle spielte. Jake war immer noch der begehrenswerteste Mann, der ihr je begegnet war, sein Körper war sehnig, kraftvoll und unendlich männlich.

»Ja, Jake«, flüsterte Suzanne und fuhr ihm mit den Fingern durch die Haare am Nacken. »Das hat mir gefehlt.«

Jakes Lächeln erstarb. Kalt stieß er sie von sich. »Und es wird dir weiterhin fehlen, meine liebe Gattin. Denn es ist tot und begraben genau wie Jake O'Neil.«

Suzanne erstarrte.

»Oh, verzeih, wie konnte ich das vergessen! Du bist ja nicht mehr meine Gattin. Du bist nun Mrs. Ralston!« Er lachte ihr ins Gesicht.

Suzanne erschauerte. »Gütiger Himmel.«

»Was ist los ... Schatz?«

»Du weißt genau, was los ist! O Gott! Du bist nicht tot – und ich bin mit zwei Männern verheiratet!«

Jake lachte verächtlich. »Vielleicht wäre es ratsam gewesen, mit der zweiten Heirat ein wenig zu warten. Oder gab es einen Grund für die Hast?«

Suzanne war zu sehr mit der prekären Situation beschäftigt, in der sie sich plötzlich befand, um ihm antworten zu können.

Jake stand drohend vor ihr und funkelte sie zornig an. »Wann hast du ihn kennengelernt, Suzanne? Wie lange hat es nach meiner Auslieferung gedauert, ehe du zu ihm ins Bett geschlüpft bist?«

Suzanne gab sich einen Ruck. »Ich habe mit Benjamin erst in der Hochzeitsnacht geschlafen.«

Jake warf den Kopf in den Nacken und lachte schallend.

»Das ist die Wahrheit!«

Er verschränkte die Arme und sah sie voller Verachtung an. »Ich wollte dich nachkommen lassen.«

»*Was?*«

»Ich wollte dich und Sofie nach Australien kommen lassen. Aber nachdem du wieder verheiratet warst, schien mir der Plan nicht mehr sinnvoll.«

Suzanne fürchtete, einen Schwächeanfall zu erleiden. »Ich habe dich für tot gehalten! Es hieß, du seist tot! Es gab Beweise ...«

Er brachte sein Gesicht sehr nah an das ihre. Sein Atem war warm und roch nach Minze. »Du hast keine Sekunde um mich getrauert, du kleines Miststück.«

Und nun wußte Suzanne wieder, warum sie ihn haßte. »Du lügst! Ich habe jahrelang um dich getrauert!« Sie zitterte vor Wut und Angst. »Wie kannst du es wagen, mir die Schuld zu geben! Es war nur deine Schuld! Ich habe nicht nur um meinetwillen wieder geheiratet, sondern auch wegen Sofie! Du hast uns verlassen!«

»Ich wurde nach England ausgeliefert, Schätzchen.«

»Vorher wolltest du dich scheiden lassen!«

»Ja, das stimmt.« Er sah sie unverwandt an. Ein bitterer Zug hatte sich um seine Mundwinkel gelegt. »Das Gefängnisleben setzt einem Mann ziemlich zu, es vernebelt ihm den Verstand. Er fängt an, über seine Familie nachzudenken, er erinnert sich an die schönen Dinge und versucht, die häßlichen zu vergessen. Er fängt an zu träumen wie ein Pennäler.« Er schob die Hände tief in die Taschen seiner Smokinghose.

Suzanne wagte nicht zu atmen. »Das wußte ich nicht. Ich wäre dir gefolgt.«

»Nein, meine Liebe. Du wärst nicht nach Australien gekommen, um an meiner Seite ein Pionierleben zu führen. Aber damals war ich vor Einsamkeit viel zu wahnsinnig, um das zu begreifen.«

Suzanne konnte sich sich zwar nicht in Kittelschürze beim Wäscheaufhängen hinter einem Blockhaus irgendwo in der Wildnis Australiens vorstellen, aber sie konnte sich durchaus vorstellen, mit ihm die letzten vierzehn Jahre verbracht zu haben als seine Ehefrau, als die Mutter seines Kindes. »Ich wäre gekommen«, beharrte sie, obwohl sie wußte, daß das junge, lebenshungrige Mädchen von damals dieses Ansinnen rundweg abgelehnt hätte.

Suzanne begann zu weinen. Ihre Tränen waren echt, zugleich wußte sie aber auch, daß der Jake von damals sich mit Tränen erweichen ließ, wenn alle anderen Mittel versagten. Sie weinte heftiger. »Ich will nicht mit dir streiten. Du bist am Leben, Jake, und ich bin mit zwei Männern verheiratet!« Sie wagte ihm nicht zu sagen, noch nicht, daß sie in ihrem Herzen seine Ehefrau war, daß sie ihn liebte, daß sie Benjamin auf der Stelle verlassen würde, wenn Jake nur ein Wort sagte. Und er würde das Wort sagen ... oder etwa nicht?

»Suzanne«, begann Jake wieder mit dunkler, bedrohlicher Stimme. »Jake O'Neil ist tot. Nach dem Gesetz ist er tot. Du hast einen Ehemann, nicht zwei. Benjamin Ralston.«

Suzanne stockte der Atem. »Du bist nicht tot! Wir beide wissen, daß du lebst! Bist du verrückt, Jake? Oder hast du irgendeinen teuflischen Plan ausgeheckt? Wenn ja, warum?«

»Warum bin ich nach all den Jahren in diese Stadt zurückgekehrt? Was denkst du? Warum setze ich meine Freiheit aufs Spiel?«

Suzanne wagte nicht zu atmen. Es gab nur eine mögliche Erklärung. Was er auch sagen, was er auch tun mochte, nichts hatte sich geändert – nicht zwischen ihm und ihr. Auch wenn sie sich vor Jahren bis aufs Blut gezankt hatten und ihre Ehe beinahe in die Brüche gegangen war, die Leidenschaft war nur glühender geworden. Jede ihrer Krisen hatte mit einem Vulkanausbruch der Lust geendet. Und waren die letzten vierzehn Jahre der Trennung nicht die härteste aller Krisen? »Um mich zu sehen«, flüsterte sie entzückt. »Du bist zurückgekommen, um mich zu sehen. Du konntest es ohne mich nicht ertragen. Das konntest du nie.«

Jake verzog keine Miene. »Nein, Suzanne. Ich bin zurückgekommen, weil ich Sofie sehen wollte.«

Suzanne war wie vor den Kopf gestoßen. »Sofie?«

»Ja, Sofie. Meine Tochter. Wie geht es ihr?« Seine Stimme klang belegt.

Der Schmerz, der sie durchbohrte, war so stark, daß sie glaubte, den Verstand zu verlieren. Zugleich sagte sie sich, daß es völlig verständlich war, wenn er Sofie sehen wollte, und daß er log, daß er zu stolz war, um zuzugeben, wie sehr er Suzanne begehrte. »Sofie geht es gut.« Sie wollte nicht über Sofie sprechen, nicht jetzt.

»Wieso ist sie nicht verheiratet?« fragte Jake heiser. »Als ich sie zum letztenmal sah, war sie siebzehn. Sie sollte längst verheiratet sein.«

Suzannes Augen weiteten sich. »Du warst schon einmal hier?«

»Ja.«

»Wie oft?«

»Oft. Alle paar Jahre. Zum erstenmal kam ich 1891 wieder nach New York.«

Suzanne stürzte sich mit einem Wutschrei auf ihn, schlug mit den Fäusten auf ihn ein, hätte ihn am liebsten umgebracht. Jake bekam ihre Handgelenke zu fassen und hielt sie fest, während sie wie eine Furie um sich schlug, nach ihm trat und ihn verfluchte. »Ich hatte vergessen, wie sehr ich dich hasse!«

»Merkwürdig. Ich habe es nicht vergessen.«

Suzanne ließ von ihm ab, als sei alle Kraft aus ihr gewichen. Erschöpft sackte sie in sich zusammen.

Jake ließ ihre Handgelenke los. »Warum ist Sofie nicht verheiratet?« fragte er wieder.

»Sie hat keine Eile«, entgegnete Suzanne kalt. Sie war so wütend, daß sie ihm gar nichts sagen würde. Er hatte sie beide belogen, sie und ihre Tochter. Wie konnte er es wagen, hier aufzutauchen und ihr Leben in Aufruhr zu bringen? Er hatte sämtliche Rechte an ihr und Sofie verloren.

»Sie ist bald einundzwanzig.«

»Sie studiert Malerei«, fauchte Suzanne.

Jake lächelte. »Ich weiß. Oder denkst du, ich hätte mich nicht genau nach meiner Tochter erkundigt? Sie ist sehr begabt, nicht wahr?« Stolz schwang in seiner Stimme.

Suzanne wich zurück. »Ihre Malerei ist verrückt – genau wie du! Woher weißt du etwas über sie? Kommst du nach New York, schleichst dich um unser Haus und spionierst uns aus?«

»Das besorgen Detektive für mich«, entgegnete Jake ungerührt.

Plötzlich dachte Suzanne an das Brillantkollier, das sie trug, bezahlt von einem Teil des Vermögens, das Jake seiner Tochter zugedacht hatte. Das Geld stand ihr zwar zu, aber Jake wäre außer sich vor Wut, wenn er erfahren würde, daß sie sich davon bedient hatte. Suzanne begab sich auf dünnes Eis, konnte aber nicht an sich halten. »Du hast mir keinen Cent hinterlassen, du elender Schuft.«

»Du hast keinen Cent verdient.«

Sie starrten einander feindselig an. Suzanne schoß der Gedanke durch den Kopf, daß Jake immer noch von der Polizei gesucht wurde. Wenn man ihn schnappte, würde man ihn wieder nach England ausliefern – ins Gefängnis.

Seine goldbraunen Augen verdunkelten sich. »Denk nicht einmal daran«, warnte er Suzanne.

Sie lächelte. »Woran soll ich nicht denken?«

»Ich habe mir eine neue Identität geschaffen. Eine, von der du nie erfahren wirst. Ich bin ein erfolgreicher Geschäftsmann in Irland und England. Ist das nicht eine Ironie? Ich bewege mich auch in New York in den besten Kreisen – mit Vorsicht, wohlbemerkt. Spiel nicht einmal mit dem Gedanken, mich zu verpfeifen, Suzanne. Wenn du das tust, gehst du mit mir unter.«

Suzanne durchfuhr ein kalter Schauer. Sie wußte, daß er seine Worte todernst meinte.

Jake lächelte unangenehm. Und dann glitt seine Hand über ihren halb entblößten, prallen Busen. Suzanne japste, halb vor Zorn, halb vor Lust. Er trat näher, knetete sanft ihre Brust. »Kann er dich befriedigen, Suzanne?« spöttelte er. »Ich habe ihn gesehen. Ich glaube, du denkst nicht einmal an ihn, wenn du mit ihm schläfst.«

Suzanne schloß stöhnend die Augen. »O Gott, wie recht du hast!«

Jake schob seine Hand in ihren Ausschnitt, hob eine Brust heraus, senkte seinen Mund darüber und saugte an der Knospe. Suzanne schrie. Er knabberte und leckte sie mit Hingabe. Suzannes Knie drohten unter ihr wegzusacken. Dann biß Jake zu, zart und vorsichtig, nur so fest, daß der Schmerz, der sie durchzuckte, sich mit ihrer Lust mischte und sie steigerte. Suzanne rang nach Luft und klammerte sich an ihn. Ihr wurde schwindlig.

Dann hob Jake den Kopf, und ihre Blicke trafen sich. Er drückte ihre hochgereckte Brustspitze zwischen Daumen und Zeigefinger. »Du wirst mich nicht verpfeifen, Suzanne, das wissen wir beide. Denn wenn du es tust, mußt du die Hoffnung begraben, daß ich eines Tages das Bett mit dir teile und dir genau das gebe, was du brauchst.«

Suzanne wimmerte. »Ich brauche dich jetzt.«

Er lachte. »Ja, das sehe ich.« Jäh richtete er sich auf, nahm ihre Hände von seinen Schultern und schob Suzanne von sich. »Ich aber brauche meine Kräfte für Lou Anne heute nacht.«

Suzanne schrie hemmungslos.

»Und falls dir das noch nicht genügen sollte, hör mir gut

zu«, fuhr Jake kalt fort. »Wenn die Wahrheit ans Tageslicht kommen sollte, bist du ruiniert.« Er funkelte sie böse an. »Du und Sofie.«

Suzanne starrte ihn haßerfüllt an, ihr Busen wogte auf und ab.

Er lächelte böse. »Du wirst als Bigamistin verunglimpft und verurteilt. Und der rechtschaffene Benjamin setzt dich und deine Tochter auf die Straße. Wir beide wissen, wie sehr dir an Ansehen und Ehrbarkeit in der Gesellschaft liegt. Ganz zu schweigen von Geld, viel Geld.« Seine weißen Zähne blitzten. »Für Sofie werde ich sorgen. Aber du bekommst keinen Penny von mir. Nicht einen einzigen gottverdammten Penny. Leb wohl , Suzanne.« Dann lachte er höhnisch. »Träum schön, Schatz.«

»Jake!« schrie Suzanne gellend, doch Jake entfernte sich bereits. Suzanne sank weinend in sich zusammen, wütend, enttäuscht und verzweifelt. »Ich verfluche dich, Jake!«

Doch die Nacht hatte ihn bereits verschluckt. Jake war verschwunden.

Kapitel 17

Paris, November 1901

Sofie stand auf dem Trottoir vor der monströsen Eisenkonstruktion des Gare St. Lazare, den Zettel mit Paul Veraults Adresse in der Hand. Ihr Herz schlug heftig. Nicht nur vor Freude, ihren Lehrer wiederzusehen, sondern vor Begeisterung und Aufregung, endlich in Frankreich zu sein.

Um sie herum herrschte reges Treiben. Menschen strömten in Scharen zu den Zügen oder verließen den größten Bahnhof von Paris. Der Gepäckträger neben ihr winkte eine schwarze Droschke an der Spitze der Warteschlange heran. Als sie ihm Veraults Adresse nannte, hatte er gemeint, es sei nicht weit und sie könne die Metro nehmen. Sofie, ermüdet von der langen Bahnfahrt von Le Havre und natürlich auch von der Seereise über den Atlantik, hatte dankend abgelehnt.

Mit großen Augen betrachtete sie den dichten Verkehr in der Rue d'Amsterdam, der sich kaum vom hektischen Getriebe jeder anderen Weltmetropole unterschied: Mietdroschken, Kutschen, elegante Equipagen zwischen ratternden Automobilen; Eselskarren, Pferdefuhrwerke und die elektrische Straßenbahn verursachten einen höllischen Lärm.

Die schlanken, zierlichen Französinnen waren attraktiv und sehr modebewußt, und die eleganten dunkelhaarigen Männer standen ihnen in Modefragen in nichts nach. All die Menschen und das melodische, schnell gesprochene Französisch vermittelten Sofie erste aufregende Eindrücke des weltberühmten Pariser Flairs.

Sofie wußte, daß sie die richtige Entscheidung getroffen hatte. Zum erstenmal seit drei Monaten ließ der Schmerz in ihrer Brust ein wenig nach.

»Wir sollten vorher die Pension aufsuchen«, meldete Sofies Reisebegleiterin sich griesgrämig zu Wort.

Sofie wandte sich seufzend der ewig mürrischen Mrs. Crandal zu. Suzanne hatte die stattliche Witwe in mittleren Jahren angestellt, um ihre Tochter auf der Überfahrt nach Europa zu begleiten und solange bei ihr zu bleiben, bis Sofie eine Gesellschafterin in Paris gefunden hatte. Sofie hatte Anweisung, eine Französin in ihre Dienste zu nehmen, von der nicht zu erwarten war, daß sie je nach New York kommen würde. Falls diese Möglichkeit bestand, mußte ausgeschlossen sein, daß sie sich in gehobenen Gesellschaftskreisen bewegte, um zu verhindern, daß sie Sofies Geheimnis ausplaudern konnte. »Ich schlage vor, Sie fahren in die Pension, und ich komme nach, wenn ich mit Monsieur Verault gesprochen habe«, schlug Sofie vor.

»Aber Miß, ich bin Ihre Aufsichtsperson!« entrüstete Mrs. Crandal sich.

Sofie lächelte dünn. Wie konnte sie das vergessen?

Seit Oktober wußte Sofie, daß sie schwanger war. Zum erstenmal in ihrem Leben hatte Gott ihre Gebete erhört. Bei all ihrem Kummer hatte sie ein jauchzendes Glücksgefühl erfüllt, und sie hatte sich umgehend ihrer Mutter anvertraut. Suzanne hatte die Nachricht mit versteinerter Miene aufgenommen und beschlossen, Sofie müsse nach Paris reisen, bevor erste Anzeichen ihrer Schwangerschaft sichtbar wurden, und Sofie hatte New York fluchtartig verlassen. Sie war vor *ihm* geflohen und dem häßlichen Klatsch, der über ihn kursierte.

Das Gerede war ihr gleichgültig, doch Suzanne schien nicht zu bemerken, daß sie Salz in Sofies blutende Wunden streute, wenn sie nur Edwards Namen erwähnte. Sofie mußte sich alles über seine Skandale anhören – seine Affären mit Frauen, seine betrunkenen Auftritte, und, und, und. Er besuchte häufig die Oper, jedesmal in anderer Damenbegleitung, meist mit einer Sängerin oder Schauspielerin, gelegentlich auch einer Prostituierten. Sofie hatte gehört, daß er ein Vermögen am Spieltisch verloren hatte. Manchmal zeigte er sich auch in Hilary Stewarts Begleitung. Von der vornehmen Gesellschaft wurde er kaum noch empfangen, was ihn nicht kaltlassen würde, wie Sofie ihn einschätzte. Die

Ächtung einer Gesellschaft, die ihn noch vor kurzem bewundert und beneidet hatte, war ihm mit Sicherheit nicht gleichgültig.

Die befremdlichste Nachricht war, daß er ein großes Grundstück, Ecke 78. Straße und Fifth Avenue erworben hatte. Die Bauarbeiten zu einem Herrenhaus hatten bereits begonnen; eine Villa, die einem der drei pompösen Häuser der Vanderbilts möglicherweise den Rang ablaufen würde.

Sofie hatte sich gefragt, ob er die Absicht hatte, in diesem riesigen Haus allein zu leben, oder ob er seine Meinung geändert hatte, heiraten und eine Familie gründen wollte. Bei diesem Gedanken waren ihr jedesmal Tränen in die Augen geschossen. Doch das war vorbei. Ihre Vernunft hämmerte ihr immer wieder ein, daß sie nie glücklich geworden wäre, wenn sie seinen Antrag angenommen hätte, da er sie nur aus Pflichtgefühl geheiratet hätte, nicht aus Liebe.

Mrs. Crandal zupfte sie ungeduldig am Arm. »Wenn Sie darauf bestehen, Ihren Lehrer zu besuchen, sollten Sie nicht länger trödeln!«

Der Träger verstaute das Gepäck in der Droschke, als letztes einen riesigen Schiffskoffer, der Sofies Malausrüstung enthielt. Sofie rief ihm zu: »*S'il vous plaît, monsieur!* Vorsicht mit dem großen Koffer!«

Dann bestieg sie die Droschke und versuchte, nicht an Edward zu denken, was ebenso vergeblich war, wie das Atmen einzustellen. Entschlossen beugte sie sich vor und blickte aus dem Fenster, um die ersten Eindrücke von der Stadt aufzunehmen, nach der sie sich seit Jahren gesehnt hatte.

»*Monsieur, où est ça?*« fragte Sofie, deren Französisch nicht fließend, aber recht passabel war.

Der Kutscher drehte sich zu ihr um. Er war jung und dunkel gelockt, trug kniehohe Stiefel, eine braune Wolljakke und eine kecke, schwarze Mütze. »*Ce n'est pas loin, Mademoiselle*«, antwortete er. »Die Adresse ist auf dem *Butte*.«

»Auf dem *Butte?*« wiederholte Sofie fragend.

»*Montmartre*«, erklärte der Kutscher, musterte sie erneut und fügte hinzu: »*Pour vous?*« Er schüttelte den Kopf. »*Beaucoup des bohèmes, Mademoiselle. Pas bien pour une jeune fille.*«

Sofie erschrak. Hatte er damit gemeint, Montmartre sei keine geeignete Gegend für sie? Dummerweise sprach auch Mrs. Crandal ziemlich gut französisch – aus diesem Grund hatte Suzanne sie unter den Bewerberinnen ausgewählt.

»Bohemiens! Ihr Lehrer wohnt unter liederlichen Bohemiens!« rief sie, aschfahl im Gesicht. »Wir sollten sofort kehrtmachen!«

»Paul Verault ist mein Freund«, entgegnete Sofie leise, aber bestimmt. Seit sie die weite Reise angetreten hatte, war er mehr als nur ein Freund, er war ihre einzige Zuflucht geworden. Sie hatte vor, sich wieder ganz ihrer Malerei zu widmen, um den Erinnerungen an Edward zu entfliehen. Das war freilich leichter gesagt als getan. In den letzten Monaten hatte sie immer wieder versucht zu arbeiten, doch es fehlte ihr die Leidenschaft, und ihre redlichen Bemühungen hatten nichts als klägliche Stümpereien hervorgebracht. Der Verkauf von *Junger Mann am Strand* hätte ihr Ansporn sein müssen, um ihre Schaffenskraft zu beflügeln, doch nichts dergleichen war geschehen.

»Sie sagten, er sei Ihr Mallehrer!« entgegnete Mrs. Crandal bissig.

»Ja. Und mein Freund.« Dabei wußte Sofie gar nicht, ob der Brief, in dem sie Paul ihre Ankunft mitteilte, ihn überhaupt schon erreicht hatte. Sie hatte ihn nur eine Woche vor ihrer Abreise zur Post gebracht.

Die Kutsche bog auf die Place de Clichy ein. Sofie bewunderte die alte Kirche an der Südseite des Platzes, ehe der Wagen nach rechts in den Boulevard de Clichy abbog. Ihr Herz schlug schneller. Bars und Kaffeehäuser säumten die Straße, und obgleich es ziemlich kühl war, standen Tische und Stühle im Freien, die meisten von lärmenden Gästen besetzt.

Ein Theater machte Reklame für die allabendlichen Darbietungen der unvergleichlichen Madame Coco. Aus einem Café kam eine Gruppe nachlässig gekleideter junger Männer, die einander unterhakten und einen französischen Gassenhauer grölten. In der offenen Haustür daneben lehnte eine hübsche junge Frau in kurzen Röcken, die von den jungen Männern johlend begrüßt wurde. Einer von ihnen zog sie an sich und flüsterte ihr etwas ins Ohr. Sofie ahnte, was er von ihr wollte, und errötete verlegen.

Wo war sie hingeraten? Wohnte Paul Verault hier mit seiner Familie? Montmartre schien wahrhaftig eine verrufene Gegend zu sein.

Mrs. Crandal sprach Sofies bange Gedanken laut aus. »Hier können wir unmöglich aussteigen! Auf den Straßen treiben sich nur Tagediebe, Trunkenbolde und leichte Mädchen herum. Sofie?«

Die Droschke bog um eine Ecke und fuhr an einer Bar vorbei, die brechend voll zu sein schien. Das Geklimpere eines Klaviers, lautes Singen und Lachen drangen bis auf die Straße. Ein rotes, riesiges Schild über dem Eingang war nicht zu übersehen: *Moulin Rouge*. Sofies Herz machte einen Satz. Der kürzlich verstorbene Maler Toulouse-Lautrec war Stammgast in diesem Etablissement gewesen. In New York hatte sie eines seiner Plakate für das berüchtigte Varieté *Moulin Rouge* gesehen und hatte Toulouse-Lautrecs bewegte, kühne Linienführung bewundert.

Sofies Aufregung wuchs. Gütiger Himmel, sie war leibhaftig in Paris, der Stadt der großen Maler. Hier war David geboren, hier hatten Corot und Millet und der unnachahmliche Gustave Courbet gewirkt und ums Überleben gekämpft. Vielleicht würde ihr eines Tages ein berühmter Maler wie Edgar Degas oder Paul Cézanne über den Weg laufen, oder die berühmte Amerikanerin Mary Cassatt, die sie bewunderte.

»Mrs. Crandal«, entgegnete Sofie nun sehr bestimmt. »Dies ist ein Künstlerviertel, und ich besuche meinen Freund Paul Verault. Wenn Sie Bedenken haben, bleiben Sie getrost in der Kutsche.«

Mrs. Crandals Lippen wurden schmal. »Ich werde Ihrer Mutter darüber Bericht erstatten«, versetzte sie pikiert.

Sofie schwieg. Sie wollte ihrer Mutter keine Sorgen bereiten, weigerte sich aber auch, sich törichte Vorschriften machen lassen.

Die Kutsche hielt an. »*Voilà*. Rue des Abbesses 13.«

Beim Aussteigen wäre Sofie in ihrem Eifer beinahe gestolpert. Während der Kutscher das Gepäck entlud, suchte sie in ihrer Börse nach dem nötigen Kleingeld, um ihn zu bezahlen. Der junge Mann lächelte charmant, dann beugte er sich vor. »Falls Sie sich einsam fühlen, *ma chère*, ich heiße Pierre Rochefort. Sie finden mich im *Café en Gris* im *Quartier Latin*.« Dann schwang er sich auf den Kutschbock, und Sofie starrte ihm verdutzt nach.

Was mochte den frechen Kerl zu dieser Bemerkung verleitet haben? fragte sie sich halb belustigt.

»Lauter Taugenichtse, die ganze Franzosenbande!« schimpfte Mrs. Crandal entrüstet. »Wie konnte Ihre Mutter nur die Zustimmung zu dieser Reise geben!«

Sofie beachtete die prüde Person nicht weiter und blickte die Sandsteinfassade des Hauses Nummer 13 hoch. Ihr wurde bang ums Herz. Da stand sie nun in der engen Straße eines zwielichtigen Viertels in dieser fremden Stadt, nur mit Mrs. Crandal zu ihrem Schutz, allein und schwanger. Verault hatte New York verlassen, weil seine Frau krank war. Vielleicht kam sie zu einem ungelegenen Zeitpunkt.

Stimmen wurden laut. Sofie wandte den Kopf. Drei Männer schlenderten in ihre Richtung, augenscheinlich in eine hitzige Debatte vertieft. Sofie blickte wieder die Fassade des dreistöckigen Hauses hinauf. Ewig konnte sie nicht auf der Straße stehenbleiben; schlimmstenfalls würde Paul sie bitten, ein anderes Mal wiederzukommen.

Sie hörte einen der Männer sagen: »Aber *mon ami*, seine Farbgebung ist nicht plastisch genug. Er beschränkt sich auf das Hervorheben von Kontrasten, hat aber keine Ahnung von Formgebung! Im Gegensatz zu dir, mein Lieber.«

Sofie fuhr herum, das Herz schlug ihr bis zum Hals. Die jungen Männer debattierten über Malerei!

»Wie kannst du nur so daherreden? Er ist ein Meister der Formgebung, beschränkt sich dabei aber auf das Wesentliche, *cher* Georges«, entgegnete ein südländischer Typ hitzig.

Sofie hätte zu gerne gewußt, über wen die jungen Männer sich ereiferten. Plötzlich begegnete ihr Blick dem des ersten Sprechers, Georges, der nun stehenblieb. »Ah, *petite mademoiselle*, haben Sie sich verirrt? Kann ich Ihnen helfen?«

Sein Lächeln war offen und charmant, seine Augen leuchteten blau. Mit seinen dunklen Haaren erinnerte er Sofie schmerzlich an Edward. Ehe sie antworten konnte, hatte Mrs. Crandal sich zwischen ihre Schutzbefohlene und die jungen Leute gedrängt. »Danke, wir kommen ohne Ihre Hilfe zurecht, junger Mann!«

Die drei Burschen warfen einander belustigte Blicke zu. »*Pardonnez-moi.*« Georges verbeugte sich und zwinkerte Sofie belustigt zu.

Eine Welle der Trauer schwappte über sie hinweg. Er war nicht Edward. Er war Franzose und mit der Welt der Künstler vertraut, eine Welt, zu der sie Eingang finden wollte. »Ich ... ich suche Monsieur Verault«, brachte sie heraus und schob sich an der erzürnten Mrs. Crandal vorbei.

Die Augen des jungen Franzosen wurden groß. »Der alte Verault? *Vraiment?*«

Sofie nickte. »Paul Verault war in New York mein Lehrer.«

»Aha ... *la belle américaine est une artiste!*«

»*Oui, bien sûr*«, flüsterte sie, während Mrs. Crandal sie energisch am Ärmel zupfte.

Georges wölbte die Hände um den Mund und schrie zu einem Fenster hinauf. »Monsieur Verault, Monsieur Verault! Kommen Sie herunter! Sie haben reizenden Besuch!«

Sofie erbleichte. Doch plötzlich hörte sie Veraults Stimme von oben: »Sofie?!«

Sie riß den Kopf hoch. Paul schaute aus einem offenen Fenster im ersten Stock herunter. »Sofie!«

Dann verschwand sein Gesicht wieder. Sofie verschränkte verzweifelt die Hände. »Gütiger Himmel«, flüsterte sie beinahe verzweifelt.

»*Oh, ma pauvre!* Weiß er nichts von Ihrem Kommen?« grinste Georges frech. »Verzeihen Sie, mir bricht das Herz, wenn ich Ihr Mißfallen erregt haben sollte«, meinte er zerknirscht und faßte sich theatralisch an die Brust.

Sofie mußte lächeln. Er war schäbig gekleidet. Sein Tweedmantel war abgewetzt, an den Knien seiner Hose waren Flicken aufgenäht. Und er hänselte sie. Sein Charme erinnerte sie an Edward. Ihr Lächeln erstarb, ihr Herz zog sich zusammen.

Würde es denn immer so sein? Würde jede Kleinigkeit, die eine Erinnerung an ihn weckte, sie aus dem Gleichgewicht bringen?

»Sofie!« rief nun Pauls Stimme hinter ihr.

Sofie wirbelte herum, sah sein lachendes Gesicht und eilte in seine ausgebreiteten Arme. »*Bonjour*, Paul«, jauchzte sie. Bisher hatte sie ihn stets Monsieur Verault genannt, doch plötzlich war es richtig, ihn beim Vornamen zu nennen.

Er küßte sie auf beide Wangen. »Ich wußte, daß Sie kommen werden!« strahlte er. »Willkommen in Paris!«

Paul lebte alleine in einer Zweizimmerwohnung. Seine Frau war vor drei Monaten gestorben. »Es tut mir leid«, flüsterte Sofie betroffen.

Sie saßen um einen kleinen Tisch in der Küche – eigentlich nur eine Nische in dem größeren der beiden Zimmer, das ihm als Atelier und Wohnraum diente. Ein durchgesessenes altes Sofa und ein niedriger Tisch waren Gästen vorbehalten, während der übrige Raum von Staffelei und Arbeitstisch mit Farben und Pinseln beherrscht war. Eine halb geöffnete Tür gab Einblick in eine Schlafkammer mit einem schmalen Bett und einem einfachen Nachttisch. Über dem Bett befand sich ein großes Fenster, das einen wunderschönen Blick auf einen begrünten kleinen Platz bot, der mit Marktbuden und Kaffeehäusern belebt war.

Paul bot *Café au lait* und Gebäck an, das er am Morgen gekauft hatte. »Liebe Sofie, Sie müssen wissen, daß ich meine Frau seit fast zehn Jahren nicht gesehen und kaum mit ihr zusammengelebt habe. Ich bin traurig, daß Michelle gehen mußte. Aber im Grunde waren wir einander fremd. Uns verband nur die Liebe zu unserem Sohn, der längst verheiratet ist und zwei reizende Kinder hat.«

Sofie schwieg; sie wußte nicht, was sie hätte sagen können. Auch Mrs. Crandals eisiges Schweigen lastete über ihnen. Sofie konnte verstehen, warum Paul hier wohnte. Vom Fenster des Wohnzimmers aus hatte man einen unbeschreiblich schönen Blick auf die Windmühlen oben auf dem Hügel. Die Nachmittagssonne machte die kleine Wohnung hell und luftig. Sofie interessierte sich für die abgekehrte Leinwand auf der Staffelei. »Sie malen wieder, Paul?«

Er lächelte dünn. »Der eigentliche Grund, warum ich Paris verlassen hatte, war mein Wunsch, begabten Studenten Unterricht zu geben. In Paris übt die Akademie großen Druck aus und findet meine Lehrmethoden nicht akzeptabel. Ich darf nicht an der Akademie unterrichten und bin auf Privatschüler angewiesen. Deshalb habe ich wieder angefangen zu malen.«

Sofie wußte, daß die offizielle Malerei in Frankreich der strikten Kontrolle der Akademie unterworfen war. »Aber die Unabhängigen hatten kürzlich großen Erfolg, wie ich hörte.«

»Ja. Das verdanken wir Kunsthändlern wie Paul Durand-Ruel und meinem Freund André Vollard, die es wagten, sich dem Salon zu widersetzen und abgelehnte Künstler wie Degas und Cézanne zu kaufen und auszustellen, ehe sie berühmt und verehrt wurden.«

Sofie beugte sich vor. »Der Sohn von Durand-Ruel hat kurz vor meiner Abreise drei meiner Bilder in New York gekauft.«

Paul war begeistert. »Wie wunderbar! Ich bin stolz auf Sie! Welche Bilder?«

Sofie beschrieb ihm die Gemälde und sagte ihm, daß *Junger Mann am Strand* bereits einen weiteren Käufer gefunden hatte. »Monsieur Jacques möchte alle meine Arbeiten sehen«, erzählte sie. »Und er will weitere figürliche Darstellungen im Stil von *Junger Mann am Strand* kaufen.«

»Ich bin überglücklich«, freute sich Paul und schenkte ihr Kaffee nach. »Vergessen Sie nur nicht, daß viele große Künstler jahrelang um ihren Erfolg kämpfen mußten, der sich oft erst in ihrer Lebensmitte einstellte.«

»Dessen bin ich mir deutlich bewußt.«

»Und wer ist dieser Edward, den Sie vorhin erwähnten, der Jacques Durand-Ruel auf Ihre Arbeiten aufmerksam machte?« fragte Paul.

Sofie wußte nicht, wie sie ihre Antwort formulieren sollte. Es entstand ein gespanntes Schweigen. Mrs. Crandal und Paul sahen sie erwartungsvoll an. Sie mußte etwas sagen. Sie lächelte verkrampft und hoffte inständig, nicht in Tränen auszubrechen. »Edward ist ... war ... ein Freund.«

»Verstehe«, meinte Paul und sah sie weiterhin prüfend an.

Ihre Überempfindlichkeit hatte nur mit ihrer Schwangerschaft zu tun, tröstete Sofie sich. Suzanne hatte ihr gesagt, sie sei als Schwangere ein Nervenbündel gewesen. Während Sofie heimlich ihre Tränen wegzublinzeln versuchte, hielt Paul ihr ein Taschentuch vor die Nase.

Sofie wischte sich die Augen und hörte sich sagen: »Er stand mir Modell für *Junger Mann am Strand*.«

Paul wandte sich an Mrs. Crandal. »Noch ein Täßchen Kaffee?«

Die Frau stand auf. »Nein, danke. Sofie ist übermüdet, wie Sie sehen. Auch ich bin erschöpft und sehne mich nach einem heißen Bad und einer warmen Mahlzeit. Wir müssen gehen. Sofie, Sie können morgen wiederkommen.«

Auch Sofie war aufgestanden. »Mrs. Crandal hat recht. Es war selbstsüchtig von mir, sie durch ganz Paris zu schleppen, nur weil ich Sie unverzüglich sehen wollte, Paul.« Sie lächelte.

Paul brachte sie zur Tür. »Ich hoffe, Sie kommen morgen wieder. Ich kenne nahezu jeden, der in Paris etwas mit Malerei zu tun hat. Sie müssen unbedingt andere Maler, Studenten, Lehrer und Kunsthändler kennenlernen. Und als erstes müssen wir ein Atelier und einen Meister für Sie finden.«

Eine Welle der Zuneigung erfaßte Sofie. »Vielleicht können Sie mir auch noch in anderer Weise behilflich sein, Paul. Mrs. Crandal muß bald nach New York zurück, und ich brauche eine Gesellschafterin.«

Paul nickte. »Es gibt viele junge Frauen in Paris, die sich freuen würden, Ihre Gesellschafterin zu sein, Sofie. Ich denke darüber nach.«

»Es muß eine Frau von untadeligem Ruf sein«, mischte Mrs. Crandal sich ein. »Auf keinen Fall eine Künstlerin. Sie muß außerdem Aufsichtsperson und Zofe in einem sein.«

Paul nickte ernsthaft.

Sofie stellte sich auf die Zehenspitzen und küßte seine bärtige Wange. Ihre Blicke trafen einander in stummer Verständigung. »Bis morgen, Paul. *A demain.*«

Die nächsten Wochen vergingen wie im Fluge. Sofie durchstreifte Paris und besichtigte die Sehenswürdigkeiten. Paul fand einen großen hellen Raum für sie, der ideale Arbeitsbedingungen bot. Natürlich lag das Atelier auf dem *Butte*. Mrs. Crandal mißbilligte ihre Wahl, was nicht viel zu bedeuten hatte, da Mrs. Crandal alles und jeden mißbilligte.

Frauen waren an der *École des Beaux Arts* nicht zugelassen, doch viele Kunstlehrer unterrichteten Schülerinnen in ihren Ateliers. Paul gab Sofie die Adressen einiger Meister, doch sie zögerte, bei einem von ihnen vorzusprechen. Sie fühlte sich noch nicht in der Lage zu arbeiten. Sie ging zwar jeden Tag ins Atelier, war aber zu nichts anderem fähig, als die weiße Leinwand anzustarren.

Eines Morgens wachte Sofie in ihrem Pensionszimmer auf und stellte erstaunt und erleichtert fest, daß sie nicht von morgendlicher Übelkeit heimgesucht war. Die Anfälle waren gottlob nie sonderlich schlimm gewesen, und während der Atlantiküberfahrt konnte sie ihren Zustand Mrs. Crandal gegenüber mühelos als Seekrankheit vertuschen. Sofie schälte sich aus Bergen von Decken. Die alten Pariser Stadthäuser waren unzureichend beheizt und die Nächte eiskalt. Der Blick aus dem Fenster bot ihr eine verzauberte Winteransicht. Über Nacht war der erste Schnee gefallen. Die spitzen Giebeldächer, die Markisen der Geschäfte und das Kopfsteinpflaster waren wie mit Puderzucker bestäubt. Nie hatte die Île Saint Louis malerischer ausgesehen.

Sofie goß kaltes Wasser aus dem Krug in die Porzellanschüssel und wusch sich Gesicht und Hände. Weihnachten stand vor der Tür. Der Gedanke machte sie traurig und auch ein wenig ängstlich. Sie hatte noch nie Weihnachten alleine verbracht.

Wo würde Edward an Weihnachten sein? schoß es ihr durch den Kopf. Der Gedanke machte sie noch trauriger.

Unwirsch schüttelte sie die Verzagtheit ab, die sich um ihr Herz krallte. Sie bürstete ihr Haar, flocht es zum Zopf und zog eine frische, weiße Hemdbluse und den üblichen dunkelblauen Rock an, der ihr zu eng zu werden drohte. Dann hüllte sie sich in ein großes, orientalisch gemustertes Tuch, das nicht nur die Wölbung ihres Leibes verbarg, sondern sie auch vor der Kälte schützte. Wie gewöhnlich begab sie sich nach unten, um mit Mrs. Crandal und anderen Pensionsgästen das Frühstück einzunehmen, bestehend aus einer Schale Milchkaffee und knusprigen Croissants. Danach verabschiedete sie sich von ihrer Anstandsdame unter dem Vorwand, ins Atelier zu gehen.

Ehe Sofie die Pension verließ, erinnerte Mrs. Crandal sie grämlich daran, sich endlich um eine neue Gesellschafterin umzusehen, da sie in einer Woche nach New York zurückreise. Mrs. Crandal wollte Weinachten bei ihrer Familie verbringen, was Sofie ihr nicht verdenken konnte. Im übrigen würde sich ihr Zustand nicht mehr lange verbergen lassen. Sie war nun drei Monate schwanger. Suzanne hatte immer wieder betont, Mrs. Crandal müsse unter allen Umständen die Heimreise antreten, ehe sie die Wahrheit herausfand.

Sofie ging zwei Querstraßen zu Fuß und winkte einer Droschke. Suzannes Wunsch, die Schwangerschaft ihrer Tochter geheimzuhalten, war zwar verständlich, aber auch sinnlos. Über kurz oder lang würde ohnehin jeder Bescheid wissen. Vor Sofies Abreise hatte Suzanne noch einmal darauf bestanden, sie müsse das Baby zur Adoption freigeben, doch Sofie hatte sich erneut strikt geweigert. Suzanne hatte ihr sogar verboten, mit ihrem Kind nach New York zurückzukehren. Sofie dachte freilich nicht daran, sich dem absurden Verbot ihrer Mutter zu beugen. Niemals würde sie ihr Kind weggeben. Mochte Suzanne Angst vor einem Skandal haben, Sofie ließ sich davon nicht beeindrucken. Sie würde auch als ledige Mutter in die Heimat zurückkehren.

Die Droschke fuhr über die Seinebrücke. Mittlerweile war Sofie der Zauber von Paris vertraut. Die Stadt an der Seine war beschaulicher, weniger hektisch als das geschäftige New York. Hin und wieder spielte Sofie sogar mit dem Gedanken, gar nicht mehr nach New York zurückzukehren. Sie könnte Paris zu ihrer Wahlheimat machen, so wie viele amerikanische Künstler. Sie hatte keine Bindungen an New York, abgesehen von ihrer Familie, die Sofie und ihr Baby auch in Paris besuchen konnte.

Sofie kniff die Augen zusammen. Sie durfte nicht an den Vater ihres Kindes denken, der in New York lebte, der keine Ahnung hatte, daß er bald Vater werden würde. Sie durfte nicht an die Frage denken, die sie immer wieder plagte. Sie durfte keine Gewissensbisse haben, daß sie Edwards Kind unter dem Herzen trug, ohne daß er davon wußte.

Die Droschke hielt vor Pauls Haus. Sofie bezahlte den Kutscher, als Paul im langen Wollmantel und derben Stiefeln aus dem Haus trat. »*Bonjour, ma petite*«, begrüßte er sie strahlend und küßte sie auf beide Wangen. »Wo sind Ihre Handschuhe?« schalt er und zog seine Fäustlinge aus. »Hier, ziehen Sie meine an, bevor sie sich die Finger blau frieren.«

Sofie genoß seine Fürsorge und nahm sein Angebot gerne an. »Wollen Sie ausgehen?«

»Nur mit Ihnen. Ich möchte Ihnen jemanden vorstellen.«

Sofie zog fragend die Brauen hoch, als er sie beim Ellbogen nahm und ihr über die Straße half. Auf dem Hügel standen die Windmühlen wie stumme Wachposten; von den stillstehenden Metallblättern hingen Eiszapfen. Es war bitter kalt, und der *Butte* wirkte wie ausgestorben ohne Tische und Stühle auf den Gehsteigen, ohne Passanten und Pferdegespanne auf den Straßen. Die Markisen an den Geschäften waren eingerollt, die Türen verschlossen, keine Kinder spielten lärmend in den Gassen, keine Gassenjungen bettelten um Münzen.

»Ich möchte Ihnen Rachelle vorstellen«, erklärte Paul. »Sie ist ein gefragtes Malermodell, verdient aber nicht viel.

Ich habe mit ihr über Sie gesprochen. Sie ist sehr daran interessiert, Ihre Gesellschafterin zu sein. Natürlich würde sie gern weiterhin als Modell arbeiten. Wenn Sie das jedoch nicht wünschen, würde sie es aufgeben, solange Sie in Paris sind.«

»Wenn Sie mir Rachelle empfehlen, gefällt sie mir mit Sicherheit«, sagte Sofie.

Paul lächelte und führte sie zum Eingang eines Lokals, über dem ein grünes Schild hing mit der Aufschrift *Zut*. Aus dem Inneren drang lautes Stimmengewirr und Gelächter. Paul öffnete die Tür.

»Rachelle frühstückt im *Zut*«, erklärte er.

»In einer Bar?«

»Warum nicht? Hier verkehren Studenten, Künstler, Modelle und berühmte Maler, Sofie.« Er lächelte. »Wir sind in Paris, nicht in New York. Eine Bar ist ein Künstlertreffpunkt.«

Sofie blickte zaghaft an Paul vorbei in das Lokal, ein holzgetäfelter behaglicher Raum mit einer langen Theke an einer Seite, hinter dem der Wirt Getränke ausschenkte. Nur wenige Tische waren besetzt. Die Gäste, vorwiegend Männer, tranken nicht nur Kaffee. Manche hatten bereits ein Glas Wein, Bier oder Likör vor sich stehen. Sofie warf Paul einen ängstlichen Blick zu. Es war kurz nach elf Uhr vormittags. Sie wagte kaum zu glauben, daß sie am hellichten Tag eine Bar betrat. Doch Paul hatte ihr versichert, dies sei völlig normal hier auf dem Montmartre.

»Rachelle sitzt allein an einem Tisch. Kommen Sie, Sofie.«

An einem der hinteren Tische saßen drei junge Männer, die übernächtigt und ziemlich ramponiert aussahen. Am Nebentisch saß eine junge Frau; sie trank Kaffee und aß ein kleines Stangenbrot. Sofie folgte Paul durch das Lokal.

Rachelle stand lächelnd auf. Sie war groß und sehr schön, obwohl sie ein formloses, schwarzes Wollkleid trug, dazu derbe Männerstiefel, ähnlich wie Paul. Um die Schultern hatte sie ein scharlachrotes Tuch geschlungen. Kastanienrotes Kraushaar umrahmte ihr schönes Gesicht und hing ihr weit über den Rücken. Ihre blauen Augen strahlten. »*Bonjour Paul, bonjour, Mademoiselle.* Sie müssen Sofie sein. *Je suis enchanté.*«

Sofie gefiel das Mädchen vom ersten Augenblick an. Sie mußte ihr nur in die Augen schauen, um zu wissen, daß Rachelle eine freundliche, herzensgute Person war, mit sich und der Welt zufrieden. Sofies Blick wurde magisch von ihren derben Männerstiefeln angezogen. Wie konnte eine Frau nur so reizend und hübsch aussehen in diesem unvorteilhaften, unmöglichen Aufzug? »Ich freue mich, Sie kennenzulernen«, sagte Sofie.

»Bitte, *asseyez-vous.*« Rachelle wies auf die beiden freien Stühle an ihrem Tisch.

Sofie setzte sich. Paul bestellte Kaffee. Dann begann er mit Rachelle über ein kürzlich entstandenes Bild zu sprechen, für das Rachelle Modell gesessen hatte. Beide waren sich einig darüber, daß der Maler, der sie porträtiert hatte – ein gewisser Pablo Picasso – sehr begabt war, seine wahren Talente jedoch noch im verborgenen schlummerten. Sofie hörte aufmerksam zu und studierte das schöne Malermodell. Sie hatte bereits beschlossen, daß Rachelle eine wunderbare Gesellschafterin sein würde. Nach langer Zeit begann sich in Sofie wieder Freude am Leben zu regen.

Kapitel 18

New York City, Dezember 1901

Er war betrunken und scherte sich einen Dreck darum. Es war erst Mittag, aber es war auch Heiligabend.

Edward redete sich ein, dies sei der Grund, warum er seine neue, schwarz glänzende Daimler-Limousine an der Fifth Avenue genau gegenüber der Villa der Ralstons geparkt hatte. Es war Heiligabend, und alle Welt wußte, daß Weihnachten kein Fest der Freude war, sondern eine Zeit der Einsamkeit und Trauer.

Edward konnte sich jedenfalls nicht daran erinnern, je fröhliche Weihnachten erlebt zu haben. Er war erst elf gewesen, als sein Bruder Slade, den er vergöttert hatte, von zu Hause fortgelaufen war. Jedes Weihnachten danach war eine trübe Angelegenheit gewesen.

Edward umklammerte das Lenkrad und kam sich wieder vor wie der kleine schuldbewußte Junge, der sich dafür verantwortlich fühlte, daß sein großer Bruder fortgelaufen war. Aber er war kein elfjähriger Junge mehr, er war ein erwachsener Mann, und nun peinigte ihn sein Gewissen aus einem anderen Grund, und dieser Grund hieß Sofie.

Edward gelang es zumeist, keinen Gedanken an Sofie O'Neil zu verschwenden. In den vier Monaten, seit er sie verführt hatte, war er zum Experten in Sachen Verdrängung geworden. Aber heute war Weihnachten, und Edward hatte keine Lust, seine Zeit mit einer grell geschminkten aufdringlichen Dirne zu verbringen; sein Magen drehte sich um bei dem Gedanken an ein Glas Whisky, und zu allem Überfluß war er abgebrannt, wodurch er auch nicht in Versuchung geriet, sich an den Spieltisch zu begeben. Vermutlich würde er das hohle Geschwätz der Gäste im *La Boîte* ohnehin nicht ertragen. Im übrigen hatten die meisten dieser borniertten Lebemänner Familien, zu denen es sie wenigstens an Weihnachten zog. Heute würden nur die jämmerlichsten Gestalten im Club um den Pokertisch sitzen.

Edward fühlte sich wie die jämmerlichste dieser Jammerfiguren.

Er starrte unverwandt zur Villa der Ralstons hinüber und überlegte, was sie gerade machte, ob sie den Baum schmückte, ob sie je an ihn dachte, ob sie bereute, was geschehen war – ob sie ihn ebenso haßte wie er sich selbst, wenn er halbwegs nüchtern war.

Er mußte sich Gewißheit verschaffen.

Edward stieg aus dem Daimler. Es hatte zu schneien angefangen, dicke Flocken schmolzen auf seiner Nase. Er hatte vergessen, einen Mantel anzuziehen, doch die Kälte, die ihm bis in die Knochen fuhr, tat ihm gut. Sollte er Sofie tatsächlich heute begegnen, mußte er wenigstens nüchtern erscheinen. Während er die vereiste Straße überquerte, stieg Angst in ihm auf. Was, zum Teufel, hatte er vor? Mußte er Sofie wirklich begegnen, um zu wissen, daß sie ihn verachtete? Gütiger Himmel, sie hatte seinen Heiratsantrag abgelehnt! Der Gedanke machte ihn immer noch so wütend, daß er am liebsten die Faust durch eine Ziegelmauer geschlagen hätte. Noch immer hatte er das seltsame Gefühl, von ihr benutzt worden zu sein.

Das schlimmste an der Sache aber war, daß ihm der Entschluß, sie zu heiraten, nicht schwergefallen wäre. Wenn er schon heiraten mußte, so war Sofie die einzig richtige Wahl. Die Vorstellung, sie zur Ehefrau zu nehmen, hatte ihn nicht erschreckt. Doch Sofie erwies sich als wesentlich eigensinniger und radikaler, als er vermutet hatte. Sie zog es vor, allein zu leben, statt ihn zu heiraten.

Dabei war er der Meinung gewesen, sie sei in ihn verliebt. Welche Überheblichkeit, welche Eitelkeit. »Ohne Liebe kann ich nicht heiraten«, hatte sie gesagt. Ihre Worte verfolgten ihn bis heute. Sie hatte ihn damals nicht geliebt. Sie liebte ihn heute nicht.

Edward passierte die beiden kauernden Steinlöwen, die das Tor des Anwesens bewachten, und ging mit energischen Schritten den Kiesweg auf das Portal zu, vorbei an der hohen, mit bunten Glaskugeln und glitzernden Ketten festlich geschmückten Tanne, deren Wipfel ein funkelnder Stern zierte. Am Portal zögerte er. Dann schlug er den Messingklopfer laut gegen das Eichenpanel. Die Familie würde bei Tisch sein, doch Edward scherte sich nicht darum. Er wollte nur wissen, ob sie glücklich war – und ob sie die Liebesnacht mit ihm vergessen hatte.

Jenson öffnete. Seine Augen weiteten sich erschrocken, ehe er rasch wieder die maskenhafte Butlermiene aufsetzte. »Sir?«

»Ist Sofie zu Hause?«

»Ich fürchte nein.«

»Ich glaube Ihnen nicht«, erwiderte Edward mit einem kalten Lächeln. »Sagen Sie ihr bitte, ich möchte sie sprechen.« Sein Puls begann zu rasen.

Jenson nickte und wollte die Tür schließen, doch Edward stellte blitzschnell seinen Fuß dazwischen.

»Sir!« protestierte Jenson entrüstet.

Edward lächelte noch eisiger.

Jenson gab seine Bemühungen auf und wandte sich zum Gehen. Ehe er die Eingangshalle durchquert hatte, war Suzannes Stimme zu hören. »Jenson, wer ist da?« Ihre hohen Absätze klapperten auf den Marmorfliesen.

Edward wappnete sich für die unvermeidliche Begegnung.

Suzanne verharrte bei seinem Anblick. Zorn stieg in ihr auf und verzerrte ihre Gesichtszüge zur häßlichen Fratze. Sie eilte auf ihn zu. »Was wollen Sie hier?« zischte sie.

Edward, der die Halle vollends betreten hatte, schloß das Portal hinter sich. »Ich möchte Sofie besuchen.«

Suzanne starrte ihn feindselig an. »Sie ist nicht hier.«

»Ich glaube Ihnen nicht.«

»Sie ist nicht hier!« wiederholte Suzanne triumphierend.

Edwards Herz versteinerte. »Wo ist sie?« fragte er schneidend.

»Sofie ist in Paris, um ihr Kunststudium fortzusetzen, wovon sie stets geträumt hatte.«

Edward konnte es nicht fassen. Sofie war fort, war nach

Paris gegangen. Hatte sie ihm nicht immer wieder gesagt, ihr größter Traum sei es, bei den berühmten französischen Malern zu studieren? Ein Schmerz durchbohrte sein Herz wie ein Messerstich. Er fühlte sich in die Vergangenheit zurückversetzt.

Sofie stand vor ihm. »Ich habe nicht mit dir geschlafen, um dich zu einer Ehe zu zwingen.«

In Edward keimte eine böse Ahnung auf. Sein Herzschlag drohte auszusetzen. »Du warst Jungfrau.«

»Das ist kein Grund zum Heiraten.«

Er konnte nicht fassen, was sie da sagte. Und dann redete sie weiter, nüchtern und unbeteiligt wie eine Fremde. »Ich habe nicht den Wunsch zu heiraten, Edward. Hast du das vergessen? Im Mai werde ich volljährig und gehe nach Paris, um mein Kunststudium fortzusetzen. Es tut mir leid ... Ohne Liebe kann ich nicht heiraten.«

»Sie ist glücklich.« Suzannes höhnische Stimme riß ihn aus seiner Erinnerung. »Sie hat mir erst kürzlich geschrieben. Sie hat eine reizende Gesellschafterin gefunden und ihren alten Freund Paul Verault wieder getroffen. Von der Pariser Künstlergemeinschaft wurde sie mit großer Herzlichkeit aufgenommen. Lassen Sie Sofie in Ruhe! Sie ist glücklich trotz allem, was Sie ihr angetan haben.«

Edward kniff die Augen zusammen und maß Sofies Mutter mit kalten Blicken. »Mit Sicherheit ist sie glücklich«, entgegnete er, unfähig, seine Bitterkeit zu verbergen. »Natürlich ist sie glücklich in Paris mit ihrer Kunst und ihren Künstlerfreunden. Aber Sie irren sich, wenn Sie denken, ich laufe ihr bis nach Paris nach.« Er straffte die Schultern, Wut stieg in ihm hoch. »Ich wollte ihr lediglich frohe Weihnachten wünschen.«

Suzanne beobachtete ihn argwöhnisch.

Edward verneigte sich knapp, ging zur Tür, riß sie auf und schlug sie so heftig hinter sich zu, daß der daran befestigte Kranz aus Tannengrün und Mistelzweigen bedenklich ins Wanken geriet. Wutentbrannt stapfte er die Stufen hinunter. Als hätte er die Absicht, ihr nachzustellen. Gütiger Himmel! Edward Delanza lief keiner Frau nach, die

Frauen liefen *ihm* nach. Er dachte nicht im Traum daran, einem mageren, exzentrischen Blaustrumpf nachzustellen, einer Frau, die es vorzog, Kunst zu studieren und Malerin zu werden, statt ein Leben an seiner Seite zu führen.

Edward entschloß sich nun doch, im *La Boîte* vorbeizuschauen und sich mit einer charmanten, jungen Dame den Nachmittag und Abend zu versüßen. Sollte Sofie doch ihre Malerei mit ins Bett nehmen. Pah! Da hatte sie sich einen famosen Bettgefährten ausgesucht!

Als er sich hinter das Steuer des Daimlers setzte, schoß ihm der Gedanke durch den Kopf, ob sie die Kunst gewählt hatte, weil sie ein weitaus besserer Gefährte war als ein Mann, der seine einzige erstrebenswerte Lebensaufgabe darin sah, seine Lust zu befriedigen, wozu nicht zuletzt das Zerstören einer Unschuld zählte.

Sofie hatte sich nie einsamer gefühlt. Nachdem Paul sie dazu überredet hatte, den Heiligen Abend mit ihm bei der Familie seines Sohnes zu feiern, war sie sich ihrer Rolle der Außenseiterin peinlich bewußt. Simon liebte seinen Vater und schien ihm nicht nachzutragen, daß Paul die Familie verlassen und jahrelang im Ausland gelebt hatte. Simons Frau Annette war reizend und fürsorglich um ihre Gäste bemüht, und die beiden kleinen Töchter waren entzückend. Sofie beobachtete, wie liebevoll die Familie miteinander umging, ohne daß sie sich daran beteiligen konnte. Sie hatte sich nie einsamer, unglücklicher und trauriger gefühlt.

Sie wünschte, in New York bei ihrer Familie zu sein, sehnte sich nach ihrer Mutter und nach Lisa. Sogar nach Benjamin sehnte sie sich, zu dem sie keine besonders herzliche Beziehung hatte. Doch sie weigerte sich, an Edward zu denken.

Man hatte gegessen und war vom Tisch aufgestanden. Die Mädchen spielten mit ihren Weihnachtsgeschenken unter dem Christbaum, dessen Zweige beinahe bis in die Mitte des kleinen Zimmers ragten. Die Kinder hatten den Baum liebevoll mit Lebkuchen, Äpfeln und Zuckerkringeln geschmückt. Paul und Simon tranken Cognac und rauchten

Zigarren. Annette hatte es sich in einem Lehnstuhl bequem gemacht und sah lächelnd den spielenden Kindern zu. Sie hatte ganz allein ein mehrgängiges Festmahl gekocht und wirkte erschöpft. Sofies Angebot, ihr zur Hand zu gehen, hatte sie strikt abgelehnt, sie sei schließlich Gast. *Ein Außenseiter.* Sofie gehörte nicht zur Familie, und auch die rührendste Gastfreundschaft konnte darüber nicht hinwegtäuschen.

Oh, Edward. Sofie vermochte sich nicht länger gegen ihre schmerzlichen Gedanken zur Wehr zu setzen. *Werde ich mein ganzes Leben allein sein?*

Sie war gefährlich nahe daran, die Fassung zu verlieren und in tiefe Niedergeschlagenheit zu versinken. Aus welchem Grund eigentlich? schalt sie sich. In fünf Monaten erwartete sie ihr süßes Baby, und dann hatte sie selbst eine Familie, wenn auch nur eine kleine. Sofie nahm sich fest vor, ihrem Kind Vater und Mutter zu sein. Das Kleine sollte nicht einmal merken, daß es keinen Vater hatte.

Vor Sofie lag eine schwierige Aufgabe, und sie weigerte sich, darüber nachzudenken, welche Schwierigkeiten und Hindernisse eine unverheiratete Mutter zu bewältigen hatte, die nicht nur ihr Kind alleine großziehen mußte, sondern auch ihrem Beruf, besser gesagt ihrer Berufung, nachgehen wollte.

Ein paar Stunden später verabschiedeten Paul und Sofie sich von ihren Gastgebern, und Simon borgte seinem Vater Pferd und Wagen. Sofie graute vor dem Gedanken, in die Pension zurückzukehren, die seit einer Woche wie ausgestorben war, da alle Pensionsgäste über die Weihnachtsfeiertage zu ihren Verwandten gereist waren. Auch Rachelle, die seit ein paar Wochen Sofies Gesellschafterin war und nun bei ihr in der Pension wohnte, war in ihr Heimatdorf in die Bretagne gereist. Sofie faßte den Entschluß, ins Atelier zu fahren. Zum erstenmal seit Monaten verspürte sie den Wunsch zu malen. Gleichzeitig fragte sie sich bang, wie lange dieser Wunsch vorhalten, ob der Drang stark genug sein würde, aus flüchtigen Skizzen ein Ölbild entstehen zu lassen.

Paul hielt den Einspänner vor dem Haus, in dem sich

Sofies Atelier befand, und drehte sich zu ihr um. »Weihnachten ist eine schwierige Zeit, wenn man allein ist. Das weiß ich aus eigener Erfahrung.«

»Ich hoffe, man hat mir meine Niedergeschlagenheit nicht zu deutlich angesehen.«

Paul lächelte. »Sofie, wenn Sie nur lernen würden, sich Ihre Gefühle etwas deutlicher anmerken zu lassen. Das würde Ihnen manches im Leben erleichtern.«

Edward hatte ihr genau den gleichen Rat gegeben, nur in anderen Worten. »Bin ich denn wirklich ein solcher Stockfisch?«

»Nein, *petite*. Aber das Leben hat auch schöne Seiten. *La vie est belle*. Gibt es etwas, worüber Sie mit mir sprechen wollen, Sofie?«

Sofie blickte in Pauls sanfte braune Augen, in denen sie väterliche Besorgnis las. Ihr weiter Wollmantel und der grobgestrickte Pullover darunter kaschierten ihren wachsenden Leibesumfang. Ahnte Paul etwas? Bald würde er es ohnehin wissen, bald würde alle Welt es wissen, doch Sofie wollte nicht darüber sprechen, noch nicht. Wenn sie anfing, von Edward zu sprechen und davon, wie sehr sie ihn liebte, würde sie nie wieder aufhören zu reden. »Nein, Paul«, flüsterte sie. »Nein.«

»Werden Sie heute nacht malen?«

»Ja.« Sofies Pulsschlag beschleunigte sich. »Ich denke schon.«

Sofie rannte die steilen Holzstufen hinauf, sperrte die Tür zum Atelier auf und entzündete die Petroleumlampen. Sie hatte keine Zeit zu verlieren. Ihre innere Spannung wuchs. Sie riß den Deckel der großen Kiste auf und kramte mit fliegenden Fingern nach ihren Entwürfen und fand die einzige Skizze, die sie vom *Delmonico* angefertigt hatte, als Edward ihr für kurze Zeit Modell gesessen hatte. Sie betrachtete die flüchtige Skizze der sich lässig räkelnden Gestalt. Und plötzlich war ihr der bezaubernde Nachmittag wieder gegenwärtig, als sei es gestern gewesen.

Sofie achtete nicht auf die Tränen, die ihr über die Wangen liefen. Sie wußte, was sie zu tun hatte, als stünde sie unter einem inneren Zwang. Sie mußte Edwards Porträt vollenden, jetzt sofort. Ehe sie dieses wunderschöne Zusammensein mit ihm vergaß.

Sofie zog den Pullover aus und band sich die grobe Schürze um, öffnete die Farbtuben und bereitete ihre Palette vor. Sie wollte dem Bild heitere, helle, unbeschwerte Farben geben, ähnlich wie in *Junger Mann am Strand*, die Heiterkeit aber durch kontrastreiche grelle Rot- und Orangetöne brechen. Um die Lebendigkeit des Augenblicks einzufangen und dem Betrachter den Eindruck der Unmittelbarkeit nahezubringen, wollte sie im Bildvordergrund Arm und Hand des Kellners gestisch festhalten, der den Gast bediente.

Zum erstenmal seit vier Monaten nahm Sofie einen Pinsel zur Hand, zitternd vor Aufregung. Und sie kehrte tagelang nicht in die Pension zurück, vergaß Ort und Zeit.

»Sofie!«

Sofie regte sich. Sie war auf dem ausgeblichenen Sofa, das sie beim Trödler erstanden hatte, in einen tiefen, traumlosen Schlaf gesunken.

»Sofie? Bist du krank?« Rachelle rüttelte sie erneut.

Sofie blinzelte benommen, wußte im ersten Augenblick nicht, wo sie war. Es kostete sie Mühe aufzuwachen. Doch dann begegnete sie Rachelles großen, türkisgrünen Augen. Sofie richtete sich auf und stützte sich auf den Ellbogen.

»Du warst seit Tagen nicht in der Pension. Als ich heute morgen ankam, habe ich sofort bei Paul vorbeigeschaut, weil ich dich bei ihm vermutete. Er sagte mir, daß er dich am Weihnachtsabend hier abgesetzt und seither nicht gesehen hat. Sofie! Du bist seit fast einer Woche hier!«

Sofie war nun vollends wach. »Ich habe gearbeitet.«

Rachelle beruhigte sich ein wenig. »Ja, das sehe ich.« Nach einem prüfenden Blick erhob sie sich und durchquerte das Atelier. Wie immer trug sie ihre derben Männerstiefel, ein formloses Wollkleid, diesmal in Grün, und das scharlachrote Tuch um die Schultern. Mit ihrer wilden roten Haarmähne sah sie wie immer wunderschön aus. Rachelle stellte sich vor die Leinwand und stemmte die Hände in die Hüften.

Sofie blieb auf dem Diwan sitzen, ihr Puls raste. Von der Leinwand in der Mitte des leeren Raums lächelte Edward ihr entgegen. Seine Augen leuchteten heiter, warm, verführerisch. Er war in verschiedenen Weißschattierungen gekleidet. Der Tisch vor ihm war elfenbeinweiß gedeckt. Das Restaurant im Hintergrund aber war ein lebhaftes Gewoge aus grellem Rot, Orange und Purpurtönen, eine aufgewühlte See, in der lächelnde Gesichter schwammen. In der linken vorderen Ecke griff der schwarze Ärmel und die helle Hand des Kellners in das Bildgeschehen ein, um die Beschaulichkeit der Darstellung spannungsgeladen zu brechen.

Rachelle wandte sich zu Sofie um. »Wer ist der Mann?«

»Sein Name ist Edward Delanza.«

Rachelle sah sie fragend an. »Ist er wirklich so schön ... so männlich?«

Sofie errötete. »Ja.« Unterdessen hatte sie sich an Rachelles freimütige Art gewöhnt. Rachelle hatte einen Geliebten, einen Dichter namens Apollinaire, und er war nicht ihr erster Liebhaber.

Rachelles Blick wanderte zu Sofies schwellendem Leib. »Ist er der Vater? »

Sofies Herz machte einen Satz, das Blut wich aus ihrem Gesicht.

»Nun hör schon auf, mir was vorzumachen, *ma petite*.« Rachelle setzte sich neben sie und nahm ihre beiden Hände. »Ich bin deine Freundin, *non*? Ich wußte es von Anfang an. Paul konntest du vielleicht etwas vormachen, aber Männer sind in dieser Hinsicht ziemlich dumm.«

Sofie starrte Rachelle an. Sie hatte alle Tränen vergossen, während sie Edward gemalt hatte. Nun blieben ihre Augen trocken, nur ihr Herz weinte. »Ja, ich bekomme ein Kind von ihm«, flüsterte sie.

Rachelle spitzte die Lippen. »Tja, jetzt ist es wohl zu spät, um etwas dagegen zu unternehmen. Vor zwei Monaten hätte ich dich noch zu einem Arzt bringen können, der es dir weggemacht hätte.«

»Nein! Ich will das Kind, Rachelle. Ich will es um jeden Preis!«

Rachelle lächelte sanft. »Dann ist ja alles gut.«

»Ja.« Sofie nickte zustimmend. »Es ist alles gut.«

Die Freundinnen saßen stumm nebeneinander. Ihre Blicke wanderten zurück zu dem Ölbild, zu der faszinierenden Männergestalt, die lässig zurückgelehnt von der Leinwand lächelte. »Weiß er es?«

»Wie bitte?«

»Weiß er es? Weiß er, daß du ein Kind von ihm erwartest?«

Sofie fuhr sich mit der Zunge über die Lippen. Das Sprechen fiel ihr schwer. »Nein.«

Rachelle sah sie nachdenklich an. »Wäre es nicht angebracht, es ihm zu sagen?«

Sofie schluckte schwer, ihr Blick flog wieder zur Leinwand. Ihre Augen wurden feucht. »Ich habe mir diese Frage oft gestellt«, antwortete sie schließlich.

»Und wie lautet die Antwort?«

Sofie sah ihre schöne, weltkluge Freundin lange an. »Natürlich muß er es erfahren. Aber aus irgendeinem Grund scheue ich davor zurück, es ihm zu sagen. Ich habe Angst, daß es ihm gleichgültig ist, und zugleich habe ich Angst, daß es ihn zu sehr interessiert.«

Rachelle tätschelte ihre kalte Hand. »Ich bin sicher, du tust letztlich das Richtige.«

»Ja«, antwortete Sofie. »Ich werde das Richtige tun. Ich muß es tun.« Sie entzog sich Rachelle, stand auf und trat ans Fenster. »Aber das Baby kommt erst Ende Juni zur Welt. Ich habe noch Zeit.«

Rachelles Blick wurde traurig.

»Paul, ich bin müde. Ich habe keine Lust, ins *Zut* zu gehen.«

Doch Paul Verault wollte nicht auf sie hören und legte ihr einen leichten Schal um die Schultern. »Sie übernehmen sich, *petite*, und brauchen Abwechslung.« Mit diesen Worten führte er sie zur Tür. »Schließlich sind Sie in anderen Umständen.«

Sofie fügte sich seufzend und begleitete ihn. »Als ich das Bild vom *Delmonico's* begann, konnte ich doch nicht ahnen, daß ich nicht mehr aufhören kann.«

»Ich weiß, *petite*«, meinte Paul verständnisvoll. Er legte einen Arm um sie und half ihr die steilen Stufen hinunter. »Ich weiß, wie hart Sie gearbeitet haben und welche Mühe Sie das Bild gekostet hat. Und nebenbei haben Sie noch ein paar andere Meisterwerke geschaffen.«

Sofie durchfuhr ein Schauder. Paul wußte, wieviel Kraft sie in ihre Arbeit gesteckt hatte; er kam jeden Tag in ihr Atelier, und er war nicht der einzige Besucher. Sofie hatte unterdessen viele Freunde gewonnen, meist Maler und Kunststudenten und die beiden Dichter Georges Fraggard und Guy Apollinaire. Alle schauten gelegentlich bei ihr herein, und Georges besuchte sie wie Paul beinahe täglich.

Sofie wollte lieber nicht daran denken, wieso Georges sie so häufig aufsuchte, vermutete aber, er sei in Rachelle verliebt, die sich im März von Apollinaire getrennt hatte. Eine andere Erklärung gab es nicht. Georges flirtete mit jeder Frau. Nur nicht mit Sofie. Er neckte und hänselte sie nicht mehr wie zu Beginn ihrer Bekanntschaft. Seit er von ihrer Schwangerschaft wußte, behandelte er sie höflich und mit Respekt.

Sofie vermißte seine Scherze und Neckereien. Erst jetzt wurde ihr bewußt, wie wohltuend seine hänselnden Schmeicheleien in den langen Wintermonaten waren, die sie erwärmt hatten wie ein Glas Glühwein an einem bitterkalten Wintertag. Manchmal wünschte sie, er würde Rachelle woanders treffen und nicht in ihrem Atelier. Manchmal erinnerte er sie an Edward.

Die Arbeit war wieder zum bestimmenden Inhalt in Sofies Leben geworden wie früher, ehe Edward Delanza sie in einen wilden Taumel der Gefühle gerissen hatte. Sofie war froh über ihren Eifer.

Die Arbeit am *Delmonico's* hatte wie eine Teufelsaustreibung begonnen. Ein Exorzismus ohne Erfolg. Statt Edward endgültig aus ihrem Leben zu verbannen, statt sich Kummer und Schmerz aus dem Herzen zu reißen, fühlte Sofie sich ihm inniger verbunden denn je. Der Grund lag nicht nur an ihrer besessenen Arbeit an dem Bild, es lag auch an dem Kind, das in ihrem Leib heranwuchs. Seit Sofie das erste Lebenszeichen des Babys in sich gespürt hatte, wuchsen ihre Muttergefühle stetig. Das Kind wurde mit jedem Tag mehr zur eigenen Persönlichkeit.

Irgendwie wußte Sofie, daß sie ein Mädchen zur Welt bringen würde. Sie hatte auch schon einen Namen für sie: *Jacqueline* nach ihrem Vater Jake und *Edana* nach Edward.

Sofie hatte sich Edward nie näher gefühlt. Sie dachte ständig an ihn, und wenn sie nicht bewußt an ihn dachte, verfolgte er sie in ihrem Unterbewußtsein. Sie achtete sorgsam darauf, ständig beschäftigt zu sein. Wenn sie nicht im Louvre Kopien alter Meister anfertigte oder in ihrem Atelier an der Staffelei stand, traf sie sich mit Freunden im Café oder in deren Ateliers. Und wenn sie sich erschöpft in ihre kleine Wohnung am Montmartre zurückzog, die sie im neuen Jahr gemietet hatte, war sie auch nicht allein, denn Rachelle war zu ihr gezogen. War sie aber endlich eingeschlafen, verfolgte Edwards dunkles, verwegenes Gesicht sie in ihren Träumen.

Seit das Bild vom *Delmonico's* fertig war, hatte sie sich anderen Themen zugewandt, hatte Genrebilder gemalt, die zugleich Studien von Rachelle und Paul in verschiedenen Aspekten ihres Bohèmelebens waren. Immer wieder aber malte sie wie unter Zwang Edward. Sie hatte sogar einen Akt von ihm in Öl begonnen, was sie seit langem tun wollte. Und Sofie wußte genau: wenn sie Edward zum Thema ihrer Bilder wählte, entstanden ihre spannungsreichsten und kraftvollsten Arbeiten.

Paul hatte darauf bestanden, *Delmonico's* seinem Freund André Vollard zu zeigen, der sie geradezu anflehte, ihm das Bild zu überlassen. Doch Sofie zögerte, da sie Durand-Ruel im Wort zu sein glaubte, dem sie in New York ihre ersten Arbeiten verkauft hatte. Schließlich konnte Sofie Vollards Begeisterung nicht widerstehen, ebensowenig den tausend Francs, die er ihr für das Bild bot. Zumal Paul ihr versichert hatte, sie habe völlig freie Hand, ihre Bilder zu verkaufen, da sie keinen Vertrag mit Durand-Ruel unterschrieben hatte.

Delmonico's sorgte für einigen Aufruhr in der Pariser Kunstszene, ohne allerdings einen Käufer zu finden. Rachelle war stolz wie eine Glucke auf ihr Küken. Sie erzählte Sofie, sämtliche Maler und Kunstbegeisterte aus ihrem Bekanntenkreis seien in die Galerie gepilgert, um Sofies Werk zu bewundern, das im übrigen wochenlang das Gesprächsthema Nummer eins in den Salons und Ateliers der Seinemetropole war. Eines Tages stand sogar Paul Durand-Ruel, den Sofie nie kennengelernt hatte, höchstpersönlich an der Tür ihres Ateliers und verlangte, ihre Arbeiten zu sehen. Zwischen Vollard und Durand-Ruel bestand eine gewisse Rivalität, obgleich letzterer berühmter und erfolgreicher war – allerdings auch traditionsbewußter und konservativer in der Wahl seiner Ankäufe.

Sofie hatte einige Pastellstudien von Rachelle und Paul angefertigt, und Edwards Aktstudie war beinahe fertig. Der Galerist kaufte sämtliche Arbeiten, einschließlich aller Zeichnungen, zu einem stattlichen Preis und versuchte, sie zu einem Exklusivvertrag zu überreden. Sofie versprach, darüber nachzudenken; sie war verwirrt und skeptisch. Ehe der Kunsthändler sich verabschiedete, ließ er durchblicken, er sehe vielleicht eine Möglichkeit, eine Einzelausstellung für sie zu arrangieren. Nach seinem Besuch hatte Sofie mehrere Nächte hintereinander von ihrer erfolgreichen Einzelausstellung geträumt. Und jedesmal stand Edward im Traum neben ihr, strahlend vor Stolz.

»André sagt, es bestehe Interesse am *Delmonico's*«, meinte Paul beim Verlassen des Hauses.

Sofies Herz weitete sich. »Wirklich?«

»In den letzten zwei Wochen haben einige seiner Kunden Interesse an dem Bild gezeigt.«

Sofie dämpfte ihre aufsteigenden Hoffnungen. *Delmonico's* wurde seit Januar angeboten, ohne einen Käufer zu finden. Auch ihre anfängliche Euphorie, daß ihre Arbeiten Anklang bei zwei der berühmtesten Pariser Galeristen fanden, hatte sich mittlerweile wieder gelegt. »Durand-Ruel hat mir kürzlich mitgeteilt, daß die Porträts von meinem Vater und von Lisa endlich einen Käufer in New York gefunden haben.«

»Erfreuliche Nachrichten«, erwiderte Paul und lächelte.

Es war ein warmer Frühlingstag, und Sofie nahm den Schal ab. Am Straßenrand unter knospenden Bäumen blühten die ersten Gänseblümchen, und in den Blumenkästen auf den Fenstersimsen leuchteten Stiefmütterchen und Vergißmeinnicht. Die beiden schlenderten über die Place des Abbesses, vorbei am *bateau lavoir*, einem alten baufälligen Miethaus, in dem viele der nahezu mittellosen Künstler wohnten, darunter auch einige von Sofies Freunden. Die Ladenbesitzer standen in Hemdsärmeln und Schürzen in den offenen Türen; zwei Buchhändler, ein Antiquitätenhändler und ein Farbenhändler. Alle grüßten freundlich. »*Bonjour, Verault, bonjour, Sofie. Ça va?*«

Paul warf seiner Begleiterin heimliche Seitenblicke zu. »Was hören Sie von Ihrer Familie, Sofie?«

»Ich glaube, Lisa hat sich verliebt. Ihren schmachtenden Briefen entnehme ich, daß der Marquis von Connaught, Julian St. Clare ihr schöne Augen macht. Ziemlich hochtrabender Titel, wie?«

Paul brummte. »Und von Ihrer Mutter?«

Sofie versteifte sich. »Sie hat es endlich aufgegeben, mir einzureden, Rachelle zu entlassen.«

Die beiden bogen um eine Straßenecke. Ein kleiner Junge kam angelaufen und bettelte um eine Münze. Sofie gab ihm eine. Zwei schlampig gekleidete, unfrisierte Frauen, offenbar heruntergekommene Straßenmädchen, die in einem Hauseingang lehnten, bedachten Sofie mit finsteren Blicken.

Mrs. Crandal hatte Rachelle von Anfang an abgelehnt und kein Blatt vor den Mund genommen. Rachelle sei nicht nur Malermodell, sie sei ein Flittchen durch und durch und kein Umgang für Sofie. Wieder in New York, hatte sie umgehend Suzanne aufgesucht und ihr in lebhaften Farben geschildert, welch lockeres Leben ihre Tochter auf dem Montmartre führe und daß sie sich zu allem Überfluß noch mit dieser leichtfertigen Rachelle angefreundet habe. Suzanne hatte Sofie sofort einen Brief geschrieben und verlangt, Sofie müsse diese Rachelle umgehend entlassen. Weiterhin hatte sie ihr streng verboten, sich mit Tagedieben und Verrückten abzugeben, die sich als Maler und Dichter ausgaben und nur in Bars herumlungerten.

Sofie, die Rachelle tief ins Herz geschlossen hatte, dachte nicht daran, sich von ihr zu trennen. Sie hatte ihrer Mutter in ihrem nächsten Brief erklärt, Mrs. Crandal habe übertrieben, Künstler lebten nun mal ein etwas freieres Leben, was braven Bürgern ein Dorn im Auge sein mochte. Aber sie seien allesamt harmlos und keine lockeren Vögel, wie die prüde Mrs. Crandal behauptete.

Paul und Sofie warteten an der nächsten Straßenkreuzung, bis ein hochbeladenes Fuhrwerk vorbeigerumpelt war. Paul hielt sie am Ellbogen. »Kommt sie? Sie sollten jetzt nicht allein sein.«

»Ich bin nicht allein«, brauste Sofie auf. »Ich habe Sie, und ich habe Rachelle.« Arm in Arm überquerten die beiden die Straße. »Ich bin froh, wenn sie nicht kommt. Sie würde nur an allem herummäkeln, an meinem Lebenswandel, meinen Freunden, an Montmartre, an allem.«

»Sie sollten nicht allein sein«, entgegnete Paul unbeirrt.

Sofie weigerte sich, an Edward zu denken, nicht jetzt, nicht heute.

Die beiden betraten die kleine Bar *Zut* an der Place Pigalle. Das holzgetäfelte Lokal war bereits an diesem frühen Nachmittag ziemlich voll und laut. Die Gäste saßen an kleinen Tischen oder standen an der langen Theke. Einige Köpfe wandten sich den Neuankömmlingen zu, man lächelte herüber, winkte. Das *Zut* war Pauls Stammlokal, und anfangs war Sofie sich geradezu verworfen vorgekommen, wenn Paul sie abends zu einem Glas Wein ins *Zut* einlud. Hier verkehrten junge engagierte Künstler, Maler und Dichter gleichermaßen, die Sofie herzlich in ihrer Gemeinschaft aufgenommen hatten.

»*Ah, c'est la bohème*«, rief ein Gast herüber, und andere wiederholten den gutmütigen Scherz.

Sofie lächelte verlegen. Georges hatte ihr diesen Spitznamen gegeben, kurz nachdem sie ihn kennengelernt hatte. Nun saß er an einem der hinteren Tische neben Rachelle. Sofie vermied es, seinem Blick zu begegnen, spürte aber, wie er sie beobachtete. Jeder wußte, daß Sofie nicht der Vorstellung eines Bohèmiens entsprach. Ihre Malweise war zwar kühn und eigenständig und setzte sich über alle akademischen Gebote hinweg, doch im Leben hielt Sofie sich strikt an die Regeln bürgerlicher Wohlanständigkeit, in denen sie erzogen war.

Manchmal kam Sofie sich wie eine Schwindlerin vor. Gelegentlich wünschte sie, so wie Rachelle und die anderen leben zu können, sorglos in den Tag hinein, voller Lebensfreude und Genuß, nach dem französischen Lebensprinzip der *joie de vivre*. Doch so sehr sie sich darum bemühte, sie war nicht dafür geschaffen.

»Willst du dich nicht zu uns setzen?« fragte Georges mit ernstem Gesicht. Zu allen anderen war er charmant, hatte immer einen Scherz auf den Lippen, nur nicht bei ihr. Georges war ein begabter Dichter, der seine radikalen Ideen mit spitzer Feder und geschliffenen Reimen zu Papier brachte.

Sofie nickte und setzte sich zu ihm und Rachelle und seinen Freunden Picasso und Braque an den Tisch. Paul zog sich einen Stuhl heran.

Kaum hatte Sofie Platz genommen, als die Männer lauthals zu singen begannen, selbst der eher verschlossene und melancholische Braque stimmte in das Ständchen ›Happy Birthday‹ mit ein, und Sofie errötete bis unter die Haarwurzeln. Heute war tatsächlich ihr Geburtstag, den sie wohlweislich verschwiegen hatte, da ihr nicht nach Feiern zumute war. Doch Paul kannte das Datum. Er drückte ihr die Hand und sang aus vollem Halse mit. Fred, der Wirt, drängte sich durch die Gästeschar und trug einen mit brennenden Kerzen bestückten Kuchen vor sich her. Seine Bäckchen glänzten rosiger als sonst. Das Ständchen war zu Ende, Fred stellte den Kuchen vor Sofie hin, alle gratulierten, und Rachelle schlang die Arme um sie und küßte sie auf beide Wangen.

Sofie hatte Mühe, ihre Rührung zu verbergen. Wie aufmerksam und liebevoll ihre Freunde waren. Sie hatte nicht den geringsten Grund, traurig zu sein. Nein, Sofie hatte ein neues Leben begonnen, hatte neue Freunde gefunden, sie ging ganz in ihrer Kunst auf, und bald bekam sie ihr Baby. Was wollte sie eigentlich mehr? Tapfer blinzelte sie die Tränen zurück und lächelte. »*Merci beaucoup, mes amis. Mes chers amis.*«

Rachelle hatte sich ans Klavier gesetzt und begann auf das arg strapazierte, altersschwache Instrument einzuhämmern, das jeden Abend herhalten mußte. Sie klimperte einen munteren Musettewalzer und schlug den Takt mit ihren derben Stiefeln dazu. Schon begannen einige Paare zu tanzen. Da ein akuter Mangel an Damen herrschte, drehten sich auch Männer paarweise im Kreis. Georges beugte sich über den Tisch und griff nach Sofies Hand.

Sie erschrak. Seine Augen waren blau wie Edwards Augen. Doch nun funkelte ein Leuchten darin, das ihr nie zuvor aufgefallen war.

»Tanz mit mir.«

Sofie rührte sich nicht. Georges glühender Blick senkte sich in ihre Augen. Sie schüttelte den Kopf, ihr Puls beschleunigte sich. Was war eigentlich los? Georges war in Rachelle verliebt. »Nein danke, Georges«, stammelte Sofie.

Er war aufgestanden und beugte sich über sie. »Warum nicht?«

Ihre Augen brannten. Sie schüttelte wieder den Kopf. Auf ihre Behinderung konnte sie sich nicht hinausreden, er würde sie nicht gelten lassen. Niemand auf dem Montmartre kümmerte sich darum, daß sie hinkte. Sie konnte ihm auch nicht sagen, daß sie nicht tanzen gelernt hatte. Vielleicht würde er anbieten, es ihr beizubringen.

»Das Kind nimmt keinen Schaden.«

Sofie hob rasch die Lider. Um sie herum tanzten die Gäste immer fröhlicher und ausgelassener. Rachelle sang jetzt mit klarer Altstimme. Sofie sah zu ihr hinüber, um Georges eindringlichem Blick zu entgehen.

Georges nahm ihr Kinn, drehte ihr Gesicht und zwang sie, ihn anzusehen. »Möchtest du lieber spazierengehen?«

Sofies Verwirrung wuchs. Das mußte ein Irrtum sein.

Georges war mit ihr befreundet, weiter nichts. Er wollte nett zu ihr sein, weil sie Geburtstag hatte. Doch in seinem Blick lag nicht die Spur von Nettigkeit. Sie sah nur Hitze und männlichen Zorn. »Eigentlich nicht«, antwortete sie beinahe verzweifelt.

Seine Augen verdunkelten sich. »Warum nicht?«

Sofie antwortete mit einer Gegenfrage. »Was tust du da?«

Georges zog sie auf die Füße. Sofie war steif wie ein Brett. »Du vergehst fast vor Gram wegen ihm, stimmt's? Du vergehst vor Sehnsucht nach dem Kerl, den du ständig malst! Ich bin weder dumm noch naiv. Als ich *Delmonico's* zum erstenmal sah, wußte ich Bescheid. Er hat dich verlassen, hab' ich recht?« knurrte Georges wütend. »Welche Versprechen hat er gemacht – welche Versprechen hat er gebrochen?« Seine Augen sprühten Funken. »Er hat dich verführt, dir ein Kind gemacht und dich sitzengelassen. Er ist kein Mann, er ist ein elender Schuft.«

Sofie starrte Georges voller Entsetzen an. Wußte denn die ganze Welt, daß Edward und sie ein Liebespaar waren, wenn auch nur für eine einzige Nacht? Hatten alle in ihrem Bild die Wahrheit erkannt?

»Komm zu mir«, sagte Georges nun leise, fast beschwörend. »Bei mir wirst du vergessen, daß der Kerl je existiert hat.«

Sofie erschrak über seine Worte, seinen Tonfall, seine Empfindungen. Sie schüttelte energisch den Kopf. »Ich kann nicht vergessen!«

»Doch du kannst. Ich helfe dir dabei, *chérie*.«

Die Weichheit seiner Stimme brachte ihre Tränen zum Fließen. Er war Edward so ähnlich. »Ich will nicht vergessen.«

Georges ließ sie los, Trauer überschattete sein Gesicht. »Wenn du deine Meinung änderst ...«, sagte er leise. »Komm zu mir. Ich werde dir niemals weh tun, *mon amour*.« Damit drehte er sich um und verließ das Lokal.

André Vollards Galerie lag in der Rue St. Honoré, in einem der vornehmsten Viertel von Paris. Er war im Begriff, sein

Büro zu verlassen, um zum Montmartre in Freds Lokal zu fahren, wo ein kleines Fest zu Ehren der begabten amerikanischen Malerin Sofie O'Neil stattfand. Vollard wollte die Geburtstagsfeier um keinen Preis versäumen, hoffte er doch, die junge Künstlerin zu einem Exklusivvertrag mit seiner Galerie bewegen zu können.

Doch als er sich vom Schreibtisch erheben wollte, stürmte sein Assistent aufgeregt herein. »Monsieur André! Kommen Sie schnell! Vorne im Laden ist Madame Cassatt – sie erkundigt sich nach der neuen Malerin, *la belle américaine.*«

Vollard sprang so hastig auf, daß sein Stuhl nach hinten kippte. Er hatte Mary Cassatt nicht unter Vertrag, da er sie erst kennengelernt hatte, als es bereits zu spät war. Beide bewegten sich in den Kreisen Kunstsachverständiger, hatten den gleichen Freundeskreis, bewunderten dieselben Künstler und ereiferten sich über solche, die sie für überschätzt und untalentiert hielten. Mary Cassatt genoß hohes Ansehen und übte beträchtlichen Einfluß auf die internationale Kunstszene aus, zumal ihre eigenen Werke sehr gefragt waren und enorme Preise auf dem Kunstmarkt erzielten. Sie fungierte mittlerweile als Agentin für den weltberühmten Sammler H. O. Havemeyer und dessen Gattin Louisine; ein Umstand, der ihr in der Kunstszene eine außergewöhnliche Machtstellung verlieh. Wenn Mary Cassatt den Havemeyers den Kauf eines Bildes vorschlug, folgten sie nicht nur ihrem Rat, sie förderten den Künstler geradezu besessen, erwarben mehrere Bilder des Künstlers und weckten damit ein ungeahntes Interesse an einem Neuling, von dem vielleicht vor wenigen Monaten noch kein Mensch gehört hatte. So konnte es geschehen, daß der Marktwert dieses Künstlers quasi über Nacht in schwindelerregende Höhen schoß. Vor kaum zehn Jahren war beispielsweise ein Degas noch für ein paar hundert Dollar zu haben. Erst letzte Woche hatte Durand-Ruel für einen Degas von einem Privatsammler mehr als sechstausend Dollar bezahlt.

Vollard eilte nach vorne in die Galerie, um Mary Casssatt zu begrüßen, die vor seiner Neuerwerbung von Sofie O'Neil stand.

»*Bonsoir, André*«, grüßte sie ihn mit einem flüchtigen Lächeln. Der Blick der distinguierten, eleganten Frau Anfang Vierzig flog rasch wieder zu dem Ölbild an der Wand zurück. »Wer ist diese Sofie O'Neil? Ist sie Irin?«

»Nein, Amerikanerin, Mary. Im Moment lebt sie in Paris. Sie hat Talent, finden Sie nicht auch?«

»Ist sie jung?«

»Sehr jung. Erst einundzwanzig.«

»Ihre Begabung ist noch ungeschliffen, aber kraftvoll. Ihre Pinselführung ungewöhnlich, ebenso der Umgang mit Licht und Schatten. Sie wäre gut beraten, sich intensiv mit dem Studium von Kontrasten und Lichtreflexen zu befassen. Die Komposition ist kühn und originell. Ihre Detailgenauigkeit in den Gesichtszügen des jungen Mannes ist frappierend. Sie könnte es zu kommerziellem Erfolg bringen – wenn sie zur klassischen Malerei zurückfindet.«

Vollards Herz hämmerte. »Sie studiert seit ihrem dreizehnten Lebensjahr Malerei und hat nicht den Wunsch, zur alten Maltradition zurückzukehren. Vielmehr hat sie den sehnlichen Wunsch, ihre Studien bei einer Künstlerin Ihres Ranges fortzusetzen, Madame.«

Mary fuhr herum und blickte Vollard eindringlich an. »Tatsächlich?«

»Behauptet jedenfalls Paul Verault.«

»Ich möchte sie kennenlernen«, sagte Mary Cassatt unvermittelt.

»Ich arrangiere ein Treffen. Sie wird begeistert sein.«

Mary Cassatt lächelte. »Sie wird noch mehr begeistert sein, wenn Sie ihr sagen, daß ich das Bild des attraktiven jungen Mannes im *Delmonico* kaufe«, versetzte sie.

Liebe Louisine!
Heute habe ich ein Bild entdeckt, das mich berührt hat wie selten ein Bild zuvor. Die Malerin ist eine junge Amerikanerin namens Sofie O'Neil. Ich habe das Ölbild mit dem Titel Delmonico's *spontan gekauft. Es stellt einen jungen Mann mit einer ungewöhnlichen Ausstrahlung dar, ein Sinnbild männlicher Erotik und Nonchalance. Ihre leuch-*

tenden Farben sind verblüffend, ihr Pinselstrich leidenschaftlich, geradezu verwegen. Ihre Detailbesessenheit in der Ausführung der dargestellten Person ist bewundernswert. Ich bin ziemlich sicher, daß die Künstlerin eine große Karriere vor sich hat, wenn sie ihren endgültigen Stil gefunden hat. Irgendwann werden ihre Frühwerke einen hohen Sammlerwert besitzen. Noch nie habe ich Ihnen den Kauf eines jungen Künstlers so sehr ans Herz gelegt. Den Namen Sofie O'Neil sollten Sie sich merken.
    In Liebe und Verehrung, Ihre Mary Cassatt.

Sofie drückte das Kopfkissen an sich und weinte wie ein Kind. Sie konnte sich noch so oft einreden, sie weine nur wegen ihrer schwachen Nerven, weil die Geburt des Kindes in sechs Wochen bevorstand. Doch Sofie war eine schlechte Lügnerin, auch wenn es galt, sich selbst etwas vorzumachen. Sie bekam es mit der Angst zu tun. Sie wollte nicht allein sein, nicht jetzt, nicht sechs Wochen vor der Entbindung und nicht ihr ganzes Leben.

Georges' dunkles, ernstes Gesicht kam ihr in den Sinn. Und danach Edwards Gesicht. Wenn sie Edward nur vergessen könnte. Nur dann wäre sie frei, um Liebe bei einem anderen Mann zu finden. Nur dann könnte sie Georges lieben.

Welche Ironie! Sie hatte sich nie nach Liebe gesehnt. In ihren Jungmädchenjahren hatte sie sich alle törichten und romantischen Träume versagt. Sie wollte ihr Leben ganz der Malerei widmen. Doch dann war Edward in ihr Leben getreten mit seinem betörenden Charme, seiner Ritterlichkeit, seinen heißen Küssen, seiner Männlichkeit und hatte ihre vergessenen Jungmädchenträume zu neuem Leben erweckt.

Nachdem ihre Tränen allmählich versiegt waren, kroch Sofie aus dem Bett, kramte ihr Schreibzeug hervor und kuschelte sich in den alten, verschlissenen Lehnstuhl. Ein Buch diente ihr als Schreibunterlage. So saß sie lange, kaute am Stiel des Federhalters und suchte nach Worten, um Edward mitzuteilen, daß er demnächst Vater wurde. Sie durfte nicht länger damit warten. Er mußte es wissen. Aber sie mußte ihren Brief heiter und unbeschwert verfassen. Sie durfte ihm um keinen Preis Einblick in ihr blutendes Herz gewähren. Sofie begann zu schreiben.

Paris, den 5. Mai 1902

Lieber Edward!
Es sind viele Monate vergangen, seit wir uns zum letztenmal gesehen haben. Ohne Zweifel trifft mich die Schuld daran, und ich entschuldige mich dafür. Der Entschluß, nach Paris zu gehen, war ein wichtiger Schritt für mich. Ich mußte eine Wohnung mieten und ein Atelier, einen Lehrer finden und eine geeignete Gesellschafterin. Das hat alles Zeit in Anspruch genommen. Doch nun läuft alles seinen gewohnten Gang. Ich habe in Paris viele Freunde gefunden, dazu meine wunderbare Freundin Rachelle, und mein Kunstlehrer Paul Verault aus New York ist auch mein Mentor in Paris. Ich studiere bei dem großen Gérard Leon, der mit meinen Arbeiten zufrieden zu sein scheint. Noch erfreulicher ist die Tatsache, daß zwei konkurrierende Kunsthändler sich um mich bemühen. Paul Durand-Ruel kennst du. Er ließ durchblicken, daß er mir eine Einzelausstellung ermöglichen könnte – der Traum eines jeden Künstlers. Der zweite, André Vollard, hat große Maler wie Van Gogh und Gauguin bereits vertreten, als niemand sonst sich für ihre Bilder interessierte. Falls du es noch nicht weißt, dein Porträt hat in New York einen Käufer gefunden, ebenso die Porträts meines Vaters und meiner Schwester Lisa.

Nun komme ich zum eigentlichen Grund meines Briefes. Ich hoffe, dir damit keinen allzu großen Schrecken einzujagen. Ende Juni erwarte ich ein Kind. Ich dachte, du solltest es wissen.

In der Hoffnung, daß du wohlauf und guter Dinge bist, verbleibe ich herzlichst,

Sofie O'Neil.

Hastig, ehe der Mut sie zu verlassen drohte, faltete sie den Brief, steckte ihn in den Umschlag, versiegelte das Kuvert sorgfältig mit Wachs und war froh, daß keine Tränenspuren darauf sichtbar waren.

Kapitel 19

Kapkolonie, Afrika – August 1902

Der Spaten stach knirschend in den Boden. Der Stiefelabsatz drückte das Schaufelblatt tiefer, dann wurde es hochgewuchtet, und die trockene, rote Erde flog im hohen Bogen auf den Aushub. Staub wirbelte auf. Wieder stach der Spaten in den Boden, und erneut wurden Staub und Steine auf den Aushub geworfen. Er arbeitete in blindem Eifer, bewegte sich im gleichbleibenden Rhythmus, mechanisch wie eine Maschine. Er achtete nicht auf das brennende Ziehen der überdehnten Sehnen und Muskeln seiner Arme. Er achtete nicht auf seine schmerzende Rückenmuskulatur, die seit Stunden zu harten Knoten verspannt war. Er ignorierte den Schweiß, der ihm in glitzernden Bächen seinen geschundenen Körper hinablief. Er hörte nicht auf – als bereite ihm die selbstauferlegte Folter ein perverses Vergnügen.

»Warum heuern Sie nicht ein paar Männer an?«

Edwards Kopf fuhr hoch. In einiger Entfernung stand ein alter Mann und schaute ihm zu. Edward kannte ihn vom Sehen. Er war Farmer, der keine Farm mehr hatte. In den blutigen Auseinandersetzungen im vergangenen Frühjahr waren sein Haus und sein Vieh verbrannt, seine Felder verwüstet worden. Edward glaubte sich zu erinnern, daß seine Frau und zwei Söhne in den Flammen umgekommen waren.

Edward wußte, daß etwas in ihm gestorben war, weil er keine Trauer über das grauenvolle Schicksal des alten Mannes empfand. Er fühlte nichts, überhaupt nichts, nur Leere.

Edward ließ den Spaten fallen. Er hatte seit Sonnenaufgang ohne Pause gearbeitet und würde bis Sonnenuntergang weiterschuften. Nun schleppte er sich in den Schatten eines einsamen knorrigen Baumes, wo er Gerätschaften und Proviant abgelegt hatte. Er bückte sich nach der Feldflasche und trank. Der alte Mann sah ihm dabei zu; er schien nicht die Absicht zu haben, sich aus dem Staub zu machen. Edward beachtete ihn nicht.

»Wieso heuern Sie keine Hilfskräfte an? In der Stadt laufen genügend Burschen rum, die froh um Arbeit wären«, krächzte der Alte wieder.

»Ich arbeite lieber allein«, antwortete Edward schroff. Er wollte nicht reden. Nicht wirklich. Er hatte seit Monaten kaum geredet. Das letzte Gespräch hatte er an Weihnachten mit Sofies Mutter gehabt. Am nächsten Morgen hatte er sich auf einem englischen Handelsdampfer nach Afrika eingeschifft.

»Sie können es sich leisten«, fuhr der Alte fort und musterte ihn mit flinken Vogelaugen. »Jeder weiß, daß Sie reich sind, obwohl Sie nicht danach aussehen. Aber mit den Diamanten werfen Sie rum, als würden sie wie Unkraut aus dem Boden schießen.«

Edward nahm schweigend wieder die Schaufel zur Hand. Mit Diamanten hatte er Geräte und Vorräte gekauft, als er im Februar in Südafrika angekommen war. Über Bargeld verfügte er schon in New York nicht mehr, und das war auch der Grund, warum er überhaupt zurück in diese Hölle gekommen war, um wieder in seiner Diamantenmine zu schuften. Das war der ausschließliche Grund und hatte mit nichts und niemandem sonst zu tun.

Letzte Woche war ein Vertreter der DeBeers Company in der Stadt aufgetaucht und wollte seine Mine kaufen. Edward hatte das Angebot in einem Anfall geistiger Umnachtung abgelehnt. DeBeers hatte ihm ein Vermögen geboten – er hätte der Hölle entkommen und nach Hause fahren können. Aber wo war das eigentlich? New York? War sein Zuhause der Rohbau seiner Villa an der Fifth Avenue? Oder war sein Zuhause die Luxussuite im Hotel Savoy, die er sich jetzt wieder leisten konnte? Mit Sicherheit war er nicht in Kalifornien zu Hause. Er konnte sich nicht vorstellen, je wieder nach Rancho Miramar zurückzukehren, wo sein Vater mit Edwards Bruder Slade und dessen Ehefrau und Kind lebte. Sein Zuhause war auch nicht San Francisco, wo seine

Mutter alleine lebte. Edward hatte kein Wort mit ihr gesprochen, seit seine Eltern sich vor zwei Jahren getrennt hatten.

Seine Eingeweide krampften sich zusammen. Sein ganzer Körper verspannte sich, und seine Schläfen pochten dumpf. Es gab keinen Grund zu verkaufen. Er wußte nicht, wohin er gehen sollte. Es gab keinen Ort auf der ganzen Welt, wo er hätte sein wollen. Es sah so aus, als würde Hopeville in der afrikanischen Kapkolonie sein Schicksal, seine Bestimmung sein.

Ganz sicher nicht Paris, die Stadt, in der *sie* lebte. Verdrossen drehte er dem alten Mann den Rücken zu und begann wieder, auf den Boden einzuhacken.

»Sie sind ein seltsamer Vogel«, meinte der alte Mann hinter ihm. »Macht Spaß, sich selbst zu quälen, wie?«

Edward schenkte ihm keine Beachtung, bis der Alte endlich davonschlurfte. Er hackte die Erde weiter auf, unerbittlich, stampfend, mechanisch. Wenn er sich selbst quälen wollte, war das sein gutes Recht.

Er machte keine Pause, trank kein Wasser und arbeitete verbissen weiter, bis die Dämmerung sich über das karge, steinige Land senkte. Diese Tageszeit war ihm verhaßt, denn auf dem Weg in die Stadt fingen seine Gedanken an zu wandern, so müde und erschöpft er auch sein mochte.

Edward packte seine Gerätschaften zusammen, schwang sich den Rucksack über die Schulter und machte sich auf den Rückweg. Es kostete ihn all seine Willenskraft, an nichts zu denken. Jetzt hätte er den Alten gern neben sich gehabt und lieber seinem Geschwafel zugehört als seinen eigenen Gedanken nachzuhängen.

Als Edward Hopeville erreichte, brodelte Wut in ihm hoch. Wut auf sich selbst, Wut auf Sofie, Wut auf die ganze Welt.

Es war der Gipfel der Ironie. Er hatte sich in ihr Leben eingemischt, um sie zu befreien, und hatte sich dabei zum Sklaven gemacht. Sie dachte längst nicht mehr an ihn, aber er konnte sie nicht vergessen. Keine einzige Sekunde, keiner einzigen Stunde, keines einzigen Tages.

Edward stapfte die Hauptstraße entlang, nickte gelegentlich einem Ladenbesitzer zu oder einem Soldaten. Da der Zug aus Kimberley in Hopeville hielt, gehörten die Rotrökke zum Stadtbild. Im Mai war ein Waffenstillstand unterzeichnet worden, der allerdings ständig durch Terroranschläge und Gewaltakte von Radikalen beider Seiten verletzt wurde.

Die Straße war breit, öde und staubig. Es war Winter im Tal des Orange River, und das bedeutete, daß es soweit abgekühlt hatte, daß man sich im Freien aufhalten konnte. Die Regenfälle waren in diesem Jahr stärker gewesen als sonst. Die weiß getünchten Holzhäuser am Stadtrand waren braungrau mit Lehm bespritzt. In der Stadtmitte bemühten sich die Ladenbesitzer nicht mehr, ihre Häuser weiß oder bunt anzustreichen. Im Winter verdreckten sie durch den Regen und im Sommer vom Staub. Triste, windschiefe Häuser mit falschen Fassaden säumten die baumlose Durchgangsstraße.

Edward hatte ein Zimmer im besten Hotel der Stadt gemietet, einem zweistöckigen, mit Stuck überladenen Bau. Er stieg die roten Ziegelstufen hinauf, durchquerte die abgedunkelte Halle und ließ sich vom verschlafenen Portier den Schlüssel geben.

Im ersten Stock wollte Edward den Schlüssel ins Schloß stecken. Die Tür gab nach und schwang leise quietschend auf. Edward griff blitzschnell nach seiner Pistole, die im Rücken in seinem Gürtel steckte, drückte sich flach gegen die Wand und wartete auf den Eindringling. Es war kein Geheimnis, daß er die Taschen voller Diamanten hatte.

»Edward?«

Überrascht, doch ohne eine Miene zu verziehen, betrat Edward das Zimmer und hielt den Pistolenlauf zu Boden gesenkt. Auf seinem Bett richtete sich eine Frau auf.

Sie lächelte. Schwarzes Haar umrahmte ein hübsches Gesicht. Ihre Röcke waren bis zu den Knien hochgeschoben und entblößten lange, wohlgeformte, milchkaffeebraune Beine. »Ich habe dir etwas mitgebracht«, gurrte sie.

Verärgert warf er die Tür mit dem Absatz seiner staubigen Stiefel hinter sich zu. »Wie sind Sie reingekommen?«

»Mit einem freundlichen Lächeln.« Sie stand auf und kam auf ihn zu, legte ihre weichen Arme um seinen Hals und schmiegte ihre üppigen Formen an ihn.

Edward hatte das Hemd nicht zugeknöpft. Ihre harten Brustknospen drückten sich durch die dünne Seide ihres Kleides gegen seine Muskeln. Edward legte die Pistole auf die Kommode, nahm ihre Handgelenke, löste ihre Arme von seinem Hals und schob sie von sich. Er blieb ernst. »Ich glaube nicht, daß wir uns schon einmal begegnet sind.«

»An mir hat es nicht gelegen«, raunte sie verführerisch. »Ich bin Helen und bemühe mich seit Februar um deine Aufmerksamkeit, Edward. Magst du keine Frauen?«

Edward hatte sie schon gesehen. Sie war das einzige hübsche Mädchen, das noch in der Stadt geblieben war. Er hatte ihre Annäherungsversuche bemerkt und nicht beachtet. Er hatte sein sexuelles Verlangen vor langer Zeit verloren, seit er am Weihnachtsmorgen mit zwei billigen Huren im Bett aufgewacht war, an deren Namen er sich nicht erinnerte.

Helen schmiegte sich wieder an ihn. »Magst du keine Frauen? Gefalle ich dir nicht?« flüsterte sie.

Obwohl er acht Monate enthaltsam gelebt hatte, hegte er nicht den Wunsch, sie aufs Bett zu werfen. »Nein. Ich mag keine Frauen.«

Helen lachte. »Du vielleicht nicht«, schmeichelte sie. »Dein Körper scheint allerdings anderer Meinung zu sein.« Edwards Gesicht blieb versteinert.

Sie sah ihn eindringlich an, dann zog sie sich zurück. »Du bist komisch. Du lächelst nicht, du lachst nie. Du sprichst nicht einmal – wenn du es vermeiden kannst. Ich habe dich beobachtet. Du arbeitest wie ein Besessener, du spielst und trinkst wie ein Besessener. Du benimmst dich, als würdest du alle Menschen hassen.«

Edward wandte ihr den Rücken zu, warf den Hut auf einen Stuhl und streifte das Hemd ab. Er sprach so leise, daß sie ihn kaum verstand. »Ich hasse nicht alle Menschen. Nur mich selbst.«

Er starrte blicklos in den blinden Spiegel über der Kommode. Die Dielenbretter knarzten, als sie das Zimmer durchquerte. Er hörte, wie sie an der Tür stehenblieb. Ungerührt öffnete er den Gürtel und knöpfte die Hose auf.

»Wer ist sie?« fragte Helen. »Wer ist die Frau, die dir das Herz gebrochen hat?«

Edwards Kiefer mahlten. Dann streifte er die Hose über die schmalen Hüften. Darunter trug er eine Leinenhose, die ihm bis zur Schenkelmitte reichte und ebensoviel entblößte, wie sie verbarg.

»Schade.« Die Tür wurde geöffnet. »Du kannst jederzeit deine Meinung ändern, Edward.«

Er beugte sich über die Waschschüssel und schwappte sich abgestandenes Wasser ins Gesicht.

»Du hast Post aus New York. Auf der Kommode.« Sie ging. Die Tür fiel ins Schloß.

Edward starrte auf Sofies geschwungene Handschrift. Die Buchstaben verschwammen ihm vor den Augen. Seine Hände zitterten. Er zitterte am ganzen Körper.

Ich dachte, du solltest es wissen.
Ende Juni erwarte ich ein Kind.
Ich hoffe, dir keinen Schrecken zu versetzen.

Gütiger Himmel! Sofie erwartete ein Kind, und obwohl sie es nicht ausdrücklich erwähnt hatte, wußte er, daß es sein Kind war. Edward hatte von Juni an zurückgerechnet. Das Kind war im Spätsommer empfangen worden. Das Kind – sein Kind.

Ich hoffe, dir keinen Schrecken zu versetzen.

Schrecken? Das war eine jämmerliche Untertreibung für den Zustand völliger Verblüffung und zornigen Staunens, die ihn lähmten. Grundgütiger! Es war August, August, um Himmels willen! Sofie hatte ein Kind bekommen. Sein Kind.

Edward hob den wirren Blick in den Spiegel, er sah aus wie ein Wahnsinniger. Und er kam sich vor wie ein Wahnsinniger. Wieso, zum Teufel, hatte sie ihm nicht früher geschrieben? Wieso, zum Teufel, hatte sie es ihm nicht gleich gesagt?

Edward wußte, was zu tun war. Plötzlich hatte er wieder ein Ziel, eine Bestimmung, ein Schicksal.

Sein Kind war in Paris. Sein Kind. Er wollte in den nächsten Zug aus Kimberley steigen. Morgen abend würde er in Kapstadt sein, und mit etwas Glück war er in einem Monat in Paris.

Und er nahm sich vor, nicht an Sofie zu denken und nicht daran, was er tun würde, wenn er sie wiedersah.

Paris, Oktober 1902

In der Wohnung rührte sich nichts.

Edward stand vor der verschlossenen Tür, sein Herz schlug hart und schnell. Sofie war nicht zu Hause.

Sie war mit dem Kind unterwegs. Er hatte eine Reise um die halbe Welt gemacht, und es war nicht einfach gewesen, mit heiler Haut dem von Kriegswirren gebeutelten südlichen Afrika zu entkommen. Ungeachtet des im Mai in Vereeniging unterzeichneten Waffenstillstands hatten bewaffnete Buren den Zug aus Kimberley überfallen und ihn zum Entgleisen gebracht, wodurch sich die Weiterreise um zwei Tage verzögerte. Bei dem Überfall waren mehrere Reisende ums Leben gekommen, und Edward entging dem Kugelhagel nur mit knapper Not. Im Hafen von Kapstadt lagen nur Schiffe der britischen Kriegsmarine. Edward hatte ein Vermögen an Schmiergeld bezahlt für eine Kajüte auf einem Kriegsschiff Seiner Majestät, des Königs von England, dessen Bestimmungshafen allerdings Dover war. Alles in allem hatte es sechs Wochen gedauert, keine vier, bis Edward endlich in Paris anlangte.

Und sie war nicht zu Hause. Edward lehnte sich an die Wand, kramte in seiner Jackentasche nach einer Zigarette, zündete sie an und inhalierte tief den Rauch, um sich zu beruhigen.

Jetzt erst sah er sich argwöhnisch im Treppenhaus um. Der Fußboden bestand aus ungewachsten, alten Holzdielen, die Stufen waren durchgetreten. Von den Wänden blätterte Farbe und an manchen Stellen auch der Putz.

Es war ein alter, heruntergekommener Mietskasten, der sich in nichts von New Yorker Wohnblöcken in Arbeitervierteln unterschied, in denen die Ratten hausten. Der ganze Montmartre schien aus halb verfallenen, verrotteten Mietshäusern und zwielichtigen Spelunken zu bestehen. Die Bewohner dieses verruchten Viertels schienen allesamt Zuhälter, Prostituierte, Bettler, Trunkenbolde und Diebe zu sein. Edward konnte es nicht fassen, daß Sofie hier mit ihrem Kind wohnte.

Nicht zum erstenmal fragte Edward sich, ob sein Kind ein Junge oder ein Mädchen war. Vor seinem geistigen Auge entstand wieder das Bild wie beim erstenmal an jenem schicksalhaften Tag im August, als ihn die Nachricht seiner Vaterschaft beinahe erschlagen hatte. Sofie stand vor ihm und hielt ein Bündel an sich gedrückt. Sie lächelte sanft, heiter und glücklich. Ihr Lächeln war jedoch nicht auf das Kind gerichtet, sondern auf ihn.

Ein Schauder durchlief ihn. Sie hätte ihn früher benachrichtigen müssen, sie hätte es ihm sofort sagen müssen. Sie mußte gewußt oder zumindest den Verdacht gehabt haben, daß sie schwanger war, als sie im Herbst nach Paris ging. Edward klopfte lauter an die Tür. Ihr Schweigen war unverzeihlich. Sofie würde ihn nicht wie eine verliebte Närrin anstrahlen. Sie war nie in ihn verliebt gewesen. Diese Vermutung war sein größter Fehler gewesen. Nein, sie würde ihm gefaßt und kühl begegnen, als seien sie flüchtige Bekannte, nichts weiter. Als sei sie nicht die Mutter seines Kindes, als hätten sie niemals eine heiße Liebesnacht verbracht.

Zum Teufel, wie kam sie dazu, in dieser Bruchbude zu wohnen? Sie gehörte nicht hierher. Ein junges Mädchen wie Sofie konnte unmöglich hier wohnen. Sein Kind konnte nicht hier wohnen. Unverheiratete Damen aus gutem Haus, auch solche mit radikaler Gesinnung wie Sofie O'Neil, lebten in luxuriösen Wohnungen in einer vornehmen Gegend mit einer Gesellschafterin und Hauspersonal. Edward klopfte wütend gegen die Tür.

Er holte tief Luft, um sein Zittern und seine brodelnde Wut zu beherrschen. Sollte sie tatsächlich hier wohnen –

und dies war die Adresse, die sie als Absender angegeben hatte –, würde er dafür Sorge tragen, daß sie umgehend ein anderes Quartier bezog. Sein Kind durfte auf keinen Fall in Armut und Verwahrlosung aufwachsen.

Edward warf die Zigarette zu Boden und drückte sie mit dem Absatz aus. Abrupt wandte er sich zum Gehen. In der Galerie Durand-Ruel würde ihm mit Sicherheit jemand Auskunft über Sofies Verbleib geben können.

Schritte kamen die Treppe herauf. Edward zögerte und überlegte, ob er einen der Hausbewohner nach Sofie fragen sollte. Ein Mann stieg die Stufen herauf, stutzte bei Edwards Anblick und blieb verblüfft stehen.

Edward spürte ein befremdliches Kribbeln im Nacken. Er war diesem Fremden nie begegnet, der ihn mit großen Augen ansah, als kenne er ihn. Während er ihn anstarrte, sah Edward, daß in seinen blauen Augen Zorn aufblitzte. Edward hatte nicht nur das unangenehme Gefühl, der Mann kenne ihn – er haßte ihn auch.

Aber das war völlig absurd. Edward hatte den Kerl nie zuvor gesehen.

Der Fremde schien sich von seinem Schreck zu erholen und stieg weiter die Stufen herauf, bis er auf dem Treppenabsatz neben Edward stand. Er war schäbig gekleidet, in geflickter Hose, schwarzen Stiefeln, Baumwollhemd und zerknittertem Jackett. Dennoch sah er verblüffend gut aus. »Wollen Sie zu Sofie?«

Edwards Herz machte einen erschrockenen Satz. Sofie wohnte also tatsächlich hier. Und sie kannte diesen Mann. Edward bebte, begann zu ahnen, worauf die Feindseligkeit des Fremden zurückzuführen war. »Wohnt sie tatsächlich hier?« fragte er und zündete sich die nächste Zigarette an.

»Ja.« Die blauen Augen des Fremden funkelten. Dann wandte er Edward den Rücken zu und klopfte an die Tür. »Sofie? *Chérie, c'est Georges. Ouvre-moi.*«

Edward verzog verächtlich den Mund. Er sprach nicht französisch, aber das Wort *chérie* verstand er sehr wohl, genauso gut, wie er die Feindseligkeit dieses Georges verstand.

Der Franzose drehte sich zu ihm um. »Sie ist nicht zu Hause.«

»Nein.«

»Weiß sie, daß Sie kommen?«

»Nein.« Edward lächelte unangenehm. »Noch nicht.«

Georges schwieg. Die beiden Männer beäugten einander wie zwei wütende Stiere in einer winzigen Arena. Dann ergriff Georges wieder das Wort. »Im Atelier ist sie auch nicht. Da war ich gerade. Vermutlich ist sie mit Paul ins *Zut* gegangen.«

»Wer ist Paul?«

»Ihr Freund. Ihr bester Freund.«

Edwards Gedanken rasten. Georges schien an Sofie interessiert zu sein. Aber wer war Paul? Irgendwie kam ihm der Name vertraut vor. »Paul Verault?«

»Ja.« Georges ließ sich zu keiner weiteren Erklärung herbei.

»Was ist das *Zut?*« fragte Edward zähneknirschend.

»Unser Stammcafé. Wollen Sie mitkommen?«

»Ja.« Edward folgte dem Fremden die Treppe hinunter ins Freie. Es war ein schöner Herbsttag. Das Laub der Bäume, die die Straße säumten, leuchtete rot und golden im milden Sonnenlicht. »Ich kenne Sie nicht, aber Sie scheinen mich zu kennen. Wieso?«

»Wir alle kennen Sie, Monsieur. Von Sofies Bildern.«

»Von Sofies Bildern?« wiederholte Edward erstaunt.

Sofie hatte ihn also sogar gemalt, mehrmals. Aber warum? Ein Kribbeln durchrieselte ihn, und sein Zorn flaute ein wenig ab. Dann mußte sie also doch etwas für ihn übrig haben, wenigstens einen Funken Sympathie.

Andererseits wählten Maler aller Epochen und auf der ganzen Welt ihre Modelle nach irgendwelchen unerfindlichen Gesichtspunkten aus. Ein Maler, der einen Apfel oder einen Menschen malte, mußte nicht in das Objekt verliebt sein, das er auf die Leinwand bannte. Der Hoffnungsschimmer, der in Edward aufgeglüht war, erstarb. Er preßte die Lippen aufeinander.

Die Männer gingen schweigend durch die schmalen Straßen. Als sie schließlich um eine Ecke bogen, drang das Klimpern eines Pianos auf die Straße, gefolgt von einem Schwall Männerlachen, dazu die laute Stimme eines Betrunkenen. Edward glaubte sogar, helle Frauenstimmen aus dem Gewirr herauszuhören.

Die beiden betraten das *Zut*. Das war kein Kaffeehaus, sondern eine Bar.

Edward bekam große Augen. Sofie verkehrte nicht in Bars. Wohlerzogene Damen hielten sich nicht in üblen Spelunken auf, in denen betrunkene Wüstlinge sich herumtrieben, auch nicht eine unkonventionelle Dame wie Sofie. Außerdem war sie Mutter!

Steif und angespannt blieb er stehen und ließ den Blick durch das verrauchte, lärmende Lokal schweifen. Die meisten der kleinen Tische waren besetzt, ein weiteres Dutzend Gäste, darunter auch zwei Frauen, standen an der Theke. Plötzlich wurde ihm bewußt, daß viele der Gäste die Köpfe drehten, ihn anstarrten, ihn zu kennen schienen genau wie Georges vor wenigen Minuten.

Edward scherte sich nicht darum. Sofie war hier. Und dann entdeckte er sie. Sein Blick durchbohrte sie. Er vergaß Raum und Zeit.

Sein Herz krampfte sich zusammen. Sie saß an einem Tisch mit drei Männern, zwei in ihrem Alter, einer sehr viel älter mit grauem Haar und Bart. Sie hatte sich verändert. Wie früher trug sie einen dunkelblauen Rock und eine gestärkte weiße Hemdbluse, doch um die Schultern hatte sie einen rot und gold gemusterten Schal gelegt. Das Haar trug sie locker zu einem dicken Zopf im Nacken geflochten, so wie damals. Doch sie saß nicht wie ein Schulmädchen kerzengerade und aufrecht, als habe sie einen Stock verschluckt. Sie räkelte sich lässig im Stuhl, einen Arm auf die Lehne gelegt, die Beine übergeschlagen. Sie war nicht mehr so zerbrechlich dünn wie früher. Ihre Wangen waren rosig angehaucht, vielleicht als Folge des halb geleerten Weinglases, das vor ihr stand. Und dann lachte sie über die Bemerkung eines Mannes am Tisch, ein strahlendes, heiteres Lachen. Sie hatte sich verändert.

Die Sofie O'Neil, die Edward kannte, hätte sich unter keinen Umständen in eine verrauchte Bar zu lärmenden Männern an den Tisch gesetzt, sie hätte niemals Wein getrunken und Zigaretten geraucht.

Ihm war, als würde die Ladung Dynamit, die den Zug von Kimberley zum Entgleisen gebracht hatte, erneut explodieren, diesmal in seinem Bauch.

Er sah sie unverwandt an, sein Entsetzen wandelte sich in kalten Zorn.

Er hatte die ganze Zeit in der Hölle verbracht – ihretwegen. Und sie hatte sich währenddessen in Paris amüsiert, hatte ein sorgloses, lockeres Künstlerleben geführt. Welcher von den Typen war ihr Liebhaber? fragte er sich in kaltem Zorn. Und wo, zum Teufel, war sein Kind?

Edward ging steifbeinig auf sie zu. Sie saß im Profil zu ihm, hatte ihn noch nicht entdeckt. Doch die anderen hatten ihn bemerkt. Die Gespräche verstummten, man starrte ihn an. Sofie verharrte. Edward lächelte grimmig. Plötzlich beugte Georges sich über sie und flüsterte ihr etwas ins Ohr. Mörderischer Zorn loderte in Edward auf. Jetzt wußte er, daß er ihr Liebhaber war. Daran gab es keinen Zweifel.

Georges richtete sich auf. Sofie drehte sich sehr langsam um, ihr Gesicht weiß wie ein Laken. Als sie ihn bemerkte, entfuhr ihr ein Schrei. Georges legte ihr beschützend die Hand auf die Schulter.

In Edward stieg der unbändige Wunsch hoch, ihm die Hand wegzuschlagen und ihn gleichzeitig in den Magen zu treten.

Sofie war aufgesprungen.

Edward blieb vor ihr stehen. Er schlug den Franzosen nicht zu Boden. Er lächelte nur kalt. Und er gab sich keine Mühe, seinen Zorn zu verbergen. Er machte auch keinen Versuch, leise und höflich zu sprechen. »Wo, zum Teufel, ist unser Kind, Sofie?« donnerte er, die Fäuste geballt. »Und was, zum Teufel, hast du hier zu suchen?«

Kapitel 20

Sofie starrte Edward an, ohne zunächst zu begreifen, daß er wahrhaftig vor ihr stand, hier im *Zut*. Es war wie im Traum. Aber es war kein Traum. Edward war endlich gekommen.

Sie konnte nicht sprechen.

»Ich bin kein Geist«, sagte Edward und durchbohrte sie mit kalten Blicken. »Du siehst mich an, als sei ich ein Gespenst. Was ist los, Sofie? Freust du dich nicht, mich zu sehen? Du hast mir doch geschrieben. Oder komme ich etwa ungelegen?«

Sein spöttischer Tonfall gefiel ihr nicht. Sie bemühte sich verzweifelt, die Fassung zu wahren, die sie in seiner Nähe brauchte wie einen Schutzpanzer. Hatte sie nicht gewußt, daß er kommen würde? Hatte sie nicht gebetet, er möge kommen?

Aber er war nicht rechtzeitig gekommen. Bilderfetzen jagten ihr durch den Kopf. Die sorgenvollen Gesichter von Rachelle und Paul, während Sofie sich an sie klammerte und vor Schmerz schrie, einem unbeschreiblichen Schmerz, der ihren Leib zu zerreißen drohte. Bitterkeit stieg in ihr hoch. Edward war nicht zur Geburt ihrer Tochter gekommen. Es war eine lange und schwere Geburt gewesen. Sofie hatte vierundzwanzig Stunden in den Wehen gelegen, deren Schmerz sich von Stunde zu Stunde steigerte. Und endlich hatte sie Edana aus sich herausgepreßt und dabei beinahe das Bewußtsein verloren. Als sie völlig ausgelaugt und in Schweiß gebadet dalag, vor Erschöpfung kaum die Lider heben konnte, hatte Georges ihre Hand gehalten. Und als sie endlich ihre winzige Tochter in den Armen hielt, waren ihr die Tränen über die Wangen gelaufen, nicht vor Mutterglück, sondern vor Erschöpfung.

Edward war nicht gekommen, nicht im Juli, nicht im August, nicht im September. Sofie ballte die Fäuste, um sich ihren Zorn nicht anmerken zu lassen. »Nein, du kommst nicht ungelegen. Ich bin nur erstaunt, weiter nichts.«

»Ach, tatsächlich?« Er lächelte, seine Grübchen vertieften sich, aber es war ein kaltes, böses Lächeln. »Ich bin mehr als nur erstaunt, dich in dieser Männerspelunke vorzufinden. Ich wußte gar nicht, daß Frauen hier Zutritt haben.«

Sofie sah keinen Grund, sich vor ihm zu rechtfertigen, aber sie tat es dennoch. »Paul Durand-Ruel ermöglicht mir eine Einzelausstellung in New York, nicht in Paris, weil dort die Kritiker aufgeschlossener sind. Das ist der Grund, warum wir heute hier feiern, Edward. Meine Freunde haben darauf bestanden.«

Edward verzog verächtlich die Mundwinkel. »Aha. Deshalb bist du also hier. Du feierst. Mit deinen Freunden.«

Sofie straffte die Schultern. »Ja.«

Er maß sie unverschämt und verächtlich. »Wo ist das Kind?« schnarrte er.

Sofie holte tief Luft. »Bei meiner Freundin Rachelle. Sie fährt Edana spazieren.«

Er stand reglos da. »Edana?«

»Ja. Edana Jacqueline O'Neil.«

Ihre Blicke hefteten sich ineinander. Edwards Gesicht war merkwürdig angespannt. »Ich will sie sehen.«

»Gern«, sagte Sofie. »Sie werden bald zurück sein. Du kannst uns später besuchen.«

»Wir gehen gemeinsam«, forderte er herrisch.

Sofie stockte der Atem. Angst stieg in ihr hoch. Es war gefährlich, mit ihm allein zu sein.

Edward verzog die Mundwinkel, denn er schien ihre Gedanken zu lesen. »Ja«, meinte er leise und gedehnt. »Auch darauf freue ich mich.«

Sofie wirbelte herum und versuchte zu fliehen.

Edward packte blitzschnell zu und hielt sie am Arm fest. »O nein«, knirschte er zwischen den Zähnen hervor. »Du läufst nicht vor mir weg. Wir müssen reden.« Seine kräftigen Finger drückten sich schmerzhaft in ihren Ellbogen.

Sofie scheute sich, eine Szene zu machen. »Einverstanden. Laß mich los, bevor einer meiner Freunde auf die Idee kommt, du wolltest mir Gewalt antun, und mir zu Hilfe kommt.«

Edward maß sie kalt, ließ jedoch von ihr ab. Sofie verließ das Lokal und trat in den milden Herbstnachmittag hinaus. Edward folgte ihr. Sie spürte die Spannung, die in ihm war, brodelnd, knisternd, kurz vor der Explosion.

Sie zitterte, atmete flach und nahm sich vor, um keinen Preis die Beherrschung zu verlieren. Sie hatte erwartet, daß Edward irgendwann hier auftauchen würde. Aber sie hatte nicht erwartet, einen kalten, feindseligen Edward wiederzusehen. Sie blinzelte ihre Tränen zurück und gab sich innerlich einen Ruck, und als sie sprach, klang ihre Stimme sachlich und höflich: »Worüber willst du mit mir sprechen?«

Edward warf ihr einen argwöhnischen Seitenblick zu, dann legte er den Kopf in den Nacken und lachte trocken und böse. »Na, worüber werde ich wohl mit dir sprechen wollen? Über meine Tochter natürlich. Außerdem will ich wissen, was du in dieser verrotteten Spelunke verloren hast.«

Sofie hatte genug von seiner anmaßenden Art. »Du hast kein Recht, so mit mir zu reden, Edward. Ich bin dir keine Rechenschaft schuldig.«

Er griff wieder nach ihrem Arm und drehte sie unsanft zu sich herum. »Ich habe jedes Recht«, sagte er leise und drohend. »Ich bin Edanas Vater.«

Sein Blick wanderte über ihr Gesicht und verharrte an ihren schweren Milchbrüsten. Sofie war wütend und zugleich wie gelähmt, als sie seine harten Schenkel spürte.

»Wie oft sitzt du in dieser Kneipe?« herrschte er sie an und rüttelte sie.

Sofies Zorn wuchs. Plötzlich hatte sie große Lust, mit ihm zu streiten. Streit war weniger gefährlich als das Verlangen, das er in ihr entfachte. »Das geht dich nichts an.«

»Es geht mich sehr wohl etwas an.«

Ihre Blicke waren ineinander geheftet. Edwards Gesicht veränderte sich. Plötzlich lag seine Hand an ihrem Gesäß, er schob ihre Hüften vor, drückte sie an seine Lenden. Sofie schrie. Seine Männlichkeit war hart und geschwollen. »Du gehst mich etwas an«, knurrte er.

»Nein«, wimmerte sie.

»Doch«, widersprach er heiser. »Ich begehre dich noch immer.«

Sofie war fassungslos. Sie hatte Edward geliebt. Sie war wütend und verletzt, daß er nicht an ihrer Seite war bei Edanas Geburt und auch nicht hinterher. Sie war wütend und enttäuscht, aber auch erleichtert, und als das Kind geboren war, ging all ihre Liebe auf das Baby über. Es gab keinen Platz mehr für eine andere Liebe in ihrem Leben.

Edward liebte sie nicht, hatte sie nie geliebt. Früher war er wenigstens ein Freund gewesen. Das war nun vorbei. Er benahm sich grob, unhöflich, unverschämt und behandelte sie wie eine billige Dirne.

Und dennoch stürmten Erinnerungen an seine zärtlichen Liebkosungen in jener Gewitternacht auf sie ein, die sie verzweifelt auszulöschen versuchte. Doch es gelang ihr nicht, die Gedanken an ihre gemeinsame Leidenschaft zu verdrängen, an ihre entfesselte Lust. Sie sah sein Gesicht vor sich, als er sich in ihr bewegte, in dem sich wollüstige Ekstase und männlich erotische Potenz spiegelte.

Und hinterher hatte er sie so zärtlich in den Armen gehalten, als liebte er sie.

Wenn sie diesmal dem fiebernden Verlangen nachgab, das in ihr hochwallte, gäbe es keine Momente der Zärtlichkeit.

»Willst du mich nicht in dein Bett einladen?« fragte Edward nun mit tiefer Stimme, während sein Becken lüstern an ihrem kreiste.

»Nein«, brachte sie mit erstickter Stimme hervor. »Nein.« Wenn nur ihr Verlangen vergehen würde, doch er stachelte es an, absichtsvoll, kundig. Sie bebte am ganzen Körper und hatte Mühe zu atmen.

»Warum eigentlich nicht, liebste Sofie?« fragte er nun spöttisch und drängte seinen Schenkel zwischen ihre Beine. Heiß. Hart. Männlich. »Oder bist du etwa dem lieben Georges treu?«

Sofie starrte in Edwards schönes Gesicht, in seine kalten blauen Augen, auf seine geschwungenen Lippen. »Wie kannst du es wagen, so mit mir zu reden?«

Er lachte. »Ich wage es. Ich wage *alles*.«

Seine Absichten waren nur sexueller Natur, das wußte sie. »Du bist abscheulich. Du hast dich verändert. Du bist genauso schlecht und gemein wie dein Ruf!« Sie versuchte, ihn von sich zu stoßen.

Er lachte nicht mehr, ließ aber nicht von ihr ab.

Sofie hörte auf, sich gegen ihn zu wehren. Je mehr sie sich wand und gegen ihn kämpfte, desto deutlicher wurde ihr seine Männlichkeit bewußt. »Laß mich los! Augenblicklich! Sonst schreie ich um Hilfe.«

Edward festigte seinen Griff nur noch mehr. »Bist du in ihn verliebt, Sofie? Sag es mir!«

»Du begreifst nichts!« schrie Sofie.

»Oh, ich begreife sehr wohl, mein Schatz.« Sein Schenkel schob sich noch weiter vor, spreizte ihre Beine. »Nun komm schon, Süße. Wir müssen uns doch nichts vormachen, dafür kennen wir uns zu gut. Wir sollten nur Spielchen treiben, die uns Spaß machen.«

Sofie keuchte vor Entsetzen, wollte sich erneut von ihm losreißen, zappelte und wand sich, um seinen Schenkel zwischen ihren Beinen loszuwerden. Er lachte nur. Dann beugte er sich vor. Sofie wußte, was er beabsichtigte, und erlahmte.

»So ist es besser«, murmelte er. »Sehr viel besser. Laß mich sehen, was du gelernt hast in Paris, der Stadt der Liebe«, flüsterte er im Schlafzimmerton und preßte seine Erektion noch mehr an sie.

Sofie versuchte verzweifelt, ihn von sich zu schieben. Sie wollte es nicht, nein. Nicht so. Ihr Verstand wollte es nicht. Doch ihr Körper war ausgehungert. Sofie hatte vergessen, wie hitzig Verlangen sein konnte, wie machtvoll, glühend, verzehrend. Lüsterne Bilder stürmten auf sie ein, keine Bilder der Erinnerung, sondern Bilder ihrer Fantasie. Edward und sie nackt, ineinander verschlungen, zuckend, keuchend, sich im Liebesrausch wälzend. Edward, der sie pfählte, tief in sie eindrang, sich in ihr bewegte, in entrückter Hingabe. »Nein, Edward. Nicht so.«

»Warum nicht?« raunte er, sein Mund sehr nah an ihrem,

sein Atemhauch an ihren Lippen. »Wir sind Freunde. Alte Freunde. Empfindest du gar nichts mehr für mich?«

»Alte Freunde!« japste sie, der Rest ihrer entrüsteten Antwort wurde von seinem Mund erstickt. Seine Zunge drängte sich gewaltsam zwischen ihre Zähne, stieß tief in ihre Mundhöhle, immer wieder. Das war kein Kuß, das war eine Vergewaltigung.

Sofie schrie in heller Angst. Angst vor ihm – und vor sich selbst. Sie stemmte sich noch gegen ihn, als ihre Lippen die Gegenwehr bereits aufgaben und weich wurden. Jäh löste er seinen Mund von ihr. »Mein Gott, Sofie!« keuchte er. »Tut das gut! Verdammt gut!«

Auch Sofie keuchte. »Denkst du, weil wir ... wir uns einmal geliebt haben ... hast du das Recht, mich zu behandeln wie ... wie ...«

»Wie was, Sofie?« keuchte er. »Wie ein Straßenmädchen? Ein Flittchen? Eine Hure?«

Sofie wurde kreidebleich. Sie brachte kein Wort hervor.

»Vergiß deinen neuen Liebhaber.« Edwards Augen blitzten. »Ich bin besser als er. Ich beweise es dir. Wir beide sind besser. Komm. Komm zu mir, Sofie ... Diesmal tut es nicht weh. Ich verspreche es dir.«

Sofie sah ihn starr an. Seine einschmeichelnde Stimme hüllte sie ein wie ein Seidenkokon.

»Sofie! Wir beide wissen, daß du mich begehrst. Und ich begehre dich. Es war wunderschön. Es kann wieder schön sein. Sogar noch besser. Du hast Erfahrung. Du kannst *die Beste* sein, Sofie.«

»Geh weg«, flüsterte sie tonlos.

»Warum? Liebst du ihn?« fragte er schneidend.

»Du bist wahnsinnig«, keuchte sie. »Ich habe Georges gern – ich liebe ihn nicht!«

»Um so besser. Der Gedanke behagt mir ohnehin nicht, mit einer Frau ins Bett zu gehen, die einen anderen liebt.« Sein Lächeln war ihr unheimlich. »Doch selbst wenn ...« Er zuckte mit den Schultern. »Ich würde auch das hinnehmen.«

Er hatte sich in ein Ungeheuer verwandelt. Er war ihr völlig fremd geworden. »Du begreifst nichts.«

Seine blauen Augen funkelten kalt wie Saphire. »O doch, ich begreife, daß du ein Bohèmeleben führst. Ich begreife dich und deine Nöte. Ich war dein erster Mann, weißt du noch? Ich habe das Verlangen in dir geweckt. Ich sollte mich glücklich schätzen.«

»Geh!« fauchte Sofie leise, verzweifelt. »Geh bitte!«

»Ziehst du ihn mir vor?« Wieder blitzte sein Lächeln auf, grausam und kalt. »Wart's nur ab. Das ist vorbei, nachdem du es noch einmal mit mir versucht hast.«

Sofie hatte die Beherrschung vollends verloren. Sie wehrte sich wie eine Besessene, schlug mit den Fäusten auf ihn ein. Edward ließ von ihr ab. Sofie taumelte rückwärts gegen die Hauswand. Sie schlang die Arme um sich, kämpfte verbissen gegen ihre Tränen. »Wie kannst du es wagen!«

»Nein«, schrie Edward plötzlich und wies mit dem Finger auf sie. »Wie kannst du es wagen! Wie kannst du es wagen, mir meine Tochter zu verweigern, Sofie O'Neil!«

Sofie starrte in sein wutverzerrtes Gesicht. »Ich verweigere dir Edana nicht.«

»Nein?« Er machte einen Schritt auf sie zu, blieb vor ihr stehen und hob die geballte Faust. Er zitterte. »Dann will ich wissen, wieso du mir nicht früher Bescheid gesagt hast.«

Sofie zögerte. »Ich hatte Angst.«

»Angst! Angst wovor?«

Tränen standen ihr in den Augen. Sie schlang die Arme fester um sich. »Ich weiß es nicht. Vor so etwas hier.«

Er schwieg, seine Mundwinkel waren nach unten gezogen. Sofie begriff, daß er versuchte zu verstehen, was ihm nicht gelang. Sie war nicht bereit, sich deutlicher zu erklären. Es war genau das eingetreten, was sie befürchtet hatte. Er war gekommen, weil ihm viel daran gelegen war. Zu viel. Aber nicht an ihr, sondern an ihrer Tochter.

Schweigend machten sie sich auf den Weg zu ihrer Wohnung. Sofie hielt ängstlich Abstand zu ihm und vermied es, ihn anzusehen. Als sie das Mietshaus betraten, fürchtete sie, er würde auf der Treppe versuchen, ihren Arm zu halten. Er tat es nicht. Zum erstenmal seit langer Zeit war sie sich ihres unbeholfenen Ganges wieder bewußt, als sie vor Edward die steilen Stufen hinaufstieg.

Oben angelangt, hörte sie Rachelle in der Wohnung singen. »Die beiden sind zu Hause«, sagte sie, steckte den Schlüssel ins Schloß und stieß die Tür auf. »Edana, *chérie*, Mama ist wieder da!« rief Sofie und eilte ins Wohnzimmer.

Auf dem Fußboden saß Rachelle mit gekreuzten Beinen auf einer Decke, im schwarzen Rock und weißen Hemd und ihren plumpen Männerstiefeln. Um die Schultern hatte sie einen blauen Schal gelegt. Edana lag vor ihr auf dem Rücken, strampelte mit Ärmchen und Beinchen und brabbelte zufrieden vor sich hin. Beim Klang von Sofies Stimme verstummten die süßen Babylaute, und ein seliges Lächeln erhellte das winzige Gesicht.

Rachelle war aufgestanden und musterte Edward mit großen Augen. Sofie hob Edana hoch und drückte ihr einen dicken Kuß auf die runden Wangen. Das Baby lachte glucksend. Sofie drehte sich halb zu Edward um, der Rachelle kurz zunickte; dann flog sein Blick zu seinem Kind.

»Guter Gott«, sagte er rauh.

Tränen stiegen Sofie in die Augen. Es gab keinen Zweifel. Edward war bereits beim ersten Anblick in sein Kind verliebt. In seinen Augen lag ein verräterischer Glanz. Seine Nasenspitze war rot geworden. Sofie hielt Edana ihrem Vater hin.

Er sah erschrocken auf. »Ich weiß nicht recht.«

Sofies Herz zuckte krampfhaft. Sie hielt ihm seine Tochter immer noch hin, wußte um die Kostbarkeit dieses Augenblicks, der längst im Krankenhaus hätte stattfinden müssen. »Nimm sie nur. Edana beißt nicht.«

»Ich habe Angst«, gestand Edward und lächelte das Baby einfältig an. »Sie ist so winzig ... so schön.«

»Du tust ihr nicht weh«, sagte Sofie gepreßt.

Edward nahm ihr Edana ab und legte sie behutsam in seine Armbeuge. Dann setzte er sich auf das abgewetzte Sofa, ohne den Blick von dem Kindergesicht zu wenden. »Sie hat deine blonden Haare und meine blauen Augen.«

Sofie wischte sich mit dem Ärmel über die Wangen, aber

die Tränen ließen sich nicht länger zurückhalten. Edward hatte zum Glück nur Augen für seine Tochter und bemerkte ihren Zustand nicht. »Die m... meisten Kinder sind blond und blauäugig, wenn sie zur Welt kommen. Das kann sich ändern.«

Edana lächelte ihren Vater an und wedelte mit den Ärmchen, als wolle sie sein Gesicht berühren. »Sie mag mich«, sagte Edward mit belegter Stimme. »Grüß dich. Hallo, meine Süße. Ich bin dein Papa.«

Sofie hielt es nicht mehr aus. Schluchzend floh sie aus dem Zimmer, ehe er etwas bemerkte. Doch Edward war völlig in den Anblick seines Kindes versunken.

Edana fing zu weinen an.

Sofie stand an der Schwelle und beobachtete Edward, der im Zimmer auf und ab ging und das Baby in den Armen wiegte. Er spürte Sofies Gegenwart und drehte sich beunruhigt um. »Was ist los? Habe ich sie erschreckt? Eben war sie noch ganz fröhlich!«

»Sie ist hungrig, Edward«, sagte Sofie leise. »Es ist Essenszeit.«

Edwards Blick wanderte zu Sofies prallen Brüsten.

Rasch trat sie ins Zimmer und nahm ihm das Baby ab. »Und für dich ist es Zeit zu gehen.« Sie weigerte sich, ihn anzusehen. Edana schrie nun aus vollem Hals. »Du kannst sie morgen wieder besuchen.«

»Nein. Ich warte.«

Bei seinem energischen Ton hob Sofie den Blick. Seine Kiefer waren angespannt, seine Augen dunkel und entschlossen. Sie wollte sich nicht mit ihm zanken. Edanas Gesicht war mittlerweile rot angelaufen. Sofie eilte mit ihrem Baby ins Schlafzimmer, knöpfte rasch die Bluse auf und setzte sich in den Schaukelstuhl, den Rachelle ihr geschenkt hatte. Innerhalb weniger Sekunden trank Edana gierig und versunken. Sofie wurde ruhiger.

Doch dann spürte sie seine Gegenwart. Ihr Kopf fuhr hoch. In ihrer Hast hatte sie die Tür nicht geschlossen. Edward stand auf der Schwelle und sah zu, wie sie ihr Kind stillte.

Sofies Puls raste. Ihre prallen weißen, von blauen Äderchen durchzogenen Brüste waren entblößt. Edward starrte sie unverwandt an.

Sofie durchlief eine heiße Woge. Sie mußte keine Hellseherin sein, um Edwards Gedanken zu lesen. Abrupt machte er kehrt und schloß die Tür hinter sich.

Sofie atmete erleichtert auf. Sie setzte Edana an die linke Brust, wo sie schmatzend weitertrank.

Sofie hatte gehofft, sie könne Distanz zu ihm wahren, körperlich und auch gefühlsmäßig. Sie hatte gedacht, Edward könne ihr nichts mehr anhaben. Wie dumm von ihr.

Sie wagte nicht daran zu denken, was als nächstes geschehen würde. Sie wußte nur eines ganz genau. Edward war schon einmal sorglos und selbstverständlich in ihr Leben getreten und hatte es beinahe zerstört. All ihre Sinne sagten Sofie, daß es ihm diesmal gelingen würde – wenn sie es zuließ.

Sofie ließ die Schlafzimmertür einen Spalt offen. Edward zog die Augenbrauen hoch. »Sie schläft«, sagte sie leise.

Er sah sie eindringlich an. Sofie dachte an seinen glühenden Blick auf ihre Brüste. Sie dachte an seine Zudringlichkeiten auf der Straße, an seinen fiebrigen, hungrigen Kuß. Und trotz seines dreisten Überfalls war das Verlangen ihr wie Lava durch die Adern geflossen.

»Wann wollen wir heiraten, Sofie?«

»Was?«

Seine Kiefer mahlten. »Du hast mich verstanden. Wann wollen wir heiraten? Heute? Morgen? Es hat keinen Sinn, länger zu warten. Je früher Edana meinen Namen trägt, desto besser.«

Sofie rang nach Atem. Es war genau, wie sie befürchtet hatte. Ihm ging es nur um Edana. Sofie versuchte krampfhaft, einen kühlen Kopf zu bewahren. Es gelang ihr nicht. »Wie hochmütig von dir anzunehmen, ich würde dich wegen Edana heiraten.«

Seine Augen verengten sich. »Herrgott noch mal! Du

mußt mich heiraten, das weißt du genau! Hast du mir nicht deshalb geschrieben?«

»Nein! Genau deshalb habe ich dir erst so spät geschrieben!« brauste Sofie auf, wobei sie das schlafende Baby vergaß.

Edward packte sie bei den Armen. »Ich verstehe dich nicht.«

»Ich heirate dich nicht, Edward. Nicht wegen Edana.«

Er war weiß wie die Wand. Er ließ sie los, zu verdutzt, um sprechen zu können. »Gütiger Himmel«, raunte er schließlich. »Ich fasse es nicht!«

Sofie wich zurück, um Abstand zu gewinnen.

»Willst du lieber in diesen Verhältnissen weiterleben?«

Sofie würdigte ihn keiner Antwort.

Und dann kochte Wut in ihm hoch. »Es ist wegen ihm, stimmt's?«

Sie zögerte, dann schüttelte sie den Kopf. »Nein.«

»Es ist wegen ihm!« schrie er. Edana begann im Nebenzimmer zu weinen. »Verdammt, wenn es so ist ... Es muß ja keine richtige Ehe sein, Sofie! Wenn du deinen Liebhaber behalten willst, mir soll's recht sein! Nimm dir meinetwegen zehn Liebhaber. Es ist mir einerlei! Aber Edana soll meinen Namen tragen. Meine Tochter darf nicht mit dem Makel aufwachsen, ein uneheliches Kind zu sein, verflucht noch mal!«

»Du hast das Baby geweckt«, schrie Sofie, zitternd vor Zorn und Schmerz. »Es ist Zeit für dich zu gehen, Edward. Jetzt sofort!«

Er zögerte. Edana schrie aus Leibeskräften. »Na gut. Wir reden morgen darüber und treffen eine Entscheidung. Aber wir treffen sie, Sofie.«

Sofie eilte ins Schlafzimmer, um vor ihm zu fliehen und ihr Kind zu trösten. Sie hob Edana aus dem Bettchen. »Es ist alles gut, Liebling, alles ist gut. Schsch, Mama ist nicht böse, Mama ist ganz ruhig. Mama liebt dich. Und dein Papa liebt dich auch.« Sie wiegte Edana wieder in den Schlaf, während ihr die Tränen übers Gesicht liefen.

Als die Kleine sich beruhigt hatte, legte Sofie sie behutsam in ihr Bettchen und zog die rosafarbene Decke hoch, die eine Nachbarin für sie gehäkelt hatte. Sie wischte sich die Tränen aus den Augen. Dann sah sie Rachelle in der Tür stehen, ernst und still. Ihre Miene verriet ihr, daß sie die hitzige Auseinandersetzung gehört hatte. Sofie schloß die Schlafzimmertür hinter sich.

»Was wirst du tun?« fragte Rachelle und nahm ihre Hand.

Sofie zitterte. »Hast du den Streit gehört?«

»Ja.«

»Ich heirate ihn nicht. Ich kann nicht. Nicht unter diesen Umständen.« Ein Schreckensszenario entstand vor Sofies geistigen Augen. Sie lag in einem luxuriösen Himmelbett und stillte Edana mitten in der Nacht. Sie war allein und wußte, daß Edward bei einer anderen Frau war und nicht vor Morgengrauen zurückkehren würde. Und wenn er zurückkehrte, kam er nicht zu ihr. Er kam nie zu ihr.

»Ach Sofie«, seufzte Rachelle mitfühlend. »Ich kann dich gut verstehen. Aber was wirst du tun?«

»Ich verschwinde. Jetzt. Noch heute nacht.« Während sie sprach, formte sich ihr Entschluß, angefeuert durch die Panik, die ihr die Schreckensvision eingejagt hatte. Mit bitterem Ernst fügte sie hinzu: »Es ist Zeit, daß ich Edana nach Hause bringe.«

Teil Drei
Eine Frau mit Prinzipien

Kapitel 21

New York City, November 1902

Als Sofie die monumentale Freiheitsstatue in der Ferne sah und dahinter die Silhouette von Manhattan, durchflutete sie ein überwältigendes Glücksgefühl. Sie mußte sich an der Reling festhalten, so sehr zitterten ihr die Knie vor Erleichterung. Nie hatte sie ihre Familie dringender gebraucht, nie hatte sie sich sehnlicher nach der Geborgenheit ihres Elternhauses gesehnt.

Sie konnte es kaum erwarten, Edana zu präsentieren. Suzanne würde sich sogleich in ihre entzückende Enkeltochter verlieben, daran hatte Sofie keinen Zweifel.

Ihre Hände festigten sich um die Reling. Edana hatte die Schönheit ihres Vaters geerbt. Tausendmal hatte Sofie an Edwards Zorn denken müssen, nachdem sie mit Rachelle und dem Baby Hals über Kopf Paris verlassen hatte. Und jedesmal nagten Gewissensbisse an ihr. Hatte sie ihm nicht zugesichert, ihm seine Tochter nicht zu verweigern? Und es war ihr ernst damit gewesen, nicht nur, weil er ein Recht auf sein Kind hatte. Sofie wußte nur zu gut, was es bedeutete, ohne Vater aufzuwachsen, und wollte Edana ein solches Schicksal ersparen. Sie wollte das Band zwischen Vater und Tochter nicht zerreißen. Aber sie konnte Edward um keinen Preis heiraten. Nicht einmal Edana zuliebe.

Sie dachte an die gräßliche Nacht ihrer Flucht. Die Fahrt mit der Kutsche nach Le Havre hatte endlos gedauert. Sofie war vor Angst beinahe vergangen, erwartete jede Sekunde, Edward tauche plötzlich aus der Dunkelheit auf wie ein Wegelagerer und hindere sie und ihre Tochter an der Flucht. Vielleicht würde er sie sogar zum nächsten Pfarrer schleppen und zur Heirat zwingen. Erst nachdem sie den Ozeandampfer bestiegen hatte und das Schiff tatsächlich die Anker gelichtet und aus dem Hafenbecken gestampft war, hatte Sofies Angst sich allmählich gelegt. Und dann war sie zusammengebrochen und hatte haltlos geschluchzt.

Nun legte der französische Ozeanriese an einem der Docks im Hafenbecken des East River an. Die Matrosen riefen einander Kommandos zu, Ketten rasselten, die Gangways wurden heruntergelassen. Als sie von Bord gingen, kreischten die Möwen über ihren Köpfen. Am Kai standen wartende Menschen, die den Passagieren winkten und ihnen Grußworte zuriefen. Rachelle trug die kleine Edana. Sofie war sehr geschwächt. Auf der Überfahrt hatte sie keine Nacht durchgeschlafen, war appetitlos und sah bleich und abgezehrt aus. Sie mußte sich zu jedem Bissen zwingen, da sie befürchtete, ihre Milch könne versiegen. Rachelle hatte sie wie eine Glucke umsorgt und bemuttert. Sofie hätte nicht gewußt, was sie ohne die treue Rachelle getan hätte, die darauf bestanden hatte, sie auf der langen Seereise zu begleiten.

Die beiden Frauen waren mit nur einem Koffer geflohen, in den sie ein paar Kleider, Wäsche zum Wechseln und Edanas Babysachen gepackt hatten.

Ein Gepäckträger hatte sich des Koffers angenommen und winkte eine Droschke herbei. Auf der Fahrt durch New York zeigte Sofie der Freundin ein paar Sehenswürdigkeiten. Die fünf Monate alte Edana schaute neugierig und hellwach zum Fenster hinaus, als begreife sie, was ihre Mutter erklärte.

Sie fuhren an Tiffany vorbei, an Lord & Taylor, F.A.O. Schwarz, überquerten den Union Square und bogen in die Madison Avenue ein. Das berühmte *Delmonico* war nicht weit.

Und Sofie war, als sei es gestern gewesen. Wenn sie die Augen schloß, fühlte sie sich zurückversetzt an jenen traumhaften Tag, an dem sie mit Edward dort zu Mittag gespeist hatte. Sie sah ihn vor sich, lässig, elegant, heiter und charmant. Wie sehr hatte sie ihn damals geliebt. Sie mußte verrückt sein, ihn immer noch zu lieben, nachdem er sich in Paris so abscheulich grob und gehässig benommen hatte.

»Sofie? Fühlst du dich nicht wohl?« fragte Rachelle besorgt.

Sofie schlug blinzelnd die Augen auf und seufzte. »Ich sehe sein Bild ständig vor mir.«

Rachelle streichelte ihr die Hand.

Schließlich bog der Wagen in die von zwei Steinlöwen bewachte Kiesauffahrt ein und fuhr an der imposanten Villa der Ralstons vor. Sofie beugte sich bebend vor Aufregung aus dem Fenster. Als die Droschke vor dem Portal hielt, erschien Jenson auf der Steintreppe. Sofie reichte Rachelle das Baby und stieg aus. Als Jenson sie erkannte, entfuhr ihm ein Laut des Erstaunens.

Sofie lächelte. »Jenson! Ich bin wieder daheim!«

Er eilte ihr entgegen, vergaß seine versteinerte Butlermiene und strahlte übers ganze Gesicht. »Miß Sofie! Wie gut, daß Sie wieder da sind! Es wurde auch höchste Zeit, mit Verlaub gesagt!«

Rachelle stieg mit Edana auf dem Arm aus der Kutsche. Sofie nahm die Freundin am Ellbogen und schob sie vor sich her die Treppe hinauf. Dabei schossen ihr mit einemmal Suzannes warnende Worte durch den Kopf. *Du darfst das Kind nicht nach Hause bringen.* Ein kalter Schauer durchrieselte sie.

Sofie festigte ihren Griff an Rachelles Arm. »Jenson, das ist meine liebe Freundin und Gesellschafterin Rachelle du Fleury. Und dies ist meine Tochter Edana Jacqueline O'Neil.«

Jenson fiel der Unterkiefer herab.

In der Empfangshalle rannte das Hauspersonal zusammen, um Sofie zu begrüßen, die versuchte, ihre Beklommenheit abzuschütteln. Sie umarmte Mrs. Murdock, deren Augen in Tränen schwammen. »Das ist meine Freundin Rachelle«, stellte Sofie vor und schob Rachelle mit dem Baby nach vorne. »Und das ist meine Tochter Edana.«

Mrs. Murdock bekam große Augen und erbleichte. Es dauerte eine Weile, bis sie sich von ihrem Schreck erholt hatte, während Jenson sich bereits wieder gefangen und seine förmliche Maske aufgesetzt hatte. »Wie süß sie ist, Miß Sofie.« Mrs. Murdock drückte Sofies Hand. »Du meine Güte ... ich hatte ja keine Ahnung!«

Sofie lächelte verlegen.

Mrs. Murdock faßte sich rasch und wurde wieder zur umsichtigen Haushälterin. »Ich lasse gleich Ihr Zimmer herrichten. Miß Rachelle und das Baby bringen wir im angrenzenden Zimmer unter.«

Sofie war gerührt. »Vielen Dank.« Sie räusperte sich. »Aber Edana schläft bei mir, Mrs. Murdock.«

Die Haushälterin nickte und schickte die Hausmädchen los.

»Ist denn niemand zu Hause?« fragte Sofie.

»Mr. Ralston hat eine geschäftliche Besprechung in der Stadt, und Mrs. Ralston ist mit Freundinnen zum Lunch ausgegangen. Miß Lisa ist im Garten.«

Sofie wandte sich an Rachelle. »Komm. Lisa weiß Bescheid. Sie wird entzückt sein, ihre kleine Nichte kennenzulernen.«

Die beiden jungen Frauen eilten durchs Haus. An der Schwelle zur Terrasse verharrte Sofie verblüfft, denn sie hatte erwartet, Lisa alleine vorzufinden.

Doch Lisa lag in den Armen eines jungen Mannes, der sie küßte.

Sofies Hände flogen an den Busen. Das war kein keuscher Kuß. Lisa lag in den Armen eines hochgewachsenen, breitschultrigen Mannes, und beide küßten sich leidenschaftlich. Sofie räusperte sich. Das Pärchen fuhr erschrocken auseinander. Lisas Gesicht war gerötet. Als sie Sofie in der Verandatür stehen sah, entfuhr ihr ein spitzer Schrei. Sie raffte die Röcke und lief der Schwester entgegen.

Lisa hatte nie hübscher ausgesehen in ihrem grün gestreiften, duftigen Kleid. Die Schwestern umarmten einander stürmisch.

Sofie wandte sich an den jungen Herrn, der herangetreten war. Lisa hakte sich bei ihm unter. Er sah blendend aus, hatte graue Augen und dunkelblondes Haar.

»Das ist mein Verlobter«, verkündete Lisa stolz und heiter. Neben ihm wirkte sie noch zierlicher, beinahe zerbrechlich. »Der Marquis von Connaught, Julian St. Clare.«

»Oh, Lisa, ich hatte ja keine Ahnung!« rief Sofie beglückt.

Und zum Marquis gewandt, setzte sie hinzu: »Ich bin entzückt, Sie kennenzulernen. Ich bin Lisas Stiefschwester, Sofie O'Neil.«

Der Marquis verneigte sich, ohne sich ein Lächeln abringen zu können. Er antwortete kühl, aber mit ausgesuchter Höflichkeit. »Es ist mir eine Ehre, Sie kennenzulernen, Madam. Meine Verlobte hat mir viel von Ihnen erzählt.«

Sofies Lächeln gefror, sie warf Lisa einen kurzen Blick zu, der die Steifheit ihres Verlobten indes nicht aufgefallen war. Der Marquis schien Sofies unerwartetes Auftauchen als ausgesprochen störend zu empfinden. Doch dann meldete Edana sich mit einem lauten Glucksen.

Lisa zuckte zusammen. Sofie straffte die Schultern. Es fiel ihr nicht schwer, ihr Baby Jenson, Mrs. Murdock und Lisa vorzustellen, aber Edana einem Fremden zu zeigen, war eine andere Sache. Sofie hatte zwar über ein Jahr in Paris auf dem Montmartre gelebt und sich über gesellschaftliche Konventionen hinweggesetzt, wußte aber sehr wohl, daß die New Yorker Gesellschaft über sie und ihr Kind die Nase rümpfen würde.

Lisa löste die Spannung. »Oh, Sofie«, hauchte sie, und ihre Augen glänzten. Sofie nickte ihr zu, Lisa löste sich von ihrem Verlobten und nahm Rachelle das Baby ab. »Mein Gott, bist du süß!«

Sofie warf dem Marquis einen verstohlenen Blick zu, der auf ihre unberingte Hand starrte. Dann hob er den Blick und sah ihr in die Augen, kühl, ohne jede Gefühlsregung.

»Darf ich auch Ihnen meine Tochter vorstellen?« sagte Sofie, um der Situation die Peinlichkeit zu nehmen. »Edana Jacqueline O'Neil.«

In den Augen des Marquis flackerte etwas auf, Verwunderung vielleicht über ihren Mut, gewiß aber nichts, was mit Wohlwollen zu tun hatte. Wenige Minuten später verabschiedete St. Clare sich, da ihn Geschäfte in der Stadt erwarteten.

»Ich freue mich wahnsinnig, daß du wieder daheim bist«, sagte Lisa eifrig, als die drei sich in den kleinen Salon zurückzogen, der nur der Familie vorbehalten war. Edana lag auf dem Perserteppich und spielte mit einer Rassel. »Nächste Woche ist mein offizieller Verlobungsball. Jetzt kannst du dabeisein. Ohne dich wäre ich doch ein wenig traurig gewesen, Sofie.«

»Ich komme natürlich gern«, versprach Sofie. »Wie lange kennst du bereits den Marquis?«

»Wir haben uns im Frühling kennengelernt.« Lisa lächelte, und ihre Augen strahlten. »Ach Sofie. Bei mir war es Liebe auf den ersten Blick.«

Sofie konnte Lisas Empfindungen nachfühlen. Hatte sie sich nicht auch in der ersten Sekunde in Edward verliebt?

»Ist er nicht wundervoll?« fragte Lisa verträumt.

Sofies Herz zog sich zusammen. »Er sieht sehr gut aus. Ihr seid ein wunderschönes Paar.«

»Ja, das höre ich öfter.« Lisas Lächeln schwand. »Hab' ich dir geschrieben, daß er schon einmal verheiratet war?«

»Nein. Ist seine Frau gestorben?«

»Ja, vor einigen Jahren, sagt Papa. Der Marquis ... Julian ... will aber nicht darüber sprechen. Ich habe ihn einmal kurz danach gefragt, und er ... nun ja ... er wurde richtig wütend.« Lisa blickte Sofie bekümmert in die Augen. »Er sagte, die Vergangenheit sei passé, und ich dürfe nie wieder davon sprechen.«

Vielleicht hatte der Marquis seine erste Frau zu sehr geliebt, oder er liebte sie immer noch und konnte nicht darüber sprechen, dachte Sofie besorgt. Um Lisa aufzumuntern, meinte sie zuversichtlich: »Wenn ihr erst verheiratet seid und euch besser kennt, wird er schon darüber sprechen können.«

»Ja, das hoffe ich sehr«, seufzte Lisa. Dann lächelte sie wieder und nahm Sofies Hand. »Genug von mir. Erzähl mir von Paris ... und erzähl mir alles über die süße Edana.«

Sofie stillte Edana, als Suzanne ins Zimmer stürmte.

Rachelle hatte sich zurückgezogen, um nach der anstrengenden Reise ein wenig zu ruhen. Lisa kleidete sich für den Abend um, da der Marquis sie zu einer Gesellschaft ausführen wollte. Sofie war mit dem Baby allein. Ein beklemmendes Gefühl hatte sie beschlichen, mit ihrer Tochter in ihrem

Elternhaus zu sein, in dem Zimmer, das sie schon als Kind bewohnt hatte. Sie hätte es vorgezogen, in ihrem eigenen Heim zu sein, nicht im Hause ihrer Eltern.

Sie mußte an Edwards Heiratsantrag in Paris denken.

»Sofie!« unterbrach Suzannes scharfe Stimme ihre Grübeleien.

Sofies Kopf fuhr hoch. Ihre Mutter stand mit schreckensweiten Augen in der Tür, als habe sie noch nie eine stillende Mutter mit ihrem Kind gesehen. »Mutter.«

»Ich fasse es nicht! Was tust du da?« Suzanne blieb wie angewurzelt stehen, als fürchte sie, näher zu treten.

»Edana ist hungrig. Ich stille sie. Danach lege ich sie gleich schlafen.«

»Nein!« schrie Suzanne. »Guter Gott! Wie kannst du das Kind hierher bringen! Bist du wahnsinnig geworden?«

Sofie spannte sich an. »Mutter, ich bin nicht wahnsinnig. Willst du Edana nicht begrüßen?«

»Nein!« schrie Suzanne schrill.

Schweißperlen sammelten sich auf Sofies Stirn und zwischen ihren Brüsten. Es kostete sie große Mühe, ruhig zu bleiben. »Mutter, ich bitte dich. Komm zu mir.« Verzweiflung schwang in ihrer Stimme. »Bitte komm und sieh dir meine Tochter an. Deine Enkeltochter.«

Suzanne rührte sich nicht von der Stelle. »Ich habe dir verboten, das Kind hierherzubringen! Du hättest dem Personal sagen müssen, es sei das Kind dieser Französin! Hast du den Verstand verloren?«

Sofie biß die Zähne aufeinander. Sie streichelte Edanas flaumiges Köpfchen, und ihre Hand zitterte. Dennoch schaffte sie es, mit ruhiger Stimme zu sprechen. »Ich denke nicht daran, Edana als Rachelles Kind auszugeben.«

»Das mußt du tun!« herrschte Suzanne sie an. Sie machte zwei Schritte ins Zimmer, blieb jedoch erneut stehen, um ihr nicht zu nahe zu kommen. Das Kind würdigte sie keines Blickes. »Die Dienstboten werden den Mund halten, weil sie befürchten, ohne Referenzen aus dem Haus gejagt zu werden. Wer weiß sonst noch davon?«

Sofie atmete schwer.

»Wer weiß sonst noch von dem Kind?« wiederholte Suzanne schneidend.

»Lisa. Und der Marquis von Connaught.«

Suzanne erbleichte. »Du Närrin!« Sie zitterte nun am ganzen Leib. Dann begann sie auf und ab zu gehen, um sich zu beruhigen. »Aber er gehört bald zur Familie, also kann ich auch auf seine Verschwiegenheit zählen, das hoffe ich wenigstens.« Sie wandte sich wieder an Sofie. »Du mußt nur so lange den Schein wahren, bis die Adoption über die Bühne gegangen ist.«

Sofie sprang auf die Füße und hielt Edana an sich gedrückt, die ihre Brustspitze verloren hatte und laut protestierte. »Nein. Nein.«

Suzanne baute sich drohend vor ihr auf. »Es muß sein.«

»Nein!« schrie Sofie außer sich.

»Hör mir zu!« schrie Suzanne zurück. »Es geht um deine Zukunft, dein Leben! Du wirst für immer und ewig von der Gesellschaft verstoßen sein, wenn du dieses Kind behältst. Begreifst du denn nicht? Du wirst nie wieder irgendwo empfangen werden! Ich beschütze dich nur!«

»Und was wird aus meinem Baby?« rief Sofie empört. Edana weinte nun laut, doch Sofie konnte sie nicht trösten. »Was wird aus Edana? Willst du ihr Leben zerstören? Sie ist mein Kind!«

»Komm zur Vernunft!« beschwor Suzanne sie. »Ich habe bereits ein reizendes Ehepaar in Boston gefunden, wohlhabend und angesehen, das sehr daran interessiert ist, das Kind zu adoptieren. Wärst du in Paris geblieben, hätte mein Brief dich dieser Tage erreicht. Es ist alles in die Wege geleitet, Sofie. Es ...«

»Hinaus!« schrie Sofie außer sich vor Zorn. »Hinaus!« Sie hielt das weinende Baby im Arm, griff mit der anderen Hand nach einem mehrarmigen Silberleuchter und schleuderte ihn nach ihrer Mutter. Er verfehlte sein Ziel, prallte aber mit solcher Wucht gegen die Wand, daß die scharfen Kanten die Tapete zerrissen. »Hinaus!« schrie Sofie gellend wie eine Furie.

Suzanne erstarrte.

Sofie stand bebend vor ihr, in ihrem Blick funkelte mörderischer Haß.

Suzanne machte kehrt und floh.

»Sofie?«

Sofie wiegte Edana im Arm und schluchzte haltlos. Sie sah zu der Freundin auf, die aus dem angrenzenden Zimmer eingetreten war. »Wir müssen fort, Rachelle.«

»Das kann doch nicht ihr Ernst sein.«

»Doch«, erwiderte Sofie mit erstickter Stimme. »Sie hat sie nicht einmal angesehen. Kein einziges Mal. Wir müssen fort. Gleich!«

Rachelle nickte, weiß wie ein Gespenst. Sofie schlotterte am ganzen Körper. Nur Edana war friedlich eingeschlummert.

Sofie starrte aus dem Hotelfenster. Der Morgen graute über New York. Auf der Straße unten rührte sich bereits Leben. Der Milchmann verteilte seine Flaschen. Ein Gemüsehändler schob einen hochbeladenen Karren über das holprige Kopfsteinpflaster. In einem Torbogen schliefen zwei Obdachlose, in geflickte Mäntel gehüllt. Ein Zeitungsjunge fuhr auf dem Fahrrad vorbei. Zwei Polizisten auf glänzend gestriegelten, gut genährten Pferden ritten im Schritt die Straße entlang. In der Ferne bellte ein Hund.

Sofie hatte nicht geschlafen. In Gedanken wiederholte sie immer wieder den gräßlichen Streit mit ihrer Mutter. Sie hatte nicht damit gerechnet, daß Suzanne weiterhin darauf bestehen würde, sie müsse Edana zur Adoption freigeben. Bitterkeit stieg in ihr hoch. Sie fühlte sich von ihrer Mutter verraten und schändlich im Stich gelassen. Angst krampfte ihre Eingeweide zusammen.

Sie würde bis zum letzten Blutstropfen um ihre Tochter kämpfen. Eine Trennung von Edana würde sie nicht überleben.

Sie hatte bereits eine Liebe in ihrem Leben verloren und konnte den Verlust nur schwer verkraften. Sie durfte nicht auch noch Edana verlieren.

Sofie legte die erhitzte Wange an die kühle Fensterscheibe. Wo mochte Edward sein? Mit Sicherheit würde auch er bald in New York eintreffen. Wenn sie einer Heirat mit ihm nur zustimmen könnte ... Wenn er sie nur lieben würde! Dann wäre sie gefeit gegen die Herzlosigkeit ihrer Mutter, gegen ihren furchtbaren Verrat.

Aber es sollte nicht sein. Sofie fühlte sich wie ein in die Enge getriebenes wildes Tier. So unbegreiflich die Vorstellung auch war, ihre Mutter war ihre Feindin geworden, und auch Edward war ihr Feind. Sofie wußte, daß er versuchen würde, sie in New York ausfindig zu machen. Zwar konnte ihr niemand Vorwürfe machen, vor ihm die Flucht ergriffen zu haben, andererseits war Edward der Vater ihres Kindes. Sofie mußte sich auf den bevorstehenden Kampf vorbereiten. Sie mußte ihm ausreden, sie heiraten und Edana seinen Namen geben zu wollen.

Und plötzlich fragte Sofie sich, ob sie sich richtig verhielt und ob sie die Kraft aufbringen würde, den Kampf gegen ihn aufzunehmen. Sie hatte ja nicht ahnen können, bei ihrer Ankunft in New York heimatlos und mutterseelenallein zu sein, hatte vielmehr gehofft und darauf vertraut, in ihrer Familie einen sicheren, geborgenen Hafen zu finden. Edana brauchte ihren Vater. Wichtiger noch, die unschuldige Kleine durfte nicht ihr Leben lang als uneheliches Kind, als Bastard gebrandmarkt sein. Wenn sie Edward heiraten würde, wäre Suzanne gezwungen, Edana zu akzeptieren.

Andererseits hatte Sofie panische Angst davor, in der Ehe mit Edward seelisch zu verkümmern. Jedesmal, wenn er von einer anderen Frau käme, würde sie leiden. Jeder Tag, den sie die Rolle des glücklichen Ehepaars spielen würden, wäre für sie wie ein Dolch, der sich in ihrem Herzen umdrehte.

Sofie war ratlos und verzweifelt.

Wie sollte sie gegen Edward und gegen ihre Mutter kämpfen? So herzlos Suzannes Verhalten war, so war sie doch davon überzeugt, das Richtige zu tun. Bislang war Sofie ihrer Mutter in jeder Auseinandersetzung unterlegen gewesen. Aus diesem Kampf mußte Sofie als Siegerin hervorgehen. Dabei war sie bereits erschöpft, ehe der Kampf begonnen hatte. Und sie mußte an zwei Fronten kämpfen.

Rachelle bewegte sich und setzte sich auf. »Sofie? Hast du nicht geschlafen?«

Sofie blickte zu dem breiten Bett hinüber, in dem sie zu dritt die Nacht verbracht hatten. »Nein.«

»Es tut mir leid«, sagte Rachelle. »Was sollen wir nur tun?«

Sofie hob entschlossen das Kinn. »Ich werde mit Benjamin sprechen. Er ist gewiß anderer Meinung als meine Mutter. Vielleicht kann er sie zur Vernunft bringen.«

Rachelle schnaubte verächtlich. »Ich würde dieses Haus nie wieder betreten.«

Sofie bemühte sich um einen sachlichen Ton. »Ich muß. Wir haben kein Geld mehr, Rachelle.«

Benjamin nahm hinter seinem Schreibtisch Platz. Sofie sank in einen tiefen Ledersessel und umklammerte die Armlehnen. Ihr Stiefvater hatte Suzanne von dem Gespräch ausgeschlossen, die Sofie nur einen finsteren, warnenden Blick zugeworfen hatte.

»Suzanne erzählte mir, was vorgefallen ist. Es war dumm von dir, so überstürzt das Haus zu verlassen.«

Sofie nickte steif.

»Ich halte es für besser, wenn wir unter vier Augen miteinander reden, da deine Mutter sehr erzürnt ist.«

Sofie nickte wieder.

»Du befindest dich als ledige Mutter in einer schwierigen Situation.« Sein Blick war wohlwollend. »Ich dachte, deine Mutter hätte sich mit dir über die Adoption geeinigt, bevor du nach Paris gingst.«

»Ich habe mich damals geweigert, und ich weigere mich heute!« Sofie sprang erzürnt auf und zitterte am ganzen Körper. Ihr war flau im Magen, da sie noch keinen Bissen zu sich genommen hatte.

Benjamin zog eine Braue hoch. »Das wußte ich nicht. Sofie, du kannst nicht als ledige Mutter in New York leben. Man wird dir aus dem Weg gehen, dich nicht einmal auf der Straße grüßen. Du wirst eine Geächtete sein, eine Außenseiterin.«

»Ich war immer eine Außenseiterin.«

Benjamin stand ebenfalls auf. »Das kannst du nicht sagen. Wäre dir an einem gesellschaftlichen Debüt gelegen gewesen, hätten wir das liebend gerne für dich arrangiert, und man hätte dich mit Anträgen überhäuft, daran zweifle ich nicht. Du hast immer noch die Möglichkeit, einen Ehemann zu finden – du bist erst einundzwanzig. Und ich werde dir gern dabei behilflich sein. Aber wenn man von dem Kind erfährt, sind alle Chancen verwirkt.«

»Ich will nicht heiraten!« hielt Sofie ihm trotzig entgegen. »Ich werde mein Leben der Erziehung meiner Tochter und meiner Berufung als Malerin widmen.«

Einen Augenblick lang sah ihr Stiefvater sie an, als sei sie ein Wesen von einem anderen Stern. »Ich denke nicht nur an deine Interessen, ich denke auch an das Wohl des Kindes. Begreifst du denn nicht, daß es für Edana besser ist, in einem behüteten Elternhaus aufzuwachsen? Wir haben die Leute kennengelernt, die sie adoptieren wollen; sie sind ehrbar und wohlhabend. Die Frau ist unfruchtbar und wünscht sich sehnlichst ein Kind.«

Sofie stand wie gelähmt da. Bilder stürmten auf sie ein. Eine junge Frau weinte sich die Augen aus vor Sehnsucht nach einem Kind, daneben ein gesichtsloser Ehemann, der das Leid seiner Frau teilte. Ein schönes Haus in einer Villengegend. Und dann sah sie Edana in den Armen der fremden Frau. Sofie konnte den Gedanken nicht ertragen.

Sie machte auf dem Absatz kehrt und rannte los.

»Sofie!« rief Benjamin hinter ihr her. »Warte doch!«

Sofie lief den Flur entlang. Mrs. Murdock versuchte, sie anzusprechen. Sofie ließ sich nicht aufhalten. Auch Jenson sagte etwas zu ihr, doch Sofie hörte nichts. Dann rannte Suzanne schreiend hinter ihr her. Ihre Stimme überschlug sich vor Zorn, Panik und Hysterie. Gottlob hatte Sofie die Mietdroschke warten lassen. Atemlos sprang sie hinein und hämmerte gegen die Holzverschalung, um dem Kutscher Zeichen zum Abfahren zu geben. Endlich setzte der Wagen sich in Bewegung und fuhr knirschend die Kiesauffahrt entlang. Sofie sank wie betäubt in die Polster zurück.

Sie konnte nicht ins Hotel zurückkehren, ohne ihr Problem gelöst zu haben. Und das Problem war Geld.

In Frankreich hatte sie zweitausend Francs gespart. Vor der Flucht war keine Zeit geblieben, um auf die Öffnung der Bank am nächsten Morgen zu warten und die Summe abzuheben. Zum Glück hatte sie genügend Geld für die Überfahrt in der Wohnung. Zweitausend Francs waren ohnehin keine große Summe, von der sie zu dritt lange zehren konnten. Ihre Unterhaltszahlungen erhielt Sofie normalerweise einmal im Quartal aus dem Vermögen, das ihr Vater ihr hinterlassen hatte. Die nächste Rate war am ersten Januar fällig. Sofie fürchtete, Suzanne würde das Geld diesmal zurückhalten, um sie zu zwingen, sich ihrem Willen zu beugen.

Sofie mußte sich Gewißheit verschaffen, und sie mußte herausfinden, welche Gegenmaßnahmen sie ergreifen konnte. Da Suzanne nur das Vermögen ihrer Tochter verwaltete, mußte es einen Weg geben zu verhindern, daß sie ihr das Geld verweigerte, um Druck auf sie auszuüben. Sofie brauchte einen Anwalt – und sie brauchte einen, der keine Vorauszahlung für seine Bemühungen erwartete.

Sie dachte an den schüchternen Henry Marten.

Hoffnung keimte in ihr auf. Er würde ihr gewiß helfen. Seine neue Kanzlei lag in der Nähe des Union Square. Sie war zwar nie dort gewesen, aber sie erinnerte sich an seine Visitenkarte, die er ihr gegeben hatte, als er sie zu einer Spazierfahrt in den Central Park eingeladen hatte. Sofie gab dem Kutscher Anweisung, zum Union Square zu fahren.

Etwa eine Stunde später fand Sofie seine Kanzlei in der 23. Straße, als sie die Suche schon mutlos aufgeben wollte. Das Büro befand sich in der zweiten Etage eines älteren Backsteinhauses über einer Herrenschneiderei. Sofie entließ den Kutscher, da sie zuwenig Geld hatte, um ihn warten zu lassen.

Als sie die steilen Stufen hinaufhastete, betete sie, Henry

möge in seinem Büro sein. Vor der Glastür verharrte sie, um Atem zu schöpfen. Durch die Scheibe sah sie Henry hinter einem Schreibtisch sitzen, in das Studium einer Akte vertieft. Das Herz schlug ihr bis zum Hals. Sie klopfte.

Henry hob den Kopf, machte den Mund auf, um ›Herein‹ zu rufen, doch kein Laut kam über seine Lippen. Er erhob sich und lächelte zunächst unsicher, dann öffnete er die Tür. »Sofie! Ich meine ... Miß O'Neil! Welche Überraschung ... Bitte treten Sie ein!«

Sofie war unendlich erleichtert. Er schien sich tatsächlich zu freuen, sie zu sehen. »Guten Tag, Mr. Marten. Hoffentlich komme ich nicht ungelegen.«

»Beileibe nicht!« Er rückte ihr einen Stuhl zurecht. »Ich wußte gar nicht, daß Sie wieder zurück sind. Haben Sie Ihre Studien in Paris erfolgreich abgeschlossen?«

Sofie setzte sich und verschränkte die Hände, damit er ihr Zittern nicht bemerkte. »Ich hoffe, mein Studium der Kunst nie zu beenden.«

Ein verwirrter Zug huschte über sein Gesicht. »Darf ich Ihnen Kaffee anbieten? Ich brühe gern frischen auf.« In einer Ecke des Raums befanden sich ein kleines Waschbecken und ein Eisenofen.

Sofie schüttelte den Kopf. »Nein, danke.« Henry betrachtete sie forschend, begab sich hinter den Schreibtisch und nahm Platz. Er klappte den Ordner zu und schob ihn beiseite. »Ist Ihr Besuch geschäftlicher Natur, Miß O'Neil?«

Sofie befeuchtete die Lippen. »Ich fürchte ja, Mr. Marten«, seufzte sie unglücklich.

»Was ist los, Sofie? Darf ich Sie Sofie nennen?«

Sie nickte, holte ein Taschentuch aus ihrem Retikül und betupfte sich die Augen. Henry war so freundlich zu ihr. Sie wußte gar nicht mehr, wieso sie damals nicht mit ihm spazierengefahren war. Ach ja, Edward hatte sich angesagt, um ihr Modell zu sitzen. *Edward* ... »Henry, ich bin in Schwierigkeiten.«

Er wartete, seine Miene war nun sachlich.

»Ich hatte eine böse Auseinandersetzung mit meiner Mutter und meinem Stiefvater, woraufhin ich das Haus verlassen habe.« Sie hob den Blick und sah ihn an. »Von meiner Mutter erhalte ich vierteljährliche Unterhaltszahlungen aus dem Vermögen, das mein Vater mir hinterlassen hat. Ich fürchte, Suzanne wird mir die nächste Rate nicht aushändigen, und ich habe kaum noch Geld zur Verfügung.«

»Wann ist die Rate fällig?«

»Am ersten Januar.«

»Wie hoch ist die Summe?«

»Fünfhundert Dollar.«

»Ist Ihre Mutter die Verwalterin Ihres Vermögens?«

»Ja.«

»Wann geht das Vermögen in Ihren Besitz über?« Henry machte sich Notizen.

»An meinem fünfundzwanzigsten Geburtstag. Oder wenn ich heirate.«

»Wie alt sind Sie?« Er räusperte sich. »Das ist eine rein juristische Frage.«

»Natürlich. Im Mai werde ich zweiundzwanzig.«

»Sehen Sie eine Chance zur Versöhnung zwischen Ihnen und Ihren Eltern?«

»Ich denke nicht.«

»Vielleicht durch Intervention eines Dritten?«

»Das halte ich für unwahrscheinlich«, antwortete Sofie.

Henry nickte. »Nun, ich denke, in ein paar Tagen kann ich Ihnen Antwort auf Ihre Fragen geben.«

Sofie beugte sich vor. »Das wäre wunderbar.« Dann zögerte sie. »Henry … ehm … Könnte ich mit der Bezahlung für Ihre Bemühungen warten, bis mir die Geldmittel zur Verfügung stehen?« Sie stockte. »Im Moment sind meine finanziellen Mittel sehr begrenzt.«

»Aber Sofie, ich berechne Ihnen gar nichts dafür«, sagte er und errötete. »Sie sind eine gute Freundin.«

Sofie stiegen die Tränen in die Augen. Sie schluckte. »Vielen Dank«, murmelte sie.

Henry zögerte. »Sofie, haben Sie sonst noch etwas auf dem Herzen?«

Sofie dachte an Edana, die mittlerweile hungrig sein mußte. Rachelle würde ihr warme Milch aus der Flasche geben, woran Edana sich erst noch gewöhnen mußte. Sofie mußte rasch zurück ins Hotel, um ihr Baby zu stillen. Und plötzlich meldete sich auch bei ihr der Hunger. Aber sie hatte nur noch ein paar Dollar übrig, die für ein oder zwei Mahlzeiten für Rachelle und sie reichen würden. Wie sollte sie beinahe zwei Monate bis zum ersten Januar überleben?

»Sofie?« Henry beobachtete sie forschend. »Darf ich Ihnen aushelfen? Bis Sie wieder über eigene Geldmittel verfügen?«

Sofie zögerte. »In ein paar Tagen müßte ich mir vielleicht etwas borgen.« Sie atmete flach. Er hatte keine Ahnung, daß sie für zwei weitere hungrige Münder zu sorgen hatte. Würde er so hilfsbereit sein, wenn er wüßte, daß sie ein Kind zu versorgen hatte?

Henry erhob sich und griff in die Brusttasche. »Hier.« Er ging um den Schreibtisch und hielt ihr ein Bündel Geldscheine hin. »Bitte. Nehmen Sie. Sie sehen sehr müde aus. Sie werden noch krank, wenn Sie sich weiter solche Sorgen machen.«

Sofie brachte ein dünnes Lächeln zustande. »Sie sind so freundlich. Danke.«

Henry errötete verlegen. »Wie könnte ich nicht freundlich zu Ihnen sein, Sofie?«

Kapitel 22

»Madam, ein Herr wünscht, seine Aufwartung zu machen.«

Suzanne war nicht in der Stimmung, Besuch zu empfangen. Sie war erschöpft, denn sie hatte die ganze Nacht nicht geschlafen; ihre Augen waren gerötet und geschwollen vom Weinen. Sie sah nicht vorteilhaft aus. »Wer immer es ist, Jenson, schicken Sie ihn fort.«

Jenson zog sich zurück. Suzanne trank einen Schluck Kaffee und schob den Frühstücksteller mit der angebissenen Scheibe Toast beiseite. Jenson kehrte umgehend zurück. »Ich fürchte, der Herr besteht darauf, Sie zu sehen. Es sei sehr dringend.«

Gereizt griff Suzanne nach der Visitenkarte. »Henry Marten, Esquire. Was will er?«

»Er sagt, es handle sich um eine persönliche Angelegenheit.«

Suzanne fühlte sich belästigt, dennoch gab sie Jenson mit einem Nicken zu verstehen, den ungebetenen Gast hereinzuführen. Kurz darauf erschien Henry Marten in einem schlechtsitzenden, leicht zerknitterten Anzug. Suzanne bemerkte, daß er schmaler geworden war.

»Verzeihung, wenn ich Sie beim Frühstück störe«, sagte er mit einer höflichen Verneigung.

Suzanne machte eine wegwerfende Handbewegung, blieb sitzen und bot ihm nicht an, Platz zu nehmen. »Was gibt es so Dringendes, Mr. Marten?«

»Ich komme im Auftrag Ihrer Tochter, Mrs. Ralston.«

Suzanne versteifte sich. »Wie bitte?«

Henry räusperte sich. »Am ersten Januar ist eine Zahlung an sie fällig, und Ihre Tochter läßt fragen, ob Sie Ihren Verpflichtungen nachkommen werden.«

Suzanne stand langsam auf, die Hände auf die glänzend polierte Tischplatte gestützt. Sie war fassungslos. »Nur wenn Sofie nach Hause kommt – allein.«

»Allein?«

»Ja«, beschied Suzanne schroff. »Sagen Sie meiner Tochter, sie erhält ihre Unterhaltszahlungen, wenn sie nach Hause kommt – allein.«

»Ich fürchte, ich verstehe nicht«, erwiderte Henry.

»Sollte Sofie sich meinem Willen nicht beugen, hat sie von mir keine Unterstützung zu erwarten.«

»Soweit ich unterrichtet bin, verwalten Sie lediglich das Vermögen, das Mr. O'Neil seiner Tochter hinterlassen hat.«

Suzannes Gesichtszüge verhärteten sich. »Richtig«, stieß sie hervor.

»Ich fürchte, ich muß Sie um eine Abschrift des Treuhandvertrags bitten, Mrs. Ralston.«

Suzannes Fassungslosigkeit verwandelte sich in Zorn. »Mein Anwalt ist Jonathan Hartford, Mr. Marten. Bei ihm liegt der Vertrag.«

Ein dünnes Lächeln huschte über Henrys Züge. »Dann darf ich Ihren Anwalt also von Ihrem Einverständnis unterrichten, mir eine Abschrift des Vertrags auszuhändigen?«

»Habe ich eine andere Wahl?«

»Es wäre Zeitverschwendung, die Sache vor Gericht zu bringen, um Einsicht in die Dokumente zu erhalten«, antwortete Henry höflich.

»Sie haben mein Einverständnis«, entgegnete Suzanne schneidend. »Sie können sich allerdings die Mühe sparen. Der Vertrag ist unanfechtbar. Falls Sofie nicht heiratet, wird ihr das Erbe ihres Vaters erst mit Vollendung ihres fünfundzwanzigsten Lebensjahrs ausbezahlt.«

Henry verbeugte sich. »Vielen Dank für Ihre Hilfsbereitschaft, Mrs. Ralston.«

Suzanne sah ihm nach, bis die Tür hinter ihm ins Schloß gefallen war. Dann entfuhr ihr ein Schrei der Wut und Verzweiflung.

Ein Rechtsanwalt! Sofie war zu einem Anwalt gegangen! Unfaßbar! Gütiger Himmel, begriff sie denn immer noch nicht, daß Suzanne sie nur beschützen wollte, um ihr ein ähnliches Schicksal zu ersparen, wie sie es vor langer Zeit erfahren mußte? Suzanne wollte doch nur verhindern, daß

Sofie die gleichen folgenschweren Fehler beging, die sie einst gemacht hatte. Sie wollte doch nur vermeiden, daß Sofie alles noch schlimmer machte. Sie erkannte ihre eigene Tochter nicht wieder. Sofie war ein so friedfertiges, gefügiges Kind gewesen. Solange man sie mit ihrer Begeisterung für die Malerei gewähren ließ, war sie glücklich und zufrieden. Doch das hatte sich geändert, als Edward Delanza in ihr Leben getreten war. Ja, er war der einzig Schuldige an dieser verfahrenen Situation.

Suzanne haßte ihn. Sie haßte ihn aus tiefstem Herzen!

Im Sommer vor einem Jahr hatte Sofie begonnen, eigensinnig zu werden und sich über die Verbote ihrer Mutter hinwegzusetzen, hatte alle Warnungen in den Wind geschlagen und sich auf eine Affäre mit dem Kerl eingelassen. Ein kalter Schauder durchfuhr Suzanne. Damals hatte Sofie begonnen, die Fehler ihrer Mutter zu wiederholen.

Suzanne erinnerte sich, wie sie als Fünfzehnjährige vor Sehnsucht nach Jake beinahe vergangen war und an nichts anderes mehr denken konnte als an ihn. Sie hatte ihm aus freien Stücken ihre Jungfräulichkeit geschenkt. Sie war so verliebt in ihn gewesen, daß sie ihn gegen den Willen der Eltern geheiratet hatte. Bis heute redeten Vater und Mutter kein Wort mit Suzanne. Am Tag ihrer Heirat hatte der Vater sie enterbt, sie war von ihren Eltern verstoßen und lebendig begraben worden.

Wie die Mutter, so die Tochter. Ein Herzensbrecher und eine unberührte Unschuld. Wollust. Trotz. Verlust der Unschuld. Die Ähnlichkeiten waren erschütternd.

Doch damit endeten die Ähnlichkeiten. Suzanne hatte Jake geheiratet, bevor ihr Kind zur Welt kam. Sofie aber war nach Paris geflohen, um ihr Kind allein zur Welt zu bringen, und nun weigerte sie sich, es zur Adoption freizugeben.

Suzanne barg ihr Gesicht in den Händen und weinte. Sie hatte nur den Wunsch gehabt, Sofie vor Kummer und Leid zu bewahren. An jenem Tag, als ihr klargeworden war, daß Sofie sich bei ihrem Treppensturz den Knöchel gebrochen hatte, hatte Suzanne sich von ihrer selbstsüchtigen Trauer um Jake befreit. Sofie hatte so klein und hilflos und vor Schmerz betäubt im Bett gelegen, daß Suzanne von Schuldgefühlen überwältigt gewesen war.

Ein Schuldbewußtsein, das nie wirklich vergangen war. Denn als Sofies gebrochener Fuß endlich heilte, stellte sich heraus, daß sie den Rest ihres Lebens ein Krüppel sein würde. Suzanne hatte sich daran die Schuld gegeben. Um ihre Schuld wiedergutzumachen, hatte sie sich vorgenommen, Sofie den Rest ihres Lebens vor jedem weiteren Schmerz zu bewahren.

Suzanne war völlig in ihrer Rolle der beschützenden Mutter aufgegangen. Als habe sie ihr Leben lang darauf gewartet, die Mutter eines kranken Kindes zu sein. Als sie Jake endgültig verloren hatte, war all ihre Zuwendung auf ihre Tochter übergegangen. Auch wenn Sofie ein Krüppel war, so hatte sie wenigstens ihre Liebe zur Malerei und sie hatte ihre Mutter, die sie vor dem Gespött der Gesellschaft schützte und ihre exzentrische Neigung für die Kunst unterstützte.

Und plötzlich hatte Sofie sich geweigert, beschützt zu werden. Suzanne aber wußte, daß ihre Tochter die katastrophalen Folgen ihres Eigensinns nicht zu überschauen vermochte. Kein Mensch konnte begreifen, was es bedeutete, ein gesellschaftlicher Außenseiter zu sein, ehe er nicht selbst ausgestoßen und gesteinigt worden war.

Suzanne durfte nicht zulassen, daß Sofie ihr Leben mutwillig zerstörte. Sie war der Belastung nicht gewachsen, ein uneheliches Kind aufzuziehen. Suzanne wußte, was es bedeutete, Ansehen gegen Liebe zu tauschen. Liebe konnte diesen Schmerz nicht aufwiegen. Nichts konnte den Schmerz aufwiegen, von der Gesellschaft verachtet zu werden.

Sie hatte wenigstens Jake gehabt. Sofie hatte niemand. Und selbst wenn sie Edward Delanza heiraten könnte, würde ihr Kummer sich tausendfach vergrößern. Suzanne dachte an die unglückliche Zeit ihrer Ehe, an die bösen, gewaltsamen Auseinandersetzungen. Sie dachte an die Nächte, in denen Jake nicht nach Hause gekommen war. Wenn er im

Morgengrauen auftauchte, hatte er nach billigem Parfüm gestunken. Selbst jetzt, nach so vielen Jahren, erfüllte die Erinnerung sie mit glühendem Haß. Was die Erinnerung noch schlimmer machte, war die Tatsache, daß sie immer noch von Liebe durchdrungen war, die nie, nie sterben würde.

Suzanne wußte, daß Sofie keine andere Wahl blieb. Sie konnte kein Leben als ledige Mutter führen. Und sie konnte diesen Edward Delanza nicht heiraten, da er der gleiche Schurke war wie Jake O'Neil. Sofie mußte das Kind weggeben. Mit der Zeit würden ihre Wunden heilen und der Schmerz erträglich werden. Es war die beste Lösung für alle Beteiligten – für Sofie, für das Kind und für Suzanne.

Suzanne ließ die Kutsche vorfahren und eilte nach oben, um sich zum Ausgehen umzuziehen. Sie betupfte ihre bleichen Wangen mit Rouge, dann setzte sie einen schwarzen Hut mit Halbschleier auf, um ihre geröteten Augen zu verbergen. Ihr Puls begann zu rasen.

Sie brauchte Jake jetzt, fürchtete jedoch, daß er wieder nicht in der Stadt war.

In ihren bodenlangen Nerzmantel gehüllt, bestieg Suzanne hastig die Kutsche und wies Billings an, zum Riverside Drive zu fahren. Dann lehnte sie sich seufzend in die Polster zurück und kuschelte sich in den Pelz.

Hoffentlich war Jake wieder in der Stadt! Er würde ihr helfen. Irgendwie würde er helfen. Jake war der einzige Mensch auf dieser Erde, der Berge versetzen konnte, und Sofie war zu einem Berg ungelöster Probleme geworden.

Suzanne sah die kahlen, herbstlichen Bäume nicht auf der Fahrt durch den Central Park. Sie hatte Magenschmerzen. Sie hatte Jake seit beinahe einem Jahr nicht gesehen, dabei hatte sie nichts unversucht gelassen.

Nach ihrer ersten nächtlichen Begegnung mit dem Totgeglaubten vor der Oper hatte sie umgehend einen Privatdetektiv engagiert, um herauszufinden, wo er wohnte. Nach wenigen Tagen hatte der Mann ihr mitgeteilt, Jake Ryans Adresse sei Riverside Drive 101. Suzanne hatte sich umgehend dorthin begeben.

Und sie war aus dem Staunen nicht herausgekommen. Das riesige Anwesen war von einem hohen Eisenzaun umgeben. Die mächtigen Tore wurden von einem Pförtnerhaus bewacht. Eichen und Tannen schirmten das Haus vor neugierigen Blicken ab. Nur durch die geschwungenen Eisenstäbe des Tores sah man am Ende weiter grüner Rasenflächen das prachtvolle Gebäude, das eher einem mittelalterlichen Schloß ähnelte als einer Stadtvilla. Das neugotische Gebäude wurde von hohen Türmen flankiert, der Rundbogeneingang hatte die Größe eines Kirchenportals, dazu gab es zinnenbewehrte Giebeldächer, Balkone und Säulengänge.

Suzanne war atemlos. Hier lebte Jake? In diesem Palast, zweimal so groß wie die Ralston-Villa? Wie hatte er das bloß geschafft? Wie konnte er sich dieses Schloß leisten? Als sie ihn kennenlernte, war er nichts als ein armer irischer Einwanderer!

Zorn kochte in ihr hoch. Sie war seine Ehefrau! Sie sollte in diesem Palast mit ihm wohnen! Sie aber hatte die ersten fünf Jahre ihrer Ehe in einer schäbigen Bruchbude verbracht, hatte billige Baumwollkleider getragen, konnte sich nicht einmal ein Dienstmädchen leisten, mußte das Kind allein versorgen, kochen, putzen und waschen. Sie hatte das Leben einer Arbeiterfrau geführt. Wie beschämend und ungerecht!

Suzanne hatte Jake aufgesucht, weil sie ihn liebte, doch beim Anblick dieses prunkvollen Hauses war rasende Wut in ihr hochgestiegen. Ihr war das Leben an seiner Seite verwehrt. Das schmiedeeiserne Tor war mit einer Kette verriegelt. Irgendwann war der Wächter aus dem Pförtnerhaus gekommen und hatte ihr gesagt, Mr. Ryan sei verreist; nein, er wisse nicht, wann er zurückkehren würde. Erst nach langem Drängen hatte er Suzanne endlich die Adresse seines Anwalts genannt, an den er die Post weiterleitete.

Am nächsten Tag hatte Suzanne den Anwalt aufgesucht. Wiederum vergeblich. Er habe keine Befugnis, über Mr. Ryans Aufenthaltsort Auskunft zu geben. Schließlich hatte der hochnäsige Kerl sich bereit erklärt, ein Schreiben an ihn weiterzuleiten. Suzanne hatte einen zehn Seiten langen Brief verfaßt, in dem sie Jake ihre unveränderte Liebe gestand, aber auch ihren Zorn, von ihm betrogen und hinters Licht geführt worden zu sein, sowie ihren sehnlichen Wunsch, zu ihm zurückzukehren. Sie hatte nie eine Antwort erhalten, obgleich der Anwalt ihr versichert hatte, sämtliche Post sei unverzüglich an Mr. Ryan weitergeleitet worden. Suzanne hatte einen zweiten Brief geschrieben, doch auch dieser war ohne Antwort geblieben.

Seither war Suzanne in regelmäßigen Abständen zu dem prachtvollen Anwesen an der West Side gefahren, in der Hoffnung, Jake irgendwann anzutreffen. Vergeblich. Der Privatdetektiv hatte schließlich in Erfahrung gebracht, daß Mr. Ryan noch einen Wohnsitz in London habe, einen weiteren in Belfast und ein Landgut in Irland. Doch es gelang ihm nie herauszufinden, in welchem seiner Wohnsitze er sich gerade aufhielt. Gezwungenermaßen hatte Suzanne ihre Bemühungen schließlich aufgegeben.

Nun fuhr Billings die Kutsche der Ralstons wieder einmal an den hohen verriegelten Toren vor. Suzanne war den Tränen nahe. *Ich verfluche dich, Jake! Ich brauche dich, wo bist du? Sofie braucht dich!*

Sie schloß die Augen und sank in die Polster zurück. Wenn sie nur damals bei ihrem Wiedersehen nicht der Jähzorn gepackt hätte. Wenn sie nur die Vergangenheit ungeschehen machen könnte. Wenn sie nur wieder von vorn beginnen und alles anders machen könnte!

Suzannes Schläfen pochten schmerzhaft, als Billings ihr zu Hause aus der Kutsche half. Zu versunken in ihren bitteren Grübeleien, um ihm zu danken, eilte sie ins Haus. Sie hätte nicht wieder zu dem neugotischen, protzigen Haus zurückkehren dürfen. Aber sie konnte nicht anders. Sie verfluchte Jake, weil er sich vor ihr versteckte. Sie verfluchte ihn, weil er nie für sie da war, wenn sie ihn brauchte.

Sie dachte an Henry Martens Besuch, und ihre Kopfschmerzen verschlimmerten sich. Ihr Magen zog sich schmerzhaft zusammen. Sie mußte ihren Anwalt kommen lassen. Sie war zwar sicher, daß sie die alleinige Verwalterin von Sofies Vermögen war, mußte sich aber vergewissern, daß es keine Schlupflöcher in dem Vertrag gab. Vielleicht gab es eine Möglichkeit, Zusätze anzubringen. Sie hätte ihre Zustimmung nicht geben dürfen, daß diesem Henry Marten eine Abschrift des Vertrags ausgehändigt wurde. Nicht zu diesem Zeitpunkt. Aber Abschriften brauchten ihre Zeit, vielleicht war noch kein Schaden angerichtet.

Suzanne rechnete fest damit, daß sie über Sofies Vermögen verfügen und ihre Tochter zwingen konnte, nach Hause zu kommen, wenn sie nicht im Elend enden wollte. Sie mußte nach Hause kommen und das Kind aufgeben.

Suzanne massierte ihre pochenden Schläfen, während sie die Halle durchquerte. Als sie an einer offenen Tür vorüberging, glaubte sie eine Bewegung im Salon wahrzunehmen. Einen Fuß auf der ersten Treppenstufe, verharrte sie. Hatte sich im Salon jemand bewegt? Sie drehte sich um, als Edward Delanza in der Halle erschien.

Ihr Herzschlag drohte auszusetzen. »Sie sind hier nicht erwünscht!«

Sein Gesicht blieb unbewegt. »Das haben Sie mir wiederholte Male zu verstehen gegeben. Wo ist Sofie?«

Suzanne hatte sich ihm vollends zugewandt. Ihre Finger umklammerten die Mahagonibrüstung, bis die Knöchel weiß wurden. Ihre Gedanken rasten. »Sie ist nicht hier.«

»Ich weiß. Wo ist sie?«

Suzanne bemühte sich, ruhig zu atmen. Sie spürte die Gefahr, sah die eisige Entschlossenheit in seinen Augen. War er hinter Sofie her – oder hinter dem Kind? Wußte er von dem Kind? Was sonst wollte er von Sofie? Wieso war er so aufgebracht? Ihr Instinkt sagte ihr, das Kind könnte Edward und Sofie zusammenbringen. Ein Bild stieg in ihr auf. Sofie und Edana in einem luxuriösen Haus, das Edward Delanza gehörte. Sofie hielt das Kind an sich gedrückt. Sie weinte herzzerreißend.

Und dann entstand ein zweites Bild, ebenso blitzschnell wie deutlich. Sofie und Edana in demselben Haus, doch diesmal war Edward bei ihnen. Vater und Mutter beugten sich lächelnd über ihr zufrieden gurrendes Kind.

Suzanne schüttelte ihre beunruhigenden Gedanken ab. Sie durfte es nicht zulassen. »Sofie ist in Boston.«

»In Boston!« Edward starrte sie ungläubig an. »Was, zum Teufel, tut sie in Boston?«

»Sie besucht Verwandte«, log Suzanne, ohne mit der Wimper zu zucken. »Und nun verlassen Sie mein Haus.«

Edward musterte sie kalt. »Ich werde Sofie finden«, knurrte er. »Auch ohne Ihre Hilfe. Und wenn ich mein ganzes Leben nach ihr suchen muß.«

Suzanne atmete tief durch, als er aus dem Haus stürmte.

Edward zitterte. Sie war erneut vor ihm geflohen. Als er sie auf dem Montmartre ausfindig gemacht hatte, hatte sie ihm glaubwürdig versichert, sie würde ihm sein Kind nicht verweigern. Noch in der gleichen Nacht war sie mit Edana geflohen. Als Edward davon erfuhr, war er außer sich vor Zorn gewesen.

Er war immer noch voller Zorn, doch die Wut loderte nicht mehr hoch, sie brodelte tief in seinem Innern.

Er riß den Wagenschlag des Daimlers auf. Er verfluchte Sofie O'Neil dafür, daß sie ihm sein Kind wegnahm und ständig vor ihm davonlief. Doch die Welt war nicht groß genug. Sie konnte ihm nicht entwischen. Nicht mehr. Er würde sie finden, wo immer sie sich versteckt hielt, wie lange es auch dauern mochte. Und am Ende würde sie seine Frau sein und Edana seinen Namen tragen. Edward war fest entschlossen, das Richtige zu tun.

Und er glaubte Suzanne nicht, daß Sofie sich bei Verwandten in Boston aufhielt. Dieser Frau glaubte er kein Wort. Er war erst heute morgen in New York angekommen, und sein nächster Besuch galt der Galerie Durand-Ruel. Sofie würde mit dem Kunsthändler Verbindung aufgenommen haben.

»Mr. Delanza!«

Im Begriff, hinter das Lenkrad zu gleiten, drehte Edward sich um. Die Haushälterin kam aus dem Haus gelaufen. Edward richtete sich auf. »Mrs. Murdock?«

»Ja, Sir«, keuchte sie, und ihre Blicke flogen ängstlich

umher. »Wenn Mrs. Ralston erfährt, daß ich mit Ihnen spreche, jagt sie mich fort. Dabei führe ich ihr den Haushalt, seit Sofie ein kleines Mädchen war.«

Er drückte die feiste Hand der herzensguten Frau. »Sollte Mrs. Ralston Sie entlassen, Mrs. Murdock, nehme ich Sie sofort in meine Dienste.«

Ihre Augen wurden feucht. »Vielen Dank, Sir.«

»Nun sagen Sie mir bitte: Wo ist Sofie?«

»Sie hat gelogen! Es gibt keine Verwandten in Boston. Wenn Sie das erlebt hätten, Sir. Gütiger Himmel. Sie haben sich fürchterlich angeschrien, daß die Wände gewackelt haben. Zum Glück war Mr. Ralston nicht im Haus.«

»Wer hat geschrien? Mrs. Ralston?«

»Sie und Miß Sofie! Sofie hat in ihrem ganzen Leben nicht geschrien. Sie war außer sich vor Zorn, Sir!« Mrs. Murdock liefen Tränen übers Gesicht.

Edward hatte Mühe, sich zu beherrschen. »Worüber haben sie gestritten?«

»Über das Kind. Es war fürchterlich! Gräßlich, Sir!«

Edward hielt den Atem an, sein Herz drohte zu zerspringen. »Was ist mit Edana? Ist dem Baby etwas zugestoßen?«

»Dem Kind geht es gut, Sir, das hoffe ich wenigstens. Aber Mrs. Ralston verlangt von Miß Sofie, daß sie das Baby weggibt, um es von Fremden adoptieren zu lassen. Und Mrs. Ralston setzt immer ihren Willen durch. Sie und Mr. Ralston haben bereits alles in die Wege geleitet. Doch Miß Sofie hat sich geweigert, deshalb hat sie so geschrien. Danach ist sie mit dem Kind und der Französin mitten in der Nacht fortgelaufen, ohne etwas mitzunehmen, nur mit den Kleidern, die sie auf dem Leib trug! Und ich glaube nicht einmal, daß Miß Sofie Geld bei sich hat.«

Edward bebte innerlich vor Zorn. Er hatte Mühe, mit ruhiger Stimme zu sprechen. »Wohin sind sie gegangen?« fragte er und kämpfte gegen eine Schreckensvision an, in der er Sofie mit dem weinenden Kind an sich gedrückt durch die Straßen der Stadt irren sah wie eine obdachlose Vagabundin.

»Ich weiß es nicht!« schluchzte Mrs. Murdock und rang verzweifelt die Hände. »Wenn ich es nur wüßte!«

Edward tätschelte ihr den Arm. »Es wird alles gut. Ich finde Sie, verlassen Sie sich darauf.«

Mrs. Murdock blickte zu ihm auf, flehentlich und zuversichtlich zugleich. »Ja, Sir. Sie werden Sofie finden. Aber bitte beeilen Sie sich, bevor ein Unglück geschieht!«

»Wenn Sie etwas von ihr hören, erreichen Sie mich im Hotel Savoy.«

Mrs. Murdock nickte.

Edward bedankte sich bei der Haushälterin und stieg in den Daimler. Die Kehle war ihm zugeschnürt. Er atmete schwer. Ihm war danach, Suzanne mit bloßen Händen zu erwürgen, diese herzlose Frau, die Sofie mit ihrem Baby aus dem Haus gejagt hatte. Nicht nur Mrs. Murdock hatte Angst, daß ein Unglück geschah. Auch Edward hatte Angst. Welch entsetzlicher Gedanke: eine junge Frau irrte mit ihrem Baby durch die Straßen von New York, allein und ohne Geld. Er mußte Sofie finden und diesem Wahnsinn ein Ende bereiten, ein für allemal. Er mußte Sofie finden und sie retten. Offenbar hatte das Schicksal ihn ein zweitesmal dazu erwählt, ihr Beschützer zu sein – doch diesmal war ihre Zukunft auch die seine.

Kapitel 23

Sofie sah ihrem Treffen mit Henry Marten bangen Herzens entgegen. Bevor sie an die Glastür seines Büros klopfen konnte, war er bereits aufgesprungen und kam ihr lächelnd entgegen. »Überpünktlich, wie ich sehe. Hätten Sie Lust, im Park spazierenzugehen? Es ist ein so schöner Nachmittag.«

Sofie nickte. Seinem Gesichtsausdruck war nicht zu entnehmen, ob er gute oder schlechte Nachrichten für sie hatte. Auf der Treppe hielt er sie am Ellbogen. Draußen schien die Sonne, bunte Blätter flatterten von den fast kahlen Bäumen und bedeckten den Gesteig. Die Luft war frisch und würzig.

Henry ließ ihren Arm nicht los, als sie die Straße entlang schlenderten. »Ich habe mit Ihrer Mutter gesprochen und den Eindruck gewonnen, daß eine Versöhnung nur dann möglich ist, wenn Sie sich ihrem Willen beugen.«

Sofie warf ihm einen besorgten Blick zu. »Was hat sie gesagt?«

Henry zögerte. »Sie sagte, Sie erhalten erst wieder finanzielle Zuwendungen, wenn Sie nach Hause kommen ... allein.«

Henrys Gesicht hatte sich rosig überzogen. Anscheinend kannte er die Hintergründe nicht. Sollte sie ihm die Wahrheit sagen, sollte sie ihm sagen, aus welchem Grund sie so dringend Geld benötigte? Es wäre eine Erleichterung, ihm ihre prekäre Situation und ihre Nöte zu schildern. Aber möglicherweise wäre er entsetzt, und Sofie wollte seine Freundschaft nicht verlieren. »Hat sie das Recht dazu? Kann sie mir das Geld verweigern, das mir zusteht?«

Henry seufzte. »Ich habe mir eine Abschrift des Treuhandvertrags von ihrem Rechtsanwalt aushändigen lassen. Die Antwort lautet leider ja. Es ist ungerecht, aber theoretisch kann sie die Geldmittel zurückhalten. Selbstverständlich können wir Gegenmaßnahmen ergreifen, die allerdings unangenehm und zeitaufwendig sind. Wir können Ihre Mutter verklagen oder bei Gericht einen Antrag stellen, um sie von ihrer Aufgabe als Vermögensverwalterin zu entbinden und eine andere Person einzusetzen.«

Sofie blieb stehen und sah Henry entgeistert an. »Das glaube ich nicht! Ich soll meine eigene Mutter verklagen? Sie als Vermögensverwalterin entlassen? Das ist gräßlich. Ein Alptraum!«

»Es ist nicht angenehm«, pflichtete Henry ihr bei und musterte sie forschend.

Sofie spürte Panik in sich hochsteigen. Und Zorn. In den letzten Tagen hatte sich ihre Kränkung über den Verrat ihrer Mutter ein wenig gelegt. An ihre Stelle war ein schwelender Groll über die Grausamkeit und Ungerechtigkeit ihres Verhaltens getreten. »In Frankreich habe ich einige Ersparnisse. Leider habe ich Paris überstürzt verlassen, so daß keine Zeit blieb, das Geld abzuheben. Ich lasse es an eine New Yorker Bank überweisen, doch das kann Wochen dauern.« Ihre Stimme bebte. Sie machte sich solche Sorgen um ihre Zukunft, daß sie nachts nicht schlafen konnte; sie war am Ende ihrer Nervenkraft und sehnte sich nach einer Schulter zum Anlehnen.

Dazu kam ihre täglich wachsende Furcht, daß Edward demnächst in New York eintreffen könnte.

Sich Henrys forschendem Blick bewußt, versuchte Sofie, ihren inneren Aufruhr zu verbergen. »In ein paar Wochen arrangiert Durand-Ruel eine Ausstellung für mich. Möglicherweise wird sie ein Erfolg. Einen Teil der Arbeiten, die in seiner Galerie gezeigt werden, hat er bereits angekauft, und ein paar neuere Bilder nimmt er in Kommission. Ich denke, Paul wird mir Geld vorstrecken. Am besten, ich suche ihn sofort auf.« Die Galerie lag etwa zwanzig Gehminuten vom Union Square entfernt. Sofie wollte sogleich loseilen.

»Augenblick, Sofie. Sie sind sehr aufgebracht. Wollen Sie nicht in Erwägung ziehen, doch wieder zurückzugehen? Vielleicht, wenn ich interveniere ...«

»Nein!« entgegnete sie so heftig, daß beide erschraken.

Sofie straffte die Schultern. »Henry, Sie verstehen nicht, warum ich nicht alleine nach Hause gehen kann.«

»Nein. Ich verstehe es wirklich nicht.«

Sofie nahm all ihren Mut zusammen. »Ich kann nicht nach Hause, weil meine Mutter wünscht, daß ich meine kleine Tochter zur Adoption freigebe.«

Henry sperrte Augen und Mund auf.

Sofie hob den Blick in sein entgeistertes Gesicht. »Ja, ich habe ein Kind. Ein uneheliches Kind. Eine kleine Tochter namens Edana Jacqueline O'Neil, die ich aus tiefstem Herzen liebe.«

»Gütiger Himmel«, entfuhr es Henry. Und dann blitzten seine Augen zornig auf. »Delanza! Ist er der Vater? Der elende Schuft!«

Sofie rang die Hände. »Bitte. Ich kann Ihnen nicht sagen, wer Edanas Vater ist, ich kann nicht!« Dabei war ihr klar, daß Henry wußte, daß kein anderer als Vater in Frage kam. Und seinem Entsetzen entnahm sie, wie der Rest der Gesellschaft auf Edanas Existenz reagieren würde.

Henry nickte, die Stirn verfinstert, der Mund ein schmaler Strich. »Ich verstehe.«

»Aber wie sollten Sie? Ich verstehe das alles doch kaum selbst«, entgegnete Sofie verzweifelt. Sie fühlte sich hilflos und verlassen. »Henry, ich liebe meine Tochter. Ich werde mich niemals von ihr trennen. Ich bin maßlos wütend auf meine Mutter und gehe nicht zu ihr zurück.«

»Jetzt verstehe ich«, sagte Henry bedächtig.

Sie suchte nach Anzeichen von Abscheu und Verdammnis in seinem Blick und fand nur Besorgnis. »Sie sind schokkiert, und das zu Recht. Aber ... werden Sie mich trotzdem vertreten?«

»Sofie, ich bin Ihr Freund. Selbstverständlich vertrete ich Sie. Und ich werde Ihnen helfen, wo immer ich kann.«

Sofie sah ihn in stummer Dankbarkeit an.

Henry reichte ihr ein Taschentuch.

Sie wischte sich die Augen. »Vielen Dank, Henry.«

Er nahm erneut ihren Arm, und die beiden setzten schweigend ihren Weg fort. Bald erreichten sie den Union

Square. Henry führte sie zu einer Parkbank, und beide setzten sich. Eine Schar Tauben flatterte auf. Er drehte sich halb zu ihr um, seine Knie streiften die ihren. Er hüstelte.

Sofie zerdrückte das feuchte Taschentuch. »Ich bin sicher, daß Paul mir Geld vorstrecken wird«, sagte sie, um sich Mut zuzusprechen.

»Ich werde Sie nicht verhungern lassen, Sofie. Das sollten Sie wissen.«

»Sie sind sehr freundlich zu mir«, flüsterte sie.

»Es ist mehr als Freundlichkeit.« Henry rutschte verlegen hin und her. »Auch das sollten Sie mittlerweile wissen.«

Sofie versteifte sich.

Henry war rot im Gesicht geworden. »Ich habe Sie sehr gern, Sofie.«

Sofie sah erschrocken auf.

Er druckste ein wenig herum, ehe er sich zu einer Erklärung durchrang. »Also ... vorletzten Sommer kam ich nach Newport Beach, um Sie kennenzulernen ... und damals waren meine Beweggründe nicht aufrichtig. Aber heute sind meine Absichten ehrlich. Ich wollte Sie damals heiraten. Meine Tante hatte mich wegen Ihrer Erbschaft dazu ermutigt. Doch als ich Sie kennenlernte, fand ich Sie bezaubernd und faszinierend, obwohl Ihre Mutter es zunächst schaffte, mich zu entmutigen.«

Sofie sah ihn verwundert an. »Das hat ... sie getan?«

»Ja. Ihre Worte waren ziemlich abschreckend. Aber Sie sind eine der ehrlichsten, aufrichtigsten Frauen, die ich je kennengelernt habe – und die tapferste. Ich möchte Sie heiraten, Sofie. Nicht aus Eigennutz ... sondern weil ich es ehrlich meine.« Schweißperlen standen ihm auf der Stirn. »Ich habe Sie seit langer Zeit gern, mehr als gern ... Das dürfte Sie nicht erstaunen.«

»Aber Henry ... Ich hatte keine Ahnung.«

»Ja. Sie hatten nur Augen für ihn.«

Sofie schwieg. Mit wundem Herzen dachte sie an Edward. War dies ihre einzige Chance, geliebt zu werden?

»So etwas habe ich noch nie zu einer Frau gesagt«, murmelte Henry hilflos. »Ich ertrage es nicht, Sie leiden zu sehen. Sie dürfen nicht alleine bleiben. Sie brauchen einen Ehemann, und Ihre Tochter braucht einen Vater.«

Seufzend schob Sofie ihre Gedanken an Edward beiseite. »Ich weiß nicht, was ich sagen soll, Henry. Ich bin tief gerührt.«

»Sagen Sie ja. Wollen Sie meine Frau werden, Sofie? Ich kenne die kleine Edana zwar noch nicht, aber ich werde ihr ein guter Vater sein. Das verspreche ich Ihnen.«

Sofie spürte, daß er die Wahrheit sagte und ein guter Vater sein würde. Henry würde auch ein liebevoller, verantwortungsbewußter, treusorgender Ehemann sein. Sie schloß die Augen, übermannt von Trauer und Sehnsucht. Wie konnte sie ihn heiraten, wenn sie einen anderen liebte? Aber sie sehnte sich nach einem Heim, nach einem Mann, der sie liebte und den sie lieben konnte. »Ihr Antrag ehrt mich sehr. Henry, bitte, ich brauche etwas Zeit.«

Er nickte ernsthaft.

Sofie wollte Lisas Verlobungsfeier nicht versäumen. Seit dem Gespräch mit ihrem Stiefvater, bei dem sie feststellen mußte, daß er die Pläne ihrer Mutter billigte, hatte sie ihr Elternhaus nicht mehr betreten. In der vergangenen Woche war sie zu sehr mit ihren eigenen Sorgen beschäftigt gewesen, um an Lisa zu denken, die vermutlich wie auf glühenden Kohlen saß.

Einen Tag vor dem Ball wagte Sofie, sich ins Haus zu schleichen. Edana und Rachelle blieben im Hotel. Sie wählte den Zeitpunkt sorgfältig. Am frühen Nachmittag konnte sie sicher sein, daß ihre Mutter sich mit Freundinnen in der Stadt traf. Eine Begegnung mit ihr wollte sie um jeden Preis vermeiden.

Sofie traf Lisa in der Badewanne an, das Gesicht unter einer Schlamm-Maske verborgen. »Guten Tag, Lisa. Ich will mir ein Kleid für den morgigen Ball ausborgen.«

»Sofie!«

Sofie schmunzelte beim Anblick ihrer Schwester, von der nur Augen, Mund und Nase unter der schwarzen Maske zu sehen waren. Sie setzte sich auf den Hocker neben die gußeiserne Wanne mit den Löwenpranken. »Glaubst du wirklich, daß der Schlamm dich noch schöner macht?«

Lisa setzte sich auf. »Wo warst du? Mein Gott, Sofie! Ich habe mir solche Sorgen um dich und das Baby gemacht!« Sie begann sich die Maske vom Gesicht zu waschen.

Sofie streichelte den Arm ihrer Schwester. »Beruhige dich, Lisa. Mir geht es gut. Wirklich.«

Lisa prustete und schwappte sich Wasser ins Gesicht. »Deine Mutter ist eine Hexe, und mein Vater ist gemein. Wie können die beiden so grausam zu dir sein?«

»Sie tun nur, was sie für richtig halten«, entgegnete Sofie.

»Du verteidigst sie auch noch?«

»Nein«, seufzte Sofie.

»Geht es euch denn gut?« fragte Lisa und betupfte ihr Gesicht mit einem Waschlappen.

»Ja. Wir kommen zurecht. Mutter weigert sich, mir Geld zu geben. Aber Henry Marten hat mir ausgeholfen, und der Galerist hat mir ebenfalls etwas vorgestreckt.« Sofie hatte Durand-Ruel unmittelbar nach Henry Martens unerwartetem Heiratsantrag aufgesucht. Er hatte Verständnis gezeigt und ihr aus ihrer Notlage geholfen.

»Ich weiß«, sagte Lisa. »Die Eltern reden nur noch von dir, Sofie. Mein nächstes Taschengeld ist dein«, setzte sie entschlossen hinzu. Und dann lächelte sie. »Du kommst also zu meinem Ball?«

»Um nichts in der Welt würde ich deine Verlobungsfeier versäumen«, antwortete Sofie und lächelte wehmütig. »Und so allein, wie ich befürchtet hatte, bin ich gar nicht. Alle wollen mir helfen.«

»Sofie, du bist nicht allein!« versicherte ihr Lisa. »Wenn Julian und ich im Frühjahr heiraten, bist du herzlich eingeladen, mit Edana bei uns zu wohnen.«

Sofie war verblüfft. »Lisa! Du wirst doch nicht den Wunsch haben, gleich zu Beginn deiner Ehe mit mir und meinem Kind unter einem Dach zu wohnen?«

»Doch, Sofie«, entgegnete sie eigensinnig.

»Und der Marquis?«

»Er wird nichts dagegen einwenden.«

Daran hatte Sofie allerdings ihre Zweifel. Welcher Ehemann würde sich gern in den Flitterwochen von einem Hausgast stören lassen? »Und wie geht es deinem erlauchten Herrn Bräutigam?« scherzte Sofie.

Lisas Lächeln schwand.

»Lisa? Stimmt etwas nicht?«

»Ach Sofie«, seufzte Lisa. »Ich bin wahnsinnig in ihn verliebt. Aber mir sind endlich die Augen aufgegangen. Er liebt mich nicht!«

Sofie hatte Julian St. Clare nur einmal wenige Minuten am Tag ihrer Ankunft in New York zu Gesicht bekommen. Und sie erinnerte sich, wie steif und förmlich er gewesen war – und wie rasch er ihren unberingten Finger bemerkt hatte. Er hatte nicht einmal gelächelt, kein einziges Mal. Wäre sie nicht Zeuge gewesen, mit welcher Leidenschaft er Lisa küßte, hätte sie ihn für einen kalten Fisch gehalten.

Lisa war nicht nur eine hübsche junge Frau. Sie war klug, gütig und großzügig. Ein Mann mußte ein Narr sein, sich nicht in sie zu verlieben. Andererseits ... St. Clare erinnerte Sofie beängstigend an Edward, obwohl er ein anderer Typ war, blond und hellhäutig. Doch in seiner männlich erotischen Ausstrahlung ähnelte er Edward. Ein gutaussehender Mann wie er konnte die Herzen zahlloser Frauen brechen, und es wäre töricht zu denken, daß St. Clare bislang wie ein Heiliger gelebt hatte. »Lisa, wie kannst du das nur denken?«

Lisa zögerte. »Er ist so ernst. Er behandelt mich mit ausgesuchter Höflichkeit. Aber er lächelt nie, scherzt nicht mit mir ... Und seine Gespräche sind so oberflächlich, so gezwungen.«

»Hoffentlich lächelt er keine anderen Frauen an.«

»Nein. Manchmal frage ich mich ... vielleicht liegt ihm nichts an Frauen«, murmelte Lisa. »Dabei sind seine Küsse voller Leidenschaft. Und er ist so ...« Lisa stockte errötend. »So männlich.«

»Was weißt du eigentlich von ihm?« fragte Sofie und dachte an seine erste Frau.

»Er ist der einzige Sohn des Grafen von Keith. Seine Mutter ist vor vielen Jahren gestorben. Mehr weiß ich nicht.«

»Lisa, vielleicht bildest du dir das nur ein«, meinte Sofie sanft, wunderte sich jedoch, wieso der Marquis so wenig über sein Leben preisgab.

Tränen füllten Lisas Augen. »Aber ich liebe ihn ... Ich liebe ihn bis zum Wahnsinn! Und ich will ihn heiraten. Hoffentlich ist seine Reserviertheit nur seiner steifen britischen Art zuzuschreiben. Ich bete zu Gott, daß er nach der Hochzeit auftaut und mir seine Liebe zeigt.«

Sofie beschlich ein banges Gefühl. »Du solltest möglichst bald ein offenes Gespräch mit ihm führen und ihm deine Bedenken schildern. Ich finde, du solltest mehr über seine Vergangenheit wissen – und über seine erste Frau.«

Lisa machte ein erschrockenes Gesicht. »Ich sehe ihn erst morgen kurz vor dem Ball wieder.«

»Vielleicht findet sich dann noch eine Gelegenheit.« Sofie zwang sich zu einem heiteren Ton. »Ich muß jetzt gehen. Edana muß bald gestillt werden, und meiner Mutter will ich auf keinen Fall begegnen.«

»Warte!« Lisa stieg aus der Wanne und hüllte sich in ein Badetuch. »Sofie, wo wohnst du? Wie kann ich dich erreichen?«

»Im Hotel Lexington in der 13. Straße.«

Lisa rieb sich trocken. »Letzte Woche war er hier.«

»Was sagst du da?« Sofie glaubte, sich verhört zu haben.

»Edward Delanza war hier und hat sich nach dir erkundigt. Ich war nicht zu Hause. Von Mrs. Murdock erfuhr ich, Suzanne habe behauptet, du seist in Boston, um Verwandte zu besuchen.«

Sofie hätte erleichtert sein müssen, daß ihre Mutter Edward auf eine falsche Fährte angesetzt hatte, statt dessen durchbohrte sie ein schmerzlicher Stich. »Was wollte er?«

»Er wollte dich sehen. Weiß er über Edana Bescheid?«

Sofie nickte.

Lisa starrte sie an. »Sofie, du mußt mit ihm reden. Sofort.«

»Ich kann nicht.«

»Wieso nicht?« rief Lisa aufgebracht. »Er ist der Vater

deines Kindes. Verdammt noch mal, Sofie! Er muß dich heiraten!«

Lisa hatte noch nie im Beisein ihrer Schwester geflucht. »Er hat mir bereits einen Antrag gemacht«, erwiderte Sofie leise. »Ich habe ihn abgewiesen.«

Lisa blieb der Mund offenstehen. »Du hast ihn abgewiesen? Wieso in aller Welt?«

»Weil ich ihn liebe. Weil er mich nicht liebt. Weil es ihm nur um Edana geht. Weil ich den Gedanken nicht ertrage, mit ihm verheiratet zu sein, während er sich mit anderen Frauen vergnügt.«

»Sofie, wenn er noch einmal in dieses Haus kommt ...«

»Nein! Sage ihm auf keinen Fall, wo er mich findet!« unterbrach Sofie ihre Schwester heftig.

Lisa schwieg.

Und da Sofie das Funkeln in Lisas Augen nicht gefiel, zog sie mit Rachelle und Edana noch am Nachmittag vom Hotel Lexington in eine Pension am Fluß.

Als Sofie sich zu Lisas Verlobungsfeier zurechtmachte, überlegte sie, wie sie sich hinter höflicher Distanz verstecken konnte, wenn sie später ihrer Mutter und ihrem Stiefvater begegnen würde.

Suzanne würde alle Hände voll zu tun haben, um ihre fünfhundert Gäste zu unterhalten. Ebenso Benjamin. Keiner der beiden würde Zeit finden, Sofie beiseite zu nehmen und ihr erneut den absurden Schritt aufzwingen zu wollen, Edana zur Adoption wegzugeben. Wenn Sofie sich geschickt anstellte, konnte sie ihren Eltern vielleicht sogar völlig aus dem Weg gehen.

Es war lange her, seit sie auf einem Fest gewesen war. Sofie dachte wehmütig an die Geburtstagsfeier in Paris, die ihre Künstlerfreunde für sie gegeben hatten. Und plötzlich wurde ihr bewußt, daß sie noch nie einen großen Ball besucht hatte.

Zweifellos würde dieser Ball ihr erster und auch ihr letzter sein.

»Wie hübsch du aussiehst!« rief Rachelle von der Tür her.

Sofie drehte sich um.

»Edana ist eingeschlafen. Du siehst wunderschön aus«, sagte die Freundin lächelnd.

Sofie hatte sich noch nicht die Mühe gemacht, in den kleinen, halbblinden Spiegel über dem Waschtisch zu sehen. Sie hatte zwei Zimmer in der billigen Pension gemietet. In jedem standen ein schmales Bett mit einer durchgelegenen Matratze und vergilbtem Bettzeug, eine Waschkommode, ein Stuhl und ein Tisch, über dem eine nackte Glühbirne hing.

Sofie hatte sich von Lisa ein korallenrotes Atlaskleid geborgt, das ihr goldblondes Haar, ihre bernsteinfarbenen Augen und den hellen Teint wunderbar zur Geltung brachte, wie Lisa feststellte. Sofie hatte noch nie ein so prächtiges Kleid getragen. »Helle Farben wirken heiter und frisch. Deine ewig grauen und blauen Sachen können einen geradezu deprimieren«, meinte Lisa und hielt ihr das festliche Kleid vor. »Ich besitze kein einziges graues Kleid. Ich habe zwar ein schlichtes Abendkleid ... Silberlamé und sehr tief ausgeschnitten«, feixte sie.

Sofie hatte sich für die korallenrote Robe entschieden.

Nun stand sie vor Rachelle. »Am Kleiderbügel wirkte es nicht so gewagt«, stellte sie fest und blickte besorgt auf ihre prallen Brüste, die sich aus dem engen Mieder wölbten.

»Du bist eine stillende Mutter, *chérie*«, stellte Rachelle lächelnd fest. »Du siehst sehr verführerisch aus. Monsieur Marten wird die Augen rollen, wenn er dich sieht.«

Sofie schmunzelte. »Er wird Augen machen, heißt es. Mit den Augen rollen bedeutet etwas anderes.«

Rachelle zuckte gleichmütig mit den Schultern. »Augen machen oder Augen rollen, ist doch egal. Du siehst aus wie eine verführerische Sirene, *petite amie*.«

»Nun hör aber auf, Rachelle. Wir beide wissen, daß ich keine Sirene bin. Zum Glück schnürt mich das Kleid nicht zu sehr ein.«

»Du hast abgenommen«, meinte Rachelle tadelnd. »Sonst würden dir Lisas Kleider nicht passen. Übrigens, Henry wartet unten.«

Sofie erschrak. »Wieso sagst du das erst jetzt?« Sie griff

nach dem perlenbestickten Abendtäschchen und dem schwarzen Samtmantel, die sie sich gleichfalls von Lisa geliehen hatte. »Wie ist meine Frisur?«

»Dafür, daß du sie ohne Spiegel hochgesteckt hast, perfekt.«

»Sitzt sie?«

Rachelle lachte und küßte sie auf beide Wangen. »Es ist alles perfekt. Nun fort mit dir! Viel Vergnügen.«

Sofie eilte ins Nebenzimmer, um ihrer schlafenden Tochter einen Abschiedskuß zu geben. »Ich bleibe nicht lange«, flüsterte sie.

»Wenn du vor zwei Uhr morgens zurückkommst, lass' ich dich nicht herein«, rief Rachelle hinter ihr her.

Sofie eilte schmunzelnd die Treppe hinunter. In der schmalen Diele ging Henry auf und ab; er sah gut aus im Frack und mit den Lackschuhen. Er hob den Kopf. In seinem Blick las sie Bewunderung. Blitzartig schoß Sofie der Gedanke durch den Kopf, Edward würde in der Diele stehen, um sie zum Ball abzuholen.

Sofie verhielt ihren Schritt, als sie sich dem festlich erleuchteten Haus näherte, und klammerte sich an Henrys Arm.

»Wie fühlen Sie sich?« fragte er besorgt.

Sofie blickte ratlos zu ihm auf. »Ich bin nervös. Mir ist ganz bang ums Herz ... als würde heute noch eine Katastrophe passieren.«

»Wir müssen nicht hineingehen. Noch können wir umkehren«, meinte Henry beschwichtigend.

Sofie lächelte tapfer. »Nein, das darf ich Lisa nicht antun. Es ist ein so wichtiges Ereignis für sie. Ich hab' es ihr versprochen.«

»Ich bewundere Sie, Sofie«, sagte Henry.

Sofie lächelte dankbar. Beim Betreten des Hauses ließ sie seinen Arm los. Jenson war entzückt, sie zu sehen, und nahm ihr den Mantel ab.

»Wie fühlt sich Lisa?« fragte Sofie den Butler.

»Sie war den ganzen Tag krank, das arme Ding.«

»Und meine Mutter?«

»Ich glaube, sie sieht in der Küche nach dem Rechten. Auch sie ist völlig aus dem Häuschen.«

Sofie nickte steif. »Gut. Wollen wir?« sagte sie zu Henry und setzte sich in Bewegung, um sich möglichst schnell im Ballsaal unter die Gäste zu mischen.

»Ich bin nicht in der Küche«, ertönte Suzannes laute Stimme hinter ihr. »Sofie, warte!«

Sofie war bereits vor Schreck erstarrt stehengeblieben. Langsam drehte sie sich zu ihrer Mutter um.

Die beiden maßen einander mit kühlen Blicken. »Ich muß mit dir reden«, sagte Suzanne im Befehlston.

»Nein«, entgegnete Sofie.

Suzanne warf Henry einen Blick zu. »Wenn Sie uns bitte entschuldigen wollen, Mr. Marten. Ich muß mit meiner Tochter unter vier Augen sprechen.«

Doch Sofie hielt Henry energisch zurück. Zorn kochte in ihr hoch. Sie begann zu zittern. »Nein! Wir haben nichts zu besprechen. Rein gar nichts! Du bist grausam und selbstsüchtig und denkst nur an dich!« Die Worte sprudelten nur so aus ihr heraus. Es war beinahe, als spreche eine Fremde aus ihr. »Mein ganzes Leben habe ich das getan, was du wolltest, nichts anderes! Du wolltest, daß ich mich vor der Welt verstecke, weil ich ein Krüppel bin, und ich habe mich versteckt, um dich nicht in Verlegenheit zu bringen! Es war dein Wunsch, daß ich unverheiratet bleibe, und ich habe deinem Wunsch zugestimmt, weil es einfacher war nachzugeben, als mich gegen dich aufzulehnen. Ich habe immer auf dich gehört. Ich habe dir vertraut. Ich war sogar so vertrauensselig zu denken, du würdest Edana ins Herz schließen, wenn du sie erst einmal gesehen hast. Und ich bin nach Hause gekommen, weil ich dich brauchte. Aber du hast mich im Stich gelassen, du hast mein Vertrauen mißbraucht und mich verraten. Doch du hast mich zum letztenmal verraten. Ich glaube nicht, daß ich dir je verzeihen kann, was du mir angetan hast.«

Suzanne war aschfahl geworden. »Sofie ... Ich liebe dich. Alles, was ich getan habe, habe ich nur für dich getan.«

»Alles, was du getan hast«, entgegnete Sofie schneidend,

»hast du nur getan, weil es dir von Nutzen war, nicht weil es für mich das beste war.«

Suzanne schluchzte. »Aber ich liebe dich!«

Sofie atmete tief durch. »Und ich liebe mein Kind.«

Suzannes entsetzter Blick flog zu Henry.

»Er weiß Bescheid, Mutter, er weiß alles«, fuhr Sofie verächtlich fort.

»Du Närrin«, flüsterte Suzanne entgeistert.

»Nein – du bist eine Närrin, weil du versuchst, mir mein Kind wegzunehmen.« Sofie machte auf dem Absatz kehrt und eilte durch die Halle. Henry hastete hinter ihr her.

Sofie schlotterte an allen Gliedern. In ihrem ganzen Leben war sie noch nie so wütend gewesen. Wie durch einen Schleier sah sie den festlich geschmückten Ballsaal, hörte halb betäubt die Klänge des Orchesters, das angeregte Plaudern der Gäste. Sie straffte die Schultern und hielt den Kopf hoch erhoben. Wenn sie sich in der Gewalt behielt und ein freundliches Lächeln aufsetzte, würde hoffentlich niemand etwas von ihrem inneren Aufruhr bemerken. Niemand würde ahnen, welch furchtbare Vorwürfe sie ihrer Mutter an den Kopf geworfen hatte.

Trotz der tiefen Kränkung, die Suzanne ihr zugefügt hatte, war Sofie unendlich traurig über das Zerwürfnis. Würde sie es je wieder wagen, ihrer Mutter unter die Augen zu treten? Würde es je eine Versöhnung geben?

Die leichte Übelkeit, die sie den ganzen Tag über verspürt hatte, verstärkte sich. Henry war an ihrer Seite, als sie die drei weißen Marmorstufen in den Ballsaal hinabstieg. Auf dem glänzenden Parkett, zwischen den weißen Säulen, die zur hohen stuckverzierten Decke aufragten, tummelten sich an die fünfhundert Gäste.

»Kann ich etwas für Sie tun?« fragte Henry mitfühlend.

»Sie an meiner Seite zu wissen, ist mir ein großer Trost«, antwortete Sofie bewegt. »Es tut mir leid, daß Sie diese häßliche Szene miterleben mußten.«

Bevor Henry antworten konnte, hörte das Orchester auf zu spielen, und die Gespräche verstummten. »Da kommen sie«, flüsterte jemand.

Sofie wandte den Kopf. Die Verlobten erschienen auf der Treppe. Lisa sah wunderschön aus in einer Wolke aus weißem Taft und gelben Spitzen. Der Marquis an ihrer Seite trug eine versteinerte Miene zur Schau. Hinter den Verlobten erschien Suzanne mit starrem Lächeln am Arm des stolzen Vaters. Sofies Blick flog zum Marquis zurück. Er machte den Eindruck, als sei die Verlobung für ihn eine Strafe. Fühlte er sich zu dieser Verbindung gezwungen?

Lisa lächelte gezwungen, auch sie machte einen unglücklichen Eindruck. Sofie glaubte, Tränen in ihren Augen schimmern zu sehen. Benjamin Ralston räusperte sich, stellte den Marquis vor und hielt eine kleine Rede, an deren Ende er die offizielle Verlobung des Paares verkünden würde.

Sofie hörte nicht zu. Sie sah Lisa unverwandt an, versuchte, ihr stumm aus der Ferne Mut zu machen. Lisa hielt den Blick ins Leere gerichtet. Sofie wandte den Kopf und ließ ihre Augen durch den Saal schweifen. Festlich gekleidete Damen in schimmernden Seidenroben, mit funkelnden Juwelen geschmückt, lächelten neben eleganten Herren im Frack und blütenweiß gestärkter Hemdbrust. Dutzende Kronleuchter tauchten die Festversammlung in goldenes Licht.

Etwas abseits neben einer hohen gläsernen Flügeltür zur Terrasse nahm Sofie eine hochgewachsene Männergestalt wahr. Der Fremde war in mittleren Jahren; sein sonnengebräuntes, kantiges Gesicht war von goldbraunen Locken umrahmt, die ihm bis zum Kragen des makellos geschnittenen Fracks reichten. Er starrte unverwandt zu ihr herüber.

Sofie vermochte den Blick nicht von ihm zu wenden. Er schien ihr irgendwie vertraut, ohne daß sie sich erinnerte, ihm je begegnet zu sein. Vermutlich ein Freund ihrer Eltern. Aber wieso starrte er unverwandt zu ihr herüber?

Abrupt wandte er sich ab, sein breiter Rücken tauchte in der Menge unter und verschwand. Sofie wandte sich wieder der Empore zu, auf der die Verlobten mit den Eltern standen. Zu ihrem Erstaunen blickte Suzanne in die Richtung, in die der Fremde verschwunden war, und sie war weiß wie eine Wand.

Der Marquis holte ein Lederetui aus der Tasche seines Fracks und ließ es aufschnappen. Ein Raunen ging durch die Menge. Sofie atmete hörbar ein. Auf schwarzem Samt gebettet lag ein kostbarer Ring, offenbar ein Familienerbstück. Ein riesiger Rubin, umgeben von hochkarätigen, blitzenden Diamanten, funkelte blutrot im festlichen Schein der Kronleuchter. Unter dem aufbrandenden Applaus der Gäste steckte der Marquis das kostbare Juwel an Lisas Finger.

Auch Sofie klatschte Beifall und flehte innerlich, Lisa möge den Mut aufbringen, die Hochzeit abzusagen, ehe es zu spät war. Ihr Gefühl sagte ihr, daß Lisa recht hatte. St. Clare liebte sie nicht – im Gegenteil, er schien abgeneigt zu sein, sich mit Lisa zu verloben.

Die Musik setzte wieder ein. Der Marquis führte seine Verlobte zur Tanzfläche, legte die Arme um sie und begann sich mit ihr im Walzertakt durch den Saal zu drehen. Ein meisterhafter Tänzer, dessen Gesicht maskenhaft starr blieb.

Lisa und der Marquis waren ein wunderschönes Paar. Er hochgewachsen und breitschultrig, blond und umwerfend gutaussehend, ein Gentleman vom Scheitel bis zur Sohle; sie bleich und zart, dunkelhaarig und überirdisch schön. Erneut brandete Applaus auf. Nur Sofie erkannte an Lisas verkrampftem Lächeln, ihrem umflorten Blick, daß sie gegen ihre aufsteigenden Tränen ankämpfte.

Nun begannen auch andere Paare sich zu den Walzerklängen zu drehen. Benjamin führte Suzanne aufs Parkett. Sofie aber lehnte höflich ab, als Henry sie zum Tanz bat. Plötzlich stieg ein unerklärliches Gefühl der Verlassenheit in ihr auf. Die Paare tanzten wie bunte Schmetterlinge zu den beschwingten Klängen des Orchesters, alle waren in festlicher, gehobener Stimmung. Nur in Sofie breitete sich eine namenlose Leere aus.

Sie gab sich innerlich einen Ruck, haßte sich für ihr unangebrachtes Selbstmitleid, jetzt, da das Schlimmste überstanden war.

Und dann durchrieselte sie ein Schauder. Ihr Herz setzte aus. Entsetzen krallte sich in ihre Magengrube. Und gleichzeitig stieg ein Glücksgefühl in ihr hoch, das ihr die Sinne zu rauben drohte.

Sofie wußte, daß Edward das Haus betreten hatte, ehe sie ihn sah.

Und dann sah sie ihn, wie er die Empfangshalle durchquerte, mit langen, lässigen Schritten, umwerfend schön im schwarzen Frack. Und er hielt den Blick unverwandt auf sie gerichtet.

»Gütiger Himmel«, hauchte Sofie und klammerte sich an Henrys Arm fest, um nicht ins Wanken zu geraten. Edwards Augen funkelten vor Zorn – und er steuerte geradewegs auf sie zu.

Kapitel 24

Sofie war zu keiner Bewegung fähig, obwohl ihr Verstand ihr befahl, die Flucht zu ergreifen.

Eine rätselhafte Macht zwang sie, dem Mann, der ihr so großes Leid zugefügt hatte, unverwandt in die Augen zu sehen. Und plötzlich war ihr, als müsse sie vor Glück zerspringen. Wußte sie immer noch nicht, daß sie ohne ihn nicht leben konnte?

Edward blieb vor ihr stehen, ohne zu lächeln, nur seine Augen funkelten. Er warf Henry einen vernichtenden Blick zu, der Sofies Arm beschützend hielt. »Ich muß mit dir sprechen«, herrschte Edward sie an. Sofies Gefühle schlugen in Angst um.

»E... Edward. Wir ... wir können später ...«, stammelte sie.

Bevor sie wußte, wie ihr geschah, hatte Edward sie an seine Seite gezogen. Erschrocken keuchte sie auf.

»Später?« fragte er aufgebracht. »Seit Wochen bin ich hinter dir her, und du sagst mir, wir können später reden?« Seine Miene war eisig. »Nein. Jetzt auf der Stelle werden wir die Angelegenheit regeln.«

Sofie nickte hilflos. Was wollte er regeln? Wollte er ihr Vorhaltungen machen, weil sie mit Edana die Flucht ergriffen hatte? Wollte er sie zur Heirat zwingen?

Henry trat vor. »Nehmen Sie die Hände weg, Delanza«, befahl er mit belegter Stimme.

Sofie erschrak über Henrys Mut.

Edward verzog verächtlich die Mundwinkel. »*Scheren Sie sich zum Teufel.*«

Henry straffte die Schultern. »Nehmen Sie die Hände weg, Delanza, bevor ich mich gezwungen sehe, Sie bloßzustellen.«

Edward ließ Sofie los und ballte die Fäuste. »Nur zu«, knurrte er. »Nur zu, Marten. Es wird mir ein Vergnügen sein, Ihnen die Zähne auszuschlagen.« Henry erbleichte.

Sofie fand ihre Fassung wieder. »Hört sofort auf damit!« zischte sie und stellte sich zwischen die Kampfhähne. Die beiden Männer waren im Begriff, sich zu prügeln. Ihretwegen? »Henry, beruhigen Sie sich bitte. Es ist alles in Ordnung, wirklich.« Sie versuchte zu lächeln, was ihr kläglich mißlang.

»Sie müssen nicht mit ihm gehen, Sofie.« Henry versuchte immer noch, sie zu beschützen.

»O doch«, entgegnete Edward und hielt Henry die Faust unter die Nase. »Sie muß mit mir gehen, Marten. Sie hat keine andere Wahl. Als sie mitten in der Nacht die Flucht ergriff *mit meiner Tochter, mir meine Rechte an meinem Kind verweigerte,* hat sie *ihre* Rechte verloren.«

Sofie schluckte, befeuchtete die Lippen und errötete schuldbewußt. Wie schrecklich das klang – die Flucht ergriffen mit seiner Tochter! Als habe sie seine Tochter entführt. Gütiger Himmel, wie entsetzlich. Wenn er nur einen Funken Verständnis gezeigt hätte, statt anmaßende Forderungen zu stellen! Wenn sie ihn nur nicht so sehr lieben würde!

»Sie haben kein Recht, Sofie gegen ihren Willen zu einem Gespräch zu zwingen«, stieß Henry hervor, dem nun der Schweiß auf der Stirn stand.

Edward lachte humorlos. »Sie reden wie ein verdammter Rechtsanwalt. Sie wissen also Bescheid? Dann wissen Sie auch, daß Sie *keinerlei* Rechte an Sofie haben. Ich aber habe *jedes* Recht als Vater ihres Kindes!«

Sofie blickte verstört von Edward zu Henry. Wieso hörten die beiden nicht auf, sich zu streiten? Und dann wurde ihr bewußt, daß sie bereits die Aufmerksamkeit der umstehenden Gäste erregten. Die feindselige Haltung der beiden Männer war eindeutig genug, ebenso Sofies verwirrtes Gesicht.

Hatten die Gäste, die nun neugierig herüberstarrten, trotz der lauten Musik den Streit mit angehört? Sofies Magen krampfte sich zusammen.

»Ich habe sehr wohl Rechte«, entgegnete Henry mit großer Würde und gedämpfter Stimme. »Da ich die Absicht habe, Sofie zu heiraten.«

Edward wurde kreidebleich und starrte ihn an. Nach langem Schweigen preßte er zwischen den Zähnen hervor: »Dann sind wir zwei.«

Sofie sah Henry an, der mit gesenktem Kopf dastand wie ein wütender Stier. Ihr Blick flog zu Edward, der immer noch die Fäuste geballt hatte. Wenn es zu einem Zweikampf käme, würde Henry nach dem ersten Faustschlag blutüberströmt zu Boden gehen.

»Henry, es ist alles in Ordnung, glauben Sie mir«, versuchte Sofie ihn zu beschwichtigen. »Edward will nur mit mir reden. In ein paar Minuten bin ich zurück. Edward, mach bitte keine Szene. Ich rede mit dir im Salon.«

Edward verneigte sich mit einer ausladenden Armbewegung, wütend und spöttisch zugleich. Sofie nickte Henry zu, eilte an Edward vorbei und verließ den Ballsaal. Ihr Puls raste.

Ihr banges Gefühl beim Betreten des Hauses hatte sie nicht getrogen. Es war eine Vorahnung der bevorstehenden Katastrophe.

Die Nacht war finster und kalt. Nur die Sterne blinkten vom wolkenlosen Nachthimmel. Sofie zuckte zusammen, als Edward sie mit eisenhartem Griff am Ellbogen nahm. Sie hatte Mühe, Schritt mit ihm zu halten.

Der helle Kies im Halbrund der Auffahrt schimmerte im Schein der Gaslampen. Karossen und Automobile säumten den Weg, und auf der Straße vor den hohen Eisentoren standen Wagen und Pferdegespanne in langen Reihen. Edward führte sie zu einer schwarz glänzenden Limousine mit weißen Lederpolstern, öffnete den Wagenschlag und schob Sofie auf den Beifahrersitz, ehe er auf der Fahrerseite einstieg. Dann beugte er sich über sie und verriegelte ihre Tür, lehnte sich zurück und blickte sie unverwandt an.

Panik stieg in ihr auf. »Du kannst mich doch nicht einsperren!«

»Nein?« Er zog eine Braue hoch. »Das habe ich soeben getan.«

Sofie schlang zitternd die Arme um sich. »Wohin fahren wir?«

»Nirgendwohin. Nicht ehe wir die Probleme zwischen uns geregelt haben.«

Sofies Zähne schlugen aufeinander, nicht wegen der Kälte, sondern wegen seiner eisigen Worte. Edwards Blick heftete sich auf ihre nackten Schultern, wanderte tiefer zu ihren Brüsten, die sich aus dem Dekolleté wölbten. Seine Kiefermuskulatur spannte sich, dann wandte er den Blick.

Er streifte sein Jackett ab und legte es ihr um die Schultern.

Sofie starrte ins Leere; plötzlich hatte sie Mühe, die Tränen zurückzuhalten.

»Wie konntest du das tun?« fragte er bitter. »Wie konntest du so selbstsüchtig und grausam sein?«

Sofies Blick flog zu ihm. »Edward, es tut mir leid.«

»*Warum?*«

»Weil ich Angst vor dir hatte.«

»Das verstehe ich nicht.«

Sofie vergaß alle Vorsicht. »Ich kann dich ohne Liebe nicht heiraten, Edward.«

Die Zeit stand still. Sofies Herz dröhnte so laut, daß er es hören mußte. Sein Gesicht wurde zur Maske. Sein Blick war über das Lenkrad hinweg ins Leere gerichtet. »Aha.«

Sofie gefror das Blut in den Adern. Hätte er nur einen Funken Zuneigung für sie übrig, würde er nur ein versöhnliches Wort sagen, um ihr Gelegenheit zu geben, ihre Position zu überdenken, dann könnte sie sein Angebot vielleicht doch noch annehmen. Vielleicht könnte sie mit seiner Zuneigung leben, vielleicht würde ihr das genügen.

Ihm aber ging es nur um Edana. Sofie zog das Jackett enger um die Schultern. Edwards Profil war kühn und scharf geschnitten, seine Augen starrten dunkel ins Leere. Sie senkte den Kopf und barg das Gesicht an dem warmen Stoff, dem sein Geruch entströmte. Ein würziger Hauch nach Moschus.

Edward wandte sich ihr zu. »Ich will Edana sehen.«

Er wollte also gar nicht über die Heirat sprechen. Sofie sackte in sich zusammen, ob vor Erleichterung oder Enttäuschung wagte sie nicht zu deuten. »Ja, natürlich.«

»Geht es ihr gut?«

Sofie nickte und zwang sich zu sprechen. »Rachelle hat mich nach New York begleitet. Sie ist bei Edana.«

»Rachelle? Die rothaarige Französin?«

»Ja.«

Er sah sie forschend an, seine Gefühle waren so tief verborgen, daß Sofie nichts in seinem Gesicht lesen konnte. »Wo wohnt ihr?«

»In einer Pension. Ich zeige sie dir. Du kannst Edana jederzeit besuchen.« Sofie zwang sich zu einem Lächeln. Und ständig wiederholte sie in Gedanken: *er zwingt mich nicht, ihn zu heiraten. Er zwingt mich nicht.* Sie hätte froh und erleichtert sein müssen.

Edward starrte sie an. Sofie bemerkte, daß das Jackett verrutscht war. Er starrte auf ihren wogenden Busen. Hastig zog sie das Revers enger. Edward wandte den Blick ab. Plötzlich prickelte Verlangen zwischen ihren Schenkeln, verboten und dennoch zu mächtig, um es nicht zu beachten.

»Willst du Henry Marten heiraten?« fragte er beiläufig, als frage er einen Fremden nach dem Weg.

Sofie spannte sich an. »Ich … ich habe mich noch nicht entschieden.«

Seine Nasenflügel bebten. »Aha.« Dann funkelte er sie wütend an. »Soll das heißen, daß du ihn liebst?«

Sofie wich erschrocken zurück und lehnte sich an die Wagentür. Fürchtete er, Edana an einen anderen Mann zu verlieren? »Edward, du mußt dir keine Sorgen machen«, versuchte sie ihn hastig zu beschwichtigen.

Plötzlich packte er sie an den Schultern und zog sie in seine Arme. Sofie entfuhr ein spitzer Schrei. Ihr Kopf fiel gegen das weiche Lederpolster, seine Hand umfing ihre Mitte. Und dann lag sein Mund auf ihrem, und er küßte sie mit zorniger Leidenschaft.

Seine Arme hielten sie eisern umfangen, Sofie vermochte sich nicht zu bewegen. Jäh löste er seinen Mund von ihrem, lehnte seine Stirn gegen die ihre. Sofie wagte keine Bewegung, wagte nicht zu sprechen. Er keuchte.

Und dann spürte sie, wie seine Hände sie durch die schwere Atlasseide ihres Kleides streichelten.

Seine Finger liebkosten sie und hinterließen eine feurige Spur auf ihrer Haut.

Seine Brust drängte sich an ihren Busen, sein Mund strich über ihre Lippen. Dann nahm er ihre Unterlippe sanft zwischen die Zähne. Es war wie eine Bitte. Sofies Arme umfingen seine Schultern, sie öffnete leise stöhnend die Lippen, und sein Mund nahm sie in Besitz.

Sie hatte vergessen, wie wunderbar sein Kuß war. Edward saugte sich an ihr fest, umschlang ihre Zunge mit seiner. Sofie kam ihm willig entgegen, hilflos bebend. Seine Hände glitten an ihren Hüften herab, packten gierig zu. Ebenso hungrig krallten Sofies Finger sich um seine Schultern, wühlten sich in sein Haar. Sie preßte sich an ihn, fieberte nach ihm, sehnte sich danach, seine Küsse an ihrem Hals, ihrem Busen zu fühlen.

Edward vertiefte seinen Kuß, seine Zunge drang tief in ihre Mundhöhle, während seine Hände nach oben wanderten, sich um ihre Brüste wölbten, seine Daumen ihre empfindsamen Spitzen drückten. Eine heiße Woge der Lust schwappte über Sofie hinweg. Sie bog sich ihm entgegen, und plötzlich lag sie auf dem Rücken, und Edward lag auf ihr.

Sie schrie vor Lust, als die Härte seiner Lenden sich an sie preßte. Ihre Hände glitten seinen Rücken entlang, klammerten sich an seinen Hüften fest.

Edward hob den Kopf. Ein Beben durchzuckte seinen kraftvollen Körper. Ihre Blicke verschmolzen. Ein wildes Feuer loderte in Sofie hoch, als sie die Glut männlicher Wollust in seinen Augen sah. Sie hatte sich nie lüsterner, nie weiblicher und nie glücklicher gefühlt als in diesem Augenblick. Zärtlich berührte sie seine Wange.

»Stöhnst und windest du dich bei Marten auch so lüstern wie bei mir?«

Sofie stockte der Atem vor Entsetzen.

»Antworte mir!« befahl er.

Seine Worte trafen sie wie Peitschenhiebe. »Nein.« Sie

stemmte sich gegen ihn, um sich aus seiner Umarmung zu befreien. »Laß mich los!«

Edward ließ von ihr ab, setzte sich auf und fuhr sich durch die Haare.

Auch Sofie richtete sich mühsam auf. Sein Blick war auf ihre halb entblößten Brüste gerichtet. Heiße Scham durchflutete sie. Mit zitternden Fingern zog sie das verschobene Mieder zurecht und rutschte so weit wie möglich von ihm weg. »Warum! Warum sagst du so etwas?« fragte sie atemlos.

Er lächelte boshaft. »Reine Neugier.«

Sie zuckte zusammen. »Die Antwort ist nein«, entgegnete sie schroff.

Edward hob gleichmütig die Schultern.

Tränen brannten ihr in den Augen, die sie hastig zurückblinzelte. »Warum hast du das getan, Edward?«

»Wieso fragst du?« lautete seine spöttische Gegenfrage.

»Warum versuchst du, mich zu verführen?«

Er blieb ihr die Antwort schuldig, blitzte sie nur kalt an.

»Oder leugnest du, es versucht zu haben?« hakte sie nach, wobei ihre Stimme schrill klang.

»Ich hatte nicht die Absicht, dich zu verführen.«

Sie sah ihn ungläubig an, versuchte irgend etwas in seinen Augen zu lesen. Doch sein Blick war undurchdringlich und eisig. »Ich verstehe dich nicht«, murmelte sie.

»Herrgott noch mal! Ich bin ein Mann, Sofie! Und dein Kleid ist verdammt verführerisch.« Er beugte sich über sie und entriegelte die Tür. Dabei strich sein Arm über ihren Busen. Sofie zwang sich, nicht darauf zu achten.

Und sie zwang sich verbissen, nicht zu weinen. Seine Worte kränkten sie, und sie waren als Kränkung gemeint, nicht als Kompliment. Er machte ihr damit klar, daß sie mit ihrem Kleid seine animalischen Triebe geweckt hatte, weiter nichts.

Sofie wandte sich ab und tastete blind nach dem Türgriff. Edward erschien plötzlich draußen und öffnete ihr den Wagenschlag, dann beugte er sich vor und half ihr beim Aussteigen. Als sie am Wagen stand, schüttelte sie seinen Arm heftig ab und setzte sich in Bewegung, bis sie bemerkte, daß er ihr folgte. Sie fuhr wütend herum. »Hast du nicht genug angerichtet? Was willst du noch? Geh endlich!«

»Wir sind noch längst nicht fertig, meine Liebe«, schnarrte er. »Ich will Edana sehen und traue dir nicht über den Weg. Du wirst dich von deinen Eltern und von Marten verabschieden, und dann bringe ich dich nach Hause.«

Sofie war hilflos. Zorn und Angst stiegen in ihr hoch.

Suzanne plauderte mit den Gästen, zwang sich zu Heiterkeit und Unbeschwertheit. Lisas Verlobungsball, den sie mit so viel Mühe, Liebe und Begeisterung vorbereitet hatte, war ihr zum Alptraum geworden.

Nach außen trug sie ein strahlendes Lächeln zur Schau, doch innerlich blutete ihr das Herz. *Ach Sofie, Sofie. Du haßt mich, und ich liebe dich so sehr!*

Suzanne hatte nicht erwartet, daß Sofie zu Lisas Verlobungsfeier kommen würde. Sie machte sich große Sorgen um ihre Tochter. Je mehr Zeit verging, je länger Sofie sich weigerte, sich ihrem Willen zu beugen, desto mehr wuchs ihre Angst, sich verrechnet zu haben; Sofie schien sehr viel mehr Eigensinn und Willenskraft zu besitzen, als sie vermutet hatte.

Sofie war nicht nur zum Ball erschienen, sie hatte Suzanne wutentbrannt angegriffen, wie sie es nie für möglich gehalten hätte.

Hatte sie ihre Tochter für immer verloren? Hatte Sofie all die bösen Vorhaltungen wirklich ernst gemeint? Wußte sie nicht, wie sehr ihre Mutter sie liebte?

Suzanne plauderte mit den Gästen, doch sie nahm ihre Pflichten als Gastgeberin wie in Trance wahr, ohne wirklich zuzuhören, ohne eigentlich zu wissen, was um sie herum vorging. Wenn sie Sofie nur finden und mit ihr reden könnte.

Ihr Puls raste, ihre Handflächen waren feucht. Die Szene mit Sofie war schlimm genug gewesen. Zu allem Überfluß war Jake auch noch aufgetaucht. *Wenn ich ihm begegne, bringe ich ihn um.* Wie konnte er es wagen, hier zu erscheinen!

Suzanne hatte ihm zwei weitere Briefe geschrieben, die er nicht beantwortet hatte. Im letzten Brief hatte sie sich für den Überschwang ihrer Gefühle entschuldigt und ihm versichert, sie habe sich geändert und sei ein besserer Mensch geworden. Und sie hatte ihm erneut ihre ewige Liebe geschworen.

Doch der Mistkerl hatte sich wieder nicht gemeldet.

Und nun tauchte er einfach hier auf, wagte es, uneingeladen Benjamins Haus zu betreten. Was hatte er vor? Wollte er ihre Ehe ruinieren? Wollte er sie öffentlich bloßstellen?

Mit gekünsteltem Lächeln nickte sie einem Freund Benjamins zu und suchte Schutz hinter einer Säule, um sich zu beruhigen. Sofies kränkende Vorwürfe konnte sie nicht vergessen, und sie wurde die grauenvolle Angst nicht los, Jake könne von einem der Gäste erkannt werden. Wenn das geschah, war Suzanne für alle Ewigkeit ruiniert. Sie haßte ihn weit mehr als sie ihn liebte – aber sie hatte ihn nie dringender gebraucht als jetzt.

Dann entdeckte sie ihn. Jake stand an eine Säule gelehnt und nippte an einem Glas Champagner. Atemberaubend gutaussehend, lässig, selbstbewußt, hochmütig. Ihre Blicke trafen sich. Jake hob den Champagnerkelch und lächelte ihr spöttisch zu.

Zorn brandete in ihr auf. Es kribbelte ihr in allen Fingern, ihm das spöttische Grinsen aus dem Gesicht zu kratzen. Doch sie mußte ihrem Zorn Einhalt gebieten. Wenn jemand ihr jetzt helfen konnte – so Jake. Letztlich war er der Fels in der Brandung, ihr Rettungsanker.

Suzanne bemühte sich, ihr Zittern zu unterdrücken, und ging auf ihn zu, um in der nächsten Sekunde zu Eis zu erstarren.

Der Marquis von Connaught war an Jake herangetreten. Und zum erstenmal seit Jahren sah sie Jake O'Neil lächeln; ein echtes, herzliches Lächeln. Die beiden Männer reichten einander die Hand. Suzanne sah es voller Entsetzen und Unglauben. Die beiden kannten einander? Nun legte der Marquis einen Arm um Lisa und stellte sie vor. Suzanne drohte der Boden unter den Füßen zu schwinden.

Hatte es noch nicht genügend Katastrophen an diesem Abend gegeben?

Lisa kannte nicht nur das Porträt, das Sofie von Jake gemalt hatte, sie kannte auch die Fotografie, die Sofie als Vorlage gedient hatte. Jake hatte sich kaum verändert. Lisa würde ihn mit Sicherheit erkennen.

Die Zeit schien stehenzubleiben. Im nächsten Augenblick würde Suzannes Leben zerstört sein, und diesmal gab es keine Rettung.

Doch Lisa fiel weder in Ohnmacht, noch schrie sie laut auf. Sie nickte Jake höflich zu, bleich und angespannt, und dann entfernten sich die Verlobten. Suzanne entfuhr ein tiefer Seufzer der Erleichterung.

Die festliche Ballnacht hatte eben erst begonnen. Was würde geschehen, wenn der Marquis den ungebetenen Gast ihrem Gatten vorstellte? Benjamin würde Jake erkennen.

Mit entschlossenen Schritten steuerte Suzanne auf Jake zu.

Er lehnte wieder an der Säule und sah ihr mit dem taxierenden, unverschämten Blick des Eroberers entgegen, der ein dunkles Sehnen in Suzannes Leib weckte. Angst und Zorn vermochten nicht das Verlangen nach ihm zu schmälern. Er war der Mann ihrer Träume, der einzige Mann, den sie je begehrt hatte. Sie wollte ihn wiederhaben, seit sie wußte, daß er am Leben war.

Und sie würde ihn wiederhaben, koste es, was es wolle. Und wenn sie daran zugrunde gehen sollte.

Suzanne zwang ihre Gedanken in die Gegenwart zurück, was ihr nicht leichtfiel, so heiß rauschte ihr das Blut durch die Adern. »Was tust du hier?« schnarrte sie. »Bist du wahnsinnig? Was ist, wenn dich jemand erkennt?«

Seine weißen Zähne blitzten. »Julian hat mich eingeladen.«

»Julian?« fragte sie fassungslos. »Woher, in Gottes Namen, kennst du ihn?«

»Wir sind Freunde.« Jake feixte. »Gute Freunde.«

»Und wenn er dich Benjamin vorstellt?« fragte Suzanne in hellem Entsetzen und viel zu laut. Sie erschrak, als einige

Köpfe herumfuhren. Doch dann nahmen die Gäste ihre Unterhaltungen wieder auf. »Wie kommst du dazu, mich dieser Peinlichkeit auszusetzen? Ich wünschte, du wärst tot!«

»Und ich dachte, du willst zu mir zurück«, spöttelte Jake. »Ich glaube kaum, daß du dich mit dem Geist eines Mannes zufriedengibst.«

»Falls du es vergessen hast, ich bin immer noch deine Ehefrau«, zischte Suzanne. »Und du bist kein Geist.«

»Und was ist mit Benjamin?«

Auf Suzannes Wangen zeichneten sich rote Flecken ab. Sie hatte diskrete Nachforschungen über die Rechtslage ihrer Situation angestellt. »Benjamin ist mein Gatte.«

Jake lachte höhnisch. »Heißt das, du bist eine Bigamistin, Schatz?«

»Ich hielt dich für tot, als ich ihn heiratete, das weißt du genau«, fauchte sie und ballte die Fäuste. »Und wenn St. Clare dich Benjamin doch vorstellt?« wiederholte sie bang.

»Das wird er nicht tun.«

»Woher willst du das wissen?«

»Weil er die wahre Geschichte kennt. Er weiß, wer ich wirklich bin.«

Suzanne entfuhr ein Schrei.

Jake lächelte kalt. »Ich habe nicht übertrieben, als ich sagte, er sei ein guter Freund, Suzanne.«

Sie hatte große Mühe, sich in der Gewalt zu halten. »Du bist ein elender Schurke. Ich hasse dich.«

»In deinen Briefen klingst du völlig anders.«

»Warum mußt du mich ständig bis zur Weißglut reizen?«

»Ich sage es nicht gern, Suzanne, aber niemand zwingt dich zu deinem Verhalten.«

Sie kam nicht gegen ihn an. »Jake ... Ich muß mit dir reden ... allein.«

Sein Blick wanderte über ihre halbnackten Brüste. »Reden?«

Ungeachtet ihrer Sorgen und Nöte jagten verbotene Bilder durch ihre Gedanken. Im Bett war Jake unersättlich, er nahm selbstsüchtig und gab selbstlos. Jake würde sie so lange nehmen, bis sie um Gnade winselte. Und sie würde ihm in ihrem Hunger in nichts nachstehen. »Hör auf, dich über mich lustig zu machen«, fauchte sie.

»Willst du mir nicht etwas von dem geben, was du so verschwenderisch hast?«

Suzanne straffte die Schultern. »Wir treffen uns in der Bibliothek am Ende des Korridors.« Sie machte kehrt und enteilte.

Jake sah ihr unter halb gesenkten Lidern nach. Sätze aus ihren Briefen gingen ihm durch den Kopf. *Du fehlst mir. Du hast mir immer gefehlt. Du bist der einzige Mann, den ich je begehrt habe. Ich verlasse Benjamin, ich setze meinen Ruf aufs Spiel, ich lasse alles im Stich für dich, wenn du nur ein Wort sagst. Ich bin deine Frau, Jake. Nimm mich wieder in deine Arme.*

Ich liebe dich so sehr, Geliebter.

Jeden Brief von ihr hätte er ungeöffnet verbrennen müssen, das wußte er. Aber er hatte sie alle gelesen, und er hatte sie mehr als einmal gelesen.

Ich liebe dich so sehr, Geliebter.

Einst hatte er sie geliebt, und Jake fragte sich, ob er sie irgendwo tief in seinem Innern immer noch liebte.

Er löste sich von der Säule und folgte ihr ohne Eile.

Er war nur gekommen, um Suzanne einen Schrecken einzujagen.

Der Gedanke, daß sie mit Benjamin zusammen war, versetzte ihn in Rage, darin erging es ihm nicht anders als jedem anderen Mann.

Sie behauptete, ihn zu lieben. Liebte sie ihn, wenn sie mit Benjamin schlief? Jake konnte sich einreden, er schere sich einen Dreck darum, und hoffen, daß er sich nicht selbst belog. Doch er wußte verdammt gut, daß sie nicht seinen Namen schrie, wenn sie mit Benjamin Ralston schlief.

Jake verharrte an der hohen Doppeltür, die einen Spalt offenstand. Eine Stimme beschwor ihn umzukehren, doch dann trat er ein. Suzanne stand in der Mitte des holzgetäfelten Raums mit dem Rücken zur Tür, unbeweglich wie eine griechische Statue und ebenso schön.

Es gab eine Zeit, als Jake ihre Schönheit angebetet hatte,

eine Zeit, in der er sie rasend geliebt hatte. Sie hatte alles verkörpert, was ihm fehlte, alles, was ein Mann sich von einer Frau erträumte. Sie war schön, elegant, vornehm und reich. Er war nur ein irischer Arbeiter und sie ein junges Mädchen aus bestem Hause. Sie hätte unerreichbar für ihn sein müssen. Doch er hatte sie geheiratet, und sie hatte ihm eine entzückende Tochter geschenkt.

Und dann gab es nur noch Betrug, Zorn, Haß, Enttäuschung und Sorgen. Für beide. Jake konnte ihr die ungezählten Liebhaber nicht verzeihen. Am wenigsten aber konnte er ihr verzeihen, daß sie Benjamin Ralston geheiratet hatte, wenige Wochen nachdem sie von Jakes Tod erfahren hatte.

Gelegentlich, nachts, wenn er mit einer Flasche irischen Whiskeys allein war, sann Jake darüber nach, was geschehen wäre, wenn sie nicht wieder geheiratet hätte, wenn er nach seiner Flucht Verbindung mit ihr aufgenommen hätte, wenn sie mit Sofie zu ihm nach Australien gekommen wäre, wie er es in der Gefängniszelle geplant hatte. Er hätte nichts gegen ein Leben als Farmer einzuwenden gehabt, hätte gern mit seinen Händen gearbeitet, um seine Familie zu ernähren. Ein Traum vom einfachen Leben mit Liebe, Lachen und Leidenschaft.

Welch ein Unsinn. Im nüchternen Zustand war ihm das vollkommen klar. Suzanne hatte ihn schon zu Beginn ihrer Ehe gehaßt, weil er sie aus dem Leben der Vornehmen und Reichen weggeholt hatte. Niemals wäre sie als Frau eines Farmers in der australischen Wildnis glücklich geworden.

Jetzt hatte sie, was sie immer erstrebt hatte: eine ehrbare Position in der Gesellschaft, einen wohlhabenden Ehemann, Reichtum und Ansehen. Jake glaubte die Beteuerungen ihrer unsterblichen Liebe nur halbherzig. Und er glaubte nicht einmal halbherzig, daß sie ihr bisheriges Leben für das Leben mit einem einfachen irischen Arbeiter eintauschen würde.

Absichtsvoll, wenn auch mit einigem Bedauern, hielt er nun Abstand zu ihr. »Worüber willst du mit mir sprechen? Was gibt es so Wichtiges?«

Suzanne hatte sich zu ihm umgedreht. Sie befeuchtete die Lippen. »Sofie.«

»Was ist mit ihr?«

Suzanne schluckte. »Es ist eine einzige Katastrophe, Jake. Sofie ruiniert ihr Leben, und ich kann sie nicht zur Vernunft bringen! Ich habe Angst. Um alles noch schlimmer zu machen ...« Plötzlich liefen ihr echte Tränen über die Wangen. »... ist sie von zu Hause fortgelaufen. Ich dachte, sie kommt wieder zurück ... Aber sie haßt mich, Jake!«

Er trat auf sie zu, packte sie bei den Armen und rüttelte sie. »Was willst du damit sagen, sie ist fortgelaufen?«

»Na ja, genau das!« brauste Suzanne auf. »Sie ist aus dem Haus gestürmt ... Ich weiß nicht einmal, wo sie wohnt!«

Jake rüttelte sie abermals. »Warum? Was hast du ihr angetan? Ich weiß, es ist deine Schuld!«

Suzanne gab sich einen Ruck. »Zum Teufel! Es ist nicht meine Schuld! Ich will nur das Beste für sie und habe ihr geraten, das Richtige zu tun.« Sie riß sich aus Jakes Griff los. »Ich will, daß sie ihr uneheliches Kind von einem reizenden Ehepaar adoptieren läßt.«

Alle Farbe wich aus Jakes Gesicht. »*Was?!*«

»Sofie hat ein Kind bekommen. In Frankreich. Sie will nicht heiraten, aber das Kind will sie behalten. Und das kommt nicht in Frage. Das ganze Haus weiß bereits Bescheid. Das Personal wird natürlich den Mund halten, dafür sorge ich. Kein Mensch besudelt den Namen meiner Tochter, ohne dafür zu büßen.«

Jake mußte sich an einer Stuhllehne festhalten, um das Gleichgewicht nicht zu verlieren. Sein Gesicht war eine versteinerte Maske. »Das wußte ich nicht.«

»Wie denn auch? Wie kannst du erwarten, etwas über uns zu erfahren, wenn du es vorziehst, ein sorgloses Leben auf deinem irischen Herrensitz zu führen!«

Jake hob den Kopf, der Schock ließ allmählich nach. »Der Vater. Wer ist der Vater?« knurrte er.

Suzanne schwieg.

»Sag es, verdammt noch mal!« donnerte er. In zwei langen Sätzen war er bei ihr. Und dann kniff er die Augen zusammen. »Delanza. Es ist Delanza. Hab' ich recht?« schrie er und rüttelte sie.

Suzanne nickte.

»Zum Teufel«, preßte Jake hervor und stieß Suzanne unsanft von sich. »Vergiß die Adoption, Suzanne. Der Mistkerl wird Sofie heiraten. Ich zwinge ihn dazu.«

Suzanne schüttelte mechanisch den Kopf. »Nein.«

Jake lächelte wölfisch. »Ja«, entgegnete er. »Ja.«

Kapitel 25

Sofie spürte, wie Edward sie mit Blicken verfolgte, als sie durch den Ballsaal eilte, um Henry zu suchen. Es hatte sie einige Überredungskunst gekostet, Edward davon abzuhalten, sie zu begleiten; sie wollte sich von Henry allein verabschieden.

Nun konnte sie ihn jedoch nirgends finden. Sofie hastete an den hohen Glastüren zur Terrasse entlang und hoffte, nicht angesprochen zu werden. Sie war von der Begegnung mit Edward und von seinem Überfall im Automobil zu aufgewühlt und fürchtete, ihre Empfindungen nicht verbergen zu können. Edwards Zorn und sein erregender Kuß hatten ausgereicht, um sie völlig zu verwirren, doch seine unverschämte Frage nach ihrer Beziehung zu Henry war unverzeihlich.

Sofie ließ den Blick über die Festgäste schweifen, ohne Henry zu entdecken. Gewiß hatte ihn die besitzergreifende Art gekränkt, mit der Edward sie von seiner Seite gerissen hatte. Und nun mußte sie ihm sagen, Edward bestehe darauf, umgehend zu Edana gebracht zu werden.

Ihr Blick flog unruhig zum Eingang des Saals hinüber, wo Edward eben noch gestanden hatte. Nun war er verschwunden. Ängstlich suchte sie die Menge ab. Vielleicht lauerte er hinter einem der hohen Farne, die den Saal schmückten, sie konnte ihn aber nicht entdecken.

Es blieb keine Zeit, sich über sein Verschwinden Gedanken zu machen. Ihre Mutter betrat den Saal vom anderen Eingang her. Brüsk wandte Sofie sich ab und floh auf die Terrasse. Ihr Herz hämmerte wild, ihre Fäuste waren geballt. Sie wollte ihrer Mutter unter keinen Umständen noch einmal begegnen. Heute nicht, vielleicht nie wieder.

Der Schein der Kronleuchter im Saal erhellte die weitläufige Steinterrasse. Sofie trat in den Schatten, und ihr Puls beruhigte sich allmählich. Sie fröstelte in der kalten Nachtluft. Wenn sie nicht bald in der Halle auftauchte, wo sie sich mit Edward verabredet hatte, würde er nach ihr suchen und ihr möglicherweise erneut eine Szene machen.

Sofie wollte wieder in den Saal huschen und erschrak. Nicht weit von ihr, halb verdeckt hinter Efeuranken, stand Julian St. Clare mit dem Rücken zu Sofie – in leidenschaftlicher Umarmung mit Lisa.

Sofie verharrte regungslos. Der Marquis richtete sich auf und sagte etwas, leise und gleichmütig. Dann nahm Sofie im schwachen Lichtschein eine blitzschnelle Handbewegung wahr, gefolgt vom Klatschen einer Ohrfeige. Eine Sekunde später stürmte Lisa an Sofie vorbei, ohne sie zu bemerken.

Sofie erhaschte einen Blick auf das tränenüberströmte Gesicht der Schwester, vergaß Henry und Edward, raffte die Röcke und hastete hinter Lisa her.

Lisa eilte durch den Saal, Köpfe drehten sich nach ihr um. Sie achtete auf nichts und niemanden, rannte die Marmorstufen hinauf und verschwand in der Halle. Sofie folgte ihr. »Lisa! Warte doch!«

Lisa rannte unbeirrt weiter. Die Röcke bis zum Knie gehoben, stürmte sie die Treppe hinauf.

Sofie hielt am Fuß der Treppe inne und rang nach Atem. Ihr Knöchel schmerzte von der wilden Verfolgungsjagd durch den Ballsaal. Plötzlich tauchte Edward neben ihr auf. »Was ist geschehen?«

»Ich weiß nicht«, keuchte sie. »Lisa scheint völlig außer sich zu sein. Ich muß zu ihr.«

Edwards Stirn verfinsterte sich. »Ich warte. Wenn du in einer Viertelstunde nicht in der Halle bist, hole ich dich.«

Sofie reckte das Kinn. »Ich habe nicht vor wegzulaufen.«

Sein Argwohn schmerzte sie. Wortlos ließ sie ihn stehen und eilte die Treppe hinauf.

Vor Lisas Tür angekommen, hörte sie einen lauten, dumpfen Schlag im Zimmer. Dann ein Geräusch, als würde ein schwerer Gegenstand über das Parkett geschleift. Sofie drückte die Klinke. Die Tür war verschlossen. »Lisa?« Sie klopfte laut. »Bitte, Lisa, mach auf. Ich will dir helfen!«

Die Tür wurde aufgerissen. Lisa stand vor ihr, zerzaust und mit wildem Blick. »Lisa! Was ist los?«

Lisa zerrte Sofie ins Zimmer, schlug die Tür hinter ihr zu und verriegelte sie wieder.

Und dann sah Sofie den Koffer auf dem Bett. Auf dem Boden verstreut lagen Kleider und Unterwäsche, von den Bügeln gerissen und aus den Kommoden gezerrt. »Was ist geschehen?!«

Lisa packte Sofie an den Schultern. »Versuche bloß nicht, mich aufzuhalten!« schluchzte sie verzweifelt.

Eine unheilvolle Ahnung stieg in Sofie auf. »Lisa«, flehte sie, »beruhige dich.«

»Ich packe, ich muß fort von hier!« Sie bückte sich nach einem Armvoll Kleider und warf sie in den Koffer.

Sofie drehte Lisa zu sich und zwang sie, ihr ins Gesicht zu sehen. »Liebes, bitte! Was ist geschehen?«

»Ich hasse ihn«, fauchte Lisa außer sich vor Zorn. »Ich heirate ihn nicht. *Niemals* ... ich laufe weg ... Sofie, du ... du mußt mir helfen!«

Sofie versuchte, sie zu beruhigen. »Nun setz dich und erzähl mir alles, und dann sehen wir weiter.«

»Ich weiß, was ich tun muß. Ich habe keine Zeit, um zu reden!« schrie Lisa hysterisch. »Ich denke nicht daran, mich für einen solchen Kerl zu opfern!«

»Wie kannst du nur so reden?« fragte Sofie verdutzt.

Lisa klappte den Kofferdeckel zu. »Ich habe endlich die Wahrheit erfahren. Er *haßt* Frauen. Das weiß ganz London. Er haßt *alle* Frauen. Er will mich nur heiraten, weil ...« Sie sah Sofie verstört an. »Weil er mittellos ist. Er ist bettelarm!«

Sofie tätschelte Lisas Schultern und zog die Schluchzende in die Arme. »Wer hat dir das gesagt?«

»Ich habe Carmine und Hilary belauscht. In seinem Beisein. *Er ist eiskalt!* Er zuckte nicht einmal mit der Wimper, als er die abscheulichen Anschuldigungen hörte, und fand kein Wort der Erklärung. Er schien darauf zu warten, daß ich etwas sage!«

»Hast du etwas gesagt?«

»Ich fragte ihn, ob es stimmt, was die beiden behaupten.«

Sofie wartete.

Lisa wischte sich die Tränen mit dem Handrücken vom Gesicht. »Er sagte einfach ›ja‹, nichts weiter als ›ja‹, kalt und haßerfüllt. Dann zog er mich auf die Terrasse, küßte mich und sagte, ich würde in unserer Ehe auf meine Kosten kommen. O Gott, wie ich ihn hasse!«

Sofie zog Lisa wieder in ihre Arme. Sie war wie vor den Kopf gestoßen. Wie konnte ein Mann so kalt, grausam und voller Verachtung sein. Ein solches Schicksal verdiente keine Frau, schon gar nicht die entzückende, liebenswerte Lisa.

Sofie konnte nachfühlen, wie sehr ihre Schwester litt, sah sich aber auch verpflichtet, Lisa zur Vernunft zu bringen. »Du solltest mit deinem Vater sprechen. Es wäre vernünftiger, wenn Benjamin die Verlobung offiziell löst, Lisa. Wenn du Hals über Kopf fortläufst, machst du alles nur noch schlimmer.«

»Vater ist von dem Marquis begeistert!« rief Lisa empört. »Es ist sein sehnlichster Wunsch, mich mit einem englischen Aristokraten zu verheiraten. Er wird alles versuchen, um mich umzustimmen, und behaupten, ich rede mir das alles nur ein.« Lisa holte tief Luft. »Du weißt, daß ich Papa nie den Gehorsam verweigert habe. Ich kann nicht mit ihm sprechen, Sofie. Er wird mich zwingen, den Schuft trotzdem zu heiraten.« Lisa nestelte am Verschluß ihres Kleides. »Bitte hilf mir aus dieser gräßlichen Robe!«

Hin- und hergerissen zwischen dem Wunsch, Lisa zu helfen, und der Überzeugung, daß sie ihren Vater erzürnen und in seinem Entschluß verhärten würde, wenn sie fortlief, knöpfte Sofie ihr das Kleid auf. »Es gibt eine Katastrophe, wenn man dein Verschwinden bemerkt.«

Lisa stieg aus der duftigen Ballrobe, schleuderte sie wütend von sich und schlüpfte in einen rotweiß gestreiften Seidenrock. »Ich werde den Marquis so gründlich demütigen, daß er sich den Gedanken aus dem Kopf schlägt, mich zu heiraten«, höhnte sie bitter, streifte ein taillenkurzes Jäckchen über und knöpfte es mit fliegenden Fingern zu.

Sofie beobachtete sie. Trotz ihrer geschwollenen, verweinten Augen und der roten Nase sah Lisa entzückend aus.

Der Marquis mußte tatsächlich ein Frauenhasser sein, sonst würde er Lisa nicht so behandeln. Die bezaubernde Lisa, die noch nie in ihrem Leben einen Menschen gekränkt hatte, verdiente es, auf Händen getragen zu werden. Sofie spürte, daß der Haß des Engländers irgendwie mit seiner dunklen Vergangenheit zu tun haben mußte, vielleicht in Zusammenhang mit seiner verstorbenen Frau stand. »Wohin willst du, Lisa?«

Ihre Schwester lachte schrill. »Wohin wohl? Nach Newport! Jetzt im Herbst ist kein Mensch in dem Nest. Ich schlage ein Fenster ein, um ins Haus zu gelangen. In der Speisekammer finde ich genügend Vorräte ... verhungern werde ich also nicht. Dort verstecke ich mich so lange, bis er nach London abgereist ist. Ach Sofie! Ein besseres Versteck gibt es nicht. Dort sucht mich kein Mensch.«

Sofie war unbehaglich zumute. Wenn nun St. Clare eiskalt auf der Hochzeit bestand? Ihr war nicht wohl bei dem Gedanken.

Lisa zog den Koffer vom Bett. »Jetzt muß ich mich nur noch aus dem Haus schleichen, ohne gesehen zu werden.«

»Wie willst du das anstellen?« fragte Sofie bang.

Lisa lächelte grimmig. »Ich klettere aus dem Fenster und den Baum hinunter.«

»Lisa! Das ist viel zu gefährlich!« rief Sofie entsetzt.

»Mir bleibt keine andere Wahl, Sofie. Ich kann schließlich nicht mit dem Koffer in der Hand durch die Vordertür marschieren. Das Haus ist voller Gäste.«

Die beiden Mädchen traten ans Fenster und spähten nach unten. Das Zimmer lag im zweiten Stock. Sofie fürchtete, Lisa würde sich den Hals brechen. »Bitte sei vorsichtig«, flehte sie.

»Ich pass' schon auf«, entgegnete Lisa, doch ihre Stimme bebte. Entschlossen trug sie den Koffer zum offenen Fenster und ließ ihn fallen. Dumpf schlug er auf dem Rasen auf. Dann raffte sie den Rock, steckte ihn in den Bund und schwang die Beine über das Fenstersims. »Du bist meine beste Freundin«, sagte sie leise. »Ich liebe dich wie eine leibliche Schwester. Und eines Tages wirst du mir verzeihen, daß ich mich in dein Leben eingemischt habe.« Mit diesen rätselhaften Worten verschwand sie in der Dunkelheit.

Sofie hielt sich die Hand vor den Mund, um einen Schrei zu unterdrücken. Im Lichtschein sah sie, wie Lisa sich auf einen dicken Ast der Eiche schwang. Dann kroch sie bäuchlings auf dem gefährlich schwankenden Ast dem mächtigen Stamm zu. »Verflixt«, murmelte sie ein paarmal, dann hatte sie den Stamm erreicht und begann den Abstieg, vorsichtig mit den Füßen an den unteren Ästen Halt suchend. Sofie verfolgte ihre Kletterkünste bangen Herzens. Schließlich hielt Lisa sich am untersten Ast fest und hing baumelnd in der Luft. Sofie umklammerte das Fensterbrett, als ihre Schwester den Absprung wagte. Sie landete im Gras und sackte in sich zusammen.

»Lisa!« flüsterte Sofie bang. »Lisa! Hast du dir weh getan?«

Lisa richtete sich auf und rieb sich die Hüfte. Dann hob sie den Kopf und winkte herauf. »Nein. Alles in Ordnung!« Sie kam etwas mühsam auf die Beine, nahm ihren Koffer und warf Sofie eine Kußhand zu. Dann rannte sie über die Kiesauffahrt zum Tor hinaus und war verschwunden.

Sofie lehnte sich ans Fenster. Gütiger Himmel, Lisa war weggelaufen. Es dauerte einige Minuten, ehe sie sich gefaßt hatte. Dann eilte sie zur Tür, ließ den Riegel von innen zuschnappen und schlüpfte auf den Flur. Als sie die Tür zuklappte, hörte sie, wie der Riegel mit einem Klicken einrastete.

Sofie konnte über Lisas gelungene Flucht keine Genugtuung empfinden, obgleich der Marquis dadurch eine schmachvolle Niederlage einstecken mußte, die er verdient hatte. Doch Sofie hatte das beunruhigende Gefühl, er würde den Kampf nicht aufgeben, sich nicht wie ein geprügelter Hund zurückziehen und nach England abreisen.

Sofie seufzte. Edward wartete unten in der Halle auf sie, und wenn sie nicht bald erschien, würde er die Treppe heraufstürmen.

Während sie den Korridor entlangging, dachte Sofie an Lisas Abschiedsworte. In welcher Weise hatte Lisa sich in ihr Leben eingemischt? Und plötzlich wußte sie die Antwort! Lisa hatte Edward wissen lassen, daß Sofie zum Ball kommen würde. Sofie wußte nicht, ob sie lachen oder weinen sollte.

»Hier wohnst du?« fragte Edward, als er den Daimler anhielt.

Sofie bedauerte, ihre Zustimmung gegeben zu haben, er könne Edana noch heute abend sehen. Es war kurz nach elf Uhr nachts; die Fahrt von der Upper East Side bis zu den Docks hatte lange gedauert. Von Henry hatte sie sich nicht verabschiedet, da sie ihn nicht finden konnte.

Nun saß sie im Daimler, in Lisas schwarzem Samtmantel gehüllt, und war sich Edwards Gegenwart beklommen bewußt. Sie liebte ihn und begehrte ihn in sündiger, schockierender Weise. Bruchstücke verlorener Augenblicke aus der Vergangenheit quälten sie, Momente des Glücks wie jener Nachmittag im *Delmonico*. Und sein stürmischer Kuß vor wenigen Stunden. Zugleich wuchs ihr Argwohn gegen ihn, sie fürchtete seine Unberechenbarkeit, seinen Jähzorn.

»Hier kannst du nicht wohnen, Sofie«, herrschte Edward sie an. »Im Hafenviertel treibt sich zwielichtiges Gesindel herum.«

Wie zur Bestätigung seiner Worte tauchten aus dem Dunkeln ein paar grölende, betrunkene Seeleute auf und taumelten die Straße entlang. »Ich habe wenig Geld«, entgegnete sie schroff. »Was sollte ich denn tun, Edward?«

Er wandte sich ihr zu. »Weigert Suzanne sich, dir Geld zu geben?«

Sie blinzelte.

»Weil du Edana nicht adoptieren lassen willst?«

Sie schnappte nach Luft. »Du weißt es!«

»Ich weiß es.«

Tränen brannten ihr in den Augen. »Ja.«

Seine Stirn verdüsterte sich. »Du mußt dir keine Sorgen machen. Nicht darüber – über nichts mehr.«

Sofie schloß die Augen und sank in die Lederpolster zurück. Edward liebte sein Kind. Er würde Unterhalt für Edana bezahlen und auch für sie. Sie hätte wissen müssen, daß Edward ihre Rettung war. Dankbarkeit wallte in ihr hoch. »Vielen Dank.«

Edward stieg schweigend aus und half Sofie aus dem Wagen. Er half ihr über die von tiefen Wagenspuren durchfurchte Straße und über die durchgetretenen Holzbretter der halbverfallenen Veranda. Sofie holte den Hausschlüssel aus ihrer Abendtasche. Edward nahm ihr den Schlüssel aus der Hand und sperrte die Tür auf. Wie ein fürsorglicher Ehemann, dachte Sofie bitter. Wäre sie allerdings mit ihm verheiratet, würden sie nicht in einer verkommenen Pension an den Docks des East River leben. Wenn sie mit ihm verheiratet wäre, würde er die Tür zu einer Luxusvilla aufschließen.

Und diese feindselige Spannung wäre nicht zwischen ihnen. Eine Spannung geboren aus Argwohn, Verrat und Kränkung auf beiden Seiten. Aber auch eine Spannung knisternder Erotik.

Er hatte behauptet, ihr freizügiges Ballkleid habe ihn dazu verführt, sie zu küssen. Doch nun trug sie einen hochgeschlossenen Mantel und wußte, daß er sich ihrer Nähe ebenso bewußt war wie sie sich seiner. Das gab ihr eine gewisse Genugtuung. In den letzten eineinhalb Jahren war eine Veränderung in ihr vorgegangen, als habe das häßliche Entlein sich zu einem stolzen Schwan entpuppt. Aus dem verkrüppelten, verschüchterten Mädchen war eine begehrenswerte Frau geworden.

Nicht nur für Edward. Auch Georges Fraggard in Paris hatte sie begehrenswert gefunden und Henry Marten. Noch vor zwei Jahren hätte Sofie bei der Vorstellung hellauf gelacht, ein Mann könne sie reizvoll finden – geschweige denn drei Männer. Und zwei dieser drei Männer hatten ihr sogar ihre Liebe gestanden.

Sofie verdrängte ihre unangebrachten, törichten und gefährlichen Gedanken. Statt dessen drehte sie die Gaslampe in der Diele heller. Die Holzstufen im düsteren Treppenhaus knarzten. Im ersten Stock öffnete sie leise die Tür zu ihrem Zimmer. Edana schlief in einem Behelfsbettchen, das sie aus einer Obstkiste gebastelt hatte. Sofie beugte sich über das Kind und zog die Decke hoch. Sie schämte sich, daß Edward seine Tochter so sehen mußte, in einem schäbigen Pensionszimmer, in einer Holzkiste, zugedeckt mit Rachelles rotem Wollschal.

Edward war neben sie getreten. Sofie hob den Blick zu ihm. Edward beugte sich über seine Tochter, und in seinem Gesicht spiegelte sich Rührung. »Ich dachte, ich hätte sie verloren«, murmelte er heiser. »Ich dachte, du hättest sie mir weggenommen, und ich würde euch beide nie mehr wiederfinden.«

Sofie schämte sich. »Ach Edward, was ich getan habe, war falsch, furchtbar falsch. Verzeih mir!«

Er sah sie an, ernsthaft und forschend. Sofie verschränkte die Hände ineinander, um der Versuchung zu widerstehen, ihn zu berühren, ihn zu trösten.

Sie sahen einander lange und tief in die Augen, und es geschah etwas zwischen ihnen. Ein Band, das bereits zwischen ihnen geknüpft war, verstärkte sich. Und in diesem Augenblick wußte Sofie, daß Edana die Macht hatte, Edward an sie zu binden. Ein Glücksgefühl durchströmte sie.

Edwards Mund näherte sich.

»*Chérie*, du kommst viel zu früh nach Hause!« ertönte Rachelles Stimme. »*Oh, pardon!*«

Sofie erschrak. Wäre Rachelle nicht in der Tür zwischen beiden Zimmern erschienen, hätte Edward sie geküßt. Sofie trat einen Schritt zurück und verschränkte die Arme. Es war besser so. Sie durfte sich nicht mit ihm einlassen. Sie durfte sich nicht von ihrem Herzen auf Abwege führen lassen. Ein zweitesmal könnte sie den Schmerz nicht ertragen.

»*Pardonnez-moi*«, wiederholte Rachelle, und ihr Blick flog zwischen den beiden hin und her.

»Komm nur herein, du störst nicht«, erklärte Sofie eine Spur zu laut, eine Spur zu herzlich. »Rachelle, du erinnerst dich an Edward.«

Rachelle nickte. Edwards Blick streifte sie, und Sofie glaubte, seine Ablehnung ihrer liebsten Freundin zu spüren. »*Bien sûr*«, murmelte Rachelle. »*Enchanté, monsieur.*«

Edward nickte knapp und wandte sich an Sofie. »Ihr könnt nicht hierbleiben.«

»Wieso nicht?«

»Unmöglich. Ich erlaube nicht, daß Edana in einer solchen Umgebung lebt. Sag bloß nicht, du fühlst dich hier wohl, Sofie!«

In Sofie kämpften Angst, Argwohn und Hoffnung. »Was schlägst du vor?«

»Ich miete euch eine Suite im Savoy, bis wir eine bessere Lösung gefunden haben«, antwortete Edward mit Bestimmtheit.

Sofie nickte bedächtig. »Einverstanden.«

»Packt eure Sachen. Ihr bleibt keine Nacht länger in diesem Rattenloch.«

Sofie war nur einmal im Savoy gewesen. Damals, als sie Edward aufgesucht hatte, um seine Geliebte zu werden, war sie mit gesenktem Blick durch die luxuriöse Halle gehastet, ohne nach links oder rechts zu sehen. Nun stand sie mit Edana im Arm neben Rachelle verloren im Foyer, während Edward das Zimmer bestellte.

Nach Mitternacht war die Hotelhalle leer, abgesehen vom Nachtportier am Empfang und dem Liftboy, der auf einem Hocker neben dem Aufzug döste. Sofie fühlte sich unbehaglich, kam sich verworfen vor, wie ein gefallenes Mädchen, das Edward auf der Straße aufgelesen hatte. Es hätte sie nicht gewundert, wenn der Liftboy oder der Portier an der Rezeption mit dem Finger auf sie gezeigt hätten.

Nun kam Edward zu den beiden Frauen herüber. Wie elegant er aussah in seinem perfekt sitzenden Frack! »Leider ist keine Suite mehr frei«, verkündete er.

»Uns genügt ein einfaches Zimmer«, beeilte Sofie sich zu versichern.

»Unsinn! Ihr könnt meine Suite haben. Ich habe mir bereits ein anderes Zimmer genommen.«

»Aber Edward ...«

»Keine Widerrede!« Zum erstenmal an diesem Abend

verzogen sich seine Mundwinkel zu einem Lächeln, und in seine Augen trat ein warmer Glanz.

Plötzlich glich er wieder dem Mann, in den sie sich vor zwei Jahren unsterblich verliebt hatte.

Sofie senkte den Blick und machte sich an Edanas Decke zu schaffen. Die vier bestiegen den Aufzug und gingen kurz darauf den Flur im fünften Stock entlang. Edward schloß die Tür zu seiner Suite auf und bat die Damen einzutreten. »Es gibt zwei Schlafzimmer. Das kleinere benutze ich als Büro. Morgen lasse ich meine Sachen holen. Sofie, hier vorne ist dein Schlafzimmer.«

Beinahe andächtig schaute Sofie sich um. Sie stand in einem kreisrunden Vorraum, der in Trompe-l'œil-Manier bemalt war und den Eindruck erweckte, man befinde sich in einem mit exotischen Pflanzen überwucherten Wintergarten. Ein offener Torbogen gab den Blick in den Salon frei. Blaue Orientteppiche lagen auf dem Marmorboden. Vor einem hohen Kamin standen zwei Chintzsofas, ein mit rotem Damast bezogener Sessel und eine rotweiß gestreifte Bergère. Rechts davon stand ein bis zur Decke reichender Mahagonischrank mit durchbrochener Glasfront. Die Fenster zum Central Park waren mit roten Damastdraperien verhängt. An den Wänden hingen Gemälde und Kupferstiche alter französischer und englischer Meister.

Zur Linken öffnete sich ein Erker, in dem ein ovaler, glänzend polierter Mahagonitisch mit sechs Stühlen stand. Ebenfalls zur Linken gab eine offene Tür Einblick in das zweite, von Edward als Büro benutzte Schlafzimmer. Die grüne Lederplatte eines zierlichen Schreibtischs war mit ungeordneten Stapeln Papieren bedeckt.

Edward führte sie durch den Salon. Sofie versuchte, die Wärme seiner Hand an ihrem Ellbogen nicht zu beachten, und als sein Schenkel den ihren durch die raschelnde Atlasseide ihres Abendkleids streifte, tat sie, als bemerke sie es nicht.

An der Schwelle zum großen Schlafzimmer ließ er ihren Arm los. Sein Schlafzimmer. Sofie blickte auf ein riesiges Baldachinbett. Hier hatte er letzte Nacht und die Nächte davor geschlafen. Der schwere, gelbe Seidenüberwurf war zurückgeschlagen, und darunter wurde elfenbeinweiße Satinbettwäsche sichtbar. Hatte er in diesem Bett mit anderen Frauen geschlafen? schoß es Sofie durch den Kopf.

Edward war ins Zimmer getreten. Es war peinlich genug, daß er ihr seine Suite überließ, sein Schlafzimmer, sein Bett. Er dürfte jetzt nicht so selbstverständlich dieses Zimmer betreten. Sofie blickte sich zaghaft nach einem Platz um, wo sie Edana schlafen legen konnte.

»Ich habe eine Wiege für das Baby bestellt. Der Boy wird sie gleich heraufbringen«, sagte Edward nun, als lese er ihre Gedanken.

Sofie trat ans Bett und legte Edana behutsam ab, richtete sich auf und strich zerstreut über die Seidendecke. »Ich finde, du solltest gehen, ehe die Wiege gebracht wird«, murmelte sie scheu. Über die Folgen, die Edwards Einladung in seine Suite nach sich ziehen würde, wollte sie morgen nachdenken.

Sie war zu müde. Morgen würde sie ihre Gedanken ordnen – und ihre Gefühle.

»Wie du meinst.« Edward nickte und trat neben sie. Sofie erschrak, doch er beugte sich über Edana und hauchte einen flüchtigen Kuß auf ihre Stirn. Dann trafen sich ihre Blicke.

»Gute Nacht.« Edward verneigte sich höflich, machte kehrt und verließ das Zimmer. Sofie sah ihm nach, wie er den Salon durchquerte und im Vorraum verschwand. Sie hörte, wie die Tür zum Korridor geöffnet und zugezogen wurde. Dann sank sie mit einem tiefen Seufzer aufs Bett.

»Was soll ich nur tun?« fragte sie sich ratlos.

Nach dem frühmorgendlichen Stillen hatte Rachelle wie üblich Edana zu sich genommen, und Sofie war wieder tief und traumlos eingeschlafen. Nun erwachte sie und blinzelte in die Sonnenstrahlen, die durch die Fenster strömten. Benommen dachte sie, die Vorhänge müßten doch zugezogen gewesen sein, als sie zu Bett ging.

Und dann dämmerte ihr, wo sie war. Nicht in der schäbigen Pension am Hafen, sondern im Hotel Savoy, in Edwards Suite – in seinem Luxusbett. Sie kuschelte sich tiefer in die Daunenkissen. Zum erstenmal seit langer Zeit fühlte sie sich geborgen. Welch ein Segen, ohne Sorgen zu erwachen.

Sofie spürte die glatte Satinbettwäsche auf der nackten Haut ihrer Arme und Beine und genoß das leicht erotische Knistern. Sie seufzte. Gestern abend war Edward in ihr Leben gestürmt wie der Ritter in der silbernen Rüstung im Märchen, um die in Not geratene Prinzessin zu retten. Ein Glücksgefühl durchrieselte Sofie, sammelte sich in ihrem Leib, prickelnde Schauer liefen ihre Schenkel entlang, verstärkten sich zum sehnenden Verlangen. Fiebrig, sengend.

Sofie drehte sich auf den Rücken und schob die Bettdecke bis zur Hüfte. Es war nicht das erstemal, daß sie mit pochendem Verlangen und träumerischen Gedanken an Edward erwachte. Doch zum erstenmal erwachte sie mit diesen Gedanken zwischen Seidenlaken in seinem Bett, noch dazu halbnackt, da sie am Abend zu müde war, um das lange Flanellnachthemd aus dem Koffer zu holen, und sich im Unterhemd schlafen gelegt hatte. Nun hellwach, wunderte sie sich, wieso sie sich ihres sinnlichen Verlangens nicht schämte, warum sie sich nie ihres Verlangens geschämt hatte, das er vor so langer Zeit in ihr geweckt hatte. Vielleicht lag es daran, daß die einzige Liebesnacht, die sie mit ihm verbracht hatte, tatsächlich eine Nacht der Liebe war. An der leidenschaftlichen Vereinigung mit ihm war nichts Schmutziges, nichts Sündiges gewesen. Doch es war so lange her. Sofie fragte sich bang, woher sie die Kraft nehmen sollte, der Versuchung zu widerstehen ... *ihm* zu widerstehen.

Sie setzte sich auf. Das Haar, das sie nicht wie üblich vor dem Schlafengehen zum Zopf geflochten hatte, hing ihr wirr und offen über die Schultern. Sofie warf die Bettdecke zurück und stand auf. Sie wollte ins Badezimmer, zögerte jedoch nach zwei Schritten, da sie sich beobachtet fühlte.

Und dann blieb sie wie angewurzelt stehen. Nur ihr Herz hämmerte wild. Langsam drehte sie sich um. Edward stand in der Tür, den Blick aufmerksam auf sie gerichtet.

Seine Augen durchbohrten sie wie die eines Raubvogels.

Panik stieg in Sofie hoch. Sein glühender Blick ließ keinen Zweifel an seine Gedanken.

Sofie dachte an ihr Aussehen. Ihr wirres, zerzaustes Haar, das dünne Hemd, das ihr nicht einmal bis zu den Knien reichte. Und darunter war sie nackt.

Ihr Verstand befahl ihr zu fliehen, um diesem Raubtierblick zu entkommen. Doch ihre Beine versagten ihr den Dienst, und ihr Verstand arbeitete träge und benommen.

Sie begegnete seinem Blick. Seine Augen wanderten ihre Beine hinauf, über die schweren, spärlich bedeckten Brüste und verharrten auf ihrem Mund.

Plötzlich kam Leben in Sofie. Sie riß den Seidenüberwurf vom Bett und wickelte sich darin ein. »Was machst du hier?« fragte sie heiser.

»Ich genieße den schönsten Blick auf Manhattan.« Mit diesen Worten drehte er sich um und verließ das Zimmer.

Sofie schaute ihm nach, heißes Verlangen pochte in ihrem Leib, und eine seltsame Mischung aus Enttäuschung und Erleichterung erfaßte ihr Herz. Und sie war wütend, wütend auf ihn, wütend auf sich, wütend auf die ganze Welt.

Sie rannte ins Badezimmer, griff sich den türkisch gemusterten Morgenmantel vom Haken hinter der Tür und schlüpfte hinein. Der Seidenmantel, dem ein würzig feiner Moschusduft entströmte, fühlte sich geschmeidig glatt auf ihrer Haut an. Wutentbrannt stürmte sie durchs Schlafzimmer in den Salon und verharrte jäh.

Edward stand am Erkerfenster und blickte auf den Central Park hinunter. Der ovale Tisch hinter ihm war für ein opulentes Frühstück gedeckt. Den bauchigen Hauben der Silberschüsseln entströmten verführerische Düfte nach gebratenem Speck, Würstchen und Eiern. Daneben standen kalte Platten mit geräuchertem Lachs und Forellenfilets, Schinken und Käse, ein Korb exotischer Früchte, ein zweiter mit verschiedenen Brotsorten und Gebäck. Der Tisch war nur für zwei gedeckt. Von Rachelle und Edana keine Spur.

Sofie fand ihre Stimme wieder. »Wo ist Edana?«

»Ich habe Rachelle mit ihr in den Park geschickt.«

Sofie erschrak. »Was hast du?«

Edward drehte sich um und wiederholte seine Antwort.

»Und Rachelle hat mich schlafen lassen, mit dir im Zimmer?«

Er sah sie milde an. »Es ist meine Suite.«

Sofie zog die Luft tief ein. »Ach, so hast du dir das also vorgestellt.«

Sein Blick war undurchdringlich. »Mein Zimmer im zweiten Stock ist kaum groß genug für das Bett. Dort wollte ich nicht frühstücken. Und ich dachte, du bist auch hungrig. Seit einer Stunde warte ich, daß du aufwachst. Schließlich wollte ich nach dir sehen, ob du überhaupt noch lebst. Ich kann nichts dafür, wenn du in einem dünnen Baumwollhemdchen schläfst, das nichts verbirgt.«

Sofie verschränkte schützend die Arme vor der Brust.

»Wenn ich gewußt hätte«, entgegnete sie bissig, »daß du in mein Zimmer kommst, hätte ich mir eine Mönchskutte angezogen.«

Er kniff die Augen zusammen. »Tatsächlich?«

Sein lauernder Blick gefiel ihr nicht. Sie trat einen Schritt zurück. »Ja.«

»Wie schnell du den gestrigen Abend vergißt«, murmelte er. »Hast du das dünne Fähnchen noch an?«

Sofie wich langsam zurück. »Edward, es war sehr aufmerksam von dir, Frühstück zu bestellen. Ich kann auch verstehen, daß du lieber hier frühstückst als in deinem Zimmer. Es ist dein gutes Recht. Ich ziehe mir nur rasch etwas über. Fang ruhig schon an.«

Sein Lächeln strahlte, ein unverschämtes, verwegenes Lächeln, das seine Grübchen vertiefte und ihn unwiderstehlich machte. »Irgendwie ist mir der Appetit auf Eier und Speck vergangen.«

Sofie wollte fliehen, doch Edwards Hand packte sie bei der Schulter und riß sie herum. Plötzlich war er ganz nahe. »Du siehst zum Anbeißen süß aus«, raunte er und zog sie an sich. Sofie versteifte sich, konnte weder atmen noch denken. Sie keuchte, als seine Hände über ihren Rücken nach unten glitten und ihr Gesäß umfingen. »Ich habe nicht die Absicht, mich von dir frühstücken zu lassen«, wisperte sie.

»Warum nicht?« raunte er, sein Mund ganz nah an ihrem. Wieder keuchte sie, als er ihre Hüften an sich preßte. Sie spürte seine Männlichkeit, hart, riesig, pulsierend. »Warum nicht, zum Teufel?« wiederholte er an ihrem Mund.

Sofie suchte nach Worten, und sie suchte nach einem Grund, warum sie ihn nicht lieben durfte. Ihr Herz, erinnerte sie sich schließlich. Sie versuchte nur, ihr Herz zu retten. »Nein, Edward. Tu es nicht. Bitte.«

Er achtete nicht auf sie. »Ich werde dich küssen«, murmelte er und beugte sich über sie. »Und wir beide wissen, daß es dir gefallen wird.«

Kapitel 26

Sofie schüttelte abwehrend den Kopf. Sie hörte sich wimmern, als er die Arme um sie schlang, sie enger an sich preßte. In einer hilflosen Geste versuchte sie, ihn von sich zu schieben.

Wenn sie ihn nur nicht lieben würde! Dann würde sie sich nicht so verzweifelt nach ihm sehnen. Dann wäre dieses unwiderstehliche, glühende Verlangen nicht in ihr.

Edwards Mund strich zart über ihre Lippen. Sofie japste. »Du empfindest wie ich«, raunte er, und in seiner heiseren Stimme schwangen Lust und Triumph zugleich. »Ich sehe es in deinen Augen – spüre es in deinem erhitzten Körper.«

»Nein!« wehrte Sofie sich mit letzter Kraft. Er würde sie küssen, würde sie verführen. Ihr wundes Herz erfüllte sich mit Trauer. Er würde sie wieder verletzen. Sie ertrug es nicht, erneut von ihm gedemütigt zu werden.

»Ja«, hauchte er mit einem leisen Lächeln, während er die Schwellung seiner Lenden an ihr rieb. Seine Hände glitten ihren zarten Brustkorb empor und wölbten sich über dem Seidenmantel um ihre empfindlichen, geschwollenen Brüste. »O Gott, Sofie.«

Sie wußte, woran er dachte. Er sehnte sich danach, in die Tiefe ihres Schoßes zu dringen. Sofie fühlte sich von Schwindel übermannt. Sein heißer, harter Muskelstrang pulsierte an ihrem nassen Fleisch. Seine Finger umspielten ihre geschwollenen Brustspitzen unter dem Seidenstoff. Sein warmer Atem strich über ihre Lippen.

Sofie stöhnte.

Edward entfuhr ein kehliger Laut; er beugte sich über sie, und sein Mund umfing ihre Lippen.

Und dann existierte nichts mehr, nur seine Lippen auf den ihren, sein sehniger Körper, der sich an sie preßte. Sofie gab jeden Widerstand auf. Sie öffnete sich ihm, klammerte sich an ihn, und hungrig verschlang er sie mit seinem gierigen Kuß.

Sofie erwiderte seinen Kuß, leckte seine Lippen, nagte an ihm, saugte sich an ihm fest. Ihre Hände glitten seinen Rücken hinab und umfingen seine harten Gesäßbacken. Ihre Zunge tanzte mit seiner, vereinte sich mit ihr. Er liebkoste und umkreiste ihre Brüste mit wachsender Dringlichkeit, bis ihre warme Milch zu fließen begann.

Sofie schrie auf. Ihr Verlangen nach ihm hatte sich in eine gierige, unbezähmbare Macht gesteigert. Ihre Hände preßten seine Männlichkeit an ihr klaffendes weiches Fleisch. Edward riß den Seidenmantel auf, das dünne Hemd darunter zerriß beinahe lautlos. Die Wollust loderte in ihr hoch, als seine Lippen eine harte Brustspitze umfingen. Stöhnend warf sie den Kopf in den Nacken, als er an ihr saugte.

Und dann war ihr Verlangen vollends entfesselt, steigerte sich zur Ekstase. Ihre Hände tasteten hastig zum mächtigen Wulst in seiner Hose. Edward löste seinen Mund von ihrer Brust. Eine Sekunde später hatte er sie hochgehoben, trug sie ins Schlafzimmer, schlug die Tür mit dem Fuß zu und legte sich mit ihr auf die Seidenlaken.

Nichts zählte mehr. Sofie spreizte die Schenkel und schlang die Beine um seine Hüften. Edward riß sich die Hose herunter. Einen Moment blickten sie einander in die Augen. Dann war er auf ihr und senkte sich erschauernd in ihre Glut.

Sofie umklammerte seine Schultern, bog ihm ihre zuckenden Hüften entgegen. »Ja, Edward, ja!« Ihre Fingernägel gruben sich in seinen Rücken. Einen Augenblick verharrte er, ehe er sich bewegte, in ihre Tiefe glitt, zustieß, sich zurückzog, hart und schnell, immer wieder. Sofie konnte nur einen einzigen Gedanken fassen. Sie liebte diesen Mann, würde ihn immer lieben. Eine Sekunde später wurde sie in schwindelerregende Höhen getragen, wo sie in millionenfach glitzernden Funken zerbarst.

Als sie keuchend die Augen öffnete, begegnete sie Edwards fiebrigem Blick. Er bewegte sich nicht, verharrte in ihr. Als ihre Blicke einander trafen, flackerte ein Glitzern in seinen Augen auf. Edwards Mund umfing den ihren in einem langen, innigen Kuß. »Sofie«, stöhnte er in ihren Mund.

Der Rhythmus seiner Stöße beschleunigte sich. Ihr atemberaubender Höhepunkt war kaum abgeflaut, doch erneut durchströmte sie prickelnde Wollust. Edward senkte sich noch tiefer in sie. Er stöhnte kehlig, barg sein Gesicht in ihrer Halsbeuge, ein Beben durchfuhr ihn.

Sofie streichelte seinen Rücken, hielt die Augen geschlossen, genoß seine Entladung mit jeder Faser ihres Daseins. Ihr Herz flatterte wie ein gefangener Vogel, während sein Herzschlag machtvoll an ihrem Busen pochte. Sofie ließ kein Denken zu, schmiegte ihre Wange an seine und ließ sich in bittersüßer Glückseligkeit treiben.

Edward bewegte sich. Sofie wagte kaum zu atmen, wartete bang. Es hätte nicht geschehen dürfen. Aber es war so paradiesisch schön gewesen. Was sollten sie einander sagen? Sie waren einander fremd geworden. Hallo? Adieu? Es hat mich sehr gefreut, vielen Dank?

Sie drängte die Tränen zurück.

Edward löste sich von ihr und legte sich neben sie, sein starker Arm hielt sie umschlungen. Sofie wagte nicht, ihn anzusehen, spannte die Muskeln, als seine Hand ihre Schulter, ihren Arm streichelte. Dann erkundete er ihre Hüfte, ihren flachen Bauch.

Sie öffnete die Augen und sah ihm ins Gesicht, wußte nicht, was sie erwartete, vielleicht dreiste, männliche Herablassung. Doch seine Miene war ernst, beinahe grimmig. Sie erschrak. Bedauerte er den Liebesakt?

Sofie war in der Lage, große Schwierigkeiten und Hindernisse zu meistern, das hatte sie in der Vergangenheit bewiesen. Doch sein Bedauern über die herrlich süße, entfesselte Leidenschaft dieses Liebesakts würde sie nicht verkraften.

»Deshalb bin ich nicht gekommen«, murmelte Edward.

Sofie wagte kaum zu atmen. Noch vor kurzem hätte sie ihm nicht geglaubt, doch nun las sie in seinen Augen, daß er die Wahrheit sprach.

»Es ist einfach passiert«, fuhr er fort. Seine Hand lag still auf ihrem Bauch. »Ich entschuldige mich nicht dafür.«

Sofie blickte auf seine große, gebräunte Hand, die flach

auf ihrer weißen Haut lag, knapp unter dem Nabel, nicht weit vom Kraushaar entfernt, das ihre Weiblichkeit verbarg. Sie befreite sich aus seinem Arm, setzte sich auf und zog den seidenen Morgenmantel enger um die Schultern. »Ich habe keine Entschuldigung von dir verlangt.«

In Edwards Wange zuckte ein Muskelstrang. Auch er setzte sich auf, stopfte das Hemd in die Hose und knöpfte sie zu. »Es ist sehr gut zwischen uns, Sofie.«

Sie wandte den Blick, bemüht, sich durch seine Worte nicht verletzt zu fühlen. Es lag gewiß nicht in seiner Absicht, sie in diesem Augenblick zu kränken. Sie hätte den Liebesakt allerdings nicht als ›sehr gut‹ bezeichnet. Als herrlich, göttlich, berauschend vielleicht, nicht aber als ›sehr gut‹. Er schien eine Antwort von ihr zu erwarten, und sie murmelte: »Ja.«

»Warum bist du so mager?«

Sie blinzelte. »Was?«

»Du hast ein Kind bekommen. Aber du bist dünner als früher. Ißt du zuwenig?«

Sie versteifte sich und wählte ihre Worte mit Bedacht. »Es ist nicht gerade einfach. Nachts kann ich nicht durchschlafen. Ein Kind macht viel Arbeit, auch mit Rachelles Hilfe. Und ... ich habe Sorgen. Ich habe wenig Appetit.«

Sein Blick verdunkelte sich. »Du stillst Edana selbst.«

Sie errötete in Gedanken daran, wie er an ihren Brüsten gesaugt hatte. »Selbstverständlich.«

Edward stand auf, dann trat er ans Fenster und schob die Hände tief in die Taschen. »Du brauchst dir keine Sorgen mehr zu machen, das weißt du.«

Sofie wünschte, sein Gesicht zu sehen. »Was willst du damit sagen, Edward?«

Er wandte sich brüsk um. »Edana ist meine Tochter. Das gibt mir gewisse Rechte. Ich komme für ihren Unterhalt auf und natürlich auch für deinen.«

Sofie sehnte sich nach seiner Liebe. »Gibt dir das auch das Recht, meinen Körper zu benutzen?«

Er zuckte zusammen. »Schatz, du hast mich ebenso benutzt wie ich dich!«

Sofie verschränkte die Arme vor der Brust, denn sie wußte keine Entgegnung.

Edward sah sie mit gefurchter Stirn an. »Ich glaube nicht, daß ich je eine glutvollere Frau gehabt habe.«

Sofie preßte die Lippen aufeinander. Was konnte sie ihm sagen? Daß ihre Glut aus ihrer Liebe zu ihm geboren war? Daß sie sich vermutlich auch noch nach ihm verzehren würde, wenn sie alt und grau war?

Edwards Blick wanderte über ihre wogenden Brüste. »Nein. Ich habe nie eine glutvollere Frau gehabt.«

»Hör auf.«

»Du hattest gute Lehrer, Sofie.«

»Du warst mein Lehrer.«

Er lachte bitter. »Das ist lange her. Damals warst du eine unberührte Jungfrau, keine Verführerin.«

»Hör auf. Bitte.«

»Warum? Weil die Wahrheit häßlich ist? Weil sie sich nicht mit deiner wohlanständigen Fassade vereinbaren läßt?« Seine Augen blitzten zornig. »Weiß Henry, wie feurig du bist? Weiß er es?«

»Sei still!« schrie Sofie.

»Nein!« schrie Edward zurück. Sofie erstarrte. »Nein!« schrie er wieder. Und plötzlich fegte er mit einer heftigen Armbewegung die Kommode frei. Schalen und Vasen zerschmetterten klirrend auf dem Boden.

Sofie krallte sich an der Bettdecke fest, zitterte vor Angst.

Edward trat auf sie zu, nur mühsam seine Wut bezähmend, und blieb mit geballten Fäusten vor ihr stehen. »Triffst du ihn heute abend?« bellte er.

Sie sah ihn an, zu verängstigt, um antworten zu können.

»Antworte mir!« brüllte er.

»Nein«, flüsterte Sofie tonlos. »Das heißt, ich weiß nicht.«

»Du weißt es nicht!« Seine Faust donnerte auf die Lampe aus blauweißem chinesischem Porzellan nieder, die krachend auf dem Boden zertrümmerte.

Sofie kroch ans Kopfende des Bettes.

»Wirst du ihn heiraten?« donnerte er.

Sofie blieb ihm die Antwort schuldig. Tränen strömten ihr übers Gesicht.

Edward fluchte, stürmte zur Kommode, riß eine Schublade heraus und schleuderte sie zu Boden. Dann hielt er ein mit blauem Samt bezogenes Kästchen in der Hand und warf es aufs Bett. »Mach auf!«

Sofie wagte nicht, es anzufassen.

»Mach es auf, verdammt noch mal!« brüllte er.

Schluchzend nahm sie die Schatulle zur Hand und öffnete sie. Ihr Herz krampfte sich zusammen. Auf blauem Samt lagen kostbare Diamantohrgehänge, darunter das passende Kollier und ein Ring mit einem wertvollen Diamant. Ein Verlobungsring.

»Das kann ich dir geben«, stieß Edward hervor.

Sofie hob verstört den Blick; sie hielt das offene Etui hilflos in der Hand, wußte nicht, was sie damit anfangen sollte, was sie sagen sollte.

»Genügt dir das nicht?« herrschte er sie an. »Ist es nicht das, was du willst? Ist es nicht das, was jede Frau will?« schrie Edward. »Oder willst du immer noch Henry Marten heiraten?«

Sein Gesicht war dunkelrot vor Zorn.

»Ich habe nicht gesagt, daß ich Henry heiraten will«, flüsterte Sofie.

Edward war zu wütend, um ihre Worte zu hören. Er drehte sich um und riß ein kleines Gemälde vom Wandhaken, hinter dem sich ein Safe verbarg. Seine Finger nestelten am Zahlenschloß. Die Eisentür sprang auf. Edward drehte sich zu ihr um und hielt die geballte Faust hoch. »Willst du Henry immer noch heiraten?« fragte er wutschnaubend. Und dann schleuderte er ihr das, was er in der Hand hielt, ins Gesicht.

Sofie schrie erschrocken auf, als sie von kleinen, spitzen Steinen getroffen wurde. Und dann erst wurde ihr bewußt, daß er Diamanten nach ihr geworfen hatte, Diamanten verschiedener Größen, geschliffen und poliert, die blitzend und funkelnd auf dem Bett und in den Falten des Seidenmantels verstreut lagen.

»Was ist los, Sofie?« brüllte Edward. »Verflucht! Verflucht noch mal! Bin ich dir nicht gut genug, ist es das? Bin ich damit gut genug für dich?« Mit einer ausholenden Armbewegung trat er ans Bett.

Aufschluchzend bedeckte Sofie das Gesicht mit den Händen.

Er riß ihr die Hände herunter und rüttelte sie grob. Sein Gesicht war sehr dicht an ihrem.

»Du wirst Henry Marten nicht heiraten«, krächzte er heiser und ließ sie jäh los. Sofie sank in die Kissen zurück.

»Verflucht noch mal!« knurrte er und stürmte aus dem Zimmer.

Die Tür zum Korridor fiel krachend ins Schloß.

Sofie rollte sich weinend zusammen. Edwards Diamanten stachen sie schmerzhaft in Hüfte und Schenkel. Mit einem Aufschrei griff sie danach und schleuderte die kostbaren Steine wütend zu Boden. »Ich hasse dich!« stieß sie mit erstickter Stimme hervor. »Ich hasse dich.«

Edward wartete auf den Lift, die Hände tief in den Hosentaschen vergraben, das Gesicht versteinert. Sein Zorn flaute ab wie der Sturm vor einem tropischen Regen, brodelte jedoch in seinen Eingeweiden weiter wie glühende Lava.

Er bedauerte seinen gewaltsamen Wutausbruch, aber er bereute den Liebesakt nicht. In ihrem Bohèmeleben in Paris konnte Sofie nicht soviel Erfahrung gesammelt haben, um zu wissen, wie außergewöhnlich ihre Vereinigung war. Er aber wußte Bescheid. Er wußte genau, warum der Liebesakt mit ihr so leidenschaftlich war wie mit keiner anderen Frau. Er hatte noch nie mit einer Frau geschlafen, in die er Hals über Kopf verliebt war – einer Frau, nach der er sich seit eineinhalb Jahren vor Verlangen verzehrt hatte.

Edward durchfuhr erneut ein Zittern, diesmal nicht vor Zorn, sondern vor Angst, Kränkung und eiserner Entschlossenheit. Wie konnte sie bloß auf die Idee kommen, Henry Marten zu heiraten, nachdem sie *seinen* Antrag unmißverständlich abgelehnt hatte? Es war unbegreiflich. Er bezähmte nur mühsam seinen Wunsch kehrtzumachen, die Tür einzutreten, das Mobiliar der Suite zu zertrümmern und Sofie an den Haaren zum nächsten Standesamt zu zerren.

Er war noch nie in seinem Leben so wütend gewesen. Er sah zwar ein, daß sein Wutausbruch kindisch und unverzeihlich war, aber er hatte noch nie eine Frau geliebt, wie er Sofie liebte. Und wenn er nicht so maßlos wütend gewesen wäre, hätte er über die Situation gelacht.

Ihm aber zerriß es das Herz. Bisher waren ihm nur Frauen begegnet, die über einen Heiratsantrag von ihm entzückt gewesen wären. Ungeduldig blickte er zur Anzeigetafel hoch. Der Aufzug war im dritten Stock. Edward verfluchte den Lift, er verfluchte Sofie, er verfluchte die ganze Welt.

Nie im Leben hätte er eine solche Ablehnung von ihr erwartet. Er hatte sie für aufrichtig gehalten, unfähig zu Lüge und Betrug. Aber er hätte auch nie vermutet, daß sie fähig wäre, ein Bohèmeleben zu führen, und das hatte er mit eigenen Augen gesehen. Edward bebte vor Eifersucht bei dem Gedanken an diesen Franzosen Georges, der bis über beide Ohren in sie verliebt war. War er der Mann, der sie gelehrt hatte, ihre Leidenschaft so entfesselt zu zeigen? Endlich öffnete sich die Tür, und Edward betrat den Aufzug.

Er schüttelte die bitteren Gedanken an die Vergangenheit ab. Wichtig war, daß Sofie die Mutter seines Kindes war, daß er sie liebte, daß er sich um ihre Liebe bemühen mußte und daß er sie zum Altar führen würde. So oder so. Irgendwann mußte sie einsehen, daß ihr keine andere Wahl blieb. Aber diesmal würde er nicht so vertrauensselig sein wie in Paris. Sie würde ihm nicht wieder entfliehen, sein Kind entführen und möglicherweise mit Henry Marten durchbrennen. Diesmal würde er ein waches Auge auf sie haben.

Edward ging den Flur im zweiten Stock entlang, er fühlte sich erschöpft und müde. Letzte Nacht hatte er kaum geschlafen. Einerseits weil er überglücklich war, Sofie und seine Tochter wiedergefunden zu haben. Andererseits hatte ihn der Gedanke an ihre Beziehung zu Henry Marten nicht schlafen lassen. Zudem hatte sie so verführerisch in ihrem Abendkleid ausgesehen. Der Gedanke, daß Sofie in seinem

Bett schlief, brachte ihn vor Verlangen beinahe um den Verstand.

Nun flaute seine Wut allmählich ab, und Erschöpfung und Niedergeschlagenheit legten sich um ihn wie ein schwerer Umhang.

Edward zog den Schlüssel aus der Tasche und verharrte. Er wußte, daß seine Tür nicht verschlossen war. Das Streichholz, das er zwischen Tür und Rahmen geklemmt hatte, lag auf dem Teppich. Jemand war in sein Zimmer eingedrungen.

In Afrika hatte Edward stets ein Messer und eine Pistole bei sich getragen. In New York fühlte er sich sicher, zumindest bei Tage. Lautlos öffnete er die Tür, ohne jedoch einzutreten. Er sah das Bett und die zwei Nachtkonsolen.

Edward trat einen Schritt vor und stieß die Tür einen Spaltbreit auf. Nun sah er den Brokatsessel neben dem Fenster mit den gestreiften Draperien, die Kommode und den Schrank auf der anderen Seite. Wenn sich jemand in seinem Zimmer versteckte, so stand er entweder hinter der Tür oder preßte sich auf der anderen Seite flach gegen die Wand.

Gewaltsam stieß er die Tür auf und stürmte ins Zimmer in der Erwartung, der Eindringling würde, von der schweren Eichentür getroffen, vor Schmerz aufschreien.

Doch er wurde von hinten angegriffen und herumgerissen. Ein mächtiger Fausthieb traf ihn am Kinn, ein zweiter in die Magengrube. Edward taumelte rückwärts gegen die Kommode. Ein Gegenstand fiel klirrend zu Boden und zerbrach.

Der nächste Fausthieb raubte ihm beinahe das Bewußtsein, gleißende Funken tanzten ihm vor Augen.

»Verteidige dich, du lausiger Dreckskerl! Dann macht es mir mehr Spaß, dich zusammenzuschlagen!«

Edward wurde hochgerissen. Halb betäubt bekam er seinen Angreifer an den Handgelenken zu fassen, doch der Kerl war ebenso groß wie er und stark wie ein Bulle. Die beiden Männer rangen miteinander, bis Edward den Gegner endlich von sich stoßen konnte.

Er ging in Angriffsstellung. Allmählich klärte sich sein

Gesichtsfeld, und er erkannte in dem Eindringling den Mann, der ihn damals in der Hotelhalle angerempelt hatte. Ihm blieb keine Zeit, sich zu wundern. Der andere hatte sich hochgerappelt und ging sofort auf ihn los. Diesmal war Edward schneller und versetzte ihm einen kräftigen Faustschlag in den brettharten Bauch, der ihn allerdings wenig zu beeindrucken schien.

»Ich breche dir alle Knochen, du Schwein!« stieß der Fremde zwischen den Zähnen hervor.

Den nächsten Schlag konnte Edward abwehren. Blitzschnell warf er sich auf den Gegner und stieß ihn gegen die Wand. Es begann ein erbitterter Ringkampf, in dem keiner der Unterlegene war. Schließlich packte Edward den anderen am Kragen und würgte ihn. Ihre Gesichter waren einander ganz nahe. »Wer, zum Teufel, sind Sie?« knurrte Edward zähnefletschend.

Sie standen einander keuchend gegenüber. »Ich bin Sofies Vater!« schrie der Kerl wutschnaubend. »Endlich erwische ich Sie. Ich werde Ihnen alle Knochen brechen, und dann heiraten Sie meine Tochter.«

Edward blickte fassungslos in die funkelnden Augen seines Gegners. »Gütiger Himmel«, entfuhr es ihm. Jake O'Neil war nicht tot. Sein Verdacht hatte sich bestätigt.

»Kämpfen Sie!« brüllte Jake O'Neil und befreite sich aus Edwards Griff. Seine Faust schoß vor. Edwards Kopf wurde nach hinten gerissen. Er taumelte durchs Zimmer.

Jake hechtete hinter ihm her.

Edward schlug schwer auf dem Boden auf. Der Wahnsinnige stürzte sich auf ihn, schien die Absicht zu haben, ihn umzubringen. Edward rollte sich blitzschnell zur Seite, kam behende wie eine Dschungelkatze auf die Füße und ging wieder in Angriffsstellung.

»Wieso soll ich gegen Sie kämpfen?« keuchte er.

Auch Jake kam langsam auf die Beine. Die beiden Männer standen einander lauernd gegenüber wie zwei Boxer im Ring. »Weil ich Vergeltung für Sofie will.«

Edward kam zur Sache. »Ich liebe Ihre Tochter.«

Jake lachte höhnisch.

»Ich habe sie zweimal gebeten, mich zu heiraten – dreimal, wenn ich heute morgen mitzähle.«

»Ich glaube Ihnen kein Wort.«

Edward behielt seine Angriffsstellung bei, falls O'Neil sich wieder auf ihn stürzen sollte. »Anscheinend wissen Sie, daß sie die Mutter meines Kindes ist.«

»Ja, das weiß ich.«

»Wissen Sie auch, daß ich erst vor einem Monat erfahren habe, daß sie ein Kind hat? Wissen Sie, daß ich ihr schon im Sommer vor einem Jahr einen Heiratsantrag machte, als ich ihr die Unschuld nahm? Daß ich ihr einen zweiten Antrag machte, als wir uns vor einem Monat in Paris wiedersahen? Wissen Sie, daß sie ihn nicht nur abgelehnt hat, sondern fortgelaufen ist – mit meiner Tochter?« Edward konnte seinen Zorn, seine Bitterkeit nicht mehr zurückhalten. Er ließ die Fäuste sinken. »Sie sollten Sofie übers Knie legen und ihr den Hintern versohlen, O'Neil. Sie hat mir meine Rechte als Vater verweigert – mir mein Kind verweigert. Und sie trägt sich mit dem Gedanken, *einen anderen* zu heiraten.«

Auch Jake ließ die Fäuste sinken. »Sie scheinen Sie tatsächlich zu lieben«, entgegnete er verdutzt.

»Und ich werde sie heiraten«, herrschte Edward ihn mit funkelnden Augen an. »Auch gegen ihren Willen.«

Jake studierte ihn eingehend, dann wischte er sich mit dem Ärmel den Schweiß von der Stirn. »Warum hat sie Ihren Antrag abgelehnt? Was haben Sie ihr angetan, daß sie weggelaufen ist?«

»Nichts!« donnerte Edward, dann zwang er sich zur Ruhe. »Ihre Tochter will mich nicht heiraten, weil sie mich nicht liebt. Sie zieht ein lockeres Bohèmeleben auf dem Montmartre vor, wo sie sich Liebhaber nehmen und ihrem Kunststudium nachgehen kann.«

»Sie lügen. Das glaube ich nicht.«

»Fragen Sie sie doch selbst«, schrie Edward. Dann verzog er die Mundwinkel zu einem bitteren Lächeln. Die Rollen waren plötzlich vertauscht. »Aber das ist ja nicht möglich«, höhnte er. »Sie sind ja längst tot.«

Jake straffte die Schultern. »Richtig.«

Edward trat auf ihn zu. Sein Gesicht verzerrte sich in neu erwachtem Zorn. »Und wie finden Sie das, Mr. O'Neil? Ihre Tochter hätte Sie gebraucht. Aber Sie waren nicht für sie da. Sie elender Dreckskerl!«

Ein trauriger Schatten huschte über O'Neils Gesicht. Er schwieg, machte keinen Versuch, sich zu rechtfertigen.

»Es gibt keine Entschuldigung dafür, daß sie Sofie im Stich gelassen haben«, schleuderte Edward ihm ins Gesicht.

Jakes Züge spannten sich. »Wer gibt Ihnen das verdammte Recht, über mich zu urteilen?«

»Meine Liebe zu Sofie gibt mir das Recht«, entgegnete Edward heftig.

Jake griff plötzlich nach Edwards Arm. »Vielleicht haben Sie recht.« Seine Augen schimmerten feucht. »Kommen Sie. Ich lade Sie zu einem Drink ein, dann können wir reden.«

Edward blickte in seine gehetzten Augen und sah zu viele Geister der Vergangenheit, zuviel Leid. »Einverstanden.« Und dann umspielte ein Lächeln seine Lippen. »Aber ich bezahle die Drinks, Jake.«

Kapitel 27

Sofie sah nach der schlafenden Edana, dann trat sie ans Fenster und blickte auf den Central Park hinunter. Das Kriegerdenkmal und der kleine Platz davor waren verschneit. Pferdedroschken warteten auf Kunden. Passanten eilten tief vermummt durch die winterliche Stadt.

Sofies Augen waren rot und geschwollen, das Herz war ihr schwer. Wie konnte sie noch länger hier in Edwards Suite bleiben? Wie sollte sie seine Nähe ertragen? Sein Wutausbruch war so erschreckend gewesen. Dabei konnte sie ihm seinen Groll nicht wirklich verdenken, weil sie mit Edana geflohen war. Seine Eifersucht auf Henry war aus Angst geboren. Er fürchtete, seine Tochter an einen anderen zu verlieren. Sie stand vor der schwierigen Aufgabe, Edward glaubhaft zu versichern, daß sie ihm Edana nicht wieder wegnehmen wollte.

Eine Frage quälte sie unablässig. Hatte er mit ihr geschlafen, weil er wütend auf sie war oder weil ihn das Verlangen übermannt hatte?

Sofie fürchtete, die Antwort zu kennen, fürchtete, daß sein Zorn ihn dazu verleitet hatte. Auch ihre eigenen Empfindungen machten ihr angst. Wie konnte sie sich nach seinem Wutanfall immer noch nach ihm verzehren? Sie war nahe daran, seinem Drängen nachzugeben. Könnte sie in eine Heirat einwilligen, wenn das, was ihn mit ihr verband, nur sinnliches Verlangen war? Um Edanas willen, die einen Vater brauchte? Konnte sie auf seine Liebe verzichten? Konnte sie sich mit seiner Leidenschaft begnügen?

Es klopfte, und Sofie drehte sich halb um. Rachelle erschien mit ängstlich besorgter Miene im Schlafzimmer. »Sofie, deine Mutter ist hier.«

Sofie warf einen verstörten Blick zur Wiege, in der das Baby schlief. »Schick sie fort«, zischte sie.

»Sie sagt, es sei dringend, Sofie. Sie weint. Vielleicht ...«

Sofie hob das Kinn. »Ich will sie nicht sehen.«

Suzanne tauchte hinter Rachelle auf. Mutter und Tochter blickten einander in die Augen, Sofie in kaltem Haß, Suzanne bleich und verwirrt. »Bitte, Sofie«, flehte Suzanne. »Bitte.«

»Geh!«

»Sofie! Du bist meine Tochter und ...«

Sofie unterbrach sie eisig. »Wenn du nicht gehst, Mutter, bin ich gezwungen, dich vom Hoteldiener hinausbegleiten zu lassen.«

Suzanne erbleichte noch mehr.

Sofies Herz zog sich zusammen, doch sie weigerte sich, ihre Empfindungen zuzulassen.

Suzanne machte kehrt und floh aufschluchzend.

Sofie sank auf der golddurchwirkten Polsterbank am Fuße des Bettes nieder. Rachelle eilte zu ihr und ergriff ihre Hände. »*Ma pauvre*. Was kann ich für dich tun?«

Sofie schüttelte den Kopf. »Nichts. Du kannst mir nicht helfen. Niemand kann mir helfen.«

Kaum eine Stunde später sprachen weitere Besucher vor. Diesmal waren es Benjamin Ralston und der Marquis von Connaught.

Sofie erschrak, als ihr die Besucher angekündigt wurden. Aufgrund der traumatischen Ereignisse nach dem Wiedersehen mit Edward hatte sie nicht mehr an Lisas Flucht gedacht. Benjamin war vermutlich von ihrer Mutter über ihren Aufenthaltsort unterrichtet worden. Im übrigen hatten viele Gäste gesehen, wie Sofie mit Edward den Ball verlassen hatte. Es war kein Geheimnis, daß Edward im Savoy wohnte.

Sofie überprüfte ihr Aussehen im Spiegel. Sie mußte Benjamin und St. Clare empfangen und darauf gefaßt sein, um ihrer Schwester willen zu lügen; sie war nie eine gute Lügnerin gewesen.

Sofie erschrak über ihre geröteten und geschwollenen Augen. Jeder sah ihr an, daß sie geweint hatte. Sie wirkte elend, verhärmt, hatte dunkle Ringe unter den Augen. Es blieb nicht einmal Zeit, sich das Haar aufzustecken, das sie zu einem lockeren Zopf geflochten hatte. Sie schwappte sich Wasser ins Gesicht und trocknete sich ab, dann strich sie fahrig über den blauen Rock, verließ das Badezimmer und betrat den Salon.

Benjamin stand mitten im Zimmer, aschfahl im Gesicht, einen bitteren Zug um den Mund; neben ihm wartete der Marquis. Ein Blick in St. Clares zornfunkelnde, graue Augen genügte Sofie, um zu wissen, daß er die Sache nicht auf sich beruhen lassen würde. Und plötzlich fragte sie sich, ob sein maskenhaft starres Gesicht bei der Verkündigung der Verlobung sie in die Irre geleitet hatte. Vielleicht war ihm Lisa gar nicht gleichgültig.

»Lisa ist verschwunden«, empfing Benjamin sie düster.

Sofie versuchte, sich den Anschein des Erstaunens zu geben. »Was heißt, sie ist verschwunden?«

»Sie hat das Haus letzte Nacht verlassen«, erklärte Benjamin. »Wir dachten, sie habe sich vorzeitig zurückgezogen, doch heute morgen erschien sie nicht zum Frühstück. Gegen Mittag begann ich mir Sorgen zu machen und bat Suzanne, nach ihr zu sehen. Ihre Tür war verschlossen, sie gab keine Antwort. Schließlich fanden wir einen Schlüssel und öffneten. Das Zimmer war in völliger Unordnung, überall lagen Kleider herum! Der Schrank offen, die Schubladen herausgerissen! Und das Fenster war geöffnet! Im ersten Augenblick dachten wir, Lisa sei entführt worden!«

Sofie erschrak. Sie hatte nicht die Absicht gehabt, ihren Eltern einen solchen Schrecken einzujagen. Dann spürte sie die Augen des Marquis auf sich und errötete, hielt aber seinem bohrenden Blick stand. »Wer sollte Lisa denn entführen?« fragte unsicher. Hegte der Marquis einen Verdacht, daß sie bei Lisas Flucht mitgewirkt hatte?

Benjamin zog ein Blatt Papier aus der Tasche. »Gottlob wurde sie nicht entführt«, erklärte er. »Ich fand diese Notiz auf ihrem Nachttisch.«

Sofie atmete erleichtert auf. Lisa hatte die Nachricht wohl geschrieben, ehe Sofie sie beim Packen überraschte.

Nun meldete auch der Marquis sich zu Wort. Er sprach

ruhig und gelassen. Sein zornfunkelnder Blick war auf Sofie gerichtet. »Sie schreibt, daß sie sich weigert, mich zu heiraten, und erst wieder nach Hause kommt, wenn die Verlobung offiziell gelöst ist und ich nach England abgereist bin.«

Sofie spürte, wie ihr die Farbe aus dem Gesicht wich. Wie konnte Benjamin ihm diese verletzenden Zeilen zu lesen geben?

»Ich bestand darauf, daß Mr. Ralston mir den Brief zeigt«, fuhr er kühl und sachlich fort, als habe er Sofies Gedanken gelesen. In seiner Stimme schwang nun ein hämischer Unterton. »Mein Fräulein Braut scheint unter einem besorgniserregenden Anfall vorehelicher Hysterie zu leiden.« Seine Stimme war eisig, nicht aber das Glühen seiner Augen.

»Sicher handelt es sich nur um ein Mißverständnis«, meinte Sofie hilflos.

St. Clares Mund verzog sich spöttisch. »Tatsächlich, Miß O'Neil?«

Sofie fröstelte.

»Das ist ganz und gar nicht Lisas Art«, widersprach Benjamin ungeduldig. »Es tut mir schrecklich leid – Lisas Verhalten ist unverzeihlich. Ich habe Verständnis, wenn Sie die Verlobung umgehend zu lösen wünschen. Aber ich versichere Ihnen, Julian, daß meine Tochter diesen unüberlegten Schritt sehr bedauern wird.«

Das Lächeln des Marquis ließ Sofie das Blut in den Adern gefrieren. »Ich wiederum versichere *Ihnen*, Benjamin, daß ich nicht die Absicht habe, mit der kleinen Ausreißerin zu brechen. Ich werde sie finden und sie davon überzeugen, daß diese Heirat für beide Parteien von Vorteil ist.«

Sofie hatte Angst um Lisa. Sie wußte nun mit Bestimmtheit, daß ihre Schwester einen furchtbaren Fehler begangen hatte. Der Marquis würde sie finden, sie vor den Altar zerren und sie für ihre Flucht büßen lassen. Ihm lag nicht an einer versöhnlichen Lösung, ihm ging es um Vergeltung. Sein kalter Blick erfaßte sie wieder. »Vielleicht hat Miß O'Neil eine Idee, wo wir unsere Suche beginnen könnten«, schnarrte er.

Sofie straffte die Schultern. »Ich?«

Er neigte den Kopf schräg, sein Blick durchbohrte sie.

»Sofie!« herrschte Benjamin sie an. »Hat Lisa dir gesagt, wohin sie gehen wollte?«

Sofie schüttelte den Kopf, ihre Wangen glühten.

»Hat sie irgend etwas gesagt, was uns einen Hinweis geben könnte, wo wir suchen sollen?«

Sofie fragte sich bang, ob ihr das schlechte Gewissen auf der Stirn geschrieben stand, und schüttelte abermals den Kopf.

Benjamin seufzte resigniert. »Dann müssen wir die Polizei einschalten.«

»Nein«, wehrte der Marquis ab. »Noch nicht. Wir wollen jeden Skandal vermeiden. Ich übergebe den Fall der Detektei Pinkerton und werde mich persönlich auf die Suche nach ihr machen.«

»Gute Idee. Sofie, gibt es hier ein Telefon?«

Sofie nickte.

Benjamin blickte sich suchend um. Dann trat er an den Wandapparat, nahm den Hörer von der Gabel und wartete auf die Stimme der Telefonistin. Der Marquis wandte sich an Sofie.

»Nun seien Sie vernünftig, Miß O'Neil«, meinte er herablassend. »Machen Sie mir nichts vor. Sie wissen genau, wo Lisa steckt. Warum sagen Sie es mir nicht, ehe alles nur noch schlimmer wird?«

Sofie versuchte vergeblich, ihr Zittern zu verbergen. »Ich ... ich weiß nicht, wo m... meine Schwester ist«, stammelte sie. »U... und wenn ich es wüßte, würde ich es Ihnen nicht sagen!«

Er studierte sie aufmerksam. »Was habe ich Ihnen getan, daß Sie so gegen mich eingenommen sind?«

»Sie haben mir nichts getan«, platzte Sofie heraus. »Aber Sie verdienen ein Mädchen wie Lisa nicht, das weiß ich!«

»Aha. Sind Sie nicht beeindruckt von meiner noblen Herkunft, von meinem Adelstitel? Auch nicht davon, daß meine Gemahlin eines Tages den Titel einer Gräfin tragen wird?« spottete er.

»Nein. Nicht im geringsten!« schleuderte Sofie ihm entgegen.

»Wie anders Sie sind als Ihre Stiefschwester. Lisa zeigte sich davon tief beeindruckt.«

»Sie scheinen meiner Schwester nicht die nötige Achtung entgegenzubringen.«

»In der Tat«, entgegnete er freimütig. Sein Blick durchbohrte sie. »Und Sie scheinen mir dem harten Leben an meiner Seite besser gewachsen zu sein als ihre zartbesaitete Stiefschwester«, fuhr er ungerührt fort.

Sofie wunderte sich und wußte nichts zu entgegnen.

Er hob seine kräftige Hand, und Sofie bemerkte, daß sie hart und schwielig war. Der Marquis mochte Adelstitel und Herrensitz seiner Vorfahren geerbt haben, aber er arbeitete wie ein Bauer. »Keine Angst. Ich bewundere Ihren Mut und Ihren starken Willen. Aber ich brauche eine sehr wohlhabende Erbin – eine Voraussetzung, die Sie nicht erfüllen.«

Sofie hatte Mühe, die Beherrschung nicht zu verlieren. »Welche Erleichterung!« fauchte sie bissig.

»Wo ist sie?«

»So leid es mir tut: Ich weiß es nicht.« Sofie hatte nun nicht mehr die geringsten Skrupel, ihm ins Gesicht zu lügen.

Er lächelte kalt. »Nun gut, Miß O'Neil! Ihre Standhaftigkeit in allen Ehren. Aber glauben Sie mir, ich finde meine Braut und werde sie heiraten. Und wenn ich sie wie ein Schaf zum Scheren festbinden muß.« Mit diesen Worten drehte er sich um und verließ das Zimmer.

Sie hielt sich die Hand vor den Mund, um nicht aufzuschreien. Arme Lisa! Ihr Schicksal war besiegelt. Sie war verloren.

Suzannes Puls raste, als sie am frühen Nachmittag den Messingklopfer gegen das hohe Portal schlug. Sie mußte Jake sehen, mußte mit ihm reden, ihm berichten, was geschehen war. Sie mußte es tun!

Endlich wurde die Tür geöffnet. Sie hatte einen Butler erwartet. Zu ihrem Schreck stand Jake vor ihr, in einen roten Seidenmantel mit weiten steifen Ärmeln gehüllt, der orientalisch anmutete.

Jake verzog keine Miene bei Suzannes Anblick, obgleich

sie hinreißend aussah in ihrem eleganten, mattgrün schimmernden Kostüm. Ihr Herz machte einen Freudensprung. Er war offenbar eben erst aus den Federn gekommen. Sein Haar war zerzaust, seine Augen wirkten schläfrig. Und er schien unter dem exotischen Gewand nackt zu sein. Das Blut pochte ihr in den Schläfen.

»Jake«, flüsterte sie hastig. »Bitte laß mich ins Haus.«

»Wie kommt es, daß ich mich nicht wundere, dich vor meiner Tür stehen zu sehen?« fragte er ungerührt.

Suzanne erschrak. Er schien getrunken zu haben. Sie bemerkte einen Hauch französischen Cognac in seinem Atem, als sie an ihm vorbei in die Halle rauschte. Im leicht angetrunkenen Zustand war Jake stets am besten im Bett gewesen, schoß es ihr durch den Kopf.

Doch deshalb war sie nicht gekommen, jedenfalls nicht ausschließlich deshalb. Sie war gekommen, weil sie seinen Rat brauchte.

Die Empfangshalle war noch prunkvoller, als die Fassade des Hauses erwarten ließ; sie hatte die Ausmaße eines Theaterfoyers. Über den hohen, mit prachtvollem Stuck und Malereien verzierten Wänden wölbte sich eine Glaskuppel, durch die das Sonnenlicht in gleißenden Bündeln fiel.

Von der Halle führten vier Torbogen zu angrenzenden Räumen und Korridoren. Die Bogen waren verkleidet mit schwarz und golden gesprenkeltem Marmor, der Boden bestand aus weißem Marmor mit schwarzen geometrischen Einlegearbeiten.

Suzanne war tief beeindruckt. »Ich habe mich immer gefragt, wie du zu einem so großen Vermögen gekommen bist, daß du dir diesen Palast bauen konntest.«

Jake stand mit verschränkten Armen vor ihr und beobachtete sie.

Ein Beben durchrieselte sie. In Jakes lauerndem Blick las sie Begehren. Ihre Unruhe wuchs.

»Wie gesagt«, antwortete er. »Ich arbeite im Bauwesen.«

Sie zog eine Braue hoch. »Kaum zu glauben.«

»Und ich bin Schiffseigner.« Er zog einen Mundwinkel hoch.

»Ich frage lieber nicht, welche Fracht auf deinen Schiffen befördert wird.«

»Dann tu es nicht.«

Sie befeuchtete sich die Lippen. »Wo ist dein Personal, Jake?«

»Ich habe nur eine Haushälterin und einen Kammerdiener. Sie sind irgendwo im Haus beschäftigt.«

»Du brauchst eine Ehefrau«, stellte Suzanne fest und bereute ihre voreilige Bemerkung, hatte sie ihn doch in all ihren Briefen gebeten, sie als seine Ehefrau wiederaufzunehmen. Briefe, die er nie beantwortet hatte.

Doch Jake versagte sich eine spöttische Bemerkung. Er maß sie mit einem seltsam verdunkelten Blick. »Warum bist du gekommen?«

Suzannes Blick fiel auf seine nackten, sehnigen Beine, die sichtbar wurden, wenn er sich bewegte und der Mantel sich bei jedem Schritt öffnete. Sie verdrängte ihre unerwünschten Gedanken. »Sofie haßt mich.«

»Das hast du mir bereits gestern gesagt.«

Tränen sprangen ihr in die Augen. »Jake, ich wollte zu ihr, und sie hat mir die Tür gewiesen.«

»Sie wird sich wieder beruhigen«, meinte Jake ungerührt.

Suzanne rang die Hände und fing an zu schluchzen. »N... nein! Das g... glaube ich nicht! Du verstehst mich nicht. Ich bin ihre Mutter. Ich liebe sie. I... ich darf sie nicht verlieren. O Gott! Erst du ... und nun sie!« Der Schmerz zerriß ihr beinahe das Herz. Als sie damals vor so vielen Jahren erfahren hatte, daß Jake tot war, hatte sie ein ähnlicher Schmerz durchzuckt. Doch damals war sie jung und dumm gewesen, hatte nicht wirklich begriffen, was der Verlust eines geliebten Menschen bedeutete.

»Hör auf zu weinen!« befahl Jake. »Sofie liebt dich und wird sich beruhigen.«

Suzanne hörte auf zu schluchzen, doch die Tränen ließen sich nicht aufhalten. Sie suchte Jakes Blick, sah sein Mitleid, seine Betroffenheit. »Sie haßt mich. Aber ich ... ich wollte ihr doch nur noch mehr Leid ersparen.«

Jake stand reglos, dann trat er auf sie zu. Darauf hatte

Suzanne sehnlichst gewartet, zwischen Schmerz und Freude hin- und hergerissen. Sie hatte gewußt, daß sie wieder zueinander finden würden. Seine Arme umfingen sie. »Hör auf zu weinen«, wiederholte er sanft und zog sie an seine starke Brust. »Bitte, Suzanne.«

Suzannes Tränen flossen nur noch heftiger. Sie weinte um Sofie, um Jake, den sie vor so langer Zeit verloren hatte; und sie weinte, weil sie ihn wiedergefunden hatte.

Jakes Hände streichelten ihren Rücken, sanft und beschwichtigend. Suzannes Puls beschleunigte sich. Hitze strömte in ihren Leib. Schwindelerregendes Verlangen packte sie.

Ihre Tränen versiegten, als sie sich an ihn schmiegte, die Arme um seine breiten Schultern schlang. Seine Hände lagen auf ihren Hüften. Sie preßte sich enger an ihn, flüsterte seinen Namen. Seine Hände glitten abwärts. Ein Schauder durchfuhr sie, und dann drückte sie ihre tränennasse Wange an seinen Hals und hauchte zarte Küsse an seine Kehle. Dann spürte sie seinen Mund an ihrer Schläfe, zart und sanft unter dem Rand ihres Hütchens. Seine Hände bewegten sich und hinterließen eine heiße Spur. Suzanne bewegte die Hüften und spürte seine harte Männlichkeit unter der dünnen Seide seines Hausmantels.

Sie klammerte sich an seine Schultern und hob den Blick zu ihm auf. »Oh, Jake.«

Seine Augen verdunkelten sich, doch dann umfing sein Mund ihre Lippen, als wolle er sie verschlingen, saugte sich fest wie ein Verdurstender. Suzanne entfuhr ein kehliger Laut. Sie wölbte ihm ihr Becken entgegen. Seine Erektion versengte sie. Das war kein trügerischer Traum. Oh, Jake! Ihr Traum war wahr geworden.

Seine Zunge stieß tief in ihren Mund. Und plötzlich fühlte sich Suzanne von seinen starken Armen hochgehoben. Er trug sie in den angrenzenden Salon. Suzanne hörte, wie die Tür ins Schloß fiel. Jake ließ sie auf einen Diwan nieder und legte sich auf sie.

Er nahm ihr Gesicht in beide Hände und sah ihr forschend in die Augen.

»Ich liebe dich«, hauchte Suzanne. »Ich liebe dich wirklich, Jake.«

Sein Mund schloß sich erneut um den ihren zu einem langen, feurigen Kuß. Als er sich von ihr löste, flüsterte er heiser! »Zeig es mir.«

Suzanne lächelte. Die Rolle der Verführerin fiel ihr nicht schwer. Sie öffnete sein Gewand. Ihr Blick glitt über seine muskelbepackte Brust zu seinem harten, flachen Bauch und verweilte auf seinem Phallus, der sich ihr entgegenreckte. Sie hatte vergessen, wie riesig, wie mächtig er war. Sie atmete schwer.

Dann beugte sie sich über ihn und neckte die prall glänzende Kuppel seiner Männlichkeit mit der Zunge. Jake stöhnte.

Suzanne nahm ihn in den Mund. Jake sank in die Kissen zurück und ließ sich verwöhnen. Sie war sehr geschickt, wußte genau, wie sie seine Wollust steigern konnte.

Dann bäumte er sich auf. »Genug!« Jake warf sie auf den Rücken und nestelte an den Knöpfen ihres Kleides. »Es ist so lange her«, krächzte er. »Ich will dich nackt sehen, Suzanne. Völlig nackt.«

Sie lachte erregt und triumphierend. Sie stand in der vollen Blüte ihrer Schönheit. Sie wollte, daß Jake sie nackt sah. Sie wollte ihn mit ihrer üppigen, reifen Schönheit verführen.

Es dauerte nicht lange, und ihre Kleider lagen auf dem Boden verstreut. Jakes Hände umfingen ihre Brüste, liebkosten sie. Dann beugte er sich über sie und nahm eine Brustknospe in den Mund. Suzanne entfuhr ein spitzer Schrei. Er leckte und saugte an ihren Brüsten, bis Suzanne um Gnade winselte. Jake spreizte ihre Beine, seine Zunge leckte ihren Bauch, wanderte tiefer, bis sie zwischen die pochenden Fleischkämme ihrer Vulva eintauchte. Suzanne schluchzte, als er ihren winzigen Hügel fand und daran saugte. Seine Zunge umflatterte die Perle ihrer Lust wie ein Schmetterling eine Blüte.

Suzanne schluchzte, stöhnte und wimmerte. Jake brachte sich über ihr in Stellung und glitt in sie. Ihre Leiber vereinten sich in wilder, entfesselter Gier, schlugen klatschend aufeinander. Suzanne kam ein zweitesmal zum Höhepunkt. Jake rollte mit ihr auf den Rücken, schob einen Finger in ihre nasse Öffnung, ohne aufzuhören, sie zu stoßen, und beobachtete dabei ihr Gesicht.

»Elender Schuft«, keuchte Suzanne; sie schloß die Augen, warf den Kopf in den Nacken, bot ihm ihren langen, weißen Hals. Und wieder schlug eine beinahe schmerzliche Woge der Wollust über ihr zusammen, und sie entlud sich in hilflosen Zuckungen.

Als sie wieder zur Besinnung kam, ritt sie ihn immer noch. Er verhielt sich still, seine goldbraunen Augen betrachteten sie aufmerksam. Sein Blick sagte ihr, daß er noch lange nicht genug hatte, sein Schaft pulsierte hart und tief in ihr.

Jake lächelte beinahe grausam. »Es ist lange her, Suzanne. Ich bin kein kleiner Junge mehr.«

»Dafür habe ich dich nie gehalten.«

Er lachte trocken, zog sie zu sich herab und drehte sich in einer geschmeidigen Bewegung mit ihr; nun lag sie auf dem Rücken. Sein Mund fand die samtweiche Haut an ihrer Kehle. Dann begann er sich wieder in ihr zu bewegen. Und diesmal bewegte er sich sehr langsam.

Die bodenlangen Seidendraperien schimmerten hell im Widerschein des Mondlichts, das sich im glatten Marmorfußboden spiegelte. Niemand hatte die hohen Fenster verhängt, durch die das Schwarz der Nacht seltsam gespenstisch anmutete. Suzanne schmiegte sich in Jakes Arme. Sein rotes Seidengewand hatte sich zu ihren Kleidern auf dem cremefarbenen Aubussonteppich gesellt.

Jake wußte, daß sie nicht schlief, da ihre Finger federleicht seine Unterarme kraulten und sie von Zeit zu Zeit wohlig seufzte.

Jake mußte sie nicht ansehen, um zu wissen, daß sie lächelte wie eine satte Katze. Und er tat es dennoch, wenn auch ohne besondere Gefühlsregung.

Die Leere in ihm war nicht gewichen, sie war immer noch da.

Er hatte gedacht, hatte sogar gehofft, daß er sie noch lieben würde. Heimlich, tief in seinem Innern. Aber er fühlte sich ebenso leer und einsam wie stets, nachdem er mit einer Frau geschlafen hatte. Er kannte Suzanne nun seit mehr als zwanzig Jahren; sie hatte ihm seine geliebte Tochter geboren, aber es war nichts mehr da, nicht die geringste Empfindung – außer seiner Fleischeslust.

Hätte er mit Delanza am frühen Nachmittag nicht getrunken, ihm all seine Geheimnisse anvertraut und sich eine Zentnerlast von der Seele geredet, was er nie zuvor getan hatte, auch nicht bei St. Clare, hätte er seinem Verlangen nicht nachgegeben. Er hatte Suzannes Sirenengesang viele Jahre widerstanden.

Doch irgendwie war ihre körperliche Vereinigung unausweichlich gewesen. Es war nötig, noch einmal mit ihr zusammenzusein, um zu ergründen, ob noch ein Rest Liebe in ihm war.

Doch es war nichts mehr da. Nicht der geringste Funke, keine Spur. Sein Verstand sagte ihm, daß er erleichtert sein sollte, und in gewisser Weise war er das auch, aber er war auch traurig. Unendlich traurig.

Suzanne war seine Ehefrau, die in wenigen Minuten aufstehen, sich anziehen und zu einem anderen Mann gehen würde. Sofie war seine Tochter, die nicht einmal wußte, daß er lebte. Und wenn sie es wüßte, würde sie sich vor Entsetzen von ihm abwenden. Er war ein Verräter, ein Mörder und ein Lügner. Jake schloß die Augen. Edward hatte an der Hotelbar zwar versucht, ihn davon zu überzeugen, daß Sofie überglücklich wäre, wenn sie wüßte, daß ihr Vater noch lebte und daß sie sich keineswegs voller Abscheu von ihm abwenden, sondern sich in seine Arme werfen würde. Wenn er es nur glauben könnte!

Suzanne seufzte wohlig und richtete sich träge auf. Jake war froh, in seinen Grübeleien unterbrochen zu werden. Sie lächelte, ahnte nichts von seinen Empfindungen. Sie hatte ihn so oft in der Vergangenheit verletzt – und er sie, doch nun hatte er nicht den Wunsch, ihr weh zu tun. Es war Zeit, die Vergangenheit ruhen zu lassen. »Du bist noch schöner geworden, Suzanne«, sagte er ernsthaft. Sie war das Bild einer makellosen Venus mit ihrem ovalen Gesicht, den klassisch ebenmäßigen Zügen, dem wallenden mahagonifarbenen Haar, ihren vollen Brüsten, runden Hüften und prallen Schenkeln.

Suzanne lachte geschmeichelt. »Und du bist ein atemberaubender Mann, Jake. Ein wunderbarer Liebhaber.« Sie küßte ihn zart auf den Mund.

Jake blieb ernst.

Ihr Lächeln schwand. »Jake?«

Er wußte nicht, was er sagen sollte. Langsam richtete er sich auf, schwang seine langen, sehnigen Beine über das beige gestreifte Damastsofa, griff nach seinem Mantel und schlüpfte in die Ärmel. Suzanne legte ihm die Hand auf den Arm. »Jake? Was hast du vor?«

»Es ist spät geworden. Du mußt nach Hause, Suzanne.«

Damit wollte sie sich nicht zufriedengeben. »Das weiß ich selbst, aber ...«

Ihm blieb keine Wahl. »Es gibt kein Aber. Benjamin ist dein Ehemann, nicht ich.« Er machte eine Pause. »Es tut mir leid. Das hätte nicht passieren dürfen.«

Suzanne sprang auf, bleich, bestürzt. »*Das hätte nicht passieren dürfen?!* Jake! Das war das Schönste, was uns beiden je passiert ist. Ich liebe dich! Und du liebst mich ... Ich weiß es!«

Nun stand auch Jake auf und schlang den Gürtel um die Hüften. Sie war sehr schön in ihrer Nacktheit, doch er spürte nicht die geringste Regung. Die Erkenntnis, daß es wirklich aus und vorbei war zwischen ihnen, verblüffte ihn. Er würde sie nie wieder begehren, das wußte er in aller Deutlichkeit. »Nein, Suzanne, du irrst dich.«

Sie sah ihn entgeistert an. »Was sagst du da?«

»Du bist mit Benjamin verheiratet.«

»Ich verlasse ihn! Das habe ich dir gesagt, und es ist mir ernst damit.«

»Du kannst ihn nicht verlassen«, entgegnete er leise. »Damit würdest du dich ruinieren, das weißt du genau. Du hast mich einmal gehaßt. Du würdest mich wieder hassen, wenn deine Freunde dich fallenlassen, dich verachten.«

»Nein. Diesmal ist es anders. Du bist kein armseliger Einwanderer mehr!«

Er zuckte zusammen. »Das schmerzt. Noch vor wenigen Sekunden sagtest du, du liebst mich ... dabei liebst du nur mein Geld.«

»Nein. Ich liebe dich!« schluchzte Suzanne. »Du verdrehst mir die Worte im Mund.«

Jake schüttelte den Kopf. Suzanne liebte ihn zwar in ihrer eigensüchtigen Art. Auch er hatte sie einst aus ganzem Herzen geliebt, doch nun liebte er sie nicht mehr. »Geh zu Benjamin zurück«, sagte er leise und eindringlich. »Du gehörst zu ihm.«

Suzanne schnappte nach Luft. »Ich gehöre zu dir. Das weißt du genau, du Schuft. Was wir eben getan haben, ist der Beweis dafür. Gütiger Himmel, wir sind übereinander hergefallen und haben uns stundenlang geliebt wie die Tiere!«

Sie tat ihm leid. »Damit triffst du den Nagel auf den Kopf, Suzanne. Wir waren wie die Tiere. Das war nicht Liebe, das war triebhafte Fleischeslust. Wunderbarer Sex, aber nur Sex, nichts weiter. Geh nach Hause.«

Suzanne war den Tränen nahe. »Ich kann nicht ohne dich leben«, wimmerte sie.

»Doch, du kannst«, widersprach er. »Du lebst seit Jahren ohne mich.« Der Gedanke, wie rasch sie sich mit seinem vermeintlichen Tod abgefunden und wenige Wochen danach wieder geheiratet hatte, stieß ihm immer noch bitter auf.

Suzanne bückte sich nach ihrem Mieder und streifte es über. Dann hielt sie sich das Kleid vor die Brust. »Ich bin deine Frau. Ich habe diskrete Nachforschungen anstellen lassen. Laut Gesetz sind wir immer noch verheiratet.«

»Dann bist du eine Bigamistin.«

»Ich habe nicht wissentlich gehandelt.«

»Ich erkundige mich bei meinem Anwalt nach einer Möglichkeit, die Scheidung ohne großes Aufhebens zu erwirken.« Mit diesem Gedanken hatte er bereits gespielt, ihn aber wieder verworfen. Er scheute das Risiko, daß seine wahre Identität ans Tageslicht gezerrt werden könnte. Doch nun stand sein Entschluß fest. Er mußte einen Weg finden, sich scheiden zu lassen, ohne sich dabei in Gefahr zu bringen.

»Nein!« schrie Suzanne. »Selbst wenn es möglich wäre, weigere ich mich, mein Einverständnis zu geben.«

Jake zuckte mit den Schultern. »Gib auf, Suzanne. Es ist vorbei.« Er hob die Hand und berührte ihre Wange. »Es tut mir leid. Es tut mir alles so leid.«

Wütend schlug sie seine Hand weg. »Es ist nicht vorbei. Ich bin deine Ehefrau. Ich werde immer deine Frau bleiben. So kommst du mir nicht davon, Jake. Ich willige niemals in eine Scheidung ein.«

Jake sah sie lange an.

Suzanne befeuchtete die Lippen. »Ich werde dich niemals aufgeben. Hast du verstanden?«

Er blieb stumm.

»Nie und nimmer!« kreischte sie hysterisch.

Jake wandte sich ab und durchquerte den Salon, sein roter Seidenkimono umflatterte ihn. An der Tür blieb er stehen. »Adieu, Suzanne.«

»Nein. Ich liebe dich! Du elender Schuft!«

Jake schloß kurz die Augen. »Es ist zu spät. Fünfzehn Jahre zu spät.«

Suzanne starrte hinter ihm her, als er den Salon verließ. Die schwarzglänzende Lacktür schloß sich hinter ihm.

Suzanne stand allein in dem hohen Salon mit dem schwarzweiß gemusterten Marmorboden und den hellen Möbeln. Allein und verlassen. Jake war fort, Sofie war fort. Suzanne wurde von Schmerz übermannt.

Dann wischte sie sich ungeduldig eine Träne weg. Mit Weinen würde sie ihn nicht zurückerobern. Vor langer, langer Zeit waren ihre Tränen eine wirksame Waffe gegen Jake gewesen. Doch damit konnte sie ihn nicht mehr beeindrukken.

Sie würde ihn zurückgewinnen. Viele Jahre hatte sie ihn für tot gehalten, sie konnte noch länger warten. Und sie legte einen Schwur ab. Sie war seine Frau. Daran war nicht zu rütteln. Wie lautete das Ehegelöbnis? *Bis daß der Tod euch scheidet.*

Kapitel 28

Beim Durchqueren der Hotelhalle bemühte Sofie sich um eine gleichmütige Miene. Die kleine Edana auf ihrem Arm schaute mit großen Augen fasziniert in die Runde. Sofie stellte sich neben ein älteres Ehepaar und wartete auf den Lift. Sie trug Handschuhe, die ihre unberingten Finger verbargen.

Vor einer Stunde hatte Sofie zum erstenmal seit ihrer Ankunft in der vergangenen Nacht es gewagt, das Savoy zu verlassen. Während sie das Baby zu einem Spaziergang in den Park warm einpackte, war ihr erst zu Bewußtsein gekommen, welche Überwindung es sie kostete, sich in der Öffentlichkeit zu zeigen. Das Hotelpersonal wußte selbstverständlich, daß sie mit ihrem Baby Edwards Suite bewohnte und würde mit Sicherheit hinter ihrem Rücken tuscheln. Sie vermied es, die Gäste im Foyer anzusehen, spürte aber ihre Blicke auf sich. Irgendwie hatte sie den Verdacht, daß alle um sie und ihr uneheliches Kind wußten.

Der Aufzug hielt. Der Herr ließ den Damen den Vortritt. Der Liftboy wandte sich an Sofie. »Welche Etage, Miß?«

Sofie streifte ihn mit einem unsteten Blick. »Fünfte, bitte.« Ihre Wangen glühten. Woher wußte er, daß sie nicht verheiratet war?

Sie fuhren schweigend nach oben, und dann sprach die elegante Dame sie an. »Was für ein entzückendes Baby. Ein Mädchen?«

Sofie nickte und sah kurz auf. Die Dame lächelte freundlich.

»Für wen arbeiten Sie, wenn ich fragen darf?« fuhr die Fremde fort. »Vielleicht kenne ich die Mutter des reizenden Kindes.«

Die Frau hielt Sofie für Edanas Kindermädchen. Kein Wunder bei ihrem ärmlichen Aussehen. Seit ihrem Aufenthalt in Paris hatte sie sich keine neue Garderobe gegönnt.

Sofie war sehr verlegen, tröstete sich aber mit dem Gedanken, daß es weniger demütigend sei, für ein Kindermädchen gehalten zu werden, als die uneheliche Mutter zu sein. »Ehm ... das glaube ich kaum«, antwortete sie verlegen.

Der Aufzug kam mit einem Ruck zum Stehen, und das Ehepaar stieg aus. Als die Türen sich wieder schlossen, drückte Sofie die Kleine zitternd an sich.

Im fünften Stock eilte sie den Flur zur Suite entlang. Vor der Tür wechselte sie das Baby auf den anderen Arm, um die Tür aufzuschließen. Rachelle hatte sich den Nachmittag freigenommen, um einen Schaufensterbummel zu machen, und würde erst später zurückkommen. Sofie betrat das Foyer und schlug die Tür hinter sich zu.

Im Salon brannte Licht, dabei wußte Sofie genau, daß sie alle Lichter gelöscht hatte, als sie gegangen war. Rachelle schien vorzeitig zurückgekehrt sein. »Rachelle?« rief sie und blieb auf der Schwelle zum Salon stehen.

Eine Männergestalt erhob sich von einem der Sofas und nickte ihr zu.

Sofie erschrak. »Edward! Was machst du hier? Wie bist du hereingekommen?«

Er blickte ihr und Edana ungerührt entgegen. »Durch die Tür.«

Sofie straffte die Schultern. »Hast du einen Schlüssel?«

»Es ist meine Suite, hast du das vergessen?«

Zorn kochte in ihr hoch – und Angst. »Du kannst doch nicht einfach so hereinschneien!«

»Nein? Edana ist meine Tochter. Ich wollte sie sehen, bevor ich heute abend ausgehe.«

Sofie durchfuhr ein Stich. Zweifellos verbrachte er den Abend in Gesellschaft irgendeiner zweifelhaften Dame, mit der er auch die Nacht verbringen würde. »Du kannst hier nicht einfach unangemeldet auftauchen, wenn dir danach ist«, entgegnete sie aufbrausend.

»Du erschreckst das Baby. Gleich fängt es zu weinen an.«

Sofie wiegte Edana beruhigend. »Sie ist hungrig. Es ist besser, du kommst morgen wieder.« Dann rauschte sie an ihm vorbei, verschwand im Schlafzimmer und verriegelte die Tür. Sie legte den Mantel ab, öffnete zitternd ihr Mieder und begann Edana zu stillen. Während des Stillens horchte sie angespannt, ob die Tür zum Korridor ins Schloß fiel. Sie hörte nichts. Also wartete er im Salon.

Worauf wartete er?

Gedanken an ihren leidenschaftlichen Liebesakt am Morgen schossen ihr durch den Kopf. Das war erst acht Stunden her, ihr aber erschien es wie Tage oder Wochen.

Sofie überlegte verzweifelt, was sie tun sollte. Die augenblickliche Situation war unerträglich.

Edana war eingeschlafen. Sofie wechselte ihre Windeln und legte sie in die Wiege; sie erwog, im Schlafzimmer zu bleiben, bis Rachelle nach Hause kam, verwarf den Gedanken jedoch. Mit energischen Schritten ging sie zur Tür. Die Situation mußte bereinigt werden.

Edward wandte sich ihr zu, als sie den Salon betrat, und wies zum Sofa. »Bitte, setz dich, Sofie.«

Sofie rührte sich nicht. »Was willst du von mir?« Ihre Stimme klang unnatürlich spitz. Sie verschränkte die Hände.

Edwards Stimme war ruhig und sachlich, als er antwortete. »Ich bin nicht gekommen, um dich zu verführen, falls du dir deshalb Sorgen machst.«

»Ich mache mir um viele Dinge Sorgen.«

Sein Blick wanderte über ihre Figur. »Ich habe nicht die Absicht, mich wegen heute morgen zu entschuldigen.«

»Das habe ich auch nicht erwartet.«

»Wir müssen reden.«

»Ja«, bestätigte Sofie knapp. »Wir müssen reden.«

»Bitte, setz dich.«

Sofie ließ sich auf der Kante des Sofas nieder, mit durchgedrücktem Rücken und geschlossenen Knien, die Finger im Schoß verschränkt. Gottlob konnte Edward ihren rasenden Herzschlag und die feuchten Hände nicht bemerken. Auch Edward setzte sich, jedoch nicht auf das zweite Sofa, er zog sich vielmehr einen gepolsterten Hocker heran; noch einen Zentimeter weiter, und ihre Knie würden sich berühren. Sofie wagte nicht, sich zu bewegen.

»Warum hast du Angst vor mir?«

»Das fragst du? Nach der Szene heute morgen?«

»Sei nicht ungerecht. Du wolltest es heute morgen genauso wie ich. Daß ich hinterher so häßliche Dinge gesagt habe, tut mir leid.«

Sie blickte auf. Er wirkte aufrichtig. Aber sie hatte ihn vor langer Zeit für aufrichtig gehalten und sich in ihm getäuscht. »Wie soll es weitergehen, Edward?«

Er sah sie unverwandt an. »Ich entschuldige mich für meinen Ausbruch. Aber es war mir ernst, als ich sagte, ich lasse nicht zu, daß du Henry Marten heiratest.«

Sofie fuhr sich mit der Zunge über die spröden Lippen. »Das hast du mir deutlich zu verstehen gegeben.«

»Liebst du ihn, Sofie?«

Sie senkte die Lider und schüttelte den Kopf. »Nein«, antwortete sie leise. Es drängte sie, Edward ihre Liebe zu gestehen, sie wollte ihn um seine Liebe anflehen, wollte ihn anschreien und mit Fäusten auf ihn einhämmern. *Warum? Warum kannst du mich nicht lieben?*

»Sofie, du wohnst hier in meiner Suite mit meinem Kind. Ich habe nicht die Absicht, ein Geheimnis daraus zu machen.«

Ihr Kopf schnellte hoch. »Willst du es an die große Glocke hängen?«

»Noch nicht.«

»Aber du wirst es tun?«

»Ja.«

Bitterkeit stieg in ihr hoch – und Erleichterung. »Du willst mich also zur Ehe zwingen, habe ich recht?«

»Ja.«

Sie hob abwehrend die Hand. »Du mußt keinen Zwang ausüben und keine üblen Tricks anwenden. Ich bin zu der Überzeugung gelangt, daß ich so nicht leben kann. Ich werde dich heiraten, Edward.«

Er riß die Augen auf, und der Unterkiefer fiel ihm herunter.

»Überrascht dich das tatsächlich?« fragte sie und verdrängte ihre Trauer.

»Ja, sehr. Du bist eine erstaunliche Frau, Sofie. Seit ich dich kennengelernt habe, sorgst du für eine Überraschung nach der anderen.«

Sofie wandte den Blick von ihm ab. Er klang beinahe so, als wolle er ihr ein Kompliment machen, als bewundere er sie wegen ihrer Exzentrizität.

»Sofie?« Er hob ihr Kinn mit seiner großen, warmen Hand und zwang sie, ihm in die Augen zu sehen. Sofie hörte auf zu atmen.

»Ich werde dir ein guter Ehemann sein. Das verspreche ich.«

Sofie atmete tief ein. Sie hätte ihn gern gefragt, ob er auch ein treuer Ehemann sein wollte. Doch damals im *Delmonico* hatte er ihr gesagt, er könne keiner Frau lange treu sein.

Edward ließ die Hand sinken, doch sein zärtlicher Blick ruhte weiterhin auf ihr.

Erwartete er, nach der Hochzeit in ihr Bett kommen zu können, wenn ihm danach zumute war? Oder sollte es eine reine Vernunftehe werden? Sein Blick ließ keinen Zweifel an seinen Absichten. Der Gedanke war ihr unerträglich, daß er gelegentlich zu ihr ins Bett schlüpfen würde, seine außerehelichen Liebschaften aber beizubehalten beabsichtigte. Sofie wandte das Gesicht zur Seite. Über dieses Thema mußte sie unbedingt mit ihm sprechen, doch sie hatte nicht den Mut dazu, jetzt davon anzufangen. Vielleicht später – nach der Hochzeit.

»Wann wollen wir heiraten?« fragte er.

Sofie zögerte und hob unschlüssig die Schultern.

Edward ergriff ihre Hand. Sofie zuckte zurück, als ihr klar wurde, daß er ihr den Diamantring an den Finger steckte. »Was machst du da?« entfuhr es ihr.

»Dies ist mein Verlobungsgeschenk«, entgegnete er. Seine Augen blitzten beinahe so hart wie der Diamant an ihrem Finger.

»Das ist nicht nötig, Edward«, murmelte sie verlegen.

Er stand auf und schob die Hände in die Taschen. »Wie wär's mit morgen?«

Sofie sprang auf die Füße. »Nein!«

Er lächelte schief. »Wann? Übermorgen? In einer Woche? Welchen Sinn hat es zu warten?« Sein bohrender Blick warnte sie davor, einen Rückzieher zu machen.

Sie rang nach Luft. »W... wie wäre es n... nach meiner Ausstellung?«

»Wann, zum Teufel, ist die?«

»Schon in zwei Wochen«, flüsterte sie tonlos.

Er nickte knapp.

Sofie konnte nicht mehr an sich halten. Sie brach in Tränen aus.

Edward sah sie verständnislos an.

»Es ... es t... tut mir leid«, stammelte sie, wobei sie das Gesicht mit den Händen bedeckte. »Ich w... weiß nicht, wie wir zurechtkommen sollen.«

Edward zog ihr die Hände vom Gesicht. »Wir schaffen es schon«, knirschte er zwischen den Zähnen.

Sofie entwand ihm ihre Hände.

Wortlos wandte Edward sich ab und verließ den Salon. Einen Augenblick später fiel die Tür zum Flur krachend ins Schloß, ähnlich einem Donnerschlag, der den Gewittersturm ankündigte.

Rachelle war noch nicht zurückgekommen. Sofie nahm die Tuschfeder und tauchte sie ein. Ihre Hand bewegte sich wie von selbst. Sie zeichnete Edward, rasch, flüchtig, die Konturen seines Kopfes, Hals und Schultern. Sie skizzierte seine kraftvolle Figur und führte die Gesichtszüge detailliert aus. Dann ließ sie die Feder sinken.

Sie liebte ihn mehr denn je, und ihre Liebe schmerzte mehr denn je.

Sofie betrachtete die flüchtige Skizze. Während der Atlantiküberfahrt hatte sie einige Zeichnungen angefertigt, die ihr mißlungen schienen und die sie zerrissen hatte. Wirklich gearbeitet hatte sie nicht mehr, seit Edward überraschend im *Zut* aufgetaucht war, als sie mit ihren Freunden die Einzelausstellung feierte, die Paul Durand-Ruel für sie in New York plante.

Was war schon dabei, wenn sie ihn jetzt zeichnete? Bald

war sie mit ihm verheiratet. Dann konnte sie ihn sogar bitten, ihr Modell zu sitzen. Bei dem Gedanken begann Sofies Herz zu flattern.

Sie sehnte sich danach, sich wieder in der Passion ihrer Malerei zu verlieren.

Entschlossen nahm Sofie die Feder wieder zur Hand und begann ihn erneut zu zeichnen, so wie sie ihn von gestern abend in Erinnerung hatte. Ihr Strich war nun kühner, entschlossener, sicherer. Sie nahm sich vor, wieder ein Ölbild von ihm zu malen. Wenn sie sich auf ihre Malerei konzentrierte, würde sie ihren Kummer vielleicht bald vergessen. Sowohl Vollard als auch Durand-Ruel hatten die Porträts von Edward von all ihren Arbeiten am besten gefallen. In zwei Wochen war die Ausstellung. Ihre bisherigen Bilder von Edward waren in kürzester Zeit entstanden; sie hatte daran wie besessen und fast ohne Unterbrechung gearbeitet. Wenn ihr ein ähnlich gutes Bild gelang wie die übrigen, würde Jacques Durand-Ruel begeistert sein.

Mit wenigen Strichen skizzierte sie seinen sehnigen, kraftvollen Körper. Edward lehnte in der Zeichnung an einer Wand, wirkte jedoch angespannt wie auf dem Sprung. Ebenso angespannt, wie sie selbst sich fühlte. Wie sollte sie das alles bloß durchstehen?

Seufzend legte Sofie die Feder beiseite und betrachtete die Zeichnung. So hatte sie ihn auf Lisas Verlobungsball gesehen. Elegant und umwerfend männlich. Das war gestern abend gewesen. Gestern abend hatte sie ihn nach ihrer Flucht aus Paris wiedergesehen. Und heute hatte er ihr seinen Verlobungsring angesteckt.

Sofie versuchte sich einzureden, daß dies die beste Lösung sei. Für Edana war es die beste Lösung, daran gab es keinen Zweifel. Edana würde mit einem liebevollen Vater aufwachsen. Sofie dachte wehmütig daran, wie sehr ihr Vater sie geliebt hatte, ehe er gezwungen war, New York zu verlassen. Sie erinnerte sich lebhaft an die Jahre ihrer Kindheit, in denen sie sich sehnlichst gewünscht hatte, ihr Vater wäre noch am Leben, in denen sie sich danach verzehrt hatte, auch einen liebevollen Vater zu haben wie andere Kinder.

Sofie nahm sich fest vor, an Edanas Beziehung zu Edward zu denken, wenn Panik sie beim Gedanken an die bevorstehende Ehe zu übermannen drohte.

Plötzlich dachte sie an Henry Marten. Sie war so sehr mit ihrem Gefühlsaufruhr beschäftigt gewesen, daß sie keinen einzigen Gedanken an ihn verschwendet hatte. Henry liebte sie und wartete auf ihre Antwort. So sehr Sofie es bedauerte, ihm weh tun zu müssen, es ließ sich nicht vermeiden.

Sie durfte nicht länger warten. Morgen wollte sie ihn aufsuchen und ihm ihre Verlobung mit Edward Delanza mitteilen.

Sofie verbarg die Hände im Schoß, damit er ihren Verlobungsring nicht sah. Henry blickte ihr forschend ins Gesicht. »Du lieber Himmel, Sofie! Sind Sie krank? Hat er Ihnen weh getan?«

Sofie schluckte. »Nein.«

»Wie ich hörte, haben Sie den Ball mit ihm verlassen. Vermutlich hat er Sie dazu gezwungen. Er hat Sie doch dazu gezwungen, oder?«

Sofie nickte. »Edward bestand darauf, Edana noch am gleichen Abend zu sehen.«

Henrys Gesichtsmuskeln spannten sich an. »Bestand er auch darauf, daß Sie seine Suite im Savoy beziehen?«

Sofie erbleichte. »Neuigkeiten verbreiten sich schnell, wie ich sehe.«

»Ja.«

»Er bestand darauf, daß ich seine Suite nehme, da keine andere mehr frei war.« Sie straffte die Schultern und sah Henry tapfer ins Gesicht. »Ich habe ihm mein Jawort gegeben, Henry.«

»O Gott. Ich hab's gewußt!« rief Henry in heller Verzweiflung.

Sofie berührte ihn am Arm. »Bitte, Henry. Es tut mir leid.«

Henry seufzte tief. Dann blickte er ihr forschend in die Augen. »Sie lieben ihn, habe ich recht? Sie haben ihn immer geliebt. Vom ersten Augenblick an, als er im Sommerhaus Ihrer Eltern in Newport auftauchte.«

»Ja.«

Henry senkte den Kopf. »Ich glaube, er liebt Sie auch.«

Sofie fuhr zusammen. Nein. Sie wußte es besser. Sie wußte, daß er sie nicht liebte. Und dennoch keimte Hoffnung in ihr auf. Wenn es nur wahr wäre!

Am Tag vor der Eröffnung der Ausstellung wurde Sofie krank. Der Gedanke, sich einem Publikum und der Kritik zu stellen, hatte ihr immer Furcht eingeflößt, doch als die Vernissage noch in weiter Ferne lag, konnte sie ihre Ängste von sich schieben. Nun verstärkte diese Angst sich durch die Tatsache, daß Edward und sie einen Tag danach vor den Standesbeamten treten und heiraten würden. Ihr Magen rebellierte, ihr war so übel, daß sie die Scheibe Toast wieder von sich gab, die sie lustlos zum Frühstück gegessen hatte, und sich den ganzen Tag elend und schwach fühlte.

Henry täuschte sich. Edward liebte sie nicht, er hatte sie nie geliebt. Die Vorstellung war absurd.

Edward benutzte weiterhin ungeniert seinen Schlüssel, um die Suite zu betreten, wenn er Edana mehrmals am Tag besuchte. Sofie begegnete er mit ausgesuchter Höflichkeit. Die Spannung, die sie in dem neuen Ölbild von ihm einzufangen versuchte, an dem sie heimlich arbeitete, war deutlich zu spüren. Sobald Edward die Suite betrat, veränderte sich die Atmosphäre, wurde spannungsgeladen; er erschien Sofie wie ein lauerndes Ungeheuer, das jeden Augenblick drohte Flammen zu speien.

Sofie bemühte sich um Gelassenheit in seiner Gegenwart und gab vor, seine Blicke nicht zu bemerken, mit denen er sie musterte, als sei sie eine Delikatesse, die er gerne verspeisen würde. Wenn er ihr den Rücken zuwandte, sah sie ihn mit ähnlich hungrigem Blick an. Sie hatte sich ihrer Lust nie geschämt und wollte sich auch jetzt nicht dafür schämen. Aber vor ihm mußte sie ihre Gefühle verbergen.

Sofie ging zu Fuß die Fifth Avenue entlang zur Galerie, wo sie mit Jacques Durand-Ruel einen letzten Blick auf die Ausstellung werfen wollte, ehe sie morgen für die Öffentlichkeit freigegeben wurde. Mittlerweile bereute sie, den

Hochzeitstermin auf den darauffolgenden Tag festgelegt zu haben. Ihre erste Einzelausstellung sollte der wichtigste Tag in ihrem Leben sein. Doch nun wurde das Ereignis durch eine Heirat ohne Liebe überschattet und in den Hintergrund gedrängt, eine Heirat mit einem Mann, der sich verpflichtet fühlte, ihrer Tochter seinen Namen zu geben.

Jacques, der sie bereits erwartete, kam ihr mit ausgebreiteten Armen entgegen, als sie die Galerie betrat. »Liebste Sofie«, rief er und umarmte und küßte sie auf beide Wangen. »*Ma chère*, Sie sehen blaß aus. Vermutlich haben Sie Lampenfieber.«

»Ich sterbe vor Angst«, gestand Sofie offen.

»Sie brauchen keine Angst zu haben«, versuchte Jacques sie zu beschwichtigen. »In der Regel sind die hiesigen Kritiker wohlmeinender als in Paris. Wir haben zudem Reklame damit gemacht, daß Sie lange in Frankreich lebten; das kommt beim amerikanischen Publikum und bei den Kritikern sehr gut an. Ich habe das Gefühl, liebste Sofie, der morgige Tag wird all unsere Erwartungen übertreffen.«

»Ich hoffe, Sie haben recht«, sagte Sofie und betrat den großen hinteren Raum, in dem ihre Bilder ausgestellt waren, insgesamt dreiunddreißig Arbeiten. Zwölf Ölbilder, zwölf Studien in Kohle oder Tusche als Vorarbeiten zu den Ölbildern, sechs Pastelle und drei Aquarelle. Es gab zwei Stilleben, die übrigen waren figürliche Darstellungen, acht davon Studien von Edward. Es machte sie nervös, Edwards Blicke, wenn auch nur von der Leinwand herunter von allen Seiten auf sich zu spüren, und eine merkwürdige Mischung aus Glück und Schmerz durchrieselte sie.

Zwei Arbeiter waren gerade dabei, das letzte große Ölbild an der rückwärtigen Wand anzubringen. Eine Aktstudie von Edward, die sie in Paris gemalt hatte.

Jacques sah ihren Blick und lächelte. »Unser Prunkstück.«

»Nein!« rief Sofie entsetzt.

»*Ma chère?*«

Sofie eilte auf das Bild zu, das alle anderen Arbeiten in den Schatten stellte. Edward blickte auf Sofie und Jacques von der Leinwand herunter. Er stand mit einer Schulter an eine Wand gelehnt, von der die Farbe blätterte. Hinter ihm befand sich ein Fenster, durch das man die Windmühlen von Montmartre erahnte. Sein dem Betrachter zugewandtes Bein war im Knie angewinkelt, das Gewicht lagerte auf dem anderen Bein. Dadurch wurde kein anstößiger Körperteil der männlichen Anatomie des Nackten gezeigt.

In der rechten unteren Ecke des Bildes wurde der Anschnitt eines zerwühlten Bettes sichtbar. Der Raum war in helles Sonnenlicht getaucht. Blautöne herrschten vor, der Hintergrund war verschwommen gehalten. Für Edwards Gestalt hatte sie warme, erdige Farben gewählt. Auf dem zerwühlten Bett lag eine rote Decke. Edwards Gesicht, mit nahezu klassischer Detailgenauigkeit ausgeführt, dominierte die Leinwand und zog den Betrachter in hypnotischen Bann.

Seinen leuchtenden Augen war eindeutig zu entnehmen, woran der nackte Mann dachte. Sofie hatte beinahe vergessen, wie gut die Arbeit war.

Jacques war hinter sie getreten. »Ihre beste Arbeit. Verblüffend kraftvoll. Damit werden Sie Karriere machen, Sofie.«

Sofie wandte sich zu dem Galeristen um. »Wir können es nicht ausstellen.«

»Wir müssen!«

Sofies Herzschlag beschleunigte sich. »Ich habe das Bild ohne Mr. Delenzas Zustimmung gemalt, und ich habe natürlich auch nicht sein Einverständnis, es zu zeigen.«

Jacques bekam sehr runde Augen. »Er hat Ihnen dafür nicht Modell gestanden?«

»Nein. Für das erste Ölbild stand er mir Modell und für *Delmonico's*.«

»Ja, ich erinnere mich an *Junger Mann am Strand*. Übrigens, Madame Cassatt war so freundlich, uns *Delmonico's* als Leihgabe zu überlassen.«

»Wunderbar«, sagte Sofie. »Aber Jacques, wir können diesen Akt nicht zeigen.«

»Sofie, wieso fragen Sie Ihren Verlobten nicht einfach? Er hat sicher nichts dagegen, das Bild zu zeigen.«

Sofie wollte Jacques nicht erklären, daß sie und Edward nur das Nötigste miteinander redeten. Halb New York wußte, daß sie mit ihrem Baby in Edwards Hotelsuite wohnte und daß sie unterdessen mit ihm verlobt war. Benjamin Ralston hatte dem Paar bei einem zweiten Besuch seine besten Wünsche zur Verlobung überbracht. Der Ärmste hatte abgezehrt und nervös ausgesehen, da Lisa noch immer kein Lebenszeichen von sich gegeben hatte. Auch Suzanne wollte sie ein weiteres Mal besuchen, doch Sofie hatte sie nicht empfangen. Für Sofie hatte Suzanne an dem Tag, als sie versucht hatte, ihr Edana wegzunehmen, aufgehört, ihre Mutter zu sein.

»Können Sie ihn nicht fragen?« bat Jacques lächelnd. »*Chérie*, es ist so romantisch, *la bohème* und Monsieur Delanza, der Diamantenkönig! Die Kritiker sind jetzt schon begeistert von Ihrer Geschichte – und sie werden dieses Bild lieben. Bitte fragen Sie Monsieur, ob er Einwände hat, den Akt zu zeigen. Aber wie könnte er? Er hat Ihnen früher Modell gestanden und kennt sich damit aus. Und er ist ein kluger Mann. Er wird wissen, welchen Coup Sie mit diesem Bild landen.«

Sofie hätte sich lieber die Zunge abgebissen, als Edward um Erlaubnis zu bitten, seinen Akt ausstellen zu dürfen. Sie wollte ohnehin vermeiden, daß er die Ausstellung besuchte. Wenn er wüßte, daß ein Akt von ihm in der Galerie hing, würde er mit Sicherheit erscheinen. Er sollte nicht sehen, wie oft er sie zum Malen inspiriert hatte. Daraus würde er nur falsche – oder richtige – Schlüsse ziehen.

»Ich kann ihn nicht darum bitten«, sagte Sofie schließlich. »Und fragen Sie mich bitte nicht nach den Gründen.«

»Sie müssen diesen Akt zeigen, Sofie.« Jacques wollte nicht lockerlassen. »Dieses Bild wird Sie berühmt machen, *chérie!* Akte sind generell etwas Besonderes. Aber dieser hier! *C'est vraiment intime!* Ein Akt des Geliebten – Sie sind schließlich eine Frau. *Oh, là, là!* Es gibt keine bessere Reklame! Und die brauchen Sie dringend, mein Kind.«

Sofie ließ sich nicht beirren. »Nein, es tut mir leid. Bitte, Jacques, lassen Sie das Bild wieder abnehmen.«

Jacques mußte sich wohl oder übel ihrem Wunsch fügen.

Sofie betrachtete den Akt noch einmal. Es war ein herrliches Bild, erstaunlich kraftvoll, freizügig und beinahe so schamlos intim, als würde dem Betrachter ein Blick ins Schlafzimmer des Dargestellten gestattet. Zweifellos Sofies beste Arbeit. Ihre Pariser Freunde hätten nicht aufgehört, sie zu bedrängen, das Bild zu zeigen. Doch ihr Entschluß stand fest. »Also bis morgen«, verabschiedete sie sich von Jacques.

Jacques nickte verstimmt. »Kann ich das Bild wenigstens privat zeigen?«

»Ja«, willigte Sofie ein. »Aber wirklich nur ernsthaft Interessierten, Jacques.«

Jacques lächelte. »Na, Gott sei Dank. Besser als gar nichts. Noch etwas, *chérie*. Hat das Bild einen Titel?«

Sofie blickte in Edwards strahlend blaue Augen. »*Jenseits der Unschuld*«, antwortete sie leise.

Kapitel 29

Edward fuhr mit dem Daimler aggressiver als sonst die Fifth Avenue entlang. Wieder einmal ärgerte er sich über Sofie, die ohne ihn zur Eröffnung ihrer Ausstellung gegangen war. Er hatte die Absicht gehabt, sie zu begleiten. Es war seine Pflicht als ihr Verlobter, bei diesem großen Ereignis an ihrer Seite zu sein. Im übrigen war es sein Wunsch, sie zu begleiten, um ihr den Rücken zu stärken und ihren Triumph mit ihr zu feiern.

Es war erstaunlich, daß sie nach so kurzer Zeit von der berühmtesten Galerie New Yorks ausgestellt wurde. Es schien ihm wie gestern, als er Sofie kennenlernte, das zierliche, verschüchterte Mädchen, das sich vor dem Leben ängstigte und sich hinter ihrer Behinderung und ihrer Malerei versteckte. Wie ein Schmetterling sich aus seinem Kokon schält, war Sofie in weniger als zwei Jahren zu einer höchst ungewöhnlichen Frau herangewachsen. Eine ungewöhnliche Frau, die bald seine Gemahlin sein würde.

Und die darüber sehr unglücklich war.

Jedesmal wenn Edward die Suite betrat, fiel ihm ihre Bedrücktheit, ihre Traurigkeit auf.

Doch sein Entschluß stand fest, sie nicht nur zu heiraten und Edana seinen Namen zu geben, er hatte sich auch geschworen, Sofie glücklich zu machen. Eines Tages würde sie froh sein, ihn geheiratet zu haben. Morgen würden sie einander im Büro des Friedensrichters Heller im Rathaus der Stadt New York das Jawort geben. Und Edward würde Sofie beweisen, daß die Ehe mit ihm keine Katastrophe war und daß sie mehr als nur ein paar schöne Momente mit ihm erleben würde.

Edward verlangsamte die Fahrt. Über dem Eingang der Galerie wehte die französische Trikolore neben dem Sternenbanner. Zu beiden Seiten der Fifth Avenue standen in langen Reihen Karossen und Equipagen, darunter auch vereinzelte Automobile. Kutscher in hellen Breeches und livrierte Diener unterhielten sich in Gruppen auf dem Gehsteig. Edward mußte bis zur nächsten Seitenstraße fahren, um den Daimler abzustellen. Sofies erste Ausstellung in New York fand offenbar großes Interesse. Als sie Jacques Durand-Ruel ihre Arbeiten zum erstenmal in ihrem Studio zeigte, war sie sehr ängstlich gewesen. Heute würde sie vor Aufregung wohl nicht wissen, wo ihr der Kopf stand.

Kurz bevor Edward die Galerie erreichte, verließ ein elegant gekleidetes Paar das Gebäude. Als die beiden an Edward vorübergingen, hörte er die Dame empört sagen: »Schockierend! Absolut schockierend! Wie kann sie diesen Mann so freizügig porträtieren ...? Ich jedenfalls sehe mir die Machwerke dieser sogenannten Künstlerin nie wieder an!«

Edward war froh, gekommen zu sein. Sofie brauchte ihn. Er konnte nur hoffen, daß nicht alle Besucher so reagieren würden wie diese prüde Matrone.

Edward betrat die Galerie und begab sich nach hinten zum Ausstellungsraum, wo die Besucher sich drängten. Er hielt Ausschau nach Sofie, ohne sie zu entdecken. Die geladenen Gäste unterhielten sich gedämpft murmelnd. Er blieb abwartend stehen. Vor ihm standen eine Dame im grauen Kostüm und ein elegant gekleideter Herr in ein lebhaftes Gespräch vertieft, ohne zu bemerken, daß sie ihm den Zutritt zur Ausstellung versperrten. Edward wollte sich bereits an dem Paar vorbeidrängen, als er die Dame aufgeregt sagen hörte: »Harry, wir *müssen* es kaufen! Wie gut, daß Jacques es uns gezeigt hat! Wir müssen es kaufen, und wenn wir es nur ins Schlafzimmer hängen! Wir dürfen nicht zulassen, daß dieses einmalige Kunstwerk das Land verläßt!«

»Louisine«, entgegnete der Herr, »wir haben bereits diesen wunderbaren und nicht minder schockierenden Courbet im Schlafzimmer hängen.«

»Bitte«, flehte die Dame und klammerte sich an seinen Arm. »Wir müssen dieses Bild haben, selbst wenn wir nicht wagen können, es öffentlich im Haus aufzuhängen!«

»Ich denke darüber nach«, versprach Harry.

Das Paar begab sich wieder in den Ausstellungsraum.

Edward sah ihnen nach und fragte sich, von welchem Bild die Dame so angetan sein mochte. Da Frauen meist ihren Willen durchsetzten, würde Sofie vermutlich wenigstens eines ihrer Bilder an diesem Tag verkaufen.

Edward betrat nun ebenfalls die Ausstellung und ließ den Blick über die ersten Exponate schweifen – auf zwei Bildern war er dargestellt.

Sein Herz machte einen Satz. Er schnappte nach Luft.

Er erkannte das *Delmonico*, ehe er näher trat und die kleine Messingplakette neben dem in lebhaften Farben gehaltenen Ölgemälde las. Das Bild trug den Titel *Delmonico's*, und es war eine Leihgabe, also bereits verkauft. Edwards Puls beschleunigte sich. Er betrachtete sein Porträt und die Art, wie Sofie ihn gemalt hatte. Für Edwards Begriffe ein ausgesprochen schmeichelhaftes Porträt; sie hatte ihn eleganter, attraktiver dargestellt, als er in Wahrheit war. Dann sah er sich weiter um. In anderen Arbeiten zeigte sie ihn an Orten, wo er sich nie aufgehalten hatte, in einem Café oder in anderer Umgebung mit Menschen im Hintergrund. In jeder Darstellung schien sie eine momentane Gemütsverfassung in seinem Gesicht einzufangen. Momente, die es nie gegeben hatte, die Sofies Fantasie entsprungen waren. Oder hatte sie sich seine Gefühlsregungen ins Gedächtnis zurückgerufen und nur den Hintergrund dazu erfunden?

Edward sah sich verwundert um. Von allen Wänden blickte ihm sein Konterfei entgegen. Und plötzlich begriff er. Sofie hatte all diese Arbeiten in den letzten achtzehn Monaten gemalt, seit sie seinen ersten Antrag abgelehnt hatte, um in Paris zu studieren. Während er in seiner Diamantenmine in Südafrika wie ein Sklave geschuftet und Tag und Nacht an sie gedacht hatte, hatte sie kein flatterhaftes Leben mit ihren Freunden in Paris geführt, sich nicht in Bars und Cafés herumgetrieben. All diese Bilder waren in Paris entstanden, sie mußte beinahe Tag und Nacht gemalt haben. Und dabei hatte sie die Beschwerden ihrer Schwangerschaft durchgestanden und ihre Tochter zur Welt gebracht. Edward war verblüfft und überwältigt.

Und eines wurde ihm schlagartig klar. In der Zeit ihrer Trennung hatte sie sich ebenso nach ihm verzehrt wie er sich nach ihr.

Sofie war frühzeitig in der Galerie erschienen. Sie hatte mit dem Gedanken gespielt, Edward zu fragen, ob er sie begleiten wolle. Ihr graute vor den Kritikern und den Besuchern gleichermaßen, und es wäre tröstlich, Edward neben sich zu wissen. Sein selbstbewußtes Auftreten hätte ihr Kraft gegeben. Doch dann besann sie sich eines Besseren. Sie mußte stark sein, zumal sie nicht wollte, daß er ihre Arbeiten jemals zu Gesicht bekam.

Sofie betrat die Galerie eine halbe Stunde vor Beginn der Vernissage. Das Herz krampfte sich in ihrer Brust zusammen. Jacques war nicht ansprechbar, da er mit wirrem Blick durch die Räume hastete und in letzter Sekunde hektisch ein paar Bilder umhängte. Die Minuten schleppten sich endlos dahin. Plötzlich öffneten sich die Türen, und die ersten Besucher betraten den Saal.

Bald füllte sich der Ausstellungsraum. Und dann erspähte Sofie ihre Mutter und Benjamin. Das Herz schlug ihr bis zum Hals. Sie hatte keinen von beiden erwartet. Ihrer Mutter hatte sie nichts zu sagen, aber bei Benjamin mußte sie sich bedanken, zum einen für sein Erscheinen und zum anderen für den großzügigen Scheck, den er ihr als Hochzeitsgeschenk geschickt hatte. Sie bahnte sich einen Weg durch die Menge und bemerkte zu spät den Marquis von Connaught in Begleitung ihrer Eltern.

»Sofie, Liebes!«, rief Suzanne.

Sofie nickte ihr knapp zu, stellte sich auf die Zehenspitzen und küßte Benjamins Wange. Er sah sehr mitgenommen aus, bleich und abgemagert. Wie gern hätte sie ihm gesagt, daß es Lisa an nichts fehlte, spürte aber den kalten Blick des Marquis auf sich, der nur darauf wartete, daß sie Lisas Versteck preisgeben würde. Sofie drückte Benjamins Hand. »Danke, daß du gekommen bist… und vielen Dank für dein großzügiges Hochzeitsgeschenk.«

Benjamin brachte ein müdes Lächeln zustande. »Ich bin

sehr erleichtert, daß du heiratest, Sofie.« Er blickte sich in dem Ausstellungsraum um. »Jetzt begreife ich, daß Delanza der richtige Mann für dich ist. Ich wünsche dir viel Glück, Liebes.«

Sofie war den Tränen nahe. Sie nickte und bedankte sich noch einmal. Wenn Benjamin beim Betrachten ihrer Bilder erkannte, daß sie Edward liebte, würden andere es auch bemerken. Morgen war der Tag ihrer Hochzeit. Wenn alle glaubten, es wäre eine Liebesheirat, würde der Skandal, daß sie ein uneheliches Kind von Edward hatte, vielleicht bald in Vergessenheit geraten. Oder aber alle Welt würde die Wahrheit erkennen: Die bedauernswerte Sofie O'Neil war hoffnungslos in einen Lebemann und Herzensbrecher vernarrt.

Suzanne versuchte erneut, ihre Aufmerksamkeit auf sich zu ziehen. »Sofie, Liebling, bitte.«

Sofie warf einen kurzen Blick in das bleiche Gesicht und die flehenden Augen ihrer Mutter, ehe sie ihr den Rücken kehrte.

Der Gedanke an Edana gab ihr Kraft, sich von Suzanne loszusagen. Sie verdrängte ihre Gewissensbisse, die ihr vorhielten, ihre Mutter grausam zu behandeln. Suzanne hatte sich mehr als grausam verhalten, als sie ihre eigene Enkelin in unbeschreiblicher Gefühlskälte von sich gestoßen hatte.

Dennoch hatte Sofie Mühe, die Fassung zu bewahren. Sie hätte damit rechnen müssen, daß Suzanne hier auftauchen würde. Sofie fragte sich, ob sie ihrer Arbeit immer noch kein Verständnis entgegenbrachte. Die Meinung ihrer Mutter hatte keine Bedeutung mehr für sie, ermahnte sie sich streng.

»Sofie, *chérie*, es wird ein Riesenerfolg«, raunte Jacques ihr aufgeregt ins Ohr, der sich von hinten genähert hatte.

Sofie drehte sich um und lächelte matt. »Ich weiß nicht. Ich glaube, einige der Damen sind zutiefst schockiert über meinen Lebenswandel und die Tatsache, daß ich den Vater meines Kindes so oft porträtiert habe. Sie sind nur gekommen, um zu gaffen und sich hinterher das Maul über mich zu zerreißen.«

»Na und? Presse und Kritiker lieben Ihre romantische Geschichte! *C'est la grande Passion, n'est-ce pas?*«

Sofie wandte den Blick. Die große Leidenschaft? Jacques Worte machten sie traurig und verbittert.

Dann spürte sie, wie jemand sie anstarrte. Sofie erschrak, als sie dem durchdringenden Blick des Mannes begegnete, der sie schon während Lisas Verlobungsfest angestarrt hatte. Ein beunruhigendes Gefühl beschlich sie. Sie griff nach Jacques' Arm. »Jacques, wer ist der Mann dort drüben? Kennen Sie ihn?«

Jacques folgte ihrem Blick. Als der Fremde bemerkte, daß er Sofies Aufmerksamkeit erregt hatte, wandte er sich ab und tauchte in der Menge unter. »Ach ja. Er hat zwei Ihrer Bilder gekauft, kurz nachdem Sie letztes Jahr nach Paris abgereist sind.«

Sofies Unruhe wuchs. »Wer ist er? Ich muß seinen Namen wissen!«

»*Chérie*. Er wollte als Käufer anonym bleiben, ich kann nicht ...«

»Ich muß es wissen!«

»Sein Name ist Jake Ryan.«

»Jake!«

Jake verharrte und wandte sich sehr langsam um.

Suzanne hielt ihn am Ärmel fest. Ihre Augen funkelten. Sie standen am Eingang der Ausstellung, immer noch von Menschen umringt. »Wie kannst du es wagen hierherzukommen?!«

Er hatte sie seit jenem Nachmittag, an dem sie sich so entfesselt geliebt hatten, nicht mehr gesehen. Das lag beinahe zwei Wochen zurück. Doch Jake wußte sehr wohl, daß Suzanne mehrmals versucht hatte, ihn zu sehen. Er aber hatte Anweisung gegeben, sie nicht vorzulassen unter dem Vorwand, er sei nicht zu Hause. Nun stand sie vor ihm, eine schöne Frau mit wildem, gehetztem Blick. Doch er empfand nichts für sie. Er begriff sein heftiges Verlangen nach ihr nicht mehr. »Ich wollte Sofies großen Tag nicht versäumen.«

»Und morgen wird wohl auch ein großer Tag für sie sein,

wenn sie den elenden Schurken heiratet, der sie entehrt und ihr ein Kind gemacht hat, wie?« fauchte Suzanne.

»Ich glaube, das wird ein noch größerer Tag für sie sein«, antwortete Jake aufrichtig. »Delanza ist bis über beide Ohren in sie verliebt. Er wird sie glücklich machen.«

Suzanne erbleichte. »Sag mir bloß nicht, auch er ist dein Freund!«

Jake nickte.

»Du bist wahnsinnig!« Ihre Augen schwammen in Tränen. »Du hast diesem ekelhaften Kammerdiener Anweisung gegeben, mich nicht vorzulassen, stimmt's?«

»Suzanne – was willst du?«

»Du kannst dich nicht von mir abwenden ... du kannst es nicht tun! Jake, ich denke Tag und Nacht an dich ... an uns!«

»Es gibt kein ›uns‹«, wehrte er ab. »Es ist vorbei, Suzanne. Ein für allemal.«

»Nein!«

Er wandte ihr den Rücken zu.

Suzanne riß ihn so heftig herum, daß er ins Taumeln geriet. Jake sah sie traurig an. »Suzanne?«

»Manchmal hasse ich dich mehr, als daß ich dich liebe.«

Er schwieg.

»Ich will dich zurück, Jake.«

»Nein.«

Sie fauchte wie eine Wildkatze. Ihr gehetzter Blick wurde tückisch. »Ich habe es einmal getan ... ich tue es wieder!«

Seine Nackenhaare kribbelten. Er spannte jeden Muskel an. »Ich weiß nicht, wovon du sprichst.«

Sie lachte triumphierend. »Du weißt es nicht? Du hast es nie herausgefunden?«

»Was hab' ich nie herausgefunden?«

»Es gab keinen hohen britischen Offizier!«

Jake starrte sie an. Eine grauenvolle Ahnung stieg in ihm hoch. »Was sagst du da?«

»Vor fünfzehn Jahren. Es gab keinen hohen britischen Offizier auf der Durchreise!«

Seine Gedanken rasten. Vor fünfzehn Jahren. Der Winter

1887. Der kälteste Winter seit Menschengedenken. In dem Jahr war er auf einer Wohltätigkeitsgala von einem durchreisenden britischen Offizier erkannt worden. Lord Carrington. Ein dummer, sinnloser Zufall. Tragische Schicksalsfügung. Er wurde erkannt und war gezwungen, die Flucht zu ergreifen und Frau und Kind zurückzulassen. Mit entsetzensgeweiteten Augen starrte Jake seine Frau an.

Suzanne lachte. »Ich war es! Ich! Ich habe dich angezeigt! Ich!«

Jake spürte, wie er den Boden unter den Füßen verlor. Er konnte kaum atmen. Er konnte nicht glauben, was sie da sagte. »Warum? Gütiger Himmel, *warum?*«

Ihr Blick war wirr. »Ich habe dich gehaßt wegen dieser Tänzerin.«

Jake war wie benommen, hörte kaum, was sie sagte. Eine Tänzerin? Hatte es eine andere Frau gegeben? Er konnte sich nicht erinnern. Er war Suzanne so viele Jahre treu gewesen, während sie ihn mit ungezählten Männern betrogen hatte. Und dann erinnerte er sich schwach, daß er Trost bei einer anderen Frau gesucht hatte. Gütiger Himmel! Jake schloß die Augen. Ihm graute vor Suzanne.

»Du Narr!« höhnte Suzanne. »Ich war es! Ich habe dich damals verraten ... und ich tue es wieder! Ja, ich tue es wieder, wenn du nicht zu mir zurückkommst, Jake!«

Jake sah sie an. Dann machte er kehrt und rannte zur Tür hinaus. Wieder einmal ergriff er die Flucht.

»*Sofie, ma chère!*« Jacques strahlte und eilte auf sie zu. »Sehen Sie sich nur die vielen Leute an! Die Ausstellung ist bereits ein Riesenerfolg!«

»Meinen Sie?«

»Und ob!« versicherte er aufgeregt und zog sie an sich. »Alle sind begeistert von Ihren Werken. Und einige meiner besten Kunden haben bereits Kaufabsichten geäußert. Stellen Sie sich vor, Louisine Havemeyer ist von *Jenseits der Unschuld* völlig hingerissen. Sie sagte mir, wenn ich es anderweitig verkaufe, setzt sie nie wieder einen Fuß in meine Galerie.«

Sofie stockte der Atem. Louisine Havemeyer und ihr Gatte waren die einflußreichsten Sammler in New York, wenn nicht der ganzen Welt. Wenn die Havemeyers eines ihrer Bilder erwarben, würden auch andere Sammler sich für Sofie O'Neil interessieren.

»Sie muß nur noch ihren Ehemann überzeugen. Die beiden befürchten, das Werk nicht in ihrem Salon aufhängen zu können. Komm, Sofie. Die Presse will mit Ihnen sprechen, und einige Besucher wollen Sie kennenlernen!«

Wie betäubt folgte Sofie dem Galeristen, der sie hinter sich herzog.

»Zuerst lernen Sie einige meiner besten Kunden kennen«, flüsterte Jacques ihr zu. Und schon wurde sie einem deutschen Baron vorgestellt, der in New York residierte.

»Ich bin entzückt von Ihrer Kunst«, lächelte der Baron und hob ihre Hand zum Kuß.

»Und ich bin begeistert von den Bildern, in denen Sie diesen hinreißenden jungen Mann porträtieren«, versicherte eine hübsche junge Frau strahlend.

»Ihre lebhafte Farbgebung ist immer wieder überraschend«, stimmte ein anderer Herr in den Lobgesang mit ein. »Ich habe das Pastell *Herr im Café* gekauft.«

»Vielen Dank«, flüsterte Sofie, von soviel Lob ganz verlegen.

»Miß O'Neil?«

Sofie wandte sich um.

Ein schlanker junger Mann streckte ihr die Hand entgegen. »Ich bin Rob Green von *Harper's Bazaar*. Können Sie mir einen Termin für ein Interview geben? Ich mache eine Titelgeschichte über Sie.« Er lächelte gewinnend.

Sofie nickte stumm. Eine Titelgeschichte in *Harper's Bazaar*? Es war alles wie im Märchen. Sofie fühlte sich wie Aschenputtel im Königsschloß. Und dann sah sie plötzlich Edward, der auf sie zusteuerte. Die Menschenmenge teilte sich wie das Rote Meer für Moses und das Volk Israel. Sofie vergaß den Reporter, vergaß ihre drei Bewunderer, vergaß Jacques. Die Realität holte sie ein. Sie war nicht Aschenputtel im Königsschloß – Edward war nicht der

Märchenprinz, der sie in seine starken, liebenden Arme schloß.

Edward blieb vor ihr stehen, nahm besitzergreifend ihren Arm und sah sie so liebevoll an, daß ihr die Sinne zu schwinden drohten. Und dann lächelte er, nicht nur sein Mund, auch seine Augen lächelten. »Hallo, Liebling«, sagte er. »Verzeih meine Verspätung.«

Sofie war immer noch benommen, als Edward sie ein paar Stunden später über die mit rotem Teppich belegten Stufen zum Savoy hinauf und durch die Halle zum Lift führte.

Ihre Benommenheit war jedoch nicht auf den Erfolg der Ausstellung zurückzuführen. Den ganzen Nachmittag hatte er sie mit liebevoller Wärme angesehen, als sei er wahrhaftig der bewundernde, stolze Verlobte. Wo war sein funkelnder Zorn? Wo seine Feindseligkeit?

Schlimmer noch, wie konnte sie sich seiner erwehren, wenn er sie so zärtlich ansah? Ihr Herz flatterte unstet.

Erst vor der Tür zur Suite ließ Edward ihren Arm los, um aufzuschließen. Sofie betrat vor ihm das runde Foyer in der Hoffnung, ihn so am Eintreten zu hindern. Doch er ging ungeniert an ihr vorbei und sagte zu Rachelle, die im Salon auf dem blauen Teppich mit Edana spielte: »Es wäre nett, wenn Sie mit Edana eine Weile spazierengehen.«

Sofie versuchte halbherzig zu protestieren.

Rachelle sprang auf die Füße, blickte lächelnd von einem zum andern, und dann hob sie Edana in die Arme. Sofie zitterten die Knie, sie suchte Halt an einem Konsoltisch. Das durfte er nicht tun! Er konnte nicht einfach hier hereinstolzieren und Rachelle und das Kind fortschicken. Wer weiß, was er mit ihr vorhatte?

Aber wie wunderbar wäre es, in seinen Armen zu liegen und von ihm geliebt zu werden nach diesem wunderschönen Erfolg.

Sofie sah ihn an, ihre Wangen waren erhitzt, und ihr letzter Widerstand brach. Sein Blick verhieß ihr die Erfüllung ihrer kühnsten Träume – und den Mond und die Sterne obendrein. Sie umklammerte den Tisch. Das Blut rauschte ihr in den Adern. Wie in Trance wartete sie auf das, was geschehen würde.

»Wir gehen aus, *chérie*«, sagte Rachelle und wiegte Edana im Arm. Rachelles Augen tanzten vor Freude. Eine Sekunde später hatte sie die Tür hinter sich zugemacht und war fort.

Sofie war zu keiner Bewegung fähig. Sie hatte Angst davor, Edward anzusehen, und tat es dennoch.

»Komm zu mir, Geliebte«, sagte er.

Ihre Augen wurden groß.

Er lächelte zärtlich. »Du kannst nicht mehr vor mir fortlaufen, Sofie.«

Sofie fühlte sich einer Ohnmacht nahe.

»Außerdem werden wir morgen heiraten.« Er näherte sich ihr.

Sofie fand ihre Stimme wieder. »M... morgen. U... und wir ha... haben noch gar nicht d... darüber geredet, w...wie dieses Ehe aus... aussehen soll.«

Er lachte leise, seine Augen leuchteten, seine Hände schlossen sich um ihre Arme. Sofie ließ sich willig an seinen muskulösen Körper ziehen. »Da gibt es nichts zu reden«, flüsterte er, und sein Blick suchte den ihren. Er drückte einen Kuß auf ihre Nasenspitze. Ein Schauer durchrieselte sie. »Du wirst meine Frau«, flüsterte er, und sein Mund strich über ihre Brauen, ihre Augen. Sofie unterdrückte ein Wimmern. »Meine geliebte Frau«, fügte er heiser hinzu und küßte sie auf den Mund.

Sofie zuckte zusammen. »W... was?« Ihre Handflächen drückten sich gegen seine Brust, während er federleichte Küsse auf ihre Wangen, ihr Kinn, ihren Mund hauchte.

»Du hast gehört, was ich sagte.« Edwards Stimme war ein tiefes Raunen. »Ich liebe dich, meine bezaubernde Sofie. Und ich werde es dir beweisen. Jetzt gleich.«

Sofie starrte ihn ungläubig an, sie umklammerte das Revers seines Jacketts. »Ich ... ich verstehe nicht.«

»Nein?« Sein Lächeln war nun schamlos lüstern. Er hielt ihre Hüften und schob sein Becken vor. »Dann will ich es dir erklären.«

Sofie japste, als er sie hochhob und ins Schlafzimmer trug. »Edward ... was tust du?«

Sofie blickte in sein schönes, ebenmäßig geschnittenes Gesicht, beherrscht von blauen Augen und der klassisch geformten Nase, ein Gesicht, das sie immer in seinen Bann ziehen würde, das sie nie vergessen würde. »Bitte lüg mich nicht an«, rief sie.

Er legte sie aufs Bett. »Eines bin ich nicht«, stellte er fest, löste die Krawatte und warf sie von sich. »Ich bin kein Lügner, Liebling.« Er lächelte, und das Jackett folgte der Krawatte.

Sofie setzte sich hoch und sah zu, wie er das Hemd betont langsam aufknöpfte. Er beobachtete sie, während er seinen herrlich muskelbepackten Oberkörper entblößte. Sofie drückte schweratmend die Schenkel zusammen, eine Gefangene ihrer Lust, eine Gefangene der Liebe. »Was hast du gesagt?« hauchte sie, jede einzelne Muskelfaser angespannt.

»Ich liebe dich, verdammt noch mal.« Er warf das Hemd hinter sich und schob die Hose von seinen schmalen Hüften. Darunter trug er eine hellblaue Unterhose, die ihm bis Schenkelmitte reichte und seine Erektion kaum zu verbergen vermochte. »Ich liebe dich, seit ich dich zum erstenmal sah. Und ich werde dich bis zum Tag meines Todes lieben, vielleicht noch darüber hinaus.«

Sofie sah ihn unverwandt an. Das Blut dröhnte in ihren Ohren.

Edward stieg aus der Unterhose. Ein hochgewachsener, herrlich gebauter Mann. »Und du liebst mich, hab' ich recht?«

Sofie atmete stoßweise. Es gab keinen schöneren Anblick als Edward in seiner Nacktheit, bereit, sie zu lieben. Und nie hatte es einen herrlicheren Augenblick gegeben als diesen Moment seines Geständnisses. Sofie bemerkte die Tränen kaum, die ihr übers Gesicht liefen.

Edward legte sich zu ihr und zog sie zärtlich in seine Arme. »Warum weinst du? Und warum hast du so lange gegen mich gekämpft?«

Unfähig zu sprechen schüttelte Sofie den Kopf und klammerte sich an ihm fest. Dann flüsterte sie: »Ich hatte Angst, weil ich dich schon so lange liebte.«

Er sah ihr ernsthaft in die Augen.

Sie öffnete den Mund, um ihm zu sagen, daß sie ihn immer geliebt hatte und ihn immer lieben würde. Doch ihre Worte wurden von seinem Kuß erstickt.

Edward legte sich auf sie, sein Mund, seine Zunge verschlangen sie. Nach einer Weile hob er lächelnd den Kopf. Seine Augen waren umflort. »Später«, raunte er heiser, und seine Finger wühlten sich in ihr Haar. »Später reden wir.«

Sofie war zu keiner Bewegung fähig. Edward löste die Nadeln aus ihrem Haar, das sie bald wie eine honigfarbene Kaskade umwallte. Seine Grübchen wurden sichtbar, und seine Mundwinkel zogen sich nach oben. Seine Augen leuchteten dunkel vor Verlangen. »Und jetzt zieh endlich diese verdammten Kleider aus«, befahl er.

Sofie gehorchte.

Sie lag nackt und reglos; immer noch unersättlich fragte sie sich, wann sie je gesättigt sein würde.

Edward saß auf dem Bett neben ihr und lächelte zu ihr herab. Er nahm das dreireihige Brillantkollier aus der Samtschatulle und legte es ihr um den Hals. Sofie beobachtete ihn dabei und las ehrfürchtige Bewunderung in seinen Augen.

Sanft strich er über eine ihrer Brustknospen, die vom Liebesspiel rosig und hochgereckt war. Dann schob er ihr das Haar hinter die Ohren und steckte ihr die Brillantgehänge an. »Mein Gott, wie schön du bist«, raunte er.

Sofie wand sich auf den seidenen Laken und stöhnte leise unter seinen Blicken. Edwards Augen verdunkelten sich. Seine Fingerkuppen glitten über die Edelsteine.

»Jeden einzelnen dieser Steine«, sagte er gedehnt, »habe ich eigenhändig aus dem steinigen Boden geholt.«

Sofie sah zu ihm auf. »Bist du etwa kein Schmuggler gestohlener Diamanten?« flüsterte sie atemlos.

Er lachte trocken. »Zum Teufel, nein. Das ist nur dummes Gerede.«

»Da bin ich aber froh.« Sofie nahm seine Hand und führte sie von ihrer Brust zu ihrem Leib. Sie war sich ihrer Schamlosigkeit bewußt und scherte sich nicht darum. »Obwohl ein Diamantenschmuggler auch seine Reize hat.« Ihre Blicke verschmolzen ineinander.

Seine Hand glitt tiefer, wölbte sich um ihren Venushügel. Sofie holte stockend Luft. »Für dich schmuggle ich auch Diamanten, wenn du willst, Sofie.« Seine Augen glühten. »Sag mir nur, was du willst.«

Sie räkelte sich wohlig unter ihm. Ihre Schenkel öffneten sich. »Ja«, hauchte sie. »Ja.«

Sein Daumen umkreiste ihre pochenden Schamlippen. »Hier?«

Sie nickte, bog sich ihm entgegen. Ihre vollen Brüste waren mit einer glänzenden Schweißschicht überzogen, die Brustspitzen reckten sich prall. In den Diamanten an ihrem Hals und an ihren Ohren brach sich das Licht tausendfach; sie funkelten und versprühten ihr blitzendes Feuer. Edwards Daumen glitt in ihre Furche, über nasses, empfindsames Fleisch. Sofie japste, bog sich ihm noch weiter entgegen, hob die Hüften vom Bett hoch.

Er lachte leise und kehlig. »Du bist die schönste Frau, die mir je begegnet ist«, raunte er.

Sofie suchte seinen Blick, prickelnde Wonnen durchrieselten sie. Sie fieberte der Flutwelle ihres nächsten Höhepunkts entgegen. »Bitte, Edward.«

Seine Hand hört auf, sich zu bewegen. Sein Blick leuchtete. »Seit ich dir zum erstenmal begegnet bin, wollte ich das tun. Deine Nacktheit mit Diamanten überschütten – mit meinen Diamanten.«

Sie sah ihm unverwandt in die glänzenden Augen. »Ja.«

Edward hob die andere Hand, die zur Faust geballt war. Als die ersten Steine auf sie herniederrieselten, stieß sie einen kleinen, spitzen Schrei aus. Aus seiner halb geöffneten Faust ließ er Dutzende Diamanten aller Größen auf ihre Brüste regnen. Sofies Brusthöfe zogen sich zusammen, die Knospen verhärteten sich noch mehr. Ein paar Steine kullerten auf die Bettdecke. Weitere Juwelen regneten auf ihren Leib. Sofie blickte an sich herab; ein blitzender Stein lag auf ihrer rosigen Brust wie ein Tautropfen auf einer Rosenknospe. In der Mulde ihres Nabels glitzerten Diamanten. In ihrem naß glänzenden, kraushaarigen Dreieck funkelten die Steine, die sich darin vergraben hatten.

»Ja, danach habe ich mich gesehnt«, flüsterte Edward genießerisch. Sein Blick und seine Hand folgte der Spur der Diamanten. Ein letzter Schauer rieselte auf die Blütenblätter ihres weiblichen Fleisches hernieder.

Ihre Blicke trafen einander.

»Alles, was ich besitze, gehört dir«, sagte Edward.

Sofie richtete sich auf, wildes Verlangen durchzuckte sie. Sie hob dem Geliebten die Arme entgegen. Edward umfing sie, sein Mund verschlang den ihren. Er legte sie auf den Rücken und öffnete ihre Schenkel mit den Knien. Und dann drang er tief in sie ein. Sofie schrie in hilfloser Verzückung, als die Schauer ihrer Ekstase über sie hinwegspülten und alles in ihr zerfloß. Edward stieß heiß und hart in sie, tiefer und noch tiefer. Er bäumte sich auf und verharrte, und dann zerbarst er zuckend in ihr.

»Alles gehört dir, Geliebte.«

Kapitel 30

Sofie lächelte Edward an, Edward lächelte Sofie an. Sie hatten sich angezogen und saßen aneinandergeschmiegt auf dem Sofa im Salon, Edana auf Edwards Schoß. Rachelle war zu einem Rendezvous ausgegangen. Sofie beobachtete Edward, der mit Edana spielte und komische Grimassen schnitt, wie Babys es lieben. Sofie quoll das Herz vor Liebe über.

Edward hatte ein oppulentes Menü bestellt und wollte im Bett zu Abend essen. Sofie aber hatte ihn daran erinnert, daß sie die Suite zu viert bewohnten und es höchst unschicklich wäre, nackt im Bett zu speisen, während Rachelle und Edana sich im Nebenzimmer aufhielten. Schließlich beugte er sich ihren Einwänden, gab ihr aber mit einem vielsagenden Blick zu verstehen, daß sie dieses Vergnügen bald nachholen würden.

Es klopfte. Sofie hinderte Edward daran aufzustehen. »Bleib bei Edana«, meinte sie lächelnd, um die Harmonie zwischen Vater und Tochter nicht zu stören, die ihr beinahe wie ein Wunder erschien. »Vermutlich ist es unser Abendessen.«

Sofie irrte. Jacques Durand-Ruel stand freudestrahlend vor der Tür. »Jacques!« begrüßte Sofie ihn überrascht. »Was führt Sie hierher?«

Er lachte. »Sofie, Sie haben vier Ölbilder verkauft, dazu zwei Zeichnungen und ein Pastell. Und eines der Ölbilder haben die Havemeyers gekauft.«

Sofie klatschte glückselig in die Hände. Edward war mit Edana im Arm herangetreten. Sofie sah strahlend zu ihm auf.

»Zu *Jenseits der Unschuld* konnten sie sich letztlich doch nicht entschließen. Na ja, ein solches Werk verkauft sich nicht so leicht. Es war *Ruhender Herr*, der es ihnen angetan hatte.«

»Edward, ist es zu fassen?« rief Sofie hellauf begeistert.

Edward legte den Arm um sie und zog sie an sich. »Ich

habe es gewußt. Als ich deine Arbeiten zum erstenmal sah, wußte ich, daß du eine große Karriere vor dir hast.«

Sofie drehte sich in seinen Armen um. Auch die kleine Edana strahlte, und Sofie drückte ihr einen schmatzenden Kuß auf die Wange, ehe sie Edward küßte. »Noch ist es nicht soweit«, versuchte sie seinen Überschwang zu dämpfen. »Die Havemeyers haben nur ein Bild gekauft. Ein einziges.«

»Sie werden weitere kaufen«, meinte Jacques zuversichtlich. »Ich wollte euch die Freudenbotschaft gleich überbringen.«

»Danke, Jacques«, sagte Edward lächelnd. »Haben Sie nicht Lust, mit uns zu Abend zu speisen? Wir haben uns ein Menü aufs Zimmer bestellt, das jeden Augenblick gebracht werden dürfte.«

Sofie wußte genau, daß Edward den Abend gern mit ihr und Edana allein verbringen würde – der erste Abend, an dem sie als Familie zusammen waren. Dennoch war er so höflich, den Kunsthändler einzuladen.

Doch Jacques erfaßte die Situation, ohne daß es einer Erklärung bedurfte. »*Non, mes amies.* Ihr solltet den Abend *en famille* feiern. Ich lasse euch eine Flasche exquisiten Champagner aufs Zimmer bringen. Trinkt sie auf den Erfolg unserer Ausstellung und auf euer Wohl!«

Sofie küßte Jacques auf beide Wangen. »Vielen Dank, Jacques.«

»*Ce n'est pas de problème, chérie.* Aber morgen müssen wir über Ihre Zukunft reden.«

Sofie versprach, gleich morgens in der Galerie zu sein. Als Edward hüstelte, verbesserte sie sich erschrocken. »Ach nein. Ich kann erst gegen Mittag dasein.«

Jacques zog sich zurück, und Sofie schloß die Tür hinter ihm.

Edward setzte Edana im Salon auf den Teppich, trat an Sofie heran, nahm sie in die Arme und wirbelte sie im Kreis herum. Sofie jauchzte vor Lachen. Als er sie wieder abstellte, war beiden schwindlig geworden. Er küßte sie innig.

»Edward?« Sofie löste sich von ihm. »Ich will eine richtige Hochzeit.«

Er studierte sie eingehend. »Keine schlichte Trauung im Rathaus?«

Sofie blickte verträumt vor sich hin, sah sich in einer Wolke aus weißem Tüll auf den Altar zuschreiten. »Ach Edward«, seufzte sie glücklich.

Er nahm ihr Gesicht in beide Hände. »Wir waren eineinhalb Jahre getrennt. Nun habe ich dich endlich wiedergefunden und möchte dich am liebsten nie wieder aus den Augen lassen. Ich wünsche mir sehnlichst, schon morgen dein Ehemann zu sein, Sofie. Aber ich habe Verständnis für deinen Wunsch.«

»Wirklich?«

»Ja.« Sein Blick schweifte ins Leere. »Meine Familie lebt in Kalifornien. Mein Vater, mein Bruder Slade und seine Frau Regina. Wenn wir noch einen Monat warten, könnten sie zu unserer Hochzeit kommen. Leider weiß niemand, wo mein zweiter Bruder James steckt.«

»Edward, ich wußte nicht, daß du Angehörige hast! Du hast nie von ihnen gesprochen!« Sofie war überrascht. Bisher hatte sie Edward als Mann ohne Hintergrund, ohne Wurzeln, ohne Vergangenheit gesehen.

»Meine Familie ist mir früher sehr nahe gestanden.«

»Was ist geschehen?«

»Das ist eine lange Geschichte.« Seine Miene hatte sich verhärtet, sein Mund war schmal geworden. »Ich werde auch meine Mutter einladen.«

Sofie bekam große Augen.

Edward küßte sie lächelnd auf die Nase. »Eines Tages werde ich dir alles erzählen. Aber nicht heute abend.«

Sofie durchfuhr ein Stich. Sie wünschte sich eine festliche Hochzeit, und Edward war damit einverstanden. Doch die Menschen, die ihr am nächsten standen, würden nicht daran teilhaben. Lisa war von zu Hause fortgelaufen, und mit ihrer Mutter sprach sie nicht mehr.

Als könne er ihre Gedanken lesen, sagte Edward: »Wie soll es mit deiner Mutter weitergehen, Sofie?«

Sofie sah ihn wehmütig an. »Ich weiß es nicht.«

Am nächsten Morgen verließ Sofie das Hotel vor zehn Uhr. Sie hatte schlecht geschlafen. Nachdem Edward sich zurückgezogen hatte, da es unschicklich gewesen wäre, wenn er die Nacht bei ihr verbracht hätte, war sie wach gelegen und hatte lange über das Zerwürfnis mit ihrer Mutter nachgedacht.

Und plötzlich war die Antwort ganz einfach. Suzannes Bestrebungen, ihr das Kind wegzunehmen, waren zwar unentschuldbar, doch ihre Motive waren verzeihlich. Sie hatte Sofie vor Schmach und Schande bewahren wollen, ohne darüber nachzudenken, daß ihr die Anerkennung der Gesellschaft nicht das Wichtigste auf der Welt war. Suzanne hatte gedankenlos und oberflächlich gehandelt, wie es ihrem Wesen entsprach, und Sofie damit zutiefst gekränkt. Andererseits liebte sie ihre Mutter und wollte die Beziehung zu ihr nicht endgültig abbrechen. Sofies Haß gegen ihre Mutter war schließlich aus verletzter Liebe entstanden.

Und nun hatte ihr Haß sich gelegt. Ihre glückliche Vereinigung mit Edward hatte alles verändert. Geblieben war nur Trauer, daß die Vergangenheit nicht auszulöschen war. Sofie war fest entschlossen, zuversichtlich in eine Zukunft zu blicken, die glücklich und zufrieden zu werden versprach. Und sie hatte den Wunsch, ihre Mutter an dieser Zukunft teilhaben zu lassen.

Als Sofie der Mietdroschke entstieg, wurde das Portal der Ralston-Villa bereits aufgerissen. Jenson empfing sie mit einem strahlenden Lächeln. »Miß Sofie!«

Sie stieg die Treppen hinauf und küßte den Butler auf die Wange. Nie zuvor hatte sie gesellschaftliche Schranken so gründlich mißachtet. Jenson errötete verlegen. »Ich werde bald heiraten, Jenson.«

»Ich bin entzückt, Miß Sofie!«

»Edward reserviert den Ballsaal im *Delmonico*, und heute abend werde ich das genaue Datum wissen. Ich bestehe darauf, daß Sie kommen«, sagte Sofie mit großem Ernst. »Ich bestehe auch darauf, daß Mrs. Murdock kommt.«

Jenson blieb der Mund offenstehen. »Aber gewiß komme ich, Miß Sofie. Selbst wenn Ihre Frau Mutter mich vor die Tür setzt!«

»Falls das geschieht, nehmen wir Sie am nächsten Tag in unsere Dienste, Jenson.« An der Treppe zögerte Sofie. »Ist meine Mutter in ihrem Zimmer?«

»Ja.«

Ein wenig beklommen stieg Sofie die Stufen hinauf. Vor dem Zimmer ihrer Mutter verharrte sie. Dann trat sie entschlossen ein.

Suzanne saß am Frisiertisch. Ihre Zofe steckte ihr das Haar auf. Als sie Sofie im Spiegel bemerkte, erschrak sie. Dann sprang sie auf. »Lucy, laß uns bitte allein.«

Das Mädchen huschte aus dem Zimmer.

»Guten Tag, Mutter«, sagte Sofie leise.

»Sofie.« Suzanne drängte die Tränen zurück.

»Mutter, ich komme, um die weiße Fahne zu hissen.«

»Mein Gott, bin ich froh!« rief Suzanne und eilte ihr entgegen. Und dann lagen sie einander in den Armen.

Sofie wischte sich die Tränen aus den Augen. »Da ich heiraten werde, hat sich die Adoption ja erledigt.«

»Ich habe einen großen Fehler gemacht, Sofie. Ich glaubte, das Richtige zu tun. Jetzt weiß ich, daß es falsch war. Verzeih mir.«

»Ist schon gut«, sagte Sofie.

»Kannst du mir verzeihen?«

»Ja. Ich habe es bereits getan.« Suzanne begann zu weinen, und Sofie streichelte ihr den Rücken. »Besuchst du mich heute nachmittag, um deine Enkeltochter kennenzulernen?«

Suzanne schniefte und lächelte. Dann nickte sie bedächtig.

»Welche Überraschung«, sagte Jake.

Edward betrat die riesige Empfangshalle. »Ich habe Sie gestern bei der Vernissage gesehen. Wieso quälen Sie sich eigentlich, Jake?« Er stand dem älteren Mann gegenüber. »Wagen Sie sich endlich aus Ihrem Schneckenhaus, Jake. Ich bereite Sofie auf Ihre plötzliche Auferstehung von den Toten vor, wenn Sie es wünschen. Bitte. Sofie liebt Sie.«

Jake sah ihn unverwandt an, die Lippen aufeinandergepreßt. »Ich bin ein Mörder. Sofie wird vor mir die Flucht ergreifen.«

»Für Sofie sind Sie ein Held, kein Mörder!« entgegnete Edward. »Sie wird überglücklich sein, ihren Vater am Leben zu wissen.«

»Damit würde ich ihre Mutter als Bigamistin brandmarken. Sie könnte den Skandal nicht ertragen.«

Edward geriet in Rage. »Sofie hat den Skandal, mein uneheliches Kind zur Welt zu bringen, unbeschadet überstanden. Außerdem können wir darüber Schweigen bewahren, das wissen Sie genau. Niemand muß erfahren, daß Sie am Leben sind, nur die engste Familie.«

Jake fuhr sich mit der Zunge über die Lippen. »Ich liebe meine Tochter mehr als alles auf der Welt. Ich fürchte, sie würde mich dafür hassen, wäre empört und tief verletzt. Jetzt hat sie alles, was sie sich wünschen kann. Reichtum, Ansehen, einen liebevollen Ehemann. Ich will sie verschonen mit einem plötzlich von den Toten auferstandenen Vater, der all das in Gefahr bringt.« In Jakes Augen flackerte Angst. »Ich könnte den Gedanken nicht ertragen, wenn sie sich von mir abwendet.«

»Sie haben keine Ahnung, was für ein Mensch Ihre Tochter eigentlich ist. Und wessen Schuld ist das?« Edward wandte sich wütend zum Gehen, dann drehte er sich noch einmal um. »Sie sind ein erbärmlicher Feigling, Jake! Na schön! Leben Sie weiter Ihr jämmerliches Schattendasein. Was schert es mich?« Edward riß das schwere Portal auf. »Sie haben es versäumt, Ihre Tochter aufwachsen zu sehen. Was kümmert's mich, wenn Sie auch Ihre Enkelin nicht aufwachsen sehen?«

Jake stand unbewegt, ohne Ausdruck im Gesicht.

Edward aber war noch nicht fertig. »Ach übrigens, Sofie und ich haben uns nun doch zu einer festlichen Hochzeit entschlossen. Am 1. Januar um ein Uhr, in der St. Paul's Church.« Edward lächelte eisig. »Aber ein Gespenst kann ja nicht an einer Hochzeit teilnehmen. Es kann sich nur im Schatten hinter Säulen verstecken und heimlich lauschen!« Abrupt wandte er sich ab, stürmte hinaus und schlug die schwere Eichentür krachend hinter sich zu.

Jake sank auf den nächsten Stuhl, bedeckte das Gesicht mit den Händen und schluchzte.

»Wie fühlst du dich?«

Edward bedachte seinen älteren Bruder Slade, der neben ihm vor dem Kirchenportal stand und von einem Ohr zum anderen feixte, mit einem finsteren Seitenblick. Beide hatten die Schultern hochgezogen, doch keiner trug einen Mantel in der beißenden Kälte. Vor den Brüdern stand ihr Vater Rick neben Benjamin Ralston, sie begrüßten die letzten der etwa sechzig Hochzeitsgäste. Auf der Straße hielten Polizisten Schaulustige und aufdringliche Presseleute davon ab, die Kirche zu stürmen. Sofies Ausstellung hatte die Gerüchteküche angeheizt, und die Zeitungen hatten über ihre skandalöse Liebesgeschichte geschrieben. Die Titelgeschichte in *Harper's Bazaar* hatte ihre Popularität noch erhöht. In dem Artikel gestand Sofie freimütig, daß es Liebe auf den ersten Blick war. Das Paar wollte die Hochzeit nicht zu einem öffentlichen Ereignis machen, und Journalisten waren nicht zugelassen, obwohl zahlreiche Presseleute um eine Einladung gebeten hatten. Dennoch glaubte Edward unter den Hochzeitsgästen einige Reporter entdeckt zu haben, ohne sich erklären zu können, wie sie sich Einladungen ergattern konnten.

»Na?« Slade stieß ihm den Ellbogen unsanft in die Rippen. Er war ein dunkler Typ, eine Winzigkeit kleiner und etwas schmaler als Edward. Seine blauen Augen blitzten schelmisch. Der winterlich eingepackte, dreijährige Knirps neben ihm hielt die väterliche Hand fest umklammert und deutete mit seinem Wollfäustling auf die Menge. »Auto«, sagte er. »Auto fahren.«

Edward und Slade lachten. Edward hatte den kleinen Nick am Tag seiner Ankunft in New York zu einer Fahrt im Daimler eingeladen. Seitdem wollte er immer wieder ›Auto fahren‹. »Heute nicht, Nick«, sagte Slade. Sein Atem bildete weiße Wölkchen vor seinem Mund.

»Auto fahren!« verlangte Nick nun mit Nachdruck.

»Heute heiratet dein Onkel Edward«, erklärte Slade dem

Knirps. Dann grinste er den Bruder boshaft an. »Geht's dir nicht gut, Ed?«

»Ich habe nicht einen Bissen zum Frühstück runtergebracht«, brummte Edward, der keinen Sinn für dumme Scherze hatte, wenige Minuten vor dem großen Augenblick in seinem Leben.

»Fracksausen?« scherzte Slade gnadenlos.

»Schäm dich, ihn kurz vor der Hochzeit zu hänseln«, schalt seine Frau Regina, die sich bei Slade unterhakte. Eine hübsche, goldblonde Frau, deren Schwangerschaft mit dem zweiten Baby sich auch unter dem pelzgefütterten Umhang nicht verbergen ließ.

»Danke, Schwägerin«, sagte Edward ein wenig steif. »Natürlich bin ich nervös. Ich hätte nie gedacht, daß ich einmal heiraten würde.«

Slade wurde ernst. »Du heiratest eine wundervolle Frau, Ed.«

Edward warf ihm einen verzweifelten Blick zu. »Ich habe keine Angst davor, Sofie zu heiraten. Jetzt nicht mehr. Trotzdem würde ich am liebsten davonlaufen.«

Slade und Regina schmunzelten. Dann meinte Slade träumerisch: »Das wirst du rasch vergessen, wenn deine schöne Braut den Mittelgang auf dich zuschwebt und ihre Augen in Liebe zu dir leuchten.«

»Habe ich so ausgesehen?« fragte Regina und schmiegte sich an Slade.

Slade drückte ihr einen Kuß auf die Nase. »Dir leuchtete die nackte Angst aus den Augen, Schatz.«

Regina lächelte. »Ich seh lieber nach der Braut. Nick, mein Schätzchen, Mama geht wieder hinein«, sagte sie zu ihrem Sohn.

Doch Nick war zu sehr damit beschäftigt, die Automobile zu bewundern, um zu hören, was seine Mama sagte. Regina drückte aufmunternd Edwards Arm und verschwand.

Edwards Herz schlug viel zu schnell, er schwitzte trotz der Kälte. Vielleicht stand auch Sofie die nackte Angst in den Augen. Er jedenfalls hatte richtiges Lampenfieber.

Und dann versteifte er sich. »Du meine Güte!«

Slade folgte seinem Blick. »Wen siehst du? Einen Reporter?«

Edward funkelte den hochgewachsenen Mann mit den goldbraunen Augen an, der gleichmütig an Rick und Benjamin vorbei die Kirche betrat. »Dieser Hurensohn«, murmelte Edward. Und dann: »So kommt er mir nicht davon!«

Edward eilte hinter Jake O'Neil in die Kirche.

Sofie legte das Ohr an die Tür des Warteraums und horchte auf das Orgelspiel. Neujahrstag 1903 – ihr Hochzeitstag.

Vor drei Tagen war Edwards Familie angereist, um an den Hochzeitsfeierlichkeiten teilzunehmen. Sofie wußte mittlerweile, daß ihr Bräutigam in Kalifornien geboren und auf einer Ranch aufgewachsen war, die seit zwei Generationen im Besitz der Familie war. Sie war sehr darauf gespannt, seine Familie kennenzulernen, die sie herzlich in ihrer Mitte aufgenommen hatte. Alle waren gekommen, sein Vater Rick, seine Mutter Victoria, sein Bruder Slade mit seiner Frau Regina – nur sein ältester Bruder James, der seit einigen Jahren in der Welt herumreiste, fehlte.

Es war ein herzliches Wiedersehen. Die beiden Brüder standen einander sehr nahe, auch Vater und Sohn hatten eine innige Beziehung. Edward hatte seiner Braut ein wenig von seiner Beziehung zu seiner Mutter erzählt. Seine Eltern lebten getrennt, und Edward hatte seit drei Jahren nicht mit seiner Mutter gesprochen. Er schien sie für die Trennung verantwortlich zu machen. Sofie war froh, daß es damit ein Ende hatte. Sie hatte gesehen, wie sehr Victoria unter der Trennung von Edward litt – sie liebte ihn, wie nur eine Mutter ihren Sohn lieben konnte. Schluchzend war sie ihm in die Arme gesunken.

Sofies Hochzeit war beinahe perfekt. Beinahe.

Denn ihre Schwester war nicht gekommen. Lisa versteckte sich noch immer im Sommerhaus in Newport. Sie hatte einmal mit Sofie telefoniert, um ihr zu sagen, daß es ihr an nichts fehle, und sich erkundigt, ob der Marquis noch in der Stadt wäre. Sofie hatte Lisa berichtet, daß St. Clare mit jedem Tag entschlossener schien, Lisa zu finden und sie zu heiraten. Sofie hatte versucht, ihre Schwester zu überreden, nach Hause zu kommen, doch Lisa hatte sich geweigert. Sie hoffte nach wie vor, der Marquis würde irgendwann zur Einsicht kommen und unverrichteter Dinge zu seinen verwahrlosten Besitztümern in England zurückkehren. Doch Sofie teilte Lisas Zuversicht nicht.

Sie konnte Lisa wenigstens dazu bewegen, ihrem Vater ein paar Zeilen zu schreiben, um ihm die Ungewißheit und Angst um seine Tochter zu nehmen. Als ihr Brief vor zwei Wochen ankam, hatte Benjamins Sorge um sein Kind sich in Zorn verwandelt, und er hatte sogleich Detektive auf ihre Spur gesetzt. Sofie fürchtete, daß Lisas Tage in Freiheit gezählt waren.

Nun aber wollte sie nicht länger über Lisas Schicksal grübeln. Heute war der schönste Tag in ihrem Leben. Sie hatte Rachelle, Regina und Victoria gebeten, sie ein paar Minuten mit ihrer Mutter alleine zu lassen. Nun öffnete sie die Tür des Warteraums einen Spaltbreit, um die Frauen wieder hereinzubitten.

In diesem Moment verstummte die Musik. Sofies Herz drohte stehenzubleiben.

»O Gott, die Musik hat aufgehört. Das heißt, alle Gäste haben Platz genommen«, flüsterte Suzanne hastig. »Sofie, schnell. Du mußt den Schleier anlegen. In ein paar Minuten wirst du zum Altar geführt.«

Sofie begann zu zittern. Vor ihrem geistigen Auge sah sie Edward vor dem Altar stehen im schwarzen Cutaway mit grau gestreifter Hose – und dann sah sie sich selbst, wie sie in einer weißen Wolke aus duftigem Tüll auf ihn zuschwebte. Eine Woge aus Glück und Liebe durchflutete sie. Schwindel überkam sie. Sie durfte jetzt nicht schwach werden. In wenigen Minuten würde die Zeremonie beginnen. Wenig später würde sie Edward Delanzas Gemahlin sein. Ihr war, als habe sie ihr Leben lang auf diesen Augenblick gewartet wie auf ein Geschenk des Himmels.

»Was, zum Teufel, tun Sie da?« zischte Edward.

Jake versteinerte. Er hatte in der hintersten Bank Platz

genommen. Sie waren allein. Die anderen Hochzeitsgäste saßen in den vorderen sechs Reihen. »Sie wissen, warum ich hier bin. Verschwinden Sie, Delanza.«

Edward packte Jake am Kragen. »Nein! Die Zeiten des Versteckspielens sind endgültig vorbei!«

Jake erbleichte.

Edward brachte sein Gesicht nahe an Jake. »Ich werde Sie zwingen, Sofie zu begegnen, Jake, ob es Ihnen paßt oder nicht. Wenn Sie sich wehren und eine Szene machen wollen, mir soll's recht sein. Ich bin es schließlich nicht, der im Gefängnis landet, wenn er erkannt wird.«

Jake kam langsam auf die Füße. »Sie gemeiner Hund.«

»Sofie muß wissen, daß Sie am Leben sind.«

»Edward – Sie haben keine Ahnung, was Gefängnis bedeutet. Ich gehe nie wieder dorthin zurück.«

»Das werden Sie auch nicht. Nicht, wenn sie mich freiwillig begleiten.«

»Warum tun Sie das?« fragte Jake verzweifelt.

»Weil ich es nicht ertrage, Sie so sinnlos leiden zu sehen ... Sie ... Narr.« Edward hakte sich bei ihm unter. »Weil Sofie Sie liebt ... und weil ich Sofie liebe.«

Die Blicke der beiden Männer begegneten sich. Und endlich nickte Jake.

»Ach Sofie«, rief Regina bewundernd. »Du siehst wunderschön aus. Ich kann es kaum erwarten, bis Edward dich sieht.«

Sofie lächelte ihre zukünftige Schwägerin an, die sie vom ersten Augenblick an gemocht hatte. Regina war nicht nur schön, elegant und damenhaft, sie war auch warmherzig und eine Frohnatur. »Danke, Regina«, flüsterte Sofie bebend. »Aber ich fürchte, ich schaffe den Weg nicht durch das lange Kirchenschiff. Mir ist ganz schwindlig.«

»Setz dich«, sagte Victoria und half ihr, Platz zu nehmen, ohne das Kleid zu verknittern. Rachelle brachte ein Glas Wasser, Suzanne tätschelte ihr die Schulter, und Regina holte ein Fläschchen Riechsalz aus dem Retikül. »Für alle Fälle«, lächelte sie verschmitzt.

Es klopfte an der Tür.

»Das wird Benjamin sein«, sagte Suzanne angespannt, die plötzlich sehr bleich geworden war. »Sofie, willst du am Riechsalz schnuppern?«

Sofie schüttelte den Kopf, während Regina zur Tür eilte. Beide erhaschten einen Blick auf Edward, neben dem ein fremder Mann stand. Regina schrie entsetzt auf und wollte dem Bräutigam die Tür vor der Nase zuschlagen. »Du darfst die Braut noch nicht sehen!« kreischte sie.

Sofie war aufgestanden. »Edward?« Plötzlich stieg Angst in ihr hoch. Sie blickte dem Mann neben ihm ins Gesicht. Es war der Fremde mit den goldbraunen Augen, der ihr schon bei der Vernissage und an Lisas Verlobungsball aufgefallen war.

»Es ist wichtig«, sagte Edward und schob Regina sanft beiseite. Sofie sah, daß er den Fremden am Arm festhielt. Regina schloß verschreckt die Tür hinter den beiden, und Sofie hörte den entsetzten Aufschrei ihrer Mutter.

Sofie wandte sich zu Suzanne um, die auf einem Stuhl zusammengesunken war. Tränen strömten ihr übers Gesicht. »Nein, nein, nein«, wiederholte sie wie unter Schock.

Plötzlich stieg eine dunkle Ahnung in Sofie hoch, eine Ahnung, zu unglaublich, um sie zuzulassen. Ihr Blick flog zu Edward und dem Fremden, dann sank sie auf den Stuhl neben ihrer Mutter. »Mutter? Was ist los? Was fehlt dir?«

»O Gott«, stöhnte Suzanne und bedeckte das Gesicht mit den Händen. Sofie wandte sich langsam um. Edward stand vor ihr und nahm sie bei den Händen. »Sofie, Liebes. Es wird ein Schock für dich sein.«

Benommen blickte Sofie an Edward vorbei zu dem Fremden, der sie unverwandt ansah und dessen Augen ihr irgendwie vertraut waren.

»Dein Vater ist nicht tot«, sagte Edward leise. »Er ist nicht bei dem Brand umgekommen. Sein Gefährte starb, er konnte jedoch entkommen. Seither hält er sich vor der Polizei versteckt.« Edwards Blick war eindringlich auf Sofie gerichtet, seine Stimme klang sehr ruhig und beschwichtigend.

Sofie entwand ihm ihre Hände und sah den Mann mit

den goldbraunen Augen, die ihr so seltsam vertraut waren, immer noch unverwandt an. »Nein!« schrie sie, unfähig, einen klaren Gedanken zu fassen. »Mein Vater ist tot!«

Der Mann trat vor. Sein Gesicht wirkte verhärmt, seine Augen waren feucht. »Sofie, bitte verzeih mir«, flüsterte er.

Sofie erstarrte. Die Stimme ihres Vaters würde sie nie vergessen, sie war zugleich rauh wie Sandpapier und weich wie Seide. Und dann entfuhr Sofie ein kleiner Schrei, ein Jauchzen des Glücks.

Jake versteifte sich, als Sofie ihm in die Arme fiel.

»Vater!« Sie schlang die Arme um ihn und legte die Wange an seine Brust. Dann erst schlossen Jakes Arme sich um seine Tochter, und er drückte sie an sich. Tränen liefen ihm übers Gesicht.

»Sofie, mein Kind«, flüsterte er. »O Gott, ich habe nicht geglaubt, daß ich das je erleben werde.«

Suzanne hatte aufgehört zu weinen, angstvoll beobachtete sie Vater und Tochter. Edward strahlte übers ganze Gesicht, sein Herz weitete sich vor Glück. Seine Nasenspitze hatte sich gerötet.

Und plötzlich redeten alle durcheinander. Sofie wollte alles wissen, wie Jake dem Flammenmeer entkommen war, wie er es geschafft hatte, sich die letzten fünfzehn Jahre vor der Polizei versteckt zu halten, wie lange er schon in New York sei und welche Pläne er für die Zukunft habe. Sie wollte unbedingt, daß er sie zum Altar führen soll. Suzanne war sprachlos. Victoria, Regina, Rachelle und Edward sprachen sich alle gegen diesen Vorschlag aus.

»Liebes«, erklärte Edward. »Wir dürfen nicht riskieren, daß man ihn erkennt, selbst wenn fünfzehn Jahre vergangen sind, seit er England verlassen hat.«

Sofie drückte Jake die Hand, der mit Edward einer Meinung war. So gern er sie zum Altar geführt hätte, es war besser so. Sie nickte bedächtig; erst allmählich begann sie zu begreifen, was Jakes Erscheinen bedeutete – und welche Konsequenzen sein Auftauchen haben könnte. Händeringend wandte sie sich an ihren Bräutigam. »Edward, können wir nach der Trauung unsere Flitterwochen um ein paar Tage verschieben? Bitte?«

Er legte den Arm um ihre Schultern. »Aber selbstverständlich.«

In Sofies Augen glitzerten Tränen. »Das ist das größte Hochzeitsgeschenk, das du mir machen konntest, Edward. Du hast mir meinen Vater zurückgebracht. Ich danke dir.«

Edward zog sie an sich und küßte sie auf den Mund.

Es klopfte heftig an der Tür, und Slade streckte den Kopf herein. »Edward! Sieh zu, daß du auf deinen Platz vor dem Altar kommst, sonst taucht Pfarrer Harper noch hier auf und beginnt Fragen zu stellen. Ich habe versucht, Ralston zu beruhigen. Aber auch er verliert allmählich die Nerven und kann jeden Moment hier hereinplatzen!«

Edward hob die Hand. »Noch eine Minute!« Slade nickte und zog den Kopf zurück. Edward lächelte Sofie an, dann warf er einen Blick zu Suzanne hinüber. »Geht es Ihnen gut?«

Suzanne zitterte an allen Gliedern, nickte aber tapfer.

Nun erst wurde Sofie bewußt, daß es auch für ihre Mutter das erste Wiedersehen mit Jake nach so vielen Jahren war. »Mutter«, flüsterte sie. Die Art, wie sie Jake ansah, erschien Sofie seltsam, und sie fragte sich, ob die beiden sich tatsächlich zum erstenmal wiedersahen. Aber es konnte gar nicht anders sein. Der Gedanke, daß Suzanne all die Jahre gewußt hatte, daß Jake lebte, war so entsetzlich, daß sie sich weigerte, darüber nachzudenken.

Suzanne wich Sofies Blick aus. »Mir geht es gut.« Sie hob das Kinn, ohne Jake anzusehen, richtete kein einziges Wort an ihn. »Vielleicht sollte er jetzt besser gehen.«

Sofie fühlte einen schmerzlichen Stich. Nach dem völlig unerwarteten Wiederauftauchen von Jake stand die Familie vor mancherlei Schwierigkeiten. Doch was es auch sein mochte, die Tatsache, daß er am Leben und bei ihnen war, war bedeutsamer als alle Probleme, die daraus erwachsen konnten. Mit Gottes Hilfe würden sie alle Hindernisse und jeden Skandal heil überstehen.

Jake drückte seine Tochter noch einmal an sich. »Das ist

der schönste Tag in meinem Leben«, krächzte er. »Nicht nur, weil ich an deiner Hochzeit teilnehmen kann, sondern weil ich dich in meinen Armen gehalten habe und mit dir reden durfte. Ich liebe dich, Sofie. Du bist die Kraft, die mich all die Jahre am Leben erhalten hat.«

Sofie umarmte ihn. »Ich liebe dich, Vater. Ich habe dich nie vergessen. Du hast mir sehr gefehlt. Wir werden morgen ausführlich darüber reden. Ich bin so aufgeregt. Jetzt können wir viel Zeit miteinander verbringen.«

Jake grinste. »Nach all den Jahren kann ich auch noch einen Tag warten.« Er drückte ihr einen Kuß auf die Stirn und wandte sich an Edward. »Ich schulde Ihnen meinen Dank, Edward«, sagte er mit großem Respekt.

»Den nehme ich gern an«, antwortete Edward. Und dann fügte er leise hinzu: »Willkommen daheim, Jake.«

Jakes goldene Augen blitzten belustigt auf. »Willkommen in der Familie O'Neil, Edward.« Dann verließ er den Warteraum.

»Ich muß jetzt auch gehen, bevor der Pfarrer oder dein Stiefvater mich suchen«, sagte Edward. In seine Augen trat ein bewunderndes Leuchten. »Mein Gott, Sofie, bist du schön.«

Sofie strahlte ihn an. »Ich dachte schon, du bemerkst es gar nicht.«

Sofie hörte dem Organisten zu, der den Hochzeitsmarsch spielte. Benjamin lächelte ihr zu und hielt ihr den Arm hin. Sofie hakte sich bei ihm unter.

Benjamin führte sie den mit Lilien bestreuten, roten Teppich entlang. Sofie lächelte durch Tränen. Edward, der vor dem Altar neben dem Priester stand, blickte ihr entgegen. Er sah blendend aus in seinem eleganten Cut mit der grauen Seidenkrawatte. Neben ihm standen sein Vater und sein Bruder. Auf der anderen Seite des Altars hatten Suzanne, Rachelle, Edwards Mutter und seine Schwägerin Aufstellung genommen. Sofies Blick suchte und fand Jake, der in einer der hinteren Kirchenbänke Platz genommen hatte und ihr zulächelte. Dann sah Sofie wieder nach vorne zum Altar, und das Herz wollte ihr vor Glück zerspringen. Sie schwebte auf Edward zu in einer Wolke aus weißem Tüll, Chiffon und zarter Spitze, und die Blicke der Liebenden hefteten sich ineinander. Das war der schönste Augenblick in Sofies Leben. Das Schicksal hatte ihr das schönste Geschenk gemacht, das es im Leben eines Menschen gibt – das Geschenk der Liebe.

Teil Vier
Jenseits der Unschuld

Epilog

New York City, 1993

Sie eilte mit ausholenden, federnden Schritten die Park Avenue entlang und schlängelte sich durch die Menge der Passanten. Auf ihren hohen Absätzen war sie beinahe einen Meter achtzig groß. Sie trug enge, schwarze Lederjeans, eine klassisch weiße Hemdbluse und einen breiten Gürtel von Donna Karan mit einer dreireihigen Goldkette als Schließe. Um die Schultern hatte sie ein schwarzes Kaschmirjäckchen gelegt. Das volle, schwarze Haar war kurz geschnitten. Ihre Erscheinung zog die Blicke der Passanten auf sich, von Männern und Frauen gleichermaßen. Ihre außergewöhnliche Schönheit war Erbgut des Großvaters, wie die Familie stets zu betonen pflegte.

Mara Delanza ging unter der cremefarbenen Marquise des *Delmonico* hindurch und ließ sich vom Portier bei Christie's nebenan die Tür öffnen. Ihr Herz schlug nicht nur von dem schnellen Fußmarsch durch die City heftiger. Ihrer Schätzung nach müßte die Nummer 1502 gegen zwölf Uhr fünfundvierzig zum Aufruf kommen. Wenn die vorangegangenen Nummern jedoch nicht hoch gesteigert wurden, konnte der Aufruf auch früher erfolgen. Jetzt war es dreiviertel zwölf.

Ohne auf die dezent gekleideten Herren im Foyer zu achten, in denen sie Sicherheitskräfte vermutete, eilte Mara in den Versteigerungsraum. Die meisten Stühle waren besetzt. Ihr Puls beschleunigte sich noch mehr, als ihr klar wurde, daß *Jenseits der Unschuld* die nächste Nummer war, die aufgerufen wurde.

Mara setzte sich auf einen Stuhl am Mittelgang in der letzten Reihe. Sie war groß genug, um über die Köpfe der Anwesenden hinweg den Vlaminck sehen zu können, der auf dem Podium versteigert wurde. Die gebotene Summe betrug zweihunderttausend Dollar. Maras Mund war wie ausgetrocknet. Sie schlug den Katalog auf und fand den Eintrag für das Bild ihrer Großmutter, von dem diese so viel gesprochen hatte.

Kat. Nummer 1502. Jenseits der Unschuld von *Sofie O'Neil, 1902/1903. Öl auf Leinwand. Herkunft – Anonym. $500 000.*

Mara klappte den Katalog zu. Sie wünschte, ihre Großeltern wären noch am Leben. Wie glücklich wären die beiden, daß *Jenseits der Unschuld* schließlich doch wieder aufgetaucht war, nachdem es einundneunzig Jahre als verschollen galt. Beide Großeltern waren 1972 innerhalb von sechs Monaten hintereinander gestorben, beide über neunzig, geistig rege und munter bis ins hohe Alter – und bis zum letzten Tag ihres Lebens in Liebe verbunden. Maras Großmutter hatte ihr erzählt, *Jenseits der Unschuld* sei unmittelbar nach ihrer ersten Ausstellung 1902 in New York von einem russischen Aristokraten gekauft worden, der das Gemälde seiner Kunstsammlung einverleibte und in eines seiner Schlösser bei St. Petersburg brachte. Dieses Schloß wurde während der russischen Revolution zerstört, und das Bild galt als vernichtet.

Doch irgendwie wurde es gerettet und nach Argentinien geschafft. Niemand wußte, wie lange es in Südamerika blieb. Jedenfalls wurde das Gemälde aus Buenos Aires bei Christie's eingeliefert. Seit Christie's die Versteigerung des lange verschollen geglaubten Gemäldes angekündigt hatte, strömte die New Yorker Kunstwelt herbei, um es zu bewundern. Einem Gerücht zufolge war der spätere Besitzer, der seine Anonymität um jeden Preis zu wahren suchte, einer der letzten Nazibonzen, der nach dem Untergang des Dritten Reiches aus Deutschland geflohen war und *Unschuld* gemeinsam mit anderen bedeutenden, von den Nazis erbeuteten Kunstwerken nach Südamerika geschafft hatte. Das Werk war seit dem Erwerb durch den russischen Adeligen nie wieder in der Öffentlichkeit gezeigt worden; es existierten keinerlei Reproduktionen und auch keine Fotografien davon. Daher pilgerte die gesamte New Yorker Kunstszene in der Woche der Vorbesichtigung zum Auktionshaus Christie's.

Auch Mara hatte die Vorbesichtigung wahrgenommen. Sie war vom Porträt ihres Großvaters überwältigt und unendlich stolz auf ihre Großmutter. Nicht nur auf ihr Talent als Malerin, sie bewunderte auch ihre Zivilcourage und ihre große Liebe.

Die Kritiker bezeichneten es als bedeutendstes Werk der ›frühen Periode‹ ihrer Großmutter und zugleich als eines der wichtigsten Werke ihres gesamten Schaffens, nicht nur wegen seiner Schönheit und Kraft, sondern auch aufgrund der Thematik. Mara hatte den Mut ihrer Großmutter stets bewundert. Es muß für eine Malerin zu jener Zeit unendlich schwierig gewesen sein, sich durchzusetzen. Sofie O'Neil hatte überkommene Tabus gebrochen, und sich nicht gescheut, einen Skandal auszulösen und von der Zensur verboten zu werden, als sie es wagte, einen männlichen Akt in so freizügiger Manier zu porträtieren.

»Katalognummer 1502«, verkündete der Auktionator, und die runde Bühne begann sich zu drehen. Der Vlaminck verschwand, und *Jenseits der Unschuld* wurde sichtbar. Mara entfuhr ein kleiner Schrei, Tränen stiegen ihr in die Augen. Der Auktionator erklärte: »Wir haben ein Gebot von einhunderttausend Dollar. Höre ich zwei?«

Maras Herzschlag setzte aus. Atemlos blickte sie auf das von ihrer Großmutter gemalte Porträt des Großvaters. Es war überwältigend. Er sah so verwegen und schön aus, daß man das Gefühl hatte, er steige jeden Moment von der Leinwand ins Publikum. Eine Gänsehaut rieselte ihr über den Rücken. Ein großes Kunstwerk, kraftvoll und expressiv. Mit diesem Blick hatte Edward Delanza ihre Großmutter vor langer, langer Zeit angesehen.

Die Gebote überschlugen sich. Mara entdeckte drei ausdauernde Bieter, zwei Männer und eine Frau. Der eine Bieter war ein junger saudischer Prinz, der bei Christie's hoch angesehen war, seit er vor vier Jahren zwei Millionen für einen Monet hingeblättert hatte. Der andere Bieter war ein Agent für einen japanischen Sammler. Mara wußte nicht, wer die Frau war. Sie war Mitte Dreißig, trug einen anthrazitgrauen Hosenanzug von Armanie, und eine Schildpattbrille, die ihr klassisch schönes Gesicht halb verbarg. Das dunkelblonde Haar war zu einem schweren Nackenknoten gebunden.

Die Frau hob die Hand.

Mara setzte sich aufrecht, um die Frau besser im Auge zu behalten, die einen entschlossenen Eindruck machte.

»Fünfhunderttausend Dollar!« rief der Auktionator. »Fünf sind geboten – höre ich sechs?«

Der saudische Prinz hob die Hand. Der Auktionator schnarrte: »Sechs!«

Der Agent des Japaners nickte. Der Auktionator bellte: »Sieben!« Er blickte zu der Frau hinüber.

Sie lächelte. Der Auktionator rief: »Acht! Höre ich neun?«

Der Prinz nickte. Der Auktionator warf dem Japaner einen Blick zu. Dieser nickte. Die Frau hob einen Finger mit rotlackiertem Nagel. Dem Auktionator trat der Schweiß auf die Stirn. Er wandte sich wieder an den saudischen Prinzen. »Eine Million Dollar sind geboten. Höre ich eine Million fünfhunderttausend?«

Ein knappes Nicken. Der Prinz wirkte nun angespannt. Der Agent hielt ein Mobiltelefon ans Ohr und lauschte aufmerksam. Zweifellos erhielt er Anweisungen vom Sammler in Tokio. Dann schoß sein Arm hoch.

»Zwei!« rief der Auktionator und wandte sich an die blonde Frau.

Sie wirkte kühl, fast unbeteiligt. »Drei Millionen Dollar«, sagte sie mit spitzem, englischem Akzent.

Das Gesicht des Auktionators leuchtete, als er sich an den saudischen Prinzen wandte. Mara konnte nur mühsam den Blick von der fremden Frau wenden und sah, daß der Prinz den Kopf schüttelte. Dann blickte sie zu dem japanischen Agenten. Er war bleich geworden und sprach hastig in sein Handy. Dann hob er den Blick und nickte.

»Vier Millionen Dollar!« rief der Auktionator.

»Fünf«, erhöhte die Frau.

Der Agent hatte wieder das Handy am Ohr. Der Auktionator fixierte ihn. »Fünf? Fünf sind geboten!« rief er. Dem Agenten lief der Schweiß von der Stirn. »Ich habe fünf zum Ersten, fünf zum Zweiten ...« Sein fragender Blick flog wieder zu dem Japaner. Mara hielt den Atem an. Der Agent nahm das Handy vom Ohr und schüttelte den Kopf. Nein. Der Sammler in Tokio war ausgestiegen.

»... Und fünf zum Dritten!« donnerte der Auktionator. »*Jenseits der Unschuld* ist für fünf Millionen Dollar verkauft!« Der Hammer sauste laut auf das Holz nieder.

Mara sank bebend vor Aufregung in die Stuhllehne zurück. Gütiger Himmel! *Jenseits der Unschuld* war für fünf Millionen Dollar verkauft worden – eine Summe, die niemand erwartet hatte, auch das Auktionshaus Christie's nicht –, noch dazu in einem Jahr der Rezession. Euphorische Begeisterung und Stolz ließen Maras Herz schwellen und ihr das Blut in den Adern rauschen. Wenn Sofie und Edward das gewußt hätten! Und dann bemerkte Mara die raschen Bewegungen der Frau im anthrazitgrauen Hosenanzug. Sie fuhr herum und sah, wie sie mit langen, selbstbewußten Schritten den Raum verließ. Mara tippte dem vor ihr sitzenden Herrn auf die Schulter, den sie flüchtig kannte. Er besaß eine kleine exklusive Galerie in der Madison Avenue. »Wissen Sie, wer den Sofie O'Neil gekauft hat?« fragte sie aufgeregt. »Wer ist diese Frau?«

Der Mann drehte sich zu ihr um. »Ich habe keine Ahnung. Sie kam während der Vorbesichtigung jeden Tag, um sich das Bild anzusehen. Zuvor habe ich sie noch nie gesehen. Vermutlich eine Agentin.«

Mara mußte unbedingt erfahren, wer *Jenseits der Unschuld* gekauft hatte. Sie mußte es einfach wissen. Das Werk durfte nicht wieder für die Kunstwelt verlorengehen. Das durfte nicht geschehen!

Sie sprang auf und rannte durch die Schwingtüren in den Vorraum und die grünen Marmorstufen hinunter. Unten im Foyer sah sie die Fremde durch die Drehtür das Gebäude verlassen. Mara rief ihr nach. »Warten Sie! Bitte warten Sie!«

Die Frau blickte über die Schulter, ihre Blicke trafen sich.

Dann beschleunigte die Fremde ihre Schritte, überquerte den Gehsteig, trat auf die Straße und winkte ein Taxi heran.

Mara rannte durchs Foyer ins Freie. »Warten Sie doch ... bitte!«

Doch es war zu spät. Die Frau bestieg das gelbe Taxi, das sich in den Verkehr einfädelte, ehe Mara den Wagen anhalten konnte. Sie stand auf der Park Avenue und blickte dem Wagen enttäuscht hinterher.

»Es ist nicht schlimm, Mara.«

Sie erschrak, als sie die Stimme ihres Großvaters hörte, obwohl es natürlich nur eine Sinnestäuschung sein konnte. Dennoch drehte sie sich um, als erwarte sie, ihn hinter sich stehen zu sehen mit seinem unnachahmlich charmanten Lächeln. Doch dort stand nur der Portier von Christie's, der ungehalten eine Braue hochzog.

Mara wandte sich ab und ging in Gedanken versunken die Park Avenue entlang. Ihre Großeltern waren tot, nur ihre Seelen schienen noch im Diesseits zu verweilen. Irgendwie spürte sie ihre Nähe und wußte, daß beide stolz und glücklich waren. Aber ... das Gemälde müßte dem Publikum öffentlich zugänglich gemacht werden. Sie durfte nicht ruhen, bis sie erfahren hatte, wer *Jenseits der Unschuld* gekauft hatte.

»*Und wer hat es gekauft, Edward?*«

»*Woher soll ich das wissen? Überlasse es Mara, das Geheimnis zu lüften. Du siehst doch, daß sie ganz versessen darauf ist.*«

Ein Lachen ertönte, leise und hell. Die Stimme des Großvaters redete wieder, diesmal so leise und gedämpft, daß Mara sie nicht verstehen konnte.

Selbst wenn Passanten den Dialog aus dem Jenseits gehört hätten, hätte niemand sich weiter darum gekümmert. Schließlich befand man sich in New York City im Jahr 1993. Und in dieser Stadt trugen sich ständig seltsame Dinge zu.

Patricia Gaffney

Mitreißende Liebesromane vor historischem Hintergrund

Süßer Verrat
04/147

Im Schatten der Liebe
04/168

In den Armen der Leidenschaft
04/176

In den Armen der Liebe
04/178

In den Armen des Glücks
04/180

Wilde Herzen
04/221

04/221

Heyne-Taschenbücher